REACHED

REACHED

Ally Condie

리치드

앨리 콘디 | 송경아 옮김

솟을북

다른 곳을 꿈꾸는 일을 두려워해본 적이 없는
캘빈을 위해

인도자 이야기

한 남자가 언덕 위로 바위를 밀었다. 그가 꼭대기에 다다르면 그 돌은 언덕 기슭으로 굴러 내려갔고 그는 다시 시작했다. 근처 마을 사람들이 그를 주목했다.

"심판이야."

그들은 말했다. 그들은 벌을 내린 사람들이 두려워 절대로 그와 함께하거나 그를 도와주려고 하지 않았다. 그는 밀었다. 그들은 지켜보았다.

몇 년 후, 새로 자란 세대는 해와 달이 지는 것처럼 남자와 그의 돌이 언덕 속으로 가라앉는 것을 알아차렸다. 그들은 남자가 언덕 꼭대기로 돌을 굴려 올릴 때 바위와 남자의 몸 일부만 볼 수 있었다.

한 소녀가 호기심을 느꼈다. 그래서 어느 날 그 소녀는 언덕 위로 걸어 올라갔다. 더 가까이 갔을 때 소녀는 돌에 이름과 날짜와 장소들이 새겨져 있는 것을 보고 놀랐다.

"이게 다 뭐예요?"

소녀가 물었다.

"세상의 슬픔이야. 나는 그걸 언덕 위로 거듭거듭 인도하고 있어."

남자가 소녀에게 말했다.

"당신은 돌로 언덕을 닳게 만들고 있어요."

소녀는 돌이 회전한 곳에 깊고 길게 팬 홈을 보고 말했다.

"나는 뭔가 만들고 있어. 내가 다 끝내면 네가 내 자리를 차지할 거다."

소녀는 두려워하지 않았다.

"뭘 만드는데요?"

"강."

남자가 말했다.

소녀는 사람이 어떻게 강을 만들 수 있는지 어리둥절해져서 다시 언덕을 내려왔다. 그러나 오래지 않아 비가 오고 긴 골을 따라 홍수가 몰아쳐 남자를 먼 곳으로 휩쓸어갔을 때, 소녀는 남자가 옳았다는 것을 알았다. 그리고 소녀는 그 돌을 밀며 세상의 슬픔을 인도하는 일을 맡았다.

그렇게 '인도자'가 있게 되었다.

인도자는 돌을 밀고 물에 휩쓸려간 남자다. 강을 건너고 하늘을 본 여자다. 인도자는 '봉기'—소사이어티에 대한 반역—를 이끌며, 결코 죽지 않는다. 한 인도자의 시간이 끝나면, 다른 인도자가 이끌 시간이 온다.

그렇게 그것은 계속된다. 구르는 돌처럼 되풀이된다.

소사이어티의 지도 가장자리 너머의 장소에서, 인도자는 언제나 살아서 움직일 것이다.

PART 1

인도자

1
잰더

매일 아침 해가 떠서 땅을 붉게 물들일 때 나는 생각한다.

'오늘 모든 것이 변할 수도 있어. 어쩌면 오늘 소사이어티가 무너질지도 몰라. 그다음에는 다시 밤이 오고 우리는 모두 여전히 기다리겠지. 하지만 나는 인도자가 진짜로 존재한다는 걸 알아.'

동틀 무렵 세 명의 오피셜이 어느 작은 집 문앞으로 걸어갔다. 그 집은 거리의 다른 집들과 비슷했다. 거리를 바라보는 창 세 개, 창마다 달린 두 짝의 덧문, 문으로 향하는 계단 다섯 개, 그리고 길 오른쪽에 삐죽삐죽 자란 작은 덤불.

오피셜 중 가장 나이 많은, 회색 머리의 남자가 손을 들어 문을 두드렸다.

한 번. 두 번. 세 번.

오피셜들은 창문 가까이 서 있었기 때문에 가장 나이 어린 오피셜의 제복 오른쪽 주머니에 달린 원형 휘장이 보일 정도였다. 원형 휘장은 선명한 붉은색이어서 마치 핏방울처럼 보였다.

나는 미소를 지었고 그도 미소를 지었다. 그 오피셜은 나였으니까.

과거에 오피셜 의식은 시청에서 벌어지는 큰 행사였다. 소사이어티가 공식 만찬을 열었고, 참석자는 부모와 매칭 상대를 데려갈 수 있었다. 그러나 오피셜 의식은 환영의 날, 매칭 파티, 최종 연회라는 3대 의식에 끼지 못하기 때문에 예전 같지 않았다. 소사이어티는 생략할 수 있는 것은 생략하기 시작했다. 그들은 오피셜이라면 자기네 의식에서 만찬이 없어진다고 불평하지 않을 만한 충성심은 갖고 있을 거라고 생각했다.

나는 다른 사람 네 명과 함께 그곳에 서 있었다. 우리 모두 하얀 새 제복을 입고 있었다. 오피셜 대장이 내 주머니에 휘장을 꽂아주었다. 의료부를 나타내는 붉은 원 모양이었다. 그다음 우리는 거의 텅 빈 시청 돔 아래에서 쩌렁쩌렁 울리는 목소리로, 소사이어티가 결정해준 잠재성을 실현시키겠다고 엄숙히 서약하고 맹세했다. 그게 전부였다. 나는 그 의식이 특별하지 않다고 해도 상관없었다. 나는 진짜 오피셜이 아니었기 때문이다. 무슨 뜻이냐면, 나는 오피셜이지만 진심은 봉기 세력에 충성한다는 것이다.

보라색 드레스를 입은 소녀 하나가 우리 뒤에서 서둘러 보도를 걸어왔다. 유리창에 그녀의 모습이 비쳤다. 소녀는 우리가 자기를 보지 않기를 바라듯 고개를 숙이고 있었다. 그녀의 부모가 그 뒤를 따라왔다. 그들은 가장 가까운 에어트레인 정거장으로 향하고 있었다. 오늘은 15일이므로 밤에 매칭 파티가 열릴 것이다. 나와 카시아가 함께 시청 계단을 걸어 올라간 지 1년도 지나지 않았다. 이제 우리는 둘 다 오리아에서 먼 곳에 있다.

한 여인이 현관문을 열었다. 여인은 자기의 갓난아이를 안고 있다. 우리는 그 아이의 이름을 지어주러 여기에 온 것이다.

"어서 들어오세요. 기다리고 있었어요."

그녀가 우리에게 말했다. 그 여인은 오늘이 평생 가장 행복한 나날 중 하나일 텐데도 지쳐 보인다. 소사이어티는 그다지 이야기하지 않지만, 경계 지방에서 살아가기는 더욱 힘들어졌다. 자원은 센트럴에서 출발해서 바깥쪽으로 흘러나가는 것 같았다. 이곳 카마스 지방에서는 모든 것이 더럽고 낡아 있었다.

우리가 들어오고 문이 닫히자 아기 어머니는 우리에게 아기를 내밀어 보여주었다.

"오늘로 태어난 지 7일째예요."

그녀가 우리에게 말했지만 물론 우리는 이미 알고 있었다. 그것이 우리가 여기 온 이유니까. '환영의 날' 축하식은 언제나 아기가 탄생하고 일주일째 되는 날에 열린다.

아기는 눈을 감고 있었지만 우리는 데이터를 보고 아기의 눈 색깔이 짙은 파란색이라는 것을 알고 있었다. 아기의 머리카락은 갈색이었다. 우리는 아기가 예정일에 탄생했고 몸을 꼭 감싼 담요 아래 열 개의 손가락과 발가락이 달려 있다는 것도 알았다. 의료 센터에서 채취한 아기의 첫 조직 샘플을 보니 우수한 것 같았다.

"모두 시작할 준비가 됐습니까?"

오피셜 브루어가 물었다. 우리 위원회의 고참 오피셜이므로 그가 책임자였다. 그의 목소리는 자애로움과 권위가 알맞은 균형을 이루고 있었다. 그는 이 일을 수백 번 해왔다. 오피셜 브루어가 혹시 인도자가 아닐까 궁금해했던 적도 있었다. 그는 확실히 그 역할에 잘 어울렸다. 그리고 매우 조직적이고 능률적이기도 했다.

물론, 누구라도 인도자일 수 있다.

아기의 부모가 고개를 끄덕였다.

"데이터에 따르면, 이 자리에 아기의 형이 없군요. 그 아이가 의식에 참석하는 게 좋겠습니까?"

부책임자인 오피셜 레이가 부드러운 목소리로 말했다.

"그 아이는 저녁을 먹고 지쳤더라고요. 눈도 못 뜨고 있어서 일찍 재웠답니다."

어머니가 미안한 듯이 말했다.

"괜찮습니다."

오피셜 레이가 말했다. 그 어린 사내아이는 겨우 두 돌이 지났기 때문에—형제의 나이 터울로는 거의 완벽했다—참석할 필요가 없었다. 어쨌든 그 아이는 이 일을 기억하지 못할 것이다.

"어떤 이름을 골랐습니까?"

오피셜 브루어가 현관 포트 쪽으로 가까이 갔다.

"오리(Ory)요."

어머니가 말했다.

오피셜 브루어가 그 이름을 포트에 쳐 넣었고 어머니는 아기를 살짝 고쳐 안았다. 오피셜 브루어가 그 이름을 되풀이했다.

"오리. 그러면 미들네임은요?"

"버턴. 가문 대대로 물려 내려오는 이름입니다."

아버지가 말했다. 오피셜 레이가 미소 지었다.

"멋진 이름이군요."

"와서 어떤가 보세요."

오피셜 브루어가 말했다. 부모가 포트 가까이 가서 아기의 이름을 보았다. 오리 버턴 판스워스. 글자 아래, 소사이어티가 그 아기에게 지정한 바코드가 있었다. 아기가 이상적인 삶을 산다면, 소사이어티는 최종 연회 때 똑같은 바코드를 그의 조직 보존 샘플에 사용할 것이다.

그러나 소사이어티는 그렇게 오래 버티지 못할 것이다.

"수정이나 변경하고 싶은 것이 없다면 이제 전송하겠습니다."

오피셜 브루어가 말했다.

부모는 가까이 가서 마지막으로 한 번 더 이름을 살펴보았다. 어머니는 미소를 짓고 아기를 포트 화면 가까이 안아 올렸다. 마치 아기가 자기 이름을 읽을 수 있다는 것처럼.

오피셜 브루어가 나를 바라보고 말했다.

"오피셜 캐로. 알약을 먹일 차례일세."

내 차례였다.

"알약은 포트 앞에서 먹여야 합니다."

나는 부모에게 상기시켜주었다. 어머니가 오리를 더 높이 들어 올려 녹화되는 포트 화면에 아기의 머리와 얼굴이 또렷이 보이도록 했다.

우리가 환영의 날 의식 때 주는 조그만 질병 방지 알약의 생김새가 나는 언제나 좋았다. 알약은 둥글었고, 세 개의 작은 파이 조각같이 나뉘어 있었다. 삼분의 일은 파랑, 삼분의 일은 녹색, 삼분의 일은 빨강. 아기가 나중에 가지고 다니게 될 세 개의 알약과 이 알약의 내용물은 완전히 다르지만 똑같은 색을 사용하는 것은 아기가 소사이어티에서 누리게 될 삶을 상징했다. 질병 방지 알약은 유치하고 알록달록해 보였다. 그것을 보면 언제나 일차 학교 화면 위의 물감 팔레트가 생각났다.

소사이어티는 아기들을 질병과 감염에서 안전하게 지키기 위해 모든 아기들에게 그 알약을 준다. 질병 방지 알약은 아기들이 먹기 쉽게 즉시 녹는다. 예전 사회에서 아기의 피부에 곧장 바늘을 찌르던 접종 방식보다 훨씬 인간적이었다. 봉기 세력도 집권한 뒤에 질병 방지 알약을 계속 줄 계획이었다. 몇 가지 수정은 거쳐야겠지만.

알약을 꺼내자 아기가 움찔거렸다.

"아기 입을 벌려주시겠습니까?"

내가 아기 어머니에게 말했다.

그녀가 아기 입을 벌리자, 아기는 음식을 찾아 빨려고 고개를 돌렸다. 우리는 모두 웃었고, 아기가 입을 벌리고 있는 동안 나는 입안에 알약을 떨어뜨렸다. 알약은 아기 혀 위에서 완전히 녹았다. 이제 아기가 삼키기만 기다리면 됐고, 아기는 딱 좋을 때 그것을 삼켰다.

"오리 버턴 판스워스, 소사이어티에 온 것을 환영합니다."

오피셜 브루어가 말했다.

"고맙습니다."

아기 부모가 동시에 말했다.

'보통 때와 마찬가지야. 대체한 약이 완벽하게 통했어.'

오피셜 레이가 나를 흘끗 바라보더니 미소 지었다. 그녀의 긴 머리카락이 어깨 너머로 미끄러지듯 흔들렸다. 때때로 나는 그녀도 봉기 세력에 속해 있고, 내가 무슨 일을 하는지—질병 방지 알약을 봉기 세력이 내게 준 약으로 바꾸는 일—를 알고 있는 게 아닐까 궁금했다. 지난 2년 동안 그 지방에서 태어난 거의 모든 아이들은 소사이어티의 약 대신 봉기 세력의 예방약을 먹었다. 나 같은 봉기 세력 일꾼들이 계속 바꿔치기를 한 것이다.

봉기 세력 덕택에 이 아기는 대부분의 병에 면역력을 갖는 데만 그치지 않을 것이다. 빨간 알약에도 면역이 생겨, 소사이어티는 그의 기억을 빼앗아갈 수 없을 것이다. 내가 갓난아기일 때 누군가가 내게 이런 일을 했다. 그들은 카이에게도 같은 일을 했다. 어쩌면 카시아에게도.

오래전 봉기 세력은 소사이어티가 질병 방지 알약을 만드는 약품조제소에 잠입했다. 그래서, 소사이어티가 처방한 알약만이 아니라 봉기를 위해 만들어진 알약도 있다. 우리의 알약에는 소사이어티가 사용하는 모든 성분과 붉은 알약에 대한 면역 성분, 거기에 또 몇 가지가 더해져 있다.

우리가 태어났을 때, 봉기 세력에는 모든 사람을 위해 새 알약을 만들 만한 자원이 없었다. 그들은 훗날 자신들이 유용하게 쓸 수 있는 아기 몇 명만을 선택해야 했다. 그리고 이제 마침내 모든 사람에게 돌아갈 만큼의 자원이 생겼다.

봉기는 모든 사람을 위한 것이다.

그리고 그들, 우리는 실패하지 않을 것이다.

에어카로 돌아가는 길은 보도가 좁기 때문에 나는 오피셜 브루어와 오피셜 레이 뒤에서 걸었다. 파티 차림의 딸과 함께한 가족이 서둘러 거리를 내려갔다. 그들은 시간에 늦었고, 어머니 쪽은 기분이 좋아 보이지 않았다.

"내가 당신한테 누누이 말했지……."

그녀는 남편에게 이야기하다가 우리를 보고 딱 멈춰 섰다.

"안녕하세요. 축하합니다."

나는 그들을 지나치면서 말했다.

"네 매칭 상대를 또 언제 만나?"

오피셜 레이가 내게 물었다.

"모릅니다. 소사이어티가 우리의 다음 포트 통화 스케줄을 아직 잡지 않았어요."

내가 말했다.

오피셜 레이는 나보다 조금 연상이었다. 결혼 계약 축하의식을 치렀으니 적어도 스물한 살은 됐을 것이다. 내가 아는 한 오피셜 레이의 배우자는 경계 지방 끄트머리에 배치된 군대에 있었다. 나는 그가 언제 제대해 돌아오느냐고 묻지 않았다. 그런 정보는 기밀이었다. 오피셜 레이도 그가 언제 돌아올지 모를 것 같았다.

소사이어티는 우리가 다른 사람과 직업에 관한 이야기를 너무 자세히 하지 못하게 했다. 카시아는 내가 오피셜이라는 것을 알지만, 정확히 무슨 일을 하는지는 모른다. 오피셜들은 소사이어티의 모든 부서에 있었다.

소사이어티는 의료 센터에서 일할 여러 종류의 일꾼들을 훈련시켰다. 병을 진단하고 사람들을 돕는 진단의는 다들 알고 있다. 또 수술을 하는 외과의, 약을 짓는 약제사, 의사들을 돕는 간호사, 그리고 나 같은 일반의가 있다. 우리 일은 의료 분야의 여러 부문을 감독하는 것이다. 가령 의료 센터를 관리하기도 한다. 혹 우리가 오피셜이 되면 위원회에서 일하라는 요청을 많이 받기도 한다. 나도 그 일을 하고 있다. 우리는 유아들에게 알약을 배포하고, 최종 연회에서 조직 채취를 돕는다. 소사이어티의 말에 따르면 이 임무는 오피셜의 임무 중에서 가장 중요한 일이다.

"그 사람은 무슨 색을 선택했어?"

우리가 에어카로 다가갈 때 오피셜 레이가 내게 물었다.

잠시 그녀가 무슨 말을 하는지 몰랐지만, 다음 순간 카시아의 드레스에 대해 묻고 있다는 것을 깨달았다.

"녹색이었어요. 아름다웠지요."

내가 말했다.

누군가가 소리를 지르는 바람에 우리 셋은 동시에 돌아보았다. 아기의 아버지가 우리 쪽으로 빠르게 뛰어오며 외쳤다.

"큰애가 깨어나지 않아요. 아직도 자나 보려고 들어갔는데…… 뭔가 잘못됐어요."

"포트로 진단의에게 연락해요."

오피셜 브루어가 마주 소리친 다음 우리는 될 수 있는 대로 빠르게 그 집으로 돌아갔다. 그리고 문도 두드리지 않고 안으로 들어가 서둘러 집 뒤쪽으로 갔다. 침실은 언제나 그곳에 있었다. 오피셜 브루어가 침실 문을 열려고 하는데, 오피셜 레이가 벽에 손을 대어 몸을 지탱했다.

"괜찮습니까?"

내가 묻자 그녀는 고개를 끄덕였다.

"계십니까?"

오피셜 브루어가 말했다.

아이 어머니가 우리를 쳐다보았다. 얼굴이 흙빛이었다. 그녀는 여전히 아기를 안고 있었다. 침대에 누워 있는 큰애는 전혀 움직이지 않았다.

아이는 우리에게 등을 돌린 채 옆으로 누워 있었다. 숨을 쉬고 있었지만 호흡은 느렸고, 평상복 목 주위가 약간 느슨했다. 피부색은 괜찮아 보였다. 아이의 견갑골 사이에 작고 빨간 점이 하나 보이자 안쓰러움과 함께 의기양양한 기분이 밀려들었다.

'이제 시작이야.'

봉기 세력은 이런 증세가 나타날 것이라고 말했다.

나는 방 안에 있는 다른 사람들을 보지 않으려고 애썼다.

'또 누가 알고 있을까? 이 중에서 어떤 사람이 봉기 세력에 들어가 있을까? 그들도 내가 본 것처럼, 반역이 진행되는 방식에 대한 정보를 봤을까?'

〈잠복 기간은 다양할 수 있지만 일단 질병 증세가 나타나면 환자는 빠르게 악화된다. 말이 불분명해진 다음에는 코마 상태가 진행된다. 살아 있는 '전염병' 바이러스의 가장 뚜렷한 표시는 환자의 등에 난,

한 개 또는 여러 개의 작고 붉은 점이다. 전염병이 일반 대중 사이에 상당히 침투하고 소사이어티가 더 이상 그것을 감출 수 없을 때, 봉기가 시작될 것이다.〉

"이게 뭐죠? 애가 아픈 건가요?"

어머니가 물었다.

또다시, 우리는 동시에 움직였다. 오피셜 레이가 사내아이의 손목으로 손을 뻗어 맥박을 쟀다. 오피셜 브루어는 아이 어머니 쪽으로 돌아섰다. 나는 어머니가 침대에 고요히 누워 있는 아이를 보지 못하도록 막아섰다. 봉기가 진행되는지 확실히 알 때까지 나는 보통 때와 마찬가지로 일해야 한다.

"아이는 숨을 쉬고 있어요."

오피셜 브루어가 말했다.

"맥박은 멀쩡합니다."

오피셜 레이가 말했다.

"곧 진단의가 여기로 올 겁니다."

내가 아이 어머니에게 말했다.

"이 아이에게 뭔가 해줄 수 없으세요? 약이라든지, 치료라든지……."

어머니가 물었다.

"미안합니다. 뭔가 처치를 더 하려면 의료 센터로 가야 합니다."

오피셜 브루어가 말했다.

"하지만 아이의 상태는 안정적입니다."

내가 그녀에게 말했다. 나는 '걱정 마세요. 봉기 세력에 치료약이 있습니다' 하고 덧붙이고 싶었다. 모든 일이 잘되리라는 것을 내가 어떻게 아는지 노골적으로 말할 수는 없기 때문에, 그녀가 내 목소리에서 희망을 들을 수 있었으면 하고 바랐다.

'이제 시작이야. 봉기의 시작.'

일단 봉기 세력이 집권하면, 우리는 모두 선택할 수 있게 될 것이다. 그때 무슨 일이 일어날지 누가 알까? 내가 자치구에서 카시아에게 키스했을 때 그녀는 숨을 멈추었다. 놀라서 그런 것 같았다. 키스에 놀란 것이 아니었다. 카시아는 내가 키스할 것을 알고 있었다. 그녀는 그 느낌에 놀랐던 것 같다.

될 수 있는 한 빨리 카시아를 직접 만나 다시 말하고 싶다.

'카시아, 나는 널 사랑하고 원해. 그런데, 너도 그렇게 느끼게 하려면 무엇이 필요할까? 완전히 새로운 세상?'

우리는 그런 세상을 만나게 될 테니까.

아이 어머니가 조금 더 가까이 아이에게 다가가며 목멘 소리로 말했다.

"그냥, 이 애가 너무 고요해서요."

2
카시아

카이는 오늘 밤 호숫가에서 만나자고 했다.

그를 보면 먼저 키스부터 할 것이다.

그가 나를 꽉 껴안으면 내가 셔츠 아래 심장 근처에 넣어둔 시가 바스락거리겠지. 너무나 작아서 우리 두 사람에게만 들릴 소리로. 그리고 음악 같은 그의 심장고동, 그의 숨소리, 그 목소리의 억양과 음색에 맞춰 나는 노래할 거야.

그는 자기가 어디 있었는지 이야기해줄 것이다.

나는 어디로 가고 싶은지 그에게 이야기할 것이다.

나는 팔을 뻗어 셔츠 소매 아래 아무것도 보이지 않는 것을 확인했다. 내가 입고 있는 붉은 실크드레스는 멋없는 평상복 라인 아래 깔끔하게 숨어 있다. 그것은 '백 벌의 드레스' 중 한 벌이었다. 아마 도둑맞아 거래에 나오게 된 것 같았다. 이런 색깔의 옷을 갖게 되어 불빛에 들어보고 머리에서부터 걸치면서 느끼는 아주 밝은 기분에는 시 한 편을 지불할 만한 값어치가 있었다.

나는 이곳 소사이어티의 수도 센트럴에서, 소사이어티를 위해 분류를 한다. 그러나 봉기를 위해 일하고, 기록 보관자들과 거래한다. 겉보기에 나는 평상복을 입은 소사이어티의 소녀. 그러나 그 아래 내 피부에는 실크와 종이가 닿아 있다.

나는 이것이 시를 운반하는 가장 쉬운 방법이라는 것을 알게 되었다. 시를 손목에 두르고, 심장에 대어두는 것. 물론 문서를 모두 갖고 다니지는 않는다. 나는 그것들 대부분을 숨겨놓을 만한 장소를 찾았다. 그러나 몸에서 떼어놓고 싶지 않은 것 몇 장이 있었다.

알약 용기를 열었다. 알약은 전부 그 안에 있었다. 파랑, 녹색, 빨강. 다른 물건도 있다. 내가 '기억해'라고 쓴 작은 종이쪽지. 소사이어티가 내게 빨간 알약을 먹인다면 나는 이 쪽지를 내 소매에 집어넣을 것이다. 그러면 나중에 그들이 나를 잊게 만들었다는 것을 알게 되겠지.

내가 이런 일을 맨 처음 하는 사람일 리는 없었다. 알아서는 안 될 것을 알고 있는 사람이 얼마나 많을까? 무엇을 잊어버렸는지가 아니라, 잊어버렸다는 사실을 알고 있는 사람들.

내가 아무것도 잊어버리지 않을 가능성도 있었다. 인디나 잰더, 카이처럼 면역이 있을 수도 있다.

소사이어티는 붉은 알약이 내게 효력을 미친다고 생각했다. 그러나 그들도 모든 것을 알지는 못한다. 소사이어티에 따르면, 나는 한 번도 바깥 지방에 간 적이 없다. 대협곡을 가로지르지도 않았고 머리 위로 별이 흩뿌려진 밤에 사방으로 은빛 물보라를 튀기며 강을 따라 흘러내려가지도 않았다. 그들이 아는 한, 나는 결코 떠나지 않았다.

"네가 할 이야기는 이거다. 사람들이 어디 있었냐고 물으면 이렇게 말해."

나를 센트럴로 보내기 전에, 봉기 세력의 오피서가 내게 말했다. 그는 종이 한 장을 건네주었다. 나는 인쇄된 단어들을 내려다보았다.

'오피서들이 내가 있던 노동수용소 근처 타나의 숲에서 나를 찾아냈습니다. 나는 그곳에서 보낸 그 전날 저녁과 밤 시간에 대해 아무것도 기억하지 못합니다. 어쩌다 보니 숲에 와 있었다는 것밖에 모릅니다.'

나는 다시 위를 쳐다보았다.

"네 이야기를 입증해주고 너를 숲 속에서 찾아냈다고 주장할 오피서가 한 명 있다."

그가 말했다.

"그들이 다른 여자애들을 에어십에 태워서 데려가는 것을 내가 보았고, 그걸 잊어버리게 하려고 내게 붉은 알약을 먹였다는 이야기로군요."

내가 말하자 그는 고개를 끄덕였다.

"그중 한 아이가 소란을 일으켰다는군. 그래서 그들은 깨어나서 그 여자애를 본 다른 아이들 몇 명에게 붉은 알약을 주어야 했다."

'인디구나.'

나는 생각했다. 달아나고 비명을 지른 아이는 인디였다. 그녀는 우리에게 무슨 일이 일어날지 알고 있었다.

"그러니까 우리는 네가 그 일이 일어난 다음 없어졌다고 할 거다. 그들은 순간 너의 자취를 놓쳤고, 너는 붉은 알약이 효과를 발휘하는 동안 헤매고 있었던 거지. 며칠 후 그들이 너를 발견했고."

"내가 어떻게 살아남았죠?"

내가 묻자 그는 내 앞에 놓인 종이를 두드렸다.

'나는 운이 좋았습니다. 어머니가 그전에 독 있는 식물을 알아내는 법을 말해주었기 때문에 먹을 것을 찾았습니다. 11월이라서 땅에는 아직 먹을 수 있는 식물들이 있었습니다.'

어떤 면에서, 이 부분은 사실이었다. 어머니의 말이 떠올라 내가 살아남는 데 도움을 주었다. 그러나 그것은 숲 속이 아니라 카빙 대협곡에서였다.

"네 어머니는 수목원에서 일했지. 너는 전에 숲에 가본 적이 있고."

그가 말했다.

"네."

내가 대답했다. 그것은 타나의 숲이 아니라 '언덕'의 숲이었지만, 둘 다 숲이기에 비슷하기를 바랐다.

"그러면 앞뒤가 다 맞지."

"소사이어티가 너무 자세히 물어보지만 않는다면요."

"그러지는 않을 거야. 여기 네가 잃어버린 물건들을 대신할 은상자와 알약 용기가 있다."

나는 그 두 가지를 받아 들고 알약 용기를 열었다. 파란 알약 하나, 녹색 하나. 그리고 빨간 알약 하나. 내가 타나에서 오피셜의 명령으로 먹은 걸로 되어 있는 알약 대신이다. 나는 실제로 알약을 먹은 다른 소녀들을 생각했다. 대부분은 인디를, 그녀가 소리치던 모습을 기억하지 못하리라. 인디는 사라졌을 것이다. 나처럼.

"명심해라. 숲 속에 너 혼자 있다는 걸 깨닫고 먹을 것을 찾으면서 보낸 시간은 기억할 수 있어. 하지만 에어십에 오르기 전 열두 시간 동안 일어났던 일은 전부 잊어버린 거야."

그가 말했다.

"일단 센트럴에 들어가면 내가 무엇을 해야 되나요? 왜 내가 소사이어티 안에 있을 때 봉기에 가장 도움이 된다고 하는 거죠?"

내가 그에게 물었다.

그는 나를 재고 있는 것처럼 보였다. 그는 내가 정말 자기가 원하는 대로 무엇이든 할 수 있을지 가늠해보고 있었다.

"센트럴은 소사이어티가 네 최종 일터로 지정해 너를 보내려고 했던 곳이지."

그의 말에 나는 고개를 끄덕였다.

"넌 분류자야. 소사이어티의 데이터에 따르면 훌륭한 분류자지. 그들은 네가 노동수용소에서 갱생했다고 생각하니까 기꺼이 너를 다시 받아들일 테고, 봉기 세력은 그걸 이용할 수 있다."

그다음 그는 내게 어떤 분류를 찾아내야 하는지, 그리고 그것을 발견했을 때 내가 어떻게 해야 하는지 말했다.

"참을성이 있어야 할 거야. 시간이 좀 걸릴 수도 있어."

그가 말했다.

그것은 아마도 현명한 충고인 것 같았다. 나는 아직 일상에서 벗어나는 분류를 한 번도 해보지 않았기 때문이다. 하여간 내 기억에는 그랬다. 하지만 괜찮았다. 소사이어티와 싸우는 일을 봉기 세력이 하라는 대로만 할 필요는 없다.

나는 쓸 수 있을 때면 언제나 글자를 썼다. 여러 가지 방식으로 글자를 만들었다. 풀줄기로 *K*를 썼다. 두 개의 나무 막대기를 서로 겹쳐 *X*를 썼다. 막대기의 젖은 나무껍질이, 작업장 근처 녹지의 은빛 금속 벤치와 대조되어 검게 보였다. 땅 위에 작은 돌로, 벌린 입 같은 O자 모양의 작은 원을 만들었다. 물론 카이가 가르쳐준 방식으로도 써봤다.

어디를 가든 새로운 글자가 있는지 보았다. 지금까지는 어느 누구도 글자를 써놓지 않았다. 다른 사람도 글을 쓰고 있는지는 알 수 없지만 직접 본 적은 없었다. 그러나 그런 일이 일어날 것이다. 어쩌면 지금도 누군가가 카이가 했다는 방식대로 막대기를 그을리며 사랑하는 사람의 이름을 쓸 준비를 하고 있을 것이다.

이렇게 작은 반역의 행동들을 저지르는 사람이 나만이 아니라는 것을 안다. 흐름에 맞서 헤엄치는 사람들과 심연 속에서 천천히 움직이는 그림자들이 있다. 나는 어두운 것이 태양 앞을 지나가면 위를 쳐다보는 사람이었고, 땅과 물이 하늘과 만나는 곳을 따라 미끄러져가는 그림자 그 자체였다.

하루하루 나는 소사이어티가 내게 준 바위를 언덕 위로 다시, 또다시 밀어 올린다. 정말로 내게 힘을 주는 것은 마음속에 있다. 바로 내 생각이다. 나 자신이 선택한 작은 돌멩이들. 그것들이 내 마음속에서 구르고 있다. 어떤 것은 자주 굴러 윤이 나고, 어떤 것은 새것이라 거칠고, 어떤 것은 마음속을 베어낸다.

겉으로 시가 보이지 않는 것에 만족하면서 나는 작은 아파트 복도를 걸어 내려가 현관으로 다가섰다. 막 문을 열려던 참에 맞은편에서 노크 소리가 나는 바람에 조금 놀랐다. 왜 지금 여기 사람이 있지? 일터 지정을 받았지만 아직 결혼 계약 축하의식을 치르지 않은 사람들이 흔히 그렇듯이 나는 혼자 살고 있었다. 그리고 자치구에서와 마찬가지로, 우리가 서로의 거주지를 방문하는 일은 권장 사항이 아니었다.

오피셜 한 명이 유쾌한 미소를 지으며 문가에 서 있었다. 단 한 명뿐이어서 이상했다. 오피셜들은 거의 언제나 셋씩 무리지어 다닌다.

"카시아 라이스?"

그녀가 물었다.

"네."

"나와 함께 가야겠어요. 당신은 분류 센터에서 특근하라는 요청을 받았어요."

'하지만 오늘 밤 카이를 만나야 하는데.'

결국은 모든 일이 우리 상황에 맞춰지는 것 같았다. 카이는 마침내 센트럴에 지정받았고, 어디서 만날지 말해주는 카이의 메시지는 제때 도착했다. 때때로 편지가 올 때까지 며칠이 아니라 몇 주씩 걸렸지만, 이번 편지는 빨리 왔다. 흰 제복을 입고 냉정한 얼굴을 하고 깔끔한 휘장을 단 오피셜을 보자 초조함이 넘쳤다.

'우리를 더 이상 방해하지 마. 컴퓨터를 써. 컴퓨터에게 일을 시키라고.'

나는 생각했다. 그러나 그것은 소사이어티의 핵심 교리에 어긋난다. 우리가 어렸을 때부터 그들은 우리에게 이렇게 말했다.

'우리 이전의 사회에서 그랬듯이, 기술은 우리를 속일 수 있다.'

그때 나는 오피셜의 요청에 무언가가 더 숨어 있을지도 모른다는 것을 깨달았다. 봉기 세력이 요청한 일을 할 때가 온 걸까? 오피셜의 얼굴은 매끄럽고 침착했다. 그녀가 무엇을 알고 있는지, 실제로 누구를 위해 일하고 있는지는 알아낼 수 없었다.

"에어트레인 정거장에서 다른 사람들을 만나게 될 겁니다."

그녀가 말했다.

"오래 걸릴까요?"

내 물음에 그녀는 대답하지 않았다.

우리는 에어트레인을 타고 호수 옆을 지나갔다. 멀리 있는 호수는 이제 검게 보였다.

여기서는 아무도 호수에 가지 않았다. 소사이어티 이전 시대에 오염된 호수는 여전히 안전하지 않아서, 안에 들어가 걷거나 그 물을 마실 수 없었다. 소사이어티는 사람들이 먼 옛날 보트를 댔던 부두와 선창을 대부분 뜯어냈다. 그러나 날이 밝을 때면 한 지점에 세 개의 잔교(棧橋)가 남아 있는 것이 보인다. 잔교는 모두 같은 길이로, 세 개의 손가락처럼 물속에서 튀어나와 뻗어 있었다. 몇 달 전 처음 여기 왔을 때 나는 카이에게 이 장소에 대해 이야기하면서, 여기가 만나기 좋은 장소일 거라고 말했다. 그는 위에서 나를 볼 수 있고 나는 아래에서 알아차릴 수 있으니까.

에어트레인 맞은편에 센트럴의 시청 돔이 보인다. 결코 지지 않는, 너무 가까이 뜬 달. 시청의 낯익은 모습을 볼 때마다 나도 모르게 슬그머니 자부심이 생기고 마음속에서 소사이어티가의 곡조가 울렸다.

센트럴의 시청에는 아무도 가지 않는다.

시청과 그 근처 다른 건물들 주위에는 높고 흰 담이 둘러져 있었다. 그 벽은 내가 오기 전부터 이곳에 있었다.

"수리 중이야. 소사이어티는 '고요지역(stillzone)'을 금방 다시 열 거야."

모든 사람이 그렇게 말했다.

나는 고요지역에, 그 이름에 매혹되었다. 아무도 내게 그것에 대해 설명해줄 수 없는 것 같았다. 장벽 너머에 무엇이 있을까 궁금하기도 해서 때때로 일이 끝난 후 집으로 가는 길을 약간 돌아서 그 매끄럽고 흰 벽의 표면을 따라 걸었다. 나는 카이의 어머니라면 이 벽을 따라 얼마나 많은 그림을 그릴 수 있었을까 계속 생각했다. 내가 상상하기에 이 벽은 완벽한 원을 그리며 굽어지는 것 같았다. 한 번도 그 벽 전체를 따라가며 돌아본 적이 없으므로 확신할 수는 없다.

내가 물었던 사람들은 그 장벽이 얼마나 오래 여기 있었는지 잘 알지 못했다. 그 벽이 작년 언젠가 세워졌다고만 말했다. 그 사람들은 왜 벽이 여기 있는지 기억하지 못하는 것 같았다. 기억한다고 해도 이야기하지 않았다.

나는 그 벽 뒤에 무엇이 있는지 알고 싶었다.

나는 아주 많은 것을 원했다. 행복, 자유, 사랑. 그리고 손에 쥘 수 있는 다른 것 몇 가지도 원했다.

시 한 편, 한 장의 마이크로카드 같은 것. 나는 아직도 두 개의 거래 물품이 들어오기를 기다리고 있었다. 나는 내가 가진 시 두 편과 또 다른 시 한 편의 마지막 부분을 거래했다. '당신에게는 닿지 못했습니다'로 시작해서 여행에 대해 이야기하는 시. 그 시의 시작 부분을 카빙 대협곡에서 찾아냈을 때 나는 마지막 부분을 손에 넣어야겠다고 결심했다.

또 하나의 거래품은 더 비싸고 더 위험한 것이었다. 나는 케야의 부모님 집에서 여기 내가 있는 곳까지 할아버지의 마이크로카드를 가져오기 위해 시 일곱 편을 거래했다. 나는 거래자에게 암호화된 쪽지를 가지고 브램에게 먼저 접근해달라고 부탁했다. 브램은 그 쪽지를 해독할 수 있었다. 어쨌건 그 아이는 지금보다 더 어렸을 적에 내가 자기를 위해 필경기에 만들어주었던 게임을 풀어냈다. 그리고 어머니나 아버지보다도 그 아이가 마이크로카드를 보내줄 가능성이 더 높을 것 같았다.

브램. 나는 동생을 위해 소사이어티가 가져간 물건을 대신할 은시계를 찾고 싶었다. 그러나 지금까지는 가격이 너무 비쌌다. 아까 나는 출근길 에어트레인 정거장에서 시계 거래를 거절했다. 공정한 대가라면 지불하겠지만 너무 높은 대가는 지불할 수 없다. 내가 협곡에서 배운 것이 아마 이것이리라. 내가 어떤 존재고 어떤 존재가 아닌지, 무엇을 주고 무엇을 주지 않을지.

분류 센터는 사람으로 가득했다. 우리는 마지막에 도착한 사람들이었다. 오피셜 하나가 우리를 빈 파티션으로 안내했다.

"즉시 시작해주십시오."

오피셜이 말했다. 의자에 앉자마자 단어들이 화면에 나타나기 시작했다.

'다음 분류: 지수 쌍별 매칭.'

나는 화면에서 눈을 떼지 않고 무표정을 유지했다. 그러나 마음속으로는 살짝 흥분이 이는 것을, 심장고동이 한 박자 건너뛰는 것을 느꼈다.

봉기 세력이 찾으라고 한 분류가 이런 것이었다.

주위 일꾼들은 그 분류가 자신들에게 조금이라도 의미가 있다는 티를 전혀 내지 않았다. 그러나 나는 이 방 안에 이 단어들을 바라보며 '결국 때가 된 건가?' 하고 생각하는 사람들이 또 있을 거라고 확신했다.

'실제 데이터를 기다려야지.'

나는 스스로에게 일깨웠다. 나는 그냥 분류만 하는 게 아니라, 정보의 특정한 집합 또한 찾고 있었다. 그 집합을 틀리게 조합하기로 되어 있었다.

지수 쌍별 매칭에서는 각 요소의 특징 하나하나에 중요도를 지정해서 정렬한 다음, 순위가 가장 잘 맞는 요소끼리 짝을 짓는다. 그것은 끊임없이 집중력과 주의를 요하는 복잡다단하고 지루한 분류였다.

화면이 깜박이더니 데이터가 올라왔다.

'이제 시작이야.'

바로 그 분류. 바로 그 데이터 집합.

이것이 봉기의 시작일까?

짧은 한순간 나는 머뭇거렸다. 나는 봉기 세력이 오류 점검 알고리즘에 버그를 집어넣을 수 있다고 확신하는 걸까? 만약 그러지 못했다면? 내 실수는 전부 알려질 것이다. 벨이 울리고, 오피셜이 와서 내가 무슨 짓을 하고 있는지 볼 것이다.

하나의 요소를 화면을 가로질러 끌어가면서, 내가 훈련받은 대로 '이쪽으로 가야 해'라고 가리키는 곳에 놓으려는 자연스러운 충동과 싸우면서도 내 손가락은 떨리지 않았다. 나는 그 요소를 새로운 자리로 가져가 서서히 손가락을 들면서 숨을 멈추었다.

벨은 울리지 않았다.

봉기 세력의 버그는 작동했다.

방 안 어딘가에서 안도의 한숨 소리, 숨을 작게 내쉬는 소리를 들은 것 같았다. 그때 나는 무엇인가 느꼈다. 가볍게 미풍을 타고 스쳐가며 떠도는, 기억의 미루나무 씨앗.

'내가 전에도 이런 일을 했던가?'

그러나 그 기억의 가닥을 따라갈 시간은 없었다. 분류를 해야 했다. 이쯤 되어서는 잘못 분류하는 일이 더 어려울 지경이었다. 나는 평생 모든 것을 제대로 하려고 노력하면서 많은 시간을 보냈다. 그러다 보니 지금 하는 일이 직관을 거스르는 느낌이었다. 그러나 봉기 세력이 원하는 것이 그것이었다.

대개 데이터는 빠르고 가차 없이 들어온다. 그러나 데이터가 더 로드되기를 기다리는 동안 짧은 시간차가 있었다. 즉 얼마간의 데이터는 멀리 떨어진 곳에서 들어오고 있다는 뜻이다.

우리가 실시간으로 분류를 하고 있다는 사실이 서둘러야 하는 상황임을 가리키는 것 같았다. 혹시 지금 봉기가 일어나고 있는 걸까?

그렇다면 카이와 내가 함께 있게 될까?

잠시 시청의 흰 돔 위로 검은 에어십들이 들어오는 모습을 상상하자, 그를 만나러 달려가는 내 머리카락 사이로 서늘한 바람이 스치듯 생생하게 느껴졌다. 다음 순간 내 입술에 겹쳐지는 그의 입술, 따뜻한 압력. 이번에는 작별은 없고 새로운 시작이리라.

"우린 매칭을 하고 있는 거야."

누군가가 소리 내어 말했다.

그 사람이 내 집중력을 흐트러뜨렸다. 나는 화면에서 시선을 들며 눈을 깜박였다.

얼마나 오래 분류를 하고 있었을까? 나는 열심히 분류하면서 봉기 세력이 요청한 대로 하려고 애쓰고 있었다. 어느 시점에서인가 나는 데이터에, 당면한 과제에 푹 빠져버렸다.

곁눈질을 하자 녹색이 흘끗 보였다. 제복을 입은 군 오피서들이 그 말을 한 남자를 붙잡고 있었다.

처음 이곳에 들어올 때 오피셜들은 봤지만, 오피서들은 언제부터 여기 있었던 거지?

"매칭 파티 때문에 하는 거야."

그 남자가 말하면서 웃었다.

"무슨 일인가 일어났어. 우리는 파티 때문에 매칭을 하고 있는 거야. 소사이어티는 더 이상 버티지 못해."

나는 고개를 숙인 채 분류를 계속했다. 그러나 그들이 그 남자를 끌고 내 옆을 지나치는 순간 위를 슬쩍 쳐다보았다. 입에 재갈이 물려 있어 그의 말은 알아들을 수 없었다. 그들에게 끌려가는 도중 짧은 순간 재갈 위에서 빛나는 그의 눈과 내 눈이 마주쳤다.

손이 화면 위에서 떨렸다. 그 말이 정말일까?

우리가 사람들을 매칭하고 있는 걸까?

오늘은 15일이다. 파티는 오늘 밤에 열린다.

예전에 자치구의 오피셜은 파티 일주일 전에 매칭을 한다고 말했다.

그게 바뀐 것일까? 소사이어티가 그렇게 서두를 만한 어떤 일이 일어난 걸까? 이렇게 파티가 얼마 남지 않은 상황에서 데이터를 선별하면 정확도 점검을 할 시간이 많지 않아 오류가 나기 쉬울 텐데.

게다가 매칭부에는 그쪽 소속 분류자들이 있었다. 매칭은 소사이어티에서 매우 중요한 일이다. 그런 것은 우리보다 더 높은 사람들이 처리해야 했다.

어쩌면 소사이어티에 더 이상 시간이 없는지도 모른다. 그들에게는 직원이 충분하지 않을 것이다. 저 밖에서 무슨 일인가 일어나고 있다. 매칭은 이미 끝났는데, 마지막 순간 다시 그 일을 해야 하는 것 같았다.

아마 데이터가 바뀌었을 것이다.

우리가 하고 있는 것이 매칭이라면, 데이터는 사람을 나타내는 것이다. 눈 색깔, 머리카락 색깔, 기질, 좋아하는 여가 활동. 대체 무엇이 그렇게 많은 사람들의 데이터를 그렇게 빨리 바꿔놓을 수 있었을까?

'바뀐 게 아니야. 사라진 거야.'

무슨 일이 일어나야 소사이어티의 데이터가 대량 삭제될 수 있을까? 그들에게 마이크로카드를 만들 시간이 있을까? 아니면 오늘 밤에는 은상자를 빈 채로 나누어줄까?

데이터 하나가 올라왔다가 제대로 보기도 전에 내려갔다.

그날 마이크로카드에 나타난 카이의 얼굴처럼.

'왜 그토록 파티를 열려고 할까? 오차 범위가 이렇게 클 때에?'

매칭 파티는 소사이어티에서 가장 중요한 축하 의식이었다. 매칭이 있어야 다른 의식들이 가능해지는 것이다. 매칭은 소사이어티 최고의 성취였다. 만약 그들이 딱 한 달이라도 매칭 파티를 건너뛴다면 사람들은 무언가가 크게 잘못되었다는 것을 알게 된다.

그래서 봉기 세력이 우리 중 몇 명이 붙잡히지 않고 틀리게 매칭할 수 있도록 버그를 집어넣었구나, 하는 걸 깨달았다. 우리는 이미 훼손된 데이터 집합에 더 큰 혼란을 일으키고 있었다.

"일어서주십시오. 알약 용기를 꺼내십시오."

오피셜이 말했다.

나는 하라는 대로 했고, 다른 사람들도 그렇게 했다. 파티션 뒤에서 사람들의 머리가 나타났다. 눈은 당황했고, 표정은 불안했다. 나는 그들에게 묻고 싶었다.

'당신들은 면역이 있나요? 이 일을 기억할 수 있을까요?'

나는?

"빨간 알약을 꺼내십시오. 오피셜이 가까이 가서 알약을 삼키는 모습을 볼 때까지 기다리십시오. 걱정할 것은 전혀 없습니다."

오피셜이 말했다.

오피셜들이 방 안을 돌아다녔다. 그들은 준비되어 있었다. 어떤 사람이 빨간 알약을 삼키면 오피셜들은 곧장 용기를 다시 채워주었다.

그들은 오늘 밤 이 약을 사용하게 될 것을 알고 있었다.

손이 입으로, 기억은 무(無)로. 빨간 알약이 내려간다.

또다시 작은 기억의 씨앗이 둥둥 떠서 지나갔다. 그 씨앗이 이 분류와 뭔가 관계가 있는 듯 자드락거리는 느낌이 들었다. 기억해낼 수만 있다면…….

'기억해.'

바닥에 닿는 발소리가 들렸다. 그들이 내 쪽으로 가까이 오고 있었다. 전에는 감히 하지 못했을 일이었지만, 기록 보관자들과의 거래는 은밀하고 날랜 손놀림을 가르쳐주었다. 나는 뚜껑을 돌려 열고 '기억해'라고 적힌 종이를 슬쩍 소매 안에 넣었다.

"알약을 먹어요."

오피셜이 내게 말했다.

지난번 자치구 때와는 달랐다. 앞에 선 오피셜은 다른 쪽을 보지 않을 것이고, 발아래에는 알약을 밟아서 부숴버릴 수 있는 풀밭도 없었다.

나는 그 알약을 먹기 싫었다. 기억을 잃기 싫었다.

그러나 어쩌면 나도 카이와 잰더, 인디처럼 빨간 알약에 면역이 있을 수도 있다. 전부 기억할지도 모른다.

그리고 어쨌든 간에 나는 카이를 기억할 것이다. 그들이 내게서 카이를 앗아가기에는 너무 늦었다.

"어서요."

오피셜이 말했다.

나는 알약을 입안에 넣었다.

알약은 소금 맛이 났다. 땀 한 방울, 아니 눈물 한 방울, 아니 바닷물 한 모금이 내려가는 것 같았다.

3
카이

인도자는 경계 지방에 산다. 여기 카마스에.

인도자는 어디에도 살지 않는다. 남자인지 여자인지 몰라도 언제나 움직이고 있다.

인도자는 죽었다.

인도자는 살해당할 리가 없다.

사람들은 훈련소에서 이런 소문들을 속삭였다. 우리는 인도자가 누구인지, 남자인지 여자인지, 젊었는지 늙었는지도 몰랐다.

우리 지휘관들은 인도자에게 우리가 필요하고, 우리 없이는 이 일을 해낼 수 없다고 말했다. 인도자는 소사이어티를 무너뜨리기 위해 우리를 움직일 것이다. 그리고 그 일은 곧 이루어질 것이다.

그러나 훈련병들은 당연히 기회만 있으면 인도자 얘기를 할 수밖에 없었다. 어떤 사람들은 훈련을 감독하는 조종사 대장이 인도자, 봉기의 지도자라고 생각했다.

대부분의 훈련병들은 조종사 대장을 만족시키고 싶은 마음이 어찌나 간절한지 그 간절한 기운이 눈에 보일 정도였다. 그러나 나는 상관하지 않았다. 나는 인도자 때문에 봉기 세력에 들어온 게 아니었다. 카시아 때문에 여기 있는 것이다.

처음 이 훈련소에 왔을 때, 나는 소사이어티가 그랬던 것처럼 봉기세력도 우리를 총알받이로 쓸지도 모른다고 걱정했다. 그러나 반역자들은 우리의 훈련에 너무나 많은 것을 투자했다. 우리를 죽게 만들려고 훈련한다는 생각은 들지 않았다. 그러나 어떤 생활을 하게 하려고 훈련하는지도 알 수 없었다. 봉기가 성공한다면 그다음엔 무슨 일이 일어날까? 그것은 그들이 자주 이야기하지 않는 부분이었다. 그들은 모든 사람이 더 많은 자유를 누리게 될 테고 더 이상 일탈자나 비정상은 없을 거라고 말했다. 그러나 거기까지였다.

소사이어티는 일탈자들을 제대로 판단했다. 우리는 위험하다. 나는 선량한 시민이 밤에 뒤에서 슬금슬금 다가오는 모습을 상상할, 그런 종류의 사람이다. 퀭한 눈의 검은 그림자. 그러나 소사이어티는 내가 이미 바깥 지방에서 죽었다고, 또 한 명의 일탈자가 제거되었다고 생각할 것이다.

'죽은 사람의 비행.'

"두 번 급회전해라. 남향으로 좌회전, 그다음 북향으로 우회전. 각각 180도 회전이다."

지휘관이 조종판 스피커를 통해 말했다.

"네, 대장님."

내가 대답했다.

그들은 내가 에어십을 조정하는 능력과 숙련도를 시험하고 있었다. 60도 경사로 조정한 상태에서의 회전은 에어십과 내게 두 배의 중력을 행사했다. 급격하게 진로를 수정하거나 변화시킬 수는 없었다. 그렇게 하면 에어십은 시동이 꺼지거나 부서질 것이다.

에어십을 회전시키는 동안 머리가, 팔이, 몸 전체가 밑으로 가라앉는 것이 느껴졌다. 몸을 똑바로 세우려면 긴장해야 했다. 회전을 끝내자 가슴이 쿵쾅거렸고, 남아 있던 압력이 사라지면서 몸이 부자연스러울 정도로 가볍게 느껴졌다.

"훌륭하다."

지휘관이 말했다.

사람들은 조종사 대장이 우리를 지켜본다고 말했다. 몇몇 훈련병은 조종사 대장이 우리를 통제한다고, 스스로 훈련 교관으로 위장하고 있다고 생각하기도 했다. 나는 그 말을 믿지 않았다. 그러나 사실 그가 지켜보고 있을 수도 있었다.

나는 카시아도 지켜볼 거라고 생각하기로 했다.

하늘에서 에어십을 회전시켰다. 처음 위로 올라갔을 때는 비가 내리고 있었지만 이제 모든 것이 내 아래 있었다.

카시아는 지금 당장은 내게서 멀리 떨어져 있다. 그러나 나는 그 떨어진 거리와 소망이 함께 요술을 부려, 그녀가 위를 쳐다보다가 하늘을 배경으로 한 검은 점을 보고, 그 점이 나는 모습을 보고 그게 나라는 것을 알아채기를 바랐다. 더 이상한 일도 일어난 적이 있으니까.

곧 연습 비행이 끝나면 저들은 오늘 밤 내가 임무를 띠고 가야 할 진짜 목적지로 보낼 것이다. 지난주에 임무를 받았을 때, 내 행운을 믿을 수가 없었다. 센트럴이었다. 마침내⋯⋯. 오늘 밤 카시아가 때맞춰 위를 쳐다본다면 정말로 내가 날고 있는 모습을 볼 수 있을 것이다.

나는 다시 기체를 기울였다가 올라가기 시작했다. 우리는 훈련 비행을 할 때만 이렇게 혼자 날았다. 봉기 세력은 보통 우리를 세 명씩 짝지어 일하게 했다. 조종사, 부조종사, 그리고 짐칸에 타고 심부름을 하는 운반자였다. 심부름이란 최대한 은밀하게 소사이어티 안으로 잠입하는 것이었다. 나는 조종사와 부조종사가 운반자를 도와 봉기 세력이 내린 임무를 띠고 도시의 거리를 슬금슬금 돌아다닐 때가 제일 좋

있다.

오늘 밤 나는 에어십에 머물러 있으라는 명령을 받았지만, 빠져나갈 길을 찾을 것이다. 이렇게 카시아에게 가까이 왔는데 센트럴에 있는 시간 내내 에어십에 머물러 있을 수는 없었다. 어떻게든 빠져나갈 구실을 찾아 호수로 달려갈 것이다. 아마 나는 돌아오지 않을 것이다. 어떤 면에서 나는 다른 어느 곳보다 봉기 세력에 더 잘 어울리지만.

나는 반역자들과 함께 일하기에 이상적인 양육을 받았다. 소사이어티에서 눈에 띄지 않는 기술을 완벽하게 익히면서 몇 년을 보냈고, 기존의 방식을 받아들이지 않는 아버지를 두었다. 나는 땅에서보다 아버지가 한 번도 와본 적 없는 공중에서 아버지를 더 잘 이해하게 되었다. 때때로 토머스의 시 한 줄이 마음에 떠올랐다.

그리고 슬프고 높은 곳에 계신 아버지, 나의 아버지,
비나니 이제 당신의 맹렬한 눈물로 나를 축복하고 저주하소서.

실제로 원하는 대로 할 수 있다면, 내가 사랑하는 모든 사람을 에어십에 태우고 날아갈 것이다. 처음에는 카시아를 태우기 위해 센트럴에 내려앉을 것이고, 그다음 나머지 사람들을 모두 태울 것이다. 그들이 어디 있든 간에. 나는 패트릭 이모부와 에이다 이모를 찾을 것이다. 카시아의 부모님과 동생 브램을 찾고, 잰더와 엠과 우리가 자란 자치구의 모든 사람들을 찾아낼 것이다. 엘리를 찾아낼 것이다. 그다음 다시 위로 날아오를 것이다.

이 에어십은 결코 그렇게 많은 사람을 태우고 날아오를 수 없다. 너무 작았다.

그러나 할 수만 있다면 나는 우리 모두를 안전한 곳으로 데려갈 것이다. 어딘지는 아직 모르지만 그곳을 보면 알 수 있을 것이다. 그곳은 저 바다 어딘가에 있는 섬일지도 모른다. 인디가 예전에 봉기 세력을 찾을 수 있다고 믿었던 곳.

카빙 대협곡도 이제 안전한 것 같지는 않았다. 그러나 예전 '적'의 영토 안에는 우리가 도망칠 수 있는 다른 비밀 장소가 있을 것 같았다. 지금 박물관에 가면 소사이어티가 바깥 지방을 바꾸어놓은 것을 보게 되리라. 그들은 바깥 지방을 지도에 더 작게 그려놓았다. 봉기 세력이 소사이어티를 뒤엎지 못한다면, 다음 세대에 바깥 지방은 아예 지도에 나오지도 않을 것이다. 그 바깥에 내가 모르는 무엇이 있을지, 소사이어티가 오랜 시간에 걸쳐 또 어떻게 지도를 바꾸어왔는지 궁금했다. 적의 영토 너머에도 세상이 있을 것이다. 세상은 얼마나 많이 지워지고 없어졌던 것일까?

내 세상의 중심에 카시아가 있는 한, 세상이 아무리 작아져도 상관없었다. 나는 카시아와 함께하려고 봉기에 합류했다. 그러나 그들은 카시아를 다시 센트럴로 보냈고, 지금 나는 계속 날아가고 있다. 내가 생각해낼 수 있는 범위 안에서 그녀에게 가닿을 수 있는 최선의 방법이기 때문이다. 소사이어티가 나를 쏘아 떨어뜨리지만 않는다면.

그럴 위험은 언제나 있었다. 그러나 나는 조심했다. 조종사 대장에게 깊은 인상을 주려고 애쓰는 사람들처럼 불필요한 기회까지 잡으려 하지는 않았다. 내가 죽으면 카시아에게 아무 소용도 없다. 그리고 패트릭 이모부와 에이다 이모도 찾고 싶었다. 그들이 또 아들을 잃어버렸다고 생각하게 만들고 싶지 않았다. 아들을 잃는 것은 한 번이면 충분했다.

그들은 나를 친아들로 생각하면서도 언제나 있는 그대로의 나를 보았다. 내가 함께 살러 오기 전에 죽은 친자식 매튜가 아닌 카이로 보아주었다.

'나는 매튜를 잘 알지 못한다. 우리는 한 번도 만난 적이 없다. 그러나 나는 매튜의 부모가 그를 매우 사랑했고, 매튜의 아버지가 아들이 언젠가 분류자가 되리라고 생각했다는 것을 안다. 어떤 비정상이 패트릭 이모부와 매튜를 공격했을 때, 매튜가 이모부의 직장을 방문하던 중이었다는 것도 안다.

패트릭 이모부는 살아남았다. 매튜는 살아남지 못했다. 그는 그저 아이였다. 매칭을 할 정도로 나이를 먹지 않았다. 최종 일터 지정을 받을 정도의 나이도 아니었다. 죽어도 될 정도로 나이를 먹지 않은 것은 확실했다.

우리가 죽은 뒤 무슨 일이 일어날지는 모른다. 이 세상을 떠난 뒤 뭔가 대단한 것이 있을 것 같지는 않다. 그러나 우리가 만드는 것과 우리가 하는 일이 우리의 존재를 넘어 지속될 수는 있을 것 같았다. 아마 다른 장소, 다른 차원에서.

그래. 나는 우리를 어딘가 더 높은 곳, 이 세계의 훨씬 위쪽으로 데려가고 싶은가 보다. 높이 올라갈수록 더 춥다. 내가 아주 높이 올라가면 어머니가 그린 그림들이 전부 얼어붙은 채 기다리고 있을 것 같았다.

'죽은 사람의 호흡.'

강기슭에서 카시아를 마지막으로 보았을 때를 기억한다. 비는 눈으로 변했고 그녀는 내게 사랑한다고 말했다.

'죽은 사람의 삶.'

나는 빠르고 매끄럽게 에어십을 몰았다. 땅이 위로 솟아올라 내게 다가왔고, 하늘은 내 시야를 완전히 차지했다가 아래로 내려가면서 지평선의 한 줄로 줄어들었다. 날은 완전히 어두워졌다.

나는 결코 죽지 않았다. 이보다 더 생생한 적이 없었다.

．．．

오늘 밤 훈련소는 바쁜 듯했다.

"카이구나."

사람들이 내 옆을 지나갈 때 그중 누군가가 말했다. 나는 답례로 고개를 끄덕였지만 시선은 계속 산에 두고 있었다. 아직은 이곳 사람들과 너무 편안하게 지내는 실수를 저지르지 않았다. 나는 다시 교훈을 얻었다. 총알받이들의 수용소에서 사귀었던 친구들은 둘 다 사라졌다. 빅은 죽었고 엘리는 산맥 어딘가에 있다. 그 애에게 무슨 일이 일어났는지는 알 수 없었다.

여기서 내가 친구라고 부를 만한 사람은 단 한 명뿐이다. 나는 카빙대협곡에서 그녀를 알게 되었다.

식당 문을 열었을 때 그녀가 보였다. 언제나 그렇듯이, 사람들 가까이에 서 있어도 그녀 주위에는 고립의 작은 원이 그려져 있었고, 사람들은 존경과 당황함이 섞인 표정으로 그녀를 바라보았다. 그녀는 우리 훈련소의 최고 조종사로 널리 인정받고 있었다. 그러나 그녀와 다른 사람 사이에는 여전히 빈 공간이 있었다. 그녀가 그것을 알고 있거나 신경 쓰는지는 전혀 알 수 없었다.

"인디."

나는 걸어가며 그녀를 불렀다. 인디는 나와 마찬가지로 전투 조종사가 아니라 심부름 조종사였지만, 인디가 살아 있는 것을 보면 늘 안심이 되었다. 나는 언제나 인디가 돌아오지 않을 수도 있다고 생각했다. 소사이어티는 여전히 저기에 있었다. 그리고 인디는 어느 때보다도 예측 불가능했다.

"카이, 우리는 이런 이야기를 하고 있었어. 넌 인도자가 어떻게 나타날 거라고 생각하니?"

인디가 거두절미하고 물었다. 그녀의 목소리는 또렷이 잘 들렸고, 사람들은 몸을 돌려 우리를 바라보고 있었다.

"나는 인도자가 물 위로 올 거라고 믿었어. 어머니는 언제나 내게 그렇게 말씀하셨거든. 하지만 이제는 그렇게 생각하지 않아. 인도자는 하늘에서 나타나야 해. 그렇지 않니? 물은 모든 곳에 있지 않지만, 하늘은 모든 곳에 있으니까."

"난 모르겠어."

내가 말했다. 이것은 인디와 함께 있으면 언제나 느끼게 되는 감정이었다. 재미와 경탄과 분노가 뒤섞인 감정. 인디 주위에 남아 있던 몇 안 되는 훈련병들이 각자 핑곗거리를 중얼거리며 식당을 가로질러 가기 시작했다. 우리 둘만 남았다.

"너 오늘 밤에 비행하니?"

내가 그녀에게 물었다.

"오늘 밤엔 없어. 너도 비번이니? 강으로 산책 갈까?"

그녀가 말했다.

"난 근무 중이야."

"어디로 가는데?"

우리는 임무 지정을 어디로 받았는지 서로 이야기하지 못하게 되어 있었지만, 나는 인디에게 몸을 더 가까이 기울였다. 인디의 눈에 고인 빛의 웅덩이 속 깊고 파란 반점들이 보일 정도로.

"센트럴."

내가 말했다. 나는 규칙을 어기고 그녀에게 말할 순간을 지금껏 기다렸다. 인디가 가지 말라고 나를 설득하는 상황을 바라지 않았기 때문이다. 일단 센트럴에 가면 내가 그곳에 머물 방법을 찾을 가능성이 있다는 것을 인디는 알고 있었다.

인디는 눈도 깜짝하지 않았다.

"넌 오랫동안 거기에 임무 지정받을 날을 기다렸지."

인디는 테이블에서 의자를 밀고 일어섰다.

"꼭 돌아와."

그녀가 말했다.

나는 인디에게 아무것도 약속하지 않았다. 그녀에게는 거짓말을 할 수 있었던 적이 없었으니까.

막 식사를 시작했을 때 사이렌이 울렸다.

'훈련이 아닐 거야. 오늘 밤에는 안 돼. 이런 일은 일어나선 안 돼.'

나는 나머지 훈련병들과 동시에 일어나 바깥으로 머리를 내밀었다. 나처럼 검은 옷을 입은 사람들이 빠르게 에어십으로 달려가고 있었다. 대충 보기에는 총 훈련 같았다. 활주로와 연병장은 에어십과 훈련병으로 붐볐다. 모두 소사이어티 점령이라는 하나의 커다란 임무를 수행하기 위한 절차를 따르고 있었다. 미니 포트를 켰다. 다음과 같은 메시지가 와 있었다.

'제13활주로에 신고하라. 3번 그룹. 에어십 C-5. 부조종사.'

이전에는 그 에어십으로 날아본 적이 없었던 것 같지만, 사실 상관은 없었다. 비슷한 에어십을 타고 날아본 적이 있었으니까. 하지만 왜 내가 부조종사지? 보통 나는 누구와 함께 날든 조종사를 맡았다.

"각자 위치로!"

지휘관들이 소리쳤다. 사이렌은 계속 날카롭게 울려대고 있었다.

에어십에 더 가까이 가자 벌써 불이 켜져 있고 누군가가 조종칸 안에서 움직이는 것이 보였다. 조종사는 이미 에어십에 타고 있었다.

나는 계단을 올라가 문을 열었다.

인디가 몸을 돌려 나를 보더니 놀라서 눈을 크게 떴다. 그녀가 물었다.

"너 뭐하는 거야?"

"나 부조종사야. 네가 조종사야?"

내가 말했다.

"그래."

그녀가 대답했다.

"저들이 우리를 같이 배정한 거 알고 있었어?"

"아니."

인디는 그렇게 말하고 다시 조종판 쪽으로 몸을 돌려 엔진 시동을 걸었다. 익숙하면서도 불안한 소리가 났다. 다음 순간 인디가 어깨 너머로 나를 바라보았다. 그녀의 길게 땋은 머리카락이 홱 돌아갔다. 인디는 화가 난 것 같았다.

"왜 우리 둘을 같은 에어십에 몰아넣어 낭비하는 거지? 우린 둘 다 우수한 조종사잖아."

그룹 지휘관의 목소리가 조종실 스피커에서 흘러나왔다.

"출발 준비. 최종 점검 시작."

나는 숨죽여 투덜거렸다. 이것은 총 훈련이었다. 우리는 진짜로 비행하게 될 것이다. 센트럴로 향하는 나의 여행이 흐지부지되어버리는 것을 느낄 수 있었다.

그들이 훈련을 위해 우리를 그곳으로 보내지 않는다면 말이다. 아직 가능성이 있었다.

인디가 조종실 스피커에 몸을 기울이고 말했다.

"여기엔 운반자가 없습니다."

문이 열리고 검은 옷을 입은 사람이 또 하나 들어왔다. 잠시 우리는
그 사람이 누구인지 알 수 없었다. 나는 생각했다.

'빅이나 엘리일 거야.'

왜 안 된담? 내가 인디와 짝지어졌는데. 그것도 거의 비슷한 정도로
있을 수 없는 일 같았다.

그러나 빅은 죽었고 엘리는 떠나버렸다.

"네가 운반자야?"

인디가 물었다.

"응."

그가 말했다. 그는 우리 나이쯤으로 보였다. 우리보다 한두 살 위일
것 같았다. 전에 본 적이 있는 것 같지는 않지만, 이곳 훈련소에는 늘
새로운 사람들이 들어왔다. 그가 승강구로 걸어갈 때 그의 부츠에 몇
개의 눈금이 보였다.

"너 총알받이 마을에 있었구나."

내가 말했다. 이곳에는 예전에 총알받이 노릇을 하던 사람들이 아
주 많았다.

"그래. 내 이름은 칼렙이야."

그의 목소리에는 감정이 없었다.

"거기선 못 본 것 같은데."

내가 말했다.

"넌 못 봤을 거야."

그는 그렇게 말하고 짐칸으로 사라졌다.

인디가 나를 향해 눈썹을 치켜올렸다.

"평준화를 하려고 저 애를 배정했나 봐. 둘이 영리하니까 하나는 멍청한 애를 보낸 거지."

인디가 말했다.

"우리 이번 훈련에 싣는 화물이 있어?"

내가 물었다.

"의료용품."

인디가 대답했다.

"어떤 종류? 진짜일까?"

"난 몰라. 상자는 모두 잠겨 있어."

그녀가 말했다.

인디가 우리를 하늘로 띄워 올리고 몇 초 후, 조종실 컴퓨터가 비행 코드를 토해내기 시작했다. 나는 그것을 꺼내 읽었다.

"어디래?"

인디가 물었다.

"그란디아 시."

내가 말했다. 센트럴이 아니었다.

그러나 그란디아는 대체로 비슷한 방향에 있었다. 우리는 그란디아를 지나쳐서 센트럴까지 계속 갈 수 있을 것이다.

나는 인디에게 아무 말도 하지 않았다. 아직은 그랬다.

우리는 훈련소가 있는 산맥 근처의 어두운 공간을 떠나 카마스 시 외곽의 자치구들 위로 날아올랐다. 그다음 카마스 시 상공으로 이동했다. 시를 관통해 흐르는 강과, 시청처럼 더 높은 건물들이 있었다.

그 건물들 주위에 하얀 원이 고리를 이루고 있었다.

"저게 얼마나 오래 저기 있었지?"

내가 물었다. 나는 거의 일주일 정도 시 상공을 직접 날아오르지 않았다.

"나도 몰라. 저게 뭔데?"

인디가 말했다.

"벽 같은데. 시청과 다른 건물들 주변에 세운 것 같아."

내가 말했다.

불안이 깊어졌다. 나는 눈을 들어 인디를 바라보고 싶은 충동에 저항하며 조종판에 눈을 고정했다. 왜 카마스 시 중심부 주위에 벽이 둘려 있지? 게다가 인디와 나는 전에는 한 번도 함께 비행하도록 짝지어진 적이 없었다. 그런데 왜 지금 와서?

카시아나 잰더도 자신들이 매칭되었다는 것을 알았을 때 이런 느낌이었을까?

'이런 일이 있을 리가 없어. 확률에 완전히 어긋나는 일이야. 어떻게 이런 일이 일어난 거지?'

인디의 생각도 나와 같은 궤도를 달리고 있는 것이 분명했다.

"봉기 세력이 우리를 팀으로 묶었어."

그녀는 그렇게 말하더니, 카마스 시가 우리 아래로 사라질 때 몸을 더 가까이 기울여 내게 속삭였다.

"이건 훈련이 아니야. 봉기의 시작이야."

인디의 말이 옳은 것 같았다.

4
잰더

진단의가 그 사내아이의 검사를 끝내고 일어섰다.

"아드님 상태는 안정적입니다. 우리는 전에도 이런 병을 봤어요. 환자는 무기력해져서 잠든 것 같은 상태가 되죠."

그는 아이 부모에게 그렇게 말하고, 다른 진단의들에게 손짓했다. 그들은 아이를 실을 들것을 가지고 앞으로 나왔다.

"아이를 즉시 의료 센터로 데려가겠습니다. 거기서 가능한 한 최고의 치료를 받을 수 있을 겁니다."

아이 어머니가 창백한 얼굴로 고개를 끄덕였다. 아이 아버지는 아들을 들것에 태우는 일을 도우려고 일어섰지만 진단의들이 그의 주위를 둘러쌌다.

"당신들도 우리와 함께 가야 합니다."

진단의가 아이의 부모에게 말했다. 그는 우리 세 명의 오피셜에게도 손짓했다.

"당신들 모두 예방 조치로 격리되어야 합니다."

나는 오피셜 레이를 슬쩍 보았다. 그녀는 창밖 산맥 쪽을 내다보고 있었다. 이 지방 출신 사람들이 그렇게 하는 모습을 많이 보았다. 그들은 언제나 산맥을 바라보고 있었다. 그 사람들은 내가 모르는 무언가를 알고 있는 것 같았다. 인도자가 어디 있는지도 알까?

그 어린아이의 부모에게 모든 것이 괜찮을 거라고 말해주고 싶었다. 그들의 얼굴에 떠오른 공포로 보아 그들이 봉기 세력이 아니라는 것을 알 수 있었다. 그들은 인도자나 치료법이 있다는 것을 모른다.

그러나 인도자도, 치료법도 있다. 나는 그것을 확신했다. 봉기 세력이 모든 것을 계획했다.

〈전염병은 몇 달에 걸쳐 각 지역을 잠식해 들어갔다. 소사이어티는 병을 억제하는 데 가까스로 성공했으나, 어느 날 그것은 터져 나올 것이다. 또한 소사이어티는 더 이상 병의 확산을 막지 못할 것이다. 그 시점에 이르면, 시민들은 지금까지 의심만 해오던 사실을 알게 될 것이다. 소사이어티가 치료할 수 없는 병이 있다는 것.

전염병이 발생할 때, 그때가 우리의 시작이다.〉

나는 봉기 제2단계에 속해 있었다. 즉 인도자의 목소리를 들을 때까지 기다렸다가 행동을 취해야 한다는 뜻이다. 인도자가 말하면 나는 가능한 한 빨리 중앙 의료 센터에 보고해야 했다. 나는 인도자의 목소리를 모르지만, 봉기 세력 안의 내 연락원은 때가 오면 내가 인도자의 목소리를 알아들을 거라고 단언했다.

생각했던 것보다 일이 더 쉬워질 것 같았다. 소사이어티는 나를 격리하기 위해 불러들이려는 참이었다. 인도자가 마침내 입을 열 때 나는 준비된 채로 기다리고 있을 것이다.

진단의들은 에어카에 오르기 전 우리 모두에게 마스크와 장갑을 건네주었다. 마스크를 얼굴에 썼지만, 내게는 어떤 예방 조치도 필요하지 않다는 것을 알고 있다. 나는 전염병에 걸릴 리가 없었다.

그것은 봉기 세력의 알약이 가진 또 하나의 효과였다. 봉기 세력의 알약은 붉은 알약에 대한 면역뿐만 아니라, 전염병에도 면역을 갖게 만들었다.

진단의들이 마스크를 씌우자 아기가 칭얼거렸다. 나는 불안을 느끼며 아기를 보았다. 아기는 병에 걸릴지도 모른다. 우리가 아기에게 알약을 주기 이전에 병에 노출되었을 것 같았다.

'하지만 저 아기가 아프다고 해도, 봉기 세력에게는 치료약이 있어.' 나는 스스로에게 말했다.

카마스 시 한가운데를 굽이치는 강이 하나 있다. 낮 동안에는 물이 푸른색이다. 오늘 밤 그 강은 넓고 검은 길처럼 보였다. 우리는 어두운 강 수면을 따라 잠깐 날다가 시 중심부로 들어갔다.

카마스의 가장 큰 의료 센터를 포함한 시의 주요 건물들이 전부 하얗고 높은 벽으로 둘러싸여 있었다.

"저게 언제 세워졌죠?"

아이 아버지가 물었지만 진단의들은 대답하지 않았다.

벽은 새로 세운 것이었다. 소사이어티는 전염병을 억제하기 위해 그 벽을 세웠다. 그것은 봉기가 무너뜨릴 수많은 벽 중 하나였다.

"모른다고 하지 마세요. 오피셜들은 모든 걸 알잖습니까."

아이 아버지가 말했다. 딱딱하고 화가 난 목소리였다. 그는 처음에는 오피셜 브루어를, 그다음에는 오피셜 레이를, 그다음 나를 바라보았다. 나는 그의 시선을 마주 보았다.

"우리는 우리가 할 수 있는 만큼 전부 말했습니다. 당신 가족은 지금도 충분히 괴로움을 겪고 있어요. 당신들이 겪는 역경에 소환장까지 보태고 싶지 않군요."

오피셜 브루어가 말했다.

"미안해요."

오피셜 레이가 아이 아버지에게 말했다. 그녀의 목소리에서 완벽에 가까운 공감을 느낄 수 있었다. 인도자의 목소리도 그랬으면 싶었다.

아이 아버지는 몸을 돌려 다시 앞을 바라보았다. 그의 어깨가 뻣뻣했다. 그는 더 이상 아무 말도 하지 않았다. 나는 제복에서 벗어나고 싶어 견딜 수가 없었다. 이 제복은 우리가 줄 수 있는 것 이상을 약속했고, 내가 믿지 않게 된 지 오래인 어떤 것을 나타냈다. 내가 이것을 입고 있는 모습을 처음 보았을 땐 카시아의 얼굴조차 바뀌었다.

"무슨 생각 해?"

나는 그녀에게 물었다. 그들이 지켜보고 있다는 것을 알기 때문에, 나는 소사이어티가 기대하는 방식대로 행동했다. 포트 앞에 서서 옆으로 손을 내밀고 웃으면서 빙글 돌았다.

"그 의식을 할 때 내가 거기 있었으면 좋았겠다고 생각했어."

카시아가 눈을 크게 뜬 채 말했다. 그녀의 긴장한 목소리를 듣자 그녀가 무언가 억누르고 있다는 것을 알 수 있었다. 놀람일까? 분노? 슬픔?

"그래. 하지만 그들이 의식을 바꿨잖아. 우리 부모님도 데려가지 않았어."

내가 말했다.

"아, 잰더. 미안해."

카시아가 말했다.

"괜찮아. 우리는 결혼 계약 축하의식 때 함께 있을 거잖아."

나는 카시아를 놀렸다. 그녀는 부인하지 않았다. 소사이어티가 지켜보고 있는 동안에는. 우리는 그런 상태였다. 내가 원하는 것은 카시아에게 가닿는 것뿐이었지만 그것은 불가능했다. 그녀는 센트럴에 있고 나는 카마스에 있기 때문에, 그리고 서로 아파트의 포트를 통해 이야기하고 있었기 때문에.

"네 근무는 몇 시간 전에 끝났어야 하잖아. 지금 이건 네가 남에게 과시하려고 하루 종일 제복을 입고 있다는 뜻이야?"

카시아가 나를 마주 놀리며 말했다. 나는 긴장을 풀었다.

"아냐. 규칙이 바뀌었어. 우리는 이제 근무할 때만 입는 게 아니라 내내 제복을 입고 있어야 해."

"잘 때도?"

그녀가 묻는 바람에 나는 웃었다.

"아니, 그때는 아니지."

카시아는 고개를 끄덕이고 약간 얼굴을 붉혔다. 그녀가 무슨 생각을 하고 있는지 궁금했다. 우리가 함께, 같은 방에서 얼굴을 마주 보고 있었으면 하고 바랐다. 직접 보고 말하면 내가 정말로 무슨 뜻으로 말하는지 보여주기가 훨씬 쉬울 것이다.

카시아에게 하고 싶은 모든 질문들이 마음속에서 들끓었다.

'너 정말 괜찮니? 바깥 지방에서 무슨 일이 있었던 거야?'

'그 파란 알약이 네게 도움이 되었니? 넌 내 메시지를 읽었니? 내 비밀을 추측했니? 내가 봉기에 소속되어 있다는 걸 아니? 카이가 네게 말했니? 너도 이제 봉기에 들어간 거니?'

'넌 협곡에 들어갈 때 카이를 사랑하고 있었어. 그런데 협곡을 나온 지금도 똑같은 마음이니?'

나는 카이를 미워하지 않는다. 그를 존경한다. 그러나 그것이 카이가 카시아와 함께해야 한다고 생각한다는 뜻은 아니다. 나는 카시아가 누구든 원하는 사람과 함께해야 한다고 생각하고, 아직도 그 사람이 결국은 내가 될 수 있다고 믿는다.

"멋지지. 안 그래? 너 자신보다 더 큰 조직의 일부가 된다는 거."

카시아가 말했다. 그녀의 얼굴은 진지하고 열성적이었다.

"맞아."

내가 말했고, 우리 눈이 마주쳤다. 우리 사이의 먼 거리에도 불구하고, 나는 알았다. 카시아는 소사이어티를 말하고 있는 것이 아니었다. 봉기를 뜻하고 있었다.

'우리 둘 다 봉기에 속해 있어.'

나는 소리치면서 동시에 노래하고 싶었지만 어느 것도 할 수 없었다.

"네 말이 맞아. 멋진 일이지."

내가 말했다.

"난 붉은 휘장이 좋더라. 네가 가장 좋아하는 색이지."

카시아가 화제를 바꾸었다.

나는 웃었다. 그녀는 내가 파란 알약과 함께 넣은 쪽지를 읽은 것이다. 카시아는 카이와 함께하는 동안에도 나에 대해 잊지 않았다.

"네게 이 얘기를 하려고 했어. 나는 언제나 가장 좋아하는 색이 녹색이라고 했지. 내 마이크로카드에도 그렇게 적혀 있어. 하지만 이젠 다른 색깔을 더 좋아해."

카시아가 말했다.

"그럼 지금은 무슨 색을 좋아하는데?"

나는 그녀에게 물었다.

"파란색. 네 눈 색깔."

카시아가 말했다. 그녀는 몸을 살짝 앞으로 기울였다.

"그 파란색에는 뭔가가 있어."

카시아가 나를 칭찬하고 있다고 생각하고 싶었지만, 그렇지 않았다.

그녀는 내게 더 많은 것을 이야기하고 싶은 것이다. 그녀가 하는 말 너머에 의미가 있다는 것은 알았다. 하지만 뭘까? 왜 '파란색에는 뭔가가 있어'라고 말하지 않고 '그'를 덧붙였을까?

카시아는 내가 자치구에서 준 파란 알약 얘기를 하고 있는 것 같았다. 우리가 늘 믿어온 대로 그 알약이 자기를 구했다는 이야기를 하고 싶은 것일까? 우리는 모두 재난이 닥칠 때 그 알약이 우리를 살아 있게 해주는 물건이라는 것을 알았다. 나는 카시아가 떠날 때 만약을 대비해서 파란 알약을 가능한 한 많이 갖고 있기를 바랐다.

카시아에게 알약을 주면서 나는 그것을 어떻게 얻었는지 진실을 말하지 않았다. 나는 카시아를 걱정시키지 않을 만한 설명을 찾으려고 했다. 그녀를 위해 그 종이와 알약을 얻기 위해 해야만 했던 일은 그럴 만한 가치가 있었다. 나는 나 자신에게 계속 그렇게 말했고, 대체로 그 말을 믿었다.

· · ·

우리가 흰 바리케이드 안에 도착했을 때는 어떤 반역의 징표도 보이지 않았다. 소사이어티는 상황을 완벽하게 통제하고 있는 것 같았다. 거대한 흰 텐트가 환자 분류 구역임을 나타냈고, 벽 안쪽의 지역 전체에 임시 가로등이 세워져 있었다. 보호복을 입은 오피셜들이 모든 것을 감시했다. 진단의와 환자들을 가득 실은 또 다른 에어카들이 우리 근처에 도착했다.

나는 걱정하지 않았다. 봉기가 다가오고 있음을 알았기 때문이다. 그리고 소사이어티는 부지불식간에 나를 있어야 하는 곳 근처에 데려다주었다. 카시아와 함께 모든 일이 벌어지는 것을 볼 수 있다면, 제일 먼저 인도자의 말을 들을 수 있다면 얼마나 좋을까. 카시아가 그 모든 일에 대해 어떻게 생각할지 궁금했다. 그녀는 봉기 세력이었다. 그녀도 전염병에 대해서 알 것이다.

"감염자는 오른쪽. 격리는 왼쪽."

방호복을 입은 오피셜이 우리 진단의들에게 말했다.

나는 그가 어디를 가리키는지 보려고 슬쩍 왼쪽을 보았다. 카마스 시청이었다.

"의료 센터에 자리가 다 찬 게 분명해."

오피셜 레이가 작은 소리로 내게 말했다.

그것은 좋은 신호다. 아주 좋은 신호였다. 전염병이 빠르게 퍼지고 있었다. 봉기 세력이 들어오는 것은 시간문제였다. 혼잡하게 몰린 사람들에게 길을 안내하고 있는 소사이어티 오피셜 대부분은 이미 어쩔 줄을 모르는 것 같았다.

우리는 계단을 올라 시청으로 들어갔다. 1초 정도 나는 카시아와 나란히 걸으며 연회장으로 향하는 모습을 상상했다.

오피셜 레이가 문을 밀어 열었다.

"계속 가십시오."

안에 있는 사람이 길을 안내했다. 그러나 나는 왜 사람들이 가다가 멈춰 서는지 알았다. 시청은 바뀌어 있었다.

돔 아래 사방이 트인 거대한 구역에 작고 깨끗한 방이 줄줄이 늘어서 있었다. 나는 그게 무엇인지 알고 있었다. 유행성 질병이나 세계적 전염병의 경우 어디든 만들 수 있는 임시 방지 센터. 훈련받을 때 배웠지만 직접 본 적은 한 번도 없었다.

그 방들은 퍼즐 조각처럼 분해해서 달리 배치할 수 있었다. 그 안에는 독립적인 하수 처리 및 배관 시설이 있었고, 더 큰 조립물 위에 목마를 태우듯 없을 수도 있는 시스템이었다. 각각의 방 안에는 작은 간이 침대와 음식 배달 슬롯, 그리고 뒤쪽에 화장실로 쓸 만한 크기의 작은 칸막이가 있었다. 크기 이외에 그 방의 가장 독특한 특징은 벽이었다. 벽은 대체로 투명했다.

'치료의 투명성.' 소사이어티는 그렇게 불렀다. 모든 사람이 다른 사람에게 무슨 일이 일어나고 있는지 볼 수 있었고, 의료 오피셜들은 자기 환자를 항상 지켜볼 수 있었다.

소사이어티가 이 시스템을 완성한 것은, 오피셜들이 비정상을 찾으러 다니던 시절이라는 소문이 있었다. 때때로 소사이어티는 자신들이 찾아낸 비정상들을 평가하기 위해 그들 모두를 수용할 센터를 세워야 했다. 그래서 그들은 그 방을 개발했다. 안전부의 오피셜들이 위험하다고 판정한 자들을 대부분 추적해 잡은 다음, 그 방을 사용하라고 의료부에 넘겨주었다. 그러나 소사이어티는 공식적으로 이 시스템이 언제나 의료용 격리와 수용을 위해서만 존재했다고 말했다.

봉기에 합류하기 전에는 소사이어티가 전체 인구에서 비정상들을 체계적으로 도태시켜왔다는 얘기를 별로 듣지 못했다. 하지만 나는 그 말을 믿는다. 왜 안 믿겠는가? 그들은 한참 뒤 카이와 다른 일탈자들에게 비슷한 일을 다시 저질렀던 것이다.

나는 방들을 바라보며 재빨리 계산했다. 방이 절반 넘게 찼으니, 최대 수용치에 이르기까지 오래 걸리지 않을 것이다.

"이리로 들어가십시오."

한 오피셜이 오피셜 브루어를 가리키며 말했다. 그는 우리에게 고개를 끄덕이고 그 방 안에 들어가 순순히 간이침대에 앉았다.

그들은 몇 개의 빈 방을 지나치다가 다시 멈추었다. 각자 아는 사람 옆방에 넣으려 하지 않는 거라고 추측되는데, 그럴싸한 얘기였다. 낯선 사람이 병으로 쓰러지는 것만 지켜보아도 충분히 불안해진다. 그들이 나으리라는 것을 알아도 그렇다.

"여기입니다."

그 오피셜이 오피셜 레이에게 말하자, 그녀는 방 안으로 걸어 들어갔다. 문이 미끄러져 닫힐 때, 나는 오피셜 레이에게 미소를 지었다. 그러자 그녀도 마주 미소 지었다. 그녀는 알고 있었다. 그녀도 봉기 세력에 속해 있는 게 분명했다.

몇 개의 방을 더 지나쳤고, 이제 내 차례였다. 안에 들어가자 방은 바깥에서 볼 때보다 더 작게 느껴졌다. 팔을 뻗자 양쪽 벽에 동시에 손이 닿았다. 벽에서 희미한 음악 소리가 들렸다. 우리가 지루해서 미쳐버리지 않도록 '백 곡의 노래'를 연주하고 있었다.

나는 운이 좋은 사람이었다. 인도자가 우리를 구원하리라는 것을 알고, 내가 전염병에 걸리지 않으리라는 것도 알았다. 그리고 우리 가족이 늘 그랬던 것처럼 나 또한 운이 좋다면 옳은 일을 할 책임이 있다. 부모님은 우리에게 이렇게 말씀하셨다.

"우리는 소사이어티의 데이터에서 좋은 쪽에 속해 있어. 하지만 그만큼 쉽게 다른 쪽이 될 수도 있었단다. 세상은 공평하지 않아. 우리는 그걸 바꾸기 위해 할 수 있는 일을 해야 한다."

아버지는 이렇게 말씀하시곤 했다.

형 태년과 내가 붉은 알약에 면역이 있다는 것을 알게 되자 부모님은 우리를 더 보호하게 되었다. 부모님이 기억할 수 없는 일들을 우리가 기억하게 되리라는 것을 깨달았기 때문이다. 하지만 부모님은 우리가 면역력을 갖게 된 것은 중요한 일이라고도 말씀하셨다. 그것은 우리가 실제로 무슨 일이 일어났는지 알게 된다는 뜻이며, 우리는 다른 세상을 만들기 위해 그 지식을 사용할 수 있었다.

그래서 봉기 세력이 내게 접근한 순간 나는 그곳에 들어가고 싶다고 느꼈다.

방 맞은편 벽에 뭔가 쿵 부딪치는 바람에 돌아보았다. 다른 환자였다. 열셋이나 열네 살쯤 되어 보이는 아이였다. 아이는 의식을 잃고 벽쪽으로 쓰러지는 바람에 몸을 가누기 위해 손도 뻗지 못했다. 아이가 바닥에 세게 부딪쳤다.

몇 초 지나지 않아 진단의들이 마스크와 장갑을 낀 채 방 안으로 들어갔다. 그들은 아이를 들어 올려 방 밖으로 데려간 다음 시청 밖으로 나갔다. 아마 의료 센터로 데려갔을 것이다. 어떤 액체가 벽을 타고 내려왔고 화학물질이 섞인 증기가 바닥에서 뿜어 올라왔다. 그들은 다음 환자를 위해 그 방을 소독하고 있었다.

가엾은 아이. 그 애를 도울 수 있었으면 좋았을 텐데.

나는 다시 팔을 뻗어 벽을 밀었다. 그러자 근육이 팔을 따라 쭉 뻗는 것이 느껴졌다. 이런 무력감을 그리 오래 느낄 필요는 없을 것이다.

5
카시아

에어트레인에서 아름다운 풀스커트 드레스를 입은 한 소녀가 나와 가까운 곳에 앉아 있었다. 그러나 그 소녀는 행복해 보이지 않았다. 소녀의 얼굴에 떠오른 당황한 표정은 내 기분을 거울처럼 비춰주고 있었다. 내가 퇴근해서 집에 가고 있다는 것은 알겠는데, 왜 이렇게 늦었을까? 정신은 흐릿하고 매우 피곤했다. 그리고 불안했다. 안절부절못했다. 그들이 자치구에서 카이를 데려간 날 아침에 느꼈던 것 같은 기분이었다. 공중에는 날카로운 기운이, 바람을 타고 비명의 메아리가 맴돌았다.

"오늘 밤 매칭되었나요?"

나는 소녀에게 물었다. 그러나 그 말이 입 밖으로 나온 순간 나는 생각했다,

'무슨 바보 같은 질문이야.'

당연한 일이다. 파티가 없다면 이런 드레스를 입을 일도 없었다. 소녀의 드레스는 노란색이었다. 고향에서 내 친구 엠이 매칭 파티에 입었던 것과 같은 색.

소녀는 나를 바라보았다. 그녀의 표정은 자신이 없었다. 다음 순간 그녀는 답이 적혀 있기라도 한 것처럼 자기 손을 내려다보았다. 답은

작은 은상자의 형태로 그곳에 있었다.

"그래요. 당연하죠."

눈에 반짝 불이 켜지며 그녀가 말했다.

나는 다른 사실을 기억해내고 소녀에게 말했다.

"센트럴 시청에서 파티를 할 수는 없었을 텐데요. 그곳은 개조 중이니까요."

"맞아요."

소녀의 말에 그녀의 아버지가 몸을 돌려 얼굴에 불안한 표정을 띠고 나를 보았다.

"그러면 어디서 파티를 했나요?"

내가 물었다.

그녀는 대답하지 않고 딱 소리를 내며 은상자를 열었다가 닫았다.

"모든 일이 너무 빨리 일어났어요. 집에 가면 마이크로카드를 다시 봐야 할 것 같아요."

그녀가 말했다. 나는 그녀에게 웃어 보였다.

"나도 그런 감정 기억나요."

말하다가, 떠올렸다.

'기억해.'

아, 안 돼.

나는 소매 속으로 슬쩍 손을 넣어 작은 종잇조각을 만져보았다. 시가 되기에는 너무 작은 조각. 에어트레인의 이렇게 많은 눈 앞에서 감히 그것을 꺼내볼 수는 없었지만, 무슨 일이 일어났는지 알 것 같았다.

자치구에서 우리 가족이 그 알약을 먹고 나만 먹지 않았을 때, 가족들은 모두 지금의 나처럼 보였다. 당황했지만 완전히 넋을 놓지는 않았다. 가족들은 자기가 누구인지 알고 무슨 일을 하고 있는지 대부분 이해했다.

에어트레인이 미끄러지며 멈추었다. 소녀와 그녀의 가족이 내렸다. 마지막 순간, 나는 일어서서 문 사이로 슬쩍 빠져나갔다. 여기는 내가 내릴 정거장이 아니었지만 더 오래 앉아 있을 수가 없었다.

센트럴의 공기는 축축하고 차가웠다. 아직 완전히 어두워지지는 않았지만, 짙고 푸른 물 같은 저녁 하늘에 달이 고리처럼 튀어나온 것이 보였다. 나는 금속 계단 아래로 걸어 내려가 다른 사람들이 지나가도록 옆으로 비켜섰다. 깊이 숨을 들이쉬고, 손의 움직임을 최대한 계단 아래 그늘에 숨기면서 소매에서 종이쪽지를 꺼냈다.

종이에는 '기억해'라고 적혀 있었다.

나는 붉은 알약을 먹었다. 그리고 그 알약은 약효를 발휘했다.

내게는 면역력이 없었다.

마음속 한구석에서, 나에 대한 희망과 믿음이 녹아 사라졌다.

"안 돼."

나는 속삭였다.

이것이 사실일 리가 없었다. 나는 면역이 있다. 있어야 했다.

마음속 깊은 곳에서 나는 면역력이 있다고 믿고 있었다. 내가 카이나 잰더나 인디 같을 것이라고 생각했다. 결국 나는 다른 두 알약을 이겨내지 않았던가. 파란 알약은 내 몸을 당장 멈추는 약이었지만, 나는 카빙 대협곡에서 파란 알약을 먹고 걸어갔다. 그리고 녹색 알약은 한 번도 먹지 않았다.

마음속에서 분류를 담당한 부분이 내게 말했다.

'네가 틀렸어. 네게는 면역이 없어. 이제 알잖아.'

내게 면역이 없다면, 나는 무엇을 잊어버렸지? 무엇을 영원히 잃어버린 거지?

입에서 눈물 맛이 났다. 알약의 흔적이 조금이라도 남아 있나 알고 싶은 마음에 혀로 이를 훑었다.

'침착해. 무엇이 기억나는지 생각해봐.'

에어트레인을 타기 전 가장 마지막 기억은 분류 센터를 떠나온 것이었다. 하지만 왜 내가 그곳에 그렇게 늦게까지 있었지? 나는 몸을 움찔거리다가 평상복 아래에서 무언가, 시가 아닌 감촉을 느꼈다.

'붉은 드레스잖아.'

내가 그것을 입고 있다. 왜?

오늘 밤에 카이가 오니까. 그것이 기억났다.

쿵쾅거리는 심장에 손을 대자 옷 아래에서 종이의 속삭임이 느껴졌다.

그리고 내가 거래할 시를 갖고 있고, 피부에 딱 붙인 채 운반하고 있었다는 것을 기억해냈다.

나는 처음 여기 왔을 때 이 종이가 어떻게 내 손에 들어왔는지 알고 있다. 그때를 완벽하게 기억했다.

센트럴에 도착하고 며칠 후, 나는 고요지역을 둥글게 둘러싼 하얀 방어벽 가장자리를 따라 걸었다. 잠시 내가 다시 카빙 대협곡에 와 있다고 상상했다. 방어벽은 협곡의 벽이고, 아파트 건물을 따라 줄줄이 난 창문은 바깥 지방의 동굴들이라고. 사람들이 숨어 있고, 살고, 그림을 그릴 수 있는 협곡의 바위 사이 커다란 틈.

'하지만 아파트 표면은 너무 미끄럽고 균질적이야. 인디조차도 벽에서 붙잡을 곳을 찾을 수 없을 거야.'

나는 걸어가면서 그것을 깨달았다.

녹지의 잔디밭은 눈으로 덮여 있었다. 공기는 오리아의 겨울처럼 빽빽하고 차가웠다. 녹지 한가운데 있는 분수에는 받침대 위에 균형을 잡고 서 있는 대리석 구체(sphere)가 있었다.

'시시포스 샘이네.'

나는 생각하다가 속으로 말했다.

'봄에, 저곳에 물이 다시 흐를 때쯤에는 난 여기 없어야 해.'

나는 엘리를 생각했다.

'여긴 그 아이의 도시야. 엘리가 태어난 곳. 내가 오리아에 대해서 느끼는 것처럼 그 아이도 이곳에 같은 감정을 느낄지 궁금해. 지금까지 온갖 일을 겪었는데도 이곳을 여전히 고향이라고 느끼는지.'

엘리가 헌터와 함께 산맥 쪽으로 향하던 모습이 떠올랐다. 두 사람은 아주 오랫동안 소사이어티를 피해 살아온 농부들을 찾으려고 했다.

엘리가 여기 살았을 때도 바리케이드가 쳐 있었을지 궁금했다.

거의 브램만큼이나 그 아이가 그리웠다.

머리 위의 가지들은 마르고 죽은 가지였다. 나무의 헐벗은 손가락에는 잎이 달려 있지 않았다. 나는 손을 위로 뻗어 가지 하나를 꺾었다.

그리고 귀를 기울였다. 무언가 소리가 나는지. 가지가 꺾인 동그랗고 조용한 흔적 속에서 어떤 생명의 소리를 들으려고 했다. 그러나 실제로 소리는 전혀 나지 않았다. 고요할 수 없는 것—숲 속의 바람 같은 것—너머에서 들리는 소리는 없었다.

그러나 그런 것들은 내게 아무 말도 해주지 않았다.

소사이어티에서 우리는 우리 몸 밖으로, 우리 방의 벽 밖으로 소리를 내지 않았다. 우리가 비명을 지를 때는 꿈속 세계에서뿐이었고, 그것을 누가 들었는지는 결코 알 수 없었다.

나는 흘끗 주위를 둘러보고 아무도 보고 있지 않다는 것을 확인한

다음 몸을 굽히고 벽 가까이 쌓인 눈 위에 엘리의 이름 첫 글자 'E'를 썼다.

다 쓰고 나자, 뭔가 더 하고 싶었다.

'이 나뭇가지들은 내 뼈가 될 거야. 종이는 심장이 되고, 모든 것을 느낄 수 있는 피부가 될 거야.'

나는 그렇게 생각하며 더 많은 가지를 꺾어 조각조각으로 나누었다. 정강이뼈, 대퇴골, 팔뼈. 내가 움직일 때 함께 움직이도록 조각조각 나눠놓아야 했다. 나는 그것을 평상복 다리 부분과 소매 속에 슬쩍 집어넣었다.

그런 다음 일어서서 움직여보았다.

'느낌이 이상해. 뼈가 몸 밖으로 나와서 함께 걷고 있는 것 같아.'

나는 생각했다.

"카시아 라이스."

누군가가 뒤에서 불렀다.

나는 놀라서 몸을 돌렸다. 한 여자가 나를 바라보고 있었다. 모르는 사람이었다. 여자는 내 코트와 비슷한 표준 규격의 회색 코트를 입고 있었고, 그녀의 머리카락과 눈은 갈색이거나 회색이었다. 확실하지 않았다. 그녀는 추워 보였다. 얼마나 오랫동안 나를 지켜보고 있었는지 알 수 없었다.

"당신 물건을 갖고 있어요. 바깥 지방에서 보내온 거예요."

그녀가 말했다.

나는 대답하지 않았다. 카이는 때때로 침묵이 최선이라고 가르쳤다.

"당신의 안전은 보장할 수 없어요. 그 물건이 진짜라는 것만 보장할 수 있어요. 하지만 나와 함께 간다면, 그 물건이 있는 곳으로 데려가줄게요."

그녀는 일어서서 걷기 시작했다. 몇 초 있으면 안 보이는 곳으로 사라질 것이다.

그래서 나는 그녀를 따라갔다. 내가 따라오는 소리를 듣자 그녀는 내가 자신을 따라잡도록 속도를 늦췄다. 우리는 아무 말 없이 거리를 따라 건물을 지나, 가로등이 던지는 빛의 웅덩이 너머로 걸었다. 그다음 돌무더기로 울퉁불퉁하고 풀로 덮인 거대한 들판을 둘러싼, 얼기설기 얽힌 철조망 울타리로 걸어갔다. 유령 같은 하얀 비닐이 땅을 덮은 채 부풀어서 지나가는 바람에 숨을 들이쉬고 내쉬고 있었다.

그녀가 울타리에 난 틈새로 몸을 숙여 들어가자 나도 따라 했다.

"나한테서 떨어지지 말아요. 이 들판은 옛날 복원 현장이에요. 사방에 구멍이 뚫려 있어요."

그녀가 말했다.

그녀를 따라가면서, 내가 어디로 가고 있는지 깨닫고 흥분했다. 기록 보관자의 진짜 은신처로 가는 것이었다. 기록 보관자들이 피상적이고 표면적인 거래를 하는 박물관이 아니라, 그들이 물건을 보관하는 장소로 가고 있었다. 그들 자신이 시와 서류와 정보와 그 밖에 아무도 모를 물건들을 교환하러 가는 곳. 땅에 난 구멍을 피하고 비닐 덮개가 바람에 바스락거리는 소리에 귀를 기울이면서, 나는 이 사태를 두려워해야 한다는 것을 알았다. 그리고 마음속 깊은 곳에서는 두려워하고 있었다.

들판 한가운데로 들어오자 여자가 말했다.

"이걸 둘러야 할 거예요."

그녀가 검은 천 조각을 꺼냈다.

"이걸로 당신 눈을 가려야 해요."

'당신의 안전은 보장할 수 없어요'라는 말이었다.

"좋아요."

나는 그렇게 말하고 그녀에게 등을 돌렸다.

천을 다 묶고 나자 그녀가 내 어깨를 잡았다.

"이제 당신 몸을 돌릴게요."

작은 웃음이 터져 나왔다. 참을 수가 없었다.

"일차 학교에서 했던 게임 같아요."

나는 자치구 잔디밭에서 어린아이들이 여가 시간에 손으로 눈을 가리고 게임을 하던 때를 떠올리며 말했다.

"그것과 조금 비슷하죠."

그녀도 동의했다. 그다음 그녀는 내 몸을 돌렸다. 그러자 어둡고 차가운 세계가 내 주위에서 빙글 돌며 속삭였다. 그때 나는 카이의 나침반을 생각했다. 그 나침반은 아무리 자주 방향을 돌려도 언제나 북쪽이 어딘지 화살표로 알려줄 수 있었다. 그러자 내가 나침반을 생각할 때마다 느끼는, 그의 선물을 어떻게 거래했는지 생각할 때마다 느꼈던 익숙하고 날카로운 고통이 찾아들었다.

"당신, 사람을 잘 믿는군요."

그녀가 말했다.

나는 대답하지 않았다. 오리아에서 카이는 기록 보관자들이 보통 사람보다 더 좋지도 나쁘지도 않다고 말했다. 그래서 그녀를 믿을 수 있는지 확신하진 못했지만, 그 정도 위험은 감수해야 한다고 느꼈다. 그녀가 내 팔을 잡았고 나는 아무것도 밟지 않으려고 어색하게 발을 떼며 그녀와 함께 걸었다. 발아래 땅은 차갑고 딱딱한 느낌이었지만, 때때로 어느 정도 자란 풀의 탄력도 느껴졌다.

그녀가 멈추었고, 뭔가 떼어내는 듯 귀에 거슬리는 소리가 들렸다.

'비닐이구나. 건물 잔해를 덮고 있던 하얀 시트.'

내가 생각했다.

"물건은 지하에 있어요. 계단을 한 번 내려갈 거예요. 그다음에 긴 복도로 들어갈 거예요. 아주 천천히 가요."

나는 기다렸지만 그녀는 움직이지 않았다.

"먼저 가요."

그녀가 말했다.

나는 벽에 손을 댔다. 벽은 가까이 있었고 촘촘했다. 오래된 벽돌에 이끼가 덮여 있었다. 나는 발을 앞으로 질질 끌면서 한 계단 내려갔다.

"맨 끝에 닿은 걸 어떻게 알죠?"

나는 그녀에게 묻다가 내가 쓴 표현 때문에 카빙 대협곡의 시를 떠올렸다. 농부들의 도서관 동굴에서 찾은 것 중에서 가장 좋아하는 시. 언제나 카이에게로 가는 나의 여정을 말해주는 것 같던 시.

당신에게는 닿지 못했습니다
그러나 내 발은 매일 더 가까이 갑니다
건너야 할 세 개의 강과 하나의 언덕
하나의 사막과 바다
그 여행을 하나인 셈 치지 않으렵니다
당신에게 이야기할 때.

마지막 계단에 닿았을 때, 그 시에서처럼 내 발이 미끄러졌다.(시 원문의 두 번째 행은 "But my feet slip nearer every day"이다. 미끄러지듯 빠르게 다가간다는 뜻으로 'slip'을 쓰고 있다 — 옮긴이)

"계속 가요. 벽을 붙잡고 가요."

그녀가 내 뒤에서 말했다.

오른손으로 벽돌을 따라 벽을 쓸자 손가락 사이에서 흙이 부서졌고, 얼마 후 벽이 꺼지며 그 너머 커다란 공간이 드러나는 것이 느껴졌다. 땅에 내 발소리가 울렸고 다른 소리도 들렸다. 발이 움직이고 사람들이 숨 쉬는 소리. 우리 둘만이 아니었다.

"이쪽이에요."

여자는 그렇게 말하며 내 팔을 잡아끌었다. 우리는 다른 사람들이 내는 소리에서 멀어졌다.

"멈춰요. 눈가리개를 풀면 누군가가 당신에게 전달한 물건들을 보게 될 거예요. 몇 개 없어진 걸 보게 될 수도 있어요. 그건 보내는 사람도 동의한 배달료예요."

그 여자가 말했다.

"알았어요."

내가 말했다.

"물건들을 천천히 훑어봐요. 누군가가 돌아와서 당신을 데리고 나갈 거예요."

그녀가 말했다.

내가 보고 있는 것이 무엇인지 이해하는 데 잠깐 시간이 걸렸다. 나는 방향감각을 잃었고, 지하 공간은 어둠침침했으니까. 잠시 후, 두 줄로 늘어선 텅 빈 긴 금속 선반들이 나를 벽처럼 둘러싸고 있다는 것을 깨달았다. 누군가가 관리하고 먼지를 닦은 것처럼 선반은 매끄럽고 깨끗했지만, 그것을 보자 '백 가지 역사의 교훈' 시간에 보았던 무덤의 지하실이 생각났다. 그곳에는 뼈로 가득 찬 작은 동굴들과 돌 상자 윗면에 조각된 사람들이 있었다.

'죽음 이후에 다시 생명을 누릴 가능성이 없는 죽음이 너무 많았다. 그때는 조직 보존이란 게 없었다.'

소사이어티는 우리에게 그렇게 말했다.

내 앞에 있는 선반 한가운데에 두꺼운 비닐에 감긴 커다란 꾸러미 하나가 있었다. 비닐 위쪽 가장자리를 벗기자 종이가 나왔다.

'내가 카빙 대협곡에서 가지고 나온 문서들이야.'

종이에서 물과 먼지, 사암의 냄새가 올라오는 것 같았다.

'카이야. 카이가 내게 이걸 보내는 데 성공했구나.'

나는 종이를 손에 꼭 쥔 채 숨을 들이쉬었다.

'카이도 이걸 만졌어.'

마음속에서 강물이 흐르고 눈이 내렸다. 우리는 강기슭에서 작별 인사를 했고, 나는 물을 타고 내려갔고, 그는 그 옆을 따라 달리며 강이 끝날 때까지 이 종이를 가지고 있었다.

나는 종이를 넘기며 페이지 하나하나를 훑어보았다. 그 차가운 금속 복도 안에서, 나는 그를 원했다. 그의 손이 내 등에 놓이기를 원했고 그의 입술이 내 입술 위에서 시를 읊기를 원했고 서로를 향한 우리의 여행이 끝나기를 바랐다. 우리 사이에 놓인 수많은 킬로미터가 사라지고 모든 거리가 가까워지기를.

선반 끝에 한 사람이 나타났다. 나는 종이를 가슴에 부여안고 몇 걸음 물러났다.

"전부 맞죠?"

누군가가 물었고 나는 그 사람이 나를 이곳에 데려온 여인이라는 것을 깨달았다. 그녀가 더 가까이 다가왔다. 그녀의 손전등이 비추는 황백색 원이 내 발치에 내리꽂혔다. 내 얼굴에 겨누어져 아무것도 안 보이게 만들지는 않았다.

"볼 시간은 충분했지요?"

"다 있는 것 같아요. 시 세 편만 빼고요. 그건 당신이 말한 거래료겠지요."

내가 말했다.

"그래요. 필요한 게 그것뿐이면 가도 좋아요. 거기에서 나와서 방을 가로질러요. 문은 하나뿐이에요. 계단을 도로 올라가요."

이번에는 눈가리개를 안 하고?

"하지만 그러면 내가 이 장소를 알아차릴 텐데요. 돌아오는 길을 알게 될 거예요."

내가 말하자 그녀가 미소를 지었다.

"바로 그래요."

그녀의 시선이 내 종이에 머물렀다.

"원한다면 여기서 거래해도 돼요. 이런 은닉처가 있으면 박물관에 갈 필요가 없지요."

"그럼 나도 기록 보관자가 되는 건가요?"

내가 물었다.

"아뇨. 당신은 거래자(trader)가 되는 거예요."

그녀가 말했다.

잠시, 나는 그녀가 배신자(traitor)라고 말한 줄 알았다. 물론 나는 소사이어티의 배신자다. 그러나 그녀가 말을 이었다.

"기록 보관자들은 거래자들과 함께 일해요. 하지만 기록 보관자들은 거래자랑은 다르죠. 우리는 특별한 훈련을 받았고, 보통 거래자가 절대로 알아차리지 못하는 위조품을 알아낼 수 있어요."

그녀가 말을 멈추자 나는 그 말의 중요성을 이해했다는 표시로 고개를 끄덕였다.

"만약 거래자하고만 흥정한다면 당신은 물건이 진품이라는 보장을 받을 수 없어요. 정보나 물품이 진짜인지 아닌지 확인하는 데 걸맞은

지식과 자원을 가진 사람들은 기록 보관자밖에 없어요. 어떤 사람들 말로는 기록 보관자의 존재는 소사이어티보다 더 오래되었다고 해요."

그녀는 내가 손에 쥔 종이들을 흘끗 내려다보다가 다시 나를 바라보았다.

"때때로 주목할 만한 가치가 있는 물건들이 거래로 들어오기도 하죠. 예를 들면 당신의 문서들 같은 거요. 원한다면 당신은 그 문서를 한 번에 하나씩 거래할 수 있어요. 하지만 한 묶음으로 거래하면 더 가치 있을 거예요. 묶음이 클수록 가격은 더 높아지죠. 그리고 만약 당신에게 잠재력이 보인다면, 우리를 위해 다른 사람의 거래를 중개하고 수수료의 일부를 받을 수도 있어요."

"고마워요."

그 순간 토머스 시의 글귀가 떠올랐다. 카이는 늘 내가 그 시를 거래할 수 있을 거라고 생각했다. 나는 물었다.

"기억하고 있는 시는 어떤가요?"

"뒷받침할 문서가 없는 시 말인가요?"

그녀가 물었다.

"네."

"예전에는 그런 것도 받을 때가 있었어요. 가치는 더 적지만요. 이제 더 이상 그런 일은 없어요."

그녀가 말했다.

내가 테니슨 시를 거래하려고 했을 때 타나의 기록 보관자가 보인 반응을 보고 그렇게 추측했어야 했다. 나는 카이와 나만 알고 있는 토머스의 시는 예외일 거라고 생각했다. 하지만 나는 아직 카이 덕분에 잠재적인 부를 가지고 있었다.

"당신은 여기에 물건을 보관해두어도 돼요. 요금은 최소예요."

기록 보관자가 말했다.

나는 본능적으로 물러났다.

"아뇨. 다른 곳을 찾아볼게요."

그녀가 눈썹을 치켜올렸다.

"안전한 장소가 있는 게 확실한가요?"

그녀가 물었을 때 나는 그 문서들이 그토록 오래 안전하게 숨겨져 있던 동굴과 오랜 세월 동안 할아버지가 시를 숨겨두셨던 콤팩트를 떠올렸다. 그러자 내 종이들을 어디에 숨겨야 할지 알았다.

'나는 시를 불태우고 파묻었어. 하지만 아직 물 쪽은 시도해보지 않았어.'

이런 생각이 떠올랐다.

어떤 면에서 종이를 숨길 장소에 대한 아이디어를 준 사람은 인디였다. 그녀는 언제나 대양에 대해 이야기했다. 그러나 그보다 더 관계가 있는 것은, 기묘하게 에두르는 그녀의 사고방식이었다. 사물을 비딱하게 보고, 똑바로가 아니라 거꾸로 보고, 예상치 못한 이상한 각도에서 진실을 캐내는 방식.

"오늘 밤 한 가지를 바로 거래하고 싶어요."

내가 말하자 그녀는 실망한 것 같았다. 마치 이 연약하고 아름다운 글들을, 반짝이는 가짜를 사는 데 써버리려고 하는 어린아이를 대하는 것 같았다.

"뭐가 필요하죠?"

그녀가 물었다.

"상자요. 불태울 수 없고, 물이나 공기나 흙도 들어갈 수 없는 상자. 그런 걸 찾을 수 있나요?"

내가 물었다.

그녀의 얼굴이 약간 변했다. 나를 좀 더 인정하는 듯했다.

"물론이죠. 여기서 기다려요. 오래 걸리지 않을 거예요."

그녀는 그렇게 말하고 선반을 따라 다시 사라졌다.

그것이 우리의 첫 거래였다. 훗날 나는 그 여인의 정체가 센트럴 시의 수석 기록 보관자라는 것을 알게 되었다. 수석 기록 보관자는 거래를 감독하고 지시하지만 직접 실행하는 일은 별로 없는 사람이었다. 그러나 그녀는 처음부터 카이가 내게 보낸 문서에 특별한 흥미를 가졌다. 나는 그때부터 그녀와 함께 일하게 되었다.

그날 밤 차가워진 손으로 종이가 가득 담긴 상자를 움켜쥐고 지하에서 기어 나오다가, 들판 가장자리에서 잠시 쉬었다. 그곳에는 은빛 풀, 회색과 검은색 잡석들이 널려 있었다. 다른 발굴지들을 덮고 있는 하얀 비닐이 보였다. 복원은 중단되어 아직 재개되지 않았고, 비닐은 그때까지 발굴지를 보호하고 있었다. 거기가 어떤 장소였고, 왜 소사이어티가 그곳의 복원을 시도하다가 포기하기로 결정했는지 궁금했다.

'그다음에 무슨 일이 일어났더라? 기록 보관자의 은신처에서 문서를 가지고 나온 다음 어디 두었지?'

나는 나 자신에게 물었다.

잠시, 흐르는 물속 은빛 물고기처럼 기억이 미끄러져 나가려고 했다. 하지만 나는 그 기억을 붙잡았다.

'호수에 숨겼어.'

그들은 호수가 죽었다고 말했지만, 나는 생명의 신호를 보았기 때문에 대담하게 그 안으로 들어갔다. 호수는 빅이 중독된 하천이 아니라 카빙 대협곡의 건강한 개천 같았다. 심지어 물고기가 아래쪽 깊은 곳에서 겨울을 보내며 천천히 움직이는 것도 보였다.

나는 호숫가를 덮고 있는 덤불 속을 기어가 가운데 교각 아래 상자를 파묻었다. 물이 호숫가를 어루만지는 얕은 부분 속에 어룽거리는 물결과 돌멩이 아래였다.

다음 순간 더 최근의 기억이 돌아왔다.

'호수야. 카이가 만나자고 한 곳은 호수였어.'

일단 호수에 닿자, 거리가 사라지고 늪이 나타나는 도시 변두리의 덤불 속에 숨겨놓았던 손전등을 켰다.

그가 아직 여기 왔을 것 같지는 않았다.

이곳에 돌아올 때는 언제나 순간적인 공포를 느낀다. 종이가 사라지지는 않았을까? 하지만 다음 순간 나는 숨을 깊이 들이쉬고 손을 물에 담가 바위를 치우고, 시가 가득 들고 물이 뚝뚝 떨어지는 상자를 들어냈다.

내가 그 문서를 거래하는 건 보통 카이와 메시지를 교환하기 위해서였다.

카이에게 닿기 전에 그 쪽지들이 얼마나 많은 손을, 혹은 누구의 손을 거치게 될지는 알 수 없었다. 그래서 내가 만들어낸 암호로 첫 번째 메시지를 보냈다. 완전히 주의를 기울이지 않아도 되는 분류 시간 동안 내가 발명한 암호였다. 카이는 그 암호를 이해하고 내게 답장을 쓸 때마다 약간씩 바꾸었다. 우리는 매번 원래 암호를 기반으로 조금씩 바꾸고 발전시켜 더 읽기 어려운 메시지를 만들었다. 완벽한 암호체계는 아니었다. 그 암호는 확실히 깰 수 있었다. 하지만 우리가 할 수 있는 한 최선이었다.

호수에 가까이 갈수록 뭔가 잘못되었다는 생각이 더욱 강하게 들었다.

첫 번째 선창 가장자리 부근에 검은 새가 빼곡히 모여 있었고, 호숫가로 더 내려가자 또 한 무리가 있었다. 새들은 울고 서로를 부르며 뭔가를 쪼고 있었다. 땅에 있는 어떤 물체를. 나는 그들 위로 손전등을 비추었다.

검은 새들이 흩어지며 째지는 소리로 울었고 나는 걸음을 우뚝 멈추었다.

죽은 물고기들이 갈대숲에 걸린 채 둑을 따라 출렁거렸다. 배는 위로 떠올랐고, 눈은 멍했다. 카이가 빅이 어떻게 죽었는지 이야기해준 것이 떠올랐다. 나는 바깥 지방의 검게 중독된 강과, 적에게로 흘려보내기 위해 소사이어티가 중독시킨 다른 강들을 떠올렸다.

'누가 소사이어티의 물을 중독시키고 있는 거지?'

나는 잠깐 몸을 떨다가 양팔로 몸을 꼭 감쌌다. 옷 속의 종이들이 사각거렸다. 이 모든 죽음 아래, 물속 어디엔가 종이들이 파묻힌 채 누워 있었다. 초봄이었지만 물은 여전히 매우 차가웠다. 지금 종이를 가지러 들어간다면, 카이가 올 때까지 기다릴 수 없을 것이다.

그가 왔는데 내가 감기에 걸려 집으로 돌아갔다면?

6
카이

우리는 그란디아에 점점 더 가까워지고 있었다. 이제 인디에게 내가 무슨 일을 하고 싶은지 말해야 했다.

조종실과 아래쪽 짐칸에는 스피커들이 달려 있었다. 우리 함대의 지휘관은 내가 하는 말을 뭐든지 들을 수 있었고, 칼렙도 그랬다. 그러니 글로 써서 인디에게 주어야 할 것이다. 나는 주머니에 손을 넣어 숯 막대기와 훈련소 식당에서 가져온 냅킨을 꺼냈다. 나는 언제나 이 물건들을 갖고 다녔다. 카시아에게 메시지를 보낼 기회가 언제 올지 모르니까.

인디가 나를 건너다보며 눈썹을 치켜올렸다. 조용히, 그녀가 입 모양으로 물었다.

"너 누구한테 글을 쓰고 있어?"

내가 자기를 가리키자 그녀의 얼굴이 밝아졌다.

나는 인디에게 이 질문을 할 최선의 방법을 생각해내려고 애썼다.

'카빙 대협곡에서 우리가 이 모든 것에서 도망쳐야 한다고 했던 내 말 기억하니? 지금 그렇게 하자.'

인디가 나와 함께 가겠다고 한다면 우리는 카시아를 데려와 에어십에 태우고 빠져나갈 길을 찾을 수 있을 것이다. 겨우 한 단어—카빙—

를 적었을 때, 어떤 목소리가 조종실을 가득 채웠다.

"대장이 말한다."

전에 그가 말하는 것을 한 번도 들은 적이 없는데도 그의 목소리라는 것을 알아듣고 작은 충격을 느꼈다. 인디는 숨을 들이켰고, 나는 마치 조종사 대장이 우리를 볼 수 있기라도 한 것처럼 숯과 종이를 도로 주머니에 찔러 넣었다. 그의 목소리는 그윽하고 음악적이었으며, 유쾌하지만 강인했다. 그 목소리는 조종판에서 나오고 있었지만 전파 송신의 질은 보통 때보다 훨씬 좋았다. 그가 진짜로 에어십에 타고 있는 것처럼 들렸다.

"나는 봉기의 인도자이기도 하다."

인디와 나는 몸을 돌려 서로를 마주 보았다. 그녀의 말이 옳았다. 하지만 그녀의 표정에 의기양양한 기색은 없었다. 확신뿐이었다.

"나는 곧 모든 지방 정부의 모든 사람들에게 이야기할 것이다. 그러나 봉기의 최초 물결에 참여하고 있는 여러분에게는 내 말을 먼저 들을 권리가 있다. 여러분은 봉기에 합류한다는 스스로의 결정과, 이 반역에 참여하고 있다는 이점 때문에 이곳에 있다. 그리고 여러분은 또 다른 중요한 특징 때문에 이곳에 있다. 그것은 여러분이 그 공로를 주장할 수 없는 것이다."

인도자가 말했다. 나는 인디를 바라보았다. 인디의 얼굴은 환히 밝아져 아름다웠다. 그녀는 인도자를 믿었다. 이제 그의 목소리를 들었으니 나도 그렇게 될까?

"붉은 알약은 여러분에게 효과가 없다. 여러분은 소사이어티가 망각시키는 일들을 기억한다. 여러분 중에서 몇몇 사람들이 오랫동안 의심해온 것처럼, 봉기 세력은 여러분이 붉은 알약에 면역을 갖도록 만들었다. 그게 전부가 아니다. 여러분은 지금 전 지방의 도시와 자치구에 퍼지고 있는 병에도 면역이 있다."

그들은 병에 대해 아무 말도 한 적이 없었다. 몸의 근육이 긴장되었다. 이건 카시아에게 무엇을 뜻할까?

"여러분 중 일부는 전염병에 대해 들어보았을 것이다."

인디가 나를 바라보았다.

"들어봤니?"

그녀가 입 모양으로만 물었다.

'아니' 하고 말할 뻔했지만 그 순간 나는 들어봤다는 것을 깨달았다. '엘리의 부모님을 죽게 한 수수께끼의 병.'

"엘리."

내가 입 모양으로만 대답하자 인디는 고개를 끄덕였다. 인도자가 말을 이었다.

"소사이어티는 적에게 그 전염병을 퍼뜨리려고 했다. 그들은 적들의 강을 중독시키고 다른 사람들에게 전염병을 풀어놓았다. 이와 함께 계속된 공중폭격은 적을 완전히 제거했다. 그러나 소사이어티는 여전히 적이 존재하는 척해왔다. 소사이어티는 바깥 지방에 사는 사람들이 계속 생명을 잃는 사태에 대해 비난할 대상이 필요했다. 여러분 중 몇몇은 그곳의 수용소에 있었을 것이다. 여러분은 소사이어티가 일탈자와 비정상을 완전히 전멸시키려고 한다는 걸 안다. 그들은 사람들의 죽음과 거기서 긁어모은 정보를 이용해 마지막까지 엄청난 양의 데이터를 수집했다."

침묵. 우리는 모두 그가 하는 말이 진실이라는 것을 알고 있었다.

"우리는 더 일찍 들어가 여러분을 구하고 싶었다. 그러나 아직 준비가 안 되어 있었다. 좀 더 기다려야 했다. 그러나 우리는 여러분을 잊지 않았다."

'잊지 않았다고?'

나는 묻고 싶었다. 봉기 세력에게 오래전부터 느꼈던 쓸쓸한 기분이 마음을 가득 채웠다. 나는 바깥의 어둠을 노려보며 에어십의 조종장치를 꽉 움켜쥐었다.

"소사이어티가 전염병을 만들어냈을 때, 어떤 장소에서는 물이던 것이 다른 장소에서는 비가 된다는 것을 기억하는 사람들이 있었다. 그들은 이 전염병을 풀어놓으면 아무리 많은 예방 조치를 취해도 어떻게든 우리에게 되돌아오리라는 것을 알았다. 그 사실은 소사이어티의 과학자들을 분열시켰고, 그중 많은 수가 남몰래 봉기에 합류했다. 우리 과학자 몇 명이 붉은 알약과 전염병에 면역을 갖게 하는 방법을 발견했다. 처음에는 이것을 모든 사람에게 제공할 자원이 없었다. 그래서 우리는 선택해야 했다. 그리고 우리는 여러분을 선택했다."

"그가 우리를 선택했대."

인디가 속삭였다.

"소사이어티가 잊게 만들려던 것들을 여러분은 아직 잊지 않았다. 그리고 여러분은 전염병에 걸리지 않는다. 우리는 그 두 가지 모두로부터 여러분을 보호했다."

인도자는 잠시 말을 멈추었다.

"여러분은 우리가 가장 중요한 '심부름'을 시키기 위해 여러분을 준비시켰다는 것을 언제나 알고 있었다. 봉기 세력에서 어떤 물건을 갖고 나가는 것. 그러나 여러분은 그것이 무엇일지 알지 못했다. 여러분은 치료약을 운반할 것이다. 지금 당장, 전투기가 엄호하는 심부름 에어십이 전염병의 영향을 가장 크게 받은 도시들에 치료약을 가져다줄 것이다. 센트럴, 그란디아, 오리아, 아카디아."

'가장 영향을 받은 도시 중에 센트럴이 있어.'

카시아가 병에 걸렸을까? 우리는 그녀가 붉은 알약에 면역이 있는지 없는지 결코 알 수 없었다. 그녀는 면역이 없을 것 같았다.

그리고 왜 그렇게 많은 곳에 전염병이 퍼졌을까? 왜 가장 큰 도시들이 모두 동시에 병들었을까? 사방에서 동시에 터지는 것이 아니라 퍼지는 데 더 오래 걸려야 하는 것 아닌가?

그것은 잰더에게 던져야 할 질문이었다. 그에게 물어볼 수 있었으면 싶었다.

인디가 나를 바라보았다.

"안 돼."

그녀가 말했다. 그녀는 내가 무엇을 하고 싶어하는지 알았다. 내가 어찌 됐든 카시아에게 가려는 것을 안다.

그녀가 옳았다. 내가 하고 싶은 일은 그것이었다. 나 혼자였다면 위험을 감수하고 봉기 세력에서 빠져나가려고 했을 것이다.

그러나 나만 걸린 일이 아니었다.

"여러분 중 많은 사람이 여러분이 아는 사람과 짝지어졌다. 이것은 의도적인 것이다. 우리는 여러분 중 아직 소사이어티 안에 사랑하는 사람이 있는 이들이 여러분의 가족과 친구들에게 치료약을 가져다주고 싶은 유혹을 이기기 어렵다는 것을 알고 있다. 우리는 이 임무의 효율성을 훼손할 수 없으므로, 여러분이 정해진 궤도에서 이탈하려고 한다면 여러분을 격추시킬 수밖에 없다."

봉기 세력은 영리했다. 그들은 훈련소에서 내가 신경을 쓰는 단 한 사람과 나를 짝지었다. 이것은 누군가를 소중히 여기면 약점이 생긴다는 것을 보여준다. 나는 이 사실을 오랫동안 알았지만 여전히 어쩔 수 없었다.

"우리는 치료약을 딱 맞게 공급할 것이다. 남는 물품은 없다. 그것을 공급하기 위해 많은 사람들이 희생한 자원을 부디 낭비하지 말라."

인도자가 말했다.

아주 계획적이었다. 그들이 우리를 짝지은 방식도, 치료약의 양을 딱 맞게 만든 방식도.

"꼭 소사이어티 같잖아."

나는 소리 내어 말했다.

"우리는 소사이어티가 아니다. 그러나 우리는 사람들을 해방하기 전에 먼저 구해야 한다는 것을 안다."

인도자가 말했다.

인디와 나는 서로를 바라보았다. 인도자가 내게 대답한 걸까? 인디는 손으로 입을 가렸고, 알 수 없는 일이지만 나 자신도 웃지 않으려 애쓰고 있다는 것을 깨달았다.

"소사이어티는 병을 억제하기 위해 바리케이드와 벽을 쌓았다. 그들은 사람들을 의료 센터에 격리했다가 공간이 없어지자 정부 건물들에 격리시켰다. 지난 며칠이 전환점이었다. 우리는 병에 걸린 사람의 수가 치명적일 정도로 많아졌다는 것을 확인했다. 오늘 밤, 카마스에서 센트럴, 그 너머 소사이어티 전역에서 열린 매칭 파티는 실패했다. 소사이어티는 마지막 순간까지 데이터를 변경하고 수정하려고 계속 시도했지만 따라잡을 수 없었다. 우리는 분류 센터에 잠입해서 문제를 가속시켰다. 매칭을 혼란에 빠뜨리는 것은 어렵지 않았다. 전 지방에 마이크로카드 없는 은상자와 매칭 상대 없는 빈 화면들이 나왔다. 오늘 밤 많은 사람들이 붉은 알약을 먹었다, 하지만 그들 모두가 잊어버리지는 않을 것이다. 매칭 파티는 소사이어티의 상징과 같은 행사다. 소사이어티의 모든 것이 그 위에 세워진다. 매칭의 실패는 소사이어티가 자기 시민들을 돌볼 능력이 없음을 나타낸다. 잊어버린 사람들도 곧 자신들에게 매칭 상대가 없고 뭔가 잘못되었음을 깨닫게 될 것이다. 자신이 아는 사람들이 너무 많이 바리케이드 너머로 사라져 돌아오지 않는다는 것을. 소사이어티는 죽어가고 있고, 이제 우리의 시간이다. 봉기는 모든 사람을 위한 것이다."

모토를 되풀이하는 인도자의 목소리는 약간 낮아지고, 감정이 실려 더 깊어졌다.

"그러나 여러분은 그것을 시작할 사람들이다. 여러분이 그들을 구할 것이다."

우리는 기다렸다. 그러나 인도자는 말을 끝냈다. 그의 목소리가 사라지니 에어십은 더욱 텅 빈 것처럼 느껴졌다.

"우리가 그들을 구할 거야, 모두를. 믿어지니?"

인디가 말했다.

"믿어야겠지."

내가 말했다. 봉기 세력과 그들의 치료약을 믿지 않는다면, 카시아에게 무슨 희망이 있겠는가?

"카시아는 괜찮을 거야. 그 애는 봉기 세력이잖아. 그들이 그 애를 돌봐줄 거야."

인디가 말했다.

나는 인디의 말이 맞기를 바랐다. 카시아가 봉기에 합류하고 싶어했기 때문에 나는 그녀를 따라왔다. 그러나 이제 내가 하고 싶은 일은 카시아를 찾은 후 될 수 있는 한 빨리 이 모든 것—소사이어티, 봉기, 인도자, 전염병—을 뒤로하고 떠나는 것뿐이었다.

위에서 보면, 소사이어티에 대한 반역은 그저 흑백으로 보였다. 검은 밤, 그란디아 시 중심부를 둘러싼 하얀 바리케이드.

인디가 고도를 낮춰 착륙을 준비했다.

"먼저 가라. 다른 사람들에게 어떻게 해야 하는지 보여줘라."

우리 지휘관이 말했다. 인디는 바리케이드 안 시청 앞 거리에 에어십을 착륙시켜야 했다. 아슬아슬한 일이었다.

땅에 더 가까이. 더 가까이. 더 가까이. 더 가까이. 세상이 우리에게 달려들었다. 어디에선가 인도자가 우리를 지켜보고 있었다.

검은 에어십, 하얀 대리석 건물들.

인디는 착륙한 길에 기름을 흩뿌리면서 땅에 매끄럽게 닿았다. 나는 인디의 표정을 보았다. 인디는 에어십이 멈출 때까지 승리감을 드러내지 않는 표정을 짓고 있다가 나를 흘끗 바라보았다. 그다음 그녀는 순수한 기쁨의 표정으로 미소 짓더니 에어십의 문을 여는 조종장치를 눌렀다.

"조종사들은 에어십에 머물러라. 부조종사와 운반자들은 치료약을 꺼내고."

지휘관이 말했다.

칼렙이 짐칸에서 상자들을 들어 올렸고 우리는 각자 어깨에 상자 두 개씩을 짊어졌다.

"먼저 가."

그가 말하자 나는 몸을 숙인 채 문밖으로 나와 계단을 내려선 순간 달리기 시작했다. 봉기 세력은 군중들 사이에 길을 뚫어두었다. 의료 센터까지 똑바로 난 길이었다. 위에서 우리를 엄호하는 전투기 소리만 제외하면 조용했다. 나는 계속 고개를 숙이고 있었지만, 곁눈질로 봉기 세력의 오피서들을 보았다. 그들은 검은 옷을 입고, 흰 옷을 입은 소사이어티 오피셜들을 저지하고 있었다.

'계속 움직여라.'

봉기 세력이 우리에게 지시한 일만은 아니었다. 나 자신의 개인적인 규칙이기도 했다. 그래서 나는 계속 달렸다. 심지어 의료 센터의 포트에서 나오는 소리를 들었을 때에도.

인도자의 목소리를 들었기 때문에, 나는 노래 부르고 있는 사람이 인도자라는 것을 알 수 있었다. 그리고 그 노래도 알았다. 소사이어티가. 인도자가 그 노래를 부르는 태도가 마치 장송곡을 부르는 것 같았다. 죽은 자를 위한 노래.

⟨나는 다시 바깥 지방에 와 있다. 내 손은 검고 바위는 붉다. 빅과 나는 총으로 응사할 수 있는 방법을 찾으려 애쓰고 있다. 다른 총알받이들은 우리를 돕기 위해 탄약을 모은다. 그들은 그 일을 하면서 소사이어티가를 부른다. 그들이 아는 유일한 노래이므로.⟩

"여기예요."

봉기를 상징하는 검은색 옷을 입은 여자가 말하자, 칼렙과 나는 그녀를 따라 의료 센터 현관 안에 나란히 놓인 들것 위에 가만히 누워 있는 사람들을 지나쳤다. 그녀는 창고로 통하는 문을 열고 우리에게 안에 들어가라고 손짓했다.

"테이블 위에 놔요."

그녀가 말했고, 우리는 그 말에 따랐다.

봉기의 오피서가 우리가 가져온 상자들을 미니 포트로 스캔하자 삑 소리가 울렸다. 그녀는 암호를 입력해 상자를 열었다. 뚜껑이 열리고 안의 압축 공기가 빠져나오면서 쉿 소리를 냈다.

안에는 붉은 튜브에 든 치료약이 줄줄이 늘어서 있었다.

"아름다워."

그녀는 그렇게 말하더니 칼렙과 나를 쳐다보았다.

"나머지를 가지러 돌아가요. 수하 오피서 몇 명을 보내서 당신들을 돕게 할 테니."

나가는 길에, 나는 위험을 무릅쓰고 환자의 얼굴을 흘긋 내려다보았다. 멍한 눈. 꼼짝 않는 몸.

남자의 얼굴은 공허하고 맥이 풀려 있었다. 저 안에 사람이 있긴 한가? 그는 얼마나 깊은 곳까지 가버렸을까? 지금 무슨 일이 일어나고 있는지 알면서도 몸 안에 갇혀 기다리고 있다면?

살갗이 스멀거렸다. 참을 수가 없었다. 나는 움직여야 했다.

저렇게 쓰러져 있으니 죽는 게 낫다.

처음으로 마음속에서 봉기 세력에 대한 충성심 비슷한 것이 꿈틀거렸다. 봉기 세력이 이런 일을 당하지 않도록 구해준 게 사실이라면 나는 그들에게 빚이 있는 셈이다. 남은 평생이 아니라 치료약 몇 번 날라줄 정도의 빚 말이다. 지금 환자를 보고 나자, 그들이 치료를 도와줄 물건을 얻을 기회를 위태롭게 할 수 없었다.

머리가 핑핑 돌아갔다. 봉기 세력은 기차를 장악해서 그쪽으로도 치료약을 가져왔어야 했다. 치료약 생산 계획을 열심히 짜는 사람이 있어야 했다. 아마 카시아가 하는 일이 그런 일일 것이다.

그리고 이것은 내 일이었다.

나는 총알받이들을 죽게 내버려두고 카빙 대협곡으로 도망친 뒤부터 변했다. 그때부터 보아온 모든 일 때문에 변했고, 카시아 때문에 변했다. 또다시 사람들을 뒤로하고 떠날 수는 없다. 나는 이 망할 치료약을 계속 날라야 했다. 그것이 내가 원하는 만큼 빨리 카시아에게 닿을 수 없다는 것을 의미한다 해도.

우리는 다시 에어십에 올랐다. 나는 부조종사 자리에 들어오고 칼렙은 뒤따라 올라탔다.

"잠깐. 네가 가진 그 물건은 뭐야?"

인디가 물었다.

칼렙은 여전히 상자 하나를 들고 있었다.

"그들에게는 그 치료약이 전부 필요해."

인디가 말했다.

"이건 다시 갖고 가야 하는 화물이야. 이것도 심부름의 하나야."

칼렙이 우리에게 상자를 들어 보이면서 말했다. 그 상자는 아무것도 증명해주지 않았다. 우리가 방금 가지고 나간 것과 똑같아 보였다.

"난 그런 줄 몰랐는데."

인디가 의심스럽다는 목소리로 말했다.

"왜 알아야 하는데? 넌 조종사잖아. 운반자가 아니라."

칼렙이 말했다. 그의 어조에는 무시하는 듯한 기색이 깃들어 있었다.

"인디. 돌아와라."

우리 지휘관이 말했다.

"모두 탑승했습니다. 하지만 여분의 화물이 있어요. 우리 운반자가 상자 하나를 도로 가져왔습니다."

인디가 말했다.

"그건 허가받은 것이다. 다른 문제는?"

지휘관이 물었다.

"없습니다. 임무 완수했습니다."

인디가 말했다. 그녀가 나를 흘끗 바라보자 나는 어깨를 으쓱했다. 그들은 우리에게 칼렙의 두 번째 심부름에 대해 더 이상 말해주지 않을 것 같았다.

우리는 다른 에어십들이 건물 앞 거리에서 차례대로 떠나기를 기다렸다. 컴퓨터가 우리에게 다시 목적지에 관한 암호를 보냈다. 인디가 먼저 거기에 손을 뻗었다.

"이번엔 어디야?"

나는 인디에게 물으면서도 그녀가 뭐라고 말할지 알 것 같았다.

"다시 카마스로. 치료약을 더 가지러."

그녀가 말했다.

"그다음엔?"

내가 물었다.

"그다음에 다시 여기로 오는 거야. 지금으로서는 우리 노선은 이거 야. 다른 사람이 센트럴에 치료약을 갖다주겠지."

인디의 목소리에 동정의 기색이 어렸다.

"그렇게 하는 게 좋을걸."

나는 말했다. 인도자가 들어도 상관없었다. 사실 그가 들었으면 했 다. 왜 안 되겠는가? 오래전 사람들은 자신들이 원하는 것을 소리 내 어 말하고 누군가가 그것을 들어주기를 바랐다. 그들은 그것을 기도라 고 불렀다.

그러나 카시아는 구체적으로 손에 쥘 수 있는 것을 갖고 있었다. 카 빙 대협곡에서 얻은 종이들. 지금까지 그녀는 메시지를 보내기 위해 몇 장만 사용했다. 뭐든지 필요한 것을 얻기 위해 사용할 분량이 아주 많이 남아 있을 것이다. 심지어 치료약을 얻기 위해 거래할 수 있을 만 큼 충분할 것이다. 카시아는 거래하는 법을 안다.

우리는 임시 활주로를 달리며 가속하기 시작했다.

땅 위의 흑백 제복이 점점 더 작아졌다. 우리는 위로 올라갔다. 건물 들도 사라지기까지 오래 걸리지 않았고, 다음 순간 모든 것이 사라졌 다.

여전히 인도자가 부르는 소사이어티가가 들렸다.

〈나는 빅의 무덤을 파고 있다. 그는 하루 종일 내게 말을 건다. 그게 내가 미쳤다는 뜻임을 알지만 그의 말을 들을 수밖에 없다.

그는 엘리와 내가 강에서 구체를 빼내는 동안 내게 말한다. 레이니에 대한 이야기를 되풀이한다. 빅이 사랑한 소녀. 나는 그 장면을 마음속에서 상상한다. 비정상과 사랑에 빠지는 빅. 레이니에게 자기가 어떻게 느끼는지를 말한다. 무지개송어가 헤엄치는 것을 지켜보다가 그녀의 부모에게 말하러 간다. 일어서서 계약을 축하한다. 그녀의 손에 손을 뻗으며 소사이어티의 존재에도 굴하지 않고 행복을 얻겠다며 미소 짓는다. 사라진 그녀를 찾기 위해 돌아간다.〉

내가 마침내 카시아를 찾으러 갈 때도 그런 일이 벌어질까?

카시아는 나를 변화시켰다. 그녀 덕분에 나는 더 나은 사람이 되었다. 그것은 그녀에게 가는 것보다 더 어려운 일이다.

인디는 우리를 더 높이 데려갔다.

어떤 사람들은 이 위에 오면 별들이 더 가까이 보일 것이라고 생각한다.

그렇지 않다.

위에 있으면 별들이 실제로 얼마나 먼지 깨닫게 된다. 별에 닿는 것이 얼마나 불가능한 일인지.

7
잰더

무슨 일인가 일어나고 있었다. 그러나 격리실은 방음 상태기 때문에, '백 곡의 노래'의 지친 목소리 외에는 아무것도 들을 수 없었다.

방의 유리벽을 통해 오피셜, 오피서 들이 손에 든 미니 포트와 시청 여기저기 놓여 있는 더 큰 포트를 열심히 들여다보는 모습이 보였다. 몇 초 동안 뭔지는 몰라도 포트에서 나오는 소리에 귀를 기울이며 모든 사람들이 얼어붙은 것 같았다. 그다음 몇 명이 움직였다. 한 오피서가 격리실로 가서 암호를 입력했다. 방 안에 있던 사람이 걸어 나와 시청의 정문으로 향했다. 다른 오피서가 그가 도망가기 전에 저지하려고 길을 가로막았다. 그러나 바로 그때 시청 문이 활짝 열렸다. 봉기 세력의 검은 옷을 입은 사람들이 안으로 벌떼처럼 쏟아져 들어왔다.

봉기가 시작되었다. 인도자가 말하고 있었지만, 나는 아무것도 들을 수 없었다.

좀 전의 오피서가 또 한 명을 풀어주었다. 그녀도 문으로 향했고, 검은 옷을 입은 봉기 오피서가 그녀가 지나가도록 다른 사람들을 막아주었다. 어떤 사람들은 어리둥절한 것 같았다. 그들은 봉기 세력을 보자 대부분 항복의 뜻으로 손을 들어 올렸다.

곧 내 차례가 될 것이다.

'빨리.'

봉기 측 오피서 한 명이 내 방 앞에 나타났다.

"잰더 캐로."

그가 말했다. 나는 고개를 끄덕였다. 그는 미니 포트를 들어 올려 봉기 세력에 등록된 내 사진과 얼굴을 대조한 후 키패드에 암호를 쳐 넣었다. 문이 스르륵 열리고 나는 밖으로 나왔다.

인도자의 목소리가 포트에서 흘러나오고 있었다.

"이 반역은 다릅니다. 이것은 당신의 피를 흘리는 것이 아니라 당신을 구하는 것으로 시작되고 끝날 것입니다."

나는 잠시 눈을 감았다.

인도자의 목소리가 맞는 것 같았다.

이 사람은 인도자다. 이것은 봉기다.

봉기가 시작될 때 카시아와 함께였으면 싶었다.

나는 문으로 향했다. 시청을 떠나 녹지를 가로질러 의료 센터로 걸어가기만 하면 된다. 그러나 순간 나는 걸음을 멈추었다. 오피셜 레이가 갇혀 있었다. 아무도 그녀를 풀어주지 않았던 것이다.

그녀가 나를 쳐다보았다.

그녀는 실수로 아직 갇혀 있는 것일까? 나는 문앞에서 잠시 멈추었다. 그러나 그녀는 내게 고개를 흔들었다.

'아냐.'

"어서 가시오."

오피서 한 명이 문 쪽을 가리키며 말했다. 나는 가야 했다. 봉기는 지금 일어나고 있었다.

바깥은 혼란 그 자체였다. 봉기 세력은 시청에서 의료 센터까지 가는 길을 열어놓았지만 소사이어티 측 오피셜 몇 명은 싸우기로 결심했고, 그래서 그들은 그 오피셜들을 막아내고 있었다. 에어십 한 대가 머리 위에서 쉿소리를 냈으나 그것이 우리 편인지는 알 수 없었다. 그때 에어십이 바리케이드 근처 공터에 경고 사격을 퍼부었다. 사람들이 비명을 지르며 뒤로 물러섰다.

봉기 세력은 오랜 세월에 걸쳐 군부 전체에 침투했다. 봉기 세력은 대부분의 군대가 주둔하고 있는 카마스에서 가장 강했다. 여기서는 만사 순조롭게 흘러갈 것이다. 시가전이 일어날 가능성이 있는 장소는 소사이어티 안쪽의 깊은 곳이었다. 그러나 포트에서 말하는 사람이 인도자뿐이니만큼, 나머지 사람들도 곧 따르게 될 것이다.

다른 전투 에어십이 더 무거워 보이는 에어십을 보호하며 날아왔다. 에어십이 착륙하기 위해 급강하했다. 의료 센터 문에 닿았을 때는 봉기 오피서들이 그곳을 지키고 있었다. 그들은 이미 내부를 확보한 것 같았다.

"잰더 캐로, 일반의입니다."

나는 오피서 한 명에게 말했다. 그는 미니 포트에서 내 데이터를 확인했다. 검은색 옷을 입은 운반자들이 에어십이 내려온 착륙장에서 전속력으로 달려왔다. 그들은 의료 휘장이 붙은 상자들을 나르고 있었다.

저게 내가 생각하는 그것일까?

'치료약일까.'

오피서가 내게 들어가라고 손짓하며 말했다.

"의사들은 메인 플로어 사무실에 보고하세요."

의료 센터 안에서 나는 다시 건물 사방에 설치된 포트에서 흘러나오는 인도자의 목소리를 들었다. 그는 소사이어티가를 부르고 있었다.

'저건 어떤 느낌일까? 머릿속에서 음악을 들은 다음 같은 곡조로 몸 밖으로 나오게 하는 건?'

나는 나도 모르게 궁금해하고 있었다.

두 명의 오피서가 오피셜 한 명을 끌고 나를 지나쳤다. 그는 울면서 가슴에 손을 대고 있었다. 그의 입술이 소사이어티가에 맞추어 움직였다. 그가 안쓰러웠다. 나는 그가 이것이 세상의 종말이 아니라는 것을 깨달았으면 하고 바랐다. 그에게는 세상의 종말처럼 느껴지리라는 것을 알 수 있었다.

사무실에 들어가자 누군가가 내게 검은 제복을 건네주었고, 나는 다른 사람들처럼 홀에서 바로 그 옷으로 바꿔 입었다. 일할 때가 되었으므로 소매를 걷어 올렸고, 입고 있던 흰 오피셜 제복을 가장 가까운 소각 튜브 속에 던져 넣었다. 다시는 입을 일이 없을 테니까.

"우리는 환자들을 백 개의 그룹으로 나눌 걸세."

당번 수석 의사가 말했다. 그가 웃었다.

"인도자의 말처럼, 소사이어티의 옛 체제 중 일부는 당분간 그대로 남아 있을 거야."

그는 봉기 세력 직원들이 '고요환자'(이 책에서 전염병에 걸려 코마 상태에 빠진 환자를 가리킴 — 옮긴이)라고 부르고 있는 환자들의 줄을 가리켰다.

"자네는 그들이 제대로 된 치료를 받도록 해주고 치료를 감독하는 일을 맡게. 일단 그들이 회복해서 나가면 새 환자들을 자네 구역에 보내겠네."

포트들은 조용했다. 포트에는 센트럴의 고요환자들 사진이 나오고 있었다.

센트럴. 카시아가 있는 곳. 처음으로 약간 불안해졌다. 카시아가 반역에 합류하지 않고 이것을 지켜보고 있다면? 그녀가 두려워하고 있다면?

나는 오피셜 레이가 봉기에 속해 있다고 완전히 확신했다.

카시아에 대해서 틀렸을 수도 있을까?

나는 틀리지 않았다. 카시아는 그날 포트에서 내게 말했다. 그 말을 노골적으로 할 수는 없었겠지만, 나는 그녀의 목소리에서 들었다. 나는 듣는 법을 알았고, 그녀가 봉기에 뛰어들었다는 것을 알았다.

"우리는 간호사와 진단의들이 더 들어오기를 기다리고 있네. 당분간 치료약 주는 일을 해도 괜찮을까?"

수석 의사가 물었다.

이것도 소사이어티와 달랐다. 경계가 이미 흐려지고 있었다. 소사이어티는 내가 일반의로 진급한 다음에는 절대로 진단의가 할 일을 시키지 않았을 것이다.

"물론이죠."

내가 말했다.

나는 손을 씻고 상자에서 튜브 하나를 꺼냈다. 옆에서 간호사 한 명이 같은 일을 했다.

"아름답네요."

그녀가 어깨 너머로 말하자 나는 동의할 수밖에 없었다.

나는 주사기 커버를 벗기고 치료약이 환자의 정맥으로 흘러 들어가도록 바늘을 주사관 안에 밀어 넣었다. 의료 센터의 포트에서 인도자의 목소리가 나왔다. 그의 말이 완벽하게 지금 상황과 맞아떨어졌기 때문에 나는 미소를 지을 수밖에 없었다. 그가 메시지를 다시 전하기 시작했다.

"소사이어티는 병들었습니다. 그리고 우리는 치료약을 갖고 있습니다."

8
카시아

여기서 더 오래 기다릴 수 없었다. 추위로 온몸이 떨렸다.

그는 어디 있지?

오늘 무슨 일이 일어났는지 기억할 수 있으면 좋으련만. 봉기 세력의 분류가 진행된 걸까? 나는 그들에게 필요한 일을 한 걸까?

1분 정도, 추위와 함께 분노로 온몸이 떨렸다. 나는 절대로 이곳 센트럴에 있고 싶지 않았다. 카이와 인디처럼 봉기 세력이 나를 카마스로 보내주기를 바랐다. 그러나 봉기 세력은 내가 비행하거나 싸우는데 적합하다고 보지 않고 분류에만 적합하다고 봤다.

그건 괜찮다. 나는 봉기 세력이 정의하는 대로 움직이는 것이 아니라, 봉기 세력과 동맹을 맺고 있었다. 나는 내 시를 가지고 거래하는 법을 안다. 이제 이곳에서 나가는 방법을 거래하기 위해 카빙 대협곡의 종이들을 쓸 때인 것 같았다. 나는 충분히 오래 기다렸다.

나는 호수 가장자리를 따라 서로 철썩거리면서 부딪치는 작은 물고기 시체들을 내려다보았다. 그 번들거리는 죽은 눈에 몸이 떨렸다. 비늘로 뒤덮인, 미끈한 악취. 상자를 꺼내기 위해 물속에 손을 넣으면 저 물고기들이 내 손을 쓸고 지나가겠지. 악취가 너무나 강해서 입안에 물고기의 살 맛이 느껴질 것 같았다. 일을 끝내도 그 감촉은 내 피부에 머물러 있을 것이다.

'보지 마. 그냥 해버려.'

나는 선창 아래 바닥에 손전등을 기대놓고 손목에서 종이를 벗겨내어 내려놓았다. 손을 덮을 정도로 소매를 내려 내 피부와 물 사이에 방어막을 한 겹 덮었다. 물을 철벅거리며 나아가면서 나는 다리에 닿는 물고기들을 느끼지 않으려고 애썼다. 한때 안전한 장소였던 호수 안에서 작은 시체들이 꾸준히 내는 첨벙거리는 소리를 듣지 않으려고 했다. 뭔지는 몰라도 이 호수를 중독시킨 물질로부터 내 옷이 나를 보호해주기를 바랐다.

냄새가 압도적으로 강해서 손을 물속에 집어넣을 때 숨을 쉴 수가 없었다. 비늘과 지느러미와 눈과 꼬리가 몸에 닿는 것을 느낄 때 토하지 않으려고 애써야 했다.

상자는 여전히 그곳에 있었다. 나는 물을 뚝뚝 흘리는 상자를 최대한 빨리 호수에서 끌어냈다. 물고기들이 움직이는 물을 타고 밀려와 종아리께에 들끓었다. 호숫가로 철벅거리며 나올 때 작은 시체들이 갈라졌다가 뒤에서 따라왔다.

풀밭을 가로질러 호수에서 멀어진 곳까지 상자를 운반하다가 엉킨 덤불 속에 잠시 쭈그려 앉았다. 셔츠의 마른 부분에 손을 닦아내면서, 나는 아까 남겨놓은 종이들에 물이 떨어지지 않도록 주의했다.

이 문서들이 숨겨져 있던 장소를 보지 못했다면 내가 이 연약한 종이들의 가치를 알 수 있었을까? 딸의 묘비에 쓸 시를 찾기 위해 헌터가 그것들을 훑어보는 상상을 할 수 없었다면? 그래서 내가 옷 속 피부에 그것들을 붙여놨을 것이다. 그것을 숨기기 위해서뿐만 아니라 느끼기 위해서, 내가 운반하는 것이 무엇인지 기억하기 위해서.

나는 글로 된 옷을 맞추어 입는 것을 상상했다. 뒤에 있는 물고기의 비늘처럼 종잇장을 붙이고 겹치는 것이다. 한 장 한 장이 나를 보호할 것이다. 내가 움직이면 문단과 문장들이 따라 움직여 나를 덮는다.

그러나 물고기 비늘은 결국 물고기들을 보호하지 못했고, 상자를 열었을 때 나는 처음 상자를 들어 올린 순간 알아챘어야 할 일을 알게 되었다. 그러나 나는 그 작은 시체들 때문에 너무 정신이 없었다.

상자는 비어 있었다.

누군가가 내 시들을 가져갔다.

누군가가 내 시들을 가져갔고, 카이는 오지 않았고, 날은 추웠다.

너무 늦었다는 것은 알지만, 나도 모르게 오늘 밤 여기 오지 않았더라면 하고 생각하고 있었다. 그랬다면 내가 무엇을 잃어버렸는지 결코 알지 못했을 것이다.

도시 가까이 와서 아파트 건물을 올려다보았을 때, 나는 호수뿐만이 아니라 또 뭔가가 잘못되었다는 것을 깨달았다.

한밤중이었다. 그러나 도시는 잠들지 않았다.

불빛 색깔이 이상했다. 금빛이 아닌 파란색이었다. 왜 그런지 깨닫는 데 잠시 시간이 걸렸다. 아파트의 포트가 전부 켜져 있었다. 예전 겨울 저녁에 해가 일찍 지고 우리가 어두운 시간 중 일부를 깨어 있을 때, 소사이어티 전역에 걸친 방송을 본 적이 있었다.

그러나 사람들이 이렇게 늦게까지 포트를 지켜보고 있는 것을 본 적은 한 번도 없었다.

최소한 나는 그런 일을 기억하지 못한다.

얼마나 중요한 일이기에 소사이어티가 모든 사람을 깨워놓았을까?

나는 서늘한 파란색과 회색빛으로 변한 녹지를 지나쳐 내가 사는 아파트 건물을 찾아 문의 암호를 넣은 뒤 무거운 금속 문을 통해 미끄러지듯 들어갔다. 소사이어티는 내가 늦었다는 것을 알리라. 누군가가 내게 그 이야기를 하겠지. 그러나 이곳저곳에서 설명할 수 없는 시간을 보낸 건 사소한 일이다. 지금은 반쯤 밤이었고, 수만 가지의 허락되지 않는 방식으로 보낼 수 있는 시간이다.

엘리베이터는 에어트레인만큼이나 소리 없이 내가 사는 층으로 미끄러졌다. 17층. 복도는 비어 있었다. 문은 잘 만들어져서 포트 불빛 한 줄기 새지 않았다. 그러나 아파트 문을 열었을 때, 포트는 보통 때처럼 현관에서 기다리고 있었다.

손이 입으로 올라갔다. 정신이 앞에 놓인 광경을 받아들이기도 전에 몸은 비명을 질러야 한다는 것을 미리 알고 있었다.

심지어 카빙 대협곡에서 시간을 보낸 뒤에도, 이런 일은 결코 상상하지 못했다.

포트 화면이 시체들을 보여주고 있었다.

그것은 카빙 대협곡에서 본 불타고 내던져진, 파란 표시가 되어 있는 시체들보다 더 나빴다. 헌터가 작별하는 마음으로 조심스레 딸을 묻은 정착지의 무덤에 줄줄이 늘어선 돌들보다 더 나빴다. 순전히 수적인 규모 때문에 무서웠고, 내 정신이 받아들일 수 없는 것이었다. 카메라는 얼마나 많은 시체가 있는지 볼 수 있도록 위아래로 시체의 열을 훑었다. 위 아래 위 아래.

왜 우리가 이걸 지켜보고 있는가?

얼굴들을 보여주고 있기 때문이었다. 카메라는 얼굴을 알아보거나 안도할 수 있을 정도로 한 사람에 오래 머무른 후 움직였고, 사람들은 다시 겁에 질렸다.

그때 또 다른 기억이 마음속에 떠올랐다. 헌터가 우리를 데려간 카빙 대협곡 동굴 속의 튜브들.

'이건 그들이 하고 있는 일일까? 그들이 우리를 보관할 새로운 방법을 찾아낸 걸까?'

그러나 나는 이제 화면에 나오는 사람들이 살아 있음을 알아차렸다. 너무나 조용하고 너무나 고요했지만, 눈은 청맹과니같이 뜨여 있지만, 가슴은 위아래로 움직였다. 피부는 묘하게 탁하고 파랬다.

죽은 건 아니었지만 거의 그 정도로 상태가 나빴다. 그들은 이곳에 있으면서도 이곳에 있지 않았다. 우리와 함께 있으면서도 어딘가로 가 버렸다. 볼 수 있을 정도로 가까웠지만 손에 닿지 않았다.

사람들 하나하나마다 맑은 주사약 주머니가 달린 투명한 튜브가 팔에 꽂혀 있었다. 그 튜브는 환자의 정맥까지 연결되어 있는 것일까? 진짜 정맥은 사라지고 비닐로 몸 안이 꿰어져 있는 것은 아닐까? 이것은 소사이어티의 새로운 계획일까? 처음에는 우리 기억을 가져가더니 그 다음에는 피를 빼는 걸까? 우리에게 연약한 피부와 겁에 질린 눈, 예전에 우리였던 껍데기만 남을 때까지?

인디가 카빙 대협곡 안에서 내내 들고 다니던 벌집이 떠올랐다. 윙윙거리며 쏘는 생물과 그들의 분주하고 짧은 삶을 담고 있던 종잇장 같은 원들.

나도 모르게 환자들의 얼굴에 박힌 텅 빈, 청맹과니 같은 시선에 눈이 끌렸다. 사람들은 고통을 느끼고 있는 것 같지는 않았다. 그러나 아무것도 느끼지 못하는 것 같았다.

카메라 시점이 옮겨졌다. 어떤 건물인지 몰라도, 이제는 사람들이 들어 있는 건물 벽에 붙은 포트에서 보고 있는 것 같았다. 다른 각도에서 보고 있었지만, 여전히 환자들만 바라보고 있었다.

남자, 여자, 아이, 아이, 여자, 남자, 남자, 아이.

계속 또 계속, 또 계속.

포트가 얼마나 오랫동안 이 모습을 보여주고 있었을까? 밤새? 언제 시작했을까? 그들은 갈색 머리의 남자 얼굴을 보여주고 있었다. 나는 충격에 빠졌다.

'난 저 사람을 알아. 이곳 센트럴에서 저 사람과 함께 분류를 했어. 저들이 센트럴에 있는 사람들이야?'

이미지들이 가차 없이 계속 들어왔다. 눈을 감지 못하는 사람들의 사진. 그러나 나는 눈을 감을 수 있었다. 감아버렸다. 더 이상 보고 싶지 않았다. 나는 도망갈 생각으로 맹목적으로 문 쪽으로 향했다.

그때 한 남자의 목소리가 들렸다. 풍부하고 듣기 좋고 분명한 목소리였다.

"소사이어티는 병들었습니다. 그리고 우리는 치료약을 갖고 있습니다."

나는 다시 천천히 몸을 돌렸다. 그러나 그 목소리와 함께 나오는 얼굴은 없었다. 소리뿐이었다. 포트는 가만히 누워 있는 사람들만 보여주고 있었다.

"이것은 봉기입니다. 나는 인도자입니다."

그가 말했다.

좁은 현관 안에서 그 말은 벽을 울리고, 모퉁이에 부딪쳐, 방의 모든 표면에서 내게 메아리쳤다.

인도자.

인도자.

인도자.

몇 달 동안 나는 인도자의 목소리를 들으면 어떨까 궁금해했다.

나는 공포를, 놀람을, 유쾌함을, 흥분을, 불안을 느낄 거라고 생각했다.

이럴 거라고는 생각하지 않았다.

'실망이야.'

실망이 너무 깊어서 비통할 정도였다. 나는 손등으로 눈을 비볐다.

지금까지 인도자의 목소리가 아는 사람의 목소리일 거라고 기대했다는 사실을 깨닫지 못했다.

'난 인도자의 목소리가 할아버지 같을 거라고 생각한 걸까? 왜인지는 몰라도, 인도자가 할아버지일 거라고 생각했을까?'

"우리는 이 병을 전염병이라고 부릅니다. 소사이어티가 이 병을 만들어내 적의 강에 퍼뜨렸습니다."

인도자가 말했다.

인도자의 말은 조심스럽게 고른 씨앗이나 구근처럼 침묵 속으로 들어가 흙을 파낸 자리에 떨어졌다.

'봉기가 그 자리를 만들었어. 그리고 이제 그들은 그 자리를 채우고 있어. 지금은 그들이 권력을 잡는 순간이야.'

나는 생각했다.

포트 화면이 바뀌었다. 이제 카메라는 바깥에서 센트럴 시청 계단을 오르는 누군가의 뒤를 따라가고 있었다. 밤인데도 시야는 깨끗했고, 건물에 특별 행사의 불빛이 밝혀져 있지는 않았지만, 대리석 계단의 모습과 열리기를 기다리는 문을 보자 매칭 파티가 생각났다. 내가 오리아에서 저것과 매우 비슷한 계단을 걸어 올라간 지 1년도 지나지 않았다. 이제 소사이어티 전역의 시청 문 뒤에는 무엇이 있을까?

카메라가 안으로 움직였다.

"적은 사라졌습니다. 그러나 소사이어티가 적에게 퍼뜨린 전염병은 우리와 함께하고 있습니다. 소사이어티의 수도 센트럴에서 무슨 일이 일어났는지 보십시오. 여기가 전염병이 처음 침입한 곳입니다. 소사이어티는 더 이상 전염병을 의료 센터 안에 가둬놓을 수 없습니다. 그들은 다른 정부 건물과 아파트까지 병자로 채워야 했습니다."

인도자가 말했다.

시청에는 더 많은 환자들이 가득했고, 넘쳐흘렀다.

이제 화면은 바깥 위쪽에서 센트럴 시청을 둘러싼 흰 바리케이드를 내려다보고 있었다.

"이제 모든 지방에 이런 바리케이드가 있습니다. 소사이어티는 전염병이 퍼지지 않도록 노력했지만 실패했습니다. 너무나 많은 사람들이 병에 걸렸기 때문에 소사이어티는 더 이상 가장 중요한 행사들도 진행할 수 없습니다. 오늘 밤 매칭 파티가 실패했습니다. 여러분 중 몇 명은 그 일을 기억할 것입니다."

인도자가 우리에게 말했다.

창문 쪽으로 가자 바깥에서 무언가 움직임이 보였다.

봉기 세력은 이곳에 있었고, 더 이상 숨지 않았다. 그들은 에어십을 타고 우리 위를 날았다. 검은 옷을 입고 우리 사이에 있었다. 얼마나 많은 봉기 세력 사람들이 하늘에서 내려왔을까? 궁금했다. 얼마나 많은 사람들이 옷만 바꿔 입었을까? 봉기 세력은 얼마나 깊이, 얼마나 잘 센트럴에 침투해 있었을까? 왜 나는 지금 일어나는 일에 대해 이렇게 조금밖에 몰랐을까? 그것은 내가 잊게 만든 소사이어티의 잘못일까, 아니면 애초에 내게 충분히 말해주지 않은 봉기 세력의 잘못일까?

"전염병이 처음 개발되었을 때 우리 봉기 세력에는 무슨 일이 일어날지 예상했던 사람들이 있었습니다. 우리는 여러분 중 일부를 면역화할 수 있었습니다. 나머지 사람들에게 우리는 치료약을 제공할 것입니다."

인도자의 목소리에는 더 깊은 감정, 더 큰 설득력, 더 많은 것이 담겨 있었다.

"우리는 소사이어티에서 좋은 것들, 우리 삶의 양식에서 좋은 부분을 모두 보전할 것입니다. 여러분이 열심히 일해서 만든 모든 것을 잃진 않을 것입니다. 그러나 우리는 소사이어티에서 병을 제거할 것입니다."

나는 슬금슬금 문으로 움직이기 시작했다. 도망쳐야 했다. 카이를 찾아야 했다. 그는 오늘 밤 호수로 오지 않았다. 아마 상황이 이래서 그랬을 것이다. 빠져나올 수 없었을 것이다. 그러나 그는 오늘 밤 여전히 여기 센트럴 어딘가에 있을 것이다.

"우리가 단 하나 후회하는 것은, 어떤 생명도 잃기 전에 움직일 수 없었다는 것입니다. 지금까지 소사이어티가 우리보다 강했기 때문입니다. 이제 우리는 여러분 모두를 구할 수 있습니다."

인도자가 말했다.

화면에서, 검은 제복을 입은 사람이 상자를 열었다. 상자에는 작고 붉은 튜브가 가득했다.

'동굴 속의 튜브들 같아. 그건 파란색으로 빛났다는 점만 달랐지.'

나는 다시 생각했다.

"이것이 치료약입니다. 마침내 우리는 모든 사람에게 충분할 만큼의 치료약을 만들었습니다."

인도자가 말했다.

화면에 나온 남자가 상자 안으로 손을 넣어 튜브 하나를 꺼내더니, 뚜껑을 뽑아 열고 바늘을 드러냈다. 그는 진단의다운 능숙한 자신감을 보이며 바늘을 주사관 안에 찔러 넣었다. 나는 숨을 들이켰다.

"이 병은 평온해 보일지도 모릅니다. 하지만 여전히 치명적인 병이라고 여러분께 장담할 수 있습니다. 의료적으로 처치하지 않으면 몸의 기능이 빠르게 정지합니다. 환자들은 탈수로 사망합니다. 감염이 일어날 수도 있습니다. 빨리만 발견한다면 우리는 여러분을 다시 건강하게 만들 수 있습니다. 그러나 여러분이 도망치려 한다면 치료약을 보장할 수 없습니다."

포트가 어두워졌다. 그러나 침묵하지는 않았다.

그들이 저 인도자를 선택한 데는 여러 가지 이유가 있을 것이다. 하지만 그 이유 중에는 그의 목소리도 들어 있음이 분명했다.

인도자가 노래하기 시작했을 때, 나도 모르게 멈춰 서서 들었기 때문이다.

그것은 소사이어티가였다. 내가 평생 알던 노래, 나를 협곡 속까지 따라왔던 노래, 절대로 잊지 못할 노래.

인도자는 그 노래를 느리고 슬프게 불렀다.

소사이어티는 죽어가고 있고, 죽었다.

눈물이 뺨에 흘러내렸다. 나도 모르게 내가 소사이어티를 위해, 그 종말을 위해 울고 있다는 것을 알았다. 우리들 중 어떤 사람들을 아주 오랫동안 안전하게 지켜주던 것의 죽음을 위해.

봉기 세력은 내게 기다리라고 했다.

그러나 나는 더 이상 그럴 수 없었다.

나는 긴 지하 복도를 따라 길을 더듬어나갔다. 손안에서 녹색 이끼가 부스러져 떨어져 나왔다. 이 아래에서 모든 것이 얼마나 빽빽하고 빠르게 자랄 수 있을지 궁금했다. 왠지 몰라도 오가는 사람들을 한 명도 마주치지 않은 것 같았다. 돌을 만지려고 손을 내밀었는데 대신 사람 피부를 만지게 되는 것 아닐까 하는 공포는 언제나 느꼈지만.

카이를 찾을 수 없었기 때문에 나는 기록 보관자에게 그들이 아는 것을 물어보러 왔다. 그들은 이쪽에도 저쪽에도, 소사이어티에도 봉기 세력에도 몸을 의탁할 수 있지만, 내게는 다른 어떤 것보다도 기록 보관자로 보였다.

오늘은 보통 때와 달리 모든 사람들이 자기 거래에 몰두하며 호젓이 선반 뒤에 숨어 있지 않았다. 기록 보관자들과 거래자들은 더 커다란 방에 무리지어 선 채 이야기하고 있었다. 물론 가장 큰 그룹은 수석 기록 보관자 주위에 모여 있다. 그녀와 이야기하려면 오랜 시간 기다려야 할 수도 있었다. 그런데 놀랍게도 그녀가 나를 보더니 무리에서 떨어져 나와 내게 다가왔다.

"전염병이 진짜인가요?"

내가 물었다.

"그 정보는 상당히 가치가 있어. 대가로 뭔가 요청해야겠는걸."

그녀가 웃으며 말했다.

"내 종이들이 다 사라졌어요."

내가 그녀에게 말했다.

그녀의 얼굴이 변하며 진심으로 아쉬움을 보였다.

"저런. 어쩌다가?"

그녀가 물었다.

"누가 훔쳐갔어요."

내가 말했다.

그녀의 표정이 부드러워졌다. 그녀는 종이 한 장을 건네주었다. 기록 보관자의 불법 포트에서 뽑은 돌돌 말린 흰 종이였다. 방을 둘러보자, 많은 사람들이 내 것과 같은 종잇조각을 들고 있는 것이 보였다.

"전염병이 진짜인지 알고 싶어한 사람은 너뿐만이 아니야. 그건 진짜야."

그녀가 말했다.

"저런."

나는 숨을 내쉬었다.

"고요지역의 방어벽이 올라가기 전부터 우리는 전염병이 아닌가 의심했어. 소사이어티는 오랫동안 그 병을 억제할 수 있었지. 하지만 이제는 빠르게 퍼지고 있어."

"누가 말해줬죠? 봉기 세력인가요?"

내가 묻자 그녀는 미소 지었다.

"우리는 봉기 세력과 소사이어티 양쪽에서 여러 이야기를 듣고 있어. 하지만 기록 보관자들은 양쪽 다 조심해야 한다는 걸 알지."

그녀는 내가 손에 쥐고 있는 종이를 손짓했다.

"우리는 이런 때에 맞는 암호를 갖고 있거든. 오랫동안 서로 병에 대해 경고하기 위해 이걸 썼지. 이 글귀들은 아주 오래된 시에서 나온 거야."

나는 그것을 내려다보고 읽었다.

의사 자신도 힘이 빠져간다.

모든 것은 종말을 맞도록 만들어졌다.

전염병은 재빠르게 퍼져간다.

나는 아프다, 죽을 것이다.(16세기 영국 시인 토머스 내시의 「전염병 시대의 기도」 중 한 구절—옮긴이)

나는 종이를 꽉 움켜쥐었다.

"의사가 누구죠?"

나는 잰더를 떠올리며 물었다.

"아무도 아니야. 아무것도. 여기서 중요한 단어는 '전염병'이지. 의사는 특별한 사람을 가리키는 게 아니야."

그녀는 고개를 갸웃했다.

"왜? 그게 누구일 거라고 생각했어?"

"소사이어티의 지도자요."

나는 얼버무렸다. 수석 기록 보관자와 그렇게 많이 거래했는데도, 그녀에게 잰더나 카이에 대해서 말하는 것이 썩 내키지 않았다.

그녀는 미소 지었다.

"소사이어티에는 지도자가 없어. 각 부서의 오피셜들이 모인 위원회에서 통치하지. 지금쯤이면 추측했을 텐데."

그녀 말이 맞았다. 나도 그렇게 생각했다. 그러나 내가 의심하던 것이 확실하다는 말을 듣자 기분이 묘했다.

"그럼 전염병은 뭐예요? 기록 보관소에는 전염병을 언급한 다른 글들이 있을 거 아니에요."

내가 물었다.

"물론 있지. 전염병은 온갖 곳에서 언급되고 있어. 문학, 역사, 심지어 네가 본 것처럼 시에서도. 그러나 기본 이야기는 모두 똑같지. 누군가가 치료법을 발견할 때까지 사람들이 죽어간다는 것."

"내 종이들이 어떻게든 거래에 올라오면 저한테 얘기해주시겠어요? 누군가 다른 사람이 그걸 거래하려고 가져온다면요."

내가 물었다.

대답은 이미 알고 있었지만 막상 듣자 힘들었다.

"그건 불가능해. 우리 일은 물건이 진품이라는 걸 보증하고 우리 자신의 거래를 기록하는 것뿐이야. 우리는 누구에게도 여기 가져오는 물건에 대해 설명해달라고 하지 않아."

그녀가 말했다.

물론 나도 알고 있었다. 그렇지 않았다면 내가 어떻게 그 종이들을 가져왔는지도 설명했어야 할 테니까. 애당초 어떤 의미로는 나도 그것을 훔친 것이다.

"전 시를 쓸 줄 알아요. 전에 생각해본 적이 있는데……."

수석 기록 보관자가 내 말을 가로막았다.

"그걸 취급할 시장은 없어."

그녀의 목소리는 사무적이었다.

"우리는 오래되고 가치가 확실한 물건을 거래하지. 새로운 것들은 가치가 의심스럽거든."

"잠깐만요."

나는 생각에 사로잡혀 무모하게 입을 열었다. 하고 싶은 말을 참을 수가 없었다. 나는 모두가 모여서 함께 거래하는 모습을 상상했다. 왠지는 몰라도 그런 장면이 시청에서, 돔 아래에서 펼쳐지는 것을 상상했다. 밝은 드레스를 입는 대신 밝은 그림을 지고, 다채로운 글귀들을 쥐고, 작은 소리로 새로운 곡조를 웅얼거리고, 붙잡힐 걱정 없이, '당신이 부르는 노래는 뭔가요?'라는 질문을 들을 준비가 되어 있는 모습을.

"만약 우리가 만든 새로운 물건들을 사용해서 다른 거래선을 연다면 어떨까요? 내가 다른 사람의 그림을 원할 수도 있잖아요. 그들이 내 시를 원할 수도 있고요. 아니면……."

수석 기록 보관자는 고개를 저으며 다시 말했다.

"그쪽 시장은 없어. 하지만 네 종이들은 안타깝구나."

그녀의 목소리에는 진정한 감정가만이 느낄 수 있는 상실감이 울리고 있었다. 그녀는 그 종이들이 얼마나 가치 있는지 알고 있었다. 그녀는 그 글을 보았고, 그 종이에 깃들어 있는 바위와 먼지의 희미한 향기를 맡았다.

"저도 그래요."

내가 말했다. 내 상실감은 더 깊었고, 좀 더 본능적이고 본질적이었다. 나는 카이에게 가닿을 길을 잃었다. 내가 봉기 세력을 더 이상 믿지 않게 되었을 때, 혹은 모든 일이 끔찍할 정도로 잘못되었을 때 카이에게 가는 길과 우리 가족에게 가는 길을 거래할 수 있는 보험을 잃었다. 이제 내게 남은 것은 거의 없었다. 다른 사람은 아무도 모르는 토머스의 시도, 실제 뒷받침할 문서가 없다면 나를 그곳까지 데려다줄 수 없을 것이다.

"물론 너에게 전달 중인 물품이 두 개 있어. 이미 완불한 거니까, 그 물건들이 도착하면 즉각 네 소유가 될 거야."

수석 기록 보관자가 말했다.

당연하다. '당신에게는 닿지 못했습니다'로 시작하는 시. 할아버지의 마이크로카드. 그 물건들이 아직 오고 있을까?

"그리고 네가 믿을 만하다는 걸 증명하는 한 계속 우리를 위해 거래할 수 있어."

수석 기록 보관자가 말했다.

"고마워요."

내가 말했다. 최소한 그 말은 진심이었다. 거래 수수료로 받는 것은 크지 않겠지만, 뭔가 모으기 시작할 수 있을 것이다.

"어떤 것들은 누가 권력을 잡건 계속 가치가 있지. 다른 것들은 바뀔 테고. 통화는 변할 거야."

수석 기록 보관자는 그렇게 말하며 미소를 지었다.

"그런 걸 지켜보는 건 언제나 흥미롭지."

PART 2

시인

9
잰더

"난 죽어가고 있어요."

환자가 내게 말했다. 그는 눈을 뜨고 있었다.

"그렇게 힘들진 않네요."

"당신은 죽지 않아요."

나는 상자에서 치료약을 꺼내며 그를 안심시켰다. 몇 주 동안 이런 모습을 점점 더 많이 보아왔다. 사람들은 이제 전염병 증상을 알고 있었고, 쓰러지기 전에 이곳에 들어오는 일이 많았다.

"이 붉은색요? 이건 치료약 색깔이 아니라 튜브 색이에요. 약은 빠르게 듣기 시작할 겁니다."

그는 나이 든 환자였고, 손을 뻗어 그의 손을 쓰다듬자 피부가 부서질 것만 같았다. 소사이어티라면 그가 앞으로 몇 년 뒤에 죽으리라고 예측할 수 있었을 것이다. 이제는, 아무도 모른다. 그에게는 아주 많은 시간이 남았을 것이다. 우리가 할 일은 그가 이 전염병을 견뎌내도록 도와주는 것뿐이었다.

"약속해요. 의사로서 내게 얘기해줘요."

그가 나를 똑바로 쳐다보며 말했다.

나는 약속했다.

나는 심장이 박동을 멈추거나 숨을 쉬지 않게 되면 경보가 울리도록 그의 몸에 생체측정기를 연결했다. 그러고 나서 다음 환자에게로 갔다. 우리는 진료를 계속하고 있었고, 근무 시간마다 매 분 매 초를 다 써야 했다.

전염병의 발발은 봉기 세력이 예상했던 것보다 더 빨랐다. 소사이어티 점령은 대체로 잘 이루어졌지만 완벽하지는 않았다. 사람들은 치료약을 원했기 때문에 봉기 세력을 받아들였다. 지금 당장은 충성의 대상이었다. 그러나 여전히 소사이어티 동조자들이 있고, 지금 일어나고 있는 일 때문에 겁에 질린 사람들이 있었다. 그들은 아무도 믿지 않았다. 우리가 바꾸려는 것은 그것이었다. 더 많은 사람들이 병에 걸려 들어와 치료되어 나갈수록 좋았다. 그러면 우리가 자신들을 돕기 위해 여기 왔다는 걸 모든 사람이 알 수 있을 것이다.

내 미니 포트에서 수석 의사의 목소리가 들렸다.

"캐로, 회의장에 환영 연설을 들을 새 그룹을 모아두었네."

"알겠습니다. 곧 가겠습니다."

이런 것도 내가 할 일이었다.

나는 문밖으로 나가는 길에 근무 중인 간호사들에게 고개를 끄덕여 인사했다. 연설을 끝내면 내 근무는 끝나고, 오늘 밤 응급 상황이 없는 한 여기 돌아오지 않을 테니까. 나는 간호사들에게 말했다.

"내일 봅시다."

나는 회의장으로 가는 다른 사람들과 함께 계단을 내려갔다. 그리 멀리 가지 않았을 때 누가 내 이름을 부르는 소리가 들렸다.

"캐로."

검은 옷을 입은 사람들이 회의장에 빽빽이 들어차 있어서, 누가 나를 불렀는지 알아채는 데 조금 시간이 걸렸다. 그러나 그때 그녀가 보였다.

"오피셜 레이."

말하고 보니 이제는 그냥 '레이'라는 것이 기억났다. 봉기 세력은 칭호를 폐지했다. 우리는 성만 불렀다. 그녀를 마지막으로 본 것은 거의 두 달 전, 전염병이 처음 발발하고 그녀가 격리실에 갇혀 있을 때였다. 그곳에 오래 있지는 않았을 것이다. 자치구와 도시들을 확보하자마자 봉기 세력은 가둬놨던 사람을 전부 집으로 보냈다. 그러나 그때 나는 그녀를 그곳에 남긴 채 나왔다.

"미안해요……."

나는 말하려고 했지만, 그녀는 고개를 저었다.

"넌 해야 할 일을 했어. 다시 보게 되어 기쁘다."

그녀가 말했다.

"저도요. 그것도 여기서요. 이건 당신이 봉기에 합류했다는 뜻인가요?"

내가 물었다.

"그래. 하지만 여기 머물려면 네 도움이 필요할 것 같아."

"물론이죠. 뭘 도와드릴까요?"

"날 보증해줬으면 좋겠어. 네가 보증해주지 않는다면 여기 머물 수가 없어."

그녀가 말했다.

봉기 세력의 구성원은 세 사람까지만 보증할 수 있었다. 궁극적으로는 분명 모든 사람이 합류하기를 바랐지만, 지금 당장은 조심스러울 수밖에 없었다. 누군가를 보증한다는 것은 가볍게 받아들일 만한 일이 아니었다. 나는 언제나 내가 보증할 세 사람은 우리 부모님과 카시아일 것이라고 생각했다. 카시아가 봉기에 소속되어 있다는 내 생각이 틀렸다면 그녀가 보증이 필요할 때를 대비해야 했으니까.

보증한 사람이 배신자라고 밝혀지면, 그들과 함께 조사받게 된다. 그렇다면, 나는 얼마나 레이를 믿고 있는가?

나는 달리 부탁할 사람이 없느냐고 레이에게 물어보려고 했다. 그러나 그녀의 긴장한 입가와 서 있는 방식—보통 때보다 더욱 완벽한 자세—을 보자 그럴 만한 사람이 없다는 것을 알 수 있었다. 그녀는 눈을 돌리지 않았다. 나는 우리의 키가 비슷하다는 것을 잊고 있었다.

"당연히 해야죠."

내가 말했다. 내가 보증 설 수 있는 사람은 아직 두 명 남아 있다. 무슨 일이 일어나거나 카시아에 대한 내 생각이 틀렸다면, 형 태넌이 부모님 중 한 명을 보증할 수 있다. 형도 어쨌거나 그럴 계획이었을 것이다. 처음 생각한 것은 아니지만, 형과 봉기에 대해 이야기할 기회가 있었다면 좋았을걸 하고 다시 생각했다.

레이가 내 팔에 아주 잠깐 손을 얹었다 떼어냈다.

"고마워."

그녀의 목소리는 아름답고, 진지했으며, 조금 놀란 듯했다. 내가 보증을 서리라고는 생각지 않았던 것이다.

"천만에요."

내가 말했다.

"여러분이 여기 있다는 것은, 여러분이 의료 센터에서 일하기 위해 요구되는 세 가지 중요한 자격을 충족시켰다는 뜻입니다. 첫째, 여러분은 의료 훈련을 받았습니다. 둘째, 여러분은 안전합니다. 전염병에 걸렸다가 즉각 치유되었거나, 일에 복귀하겠다고 지원했을 때 면역 주사를 맞았기 때문입니다. 셋째, 여러분은 봉기에 합류했습니다."

나는 말을 멈추고 침묵이 자리 잡을 때까지 기다렸다가 다시 말을 시작했다.

"여러분은 이제 이 반역에 동참하게 되었습니다. 여러분은 인도자의 말을 들을 때까지 봉기 세력이 존재한다는 것을 몰랐을 수도 있고, 우리가 치료하는 것을 보고 봉기 세력을 믿게 되었을 수도 있고, 아니면 우리의 면역력을 원했을 수도 있습니다. 물론 우리는 그런 이유로 여러분을 비난하지 않습니다. 여러분의 도움에 감사드립니다. 우리의 당면 목표는 사람들을 전염병에서 구하는 것입니다."

나는 그들에게 미소 지었고, 거의 모든 사람들이 마주 웃어 보였다. 그들은 일에 복귀하고 문제 해결에 참여하게 되어 기뻐하고 있었다. 몇 명은 매우 열의를 보였다.

그때 한 여성이 소리쳤다.

"만약 그게 사실이라면 왜 당신들, 그러니까 우리는 모든 사람이 병에 걸리기 전에 예방하지 않은 거죠? 왜 사람들이 치료약이 필요해질 때까지 기다렸나요?"

뒤에 있던 봉기 측 오피서 한 명이 앞으로 움직였지만, 나는 손을 들어 저지했다. 봉기 세력은 이런 질문을 받아넘기기 위해 필요한 모든 정보를 내게 주었다. 그리고 그것은 좋은 질문이었다.

"우리가 왜 치료약과 함께 예방약을 비축해두지 않았을까, 당신이 알고 싶은 건 그거죠?"

내가 물었다.

"그래요. 사람들이 애초에 병에 걸리지 않게 하는 게 더 쉽고 효율적이잖아요."

그녀가 말했다.

"봉기 세력이 이용할 수 있는 자원은 제한되어 있었습니다. 우리는 치료약에 초점을 맞추는 편이 그 자원을 가장 잘 사용하는 길이라고 결정했습니다. 전염병이 생기기 전에 공황 상태를 야기하지 않고 대중에게 전염병이 발생할 가능성을 경고할 방법이 없었습니다. 그리고 봉기 세력은 여러분의 허락 없이 여러분을 면역화하고 싶지 않았습니다. 우리는 소사이어티가 아닙니다."

내가 말했다.

"하지만 당신들, 아니 우리는 아기들은 면역화했잖아요. 그들의 허락 없이요."

그녀가 지적했다.

"맞습니다. 봉기 세력은 영아를 면역화하는 일은, 그 방향으로 자원을 돌려야 할 정도로 중요하다고 느꼈습니다. 여러분 모두 알듯이, 영아들은 병에 걸린 기간 동안 극도의 괴로움을 겪고, 그 정도로 어린 아이들에게는 치료약조차 모든 환자에게 긍정적인 결과를 보증할 수 없습니다. 그래서 허가 없이 면역화시키자는 결정이 내려졌습니다. 그리고 그 결과 우리는 아직 두 살 이하의 아기가 병에 걸린 경우는 한 번도 본 적이 없습니다."

나는 그 말이 사람들의 마음에 스며들기를 기다렸다.

"이제 봉기 세력이 완전히 집권했기 때문에, 우리는 여분의 자원을 예방약을 만드는 데 돌릴 수 있게 되었습니다. 어떤 방법으로든, 우리는 궁극적으로 모든 사람을 구할 것입니다."

그녀는 만족한 듯한 모습으로 고개를 끄덕였다.

물론 다른 이유가 있었지만 나는 그것을 입 밖에 내지 않았다. 봉기 세력이 비밀리에 사람들을 면역화한다면, 그들은 누구에게 고마워해야 할지 모를 것이다. 심지어 자기들이 구원받았다는 사실도 모를 것이다. 봉기 세력은 이 전염병을 만들어내지 않았다. 그들은 이 문제를 해결했다. 사람들이 알아야 할 건 그것이었다. 문제가 있다는 것도 몰랐다면 문제의 해결에 고마워할 수 없지 않겠는가.

그래서, 봉기 세력은 몇몇 사람들이 병에 걸리게 해야 했다. 그러나 대부분의 혁명에서는 많은 사람이 죽을 수밖에 없다. 이쪽이 훨씬 낫다.

"봉기 세력의 구성원이 여러분을 보증했기 때문에 여러분 한 명 한 명이 이곳에 와 있다는 것을 일깨워주는 것도 제 일입니다. 그들은 여러분에게, 확실하다고 믿은 사람들에게 도박을 걸었습니다. 우리가 여기서 하는 일을 방해해서 그들을, 혹은 우리를 실망시키지 마십시오. 우리는 사람들을 구하기 위해 노력하고 있습니다."

나는 모여 있는 사람들을 바라보며 말했다.

레이가 이 방 어디에 있는지는 알 수 없었지만 나는 기뻤다. 나는 그녀만이 아니라 모든 사람에게 말하고 있었다.

"이제 환자를 돌보는 기본 절차를 알려드리겠습니다. 방에서 떠날 때 여러분은 더 자세한 지시를 받고 첫 임무를 지정받을 겁니다. 여러분 중 어떤 사람들은 곧장 일하러 가게 될 것이고, 다른 사람들은 쉬었다가 나중에 일하도록 지정될 겁니다."

나는 의료 규약의 기본 단계를 빠르게 훑으며 사람들에게 적절한 살균 기술과 손 씻기 같은 절차, 소독 물품과 장비들을 짚어주었다. 이 바이러스는 체액 접촉을 통해 퍼질 수 있기 때문에 이런 습관은 특히 중요했다. 나는 그들에게 최초 의료 검사에 대해 설명하고, 압축 매트리스가 부족하기 때문에 어떤 환자들은 손으로 돌려 눕혀야 한다고 이야기했다. 감염을 피하기 위해 손상 부분을 봉하는 데 사용하는 상처 치유 기구에 대해서도 설명했다.

모든 사람이 가장 흥미로워하는 부분에 들어가자 핀이 떨어져도 소리가 들릴 지경이었다. 바로 치료약에 관한 부분.

"치료제 투약은 처음에 인도자가 사람들에게 이야기했을 때 포트 화면에서 본 모습과 매우 비슷합니다. 부정적인 반응이 일어났다는 얘기 거의 들어본 적이 없지만, 그런 일이 일어난다면 치료약 투약 후 처음 반시간 안에 일어날 겁니다."

내가 말했다.

"부정적 반응이란 뭔가요?"

한 남성이 물었다.

"환자가 숨을 멈춥니다. 그런 환자에게는 관을 삽입해야 합니다. 그러나 치료약은 여전히 작용합니다. 숨 쉴 때 얼마간 도움이 필요한 것뿐이죠. 당연히 진단의만 관을 삽입할 수 있습니다."

내가 말했다.

"나쁜 반응이 일어난 것을 본 적이 있나요?"

그가 물었다.

"세 번 정도 봤습니다. 나는 봉기 세력이 이곳을 접수한 이래 계속 이 의료 센터에서 일하고 있습니다."

어떤 면에서는 전혀 시간이 흐르지 않은 것 같았고 한편으로는 평생처럼 느껴졌다.

"치료약이 작용하는 데 얼마나 오래 걸릴까요?"

다른 사람이 소리 내어 물었다.

"환자들은 사나흘 만에 완전히 정신을 차리는 일이 많습니다. 그러면 엿새째 되는 날 의료 센터의 회복 구역으로 옮깁니다. 그들은 그곳에 며칠 더 머물다가 가족과 친구들에게 돌아갑니다. 치료약은 매우 강력합니다."

몇 명의 눈이 커졌고 사람들은 놀라서 서로를 바라보았다. 물론 그들도 다 나은 사람들이 의료 센터에서 나가는 것은 봤지만, 치료약의 효력이 얼마나 빠르게 나타나기 시작하는지는 알지 못했다.

"이상입니다."

나는 그렇게 말하고 모두에게 미소 지었다.

"봉기 세력에 오신 것을 환영합니다."

모든 사람이 박수를 치기 시작했고 누군가는 크게 환호성을 질렀다. 방 안에는 흥분이 가득했다. 그들 모두 바리케이드 벽 바깥에 앉아 있는 것이 아니라 다시 실질적인 일을 하게 되어 기뻐하고 있었다. 나는 그들의 심정을 이해했다. 나도 사람들에게 치료약을 주고 있을 때 옳은 일을 하고 있다고 느끼기 때문이다.

나는 수면실 천장을 쳐다보며 사람들의 숨소리에 귀를 기울였다. 바깥의 의료 센터 어딘가에서는 레이가 환자들을 돌보고 있었다. 그녀가 봉기 세력에 들어와서 기뻤다. 레이는 고요환자들을 아주 잘 돌볼 것이다. 나는 왜 그녀가 이전에 봉기 세력에 들어오지 않았는지 궁금했다. 아마 봉기에 대해 몰랐던 거겠지. 어쨌건, 사람들은 반역에 대해 터놓고 이야기하지는 않았으니까.

나는 태년이 봉기 세력에 들어와 있다고 확신했다. 나와 마찬가지로 형도 반역에 대해 듣는 순간 그것이 우리의 의무라고 인식했을 것이다. 그리고 형도 알약에 면역이 있었다. 그는 모든 조건에 완벽하게 들어맞았다.

봉기 세력이 처음 접촉해왔을 때 카이가 왜 당장 봉기에 합류하지 않았는지는 전혀 추측할 수 없었다. 봉기 세력은 그를 도울 수 있었을 것이다. 그러나 카이는 봉기 세력에 들어가지 않았고 왜 그랬는지 내게 말하지 않았다.

카시아가 카이를 찾기 위해 바깥 지방으로 떠나기 전에도, 그녀가 뭔가 큰일을 할 수 있다는 것은 알았다. 수영장에서 그녀가 마침내 뛰어들 준비가 되었다고 결심한 그날처럼. 그녀는 뒤를 돌아보지 않고 물속으로 들어갔다. 그러니 나는 카시아가 카이와 사랑에 빠진 방식에 놀라지 말았어야 했다. 그것은 카시아가 나와 사랑에 빠지기를 바랐던 방식과 똑같았기 때문이다.

내가 봉기에서 벗어나고 싶은 유혹을 받았던 건 카시아와 매칭되었던 때밖에 없었다. 그 몇 달 동안 나는 게임의 양쪽 편을 다 플레이했다. 봉기 세력이 원하는 일을 하고 동시에 소사이어티가 원하는 대로 연기해서 카시아와의 매칭 상태를 유지했다. 그러나 내가 이 사실을 깨닫는 데는 오래 걸리지 않았다. 내가 바란 것은 카시아가 나를 선택하는 것이었다. 어떤 의미로, 우리가 매칭된 것은 내가 받은 가장 큰 일격이었다. 소사이어티가 사랑해야 한다고 말하는데 어떻게 그녀가 나와 사랑에 빠질 수 있겠는가?

카시아가 내게 카이를 좋아하게 됐다고 말한 후, 나는 카이가 떠나면 그녀도 떠나리라는 것을 깨달았다. 그녀는 다시 뛰어들 것이다. 소사이어티가 카이가 단풍나무 자치구에서 영원히 살도록 놔두지 않으리라는 것은 쉽게 알 수 있었고, 그가 가는 곳이라면 어디든 위험할 것이다.

나는 카시아에게 무엇이든 주어 보내야 했다. 그녀를 도우면서도 나를 생각나게 만들 물건으로.

그래서 나는 포트에서 그림을 인쇄하고 바깥에 나가 새장미 꽃잎을 가져왔다. 그러나 둘 다 그녀에게 과거를 생각나게 할 물건들이었다. 그것으로는 충분하지 않다고 생각했다. 앞으로 그녀를 돕고 그녀에게 나를 떠올리게 할 뭔가를 주고 싶었다.

기록 보관자에 대해 내게 말해준 사람이 카이라는 것은 좀 아이러니컬했다. 그가 없었다면 나는 거래하는 법을 몰랐을 것이다.

나는 내 매칭 파티에서 받은 은상자만 기록 보관자에게 주면 되었다. 그것과 교환해서 그들은 내게 자신들의 포트에서 인쇄한 종잇조각 하나를 주었다. 내 공식 매칭 마이크로카드에서 뽑아 그들에게 말해준 모든 정보와 몇 가지 변화와 내가 덧붙인 몇 가지 정보들.

'가장 좋아하는 색깔: 빨강.'

'매칭 상대를 다시 만났을 때 말해줄 비밀을 가지고 있다.'

그것은 쉬운 일이었다. 알약을 얻는 게 더 어려웠다. 거래에 동의했을 때 기록 보관자들이 내게 요구한 일이 어떤 것인지 나는 제대로 알지 못했다.

그러나 할 만한 가치가 있는 일이었다. 파란 알약은 카시아를 안전하게 지켜줄 것이다. 그녀는 내게 포트에서 이렇게 말하기까지 했다. 그 파란색에는 뭔가가 있어.

나는 옆으로 몸을 굴려 벽을 바라보았다.

매칭 파티의 밤, 부모님 그리고 형과 함께 에어트레인 정거장에서 기다릴 때 나는 카시아와 같은 에어트레인에 타고 싶었다. 그렇게 하면 모든 것이 변하기 전에 최소한 도시까지 함께할 수 있었다. 그녀는 녹색 드레스 스커트를 꼭 쥐고 계단을 올라갔다. 나는 그녀의 머리 위를 먼저 보고 그다음 그녀의 어깨와 피부에 닿은 실크의 녹색을 보았다. 마침내 그녀는 위를 쳐다보았고 나는 그녀의 눈을 보았다.

나는 그때도 그녀를 알았고 지금도 그녀를 안다. 그렇게 거의 확신한다.

10
카시아

나는 박물관 가까운 곳까지 세워진 흰 바리케이드 가장자리를 서둘러 걸어갔다. 봉기 세력이 박물관 창문을 판자로 막기 전에는 별들과 부서져 흩어진 유리가 보였다. 우리가 처음 인도자의 목소리를 들은 밤에 사람들은 이곳에 침입하려고 했다. 그들이 무엇을 훔치고 싶었는지는 모른다. 우리 대부분은 박물관에 가치 있는 물건이 아무것도 없다는 것을 오래전에 깨달았다. 물론 기록 보관자만 제외하고. 그러나 그들은 늘 숨어야 할 때를 알았다.

봉기 세력이 집권하고 몇 주 동안, 전보다 더 많이 누리게 된 것도, 더 적게 누리게 된 것도 있었다.

나는 언제나 퇴근 후 거래를 하러 가느라 매일 집에 늦게 들어왔다. 봉기 측 오피서가 내게 빨리 들어가라고 말할지는 모르지만, 그는 나를 소환하거나 내가 하는 일에 대해 경고하지는 않을 것이다. 그러니 나는 좀 더 자유를 누린다. 그리고 우리는 이제 전염병과 봉기에 대해 더 많은 것을 알게 되었다. 봉기 세력은 태어날 때부터 몇몇 아이들이 전염병과 붉은 알약에 대해 면역력을 갖도록 만들었다고 말했다. 그 말은 카이와 잰더가 가진, 붉은 알약을 먹었는데도 모든 것을 기억할 수 있는 능력을 설명했다. 그것은 오래전 봉기 세력이 나를 선택하지 않았다는 뜻도 되었다.

또한 우리는 확실성을 덜 누리게 되었다. 이다음엔 무슨 일이 일어날까?

인도자는 봉기가 우리 모두를 구할 거라고, 하지만 우리가 그렇게 되도록 도와줘야 한다고 말했다. 여행은 불가능했다. 우리는 전염병이 퍼지지 않게 하고 아픈 사람을 치료하는 데 자원을 집중해야 했다. 인도자는 그것이 가장 중요한 일이라고 말했다. 우리가 진정으로 다시 시작할 수 있도록 전염병을 막는 것. 봉기 세력의 조직원 대부분이 그렇듯이 나는 이제 전염병에 면역이 생겼다. 그리고 곧, 이런저런 방식을 통해 우리는 모두 안전해질 것이다.

그다음에 정말로 모든 것이 변하기 시작할 거라고 인도자는 약속했다.

우리에게 말하는 그의 목소리는 첫날 포트에서 들은 것처럼 완벽했다. 이제는 얼굴을 볼 수도 있었는데, 그의 파란 눈과 그 눈에 담긴 확신에서 시선을 돌리기 힘들었다.

"봉기는 모든 사람을 위한 것입니다."

그는 그렇게 말했고, 나는 그가 진심이라는 것을 알 수 있었다.

우리 가족이 괜찮다는 사실은 확인했다. 나는 포트를 통해 가족들과 몇 번 이야기했다. 브램은 처음에 전염병을 앓았지만 봉기 세력이 약속한 대로 회복되었고, 우리 부모님은 격리되어 면역화했다. 그러나 전염병에 대해 브램과 이야기할 수는 없었다. 우리는 아직 이야기할 때 신중하게 굴었다. 우리는 그저 웃었고, 소사이어티가 집권하던 때보다 그다지 많이 말하지 않았다. 지금도 누가 우리 말을 듣고 있는지 알 수 없었다.

나는 아무도 듣지 않는 방법으로 이야기하고 싶었다.

봉기 세력은 직계가족들 사이의 통신만 가능하게 만들어주었다. 봉기 세력에 따르면 스스로의 결혼 계약을 축하하기에는 너무 어린 사람들 사이의 매칭은 더 이상 유효하지 않았고, 모든 사람의 친구 하나하나를 추적해줄 시간은 없다는 것이었다. 인도자는 우리에게 이렇게 물었다.

"통신을 구축하는 데 시간을 들이는 게 더 낫겠습니까? 그보다 우리의 자원을 사람들을 구하는 데 사용해야 하지 않을까요?"

그래서 나는 잰더에게 카빙 대협곡에서 읽은 쪽지에 쓰인 그의 비밀이 무엇이냐고 물을 수 없었다. 때때로 나는 그 비밀이 뭔지 알 것 같았다. 그가 봉기 세력에 속해 있다는 단순한 사실이 아닐까. 하지만 어떤 때에는 확신할 수 없었다.

잰더가 사람들을 도우러 간다면 그 사람들이 어떤 기분일지 상상하기는 쉬웠다. 그는 몸을 굽히고 그들의 말을 귀 기울여 들을 것이다. 그들의 손을 잡을 것이다. 내가 협곡에서 꾼 꿈에서처럼, 내게 눈을 떠야 한다고 했던 그 진지하고 부드러운 어조로 말할 테고, 환자들은 잰더를 보기만 해도 다 나은 듯이 느낄 것이다.

나는 전염병이 발발한 후 카이와 잰더에게 무사함을 알리기 위해 메시지를 보냈다. 그 거래는 호수에서 종이를 도둑맞은 이후 내가 지불할 수 있는 가격보다 비쌌다. 그러나 나는 메시지를 보내야 했다. 그들을 걱정시키고 싶지는 않았다.

어떤 답신도 오지 않았다. 종이에 쓰였거나 쪽지에 인쇄된 글 한 줄도. '당신에게는 닿지 못했습니다'로 시작하는 시와 할아버지의 마이크로카드도 아직 도착하지 않았다. 거래한 지 아주 오래되었는데도.

때때로 그 마이크로카드를 손에 쥔 어느 거래자가 멀리 떨어진 곳에서 고요환자가 되어버린 게 틀림없다는 생각이 들었다. 그러면 그것은 영원히 잃어버린 것이다. 브램은 내게 그것을 보냈을 테니까. 나는 그 사실만은 믿었다.

카빙 대협곡으로 달아나기 전 내가 타나 지방에서 일하고 있을 때, 그 마이크로카드에 대한 메시지를 보내 그것을 다시 보고 싶게 만든 이는 바로 브램이었다. 메시지에서 브램은 마이크로카드를 다시 살폈을 때 자기가 본 장면을 묘사했다.

〈맨 마지막에는 할아버지가 가장 좋아하신 기억의 목록이 있었어. 할아버지는 우리 각자의 기억을 하나씩 고르셨어. 내 기억 중에서 가장 좋아하신 건, 내가 처음 한 말이 '더 줘'였던 거였어. 누나에 관한 기억에서 가장 좋아하신 건 할아버지가 '붉은 정원의 날'이라고 부르신 거였어.〉

타나에서 나는 할아버지가 작은 실수를 하신 거라고 스스로를 납득시켰다. 할아버지가 '붉은 정원의 날들'이라고 말하려 하신 거라고. 우리가 할아버지의 아파트 건물 바깥에 앉아서 이야기하던 봄과 여름과 가을의 그 나날이라고.

그러나 최근에는 그게 아니라고 확신했다. 할아버지는 영리하고 조심스러우셨다. 할아버지가 단수인 '붉은 정원의 날'을 내 기억 중에서 가장 좋아하는 것으로 꼽으셨다면, 특정한 하루를 뜻하신 것이다. 그런데 그날을 기억할 수가 없다.

소사이어티가 그 붉은 정원의 날에 내게 붉은 알약을 삼키도록 만든 걸까?

할아버지는 언제나 나를 믿으셨다. 내게 녹색 알약을 삼키지 말라고, 나한테는 그런 것이 필요 없다고 처음으로 말해준 사람이 할아버지였다. 그 두 편의 시―순순히 들어가지 말라는 토머스의 시와 모래톱을 건너 인도자를 만난다는 테니슨의 시―를 준 사람도 할아버지였다. 할아버지가 내가 따르기를 원하신 것이 어느 쪽 시인지는 여전히 모르겠다. 하지만 할아버지는 둘 다 주실 만큼 나를 믿었다.

누군가가 박물관 바깥에서 나를 기다리고 있었다. 아직 비가 내릴 것 같지는 않은 봄날의 회색 오후 속에 한 여인이 홀로 서 있었다.

"센트럴의 영광스러운 역사에 대해 더 알고 싶어요."

그녀가 내게 말했다. 흥미로운 얼굴이었다. 다시 보면 알아볼 수 있을 것 같은 얼굴. 그녀를 보자 잠깐 어머니가 생각났다. 여인은 여기 처음 오는 사람들이 흔히 그렇듯이 희망에 차 있으면서도 두려워하는 듯이 보였다. 기록 보관자들에 대한 이야기가 퍼지고 있었다.

"난 기록 보관자가 아니에요. 하지만 부인 대신 그들과 거래할 권한이 있죠."

기록 보관자들과 거래해도 된다는 허가를 받은 우리는 접근해 오는 사람들에게 보여주기 위해 소매 아래 얇고 붉은 팔찌를 차고 있었다. 그 팔찌가 없는 거래자들은 최소한 박물관의 접선 장소에서는 오래 있을 수 없었다. 여기 오는 사람들은 안전과 진짜라는 확증을 원했다. 나는 여인의 마음을 편하게 해주려고 미소 지으며 그녀가 팔찌를 더 잘 볼 수 있도록 한 발 더 다가갔다.

"멈춰요!"

그녀가 말하는 바람에 나는 그 자리에 얼어붙었다.

"미안해요. 하지만…… 당신이 이걸 밟을 뻔했어요."

그녀는 땅을 가리켰다.

그것은 진흙 위에 쓰인 글자였다. 내가 쓴 글자가 아니었다. 심장이 뛰기 시작했다.

"부인이 이걸 쓰셨나요?"

내가 물었다.

"아뇨. 당신도 보이죠?"

그녀가 말했다.

"네. *E* 같군요."

내가 말했다.

카빙 대협곡에서 나는 계속 내 이름을 보았다고 생각했지만, 카이가 나를 위해 새겨놓은 나무를 발견할 때까지 내가 본 것은 사실이 아니었다. 그러나 이것은 진짜였다. 강하고 거친 필치로 진흙 위에 깊게 써 넣은 글자. 이것을 쓴 사람은 의도와 목적까지도 전달하고 싶었던 것 같았다.

'엘리.'

내가 아는 한 엘리는 한 번도 쓰기를 배운 적이 없었지만, 그 아이의 이름이 마음속에 떠올랐다. 물론 이곳은 엘리가 자란 곳이지만 그는 이곳에 없다. 그는 바깥 지방에 있었고, 지금쯤은 산맥에 닿았을 것이다.

'사람들이 지켜보고 있어. 아마 저들도 돌을 집어 들어 글을 쓸 거야.'

나는 생각했다.

"사람들이 글을 쓰기도 하는군요."

그녀가 경외감 어린 목소리로 말했다.

"쓰기는 쉬워요. 바로 앞에 글씨 모양이 있잖아요."

내가 그녀에게 말했다.

그녀는 내가 하는 말을 이해하지 못하고 고개를 흔들었다.

"제가 쓴 건 아니에요. 하지만 쓰는 법은 알아요. 저 글씨를 보세요. 그걸 손으로 직접 그려보세요. 연습만 하면 돼요."

내가 그녀에게 말했다.

그 여인은 불안해 보였다. 눈에는 그늘이 졌고, 몸을 지탱하고 선 자세에는 뭔가 억제되고 긴장되고 슬픈 구석이 있었다.

"괜찮으세요?"

나는 그녀에게 물었다.

그녀는 미소 지었다. 그리고 소사이어티에 굴복하는 데 익숙해져서 그렇다고 대답했다.

"네, 물론 괜찮죠."

나는 시청 돔을 바라보며 기다렸다. 그녀가 하고 싶은 말이 있으면 하면 된다. 나는 맨 처음 카이를 지켜보면서, 그다음에는 기록 보관자들을 보면서 그 사실을 배웠다. 누군가의 침묵에서 빠져나와버리지만 않는다면 그 사람은 말을 할 것이다.

"아들 때문이에요. 전염병이 시작된 뒤부터 그 애는 잘 수가 없었어요. 나는 계속해서 치료약이 있다고 말해주었지만 그 애는 병들까 봐 두려워해요. 밤새 깨어 있어요. 면역화되었는데도 아직도 두려워해요."

그녀가 조용히 말했다.

"아아, 저런."

내가 말했다.

"우리는 정말 지쳤어요. 녹색 알약이 필요해요. 이걸로 살 수 있는 최대한요."

그녀는 붉은 돌이 박힌 반지를 내밀었다. 이걸 어디서 어떻게 구했을까? 나는 그런 질문을 하지 못하도록 되어 있었다. 그러나 반지가 진짜라면 꽤 가치가 있을 것이다.

"그 애는 겁을 먹었어요. 우리는 무슨 일을 해야 할지 모르겠어요."

나는 반지를 받았다. 소사이어티가 나눠준 알약과 용기를 봉기 세력이 가져간 다음부터 우리는 이런 일을 점점 더 많이 보아왔다. 나는 그 붉고 파란 알약들이 사라지는 것을 보며 기뻐했지만, 녹색 알약을 필요로 하고 그것이 없으면 힘든 시간을 보내야 하는 사람들이 있다는 것은 알고 있었다. 우리 어머니마저도 한번 그것이 필요했던 적이 있다.

내가 잠을 못 이룰 때 침대 위로 몸을 굽힌 어머니가 떠올랐다. 그러자 온몸이 욱신거리면서, 어머니가 꽃 얘기를 하며 나를 재우려고 어르던 것이 생각났다. 어머니는 느리고 부드러운 목소리로 말하곤 했다.

"앤 여왕의 레이스라는 건 야생 당근이야. 어릴 때는 뿌리를 먹을 수 있어. 꽃은 희고 레이스 같아. 아름답지. 별처럼."

예전에 소사이어티는 꽃을 관찰하라고 어머니를 다른 지방에 보냈다. 그들은 어머니에게 위법 재배 작물을 살펴보게 했다. 반역 활동의 일환으로 사람들이 식재료로 쓰고 있을 수도 있다고 생각했기 때문이다. 어머니는 그란디아 지방에 앤 여왕의 레이스가 들판 전체를 뒤덮은 곳이 있고, 다른 지방에서는 더 아름다운 또 다른 꽃의 들판을 보았다고 말했다. 어머니는 그 들판을 경작한 사람들과 이야기를 나누었다. 어머니는 그들의 눈에서 발각될까 두려워하는 기색을 보았지만, 우리 가족을 안전하게 지키고 싶었기 때문에 자신이 해야 하는 대로 소사이어티에 보고했다. 소사이어티는 어머니가 한 일을 기억하게 내버려두었다. 그 기억은 가져가지 않았다.

어머니는 식물을 키우며 일생을 보냈다. 할아버지가 말씀하신 '붉은 정원의 날'에 관한 기억은 어머니와 관계 있는 것일까?

봄바람이 덤불 가지에 마지막으로 남은 이파리를 떼어내며 내 주위에 둥글게 휘몰아쳤다. 바람이 옷을 흩날렸고, 나는 바람에 옷이 벗겨지는 모습을 상상했다. 마지막 남은 종이가 세상 속으로 날아가고, 나는 무언가를 이토록 가까이 붙잡고 있는 일은 그만둘 때가 되었다는 것을 알게 될 것이다. 여인이 돌아서서 호수 쪽을 바라보았다. 햇빛이 비쳐 반짝이는 길게 뻗은 물.

'물, 강, 돌, 해.'

아마 카이의 어머니가 바깥 지방의 바위에 그림을 그리며 카이에게 불러주었던 노래도 그런 것이리라.

나는 반지를 다시 여인의 손안에 쥐여주며 말했다.

"아드님에게 알약을 주지 마세요. 아직은요. 아드님에게 노래를 불러줄 수 있으니까, 그걸 먼저 해보세요."

"뭐라고요?"

그녀는 진심으로 놀란 표정으로 나를 바라보며 물었다.

"아드님에게 노래를 불러줄 수 있을 거예요. 그게 더 효과가 있을지도 몰라요."

내가 다시 말했다.

그러자 그녀의 눈이 살짝 더 커졌다.

"난 할 수 있어요. 내 안에는 음악이 있어요. 언제나 그랬어요."

그녀의 목소리에는 맹렬한 기세가 담겨 있었다.

"하지만 어떤 가사로 노래를 부르죠?"

농부들의 정착지에서 헌터는 죽은 딸 새러에게 무슨 노래를 불러주었을까? 새러는 그가 믿지 않는 것들을 믿었다. 그렇다면 그는 무슨 말을 해서 믿음과 불신 사이에 다리를 놓으려고 했을까?

카이는 무슨 노래를 불렀을까? 나는 우리가 함께했던 모든 장소를, 우리가 함께 본 모든 것을 생각했다.

언덕 위, 나무 아래 바람

아무도 볼 수 없는 경계를 지나

잠들지 못하는 아이의 어머니와 함께 그곳에 서 있으면서, 예전에 느꼈던 궁금증이 다시 떠올랐다. 시시포스가 언덕 꼭대기에 다다랐을 때, 그곳에 그가 만날 사람이 있었을까? 자신이 재차 밀어 올려야 하는 돌과 함께 언덕 기슭에 있다는 것을 깨닫기 전에 남몰래 느낀 손길이 있었을까? 그는 다시 돌을 굴리기 시작하면서 혼자 미소 지었을까?

나는 노래가사를 써본 적이 한 번도 없었지만, 시를 한 편 짓기 시작한 적은 있었다. 끝맺지 못한 시. 카이를 위한 시였고, 이렇게 시작했다.

나는 너를 위해 어둠 속을 기어오른다

너는 저 별들 속에서 나를 기다리고 있을까?

"여기요."

나는 소매에서 숯 막대기를, 손목에서 종이 한 장을 떼어내며 말했다.

나는 조심스레 글을 썼다. 이렇게 쉽게 글이 떠오른 적이 없었지만, 쓸 때 실수해선 안 되었다. 아니면 기록 보관자에게 돌아가서 종이를 더 달라고 해야 할 테니까. 게다가 지금 당장은 시 전체가 머릿속에 들어 있었지만, 한 글자라도 잊어버릴까 두려워 빨리 써야 했다.

언제나 처음 완성하는 시는 카이를 위해 쓴 시일 거라고 생각했다. 그러나 지금 이 일은 옳은 것 같았다. 이 시는 우리 둘의 것이지만 다른 사람들을 위한 것이기도 했다. 사랑하는 사람을 발견하게 되는 모든 장소에 대한 시였다.

새장미, 옛장미, 앤 여왕의 레이스.
물, 강, 돌, 해.

언덕 위, 나무 아래 바람
아무도 볼 수 없는 경계를 지나

당신을 향해 어둠 속을 기어오르면
별들 사이에서 당신은 나를 기다릴까?

카이를 위해 쓴 첫 구절을 끝 구절로 바꾸었다. 나는 멈추지 않고 써 내려갔다. 한순간 주저하다가, 종이 아래쪽에 내 이름을 써 넣었다.

"여기 있어요. 여기에 음악을 붙여도 돼요. 그럼 부인 노래가 돼요."

진짜로 글을 쓴다는 건 이런 거라는 생각이 들었다. 글을 주는 사람과 그것을 가져가는 사람들의 공동작업. 그들은 그 안에서 의미를 발견하거나, 그 글에 음악을 붙이거나, 필요한 글이 아니어서 옆으로 밀어버리겠지.

여인은 처음에는 그것을 그냥 받지 않았다. 대가로 내게 뭔가 주어야 한다고 생각한 것이다.

그 순간 내가 예술품 거래에 대해 가졌던 생각이 전부 틀렸음을 깨닫게 되었다.

"이건 제가 아드님을 위해 드리는 거예요. 제가요. 기록 보관자들이 아니라요. 그리고 거래자로서 드리는 것도 아니에요."

"고마워요. 정말 친절한 분이군요."

여인은 놀라고 기쁜 듯했다. 그녀는 나를 흉내 내어 그 종이를 자기 소매에 넣었다.

"하지만 이게 듣지 않으면……."

그녀가 운을 떼었다.

"그럼 돌아오세요. 녹색 알약을 드릴게요."

여인과 헤어진 후 나는 기록 보관자들에게 일거리가 더 있는지 확인하고 내 물건을 점검하기 위해 그들의 은신처로 향했다. 내가 소유한 물건을 도둑맞은 후 나는 기록 보관자에게 상자를 보관해달라고 부탁했다. 그들은 그것을 숨겨진 방 어딘가에 두고 있었다. 내가 한 번도 못 본 방이었다. 몇 명의 기록 보관자들만 열쇠를 갖고 있었다.

그들이 상자를 꺼내주자 나는 안을 들여다보았다. 한때 귀중한 종이들이 가득했던 그 상자에는 이제 포트에서 출력한 종이 두루마리 하나, 소사이어티제 신발 한 켤레, 한때 어느 오피셜의 제복이었던 흰 셔츠, 호수에서 카이를 만나려고 입었던 붉은 실크 드레스만 담겨 있었다. 남은 시들은 언제나 직접 가지고 다녔다. 전부 합해도 썩 인상적인 수집품은 아니었다. 하지만 이것은 시작이었다. 모으기 시작한 지 겨우 몇 주밖에 안 되었으니까. 봉기 세력이 나를 사랑하는 사람들에게 데려다주지 못한다면 내가 직접 그들에게 갈 방법을 찾을 것이다.

"다 있군요. 고마워요. 오늘 내가 할 거래가 또 있나요?"

나는 나를 도와준 기록 보관자에게 말했다.

"아니. 언제나 그렇듯이 박물관 바깥에서 기다리면서 접근하는 사람과 만나면 돼요."

그가 말했다.

나는 고개를 끄덕였다. 오늘 그 여인과 거래 외로 이야기를 나누지 않았다면 내 수집품에 또 다른 물건이 추가되었을 것이다.

나는 두루마리에서 포트 종이를 길게 찢어내어 평상복 아래 손목에 감았다.

"다 됐어요. 고마워요."

나는 기록 보관자에게 말했다.

선반 사이에서 나오자 수석 기록 보관자가 내 눈을 바라보며 고개를 저었다.

'아직 안 왔어.'

내 시와 마이크로카드는 아직 도착하지 않았다.

때때로 나는 수석 기록 보관자가 진짜 인도자가 아닐까 궁금했다. 우리 자신의 소망과 필요라는 물속으로 우리를 몰고 들어가 각 개인마다 서로 다른 물건으로 채워진 작은 보트를 타고 안전하게 나올 수 있도록 도와주는 인도자. 우리가 진정한, 옳은 생활을 시작하기 위해 필요한 물건들.

불가능한 일은 아니었다.

이 아래보다 반역하기 더 좋은 장소가 어디 있겠는가?

계단을 올라 땅 위로 나오자 풀이 자라는 냄새와 함께 밤이 내리덮이는 것이 느껴졌다.

도시에 있을 때는 내가 이럴 수 있을 줄 몰랐다. 나는 그 시를 너무 오래 붙들고 있었다. 지금 나는 너무 많은 것을 써버리고 쉬버리고 있는 것일지도 모른다.

그러나 나는 아끼고 물러섰을 때 가장 크게 후회했다. 시를 너무 오래 간직했고 결국 도둑맞았다. 잰더나 브램에게 글씨 쓰는 법을 한 번도 가르쳐준 적이 없었다. 왜 나는 그럴 생각을 못했을까? 브램과 잰더는 영리했다. 그들은 혼자 힘으로도 배울 수 있겠지만, 때로는 처음에 누군가 도와줄 사람이 있는 쪽이 좋다.

나는 살금살금 어둠 속으로 나와 손목에 감은 종이를 풀었다. 그 종이를 녹지 벤치의 매끄럽고 서늘한 금속 표면에 걸친 다음 숯 막대기로 조심스럽게 내리누르면서 썼다. 소각로 안에 나뭇가지 끝을 넣는 일은 요령만 알면 아주 쉬웠다. 다 끝났을 때 내 손은 검고 차가웠고, 심장은 붉고 따뜻하게 느껴졌다.

나뭇가지들이 팔을 내밀고 있었다. 나는 그 위에 종이를 걸쳤다. 바람이 부드럽게 불자 나무가 글을 품고 있는 것 같았다. 어머니가 어린 아이를 품는 것만큼 조심스럽게. 카빙 대협곡에서 헌터가 새러를 무덤으로 운반할 때 안았던 것처럼 조심스럽게.

가로등의 흰 불빛 속에서, 이 녹지는 오직 높이 나는 상상력이나 깊은 꿈속에서만 살아 있는 것처럼 느껴졌다. 깨어나면 모든 것이 사라졌다는 것을 발견하게 되지 않을까 궁금했다. 이 종이 나무, 이 하얀 밤. 나의 검은 글은 누군가 읽어주기를 기다리고 있었다.

카이는 왜 내가 이것을 써야 하는지, 왜 다른 것으로는 충분하지 않은지 이해할 것 같았다.

편안한 밤 속으로 순순히 들어가지 마라.

빛이 죽어갈 때 분노하고 또 분노하라.

소사이어티의 동조자가 이 글을 끌어내린다고 해도, 나무에서 이 종이를 끌어당기면서 글을 보게 될 것이다. 종이를 불태운다 해도 글은 소각로로 가는 길에 그의 손가락에서 빠져나올 것이다. 무슨 일이 있어도 글은 공유될 것이다.

　선량한 사람은 마지막 물결을 보내며 울부짖는다
　그들의 연약한 행동이 푸른 만에서 얼마나 밝게 춤출 수 있었는지
　빛이 죽어갈 때 분노하고 또 분노하라.

　세상에는 그런 사람이 아주 많을 것이다. 연약한 행동을 하는 선량
한 남녀. 우리가 감히 밝게 빛나는 삶을 살았다면 어땠을까, 모든 것이
춤추는 것처럼 보였을까 궁금해하며 사는 사람들.
　내가 그들 중 하나였다.
　나는 감겨 있는 종이를 더 풀어 그 행을 보았다.

　하늘을 나는 해를 붙잡아 노래했던 거친 사람들은

　나는 그 종이를 나무 사이에 얼기설기 엮었다. 긴 고리가 되었다. 위
아래로 무릎이 구부러졌다. 동굴 속 그림에서 본 소녀들처럼 팔이 머
리 위로 뻗었다. 여기에는 리듬이, 시간의 보존이 있었다.
　내가 춤을 추고 있는 건지 궁금했다.

11
카이

"오늘 점프할 거야?"

다른 조종사 한 명이 내게 물었다. 우리 비행중대는 카마스 시 안을 굽이치는 강가를 걷고 있었다. 시청과 바리케이드 근처에서 강은 여러 개의 연속된 폭포로 변했다. 우리 근처에서 회색 왜가리가 빠른 물살을 가르고 날았다.

"아니. 그게 무슨 의미가 있는지 모르겠어."

나는 목소리에서 짜증을 숨길 생각도 없이 말했다.

"단합의 표시잖아."

그가 말했다. 나는 눈을 돌려 그를 좀 더 자세히 보았다.

"우리는 모두 봉기를 위해 일하는 거잖아. 안 그래? 그게 중요한 거아냐?"

내 말에 루크라는 이름의 그 조종사는 침묵하더니 조금 더 빠르게 걸었다. 그래서 나는 우리 그룹 뒤쪽에 혼자 남았다. 우리는 몇 시간 동안 일이 없었고 모두 도시로 들어가고 싶어했다. 봉기 세력이 카마스에서 완전히 집권한 지 몇 주나 되었지만, 아직도 우리 중 많은 사람은 한때 소사이어티였던 도시의 거리를 자유롭게 걷는 것은 위험하고도 신나는 일이라 느끼고 있었다. 예상대로 카마스는 봉기 세력이 점령한 첫 번째 지방이자 가장 점령하기 쉬운 지방이었다. 이곳에서 살고 일하는 반란군이 매우 많았다.

인디는 뒤로 처져서 나와 함께 걸었다.

"넌 점프해야 해. 사람들이 모두 네가 뛰어들기를 원해."

그녀가 말했다.

다른 비행중대의 몇몇 사람들이 강에 뛰어들기 시작했다. 이제 공식적으로는 봄이었지만, 산에서 흘러 내려오는 물은 얼음처럼 차가웠다. 나는 강 속에 들어갈 생각이 없었다. 나는 겁쟁이가 아니지만, 어리석지도 않다. 이건 자치구의 안전하고 따뜻한 파란 수영장이 아니었다. 시시포스 강과, 빅이 죽은 뒤에 일어난 일을 겪고 나서……

나는 더 이상 물을 믿지 않았다.

오늘 강가를 걷는 사람이 많았다. 햇볕이 등에 따뜻하게 느껴졌다. 봉기 세력은 전염병이 완전히 억제될 때까지 당분간 모든 사람이 소사이어티가 지정한 직업을 지켜달라고 요청했고, 그래서 대부분의 사람들이 근무 중이었다. 그렇지만 밖에는 강에 돌을 던지게 하려고 어린 아이들을 데리고 나온 보육 교사들과 어디든 원하는 곳에서 점심을 먹을 수 있는 새로운 자유를 즐기기 위해 포일 용기를 들고 나온 노동자들이 있었다. 이들은 모두 면역화되었거나 치료되었기 때문에 자유롭게 걸어 다니고 있었다. 그들은 우리와 같았다. 자신들이 안전하다는 것을 알았다.

강을 따라 세워진 바리케이드 벽을 흘끗 보았다. 봉기 세력이 통제력을 굳게 장악했지만, 아직 당분간은 갈 수 있는 곳을 제한하고 있었다. 벽 안쪽의 진단의와 노동자들은 밖으로 나올 수 없었다. 그들은 전염병을 먹고 자고 숨 쉬었다.

카시아는 잰더가 카마스에 지정되었다고 말했다. 그가 의료 센터에서 일하며 저 바리케이드 반대편에 있을지도 모른다고 생각하자 기분이 묘했다. 둘 다 이곳에 몇 달 동안 있었는데도 한 번도 마주치지 않았다. 나는 잰더를 만나고 싶었다. 그와 이야기하고 싶었다. 그가 봉기에 대해 어떻게 생각하는지 듣고 싶었다. 그가 바라던 모든 것을 거기서 발견했는지 알고 싶었다.

잰더가 여전히 카시아를 사랑하는지는 궁금하지 않았다. 그럴 거라고 확신했으니까.

전염병이 발발한 뒤부터 카시아에게서는 아무 소식도 듣지 못했지만, 봉기 세력은 자기들 사이에서 아직 면역이 없던 사람을 전부 면역화했다. 그래서 그럭저럭 그녀는 안전할 거라고 생각했다. 하지만 확실하지는 않았다.

나는 최대한 빨리 그날 밤 호수로 그녀를 보러 가지 못해 미안하다는 메시지를 보냈다. 그녀가 괜찮은지 묻고, 사랑한다고 적었다.

그 메시지를 보내기 위해 포일 용기에 담긴 조종사 음식 네 개를 거래했다. 그럴 가치가 있는 일이었다. 그러나 그런 일을 너무 자주 할 수는 없었다. 그러면 내가 곤란해질 테니까.

카시아에게서 소식이 없어 미쳐버릴 지경이었다. 비행할 때마다 나는 그녀에게 날아가지 않기 위해, 모든 것을 위험에 처하게 만들지 않기 위해 참아야 했다. 에어십을 훔칠 수 있다고 해도 봉기 세력은 나를 격추시킬 것이다.

'네가 죽으면 카시아에게 아무 소용도 없어.'

나는 스스로에게 상기시켰다.

그러나 나는 살아 있으면서도 그녀에게 별 소용이 없었다. 얼마나 더 오래 기다렸다가 위험을 무릅써야 하는지도 몰랐다.

"왜 뛰어들지 않아? 넌 헤엄칠 수 있잖아?"

인디가 여전히 내 신경을 건드리며 물었다.

"너는? 넌 들어갈 거야?"

내가 인디에게 물었다.

"아마도."

인디가 말했다. 모두들 여전히 인디 때문에 조금 당황해했지만, 점점 더 그녀를 존경하기 시작했다. 그녀의 비행을 본 다음에는 그러지 않기가 힘들었다.

나는 인디에게 뭔가 더 말하려고 했지만, 그때 군중 속에서 얼굴 하나를 알아보았다. 내게 카시아의 쪽지를 가져다주곤 했던 거래자였다. 나는 그 거래자를 오랫동안 보지 못했다.

'저 사람은 오늘 내게 뭔가 갖고 왔을까?'

기록 보관자들이 거래하는 방식은 이제 달라졌다. 봉기 세력은 소사이어티의 박물관이 선전물로만 가득 차 있다고 말하면서 박물관 문을 닫았다. 그래서 우리는 거래자와 접촉하기 위해 박물관 밖에서 기다리거나 군중 속에서 서로를 찾아야 했다.

언제나 그렇듯이 그녀가 건네주는 동작은 재빨랐다. 그녀는 침착하고 차분한 시선을 유지하면서 나를 지나쳤고, 우리는 서로 살짝 부딪쳤다. 붐비는 길에서 흔히 있을 수 있는 부딪침이었다. 다른 사람이 보기에는 모든 것이 완벽하게 자연스러울 게 확실했다. 그녀가 내게 뭔가 쥐여주었다. 메시지였다.

"미안합니다. 제가 늦었어요."

그녀는 잠깐 눈을 마주치며 말했다.

그녀는 마치 어딘가 시간에 맞춰 가려고 서두르다가 내게 부딪친 것처럼 행동했다. 그러나 나는 그녀가 왜 그러는지 알았다. 메시지가 늦은 것은 그녀가 전염병에 걸렸기 때문일 것이다. 그녀는 어떻게 그 종이를 지킬 수 있었을까? 그녀가 고요환자가 되었을 때 다른 사람이 그걸 읽진 않았을까?

심장이 고원에서 숨을 곳을 찾는 토끼처럼 질주했다. 이 쪽지는 카시아에게서 온 것이리라. 다른 사람이 내게 무엇을 보낸 적은 없었다. 지금 읽고 싶었다. 그러나 안전할 때까지 기다려야 했다.

"만약 네가 어디든 날아갈 수 있다면 어디로 갈 거야?"

인디가 물었다.

"넌 그 대답을 알고 있잖아."

나는 그녀에게 말하면서 주머니에 슬쩍 종이를 집어넣었다.

"그럼 센트럴이구나. 센트럴로 날아가겠네."

인디가 말했다.

"어디든 카시아가 있는 곳으로."

칼렙이 우리를 다시 바라보았다. 그가 쪽지가 오가는 광경을 보았는지 궁금했다. 보지는 못했을 것이다. 거래자의 동작은 매우 빨랐다. 나는 칼렙이 어떤 사람인지 알 수가 없었다. 우리가 치료약을 전달했을 때 상자를 도로 가져온 사람은 그 혼자뿐이었다. 다른 에어십들은 한 대도 화물을 싣고 돌아오지 않았다. 지휘관은 우리에게 그것이 허가받은 일이라고 말했지만, 내 생각에는 우리가 아는 것보다 더 많은 일이 진행되고 있는 것 같았다. 그리고 칼렙은 우리 중 한 명을 감시하기 위해 인디와 나와 함께 일하도록 지정된 것 같았다. 그러나 그게 우리 중 누구일지는 짐작할 수 없었다. 둘 다일 수도 있었다.

"너는 어때? 넌 어디로 날아갈 거야? 다시 소노마로?"

나는 짐짓 가벼운 어조로 인디에게 물었다. 그녀는 그 말이 우습다는 듯이 대답했다.

"아니. 내가 태어난 곳으론 안 돌아가. 한 번도 가보지 않은 곳으로 갈 거야."

나는 손가락으로 주머니 속의 종이를 꼭 말아 쥐었다. 카시아는 예전에 한번 자기가 피부에 종이를 대고 옷을 입는다고 말한 적이 있었다. 지금 이것이 내가 당장 그녀를 만지거나 보는 것과 가장 비슷한 일이었다.

인디는 나를 바라보더니, 자주 그러듯이 당황스러운 말을 했다. 뜻밖의 말. 그녀는 다른 사람이 못 듣게 더 가까이 몸을 기울이고 조용히 말했다.

"너한테 물어보고 싶었어. 왜 동굴에 있을 때 튜브를 하나도 가져오지 않았어? 나는 카시아와 엘리가 각각 하나씩 가져가는 걸 봤어. 하지만 넌 그러지 않았지."

인디 말이 맞았다. 나는 튜브를 가져가지 않았다. 그러나 카시아와 엘리는 둘 다 튜브를 가져갔다. 카시아는 자기 할아버지의 튜브를 가져갔다. 엘리는 빅의 것을 훔쳤다. 이후 카시아와 엘리는 자신들의 튜브를 안전하게 보관해달라고 내게 주었다. 나는 그 튜브들을 봉기 훈련소로 흘러 들어가는 강 가까이 있는 나무 안에 숨겼다.

"난 필요 없었거든."

내가 말했다.

인디와 나는 걸음을 멈췄다. 우리 그룹의 나머지 사람들이 고함을 질렀다. 뛰어들고 싶은 장소를 찾은 것이다. 폭포들 중 하나에서 강 아래쪽으로 조금 내려온 깊은 장소였다. 다른 비행중대도 그곳에 들어가고 있었고, 걸어가던 사람들이 멈춰 서서 지켜볼 수 있을 만큼 길과 가까웠다.

"해보시지."

또 다른 조종사 코너가 말했다. 그가 인디와 나를 똑바로 바라보며 물었다.

"너희 겁나니?"

나는 대답할 가치도 느끼지 못했다. 코너는 그럭저럭한 수준이었고, 오만하고, 평범했다. 그러면서 스스로 리더라고 생각했다. 나는 그가 리더 감이 못 된다는 것을 알고 있었다.

"아니."

인디는 그렇게 말하고는 곧바로 모두가 입는 딱 맞는 속내의와 반바지만 남기고 제복을 전부 벗더니 물속으로 뛰어들었다. 그녀가 수면을 때리며 물속에 들어가자 모두 환호성을 질렀다. 나는 물이 얼마나 차가울까 생각하며 숨을 멈추었다.

그때 나는 카시아를 떠올렸다. 오래전 오리아에서 그녀가 따뜻하고 파란 수영장 물속으로 뛰어들던 그날을.

인디가 수면을 부수고 나왔다. 그녀는 젖었고 웃고 떨고 있었다.

야생의 빛을 눈에 담은 그녀는 아름다웠지만, 나는 이런 생각을 할 수밖에 없었다.

'카시아가 여기 있었으면 좋겠어.'

인디도 그것을 눈치챘다. 그녀의 눈에 어린 빛이 약간 사라졌다. 그녀는 내게서 눈을 돌린 채 강에서 올라와 제복에 손을 뻗고 다른 사람들과 함께 박수를 쳤다. 또 다른 사람이 뛰어들자 사람들은 다시 환호했다.

인디는 긴 머리에서 물을 짜내며 몸을 떨었다.

나는 생각했다.

'이런 짓은 하지 말아야 해. 나는 카시아를 사랑하듯이 인디를 사랑하지는 않아. 하지만 인디를 보면서 카시아 생각을 하는 건 그만둬야 해.'

나는 누가 자신을 못 본 척하는 기분이 어떤지 알고 있었다. 더 나쁜 것은 나 자신을 내가 아닌 다른 존재, 다른 사람으로 볼 때였다.

에어십 편대 하나가 머리 위를 날아가자 모두 하늘을 쳐다보았다. 아주 오랜 시간을 비행중대에서 보냈기 때문에 이제는 반사적인 동작이었다.

인디는 강 옆의 바위에 기어 올라가 다른 사람들이 뛰어드는 것을 지켜보다가, 머리를 뒤로 젖히고 눈을 감았다. 그녀를 보면 바깥 지방의 작은 도마뱀이 생각났다. 그 도마뱀은 게을러 보일지도 모르지만, 잡으려고 하면 여름 폭풍우가 치기 전 사막 하늘을 가르는 번개처럼 빠르게 도망칠 것이다.

나는 인디 옆으로 올라가 강물과 강을 따라 떠돌거나 헤엄치는 모든 것을 바라보았다. 새들, 산에서 내려온 잡석들. 한두 시간 기다리면 떠내려오는 물건들로 보트 10여 척도 만들 수 있을 것이다. 특히 봄에는.

"그들이 너희 둘 중 누구라도 혼자 날게 해줄지 궁금한걸."

코너가 말했다. 물론 그는 모든 사람이 들을 수 있도록 크게 말했고, 우리를 위협하려고 더 가까이 다가왔다. 그는 덩치가 거대했다. 키가 최소한 190센티미터는 될 것 같았다. 나는 딱 180이었다. 그러나 내가 훨씬 빨랐기 때문에 싸움에 대한 걱정은 하지 않았다. 우리가 도망쳐야겠다고 마음먹으면 그는 인디도 나도 잡지 못할 것이다.

"인도자는 언제나 너희 둘을 짝짓는 것 같던데. 둘 다 누구 하나가 없으면 날지 못할 거라고 생각하나 봐."

인디가 소리 내어 웃었다.

"무슨 웃기는 소리야. 인도자는 내가 혼자 날 수 있다는 걸 알아."

그녀가 말했다.

"아마 그렇겠지."

코너가 말했다. 그는 아주 예측하기 쉬웠기 때문에, 입을 열기도 전에 무슨 더러운 말을 하려는지가 훤히 보였다.

"인도자가 너희 둘이 함께 날도록 하는 이유는 너희가……."

"최고니까 그렇지. 당연해. 우린 최고야."

인디가 말했다.

코너가 웃었다. 강에 뛰어들었었기 때문에 그의 몸에서 물이 뚝뚝 떨어졌다. 인디처럼 멋지고 빛나는 모습이 아니라 흠뻑 젖은 멍청이처럼 보였다.

"너 자신을 과대평가하는군. 언젠가 네가 인도자가 될 거라고 생각하지?"

그는 그렇게 말하고 다른 사람들이 웃는 모습을 보려고 어깨 너머를 흘끔 보았다. 그러나 모두 조용했다.

"당연하지."

인디는 마치 그가 그런 질문을 했다는 것을 믿을 수 없다는 듯이 말했다.

"우리 모두 그걸 바라잖아. 왜, 그러면 안 돼? 이제 우리는 꿈을 꿀 수 있어."

레이첼이라는 여자아이가 말했다. 인디가 다시 코너에게 말했다.

"하지만 넌 아냐. 넌 다른 꿈을 꿔야 할걸. 넌 인도자가 될 정도로 뛰어나진 않거든. 절대로 되지 못할 거고."

"그래? 네가 그걸 어떻게 아는데?"

코너가 몸을 앞으로 기울이고 얼굴에 비웃음을 띤 채 말했다.

"너랑 같이 날아봤으니까. 넌 절대 하늘과 어울리지 않아."

인디가 말했다. 코너가 웃으며 무슨 말을 하려고 했지만, 인디는 그를 무시하고 말을 이었다.

"넌 언제나 너 자신에 대해서 생각하지. 네가 지금 하는 일이 어떻게 보일까. 누가 알아줄까."

코너는 인디에게서 돌아서더니 어깨 너머로, 인디가 미치지만 않았어도 그녀를 어떻게 해버렸겠다느니 하며 저급한 말을 퍼부었다. 나는 그의 뒤를 쫓아가려 했다.

"별것 아니야."

인디는 완전히 무관심한 어조로 말했다. 코너 같은 인간들을 그렇게 무시하는 건 위험하다고 말하고 싶었지만, 무슨 소용이 있겠는가?

놀이는 끝났다. 사람들은 마른 옷으로 갈아입기 위해 훈련소로 돌아가기 시작했다. 조종사와 운반자들 몇 명은 걸어가며 몸을 떨었다. 거의 모든 사람이 강물에 들어갔다.

걸어가면서 인디는 젖은 긴 머리를 땋기 시작했다.

"넌 떠나버린 사람을 누구든 다시 데려올 수 있다면 어쩔 거야?"

인디가 아까부터 하던 질문을 다시 이었다.

"카시아 말고. 그 애는 안 죽었잖아."

그녀가 약간 안달하듯 덧붙였다.

제대로 모르고 하는 소리였지만, 그렇게 말하는 것을 들으니 기분이 좋았다. 카시아가 내게 메시지를 보냈으니 좋은 일일 것이다. 나는 다시 손가락으로 종이를 감고 미소 지었다.

"죽은 사람들 중에서 누구를 다시 데려오겠느냐고? 왜 그런 걸 물어?"

나는 인디에게 물었다.

인디는 입술을 꼭 다물었다. 나는 잠시 그녀가 대답하지 않을 거라고 생각했지만, 그때 그녀가 말했다.

"이제 모든 게 가능하니까."

"넌 소사이어티가 절대로 하지 못했던 일을 봉기 세력은 할 수 있을 거라고 생각해? 사람들을 되살려내는 방법을 알아냈다고 생각하는 거야?"

내가 물었다.

"아직은 아니지. 하지만 언젠가는 할 수 있을 것 같지 않아? 그게 인도자의 궁극적인 목적이라고 생각하지 않아? 옛날이야기와 노래들은 모두 인도자가 우리를 구한다고 말하잖아. 소사이어티나 전염병 이야기가 아니라 죽음 그 자체에서 구해준다는 말일 수도 있어……."

"아냐."

나는 낮은 어조로 말했다.

"카빙 대협곡에서 그 표본들을 봤잖아. 어떻게 거기서 사람을 도로 살려낼 수 있어? 그리고 네가 그 표본을 이용해서 표본의 원래 주인과 아주 많이 닮은 누군가를 창조해낼 수 있다고 해도, 그건 절대로 그 사람 자체는 아닐 거야. 아무도 다시 살려낼 수 없어. 절대로. 내가 무슨 말을 하는지 알지?"

인디는 고집스럽게 고개를 흔들었다.

바로 그때 누군가가 등을 떠미는 것을 느꼈다. 그자가 나를 밀어 균형을 잃게 해서 가까운 강 속으로 빠뜨렸다. 수면에 부딪치기 전에 손을 주머니에 넣어 손가락으로 종이를 감을 시간밖에 없었다. 나는 손을 높이 들어 올리고 할 수 있는 한 세게 발로 강바닥을 밀었다.

그러나 종이가 이미 젖었다는 것을 알았다.

다른 사람들은 내가 주먹을 올린 것이 일종의 경례라고 생각했다. 그래서 환성을 지르며 소리치고 주먹을 마주 올렸다. 사람들을 속여 넘겨야 했기 때문에 나는 소리쳤다.

"봉기!"

그들도 모두 그렇게 소리쳤다.

나는 코너가 나를 밀었다고 확신했다. 그는 강가에서 팔짱을 낀 채 지켜보고 있었다.

• • •

카마스 강은 우리 훈련소 근처에도 흘렀다. 다른 사람들이 막사 안에 들어가 옷을 갈아입느라 보이지 않게 되자마자, 나는 물가의 납작한 바위 쪽으로 달려가면서 종이를 펼쳤다.

'만약 그놈이 카시아의 메시지를 망쳤다면…….'

맨 아래쪽 글 일부분은 지워졌다. 가슴이 내려앉았다. 그러나 대부분은 읽을 수 있었고, 그 글은 카시아의 글씨로 쓰여 있었다. 어디에 있어도 그것은 알 수 있다. 그녀는 우리가 언제나 그랬듯이 암호를 약간 바꾸었지만, 알아내는 데는 오래 걸리지 않았다.

난 괜찮아. 하지만 내 종이 대부분을 누가 훔쳐갔어.

그러니까 전처럼 자주 소식을 듣지 못해도 걱정하진 마. 최대한 빨리 너한테 가는 길을 찾을게. 내게 계획이 있어. 카이, 네가 이리 와서 나를 찾고, 나를 구하고 싶어한다는 걸 알아. 하지만 내가 스스로를 구할 수 있다고 믿어줘야 해.

봄이 오고 있어. 느낄 수 있어. 난 여전히 분류를 하면서 기다려. 그러면서 쓸 수 있는 모든 곳에 글씨를 쓰고 있어.

내 생각이 옳았다. 이 메시지는 오래된 것이었다. 전염병이 속도를 내면서 다른 사람들을 느리게 만들었다. 거래는 예전처럼 믿을 만하지 않았다. 카시아는 이걸 몇 주 전에 썼을까? 전염병이 퍼지고 일주일 후? 이주일 후? 그녀는 내 메시지를 받았을까? 아니면 그 메시지는 의료 센터에 고요히 누워 있는 누군가의 주머니에 들어 있을까?

때때로 우리가 서로에게 우리 이야기를 다시 조각조각 내어 말해야 한다는 것이 불공평하다고 느낄 때, 나는 우리가 대부분의 사람들보다 운이 좋다는 걸 스스로 되새기곤 해. 우리는 서로에게 글을 전할 수 있으니까. 그건 네가 내게 준 많은 것 중에서 맨 처음 준 선물이었지. 그 선물은 매일 내게 더 많은 뜻을 갖게 해. 우리는 다시 함께할 수 있을 때까지 서로 연락할 방법을 갖고 있는 거야.
널 사랑해, 카이.

그것은 우리가 언제나 서로에게 메시지를 보낼 때 끝맺는 방식이었다. 그러나 이번에는 글이 더 있었다.

카마스까지 메시지 두 개를 따로 보낼 여유가 없었어. 전에는 네게 이런 부탁을 한 적이 없는데, 너희 둘이 메시지를 공유하지 않아도 되도록 잰더에게는 다른 방법으로 말하려고 했지만, 그 애한테도 이걸 보여줄 방법을 찾을 수 있을까? 다음 부분은 잰더에게 보내는 중요한 메시지야.

그다음 중간 아래쪽부터 암호는 숫자로 바뀌었다. 기본적인 숫자 암호인 것 같았다. 강에 빠지는 바람에 종이 아래쪽 잉크가 물결처럼 흐려져 있었다.

나는 그것을 해독하고 싶은 유혹을 느꼈다. 카시아도 내가 해독할 수 있다는 것을 알지만, 그녀는 나를 믿었다.

그녀는 나를 믿어도 된다. 카빙 대협곡의 그 작은 집에서 내가 봉기 세력에게로 향하는 지도를 숨겼다는 것을 깨달았을 때 그녀가 나를 바라보던 눈빛은 결코 잊지 않을 것이다. 나는 그때 나 자신에게 약속했다. 절대로 두려움 때문에 내가 되고 싶지 않은 사람이 되지는 않겠다고. 이제 나는 신뢰하고 신뢰받을 수 있는 사람이었다.

일부가 지워져서 불완전해진 메시지를 이대로 전하면 내가 믿을 수 없는 사람으로 보인다고 해도, 이것을 잰더에게 전해줄 방법을 찾아야 했다.

바람에 마르도록 종이를 납작한 돌 위에 작은 돌멩이로 눌러놓았다. 메시지가 마르는 데는 오래 걸리지 않을 것이다. 다른 사람들이 나를 찾지 않기만 바랐다.

몸을 돌리자 인디가 돌 사이를 가로질러 걸어오는 모습이 보였다. 마른 제복으로 갈아입은 그녀가 내 옆에 앉았다. 나는 바람이 메시지를 날려 보낼까 두려워 종이 모퉁이에 한 손을 계속 대고 있었다. 이번에는, 인디는 아무 말도 하지 않았다. 아무 질문도 하지 않았다.

그래서 내가 했다.

"비결이 뭐야?"

나는 인디에게 물었다.

그녀는 나를 바라보고 눈썹을 치켜올렸다.

'무슨 말이야?'

"그렇게 비행하는 비결이 뭐야? 착륙 기어가 고장 났는데 에어십을 멀쩡히 착륙시켰을 때처럼 말이야."

내가 물었다.

당시 에어십의 금속으로 된 밑 부분이 활주로 아스팔트를 긁으면서 불꽃을 튀겼다. 그러나 인디는 전혀 당황하지 않았다.

"난 공간이 어떻게 조화를 이루는지 알아. 사물을 보면 그냥 이해가 돼."

그녀가 말했다.

그녀가 옳았다. 그녀는 언제나 구체적인 대상을 볼 때 그 비율과 위치에 대한 훌륭한 감각이 있었다. 그녀는 벌집이 조화를 이룬 방식이 마음에 들었기 때문에 그것을 가져왔다. 그녀가 협곡 벽을 기어오르는 모습을 보면 그 일은 수월해 보였다. 그러나 그것이 그녀에게는 사실상 직관이라고 해도, 공간 지각력이 훌륭하다는 것 하나만으로는 여전히 그녀가 얼마나 잘 날고 얼마나 빨리 배우는지를 설명할 수 없었다. 나도 나쁘지는 않지만, 인디만큼은 못했다.

"그리고 난 사물이 어떻게 움직이는지 알아. 저렇게."

인디가 말하며 물 위로 날아온 또 한 마리의 왜가리를 가리켰다. 그 새는 공기의 흐름이 지속되는 동안 그 흐름을 따라 날개를 활짝 펼치고 강을 스치듯 지나갔다. 나는 인디를 바라보며 그녀가 느꼈을 외로움의 날카로운 고통을 느꼈다. 마치 그녀가 그 새인 것처럼. 그녀는 사물이 어떻게 조화를 이루고 움직이는지 안다. 그러나 아주 적은 사람들만이 그녀를 이해한다. 그녀는 내가 아는 사람 중에 가장 고독한 사람이었다.

언제나 그런 식이었을까?

"인디, 넌 동굴에서 튜브를 가져왔니?"

내가 물었다.

"당연하지."

그녀가 말했다.

"얼마나?"

내가 물었다.

"딱 하나."

"누군데?"

"그냥 어떤 사람."

인디가 말했다.

"어디다 숨겼어?"

"오래 갖고 있지 않았어. 우리가 봉기 세력으로 가는 길에 강을 떠내려올 때 잃어버렸어."

그녀는 진실을 전부 이야기하고 있지 않았다. 어느 부분이 거짓말인지는 알 수 없었지만, 인디가 속을 털어놓지 않기로 마음먹었다면 그것을 말하도록 만들 방법은 없었다.

"너와 헌터 둘만 그러지 않았어. 튜브를 안 갖고 나온 거 말이야."

인디가 말했다.

당연하다. 헌터와 나는 죽음에 관한 진실을 받아들였으니까.

"나는 사람들이 죽는 걸 봤어. 너도 봤지. 죽으면 끝이야. 죽은 사람을 다시 데려올 수는 없어."

내가 인디에게 말했다.

우리는 살아 있는 사람이었다. 이곳에, 잃을 수 있는 모든 것을 가지고 있는.

"만약 네가 바리케이드 너머로 어떤 물건을 가져가야 한다면 어쩔 거야? 불가능하다고 할 거야?"

나는 주제를 바꿔 인디에게 물었다.

"물론 아니지."

그녀가 말했다. 그럴 거라고 예상한 대로였다.

"가져갈 방법은 많아."

"어떻게?"

내가 물었다. 나는 웃고 있었다. 참을 수가 없었다.

"기어오르면 되지."

인디가 말했다.

"사람들이 우릴 볼 텐데."

"빠르면 못 보지. 아니면 날아갈 수도 있어."

인디가 내게 말했다.

"그런 방법이라면 분명히 붙잡힐걸."

"우리를 들여보낸 사람이 인도자라면 안 붙잡히지."

그녀가 말했다.

12
잰더

치료약이 들어올 때면 의료 센터에는 언제나 흥분이 일었다. 그때는 우리가 실제로 바리케이드 바깥에 있는 사람을 볼 수 있는 얼마 안 되는 시간이었다. 진단의와 환자들이 계속 들어왔지만, 치료약을 가져오는 조종사와 운반자들은 경우가 달랐다. 그들은 의료 센터에 매여 있지 않았고 심지어 카마스에 매여 있지도 않았다.

그리고 우리가 인도자를 볼지 모르는 기회도 있었다. 소문에 따르면 그가 직접 치료약을 갖고 카마스 시의 어딘가에 온다고 했다. 이곳 바리케이드 안에 착륙하는 건 가장 뛰어난 조종사들만 가능할 것 같았다.

하늘에서 첫 번째 에어십이 활주로로 사용하는 거리로 내려왔다. 조종사는 에어십을 시청 대리석 계단에서 몇 미터 떨어진 곳에 세웠다.

"난 저 사람들이 어떻게 저렇게 조종하는지 모르겠어."

다른 의사 한 명이 고개를 저으며 말했다.

"저도 그래요."

내가 말했다.

에어십이 우리 쪽으로 방향을 돌렸다. 에어십은 땅에서는 공중에서

보다 훨씬 느리게 움직였다. 에어십이 들어오는 것을 지켜보면서, 언젠가 나도 저런 에어십을 탈 기회가 있을지 궁금했다. 우리가 모든 사람을 치료한 후에 기대되는 일이 아주 많았다.

. . .

의사들은 의료 창고에서 상자를 열고 미니 포트로 튜브를 스캔했다. 삑. 삑. 삑. 에어십에서 내린 봉기 오피서들이 상자를 하나하나 가지고 들어왔다.

나는 첫 상자 안의 튜브를 모두 스캔했다. 끝내자마자 또 하나가 앞에 나타났다.

"고마워요."

나는 손을 뻗어 오피서에게서 상자를 받으며 말했다. 그러고는 그를 쳐다보았다.

카이였다.

"캐로, 안녕."

그가 말했다.

"마캠."

그의 성을 부르니 기분이 묘했다.

"너도 봉기 세력에 있었구나."

"당연하지. 언제나 그랬어."

그는 말하며 내게 웃었다. 우리 둘 다 그것이 거짓말이라는 것을 알기 때문이다. 그에게 묻고 싶은 일이 천 가지쯤 있었지만 우리에겐 시간이 없었다. 우리는 공급품을 계속 받아야 했다.

갑자기 더 이상 그것이 세상에서 가장 중요한 일처럼 느껴지지 않았다. 나는 카이에게 그녀가 어디에 어떻게 있는지 묻고 싶었다. 그가 그녀에게서 소식을 들었다면.

"다시 보니까 좋구나."

카이가 말했다.

"나도."

내가 그에게 말했다. 정말로 그랬다. 카이가 손을 내밀어 악수를 청했고 우리는 굳게 손을 잡았다. 그가 내 손바닥에 종잇조각 하나를 쥐여주는 것이 느껴졌다.

"그녀에게서 온 거야."

카이가 다른 사람이 듣지 못하도록 낮은 목소리로 말했다. 누가 우리에게 빨리 일하라고 하기 전에 그는 문으로 향했다. 그가 사라진 후, 나는 치료약을 나르는 다른 사람들을 보다가 붉은 머리의 소녀 한 명이 나를 지켜보고 있는 것을 깨달았다.

"당신은 날 모를 거예요."

그녀가 말했다.

"네."

나는 동의했다.

그녀가 고개를 살짝 기울이며 나를 세세히 뜯어보았다.

"내 이름은 인디예요."

그녀가 말했다. 그러고는 미소를 지었다. 그 미소는 아름다웠다. 나도 마주 웃어주었다. 다음 순간 그녀도 가버렸다.

나는 종이를 주머니에 쑤셔 넣었다. 최소한 내 생각으로는 카이는 다시 돌아오지 않을 것이다. 우리가 다시 예전 자치구의 테이블에서 게임을 하고 있는 것 같은 느낌을 억누를 수 없었다. 그가 게임을 포기하고 그것을 아는 사람은 나뿐이었던 그때. 우리는 또 하나의 비밀을 갖게 되었다. 종이에 무엇이 쓰여 있을까? 지금 그것을 읽을 수 있었으면 하고 바랐지만 아직 근무가 끝나지 않았다. 일을 할 때는 다른 것을 할 시간이 없었다.

카이가 자치구에서 살기 시작한 이래 우리는 거의 처음부터 친구였다. 처음에는 내가 그를 질투했다. 나는 그에게 붉은 알약을 훔쳐보라고 했고, 그는 그렇게 했다. 그 후 우리는 서로를 존중하게 되었다.

나는 카이와 내가 어렸을 때 있었던 또 다른 일화를 기억한다. 열세 살쯤이었을 테고, 둘 다 카시아와 사랑에 빠져 있었다. 우리는 그녀의 집 근처에 서서 이야기를 나누고 있었다. 둘 다 상대의 말에 신경 쓰는 척했지만 실제로는 집에서 돌아오는 그녀를 만나려고 기다리고 있었다.

어느 시점에서 우리 둘 다 그런 척하기를 그만두었다.

"카시아는 오지 않을 거야."

내가 말했다.

"아마 할아버지를 방문하러 갔겠지."

카이가 말했다. 나는 고개를 끄덕였다.

"카시아는 결국 집에 돌아올 거야. 그러니까 지금 여기 없는 게 그렇게 중요한 일인지 모르겠어."

카이가 말했다.

바로 그때 나는 우리가 같은 감정을 느끼고 있음을 알았다. 나는 우리가 똑같은 방식으로는 아닐지라도 똑같은 정도로 카시아를 사랑한다는 것을 알았다. 그 정도란, '완전히'였다. 100퍼센트.

소사이어티는 그런 숫자는 존재하지 않는다고 말했지만 카이도 나도 그런 말에 신경 쓰지 않았다. 나는 그의 그런 점도 존경했다. 그리고 그의 입장에서는 자치구 생활이 쉽지 않았을 텐데도 무엇에도 불평하거나 화내지 않는 그의 태도에 언제나 경탄했다. 자치구의 사람들은 대부분 그를 다른 사람을 대신하는 존재로 보았다.

나는 언제나 그것이 궁금했다. 매튜 마캠에게 실제로 무슨 일이 일어난 걸까? 소사이어티는 그가 죽었다고 말했지만, 나는 그 말을 믿지 않았다.

패트릭 마캠이 잠옷을 입고 거리를 오르내리던 밤, 누군가 오피셜을 부르기 전에 나가서 그와 이야기하고 집에 들어가게 만든 사람이 바로 우리 아버지였다.

"제정신이 아니야. 진실일 리가 없는 이야기를 하고 있어."

아버지는 패트릭 씨를 집에 데려다준 후 우리 집 문앞 계단에서 어머니에게 속삭였다. 나는 문틈으로 그 말을 들었다.

"뭐라고 말했는데?"

어머니가 물었다.

아버지는 한동안 아무 말도 하지 않았다. 그리고 어머니에게 아무 말도 하지 않을 거라고 생각했던 바로 그때, 아버지가 입을 열었다.

"패트릭은 계속 내게 이렇게 묻고 있었어. 내가 왜 그런 짓을 했을까?"

어머니는 숨을 들이켰다. 나도 그랬다. 부모님이 돌아서서 방충망 너머로 나를 바라보았다.

"다시 자러 가라, 잰더. 걱정할 것 없어. 패트릭 씨는 이제 집에 들어가셨어."

어머니가 말했다.

아버지는 패트릭 씨가 한 말을 오피셜들에게 전하지 않았다. 그리고 이웃 사람들은 패트릭 씨가 그날 밤 아들의 죽음을 슬퍼해서 거리를 방황했다고 알고 있었다. 우리 중 누구에게도 그 사실을 해명하기 위해 붉은 알약을 줄 필요가 없었다. 게다가 그가 우울에 빠진 모습을 본 사람은 누구든 비정상이 접근하게 해선 안 된다는 것을 다시 한 번 느꼈다.

그러나 그날 밤 부모님이 함께 거실로 들어왔을 때 아버지가 어머니에게 속삭인 말을 나는 기억한다.

"패트릭의 눈에서 슬픔 말고도 다른 걸 본 것 같아."

"뭘?"

어머니가 물었다.

"죄책감."

아버지가 말했다.

"그 일이 패트릭의 직장에서 일어나서? 그걸로 자신을 책망해서는 안 되지. 그런 일이 일어날지 알 수 없었잖아."

"아니. 그건 죄책감이었어. 진심 어린, 자각하고 있는 죄책감."

아버지가 말했다.

부모님이 안방에 들어가시는 바람에 나는 그 대화를 더 들을 수 없었다.

나는 패트릭 씨가 자기 아들을 죽였다고 생각하지 않는다. 그러나 그때 무슨 일인가 일어났다. 내가 아직도 해답을 얻을 수 없는 일이.

. . .

마침내 근무가 끝나자 나는 작은 뜰로 향했다. 병동마다 앞마당이 하나씩 딸려 있었고, 그곳은 우리가 옥외에 나갈 수 있는 유일한 장소였다. 운이 좋았다. 그곳에 있는 사람이라곤 대화에 깊이 빠져 있는 남녀 둘뿐이었다. 나는 그들을 방해하지 않으려고 뜰 맞은편으로 걸어가서, 종이를 펴는 모습을 보이지 않기 위해 등을 돌렸다.

처음에는 카시아의 글씨만 뚫어지게 바라보았다.

그녀의 글씨는 아름다웠다. 나는 글씨 쓰는 법을 알았으면 좋겠다고 생각했다. 그녀가 내게 가르쳐줬으면 싶었다. 누가 주사기로 정맥에 곧장 밀어 넣은 듯이 쓰디쓴 기운이 조금씩 솟구쳐 온몸에 흘렀다. 그러나 그 감정을 극복하는 법은 알고 있었다. 그런 감정이 아무 소용 없다는 것을 떠올리면 된다. 나는 그녀를 잃어 슬펐지만 그렇다고 나 자신이 변하지는 않았다. 더 중요한 것은, 나는 그렇게 변하는 사람이 되려고 삶을 보내지 않았다.

암호 해독에는 조금의 시간밖에 걸리지 않았다. 어렸을 때 배우고, 소사이어티가 누가 분류를 가장 잘할 것인지 가려내기 위해 우리를 시험했던 기본적인 대치 암호(글자를 숫자와 함수에 대응시킨 암호—옮긴이)였다. 메시지가 내게 오기 전에 다른 사람도 그 암호를 알아냈을지 궁금했다. 카이가 이것을 읽었을까?

카시아는 이렇게 썼다.

젠더, 난 괜찮다는 말을 하고 싶고, 다른 이야기도 하고 싶어. 봉기 세력
이 알약들을 가져갔다는 건 알지만 어떻게든 파란 알약을 보게 된다면
그걸 없애. 그건 사람을 죽일 수 있어.

잠깐. 나는 그 문장을 다시 읽었다. 사실일 리가 없다. 사실일까? 파란 알약은 우리를 구해주는 약이다. 그게 아니라면 봉기 세력이 내게 말해줬을 것이다. 그들은 알고 있었을까? 다음 문장은 그들이 알고 있다고 말해주었다.

그 파란 알약에 독이 있다는 건 봉기 세력 안에서는 상식인 것 같아. 그렇지만 네가 직접 알아낼 수 있는 가능성에만 맡기고 싶지 않았어. 포트에서 그 얘기를 하려 했고, 네가 알아들었다고 생각했어. 하지만 나중에 생각해보니 네가 알아듣지 못했을까 봐 걱정이 됐어. 소사이어티는 그 알약이 우리를 구해줄 거라고 했지만 그건 거짓말이야. 파란 알약은 몸의 기능을 정지시키고 멈춰 있게 만들어. 누군가가 구해주지 않으면 죽는 거야. 협곡에서 그런 일이 일어나는 걸 봤어.

카시아는 그 일이 일어나는 걸 목격했다. 그래서 알고 있다.
'그 파란색에는 뭔가가 있어.'
그녀는 내게 그 말을 하려고 했던 것이다. 분노가 치솟았다.
'왜 봉기 세력이 내게 그 사실을 알리지 않았지?'
그녀가 그 알약 때문에 죽을 수도 있었다. 그랬으면 내 잘못이었을 것이다. 내가 어쩌다 그런 실수를 했을까?
뜰 안의 커플은 이제 더 큰 소리로 이야기하고 있었다. 나는 그들에게서 등을 돌렸다. 글을 읽는 동안 미리가 휙휙 돌아갔다. 다음 문장을 읽자 약간의 안도감이 느껴졌다. 최소한 그녀가 봉기 세력에 있다는 짐작은 틀리지 않았다.

난 봉기 세력에 속해 있어.
네게 그것도 말하려고 했어.
지금보다 더 일찍 편지를 써야 했지만 넌 오피셜이었잖아. 너를 곤란하게 만들지도 모르는 위험을 무릅쓰고 싶지 않았어. 그리고 넌 내 글씨를 한 번도 본 적이 없잖아. 기록 보관자들이 내가 보낸 메시지라고 해도, 그 메시지가 정말 내게서 왔는지 네가 어떻게 알겠어? 그러고 나서 네게 메시지를 전할 방법을 깨달았지. 카이를 통해서 주면 된다는 걸. 카이는 내 글씨를 알잖아. 카이는 이게 진짜로 내가 보낸 메시지라고 네게 말해줄 수 있어.

네가 봉기 세력에 소속되어 있다는 건 알아. 네가 포트에서 하려던 말은 알아들었어. 짐작했어야 했어. 넌 언제나 가장 먼저 옳은 일을 하는 사람이었지.

직접 하고 싶은 말, 글자로 쓰고 싶지 않았던 다른 말도 있어. 너와 얼굴을 마주 보고 말하고 싶었어. 하지만 이제는 결국 글로 써야겠다는 걸 느껴. 우리가 만나려면 시간이 꽤 걸릴지도 모르니까.

네가 날 사랑한다는 걸 알아. 나도 널 사랑해. 언제나 그럴 거야. 하지만
······

글은 거기서 끝났다. 나머지 부분은 물에 젖어 쭈글쭈글해져서 읽을 수가 없었다. 잠깐 동안 머리끝까지 화가 났다. 어떻게 이렇게 딱 중대한 지점에서 때맞춘 듯 망쳐질 수 있지? 그녀는 뭐라고 말하려 했을까? 그녀는 언제나 날 사랑할 거라고, '하지만······'이라고 말했다.

내 마음속 일부분은 그 메시지가 바로 거기서, 마지막 말 직전에 끝났으면 하고 바랐다.

무슨 일이 일어났을까? 그 종이가 사고로 망가진 걸까? 아니면 카이가 일부러 망가뜨렸을 가능성도 있을까? 카이는 공정하게 게임을 플레이했다. 지금도 공정하게 플레이하는 편이 좋을 것이다.

나는 종이를 다시 접어 주머니에 넣었다. 내가 쪽지를 읽고 있던 몇 분 동안 빛이 사라졌다. 해가 바리케이드 벽 너머 지평선 아래로 들어갔다. 다른 커플이 안으로 들어간 바로 그때 마당의 문이 열리고 레이가 나타났다.

"캐로, 널 찾고 있었어."

그녀가 말했다.

"뭐가 잘못됐나요?"

내가 물었다. 나는 며칠 동안 레이를 보지 못했다. 그녀는 처음부터 봉기 세력에 소속되어 있지 않았기 때문에, 의사가 아니라 어디든 그녀를 가장 필요로 하는 팀과 업무에 지정되는 일반 의료 조수로 일하고 있었다.

"아니. 괜찮아. 환자들을 돌보는 건 좋아. 너는?"

그녀가 물었다.

"나도 괜찮아요."

나는 그녀에게 말했다.

레이가 나를 바라보았다. 나는 그녀를 보증할지 말지 결정해야 했을 때 내 눈에 떠올랐을 것이 분명한 의문을 그녀의 눈에서 보았다. 그녀는 나를 믿을 수 있는지, 자신이 내 진짜 모습을 알고 있는 건지 궁금해했다.

"환자들 등에 있는 붉은 반점에 대해서 묻고 싶었어. 그게 뭐야?"

그녀가 마침내 말했다.

"신경이 일부 감염된 거예요. 바이러스가 활성화될 때 등이나 목의 피부절을 따라 생기곤 하죠."

나는 말을 멈추었다. 그러나 그녀도 이제 봉기 세력에 들어왔기 때문에 모든 것을 말할 수 있었다.

"봉기 세력은 그것이 확실한 전염병의 표시니까 그걸 찾으라고 말했어요."

"실제로 발병한 사람들에게만 생기는 건가?"

"맞아요. 그들이 면역화에 사용한 죽은 바이러스는 심각한 징후로

이어지지 않아요. 하지만 어떤 사람이 살아 있는 전염병 바이러스에 감염되면, 그 바이러스가 신경에 영향을 끼치고 그 결과 작고 붉은 점을 남기죠."

내가 말했다.

"이상한 걸 본 적 있어? 기본형 바이러스의 돌연변이 같은 거?"

그녀가 물었다. 그녀는 봉기 세력이 말한 대로 받아들이지 않고 자기 나름대로 전염병을 이해하려 하고 있었다. 그 사실은 그녀를 보증한 나를 불편하게 만들어야겠지만, 의외로 그렇지 않았다.

"실제로 본 적은 없어요. 때때로 완전히 고요해지기 전에 들어오는 사람들이 있어요. 치료약을 주는 도중에 말을 걸던 사람도 있었고요."

"그 사람이 뭐라고 했어?"

레이가 물었다.

"내게 자기가 나을 거라고 약속해달라고 했어요. 그래서 그렇게 했죠."

내가 말했다.

그녀가 고개를 끄덕였다. 나는 갑자기 그녀가 얼마나 지쳐 보이는지 깨달았다.

"지금 휴식 시간이에요?"

그녀에게 물었다.

"몇 시간 더 있어야 해. 하여간 별 상관없어. 난 그 사람이 떠난 뒤로 제대로 자본 적이 없어. 꿈을 꿀 수가 없어. 어떤 면에서는, 그가 떠나고 가장 힘든 부분이 그거야."

나는 그녀의 말을 이해했다.

"꿈을 꾸지 않으면 그가 여전히 당신 곁에 있다는 느낌을 받을 수가 없으니까요."

내가 말했다. 나는 꿈에서 그랬다. 카시아와 함께 자치구에 있었다.

"그래. 그게 안 돼."

레이가 말했다. 그녀가 나를 바라보았을 때 나는 그녀가 하지 않은 말을 들었다.

'그녀의 매칭 상대는 사라졌고, 예전과 같은 건 아무것도 없어.'

순간 그녀가 조금 더 가까이 몸을 기울이고 아주 잠깐 내 얼굴에 손을 대었다 떼는 바람에 깜짝 놀랐다. 카시아 이외에 누가 내게 이런 행동을 한 것은 처음이었다. 나는 레이의 손길에 기대고 싶은 마음에 저항해야 했다.

"네 눈은 파란색이구나."

그녀는 그렇게 말하고는 손을 다시 거두었다.

"그 사람 눈도 그래."

그녀의 목소리는 외로웠고 그를 향한 열망으로 가득했다.

13
카시아

처음에는 박물관 근처가 텅 빈 것처럼 보여서 좌절감에 이를 악물었다. 아무도 거래를 하지 않으면 센트럴에서 나갈 밑천을 어떻게 벌수 있담? 나에게는 중개료가 필요했다.

'인내심을 가져. 누가 말을 걸지 말지 마음을 정하지 못하고 지켜보고 있는지도 모르잖아.'

나는 스스로에게 말했다. 지금 당장 이곳에서 거래자는 나 하나뿐이었다. 그것도 오래가지 않을 것이다. 다른 사람들이 올 것이다.

무엇인가 움직이는 것이 흘끗 보였다. 짧은 금발에 아름다운 눈을 가진 소녀가 박물관 모퉁이를 돌아 나왔다. 그녀는 손을 앞으로 컵처럼 오므린 채 뭔가 쥐고 있었다. 나는 잠시 인디와 그 벌집을, 그녀가 협곡에서 조심스레 그것을 들고 다니던 모습을 떠올렸다.

소녀가 가까이 와서 물었다.

"얘기 좀 할 수 있을까요?"

"물론이죠."

내가 말했다. 최근에 우리는 '소사이어티의 역사'에 대해 묻는 암호를 대부분 폐지했다. 더 이상 그럴 필요가 없었다.

그녀가 내민 손 안에는 갈색과 녹색의 작은 새가 놓여 있었다.

너무나 이상해서 1분 정도 그 새를 빤히 바라보았다. 바람이 깃털을 부드럽게 흩뜨릴 때만 빼고 새는 조금도 움직이지 않았다.

　깃털은 녹색이었다.

　"제가 만든 거예요. 제 동생에게 써준 글에 감사드리려고요. 여기요."

　소녀가 말했다.

　그러고는 내게 그 새를 내밀었다. 흙으로 만든 다음 말린 것이었다. 손바닥에 놓자 묵직하고 흙의 느낌이 났다. 깃털은 녹색 실크를 잘게 찢은 조각이었는데, 날개만 덮고 있었다.

　"아름답군요. 이 깃털…… 이건……."

　내가 말했다.

　"소사이어티가 몇 달 전 내 매칭 파티가 끝나고 보내준 실크 조각에서 뜯은 거예요. 이제 그게 필요할 것 같지 않아서요."

　그녀가 말했다.

　그녀도 녹색을 입었구나.

　"너무 꽉 쥐지 마세요. 손 벨지도 몰라요."

　그녀는 그렇게 말하더니 나무그늘에서 나를 끌어냈다. 그러자 새의 몸에서 깃털이 안 붙은 부분이 별이 되었다. 햇빛 속에서 반짝였다.

　"실크를 꺼내려면 유리를 깨야 했거든요. 그래서 그것도 이용하는 게 좋겠다고 생각했어요. 유리를 부순 다음 새를 만들 때 조각조각 박아 넣었어요. 거의 모래알만큼 작아요."

　나는 눈을 감았다. 나도 자치구에서 카이에게 내 드레스 조각을 줄 때 비슷한 일을 했다. 드레스 조각을 꺼낼 때 났던 딱 하는 청명한 소리를 또렷이 기억했다.

　그 새는 아른아른 빛나며 움직일 것 같았다. 유리의 반짝임, 실크

깃털.

마치 살아 있는 것 같아서 순간적으로 그 새가 날개를 펴는지 확인하려고 하늘로 던져보고 싶은 충동을 느꼈다. 그러나 땅바닥에 떨어지는 순간 그것을 '하늘을 나는 새처럼 보이게 하는 모양은 파괴되고, 진흙은 쿵 소리를 내고, 녹색은 흩어져버리리라는 것을 알고 있었다. 그래서 나는 그 물건을 조심스레 들고 이 깨달음이 내 안에서 노래처럼 울려 퍼지게 했다.

'글을 쓰는 사람은 나뿐만이 아니다.'

'창조하는 사람은 나뿐만이 아니다.'

소사이어티는 우리에게서 너무나 많은 것을 가져갔지만, 우리는 여전히 음악의 소문을, 시의 기미를 듣는다. 우리는 여전히 주위의 세계에서 예술이 넌지시 자기 존재를 알리는 모습을 본다. 그들은 결코 우리를 예술에서 완벽히 떼어놓지 못했다. 우리는 때로 알지 못하는 새 예술을 접하고, 여전히 많은 사람들이 그것을 발산할 방법을 갈망하고 있다.

나는 우리가 우리의 예술을 거래할 필요가 없다는 것을 새삼 깨달았다. 우리는 예술을 주거나 나눌 수 있다. 어떤 사람은 시를 가져오고, 다른 사람은 그림을 가져올 수 있다. 아무것도 가진 것이 없다고 해도, 아름다운 것을 구경하거나 참된 것을 듣고 나면 더 많은 것을 갖게 될 것이다.

미풍에 새의 녹색 깃털이 춤을 추었다.

"이건 저 혼자 갖고 있기에는 너무 아름답군요."

내가 말했다.

"저도 당신 시에 대해서 그렇게 느꼈어요. 그걸 모든 사람에게 보여주고 싶었어요."

그녀가 열정적인 어조로 말했다.

"우리에게 그럴 수 있는 방법이 있다면 어떨까요? 모두 함께 모이고, 모든 사람이 자기가 만든 것을 가져올 수 있다면?"

'어디서?'

제일 처음 떠오른 장소는 박물관이었다. 나는 몸을 돌려 판자로 막힌 박물관 문을 바라보았다. 들어갈 길을 찾을 수 있다면, 박물관 안에는 유리 상자와 빛나는 금빛 전등이 있다. 깨지긴 했지만 수리할 수 있을 것이다. 나는 유리 상자 하나의 문을 옆으로 밀어 열고 내 시를 그 안에 고정한 다음 뒤로 물러서서 바라보는 모습을 상상해보았다.

온몸이 살짝 떨렸다.

'아니야.'

그곳은 좋은 장소가 아니었다.

돌아서자 소녀가 나를 바라보고 있었다. 그녀의 시선은 침착했고 나를 재보고 있는 것 같았다.

"전 달턴 풀러예요."

그녀가 말했다.

우리는 거래자로서 자기 이름을 알리면 안 되었다. 그러나 나는 거래를 하고 있는 게 아니다.

"제 이름은 카시아 라이스예요."

내가 그녀에게 말했다.

"알아요. 당신이 쓴 그 시에 그렇게 서명했더군요."

달턴이 잠시 말을 멈추었다.

"그럴 만한 장소가 있을 것 같아요."

"여긴 냄새 때문에 아무도 오지 않거든요. 하지만 좋아지기 시작했죠."

그녀가 내게 말했다.

우리는 호수로 가는 길목의 습지 가장자리에 서 있었다. 우리는 호수 위에 떠내려올지 모르는 것이 아닌 호숫가만 보일 만큼 충분히 멀리 떨어져 있었다.

나는 부두에, 내 종아리에, 내 손에 부딪치던 죽은 물고기들에 의문을 느꼈다. 그것은 바깥 지방과 적의 영토에서처럼 더 많은 강을 중독시키려는 소사이어티 측의 마지막 시도였을까? 하지만 왜 자기들의 호수에 그런 짓을 했을까?

봉기 세력은 전염병을 치료하면서 고요지역을 축소했다. 나는 에어십이 바리케이드 조각들을 다시 하늘로 들어 올리고 다른 조각을 더 촘촘히 묶어 바리케이드를 다시 세우는 모습을 보았다. 한때 바리케이드 안에 있던 건물 몇 채는 이제 바리케이드 바깥에 나와 있었다.

봉기 세력은 사용하지 않는 바리케이드 조각들을 호수 근처의 이 공터에 가져왔다. 분해된 하얀 벽 조각들은 그 자체로 예술품 같았다. 엄청난 크기에 곡선을 그리는, 뭔가 거대한 존재가 땅에 떨어뜨린 깃털이 대리석으로 변한 듯한 조각. 땅에서 뼈가 일어나 돌로 변한 것 같기도 했다. 사이사이에 걸어다닐 공간이 있는, 부서진 협곡이었다.

"에어트레인 정거장에서 이걸 내려다봤어요. 하지만 가까이에서 어떻게 보이는지는 몰랐어요."

내가 말했다.

한 군데, 두 개의 조각이 다른 조각들보다 서로 더 가까이 떨어져 있는 곳이 있었다. 그 조각들은 서로를 향해 구부러졌지만 꼭대기에서 만나지 않고 긴 복도 비슷한 것을 만들어냈다. 그 안을 걸어보니 아래쪽 공간은 서늘하고 약간 어두웠다. 위에서 비치는 빛 속에 흘러 들어오는 파란 하늘이 깔끔한 선을 그렸다. 나는 바리케이드 조각에 손을 대고 위를 쳐다보았다.

"비가 계속 들이칠 테지만, 여기는 막혀 있어서 괜찮을 것 같아요."

달턴이 말했다.

"벽에 그림과 시를 걸 수 있겠군요."

내가 말하자 그녀는 고개를 끄덕였다.

"그리고 당신이 만든 이 새 같은 물건을 놓기 위한 단도 쌓고요."

그리고 노래하는 법을 아는 사람이 있다면, 그들은 여기 와서 노래 부르고 우리는 들을 수 있었다. 나는 잠시 그곳에 서서 음악이 벽에 부딪쳐 울린 후 망가지고 외로운 호수 위로 흘러나가는 것을 상상했다.

나는 가족을 만나기 위해 계속 거래해야 한다는 것, 봉기 세력에서 내 자리를 지키기 위해 계속 분류해야 한다는 것을 알고 있었다. 그러나 이것도 내가 해야 하는 일이라고 느꼈다. 할아버지라면 이해하실 것 같았다.

PART 3

의사

14
잰더

"새 환자 한 그룹을 자네 쪽으로 보내겠네."

미니 포트에서 수석 의사가 말했다.

"좋아요. 준비되어 있습니다."

내가 말했다. 이제 빈 침대들이 있었다. 전염병이 일어난 지 석 달, 봉기 세력이 사람들을 면역화시킨 덕분에, 마침내 일이 점점 줄어들고 있었다. 과학자와 조종사와 일꾼 모두 최선을 다했고 우리는 수십만 명의 사람들을 구했다. 봉기 세력에 속한 것이 자랑스러웠다.

나는 문 쪽으로 가서 수송 진단의들을 안으로 들어오게 했다.

"교외 어딘가에서 소규모 전염병이 발생한 것 같습니다."

진단의 한 명이 문을 밀고 들어와 들것 한쪽을 잡으며 말했다. 얼굴에서 땀이 뚝뚝 떨어졌고, 지쳐 보였다. 나는 봉기 세력의 누구보다도 수송 진단의들에게 경외심을 품었다. 그들의 일은 육체노동이었고 사람의 진을 빼는 것이었다.

"왠지 몰라도 면역화를 받지 못한 것 같습니다."

"환자를 곧장 여기로 데려오세요."

내가 말했다. 그들은 환자를 들것에서 침대로 옮겼다. 간호사 한 명이 환자를 가운으로 갈아입히기 시작했다. 그녀가 놀라서 소리를 질렀다.

"왜 그러죠?"

내가 물었다.

"발진이에요."

간호사가 말하며 환자를 가리켰다. 환자의 가슴에 붉은 줄무늬가
보였다.

"이 사람은 심하네요."

작고 붉은 점이 더 흔했지만, 때때로 발진이 몸 전체에 퍼지는 경우
도 있었다.

"몸을 돌려서 등을 살펴봐요."

내가 말했다.

몸을 돌려보니, 발진은 환자의 등까지 퍼져 있었다. 나는 미니 포트
를 내려다보고 기호를 입력했다.

"다른 사람들도 이런가요?"

내가 물었다.

"이런 건 보지 못했습니다."

진단의가 말했다.

진단의들과 나는 나머지 새 환자들을 조사했다. 그들 중 누구도 그
렇게 심한 발진을 보이지 않았고, 예의 작고 빨간 점조차 없었다.

"아마 아무것도 아닐 겁니다. 그래도 바이러스학자와 통화해보지
요."

내가 말했다.

바이러스학자가 응답하기까지는 그리 오래 걸리지 않았다.

"무슨 일이지?"

그가 물었다. 그의 어조는 자신만만했다. 나는 그와 공동작업을 많이 해보지 않았지만, 그의 외모와 봉기 세력 내 최고의 연구 진단의라는 명성은 알았다.

"돌연변이인가?"

"그렇게 보입니다. 전에는 작고 국소적이었던 바이러스성 발진이 이제 몸 전체의 피부절에 심하게 나타나고 있어요."

내가 말했다.

바이러스학자는 내가 용어를 제대로 쓸 거라고는 기대하지 않았다는 듯이 놀라서 나를 바라보았다. 그러나 나는 이곳에 석 달 있었다. 어떤 용어를 써야 하는지 알았고, 그보다 더 중요한 것은, 그 용어들이 무슨 뜻인지 알았다.

우리는 이미 절차에 따라 장갑과 마스크를 끼고 있었다. 바이러스학자가 상자에 손을 넣어 치료약을 꺼냈다.

"내게 생체측정기를 갖다주게."

그가 또 다른 진단의에게 말했다.

"자네는 혈액 표본을 뽑고 수액관을 연결해."

그가 내게 말했다.

"우리가 예측하지 못한 것은 없어."

환자의 정맥에 주사바늘을 꽂을 때 바이러스학자가 말했다. 수석 의사는 벽의 메인 포트에서 우리를 지켜보고 있었다.

"바이러스는 늘 변화하지. 한 바이러스의 돌연변이가 다른 조직에서 나타나는 것은 심지어 한 몸에서도 볼 수 있는 일이야."

나는 영양액 주머니를 위에 걸고 주사관에 방울을 떨어뜨리기 시작했다.

"돌연변이가 번성하려면 선택압이 적용되어야 해. 돌연변이가 원래 바이러스보다 더 잘 생존하도록 만드는 것 말이야."

바이러스학자가 말했다.

그가 나를 가르치고 있구나, 하고 깨달았지만 그럴 필요는 없었다. 나는 그가 하는 말을 이해하고 있었다.

"치료약 같은 겁니까? 그게 선택압이 될 수도 있을까요? 우리가 이 새로운 바이러스가 번성할 기회를 준 건가요?"

"걱정 말게. 이 환자가 바이러스에 독특하게 반응하는 면역 시스템을 가졌다고 보는 쪽이 더 그럴듯하니까."

그가 말했다.

그는 환자를 살펴보고 미니 포트에 뭔가 표기했다. 내가 그의 보조를 하고 있었기 때문에, 그것은 내 미니 포트에도 나타났다. '피부 욕창을 방지하기 위해 환자를 두 시간마다 돌려 눕힐 것. 감염의 확산을 막기 위해 감염 부위를 깨끗이 하고 봉할 것.' 다른 환자들에게 내리는 지시와 같았다.

"가엾기도 하지. 저 사람은 당분간 의식을 잃고 있는 게 더 나을 거야. 낫기 전에는 꽤 아플 테니까."

그가 말했다.

"이번에 이송되어 온 환자들을 센터의 다른 곳에 격리해둘까요?"

나는 수석 의사에게 포트로 물었다.

"그들을 자네 병동에 두고 싶지 않다면 그렇게 하게."

그가 답했다.

"아뇨. 필요하면 나중에 격리하겠습니다."

내가 말했다.

바이러스학자는 고개를 끄덕였다.

"표본에서 결과를 얻는 대로 알려주지. 한두 시간이면 될 거야."

그가 말했다.

"그동안 환자들 모두 치료를 시작하게."

수석 의사가 내게 말했다.

"알겠습니다."

"피 뽑는 거 아주 잘했네. 아직 진단의 일을 한다고 해도 믿겠는걸."

바이러스학자가 방을 떠나면서 말했다.

"고맙습니다."

내가 답했다.

"캐로, 자넨 쉴 시간이 한참 지났어. 저들이 표본을 검사하는 동안 좀 쉬게."

수석 의사가 말했다.

"전 괜찮습니다."

내가 말했다.

"자네는 이미 한 번 연장근무를 했어. 이 정도는 간호사와 진단의들이 감당할 수 있네."

수석 의사기 포트에서 말했다.

나는 안뜰에서 휴식 시간을 보내게 되었다. 심지어 음식도 그곳에 가지고 나가서 먹었다. 그곳은 아무도 돌볼 시간이 없어 죽어가기 시작한 꽃과 나무가 있는 좁은 땅이었다. 그러나 최소한 그곳에 나와 있으면 낮인지 밤인지는 알 수 있었다.

또, 대부분의 시간을 같은 장소에 머물러 있으면 레이를 만나 우리의 일과 우리가 알아차린 것들에 대해 이야기할 기회가 더 늘어날 것 같았다.

처음에는 레이가 마당에 없어서 내가 운이 없다고 생각했다. 그러나 식사를 막 끝낸 직후 문이 열리고 레이가 나타났다.

"캐로구나."

그녀가 기쁜 듯 말했다. 그녀도 나를 찾고 있었던 것이 분명했기에 기분이 좋았다. 그녀가 웃으며 손으로 안마당의 사람들을 가리켰다.

"다른 사람들도 모두 이 장소를 찾아냈어."

그녀의 말이 옳았다. 최소한 열네 명이 햇볕 속에 앉아 있는 것이 보였다.

"당신과 이야기하고 싶었어요. 최근에 이송되어 온 환자에게 흥미로운 일이 있었거든요."

내가 말했다.

"뭔데?"

그녀가 물었다.

"더 심한 발진 형태를 보이는 환자가 한 명 들어왔어요."

"모습이 어땠는데?"

나는 그녀에게 병변(病變)과 바이러스학자가 한 말에 대해 이야기해 주었다. 선택압에 대해서도 설명하려고 했으나 제대로 하지 못했다. 그래도 그녀는 알아들었다.

"그러면 치료약이 돌연변이를 만들어냈다는 추측도 가능하겠구나."

그녀가 말했다.

"그것이 돌연변이라면요. 다른 환자들에게서는 비슷한 발진이 전혀 발견되지 않았어요. 물론 그 발진이 나타날 시간이 없었을 수도 있죠."

내가 말했다.

"좀 봤으면 좋겠는데."

그녀가 말했다. 처음에는 환자들을 말하는 줄 알았지만, 다음 순간 그녀가 벽에 막히지 않았다면 산이 보일 방향을 손짓하고 있는 것을 보았다.

"난 언제나 사람들이 자신들이 어디 있는지 알려줄 산이 없이 어떻게 사나 궁금했어. 이제는 알 것 같아."

"난 산이 없어서 아쉬웠던 적이 없었어요."

내가 말했다. 오리아에 있던 것은 '언덕' 뿐이었고 나는 한 번도 그것에 관심 가져본 적이 없었다. 나는 언제나 작은 공간들이 좋았다. 일차 학교의 잔디밭, 수영장의 밝은 파란색. 그리고 소사이어티가 쓰러뜨리기 전 자치구에 서 있던 단풍나무들이 좋았다. 나는 그 나무들을 모두 다시 세우고 싶었다. 단 이번에는 소사이어티 없이.

"내 이름은 잰더예요. 당신에게 말한 적이 없었던 것 같아서요."

나는 돌연 레이에게 말했고, 그 말에 우리 둘 다 놀랐다.

"내 이름은 니야."

그녀가 말했다.

"알게 되어 좋은데요."

내가 말했다. 진심이었다. 우리가 규약을 깨지 않고 일하는 동안 서로를 성으로 부른다고 해도.

"내가 그에게서 가장 좋아했던 점은 절대로 두려워하지 않는다는 거였어."

그녀는 갑작스러울 정도로 어조와 주제를 바꾸었다.

"나와 사랑에 빠졌을 때만 제외하고. 하지만 그때조차도 그는 물러서지 않았지."

마땅히 할 말을 생각해내는 데 평소보다 더 오래 걸렸다. 결국 할 말을 찾기 전에 레이가 먼저 입을 열었다.

"그런데 너는 그녀의 어떤 점을 좋아하니? 네 매칭 상대 말이야."

레이가 물었다.

"전부요. 모든 게 좋아요."

내가 말했다. 나는 옆으로 손을 펼쳤다. 또다시 할 말이 없어졌다. 낯선 감정이었다. 왜 이렇게 카시아에 대해 말하기가 힘든지 알 수 없었다.

레이가 불만족스러워할 대답이라고 생각했지만 그렇지 않았다. 그녀가 고개를 끄덕이며 말했다.

"그것도 알겠어."

내 휴식 시간이 끝났다.

"난 돌아가야 해요. 환자들이 어떤지 보러 갈 시간이에요."

"너한테는 다 자연스러웠겠지. 안 그래?"

레이가 말했다.

"무슨 말이죠?"

내가 물었다.

"사람들을 돌보는 거 말이야."

그녀는 다시 산맥 쪽을 보고 있었다.

"넌 지난여름에 어디 살고 있었니? 이미 카마스에 지정돼 있었어?"

그녀가 물었다.

"아뇨."

내가 말했다. 그때는 오리아의 집에 살면서 카시아가 내게 사랑을 느끼게 하려고 애썼다. 아주 오래전 일처럼 느껴졌다.

"왜요?"

"널 보면 여름에 강으로 향하는 어떤 물고기가 생각나."

그녀의 말에 나는 웃었다.

"그거 좋은 건가요?"

그녀는 웃고 있었지만, 슬퍼 보였다.

"그 물고기들은 바다에서 강까지 쉬지 않고 헤엄쳐 돌아가지."

"그건 불가능할 것 같은데요."

내가 말했다.

"그렇지. 하지만 그 물고기들은 그래. 그리고 여행 도중에 완전히 변신해. 대양에 살 때는 등은 은빛이고 몸이 파랗지만 이곳 강에 도착할 때쯤에는 갖가지 색깔을 띠게 돼. 머리는 녹색으로, 몸은 밝은 빨강색으로 변하지."

그것이 나와 무슨 상관이 있다는 것인지 알 수 없었다. 그녀는 그것을 설명하려고 애썼다.

"넌 고향으로 가는 길을 찾은 거라고 말하고 싶었어. 너는 사람들을 도와주기 위해 태어났고, 네가 어디 있든 간에 그런 길을 찾을 거야. 연어가 대양에서 돌아오기 위해 태어난 것처럼."

"고마워요."

내가 말했다.

잠시 그녀에게 전부 말해버릴까 하는 생각이 들었다. 내가 파란 알약을 얻기 위해 실제로 무슨 일을 했는지까지 포함해서. 그러나 나는 말하지 않았다.

"전 다시 일하러 갈 시간이에요."

나는 레이에게 그렇게 말하고, 수통에 남은 물을 벤치 근처 새장미에 뿌린 뒤 문으로 향했다.

〈나는 단풍나무 자치구의 집들 뒤쪽을 따라 걷고 있었다. 음식 배달로 근처였다. 늦은 시간이어서 식사 배달 중은 아니었지만, 머릿속에서 수레가 끼긱거리는 소리가 들리는 것 같았다. 카시아의 집을 지나갈 때는 손을 내밀어 덧문을 만지거나 창을 두드리고 싶었다. 그러나 물론 그러지 않았다.

나는 레크리에이션 구역이 있는 자치구의 공동 구역으로 갔다. 기록 보관자가 어디 있나 궁금해하기도 전에 그가 내 옆에 나타났다.

"우리는 수영장 바로 뒤에 있다."

그가 말했다.

"알아요."

나는 그에게 말했다. 여기는 우리 동네이기 때문에 내가 지금 어디 있는지 잘 알고 있었다. 우리 앞에 다이빙대의 날카롭고 하얀 모서리가 높이 솟아 있었다. 습한 밤이어서 우리가 속삭이는 소리는 메뚜기가 날개 비비는 소리 같았다.

그가 재빨리 울타리를 기어오르자 나도 뒤따랐다. 나는 "수영장은 닫혔잖아요. 우린 여기 있으면 안 돼요" 하고 말할 뻔했지만, 분명 우리는 그곳에 있었다.

한 무리의 사람들이 높은 다이빙대 아래에서 기다리고 있었다.

"넌 저 사람들의 피만 뽑으면 돼."

기록 보관자가 내게 말했다.

"왜요?"

나는 한기를 느끼며 물었다.

"우리는 조직 보존 표본을 채취하고 있다. 우리 모두 스스로 통제하기를 원해. 너도 알잖아."

"보통 방식으로 표본을 채취할 거라고 생각했죠. 바늘 없이 면봉으로요. 약간의 조직만 있으면 되잖아요."

내가 말했다.

"이쪽 방식이 더 나아."

기록 보관자가 말했다.

"당신은 소사이어티가 하던 식으로 우리에게서 피를 훔쳐가는 게 아니에요. 가져갔다가 돌려주는 거죠."

한 여자가 내게 말했다. 그녀의 목소리는 조용하고 차분했다. 그녀가 팔을 내밀었다.

"난 준비됐어요."

기록 보관자는 내게 상자를 하나 내밀었다. 그것을 열자 비닐로 봉한 살균 튜브와 주사기가 보였다. 그가 말했다.

"어서 해. 이건 모두 계획된 거야. 일이 끝나면 네게 줄 알약도 갖고 있다. 그 이상은 알 필요가 없어."

그의 말이 맞았다. 나는 거래와 균형의 복잡한 체계를 이해하고 싶지 않았다. 그리고 이 사람들이 여기까지 오는 데 무엇을 지불했는지도 전혀 알고 싶지 않았다. 이런 거래는 다른 기록 보관자들도 허락한 걸까, 아니면 이 남자가 부업으로 하고 있는 걸까? 나는 무슨 일에 관여하게 된 걸까? 나는 파란 알약의 대가가 암시장의 피일 거라고는 생각하지 못했다.

"당신은 붙잡힐 거예요."

내가 말했다.

"아니, 안 잡혀."

그가 말했다.

"빨리요. 집에 가고 싶단 말이에요."

여자가 말했다.

나는 장갑을 끼고 주사기를 준비했다. 그녀는 내내 눈을 감고 있었다. 주사바늘을 팔꿈치 안쪽 정맥에 꽂자, 그녀가 놀란 소리를 냈다.

"거의 다 됐어요. 잠깐만요."

나는 주사기를 도로 뽑아내고 위로 들어 보였다. 그녀의 피는 짙었다.

"고마워요."

그녀가 말했고, 기록 보관자는 그녀에게 팔 안쪽을 누르고 있도록 네모난 솜조각을 주었다.

일을 모두 끝내자 기록 보관자는 내게 파란 알약을 주었다. 그리고 다른 사람들에게 말했다.

"우리는 다음 주에도 여기 올 겁니다. 여러분 아이들을 데려오세요. 아이들의 표본도 갖고 싶지요?"

"나는 다음 주에 여기 안 올 겁니다."

내가 기록 보관자에게 말했다.

"왜? 넌 저들에게 봉사하는 거야."

그가 물었다.

"아뇨. 그렇지 않아요. 사람을 되살려낼 과학은 아직 존재하지 않아요."

만약 그런 것이 존재한다면 사람들은 확실히 그것을 사용할 것이다. 패트릭 마캠과 에이다 마캠 부부 같은 사람들. 아들을 다시 살려낼 방법이 있었다면 그들은 그 방법을 썼을 것이다.

나는 집에 돌아와, 의료 센터에서 훔친 작은 메스로 내가 유일하게 할 수 있는 수술을 시작했다. 알약 용기 뒷면을 매우 조심스럽게 가르고, 기록 보관자의 포트에서 뽑은 종이를 잘게 잘라 집어넣은 다음, 포장 용기를 소각로에 쬐어 접착제를 다시 녹여 붙였다.

그 일은 거의 밤새 걸렸고, 아침에 나는 그들이 카이를 데려갈 때 자치구에 울린 비명 소리에 깨어났다. 그 후 오래지 않아 카시아도 떠났고, 그녀는 내 덕분에 파란 알약을 가져갈 수 있었다.〉

나는 환자의 상태를 점검하기 위해 병동으로 돌아갔다.

"치료약에 대한 부정적인 반응은?"

내가 묻자 간호사는 고개를 저었다.

"없어요. 다섯 명은 잘 반응하고 있습니다. 그러나 발진이 있는 환자를 포함한 나머지는 그렇지 않아요. 물론, 아직 이르죠."

우리 둘 다 알고 있는 사실을 구태여 말할 필요는 없었다. 우리는 보통 지금쯤이면 어떤 종류의 반응을 보곤 했다. 좋지 않았다.

"다른 환자가 발진을 보였나요?"

"그 환자들이 들어온 후 아직 상태를 점검하지 않았습니다. 한 시간도 안 되었어요."

그녀가 말했다.

"지금 해봅시다."

내가 말했다.

우리는 환자 한 명의 몸을 조심스레 돌려 눕혔다. 아무것도 없었다. 또 다른 환자를 살펴보았다. 아무것도 없었다.

그러나 세 번째 환자의 발진은 온몸을 둥글게 뒤덮고 있었다. 그녀 외 병소는 아직 첫 번째 환자만큼 빨갛지 않았지만, 그 반응은 확실히 이례적이었다.

"바이러스학자를 불러요."

나는 진단의 한 명에게 말했다. 함께 조심스럽게 그 여자 환자를 돌려 눕히다가 나는 숨을 멈추었다. 그녀의 입과 코에서 피가 흘러나왔다.

"다른 증상을 보이는 환자가 한 명 있습니다."

나는 포트를 통해 수석 의사에게 말했다. 그가 대답할 겨를도 없이 내 미니 포트에서 또 다른 목소리가 들렸다. 바이러스학자였다.

"캐로?"

"네?"

"원형 발진이 있는 환자에게서 채취한 바이러스 지놈을 분석했네. 신경 삽입 외막 단백질 유전자가 추가적으로 복사된 흔적이 있더군. 내가 무슨 말 하는지 알겠나?"

알고 있었다.

우리는 돌연변이와 싸워야 했다.

15
카시아

황혼녘의 햇빛이 하얀 바리케이드를 금빛으로 반짝이게 했고, 하늘은 해가 지평선 너머로 불타며 지는 지점만 제외하면 서늘한 파란색이었다. 우리가 모이는 시간은 그때였다. 매일매일 우리는 더 많아졌다. 한 사람이 두 사람에게 말했고, 두 사람은 네 사람에게, 그렇게 기하급수적으로 늘어나 처음 시작한 지 몇 주가 지나자 자리를 잡은 것 같았다.

누가 처음 이 장소를 '갤러리'라고 부르기 시작했는지는 모르지만, 그 이름은 인기를 얻었다. 사람들이 그곳에 이름을 붙일 정도로 관심을 가져서 기뻤다. 여기 처음 온 사람들이 벽 앞에 서서 입에 손을 대고 눈에 눈물을 담은 채 속삭이는 소리를 들을 때가 제일 좋았다. 내가 틀렸을 수도 있지만, 나는 여기 올 때마다 내가 느끼는 감정을 그 사람들도 느낀다고 생각했다.

'나는 혼자가 아니야.'

잠깐의 시간이 있어서 그곳에 잠시 머물 수 있으면, 나는 누구든 배우고 싶어하는 사람에게 글자 쓰는 법을 알려주었다. 일단 내가 쓰는 것을 보면 그들은 처음에는 서툴게, 그다음에는 확실하고 자신 있게 자기 글씨를 썼다.

나는 카이가 가르쳐준, 화려하게 장식된 필기체가 아니라 활자체를 가르쳤다. 활자체는 선이 따로 떨어지고 분명해서 더 쉬웠다. 가장 배우기 어려운 것은 글자가 만나는 부분—끊임없이 움직여 멈추지 않고 써야 했다—이었는데, 그것은 우리 손에 매우 낯설게 느껴졌다. 때때로 나는 내가 쓰는 글과 연결된 느낌을, 더 중요하게는 카이와 연결된 느낌을 잃지 않으려고 필기체로 썼다. 땅에서 막대기를 떼지 않고 쓰거나 종이에서 연필을 떼지 않고 쓸 때, 나는 헌터와 그의 마을 사람들을 생각했다. 그들이 피부에 파란 선을 그리고 그다음 사람에게 이어 그리는 방법을.

"그건 더 어렵겠네요."

한 남자가 내가 필기체로 쓰는 것을 보고 말했다.

"하지만 보통 글씨도 나쁘지 않잖아요."

"그렇죠."

내가 말했다.

"왜 우리는 여태까지 이러지 않았을까요?"

그가 물었다.

"어떤 사람들은 하고 있었을 거예요."

내가 말하자 그는 고개를 끄덕였다.

우리는 조심해야 했다. 아직 싸우고 파괴하려는 일부 소사이어티 동조자들이 있었고, 그들은 위험할 수도 있었다. 봉기 세력은 우리가 이렇게 모이는 것을 금지하지는 않았지만, 인도자는 모든 사람이 자기 일을 완수하고 전염병을 종식하는 데 주의를 집중해달라고 요청했다. 그는 사람들을 구하는 것이 가장 중요한 일이라고 말했고, 나도 그것이 사실이라 믿었다. 그러나 나는 우리도 이곳 갤러리에서 우리 자신을 구하고 있는 거라고 생각했다. 오랫동안 창조하기를 기다렸거나, 자신들이 한 일을 숨겨야 했던 사람들이 너무 많았다.

우리는 우리가 만든 것이라면 무엇이든 갤러리로 가져왔다. 수액(tree sap)으로 벽에 붙여놓은 그림과 시들이 많았다. 그것들은 마치 너덜너덜한 깃발처럼 보였다. 포트 종이, 냅킨, 심지어 찢어진 천 조각까지.

한 여성은 나무 조각에 무늬를 새긴 다음 그을린 재로 어둡게 칠해 그것을 종이에 대고 눌렀다. 그녀의 세계를 우리 세계에 찍었다.

한 남성은 예전에 오피셜이었던 것 같다. 그는 흰 제복을 다른 색깔로 바꿀 방법을 찾았다. 그는 천을 조각조각 잘라, 내가 본 어떤 것과도 다른 스타일의 옷을 만들었다. 그것은 뜻밖에도 멋진 각도와 장식과 선을 보여주었다. 그는 자기 창조물을 갤러리 꼭대기에 매달았고, 그 옷은 우리가 미래에 어떤 사람이 될 수 있는지 보여주는 전망과도 같았다.

달턴은 언제나 다른 물건의 조각으로 만든 아름답고 흥미로운 예술 작품을 가져왔다. 오늘 그녀는 천과 종잇조각을 작게 잘라 다시 이어 만든 커다란 사람 하나를 가져왔다. 눈 대신 돌을 박고 치아 대신 씨앗을 박은 그 사람은 아름다우면서도 소름끼쳤다.

"오, 달턴."

내가 말했다.

그녀는 웃었고 나는 몸을 기울여 그 물건을 더 자세히 보았다. 그녀가 자기 창조물의 조각들을 붙이는 데 사용한 수액의 톡 쏘는 냄새가 났다.

"어두울 때 누가 노래를 부를 거라는 소문이 돌아요."

달턴이 작은 소리로 말했다.

"이번에는 확실한가요?"

내가 물었다. 우리는 전에도 그런 소문을 들은 적이 있었다. 그러나 그런 일은 절대로 일어나지 않는 것 같았다. 시와 예술작품은 남겨두고 가기가 쉬웠다. 우리가 만든 것을 제공할 때 다른 사람들 앞에 서서 그들의 얼굴을 봐야 할 필요는 없으니까.

달턴이 미처 대답하기 전에 누군가가 내 팔꿈치께에 와 있었다. 돌아서자 내가 아는 기록 보관자가 있었다. 잠시 두려움이 일었다. 그가 어떻게 갤러리를 찾아냈지? 다음 순간 나는 기록 보관자들은 소사이어티가 아니고, 우리는 기록 보관자들과 거래 관계에서 경쟁하는 게 아니라는 것을 떠올렸다. 이곳은 나눔의 장소였다.

그가 코트에서 하얀 뭔가를 꺼내 내밀었다. 종잇조각이었다. 카이의 메시지일까? 아니면 잰더?

잰더는 내 메시지를 어떻게 생각할까? 그것은 내가 가장 힘들게 써야 했던 말이었다. 나는 종이를 펼쳐 들었다.

"내가 여기 있을 때는 읽지 말아요."

기록 보관자가 당황한 듯 말했다.

"궁금한 게 있는데…… 이걸 언제 걸어줄 수 있을까? 내가 떠난 뒤에. 내가 쓴 이야기예요."

"당연하죠. 오늘 밤에 걸게요."

나는 그에게 약속했다. 그를 기록 보관자라고만 생각하지는 말았어야 했다. 당연히 그도 갤러리에 뭔가를 덧붙일 수 있었다.

"사람들이 자기들이 만든 게 가치가 있냐고 물으러 올 때마다 난 그들에게 가치가 없다고 말해야 하죠. 우리한테는……. 나는 그런 사람들을 당신에게 보내고 있어요. 그런데 당신이 이 장소를 뭐라고 부르는지 모르겠군요."

그가 말했다.

나는 잠시 망설이다가, 갤러리의 존재는 비밀이 아니며 비밀로 지킬 수 없다는 것을 스스로에게 일깨웠다.

"우리는 갤러리라고 불러요."

내가 말했다. 기록 보관자는 고개를 끄덕였다.

"무리지어 모이는 일은 조심해야 해요. 전염병이 돌연변이를 일으켰다는 소문이 있어요."

그가 내게 말했다.

"그런 소문은 몇 주째 듣고 있어요."

내가 말했다.

"알아요. 하지만 언젠가 그 소문이 사실이 될 수도 있어요. 그래서 오늘 온 거예요. 시간이 없을 경우에 대비해서 이 이야길 써야만 했죠."

그의 마음을 이해한다. 전염병이나 돌연변이가 아니더라도 시간은 언제나 부족하다는 것을 나도 깨닫게 되었다. 그래서 잰더에게 그 글을 썼고, 불가능할 정도로 힘들었지만 그에게 진실을 말해야 했다. 시간이 부족하기 때문에, 기다리는 일에 시간을 허비할 수 없기 때문이었다.

네가 날 사랑한다는 걸 알아. 나도 널 사랑해. 언제나 그럴 거야. 하지만 이런 식으로 계속할 수는 없어. 끝내야 해. 넌 괜찮다고, 날 기다리겠다고 말하지만 난 네가 괜찮지 않다 생각하고, 괜찮지 않아야 한다고 봐. 우리는 삶 속에서 너무 많이 기다렸으니까. 잰더, 날 더 이상 기다리지 마.

널 위한 사랑을 하길 바랄게.

그것이 다른 무엇보다도, 어쩌면 나 자신의 행복보다도 더 바라는 일이었다.

어떤 의미에서 그것은 내가 잰더를 무엇보다도 사랑한다는 뜻이리라.

16
카이

"우리 어디로 가는 거야?"

에어십에 올라타며 인디가 물었다.

내가 비행할 차례였기 때문에 조종석에 앉았다.

"몰라. 평소랑 마찬가질걸."

내가 말했다. 일단 본격적으로 봉기가 시작되자, 미리 임무를 받는 일은 중단되었다. 나는 장비 점검을 시작했다. 인디가 나를 도왔다.

"오늘은 더 오래된 에어십이네. 잘됐다."

그녀가 말했다. 나도 동의의 뜻으로 고개를 끄덕였다. 인디와 나 둘 다 오래된 에어십을 더 좋아했다. 오래된 에어십은 새것보다 더 까다로울 때도 있지만 새것과는 다른 느낌이 있었다. 새것을 조종하면 때때로 내가 에어십을 조종하는 게 아니라 에어십이 나를 조종하는 것 같은 느낌이 든다.

모든 것이 제대로 되어 있었고, 우리는 지시를 기다렸다. 다시 비가 내리고 있었다. 인디는 기분 좋은 듯 콧노래를 불렀다. 그 모습에 나는 미소 지었다.

"그들이 우리를 함께 날게 해줘서 좋은걸. 이제는 막사나 식당에서는 못 보니까."

내가 말했다.

"바빴거든."

인디가 말했다. 그녀가 내게 몸을 더 가까이 기울였다.

"전염병이 종식되면 넌 전투기 조종사 훈련을 신청할 거니?"

그녀가 물었다.

그래서 인디가 잘 안 보였던 걸까? 그녀는 언젠가 직업을 바꿀 계획일까? 우리 같은 심부름 에어십을 엄호하는 전투기 조종사가 되려면 몇 년 동안 훈련을 받아야 했다. 그리고 그들은 당연히 싸우고 죽이는 법을 배운다.

"아니. 넌 어떤데?"

내가 물었다.

그녀가 대답하기 전에, 우리 비행 계획이 나오기 시작했다. 인디가 그것을 잡으려고 손을 뻗었으나 내가 먼저 낚아채자 그녀는 어린아이처럼 내게 혀를 내밀었다. 계획서를 내려다본 순간 심장이 덜컹했다.

"어딘데?"

인디가 보려고 목을 빼며 물었다.

"우린 오리아로 갈 거야."

나는 멍한 얼굴로 말했다.

"이상하네."

인디가 말했다.

그랬다. 봉기 세력은 우리가 전에 살았던 적이 있는 지방에 에어십을 조종해 들어가는 것을 좋아하지 않았다. 그들은 우리가 에어십에 실은 화물을 봉기 세력이 필요에 따라 할당한 곳으로 가져가는 게 아니라 지인들에게 가져다주려 할 거라고 생각했다.

"너무 큰 유혹이지."

지휘관들은 우리에게 말했다.

"흠, 흥미로운데. 사람들 말로는 오리아와 센트럴에 소사이어티 동조자들이 가장 많다지."

인디가 말했다.

내가 아는 사람 중에 아직 거기 사는 사람이 있을지 궁금했다. 카시아의 가족은 케야로 보내졌고, 우리 부모님은 끌려갔다. 엠의 가족은 아직 거기 살까? 캐로 가족은?

카시아에게서 온 쪽지를 전해준 뒤부터 잰더를 보지 못했다. 인디에게 카마스 시의 바리케이드 안으로 들어가는 것에 관한 이야기를 하고 며칠 후, 봉기 세력은 치료약 배달을 위해 우리를 들여보냈다. 인디가 그 임무 지정과 뭔가 관계가 있는 것 같았지만, 그 일을 물을 때마다 인디는 대수롭지 않게 흘려버렸다.

"그들은 그냥 우리가 착륙할 수 있는지 보고 싶었을 거야. 그건 도시에서 가장 어려운 착륙이잖아."

인디는 그렇게 말했지만, 마음속의 일을 전부 이야기하지 않을 때 보이는 눈빛을 띠고 있었다. 그래서 불안했지만, 인디가 이야기하고 싶어하지 않는다면 계속 물어봤자 소용없었다.

어쨌거나 우리는 바리케이드 안에 들어갔고, 나는 칼렙이 화물을 옮기는 것을 도우면서 카시아의 메시지를 전달했다. 잰더를 다시 보니 좋았다. 그도 나를 보고 기뻐했다. 나는 그가 편지의 일부가 망가진 것을 봐도 계속 그럴지 의문이 들었다.

비행의 대부분은, 여느 때와 마찬가지로 전부 하늘 위였다.

다음 순간 우리는 고도를 낮췄다. 나는 에어십을 바리케이드 쪽으로 몰아갔다. 흰 방어벽을 친 것은 소사이어티였지만, 봉기 세력은 환자와 건강한 사람 사이에 선을 긋기 위해 당분간 벽을 그 자리에 남겨 두었다.

"오리아는 다른 데랑 죄다 비슷해 보여."

인디가 실망한 듯 말했다.

나는 결코 그런 식으로 생각해본 적이 없었다. 그러나 그녀 말이 옳았다. 완벽하게 소사이어티적이어서 사실상 익명성을 갖고 있다는 점이 언제나 오리아의 가장 중요한 특징이었다. 산맥이 갈라놓고 있는 카마스, 동해 쪽으로 바위투성이 해안이 뻗어 있는 아카디아, 호수가 있는 센트럴과는 달랐다. 중부 지방인 오리아와 그란디아, 브리아와 케야는 정말 똑같아 보였다.

한 가지만 빼고.

"오리아에는 '언덕'이 있어. 가까워지면 보일 거야."

나는 인디에게 말했다.

푸른 나무가 숲을 이룬 그 봉우리의 모습을 보길 간절히 바랐다. 카시아를 볼 수 없다면, 그다음으로 보고 싶은 것이 '언덕'이었다. 우리는 그곳에 함께 서 있었다. 우리는 숲 속에 숨었고 그곳에서 처음으로 우리의 입술이 만났다. 피부에 닿는 바람과 내 손에 쥐어진 그녀의 손을 느낄 수 있을 것만 같았다. 나는 침을 삼켰다.

그러나 착륙 준비를 하느라 오리아 위를 선회할 때, 저녁의 어둑한 빛 속에서 '언덕'은 찾을 수 없었다.

'언덕'을 먼저 발견한 것은 인디였다.

"저 갈색 말하는 거야?"

그녀가 물었다.

그녀 말이 맞았다. 그 헐벗은 갈색 공간이 '언덕'이었다.

나는 에어십을 하강시키기 시작했다. 우리는 땅에 점점 더 가까워졌다. 거리를 따라 솟은 가로수들이 점점 커지고 땅이 우리를 향해 달려들었다. 특징 없는 건물이 아니라 낯익은 건물들이 보였다.

마지막 순간, 나는 다시 위로 솟구쳤다.

인디가 나를 쳐다보는 것이 느껴졌다. 우리가 화물을 실어 나르는 몇 달 동안 내가 이런 짓을 한 적은 없었다.

"착륙이 제대로 되지 않았습니다."

나는 스피커에 대고 말했다. 그런 일은 가끔 일어난다. 그것은 내 기록에 실수로 남을 것이다. 그러나 나는 '언덕'을 다시, 더 가까이서 보아야 했다.

우리는 반대 방향으로 날아올라 '언덕'으로 향했다. 나는 그곳을 더 잘 보기 위해 원래 높이보다 더 낮게 날았다.

"뭐가 잘못됐어?"

전투기 조종사 하나가 스피커로 내게 물었다.

"아니. 착륙할 거야."

내가 말했다.

나는 보려던 것을 보았다. 땅은 헐벗었다. 불도저로 완전히 밀어버렸다. 타버렸다. 학살당했다. '언덕'은 나무하고는 전혀 상관없었던 땅 같았다. '언덕'은 더 이상 뿌리 내린 생물 없이 여기저기 파헤쳐졌다.

카시아가 입었던 녹색 실크 드레스의 작은 조각은 이제 '언덕' 꼭대기 나무에 묶여서 비와 바람과 햇빛으로 하얗게 바래가고 있지 않았다. 우리가 파묻은 시의 조각은 파내졌다가 다시 파묻히고 더 아래로 밀려 내려갔다.

그들은 '언덕'을 죽여버렸다.

나는 에어십을 착륙시켰다. 뒤에서 칼렙이 짐칸을 열고 상자를 끌어내리는 소리가 들렸다. 나는 앉은 채 똑바로 앞을 노려보았다.

나는 카시아와 함께였던 그곳 '언덕'으로 돌아가고 싶었다. 얼마나 간절했던지 그 마음이 나를 파괴해버릴 것만 같았다. 몇 달이 지났는데도 우리는 여전히 떨어져 있다. 나는 머리를 손으로 감쌌다.

"카이? 너 괜찮아?"

인디가 물었다. 그녀가 내 어깨에 잠시 손을 얹었다. 그러고 나서 손을 떼고, 나를 보지 않은 채 칼렙을 도우러 내려갔다.

그녀의 손길도, 나를 혼자 내버려둔 것도 모두 고마웠다. 그러나 둘 다 오래가지 못했다.

"카이? 와서 이것 좀 봐."

인디가 불렀다.

"뭔데?"

나는 물으며 짐칸으로 내려갔다. 인디가 바다 근처의 한 지점을 가리켰다. 좀 전까지 상자로 가려져 있던 곳이었다. 누군가가 에어십의 금속 벽을 긁어 이미지를 새겨놓았다. 그것을 보자 카빙 대협곡에서 보았던 그림들이 생각났다.

"저 사람들은 하늘을 마시고 있는 거야."

인디가 말했다.

그녀의 말이 맞았다. 그 그림이 보여주는 것은 비가 아니었다. 내가 자치구에서 그렸던 것과는 달랐다. 부서진 하늘 조각들이 땅에 떨어지고, 사람들은 그것을 주워 올려 거기서 물을 따르고 있었다.

"이걸 보니 목이 마르네."

인디가 말했다.

"이것 봐. 넌 이게 누구인 것 같아?"

나는 하늘에서 내려오고 있는 사람을 가리키며 물었다.

"물론 인도자겠지."

그녀가 말했다.

"이거 네가 그린 거야?"

나는 화물을 더 가져가기 위해 짐칸 꼭대기에 나타난 칼렙에게 물었다.

"뭘?"

그가 물었다.

"에어십 벽에 새겨진 그림들."

"아니. 다른 운반자일 거야. 난 절대로 봉기 세력의 재산을 파손하지 않아."

나는 다른 상자를 넘겨주었다.

우리는 배달을 끝내고 에어십으로 향했다. 걸어가면서 인디는 점점 뒤로 처졌다. 몸을 돌리자 그녀가 칼렙과 이야기하고 있는 모습이 보였다. 칼렙은 고개를 젓고 있었다. 인디가 그에게 더 가까이 걸어갔다. 그녀는 턱을 들었고, 나는 그녀의 눈이 어떤 빛을 띠고 있을지 잘 알고 있었다.

그녀는 그에게 도전하고 있었다.

칼렙이 다시 고개를 저었다. 그의 자세는 긴장된 것 같았다.

"말해, 당장. 우리는 알아야겠어."

인디의 말소리가 들렸다.

"싫어. 넌 이번 비행에서는 조종사도 아니잖아. 신경 꺼."

그가 말했다.

"카이가 조종하고 있어. 저 애는 자기 고향인 여기로 돌아와야 했어. 넌 그게 얼마나 힘든 일인지 알아? 네가 케야로, 아니면 어디든 네 출신 지방으로 돌아가야 한다면 어떨 것 같아? 최소한 카이는 우리가 뭘 하고 있는지 알아야 해."

그녀가 말했다.

"비품들을 나르고 있잖아."

그가 말했다.

"그 일만 하고 있는 게 아니잖아."

그녀가 말했다.

그가 그녀를 피해 돌아서 갔다.

"인도자가 너희에게 알려주고 싶어한다면 너희도 곧 알게 될 거야."

그가 어깨 너머로 말했다.

"인도자에게는 너도 운반자일 뿐인 거 알지? 그는 너를 자기 사람이라고 생각하지 않아."

인디가 말했다.

칼렙은 한발 뒤로 물러섰다. 그의 얼굴에서 인디에 대한 증오가 보였다.

인디의 말이 맞았기 때문이었다. 그녀는 칼렙이 바라는 것을 알았다. 그것은 봉기 세력 안의 모든 부모 없는 아이들, 고아가 된 사람들의 꿈이었다. 인도자를 매우 자랑스럽게 만들고, 그가 자신을 친족으로 선언하는 것. 그것은 인디의 꿈이기도 했다.

그 후 인디는 나를 훈련소 근처 들판에서 찾아냈다. 그녀는 앉아서 숨을 깊이 들이쉬었다. 처음에는 그녀가 가벼운 잡담으로 내 기분을 풀어주려 할 거라고 생각했지만 인디는 그런 일에는 전혀 소질이 없었다.

"시도해볼 수 있어. 네가 원한다면 센트럴로 도망칠 수 있을 거야."

그녀가 말했다.

"그건 할 만한 선택이 못 돼. 전투기들이 우리를 격추시킬 거야."

내가 말했다.

"넌 내가 없었다면 시도했겠지."

인디가 말했다.

"그래. 그리고 칼렙도 있으니까."

내가 동의했다. 들판에 사람들을 남긴 채 빅과 엘리만 데리고 카빙 대협곡에 들어가게 했던 이기심과는 결별했다. 칼렙은 우리 팀의 일원이었다. 내가 조종할 때, 그는 내가 책임져야 했다. 칼렙을 위험에 처하게 할 수는 없었다. 카시아는 내가 자기를 찾겠다고 다른 사람들을 죽게 만드는 일은 바라지 않을 것이다.

그리고 인도자가 진실을 말하고 있는 거라면 상관없었다. 전염병은 통제되었다. 모든 것이 곧 괜찮아질 테고, 나는 카시아를 찾고 우리는 함께 있을 수 있을 것이다. 인도자를 믿고 싶었다. 가끔씩은 믿었다.

"훈련소에 있을 때, 너 그 사람과 비행해본 적 있어?"

내가 물었다.

"응."

인디가 짧게 대답했다.

"그래서 난 그들이 말해주기 전부터 그 사람이 인도자라는 걸 알았어. 그의 비행은……."

그녀는 할 말을 찾지 못해 말을 멈추었다. 다음 순간 그녀의 얼굴이 밝아졌다.

"그건 오늘 우리가 본, 에어십에 새겨진 그림 같았어. 내가 하늘을 마시고 있는 듯한 느낌이었지."

"그럼 넌 그를 믿어?"

내가 물었다.

인디는 고개를 끄덕였다.

"그런데도 넌 나와 함께 센트럴에 가는 위험을 무릅쓰겠다는 거구나."

"그래, 네가 원한다면."

인디가 말했다. 그녀는 마치 내 마음속을 들여다보려는 것처럼 나를 바라보았다. 나는 그녀가 미소 짓는 모습이 좋았다. 그 아름답고, 활짝 피어나고, 현명하고, 순진하고, 기만적인 그녀의 미소가.

"무슨 생각 해?"

그녀가 물었다.

"네가 웃는 걸 보고 싶어."

나는 그녀에게 말했다.

그러자 그녀는 돌연 기뻐하며 미소 지었고 나도 마주 웃었다.

바람에 풀이 사그락거렸다. 인디가 조금 더 가까이 다가왔다. 그녀의 얼굴은 밝고 희망차고 노골적이었다. 내 가슴에 새로운 구멍이 뚫리는 것 같았다.

"왜 우리가 함께 날면 안 되는 거야? 너와 나."

인디가 속삭였다. 바람에 풀이 바스락거리는 소리 너머로 간신히 그녀의 말을 들을 수 있었다. 그러나 나는 그녀가 이 질문을 하면 어떻게 들리는지 알고 있었다. 그녀는 전에도 물어본 적이 있었다.

"카시아. 난 카시아를 사랑해. 너도 알잖아."

내가 말했다. 내 목소리에 흔들림은 없었다.

"알아."

그녀의 목소리에 미안한 기색은 없었다.

인디가 무언가를 간절히 원하면, 그녀의 본능은 거기에 뛰어든다.

'카시아처럼.'

인디가 숨을 들이쉬며 움직였다.

그녀의 손이 내 머리카락 속으로 미끄러져 들어왔고, 그녀의 입술이 내 입술을 눌렀다.

'카시아와는 전혀 달라.'

나는 가쁜 숨을 내쉬며 몸을 뒤로 뺐다.

"인디."

"어쩔 수가 없었어. 미안하지 않아."

그녀가 말했다.

17
카시아

누군가가 기록 보관자들의 은신처로 들어오고 있었다. 계단에서 발소리가 들렸다. 다 같이 주요 구역에서 기다리고 있었던 나는 다른 사람들처럼 손전등을 위로 비추었다. 그 사람은 우리의 존재를 예측했던 듯 멈춰 섰다.

전에 여기서 마주쳤던 거래자였다. 일단 누구인지 알자 나는 전등을 내렸다. 그러나 다른 사람들은 그러지 않았다. 그녀는 그 자리에 나방처럼 갇혀 있었다. 근처에 있는 기록 보관자가 내게 전등을 다시 올리라고 신호해서 나는 시키는 대로 했다. 불빛 속에 붙잡힌 사람은 문간에 선 소녀였는데도 내가 눈을 깜박였다.

"사마라 루크. 넌 여기 있으면 안 돼."

수석 기록 보관자가 말했다.

소녀가 신경질적으로 웃었다. 그녀는 메고 있던 불룩한 가방을 살짝 아래로 내렸다.

"움직이지 마. 우리가 널 데리고 나갈 테니."

수석 기록 보관자가 말했다.

"여기서 거래해도 돼요. 당신이 내게 여기가 어딘지 알려줬잖아요."

사마라가 말했다.

"넌 더 이상 환영받지 못해."

수석 기록 보관자가 말했다. 그녀는 그늘 속 어디엔가 있다가 전등 불빛을 소녀의 눈에 똑바로 비추며 앞으로 걸어나갔다. 여기는 기록 보관자의 장소였다. 그들은 누가 그늘과 어둠 속에 머물고 누가 얼굴에 빛을 마주해야 하는지 결정했다.

"왜요?"

사마라가 물었다. 그녀의 목소리가 살짝 흔들렸다.

"그 이유는 네가 알겠지. 다른 사람들도 모두 알길 원해?"

기록 보관자가 말했다.

소녀는 입술을 핥았다.

"내가 뭘 발견했는지 봐요. 분명히 알고 싶어질 거예요……."

그녀는 옆에 메고 있던 가방에 손을 뻗었다.

"사마라는 우리에게 사기를 쳤어."

기록 보관자가 말했다. 그녀의 목소리는 인도자의 목소리만큼이나 권위 있었다. 그 소리가 방 안을 울렸다. 불빛은 조금도 흔들리지 않았고, 눈을 감아도 여전히 손전등의 빛나는 점과 초조하고 앞이 안 보이는 듯한 소녀의 표정을 볼 수 있었다.

"누군가가 사마라에게 자기 대신 거래해달라고 물건을 줬지. 사마라는 물건을 여기 가져왔고, 우리는 그 물건의 가치를 평가한 후 그것을 받아들이기로 결정하고 대가로 다른 물건을 줬어. 거래 수수료로 따로 작은 물건도 주었지. 그런데 사마라는 둘 다 챙겼어."

세상에는 비뚤어진 거래자들이 있다. 아주 많다. 그러나 보통 그들은 감히 기록 보관자들과 함께 일하려고 하지 않는다.

"당신들은 아무것도 손해 본 거 없잖아요. 받을 건 다 받아놓고선."

사마라가 기록 보관자에게 말했다. 그녀의 저항 시도에 연민이 느껴져서 가슴이 아팠다. 무엇 때문에 그런 짓을 저질렀을까? 분명 붙잡히리라는 것을 알았을 텐데.

"나를 벌할 수 있는 사람은 내가 물건을 훔친 그 사람뿐이에요."

"아니. 너는 물건을 훔침으로써 우리의 기반을 약화시켰어."

수석 기록 보관자가 말했다.

기록 보관자 세 명이 불빛을 떨어뜨리고 앞으로 움직였다.

가슴이 쿵쾅거려서 나는 좀 더 그늘 속으로 물러섰다. 이곳에 자주 내려오기는 했지만 나는 기록 보관자가 아니었다. 나는 대부분의 거래자들이 누리는 것보다 더 많은 특권을 누렸지만, 그것은 언제라도 폐기될 수 있었다.

싹둑 하는 가위질 소리가 났고, 수석 기록 보관자가 사마라의 붉은 팔찌를 공중에 들고 뒤로 물러섰다. 사마라는 창백해 보였으나 다친 데는 전혀 없었고, 여전히 겨누어진 불빛에 걷어 올린 그녀의 소매와 팔찌를 차고 있었던 맨손목이 보였다.

"사람들은 우리와 거래할 때 신뢰할 수 있다는 것을 알아야 합니다."

기록 보관자는 방 전체에 대고 말했다.

"여기서 일어난 일은 기반 전체를 약화시켰습니다. 이제 우리가 직접 거래 비용을 지불해야 할 것입니다."

다른 사람들도 불빛을 아래로 떨어뜨리고 있었기 때문에 그녀의 목소리밖에 들리지 않았다. 그녀의 얼굴은 어둠 속에 있었다.

"우리는 다른 사람 대신 비용을 지불하고 싶지는 않습니다."

다음 순간 그녀의 어조가 바뀌면서 사건은 끝났다. 종결되었다.

"모두 거래로 돌아가도 좋습니다."

나는 움직이지 않았다. 소중한 사람을 위해 내가 필요로 하는 물건이 내 손을 거쳐 간다면, 나 또한 사마라가 한 일을 저지르지 않을 거라고 누가 장담하겠는가? 내 생각에는 바로 그런 일이 일어난 것 같았다. 사마라가 자기 자신만을 위해 그런 위험을 감수한 것 같지는 않았다.

팔꿈치에 손길이 느껴져서 누구인지 보려고 몸을 돌렸다.

수석 기록 보관자였다.

"나와 같이 가자. 네게 보여줄 것이 있어."

그녀가 말했다.

그녀는 내 팔을 꽉 잡은 채 줄줄이 늘어선 선반과 길고 어두운 홀을 거쳐 또 하나의 커다란 방으로 나를 데려갔다. 그곳에는 금속 선반이 갈비뼈처럼 놓여 있었는데 선반들은 모두 채워져 있었다. 선반들에는 누군가가 원할지도 모르는 모든 것, 과거의 모든 잃어버린 조각들, 미래의 모든 단면들이 진열돼 있었다.

몇몇 사람들이 경비를 서는 동안 다른 기록 보관자들이 선반을 따라 움직였다. 방 안에는 천장에 매달려 희미하게 빛나는 또 다른 불빛들이 있었다. 나는 여러 가지 크기와 재질의 상자들을 흘끗 보았다. 이런 장소에서 길을 찾아가려면 지도가 필요할 것이다.

나는 여기 한 번도 와본 적이 없는데도 그녀가 말해주기도 전에 우리가 어디에 와 있는지 알았다. 기록 보관소. 인도자를 처음 봤을 때와 기분이 조금 비슷했다. 항상 이 장소의 존재를 알고 있었지만, 직접 대면하자 노래를 부르거나 울거나 도망치고 싶어졌다. 어느 쪽인지 알 수 없었다.

"기록 보관소는 보물로 가득 차 있어. 난 그 보물을 하나하나 다 알지."

기록 보관자가 말했다.

이곳의 빛을 받자 그녀의 머리카락이 금빛으로 빛났다. 그녀 자신이 지키는 보물 중 하나가 된 것 같았다. 그녀가 나를 돌아보았다.

"여기 와본 사람은 많지 않아."

그녀가 말했다.

'그런데 왜 나를?'

나는 궁금했다.

"내 손을 거쳐간 이야기들이 아주 많아. 나는 지푸라기를 금으로 바꾸는 일을 맡게 된 소녀 이야기를 좋아했어. 불가능한 일이었지만, 소녀는 그 일을 여러 번 해냈지. 이 일은 그것과 비슷해."

기록 보관자는 복도 중간까지 내려가 선반에서 상자 하나를 들어냈다. 그녀가 그것을 열자 안에 종이로 싸인 막대기가 줄줄이 들어 있는 것이 보였다. 그녀가 막대기 하나를 꺼내 들어 올렸다.

"할 수만 있다면 나는 여기 하루 종일 머물 거야. 여기는 내가 기록 보관자 일을 시작한 곳이야. 나는 물건들을 분류하고 목록을 만들었지."

그녀는 눈을 감고 숨을 깊이 들이쉬었다. 나도 모르게 같은 행동을 하고 있었다.

상자에서 나는 냄새는 왠지 익숙했다. 하나의 기억. 하지만 처음에는 그것이 뭔지 깨닫지 못했다. 심장이 조금 더 빨리 뛰면서 갑자기 기억에 떠오른 분노가 밀려들었다. 예상치 못했고, 어울리지도 않는 분노. 그때 나는 깨달았다.

"초콜릿이군요."

내가 말했다.

"그래. 언제 마지막으로 먹어봤니?"

그녀가 물었다.

"매칭 파티에서요."

"물론 그렇겠지."

그녀가 말했다. 그녀는 상자를 닫고 다른 상자에 손을 뻗었다. 은빛이 보여서 처음에는 매칭 파티 상자라고 생각했지만 그게 아니라 포크, 나이프, 스푼이 들어 있었다. 그다음 다른 상자. 그녀는 그 상자를 다른 상자보다 더 부드럽게 다루었다. 안에는 뼈처럼 희고 얼음처럼 깨지기 쉬운 도자기들이 있었다. 그러고 나서 우리는 다른 복도로 갔고, 그녀는 내게 붉은색 녹색 파란색 흰색 돌이 박힌 반지들을 보여주었다. 그리고 다시 다른 줄에 가서는 그림이 있는 책들을 꺼냈다. 어찌나 다채롭고 아름다운지 책장을 건드리지 않기 위해 손을 맞잡고 있을 수밖에 없었다.

'여기에는 엄청난 부(富)가 있구나.'

나는 은이나 초콜릿을 얻으려고 거래하진 않지만, 왜 다른 사람들이 그런 거래를 하는지 이해할 수 있었다.

"소사이어티 이전에 사람들은 돈을 사용했어. 동전이나 금화가 있었고, 빳빳한 녹색 지폐들이 있었지. 그들은 그걸 가지고 서로 거래했고 그것은 다른 물건들을 대신했어."

수석 기록 보관자가 말했다.

"그게 어떤 식으로 쓰였나요?"

내가 물었다.

"내가 배고프다고 쳐. 그러면 나는 누군가에게 종이 다섯 장을 주고 그들은 내게 음식을 주는 거야."

기록 보관자가 말했다.

"그러면 그들은 그 종이로 뭘 하죠?"

"다른 것을 얻는 데 쓰지."

그녀가 말했다.

"그들이 그 위에 뭔가 글을 썼나요?"

"아니. 네가 쓴 시 같은 건 쓰진 않았어."

그녀가 말했다. 나는 고개를 저었다.

"왜 그런 짓을 했을까요?"

기록 보관자들의 거래 방식이 훨씬 논리적인 것 같았다.

"그들은 서로를 믿었어. 더 이상 믿지 못하게 될 때까지."

기록 보관자가 말했다.

그녀는 내 말을 기다렸다. 내가 무슨 말을 할 거라고 생각하는지 알 수 없었다.

"내가 지금 네게 보여주고 있는 건 대부분의 사람들이 가치 있다는 걸 알 만한 물건들이야. 더 희한한 취향을 가진 사람들을 위한 꽤 독특한 물건으로 가득 찬 상자도 여러 개 있지. 우리는 이 일을 오래 해왔거든."

그녀는 왔던 길로 나를 다시 데려갔다. 보석들이 보관되어 있는 줄이었다. 그녀는 잠시 멈추어 서서 상자 하나를 내리더니 열지는 않은 채 가지고 걸어갔다.

"사람은 모두 통화(通貨)를 가지고 있어. 가장 흥미로운 통화는 지식이야. 사람들이 사물을 소유하고 싶은 게 아니라 뭔가를 알고 싶어할 때. 물론 사람들이 무엇을 알고 싶어하느냐는 무엇을 소유하고 싶어하느냐와 마찬가지로 다채롭고 복잡한 사업이지."

그녀는 한 선반 끝 근처에서 멈추었다.

"넌 뭘 알고 싶니, 카시아?"

'가족들과 카이와 잰더가 괜찮은지 알고 싶어요. 할아버지가 붉은

정원의 날이라고 말씀하신 게 무슨 뜻인지, 내가 어떤 기억을 잃어버렸는지 알고 싶어요.'

이 퇴폐적이고 계획적인 방 안에 잠시 침묵이 흘렀다.

그녀의 손전등 빛이 선반을 빗겨가 이상한 장소들에 비스듬히 반짝이는 빛을 보냈다. 그녀의 얼굴을 보니 생각에 잠긴 것 같았다.

"넌 지금 가장 가치 있는 게 뭔지 아니?"

그녀가 내게 물었다.

"소사이어티가 가지고 있던 튜브들, 그 비밀 튜브들이야. 들어본 적 있니? 그들이 최종 연회가 열리기 훨씬 전에 채취하는 표본들 말이야."

"들어본 적 있어요."

나는 말했다. 본 적도 있었다. 협곡 한가운데 있는 동굴에 줄지어 보관되어 있었다. 우리가 동굴에 있는 동안, 헌터는 튜브를 여러 개 깨뜨렸고, 엘리와 나는 각자 튜브 하나씩을 훔쳤다.

"너만 들어본 게 아니야. 어떤 사람들은 그 표본을 손에 넣을 수 있다면 뭐든지 할 거야."

수석 기록 보관자가 말했다.

"튜브는 중요하지 않아요. 그건 진짜 사람이 아닌걸요."

내가 말했다. 나는 카이의 말을 인용하면서, 기록 보관자가 내 목소리에서 거짓을 듣지 못하기를 바랐다. 왜냐하면 나는 카빙 대협곡에서 할아버지의 튜브를 훔쳐 카이에게 숨겨달라고 했기 때문이다. 그 튜브들이 중요할 수도 있다는 생각을 버리지 못했던 것이다.

"그럴 수도 있지. 하지만 다른 사람들은 네 말에 찬동하지 않을걸. 그들은 자기 표본, 가족과 친구들의 표본을 갖고 싶어해. 전염병으로 사랑하는 사람을 잃는다면 더 원하겠지."

기록 보관자가 말했다.

'전염병으로 사랑하는 사람을 잃는다면.'

"그럴 수도 있나요?"

나는 그것이 궁금했지만, 그 말을 하는 순간 그럴 수 있다는 것을 깨달았다. 죽음은 언제나 닥쳐올 수 있었다. 나는 카빙 대협곡에서 그것을 배웠다.

마치 내 마음을 읽은 듯이 기록 보관자가 물었다.

"너 그 튜브를 봤구나. 그렇지? 소사이어티 바깥에 있을 때 봤니?"

나는 왠지 웃고 싶었다.

'당신이 알고 싶어하는 것, 그래요, 봤어요. 줄줄이 늘어선 튜브가 땅속에 깔끔히 보관되어 있는 동굴요. 종이로 가득 찬 동굴도, 바람이 엄청나고 비가 거의 없는 곳에서 자라 뒤틀린 검은 나무에 매달린 금빛 사과도 보았어요. 나무에 새겨진 내 이름을, 돌 위에 그려진 그림을, 그리고 카빙 대협곡의 하늘 아래 불탄 시체들을 봤어요. 한 남자가 노래를 부르며 자기 딸을 무덤으로 옮기고, 그 아이의 팔과 자기 팔에 파란색 표시를 하는 것도 봤어요. 나는 그 장소에서 생명을 느꼈고 죽음을 봤어요.'

"거래를 위해 그 튜브를 가져오지는 않았겠지?"

그녀가 내게 물었다. 그녀는 얼마나 알고 있는 걸까?

"네."

내가 대답했다.

"안타깝네."

그녀가 말했다.

"사람들이 튜브의 대가로 무엇을 거래할까요?"

내가 물었다.

"사람들은 모두 뭔가 가지고 있어. 물론 우리는 표본이 그 사람 것이 맞는지만 제외하면 아무것도 보증하지 않지. 누군가를 되살려낼 방법이 있다고 약속하지도 않고."

기록 보관자가 말했다.

"하지만 암시는 되잖아요."

내가 말했다.

"네가 어디든 원하는 곳으로 가는 데는 튜브 몇 개만 있으면 될 거야. 케야 지방이라든가."

기록 보관자는 그렇게 말하고 내가 그 미끼를 물기를 기다렸다. 그녀는 내 가족이 어디 있는지 알고 있었다.

"아니면 고향인 오리아라든가."

"완전히 다른 장소라면요?"

나는 카마스를 생각하며 말했다.

우리는 서로를 바라보며 상대의 반응을 기다렸다.

그녀가 먼저 입을 여는 바람에 나는 깜짝 놀랐다. 그때 나는 그녀가 그 표본을 얼마나 간절히 원하는지 알았다.

"'다른 땅'으로 가는 길을 묻는 거라면, 그건 더 이상 가능하지 않아."

그녀가 매우 작은 소리로 말했다.

나는 '다른 땅'에 대해 한 번도 들어본 적이 없었다. 오리아의 지도에 표시된 '다른 나라들'만 들어봤을 뿐이다. 그곳은 '적의 영토'와 같은 뜻을 지닌 장소였다. 그러나 기록 보관자가 '다른 땅'을 말하는 태도를 보고, 그녀가 완전히 다른 어떤 먼 장소를 말한다는 것을 알았다. 작은 전율이 온몸에 흘렀다. 바깥 지방에서 살았던 카이도 '다른 땅'에 대해서는 한 번도 언급한 적이 없었다. 거긴 어디일까? 순간 나는 기록 보관자에게 '네'라고 대답하고 싶은 유혹을 느꼈다. 너무 멀어서 내가 본 어떤 지도에도 나오지 않는 곳에 대해 더 알아보고 싶었다. 한때 카빙 대협곡에 살았던 사람들의 지도에도 그런 장소는 나와 있지 않았다.

"아뇨. 내겐 튜브가 없어요."

내가 말했다.

우리는 잠시 침묵했다. 다음 순간 기록 보관자가 입을 열었다.

"최근에 네가 거래에 집중하지 않는다는 걸 알았다. 그 갤러리를 봤단다. 엄청난 업적이더군."

"네. 사람은 모두 나눌 가치가 있는 것을 갖고 있어요."

내가 말했다.

기록 보관자는 깜짝 놀란 기색과 연민을 눈에 담고 나를 바라보았다.

"아니. 갤러리에서 이루어진 모든 것은 그전에 이미, 그것도 훨씬 잘 이루어졌던 거야. 그래도 여전히 나름 놀랄 만한 업적이긴 하지."

그녀는 인도자가 아니었다. 이제 나는 깨달았다. 그녀는 오리아에 있던 내 담당 오피셜을 생각나게 했다. 그들의 공통점은, 오래전에 배우고 성장할 능력을 잃어버렸으면서도 여전히 배우고 성장하고 있다는 확신을 갖고 있다는 것이다.

기록 보관소를 떠나 생기 있는 지상의 갤러리로 오자 안도감이 들었다. 갤러리에 가까이 가자 무슨 소리가 들렸다.

노래였다.

내가 모르는 노래다. '백 곡의 노래' 중 하나는 아니었다. 너무 멀리 떨어져서 사실 가사는 잘 들리지 않았지만 선율은 들렸다. 한 여자의 목소리가 높아졌다 낮아지면서 아프게 하고 치유하고, 그다음 한 남자가 합류했다.

여자는 그가 함께 노래하리라는 것을 알았을까? 계획된 일이었을까? 아니면 그녀도 노래하는 것이 자기 혼자가 아님을 갑자기 깨닫고 놀랐을까?

그들이 노래를 멈추었을 때, 처음에는 침묵이 흘렀다. 그러다가 한 사람이 앞에서 환성을 올리자 곧 모두 함께 환성을 질렀다. 나는 음악을 선사해준 사람들의 얼굴을 보려고 군중을 밀면서 더 가까이 다가갔다.

"한 곡 더 할까요?"

여자가 묻자 모두 "네!" 하고 외쳤다.

그녀는 이번에는 다른 노래를 불렀다. 짧고 분명한 노래였다. 곡조는 매우 역동적이었지만 따라 하기 쉬웠다.

> 나는 돌멩이 하나, 구르고 있어요
> 가장 높은 언덕 위로
>
> 당신은 내 사랑, 부르고 있어요
> 겨울이 싸늘한데도
>
> 우리는 계속 가야 해요
> 때때로 그리고 가만히.

바깥 지방 노래일까? 이 노래를 듣자 시시포스 이야기와, 바깥 지방 사람들은 자기들의 노래를 더 오래 간직했다던 카이의 말이 생각났다. 그러나 그곳 사람들은 이제 모두 죽었다. 그 사실을 생각하자 가사가 슬퍼야 할 것 같았지만, 가사 뒤에 깔린 음악은 그렇게 들리지 않았다.

내가 콧노래를 부르고 있다는 것을 깨달았다. 나도 모르는 새 그 노래를 부르고 있었고 내 주위 사람들도 그랬다. 우리는 가사와 곡조를 다 익힐 때까지 계속 되풀이해서 그 노래를 불렀다. 처음에 내가 움직이고 있는 것을 깨닫고 당황했지만, 다음 순간부터는 더 이상 상관하지 않았다. 신경 쓰지 않았다. 카이가 여기 있었으면, 그가 지금 세상 앞에서 노래하며 춤추는 나를 볼 수 있었으면 하고 바랄 뿐이었다.

아니면 잰더. 나는 잰더가 여기 있었으면 하고 바랐다. 카이는 이미 노래하는 법을 안다. 잰더는?

우리의 발이 땅을 울렸다. 한때 호숫가에 부딪치던 물고기 시체가 남긴 냄새는 더 이상 맡을 수 없었다. 물고기들은 이제 썩어서 뼈가 되었고, 그 냄새는 우리의 삶, 우리의 살, 우리의 눈물과 땀의 소금기, 발 아래에서 짓밟히는 녹색 풀과 식물의 선명한 냄새 속으로 사라졌기 때문이다. 우리는 같은 공기를 숨 쉬고, 같은 노래를 부르고 있었다.

18
잰더

밤 동안 새 환자 53명이 들어왔다. 모두가 그런 건 아니었지만, 발진 증상을 보이고 피를 흘리는 사람들도 있었다. 수석 의사는 그런 환자들을 모두 우리 병동에 격리시키라고 지시했고, 그 돌연변이를 다룰 의사로 나를 지정했다. 그가 포트에서 지켜보는 동안 나는 보통 의사에서 승격해 그 병동의 환자를 돌보는 책임을 맡게 되었다.

"자기는 위험해지기 싫은 거죠."

간호사 하나가 내게 중얼거렸다.

"괜찮아요. 나도 끝까지 해보고 싶어요. 하지만 당신이 그런 위험을 져야 한다는 뜻은 아니에요. 수석 의사에게 당신을 다른 곳으로 다시 지정해달라고 할 수 있습니다."

내가 그녀에게 말했다. 그녀는 고개를 저었다.

"난 괜찮을 거예요."

그녀가 내게 미소 지었다.

"결국 당신이 수석 의사에게 말해서 격리 구역에 마당까지 만들어 준 거잖아요. 마당이 없는 것과는 많이 다르죠."

"여기엔 카페테리아도 있잖아요."

내가 말하자 그녀는 웃었다. 식사를 배달받을 때만 빼면 이제 우리 중 누구도 그곳에서 시간을 오래 보내지 않았다.

바이러스학자가 들어와서 환자를 직접 검사했다. 그도 꽤 흥미를 느끼고 있었다.

"바이러스가 혈소판을 파괴하고 있기 때문에 출혈이 일어나는 거야. 감염된 환자의 비장이 비대해지고 있을 거라는 뜻이지."

그가 내게 말했다.

가까이 있던 여성 진단의가 고개를 끄덕였다. 그녀는 첫 환자의 추가 신체검사를 수행하고 있었다.

"환자의 비장이 커졌습니다. 늑골 모서리 아래쪽으로 튀어나오고 있어요."

그녀가 말했다.

"환자들은 폐와 기도에서 분비물을 내보낼 능력을 잃어버리고 있습니다. 빨리 치료하지 않으면 폐렴과 감염이 일어날 겁니다."

다른 진단의가 말했다.

환자들의 줄 아래쪽에서 누군가가 고함을 쳤다.

"장기가 파열되고 있습니다! 내출혈이 있는 것 같아요."

또 다른 진단의가 말했다.

나는 미니 포트로 외과의를 호출했다. 우리는 모두 창백해진 환자 주위에 모였다. 환자의 혈압이 떨어지고 심박수가 빠르게 올라가자 생체측정기가 쇳소리를 질러댔다. 진단의와 외과의들은 지시사항을 외쳤다.

이 환자를 포함한 모든 환자가 완벽히 고요해진 채 누워 있었다.

우리는 그 환자를 구할 수 없었다. 사망하기 전에 수술실로 데려갈 틈도 없었다. 나는 가까이 있는 환자들을 둘러보았다. 이들이 너무 많은 것을 보지 않았으면 하고 바랐다. 하지만 그들이 무엇을 볼 수 있을까? 환자의 죽음이 주는 무게가 묵직하게 자리 잡는 것을 느끼며 나는 미니 포트를 집어 들었다. 수석 의사가 보낸 개인 메시지라는 알림이 고집스럽게 울려대고 있었다. 그는 중앙 포트에서 모든 것을 지켜보았다.

'지금 환자 데이터를 보냄. 즉각 검토하라.'

나더러 지금 데이터를 보라고? 방금 죽음을 목격했는데? 팀 전체가 술렁거리는 것 같았다. 의료 센터의 의미와 봉기의 의의는 우리가 사람을 구한다는 것이다. 환자를 이렇게 잃을 수는 없었다.

나는 구석으로 걸어가 데이터를 살폈다. 처음에는 그게 왜 긴급한지 이해하지 못했다. 그것은 발병해 들어온 환자들의 데이터였고, 기초적인 의료 검사 정보인 듯했다. 그것이 내게 무엇을 알려주는지 잘 알 수 없었다.

다음 순간 나는 깨달았다. 그 검사 결과는 모두 환자가 면역화된 이후에 나온 최근 것이었다.

'환자들이 면역화되었는데 돌연변이에 감염됐다. 그건 엄청난 수의 인구가 위험에 처했다는 뜻이야.'

"자네 병동은 완전히 폐쇄해야겠네."

미니 포트에서 수석 의사가 말했다.

"알겠습니다."

나는 그에게 대답했다. 그들이 달리 할 수 있는 일은 없었다.

"우리 병동은 폐쇄에 들어갈 겁니다."

나는 팀원들에게 말했다.

팀원들은 기진맥진해서 고개를 끄덕였다. 그들도 이해했다. 우리 모두 이런 사태에 대비한 훈련을 백만 번쯤 했다. 우리는 사람들을 구하기 위해 여기에 있었다.

그때 뒤에서 달려가는 발소리가 들렸다. 나는 빙글 돌아섰다.

바이러스학자가 별관 정문으로 향하고 있었다. 병동을 폐쇄할 때까지 아직 시간이 있나? 아니면 새로운 사람들을 변형된 전염병에 노출시킬 셈인가?

나는 최대한 빠르게 환자들의 줄 사이를 달려 내려가기 시작했다. 그는 나보다 나이가 많았다. 나는 그를 간단히 따라잡아 붙잡은 뒤 땅에 쓰러뜨렸다. 우리 둘 다 땅에 뒹굴었다.

"도망가면 안 돼요. 당신은 여기 남아 아픈 사람들을 도와야 합니다. 그게 당신 일이잖아요."

"내 말 좀 들어봐."

그가 일어나려고 기를 쓰며 말했다. 나는 그를 일으켜주었지만 팔은 계속 잡고 있었다.

"우리는 이 돌연변이에서 안전하지 못할 수도 있어. 우리의 면역화가 아무 소용 없을 수도 있다고."

"바로 그렇기 때문에 당신이 다른 사람에게 노출되는 위험을 무릅써선 안 되는 겁니다. 당신이 어느 누구보다 더 잘 알지 않습니까."

나는 그의 목덜미를 잡고 일으켜서 병동의 수납용 벽장 쪽으로 걸어가게 했다. 그를 가두고 싶지는 않았지만, 지금 당장 달리 어떻게 그를 다루어야 할지 알 수가 없었다.

"흉터를 가진 사람들이 안전하지 않다면 말이야. 작은 흉터."

그렇게 말하는 바이러스학자는 미친 듯, 혹은 영감을 받은 것처럼 보였다.

나는 그가 무슨 말을 하는지 알았다.

"전염병의 첫 단계를 거쳤던 사람들 말이군요."

내가 말했다. 봉기 세력은 우리에게 그 표시를 찾으라고 말했고, 레이와 나는 그에 대해 이야기한 적이 있었다. 그들의 어깨뼈 사이에 있는 그 작고 붉은 점.

"그래. 그건 이전 바이러스가 변한 형태이고, 그 변화가 지금의 돌연변이와 가깝기 때문에 그걸 앓은 사람은 돌연변이에 걸리지 않을 수도 있어. 하지만 자네와 내가 받은 면역화, 그건 원래의 바이러스를 난도질해놓은 조각일 뿐이야. 그건 우리를 보호할 수 있을 만큼 이 새로운 돌연변이의 형태와 가깝지 않아."

그가 열심히 설명했다. 나는 그를 계속 붙잡고 있었지만 고개를 끄덕여 듣고 있다는 표시를 했다.

"우리는 예전 형태의 전염병에 걸리지는 않았어. 하지만 여전히 노출되어 있지. 초기 면역은 최악의 징후로부터 우리를 보호했지만, 우린 여전히 초기 형태의 전염병에 걸릴 수 있어. 면역화가 작용하는 방식은 그런 거야. 면역화는 몸에게 바이러스에 반응하는 방법을 가르쳐서 바이러스가 체내에 다시 들어왔을 때 자네의 몸이 바이러스를 알아볼 수 있도록 만들지. 자네가 결코 병에 걸리지 않는 건 아니야. 다만 그 병에 대처하는 법을 알게 되는 거지."

"저도 압니다."

내가 말했다. 나도 그만큼은 추측하고 있었다.

"내 말 제대로 들어. 그런 일이 일어난다면, 우리가 실제로 최초 형태의 전염병에 걸릴 수 있다면, 인도자가 처음 말할 때 돌아다니던 그 병 말이야. 그러면 우리한테도 그 붉은 점이 있을 테고 그럼 우리는 안전해. 병으로 쓰러지지 않았지만 여전히 그 바이러스를 갖고 있게 되지. 우리 몸이 그걸 처리한 거야. 하지만 우리가 그 기간 동안 기존의 바이러스에 감염되지 않았다면……."

그는 손을 펼쳤다.

"우리는 여전히 그 돌연변이에 감염될 수 있어. 그리고 이 형태의 돌연변이에 작용하는 치료약은 없을 테고."

잠시 그가 미쳐서 헛소리를 하는 것처럼 느껴졌다. 다음 순간 그 말이 전부 합쳐져 의미를 띠었고 나는 그가 옳을지도 모른다고 생각했다.

그가 내 손아귀에서 팔을 비틀어 빼더니 평상복 윗옷 단추를 풀기 시작했다. 그는 검은 제복의 옷깃을 내렸다.

"봐, 나한텐 그 작은 점이 없어. 그렇지?"

그가 말했다.

그에게는 점이 없었다.

"네."

내가 말했다. 나는 내 옷깃을 당겨 내리고 그 점이 있는지 보고 싶은 충동을 억눌렀다. 내 몸에서 그 점을 찾아볼 생각은 한 번도 한 적이 없었다.

"이곳에서는 당신이 필요해요. 그리고 당신이 나가면 다른 사람들을 감염시킬 수 있잖아요. 우리와 마찬가지로 당신도 이미 돌연변이에 노출됐어요."

"나는 숲 속으로 들어갈 거야. 경계 지방 사람들은 언제나 살아남는 법을 알고 있어. 내가 갈 수 있는 곳들이 있어."

"예를 들면 어디요?"

"예를 들면 징검돌 마을."

그가 말했다.

나는 눈썹을 치켜올렸다. 제정신인가? 나는 그곳이 어딘지 몰랐다. 그런 곳은 들어본 적이 없었다.

"그곳에 수액과 영양액 주머니가 있나요? 치료약이 발견될 때까지 당신이 살아남기 위해 필요한 물건이 거기 있습니까? 당신은 그들을 병에 노출시켜도 상관없다는 겁니까?"

내가 물었다.

그는 공포로 이글이글 타는 눈으로 나를 쳐다보았다.

"못 봤어? 그 환자 말이야. 그 사람은 죽었어. 난 여기 못 있겠네."

"실제 생활에서 사람이 죽는 걸 처음 봤습니까?"

내가 물었다.

"소사이어티에서는 사람들이 죽지 않았어."

그가 말했다.

"죽었어요. 그들이 그것을 더 잘 숨겼을 뿐이죠."

내가 말했다. 바이러스학자가 왜 두려워하는지 이해가 갔다. 나도 달아날까 생각했다. 그러나 그런 생각은 잠깐일 뿐이었다.

수석 의사는 우리에게 더 많은 환자와 더 많은 직원을 보내는 동안 폐쇄를 풀어주기로 결정했다. 그도 바이러스학자가 내게 한 말을 미니 포트로 들었으므로, 인도자에게 어떻게 보고할지 결정할 것이다. 그 것이 내가 할 일이 아니라 다행이었다.

그러나 수석 의사에게 한 가지 요청할 일이 있었다.

"새 직원을 들여보내실 때 이 새로운 형태의 바이러스가 아직 기존 치료약에 반응하지 않는다는 걸 확실히 알려주세요. 우리는 누구도 도망치길 바라지 않습니다. 자신들이 어떤 상황에 처하게 되는지 알고 왔으면 합니다."

나는 말했다.

오래지 않아 무장하고 방호복을 입은 봉기 오피서 몇 명이 우리 병동에 새 직원들을 데리고 들어왔다. 오피서들이 바이러스학자를 데려갔다. 그들이 그를 어디에 격리시킬지는 몰랐지만—그 혼자만 있을 빈 방일 것이다—그는 골칫거리가 되었고, 그토록 불안하게 구는데 이곳에 둘 수는 없었다. 그의 불안을 다스리는 데 어찌나 집중했던지, 새 직원 중에 레이가 끼어 있다는 것을 알아차리는 데는 조금 시간이 걸렸다.

나는 되도록 빨리 마당에서 그녀를 찾았다.

"여기 있으면 안 돼요. 여긴 안전하다고 보증할 수 없어요."

나는 그녀에게 조용히 말했다.

"알아. 그들이 말해줬어. 그 치료약이 돌연변이에 효과가 있는지 알 수 없다고."

그녀가 말했다.

"그것만이 아니에요. 예전에 바이러스에 감염된 사람들에게 나타나는 작고 붉은 점에 대해 이야기하던 거 기억해요?"

내가 말했다.

"응."

"그들이 데리고 나간 바이러스학자는 그 점에 관한 이론을 세우고 있었어요."

"그게 뭔데?"

"그도 우리처럼 붉은 점을 가진 사람을 바이러스 보균자라고 생각했어요. 또, 그 붉은 점은 새로운 형태의 돌연변이에게서 보호되고 있다는 뜻이라고도 했어요."

"어떻게 그럴 수가 있지?"

레이가 물었다.

"바이러스는 변해요. 당신이 얘기했던 그 물고기처럼요. 원래는 한

가지 형태를 취하고 있었지만 이젠 달라졌어요."

내 말에 그녀는 고개를 흔들었다.

나는 다시 설명했다.

"면역화된 사람들은 바이러스의 한 가지 형태에 노출된 거예요. 죽은 바이러스죠. 그다음 첫 번째 전염병이 몰아쳤어요. 어떤 사람들은 그 바이러스에 감염됐지만, 이미 그보다 약한 형태에 노출되었기 때문에 실제로 병들지는 않았어요. 면역화는 자기가 할 일을 했고 우리 몸은 그 병을 싸워 밀어냈지요. 그렇지만 우리는 살아 있는 바이러스 자체에 노출되었어요. 그 말은, 우리가 이 돌연변이에서 안전할지도 모른다는 뜻이에요. 죽은 바이러스는 우리를 보호해줄 만큼 돌연변이와 형태가 비슷하지 않지만, 최초 형태의 살아 있는 전염병 바이러스는 돌연변이에 가까울 수도 있어요."

"난 아직도 이해가 안 가."

그녀가 말했다. 나는 다시 시도했다.

"그의 이론에 따르면, 붉은 점이 있는 사람들은 운이 좋은 거예요. 적절한 때 적절한 바이러스 형태에 노출된 거죠. 그건 그들이 이 돌연변이에서 안전하다는 뜻이고요."

이해했다는 표정이 그녀의 얼굴을 스쳐 지나갔다.

"강에 놓인 돌멩이 같은 거구나. 건너가는 거야. 안전하게 맞은편에 도착하려면 옳은 순서대로 밟아야 하지."

"그런 것 같아요. 아니면 당신이 이야기한 물고기 같거나요. 그 물고기는 변한다면서요."

내가 말했다.

"아냐. 물고기는 변하는 게 아니야. 적응하는 거지. 완전히 달라진 것처럼 보이지만 근본적으로 바뀌거나 사라지지는 않아."

그녀가 말했다.

"알겠어요."

나는 그렇게 대답했지만, 이제 헷갈리는 쪽은 나였다. 그녀도 그것을 눈치챘다.

"너도 그 물고기를 보면 알 거야."

그녀가 말했다.

"당신한텐 그 점이 있나요?"

내가 레이에게 물었다.

"모르겠어. 너는?"

그녀가 말했다. 나는 고개를 저었다.

"나도 모르겠어요. 쉽게 보이는 장소에 있는 게 아니니까요."

"내가 찾아봐줄게."

그녀는 그렇게 말하더니, 대꾸할 겨를도 없이 뒤로 돌아와 내 옷깃 아래 손가락을 미끄러지듯 집어넣고 끌어당겼다. 목에 그녀의 숨결이 느껴졌다.

"그 바이러스학자가 옳다면 넌 안전하구나. 네게는 그 점이 있어."

그녀의 목소리에 미소의 기색이 보였다.

"확실해요?"

내가 물었다.

"그래. 확실해. 바로 여기 있어."

그녀가 손을 뗀 뒤에도 여전히 그녀의 손가락이 내 피부를 누른 감촉을 느낄 수 있었다.

그녀는 내가 무엇을 물어보려는지 알았다.

"아니, 보지 마. 그 사실이 내 일을 좌지우지하는 건 바라지 않아."

그녀가 말했다.

잠시 후 마당을 떠날 때 레이는 멈추어 서서 나를 보았다. 그리고 나는 그녀와 같은 눈 색깔을 가진 사람이 그리 흔하지는 않다는 것을 깨달았다. 진짜 검은색이었다.

"마음이 바뀌었어."

그녀가 말했다.

처음에는 그녀가 무슨 말을 하는지 몰랐다. 그녀가 긴 머리를 옆으로 넘기며 말했다.

"알고 싶어졌어."

그녀의 목소리가 희미하게 떨렸다.

'그 점 얘기구나. 자기가 그 점을 갖고 있는지 알고 싶은 거야.'

"알았어요."

갑자기 어색해졌다. 나는 사람의 몸을 많이 보아왔기 때문에 어색하다는 것도 우스꽝스러운 일이었다. 나는 그들이 사람임을 알고 있었고, 그들을 돕고 싶었다. 그러나 어느 정도까지 그들은 다 같은 익명이었다.

그러나 그녀의 몸, 그것은 그녀의 것이다.

그녀는 내게 등을 돌린 채 제복 단추를 풀고 기다리고 있었다. 나는 공중에 손가락을 든 채 잠시 머뭇거렸다. 그다음 깊은 숨을 들이쉬고 그녀의 옷깃을 내렸다. 그녀의 피부에 손이 닿지 않도록 조심했다.

점은 그곳에 없었다.

그때 아무 생각 없이 그녀를 건드렸다. 쫙 편 손바닥이 그녀의 목뼈 맨 아래쪽에 닿았고, 손가락이 그녀의 머리카락 속으로 둥글게 파고 들어갔다. 마치 그녀에게 숨기려는 듯이.

다음 순간 나는 숨을 들이쉬고 손을 도로 뺐다.

'바보 같은 짓을.'

내가 면역을 갖고 있다고 해서 돌연변이 전염병을 운반할 수 없다는 뜻은 아니기 때문이었다.

"미안해요……."

내가 입을 열었다.

"알아."

그녀가 말했다. 그녀는 나를 보지 않고 손을 뻗어 내 손을 내렸다. 아주 잠깐 동안 우리 손가락은 얽힌 채 서로를 쥐고 있었다.

다음 순간 그녀는 손을 놓고 문을 열더니, 뒤도 돌아보지 않고 건물 안으로 걸어 들어갔다. 그리고 난데없이, 나는 생각했다.

'그래, 이것이 협곡 가장자리에 서 있는 기분이로구나.'

PART 4

전염병

19
카이

오리아 시는 마치 이빨이 빠진 것처럼 보였다. 바리케이드는 더 이상 깔끔한 원을 그리지 않고 구멍이 숭숭 뚫려 있었다. 봉기 세력에는 고요지역을 둘러쌀 하얀 벽이 다 떨어진 것 같았다. 그래서 그들은 흰 벽 대신 금속 울타리를 써야 했다. 우리가 그 위를 날아갈 때 봄 햇빛 속에서 금속 울타리가 뜨겁게 반짝였다. 나는 '언덕' 쪽을 보지 않으려고 애썼다.

다른 사람들, 검은 옷을 입은 봉기 오피서들이 위를 보고 우리에게 손을 흔들었다. 우리는 이제 낮게 날고 있었고, 사람들이 울타리의 약한 부분을 밀고 당기는 모습이 보였다. 바리케이드에 구멍이 뚫릴 판이었다. 위에서도 그 공황 상태를 느낄 수 있었다.

"상황이 너무 악화되어서 착륙할 수 없다. 보급품은 투하할 것이다."

담당 지휘관이 말했다.

오리아의 자치구 사람들에게 안 좋은 일이 일어났으면 하고 바랐던 적이 있다는 것을 인정해야겠다. 소사이어티가 나를 끌고 가는데 카시아 외에는 아무도 나를 좇아 달려오지 않았을 때라든지, 아니면 죽음을 이해하지 못하는 사람들이 영화를 보면서 웃었을 때. 그들이 죽는 것은 결코 바라지 않았지만, 그들이 두렵다는 것이 어떤 기분인지 알게 되길 바랐다. 나는 그들이 자신들의 편안한 삶에 대가가 있음을 알았으면 했다. 하지만 이 모습을 보니 끔찍했다. 지난 몇 주 동안, 봉기 세력은 사람들과 전염병에 대한 장악력을 잃었다. 그들은 무슨 일이 일어났는지 말하지 않을 테지만, 뭔가가 일어났다. 심지어 기록 보관자와 거래자들마저 완전히 사라진 것 같았다. 카시아에게서 메시지를 받을 방법이 없었다.

이런 나날을 보내던 중에, 나는 센트럴로 비행하는 임무를 거부할 수 없었다.

"가장 안전한 지역은 시청 앞이다. 그곳에 투하할 것이다."

지휘관이 말했다.

"시청에 보급품을 전부 투하합니까? 자치구들은요?"

내가 지휘관에게 물었다.

"모두 시청 앞에. 그게 가장 안전한 방법이다."

그가 말했다.

나는 찬성할 수 없었다. 우리는 보급품을 골고루 떨어뜨려야 했다. 그렇게 안 하면 아래는 피의 아수라장이 될 것이다. 사람들은 이미 바리케이드를 부수려 하고 있었다. 우리가 투하하는 것을 보면 그들은 더 안으로 들어오려 할 것이고, 이런 상황에서 봉기 세력이 얼마나 오래 폭력 사용을 자제할 수 있을지 몰랐다. 그들이 아카디아에서 그래야 했던 것처럼 전투기들을 보낼까?

인디와 나는 대형의 맨 끝에 있었기 때문에 다른 사람들이 보급품을 투하하는 동안 다시 한 번 선회했다. 그리고 도시 시계 바깥에 나왔다가, 자치구 위에서 다시 시계 안으로 들어갔다. 그러는 동안 나는 집에서 나와 우리가 비행하는 모습을 지켜보는 사람들을 보았다. 그들은 바리케이드를 부수러 가는 대신 그대로 대기하라는 봉기 세력의 명령에 순종했다.

그것은 벽을 둘러싼 사람들이 우리가 가져온 보급품들을 두고 싸우는 동안 그들은 굶어죽을 가능성이 높다는 뜻이기도 하다.

갑자기 자치구 사람들에 대한 예기치 못한 슬픔과 충성심이 맹렬하게 솟구쳤다. 그들은 명령에 따르고 옳은 일을 하려고 했다. 이런 혼란이 다 그들 탓이란 말인가?

아니다.

그렇다.

"투하 준비."

지휘관이 말했다. 우리는 이런 일을 한 번도 해본 적이 없었지만—착륙하지 않고 보급품만 투하하는 것—훈련은 받았다. 에어십 동체에는 화물을 내보낼 수 있는 승강구가 있었다.

"칼렙, 준비됐어?"

나는 짐칸으로 소리가 전달되는 스피커를 켜고 물었다.

대답이 없었다.

"칼렙?"

"준비됐어."

그가 말했지만 그 목소리는 희미하게 들렸다.

이번에는 내가 조종사였기 때문에 내게 명령권이 있었다.

"가서 뭐가 잘못됐는지 살펴봐."

내가 인디에게 말했다. 그녀는 고개를 끄덕이고 짐칸으로 걸어갔다. 에어십이 이렇게 움직이는데도 그녀는 완벽히 균형을 잡고 있었다. 그녀가 짐칸 문을 열고 사다리를 내려가는 소리가 들렸다.

"무슨 문제가 있나?"

지휘관이 물었다.

"그렇지는 않은 것 같습니다."

내가 그에게 말했다.

인디가 잠시 후 짐칸에서 다시 나타나 말했다.

"칼렙이 상태가 안 좋아. 아픈 것 같은데."

"난 괜찮아. 뭔가에 거부 반응을 일으키는 것 같아."

칼렙의 목소리에는 여전히 긴장의 기미가 있었다.

"화물을 투하하지 마라. 즉각 기지로 돌아와."

지휘관이 말했다. 인디는 나를 바라보며 눈썹을 치켜올렸다.

'저거 진심이야?'

"반복한다. 화물을 투하하지 마라. 즉각 카마스의 기지로 돌아와 보고하라."

내가 인디를 바라보자 그녀는 어깨를 으쓱했다. 나는 천천히 에어십을 돌려 사람들 위를 날아갔다. 화물을 투하하려고 낮게 날고 있었기 때문에 그들이 우리를 보기 위해 얼굴을 위로 향하고 있는 모습이 보였다. 먹이를 기다리는 아기새들 같았다.

"여기 좀."

나는 인디에게 조종판을 맡으라고 손짓한 후, 칼렙을 살피러 내려갔다.

그는 더 이상 안전벨트를 매고 있지 않았다. 옆구리를 손으로 누르고 머리를 아래로 숙인 채, 고통에 온몸의 근육을 긴장시키며 짐칸 뒤에 서 있었다. 나를 보는 그의 눈에는 공포가 보였다.

"칼렙, 무슨 일이야?"

내가 물었다.

"아무것도 아니야. 괜찮아. 돌아가."

그가 말했다.

"너 아프잖아."

내가 말했다. 그러나 무엇 때문에? 우리는 전염병에 걸릴 리가 없었다.

뭔가 잘못되지 않았다면.

"칼렙, 무슨 일이야?"

그는 고개를 저었다. 그는 말하지 않을 것이다. 에어십이 약간 움직이자 그는 비틀거렸다.

"넌 무슨 일이 일어나는지 알면서도 내게 말하지 않을 테지. 그러면 어떻게 내가 널 도울 수 있어?"

내가 말했다.

"네가 할 수 있는 일은 없어. 하여간 내가 아프면 넌 더욱 여기 와서는 안 돼."

칼렙이 말했다.

그가 옳았다. 나는 돌아섰다. 내가 자리에 앉자 인디가 내게 눈썹을 치켜올려 보였다.

"짐칸을 잠가. 내려가지 마."

내가 말했다.

• • •

카마스에 거의 다 도착했을 즈음 칼렙이 다시 입을 열었다. 우리는 타나의 길고 평평한 들판 위를 날고 있었고, 나는 물론 카시아와 그녀의 가족을 생각하고 있었다. 그때 칼렙의 목소리가 스피커에서 흘러나왔다.

"마음이 바뀌었어. 네가 할 수 있는 일이 있어. 날 위해 뭔가 써줬으면 해."

그가 말했다.

"종이가 없어. 난 에어십을 조종 중이고."

내가 말했다.

"지금 쓸 필요는 없어. 나중에."

그가 말했다.

"그래. 하지만 먼저 무슨 일이 일어나고 있는지 말해줘야겠어."

내가 말했다.

지휘관은 조용했다. 그가 듣고 있을까?

"난 아무것도 몰라."

칼렙이 말했다.

"그럼 난 못 써줘."

침묵.

"말해봐. 우리가 치료약을 가져다줄 때 네가 계속 갖고 돌아온 상자 속에는 뭐가 있었어?"

내가 칼렙에게 물었다.

"튜브. 튜브를 갖고 온 거야."

칼렙이 즉시 대답하는 바람에 나는 깜짝 놀랐다.

"무슨 튜브?"

물으면서도 그 답을 알 것 같았다. 그것들은 상자에 완벽하게 잘 맞는 크기였다. 치료약과 비슷한 크기. 오래전에 추측했어야 했다.

"조직 표본이 든 튜브."

칼렙이 말했다.

내 생각이 옳았다. 그러나 그 이유를 알 수 없었다.

"왜?"

나는 칼렙에게 물었다.

"봉기 세력은 소사이어티가 튜브를 보관했던 보관 시설을 접수했어. 그런데 봉기 세력의 몇몇 사람들이 자기 가족의 표본을 개인적으로 갖고 있으려고 했지. 인도자는 그걸 제공해주기로 했고."

"그건 불공평해. 정말로 봉기가 모든 사람을 위한 것이라면 모든 표본을 돌려줬어야지."

내가 말했다.

"마캠 조종사. 자네는 상급 오피서에 대한 억측에 가담하고 있으며 그건 불복종에 해당한다. 자네에게 이 대화를 중지할 것을 명령한다."

지휘관이 말했다.

칼렙은 아무 말도 하지 않았다.

"그러면 봉기 세력은 자신들이 사람들을 다시 살려낼 수 있다고 생각하는 거야?"

내가 물었다. 지휘관이 다시 말을 시작했으나, 이번에는 내가 그보다 크게 말했고 칼렙도 그랬다.

"아니. 그들도 불가능하다는 걸 알아. 소사이어티가 실패했다는 것도 알고. 그들은 그냥 표본을 원하는 거야. 보험처럼."

칼렙이 말했다.

"이해를 못 하겠어. 인도자 같은 사람은 충분히 죽음을 보아와서 그 튜브에 아무런 가치가 없다는 걸 알 텐데. 왜 그런 멍청한 짓으로 자원을 낭비하려는 거지?"

내가 말했다.

"인도자는 그 표본들로 사람을 되살려낼 수 없다는 걸 알아. 하지만 모든 사람이 아는 건 아니지. 그는 그 점을 유리하게 이용하는 거야."

칼렙은 그렇게 말하고 숨을 내쉬었다.

"너에게 전부 말하는 이유는 네가 인도자를 믿어야 하기 때문이야. 네가 믿지 않으면 우리는 모든 걸 잃게 돼."

"내가 그렇게 중요한 줄은 몰랐는데."

내가 말했다.

"그래, 넌 중요하지 않아. 하지만 너와 인디는 가장 뛰어난 조종사지. 이 일이 끝나기 전에 인도자는 자기가 얻을 수 있는 모든 사람을 필요로 할 거야."

그가 말했다.

"'이 일'이 뭔데? 전염병? 봉기? 네 말이 맞아. 인도자는 자기가 얻을 수 있는 모든 도움을 필요로 하게 되겠지. 지금까지 아무것도 제어하지 못하고 있으니까."

내가 말했다.

"넌 인도자를 몰라."

칼렙은 화가 난 것 같았다. 좋은 일이었다. 그의 목소리에 약간 생기가 돌았다.

"그래, 난 몰라. 하지만 넌 알지. 안 그래? 너는 봉기 세력이 집권하기 전부터 그를 알았어."

내가 말했다.

"우리는 카마스 출신이야. 나는 인도자가 배치된 군 기지에서 자랐어. 그는 '다른 땅'으로 날아간 조종사 중 한 명이었지. 어떤 조종사보다도 많은 사람을 징검돌 마을로 데려갔어. 한 번도 붙잡히지 않았지. 새로운 인도자의 시간이 왔을 때 그가 봉기 세력을 이끌게 된 것은 당연한 선택이었어."

칼렙이 말했다.

"난 바깥 지방에 살았는데, '다른 땅'이나 징검돌 마을 같은 건 한 번도 들어본 적이 없어."

내가 말했다.

"그것들은 진짜로 있어. '다른 땅'은 적의 영토에서 한참 더 지난 곳이야. 징검돌 마을은 소사이어티가 집권했을 때 바깥 지방의 가장자리를 따라 비정상들이 만든 곳이고, 강물 속 징검돌 같은 마을이지. 거기서 이름을 딴 거야. 마을들은 북쪽에서 남쪽으로 자리 잡고 있고, 모두 서로 하루 정도 거리만큼 떨어진 곳에 지어졌어. 마지막 마을까지 갔는데 계속 '다른 땅'으로 가고 싶다면 적의 영토를 가로질러야 해. 정말로 그 마을들에 대해서 들어보지 못했어?"

칼렙이 말했다.

"그런 이름으로는 못 들어봤어."

나는 그렇게 말했지만, 머리는 핑핑 돌아가고 있었다. 카빙 대협곡의 농부들은 다른 비정상들과 멀리 떨어져 있었으나 그들의 지도에는 산맥 속 또 다른 마을이 표시되어 있었다. 그 마을은 징검돌 마을 중에서 남쪽 끝 마을이었을 수도 있다. 마지막 마을. 가능한 일이었다.

"그래서 인도자가 뭘 했다는 거야?"

내가 물었다.

"인도자는 사람들을 구했어. 그와 다른 조종사들이 사람들을 소사이어티에서 마지막 징검돌 마을까지 도망시켰어. 시민들은 돈을 내고 나가게 해주었고, 일탈자와 비정상들도 도와줬지."

칼렙이 말했다.

"에어십에 조각을 한 사람들이 그 사람들이구나. 그렇지? 인도자가 에어십에 태워 탈출시켰을 때 그 속에 숨어 있던 사람들."

내가 납득하며 말했다.

"멍청한 인간들. 그 사람들 때문에 조종사들이 말썽에 말려들 수도 있었잖아."

칼렙이 목소리에 분노의 기색을 띠고 말했다.

"그들은 그걸 헌정의 의미로 그렸을 거야. 내게는 그렇게 보였어."

나는 지난번 우리가 탄 에어십에 새겨진 그림을 떠올리며 말했다.

"그래도 멍청해."

칼렙이 말했다.

"지금도 마을에 사람들이 살아?"

내가 물었다.

"모르겠어. 그들 모두 지금쯤 '다른 땅'으로 떠났을 거야. 인도자는 그들도 봉기에 합류하게 하려고 했지만 그들은 그러지 않았어."

칼렙이 말했다.

카빙 대협곡에 살던 비정상들 이야기 같았다. 그들도 봉기에 합류하지 않았을 것이다. 애너의 마을 사람들이 우리가 지도에서 본 마을에 다다랐을 때 무슨 일이 일어났을지 궁금했다. 거기서 징검돌 마을 사람들을 만났을까? 양쪽 무리는 서로 잘 지낼 만큼 공통점이 많았을까? 징검돌 마을 사람들은 카빙 대협곡에서 온 사람들을 도와주었을까, 아니면 몰아냈을까? 아니면 더 나쁜 짓을 했을까? 헌터와 엘리에게는 무슨 일이 일어났을까?

"다른 아이들은 인도자 이야기를 하면서 자랐지. 하지만 나는 그가 비행하는 것을 지켜보며 자랐어. 난 그가 우리를 여기서 인도해 나갈 사람이라는 걸 알아."

칼렙의 목소리는 끔찍했다. 고통이 그를 정복하고 있었다. 고통이 점점 진해지는 것을 그의 목소리에서 느낄 수 있었다. 무슨 일이 일어나는지 알 것 같았다.

그는 고요해지고 있었다.

그는 면역이 있을 터였다. 전염병과 관련하여 무슨 일인가 일어났다. 새로운 형태의 병일까? 우리의 면역력으로 우리 몸을 보호할 수 없는 것일까?

"인도자에 대해 내가 한 말을 전부 기록해줬으면 좋겠어. 내가 끝까지 그를 믿었다는 것도 포함해서."

칼렙이 말했다.

"이게 끝이야?"

내가 물었다.

침묵.

"칼렙?"

아무 말도 없었다.

"고요해진 거야? 아니면 더 이상 이야기하기 싫어진 건가?"

인디가 물었다.

"모르겠어."

내가 말했다.

그녀가 짐칸에 내려갈 기세로 일어섰다.

"안 돼, 인디. 그게 뭔지는 몰라도 넌 거기 노출되는 위험을 무릅써선 안 돼."

내가 말했다.

"그는 네게 많은 얘기를 하지 않았어. 튜브와 인도자에 대해 아는 사람은 이미 많은걸."

인디가 도로 앉으면서 말했다.

"우리는 몰랐잖아."

나는 그녀에게 일깨워주었다.

"너는 칼렙의 장화에 눈금이 새겨져 있었기 때문에 그를 믿겠지. 하지만 그것이 그가 수용소에 있었다는 뜻은 아니야. 누구든지 자기 장화에 그렇게 새길 수 있어."

그녀가 말했다.

"난 그가 거기 있었을 거라고 생각해."

내가 말했다.

"하지만 진짜 그랬는지는 모르잖아."

"그렇지."

"그래도 그가 인도자에 대해서 한 말은 맞아."

인디가 말했다.

"그러면 너는 칼렙을 믿는 거구나. 적어도 인도자에 대해서는."

내가 말했다.

"난 인도자에 대해서 나 자신을 믿는 거야. 난 그가 진짜라는 걸 알아."

인디가 말했다. 그녀가 내게 더 가까이 몸을 기울이자 잠시 나는 몇 주 전처럼 그녀가 다시 키스할지도 모른다고 생각했다.

"그 마을들도, '다른 땅'도 진짜야. 그 이야기 전부."

그녀의 목소리는 칼렙의 목소리처럼 열성적이었다. 나는 그녀를 이해했다. 인디는 나를 사랑하지만 그녀는 생존자 타입이었다. 내가 함께 도망치지 않겠다고 말하자 그녀는 지속될 수 있는 다른 것을 향해 돌아섰다. 나는 카시아를 믿는다. 인디는 봉기와 인도자를 믿는다. 우리 둘 다 스스로 시련을 헤쳐나갈 수 있게 해주는 것을 찾아냈다.

"모든 게 달랐을 수도 있어."

나는 거의 속삭이듯이 말했다. 인디가 내게 키스한 다음 내가 다시 인디에게 키스했다면. 내가 인디를 만나기 전에 카시아를 알지 못했다면.

"하지만 아니잖아."

인디가 말했고, 그녀의 말이 옳았다.

20
카시아

세상은 잘 돌아가지 않았다.

나는 아파트 창밖을 내다보며 유리에 손을 얹었다. 어두웠다. 사람들은 밤이 되면 자주 바리케이드 앞에 모였고, 곧 봉기 오피서들이 검은 옷을 입고 나타나 그들을 모두 흩어놓았다. 바람에 꽃잎이, 물 위에 나뭇잎이 흩어지듯이.

봉기 세력은 우리에게 무슨 일이 일어났는지 제대로 말해주지 않았다. 그러나 지난 몇 주 동안, 우리는 모두 아파트에 연금되었다. 일할 수 있는 사람들은 자기가 한 일을 포트로 보냈다. 다른 지방과의 통신은 전부 중단되었다. 봉기 세력은 그것이 일시적인 일이라고 말했다. 인도자는 모든 것이 곧 정상화될 것이라고 직접 약속했다.

비가 내리기 시작했다.

이렇게 높은 곳에서 카빙 대협곡의 급류를 보면 어떨지 궁금했다. 협곡 가장자리에 서서 그 우르릉거리는 진동을 느껴보고 싶었다. 물소리를 더 잘 듣기 위해 눈을 감았다가, 다시 눈을 떠서 바위와 나무가 뿌리째 뽑혀 굴러떨어지면서 세계가 초토화되는 모습을 보고 싶었다. 세상의 종말 같겠지. 볼 만한 광경일 것이다.

어쩌면 지금 내가 목격하고 있는 게 그것일지도 모른다.

부엌에서 벨소리가 났다. 저녁이 도착했지만 배고프지 않았다. 그것이 어떤 음식일지 알고 있었다. 비상식량. 이제 우리는 매일 겨우 두 끼만 받고 있었다. 언젠가는 그 식량도 떨어질 것이다. 그런 다음 그들이 무엇을 할지는 모른다.

아프거나 피곤해지면 포트로 메시지를 보내야 한다. 그러면 그들이 와서 우리를 도와줄 것이다.

'하지만 자고 있을 때 고요해진다면?'

나는 궁금했다. 그 생각을 하면 밤에 잠들지 못한 채 누워 있게 된다. 휴식을 취하기가 힘들어졌다.

배달 슬롯에서 음식을 꺼냈다. 차갑고 맛없고 번지르르한, 봉기 세력이 소사이어티의 창고에서 우리에게 가져다주는 음식이었다.

기록 보관자들에게서 몇 가지 알게 된 것이 있었다. 음식이 떨어져가고 있기 때문에 음식은 가치가 있었다. 그래서 나는 아파트 내 제한 구역 바깥으로 나가기 위해 음식을 거래하곤 했다. 나는 그 음식을 건물 입구의 봉기 세력 경비원에게 가져갔다. 그는 젊고 허기졌기 때문에 내 행동을 이해했다.

"조심해요."

그는 그렇게 말하고 문을 열어주었다. 나는 어둠 속으로 미끄러지듯 나아갔다.

나는 돌벽과 계단을 더듬어 내려갔다. 손으로 벽을 스치면서 익숙한 녹색 이끼의 냄새를 맡고 감촉을 느꼈다. 최근에 내린 비로 모든 것이 미끄러워지는 바람에 손전등이 흔들리지 않게 단단히 잡고 내려가는 길에 집중해야 했다.

복도 끝에 다다랐을 때, 보통 때와는 달리 눈이 부시지 않았다. 내가 문으로 들어오는 것을 사람들이 알아차렸을 텐데도 손전등 하나 내게 깜박거리지 않았고, 불빛 하나 내 쪽으로 흔들리지 않았다.

기록 보관자들은 떠나버렸다.

이 장소가 '백 가지 역사의 교훈'에 나오는 지하무덤과 얼마만큼 닮았는지가 떠오르자 등이 오싹했다. 나는 눈을 감고, 기록 보관자들이 가슴 위에 손을 포갠 채 선반 위에 누워 완벽하게 고요해져서 죽음이 다가오기를 기다리는 모습을 상상했다.

나는 천천히 선반에 불빛을 비추었다.

선반들은 비어 있었다. 당연하다. 무슨 일이 있어도 기록 보관자들은 살아남을 것이다. 그러나 그들은 내게 떠난다고 말해주지 않았기 때문에 그들이 어디로 갔는지는 알 수 없었다. 그들은 기록 보관소에 무엇을 남기고 갔을까?

기록 보관소에 가보려고 하는 순간 나는 계단에서 발소리를 듣고 몸을 빙글 돌렸다. 나는 들어오는 사람에게 손전등을 비춰 눈부시게 하려고 했다.

"카시아?"

그 목소리가 말했다. 그녀였다. 수석 기록 보관자. 그녀가 돌아왔다. 나는 그녀가 앞을 볼 수 있도록 불빛을 낮추었다.

"널 만나고 싶었어. 센트럴은 더 이상 안전하지 않아."

그녀가 말했다.

"무슨 일이 일어났나요?"

내가 물었다.

"돌연변이 전염병에 대한 소문은 사실이었어. 우리는 그 돌연변이가 여기 센트럴에 퍼졌다는 걸 확인했어."

그녀가 말했다.

"그래서 모두들 도망쳤군요."

내가 말했다.

"모두들 살아남기로 결정한 거지. 네게 줄 게 있어."

그녀는 가지고 있던 가방에 손을 넣어 종이쪽지를 하나 꺼냈다.

"이게 마침내 들어왔어."

그 종이는 진짜였고 오래된 것이었다. 포트에서 출력한 인쇄물의 매끄러운 표면에 검게 묻은 글자가 아니라, 검은 글자들이 종이에 깊이 눌려 인쇄되어 있었다. 시 두 연이 있었다. 내가 갖지 못한 것들이었다. 시간은 부족하고 세상은 잘못 돌아가고 있었지만, 나는 시의 작은 조각을 한 입 맛보기 위해 탐욕스럽게 내려다보지 않을 수가 없었다.

해는 빗겨가고—밤입니다—

해가 굽이를 돌기 전에

우리는 지중해를 건너야 합니다,

우리는 그 끝이

더 멀었으면 하기도 합니다—너무 거대해서

'전체'에 아주 가까워 보이는 끝이.

나머지도 읽고 싶었지만 수석 기록 보관자의 시선이 내게 꽂힌 것을 느끼고 다시 위를 쳐다보았다. 이곳에선 무언가 빗겨갔고, 밤이 오고 있었다. 나는 끝에 가까워지고 있을까? 그런 것 같았다. 이미 이만큼 멀리 왔기 때문에 갈 길이 아주 많이 남아 있을 리는 없었다. 그렇지만 아무것도 끝나지 않은 것처럼 느껴지기도 했다.

"고마워요."

내가 말했다.

"이 물건이 제때 들어와서 다행이다. 나는 한 건도 거래를 끝맺지 않고 떠난 적이 없어."

그녀가 말했다.

나는 그 시를 반듯이 접어 소매에 넣었다. 나는 무표정을 지키려고 했지만, 내 말이 도전적으로 느껴지리라는 것을 알았다.

"시는 정말 고마워요. 하지만 아직 거래 한 건이 남아 있잖아요. 내 마이크로카드를 아직 못 받았어요."

그녀가 살짝 웃자 그 소리가 빈 기록 보관소에 메아리쳤다.

"그것도 들어왔어. 넌 그걸 카마스에서 받게 될 거야."

그녀가 말했다.

"전 카마스까지 갈 여비가 없어요."

내가 말했다.

'내가 가고 싶은 곳이 거기라는 걸 어떻게 알았지?'

그녀는 정말로 내가 카마스까지 갈 방법을 알고 있는 걸까, 아니면 나를 잔인하게 조롱하는 걸까? 심장박동이 빨라졌다.

"네 여행은 무료야. 갤러리에 가서 기다리면 봉기 세력에서 온 사람이 도착해서 널 데려갈 거다."

수석 기록 보관자가 말했다.

갤러리. 그것을 숨긴 적은 한 번도 없지만, 이렇게 쓰이는 것은 잘못된 것 같았다.

"이해를 못하겠어요."

내가 말했다.

기록 보관자는 잠시 멈추었다가 다시 말했다.

"우리 중에 네가 거래한 것에 흥미를 느낀 사람들이 있었어."

그녀의 어조는 매우 조심스러웠다.

그런 점도 내 담당 오피셜 같았다. 그녀도 내가 아니라 내 데이터에 흥미가 있었다.

내 오피셜이 소사이어티가 카이를 매칭 목록에 집어넣었다고 말했을 때, 나는 그녀의 눈에서 거짓이 깜박이는 것을 보았다. 그녀는 누가 카이를 집어넣었는지 몰랐다.

수석 기록 보관자는 내게서 뭔가 숨기고 있는 것 같았다.

나는 물어볼 것이 정말 많았다.

'누가 카이를 목록에 집어넣었나요?'

'누가 카마스로 가는 여비를 지불했죠?'

'누가 내 시를 훔쳤나요?'

이건 알 것 같았다. '사람은 모두 통화를 가지고 있어.' 기록 보관자는 내게 그렇게 말했다. 우리는 직접 대하기 전까지 자기가 가진 물건의 가격조차 얼마인지 모를 수 있다. 기록 보관자는 기록 보관소의 그 어떤 보물 수집품의 유혹에도 저항할 수 있었지만 사암과 물 냄새가 나는, 아슬아슬하게 손닿지 않는 곳에 있는 내 종이에는 저항할 수 없었다.

"나는 이미 여비를 지불했군요. 안 그래요? 호수에서 건진 내 종이로요."

내가 말했다.

이곳 땅밑은 아주 조용했다.

그녀가 과연 인정할까? 나는 내가 맞다고 확신했다. 무감정한 바위 같은 기록 보관자의 얼굴에는 오피셜이 내게 거짓말을 했을 때 보였던 번뜩임은 전혀 보이지 않았다. 그러나 양쪽 모두에서 나는 진실을 느꼈다. 오피셜은 누가 카이를 넣었는지 알지 못했다. 기록 보관자는 내 종이들을 가져갔다.

"너에 대한 의무는 이제 끝났다."

그녀가 돌아서며 말했다.

"너는 카마스로 갈 기회가 있다는 걸 알았어. 그걸 붙잡느냐 거부하느냐는 네 선택이야."

그녀가 내 손전등 빛에서 나가 어둠 속으로 들어갔다.

"안녕, 카시아."

다음 순간 그녀는 사라졌다.

누가 갤러리에서 나를 기다리고 있을까? 카마스로 가는 길은 진짜일까, 아니면 마지막 배신일까? 그녀는 내 종이들을 가져간 죄책감 때문에 내게 그 길을 준비해준 걸까? 알 수 없었다. 나는 더 이상 그녀를 믿을 수 없었다. 나는 기록 보관자들의 거래자라는 표시인 붉은 팔찌를 빼서 선반 위에 놓았다. 내가 생각했던 의미를 더 이상 갖지 못하기 때문에 이제 그 팔찌는 필요 없었다.

내 상자가 선반 위에 동그마니 홀로 놓여 있었다. 상자를 열고 내용물을 보았을 때, 나는 그 안의 것을 전혀 원하지 않는다는 사실을 깨달았다. 그것들은 다른 사람의 삶의 일부였고, 더 이상 내 삶에서 차지할 자리가 없는 것 같았다.

그러나 기록 보관자가 준 시는 간직할 것이다.

'왜냐하면 이건 진짜니까.'

나는 생각했다. 기록 보관자는 내게서 물건을 훔쳤을지 모르지만, 그녀가 뭔가 위조했을 거라고는 생각할 수 없었다. 이 시는 진짜였다. 나는 알 수 있었다.

우리는 플러시 천처럼 부드럽게 걷고, 눈처럼 서 있습니다—

나는 그 행에서 멈춘 채 협곡 가장자리에 서서 눈 속에서 카이를 찾으려고 내다보았던 때를 떠올렸다. 그리고 우리가 강기슭에서 작별하던 때를 기억했다.

물은 이제 중얼거립니다.
세 개의 강과 언덕이 지나갔고
두 개의 사막과 그 바다!
이제 죽음은 내 소중한 것을 빼앗고
당신의 모습을 가져갑니다.

아냐.
이건 맞을 리가 없다. 마지막 두 줄을 다시 읽었다.

이제 죽음은 내 소중한 것을 빼앗고
당신의 모습을 가져갑니다.

나는 불을 끄고 스스로에게 결국 이 시는 중요하지 않다고 말했다. 글이란 읽는 사람이 갖기를 바라는 의미를 가진다. 아직도 그것을 모른단 말인가?

나는 잠시 이곳의 토끼굴처럼 얽힌 방과 선반들 사이에 숨어 머물고 싶은 유혹을 느꼈다. 때때로 지상에서 음식과 종이를 모아올 수 있고, 그러면 살아가는 데 충분하지 않을까? 나는 이야기를 쓸 수 있었다. 세상을 바꾸거나 세상 안에서 사는 대신 세상에서 숨어 나 자신의 세상을 만들 수 있었다. 종이 위에 사람들을 쓰고 그들을 사랑할 수도 있었다. 그들을 거의 현실처럼 만들 수 있었다.

이야기 속에서는, 맨 앞으로 돌아가 다시 시작하고 모든 사람이 다시 한 번 살게 만들 수 있다.

현실의 삶에서는 불가능한 일이다. 그리고 나는 내 현실의 사람들을 가장 사랑한다. 브램, 우리 어머니, 아버지, 카이, 잰더.

내가 누군가를 믿을 수 있을까?

그래. 당연히 우리 가족.

카이.

잰더.

우리 중 누구도 다른 사람을 배신하지 않을 것이다.

여기 오기 전 인디와 나는 강을 탔고, 그 강이 우리를 중독시킬지 가고 싶은 곳으로 데려다줄지 알지 못했다. 우리는 검은 물의 위험을 감수했다. 지금도 떠내려갈 때의 그 물보라, 우리가 휩쓸려갔던 소용돌이를 느낄 수 있을 것 같았다.

그때 그 일은 그런 위험을 무릅쓸 가치가 있었다.

나는 다시 카빙 대협곡의 동굴을 떠올렸다. 그 동굴과 기록 보관소가 마음속에서 뒤섞였다. 진흙에 묻혀 화석화된 뼈와 깨끗한 작은 튜브, 이곳의 빈 선반과 텅 빈 방들이. 나는 결코 이렇게 땅속을 파내 텅 빈 장소들에 오래 머물지 못하고 공기를 마시러 올라가게 되리라는 것을 깨달았다.

'카마스로 향하는 여행의 위험을 기꺼이 감수하겠어.'

나는 스스로에게 말했다. 움직이지 않으려 한다면 여로를 바꿀 수 없다.

나는 골목에, 나무 뒤에 숨었다. 녹지의 작은 버드나무 껍질을 손으로 감싸자 그 안에 새겨진 새로운 글자가 느껴졌다. 내 이름은 아니었다. 나무는 그 자신의 피로 끈적끈적했다. 그것이 나를 슬프게 했다. 카이는 살아 있는 것을 조각할 때 절대로 이렇게 깊이 베지 않았다. 나는 검은 평상복에 손을 닦으며, 사물에게서 빼앗는 것 없이 흔적을 남길 방법이 있었으면 하고 바랐다.

호수로 절반도 채 가지 못했을 때 에어십 소리가 들리고 곧 그 모습이 나타났다.

그들은 머리 위로 솟아올랐다. 바리케이드 조각들을 도시 쪽으로 다시 운반하고 있었다.

'안 돼, 갤러리는 안 돼.'

나는 생각했다.

나는 거리를 달려 빛과 사람들에게서 쏜살같이 멀어지면서, 에어십들이 머리 위로 몇 번이나 날아오는지 세어보지 않으려고 애썼다. 누군가가 나를 소리쳐 불렀지만 누구 목소린지 알아들을 수 없었기 때문에 계속 달렸다. 멈추는 건 너무 위험했다. 우리가 안에 있어야 하는데는 이유가 있었다. 사람들은 분노하고 겁을 먹고 있었고, 봉기 세력은 병을 치료하고 평화를 지키기가 점점 더 어려워진다는 것을 깨달았다.

나는 습지의 어둠 속으로 뛰어 들어갔다. 에어십들이 머리 위를 맴돌고 칼날 같은 날개가 공기를 가르는 동안, 검은 옷의 봉기 오피서들이 안전 케이블에 매달려 바리케이드 벽으로 기어올랐다. 머리 위에 떠 있는 에어십의 불빛과 습지에 착륙한 에어십들이 비추는 더 안정적인 신호 불빛으로, 무슨 일이 벌어지고 있는지 간신히 알아볼 수 있었다.

갤러리는 여전히 그곳, 내 앞에 있었다. 제때 거기에 닿을 수만 있다면.

나는 거칠게 숨을 몰아쉬며 벽에 손을 짚었다. 점점 더 가까워지고 있었다. 호수의 물 냄새가 훅 풍겼다.

갤러리의 벽 한쪽이 하늘로 들어 올려지는 것을 보고 나는 고함을 억눌렀다. 갤러리가 사라진다면 너무나 많은 것을 잃게 된다. 그곳의 종이들, 우리가 만든 모든 것. 게다가 만나기로 한 장소가 더 이상 존재하지 않는다면 나를 카마스로 데려갈 사람을 어떻게 찾을 수 있겠는가?

나는 카이를 찾기 위해 카빙 대협곡으로 달려 들어갈 때처럼 열심히 달리고 또 달렸다.

그들은 갤러리의 두 번째 조각을 땅에서 들어 올렸다.

안 돼. 안 돼. 안 돼.

몇 초 후 나는 그곳에 서서 땅속 깊이 팬 홈을 내려다보고 있었다. 물웅덩이 안에 종이들이 배 없는 듯처럼 떠돌고 있었다. 그림, 시, 이야기, 모두 물에 빠졌다. 여기서 만나던 사람들—말과 노래를 여전히 마음속에 간직하고 있던 사람들—에게는 무슨 일이 일어날까? 그리고 나는 이제 어떻게 카마스에 가지?

"카시아. 너 너무 늦을 뻔했어."

누군가가 말했다.

몇 달째 그녀의 목소리를 듣지 못했지만 나는 바로 그녀를 알아보았다. 나를 강 아래로 인도했던 사람의 목소리는 절대 잊을 수 없다.

"인디."

숨어 있던 장소의 늪지 식물과 고사리 속에서 검은 옷을 입고 일어선 사람은 그녀였다.

"날 카마스로 데려가려고 널 보냈구나."

나는 말하면서 웃었다. 이제 무슨 일이 일어나도 그곳에 닿을 수 있다는 것을 알았기 때문이다. 인디와 나는 카빙 대협곡으로 함께 달려 갔고, 강을 타고 내려갔고, 이제는…….

"날아서 갈 거야. 하지만 일단 가야 해."

인디가 내게 말했다.

나는 그녀를 따라 지상에 있는 그녀의 에어십으로 달려갔다.

"에어십에서 다른 봉기 세력 사람을 보고 놀랄 일은 없을 거야. 난 혼자 비행해. 하지만 그곳에서 얘기할 수는 없어. 다른 에어십들이 듣고 있을지도 모르니까. 그리고 넌 짐칸에 타야 해."

그녀가 어깨 너머로 말했다.

"괜찮아."

나는 숨 가쁜 목소리로 말했다. 상자를 들고 나오지 않아 방해물이 없어서 좋았다. 지금 상황에서는 가벼운 종이만 운반하며 인디를 따라 가는 것만으로도 충분히 힘들었다.

에어십에 도착하자 인디가 서둘러 올라탔다. 나는 따라 올라가다가 인디가 조종할 조종석의 계기판 불빛에 놀라 잠시 멍하니 서 있었다. 우리의 눈이 마주쳤고, 우리 둘 다 미소 지었다. 그런 다음 나는 서둘러 짐칸으로 내려갔다. 인디가 문을 닫자 나는 혼자 남았다.

에어십은 우리가 수용소로 타고 갔던 것보다 더 작고 더 가벼웠다. 작은 불빛 몇 개가 바닥에 줄지어 있었지만, 짐칸은 대체로 어두웠고 창도 없었다. 바깥을 보지 못한 채 하늘을 나는 것은 이제 지긋지긋 했다.

나는 주위 환경에 대해 최대한 알아내는 쪽으로 마음을 돌리려고 손으로 에어십 벽을 쓸었다.

그것이 있었다. 뭔가 발견한 것 같았다. 바닥 가까운 벽에 새겨진 작은 선.

l

소문자 엘(l)?

나는 모든 것에서 글자를 찾아내려는 버릇에 혼자 살짝 웃었다. 그것은 긁힌 자국일 수도 있었다. 짐을 싣고 움직일 때 아무렇게나 생긴 상처와 긁힌 자국. 그러나 그 위를 손가락으로 쓸어볼수록, 나는 그것이 누군가가 의도를 가지고 파낸 자국이라고 확신했다. 더 더듬어보고 싶었지만 안전벨트를 매고 있는 동안에는 손을 더 멀리 뻗을 수 없었다.

짐칸 문을 쳐다보면서 나는 안전벨트를 풀고 조용히 움직여 아래쪽을 더 더듬어보았다.

그 자국이 한 줄로 늘어서서 아주 많이 새겨져 있었다.

lllll

'이렇게 많이 쓰다니, 이 글자에는 분명 무슨 의미가 있을 거야.'

생각하다가 나는 깨달았다. 글자가 아니었다. 눈금이었다. 노동수용소에서 살아남은 시간을 표시하기 위해 총알받이들이 장화에 새겼다고 카이가 말해준 눈금 같은 것.

카이가 친구 빅에 대해 해주었던 말도 떠올랐다. 그는 매일매일 자기가 사랑한 소녀 없이 보낸 하루를 표시했다고 했다.

카이와 나도 '언덕'에 깃발로 표시하고 있었다. 다른 사람들의 시와 우리의 글로 표시했다. 누구인지 몰라도 여기 표시한 사람은 시간을 기록하며 버티고 있었다.

나도 손가락으로 금속의 작은 홈들을 하나하나 되풀이해 쓸어보면서 버틴다. 하늘로 들려 올라가던 갤러리의 조각들을 생각한다. 봉기 세력이 그것을 다시 내려놓아 바리케이드 벽을 만들 때, 비행을 견디고 살아남을 종이들이 있을지 궁금했다.

출입구 문이 열리고 인디가 올라오라고 손짓했다.

어떻게인지 몰라도 에어십은 혼자서 날고 있었다. 인디는 다시 조종판 있는 곳에 앉아 있다. 그녀가 자기 옆 의자에 앉으라고 내게 손짓했다. 나는 쿵쾅거리는 가슴을 안고 그녀 옆에 앉았다. 지금까지는 비행하는 동안 한 번도 바깥을 볼 수 있었던 적이 없었다. 우리 아래의 땅을 내다보자 어질어질할 정도로 몸이 가볍게 느껴졌다.

'내가 놓쳤던 게 이런 거야?'

별들이 지구로 왔고, 대양은 땅을 뒤덮었다. 검은 물결이 하늘과 만났다. 그것은 움직이지 않았다. 뒤에서 떠오르는 햇빛이 아니었으면 거의 보이지도 않았다.

'산맥이구나.'

나는 깨달았다. 그 대양은 바로 산맥이었다. 물결은 봉우리였다. 별들은 집과 거리의 불빛들이었다. 땅은 하늘을 반사하고, 하늘은 땅과 만났고, 때로 운이 좋은 순간에는 우리 자신이 얼마나 작은지 볼 수 있었다.

'고마워. 날아가는 동안 볼 수 있게 해줘서 고마워. 난 아주 오랫동안 이걸 바랐어.'

나는 인디에게 말하고 싶었다.

21
잰더

73번 환자는 개선을 거의 보이지 않거나 전혀 개선이 없다.

74번 환자는 개선을 거의 보이지 않거나 전혀 개선이 없다.

잠깐, 실수했다. 74번 환자는 아직 검사하지 않았다. 나는 표기한 것을 지우고 생체측정기를 74번 환자에게 연결했다. 디스플레이에 숫자가 켜졌다. 비장이 팽창해 있었기 때문에 검사할 때 그녀의 몸을 매우 조심스럽게 돌려야 했다. 눈에 불빛을 비추자 아무런 반응도 보이지 않았다.

74번 환자는 개선을 거의 보이지 않거나 전혀 개선이 없다.

나는 다음 환자에게로 갔다.

"수치를 다시 검사하고 있습니다. 걱정할 것 없어요."

나는 그에게 말했다.

몇 주가 지났지만 환자들은 아무도 더 나아지지 않고 있었다. 감염된 신경을 따라 생긴 발진은 종기로 변했다. 고요환자가 뭔가 느낄 수 있다면 매우 고통스러울 것이다. 우리는 그들이 감각을 느낄 수 있다고 보지는 않았지만, 확신할 수는 없었다.

병에 걸리지 않고 남아 있는 사람은 겨우 몇 명뿐이었다. 나는 일반의였지만 일손이 너무나 부족했기 때문에 환자의 영양액과 카테터 주머니를 교체하고, 수치를 모니터하고, 신체검사를 하면서 대부분의 시간을 보냈다. 그다음에는 몇 시간 자고 그 일을 다시 반복했다.

여기서 일하는 사람들이 병에 걸렸을 때를 제외하면, 새 환자는 더이상 자주 들어오지 않았다. 고요환자들이 집에 돌아가지 않았기 때문이다. 예전에는 우리가 얼마나 빨리 환자들을 회복시키는지 스스로 자랑스러워했다. 이제는 이곳에 얼마나 많은 사람들을 얼마나 오래 남겨두는지가 내 만족의 척도가 되었다. 최근 환자가 이곳을 떠나는 것은 사망했다는 뜻이기 때문이었다.

일단 이번 회진을 끝내면 쉴 것이다. 빠르게 잠들 수 있을 것 같았다. 나는 기진맥진해 있었다. 사정을 몰랐다면, 나 자신이 돌연변이 전염병으로 쓰러질 거라고 생각했으리라. 그러나 이것은 내가 며칠째 느끼고 있는 바로 그 오래된 피로였다.

이제 의료 센터의 직원들은 대부분 봉기 세력이 처음 면역화한 사람들 중에서 작은 점을 가진 이들은 예외라는 것을 알고 있었다. 바이러스학자의 이론이 맞는 것 같았다. 운 좋게 기존의 전염병—살아 있는 바이러스—에 노출되었던 사람들은 면역이 있고, 등에 붉은 점이 있었다. 봉기 세력의 지도자들은 무슨 일이 일어날지 몰라 그 점에 대해 일반 대중에게 말하지 않았다. 그들은 돌연변이 치료법을 알아내려고 시도하고 있었다.

한 명의 인도자가 해결하기에는 너무 큰 짐이었다.

다시 말하지만 나는 운이 좋았다. 내가 할 수 있는 최소한의 일은 환자 주변에 붙어 있는 것이었다. 정말 존경스러운 것은 레이 같은 사람들이었다. 그들은 자기가 면역이 없다는 것을 알면서도 환자들을 도우려고 남아 있었다.

나는 나머지 환자들 사이를 계속 움직여 마지막 침대까지 갔다. 100

번 환자가 거칠고 축축한 숨을 들이쉬는 곳. 그 치료약이 어떻게 돌연 변이를 만들어냈는지, 혹은 우리 가족이나 카시아가 어디 있을지는 너무 생각하지 않으려고 했다. 나는 이미 그들을 지키는 데 실패했다. 그러나 여기 있는 100명을 지키는 데 실패할 수는 없었다.

회진이 끝났을 때 안뜰에 레이가 보이지 않았기 때문에, 나는 규칙을 깨고 침실을 들여다보았다. 그곳에도 그녀는 없었다.

그녀는 도망가지 않았을 것이다. 그럼 어디 있지?

어두워진 카페테리아를 지나갈 때 깜박이는 불빛이 보였다. 포트가 켜져 있었다. 누가 안에 있나? 인도자가 말하고 있나? 보통 인도자가 말할 때는 더 큰 화면으로 나왔다. 카페테리아 문을 열자 포트를 배경으로 레이의 실루엣이 보였다. 좀 더 가까이 가자 그녀가 '백 점의 그림'을 훑어보고 있는 것이 보였다.

나는 뭔가 말하려다가 말고 잠시 그녀를 지켜보았다. 나는 그녀처럼 그림을 보는 모습을 본 적이 없었다. 그녀는 앞으로 몸을 기울였다. 뒤로 몇 걸음 물러나기도 했다.

그다음 그녀는 그림을 치켜들었다. 그녀가 손을 화면 바로 위에 놓으면서 숨을 들이쉬는 소리가 들렸다. 그녀가 그 자세로 머물며 아주 오래 그 그림을 바라보았기 때문에 나는 헛기침을 했다. 레이가 빙글 돌아보았다. 포트에서 반사된 빛으로 간신히 그녀의 얼굴이 보였다.

"아직도 잠들기 힘든가요?"

내가 물었다.

"그래. 이게 내가 찾아낸 최고의 치료법이야. 누워 있는 동안 그 그림들을 다시 마음속에 그려보려고 해."

"그런 걸로 시간을 보내고 있군요. 전에는 그 그림들을 한 번도 본 적이 없나 봐요."

나는 농담조로 말했다.

잠시 그녀가 내게 뭔가 말을 할 것 같았다. 다음 순간 그녀는 "이건 못 봤어" 하고 말했다. 그녀는 내가 화면을 볼 수 있도록 옆으로 비켜섰다.

"97번이네요."

내가 말했다. 그 그림에는 하얀 드레스를 입은 소녀와 아주 많은 빛과 물이 있었다.

"지금까지는 몰랐던 것 같아."

레이가 말했다. 그녀의 목소리는 문을 꽉 닫는 것처럼 결정적인 기색을 띠고 있었다. 내가 무슨 말을 잘못했는지 알 수 없었다. 왜인지 몰라도 나는 그 문을 다시 열고 싶어 필사적이 되었다. 나는 여기 있는 내내 모든 사람과 이야기를 했다. 환자, 진단의, 간호사. 그러나 레이는 달랐다. 그녀와 나는 우리가 이곳에 들어오기 전부터 함께 일했다.

"이 그림에서 뭐가 좋은가요? 나는 소녀가 물속에 있는지 물가에 있는지 잘 모르겠다는 점이 좋아요. 근데 소녀는 뭘 하는 거죠? 그건 절대로 알아낼 수가 없었어요."

나는 그녀가 계속 이야기하게 하려고 물었다.

"소녀는 낚시질을 하고 있어. 그녀가 들고 있는 건 그물이야."

레이가 말했다.

"뭘 잡은 거죠?"

나는 더 가까이에서 바라보며 물었다.

"그건 잘 모르겠어."

레이가 내게 말했다.

"그래서 이 그림을 좋아하는군요. 그 물고기 때문에요."

나는 레이가 해준, 카마스의 강으로 돌아오는 물고기 이야기를 떠올리며 말했다.

"그래. 그리고 이것 때문이야."

레이는 그림 꼭대기의 작은 흰색 조각을 만졌다.

"이건 보트일까? 태양이 반사된 걸까? 그리고 여기."

그녀가 그림의 더 어두운 지점을 가리키며 말했다.

"우리는 무엇이 이 그늘을 던지고 있는지 몰라. 그림의 테두리 밖에서 계속되는 일들이 있는 거야. 그건 네가 볼 수 없는 것에 대한 감각을 남겨주지."

이해할 것 같았다.

"인도자처럼요."

내가 말했다.

"아냐."

그녀가 말했다.

멀리서 비명과 외쳐 부르는 소리가 들렸다. 전투기가 머리 위에서 웅웅 날고 있었다.

"저 밖에서 무슨 일이 일어나고 있는 거야?"

레이가 물었다.

"보통 때와 비슷할 거예요. 바리케이드 바깥 사람들이 들어오려고 하는 거죠."

내가 그녀에게 말했다. 맞은편 벽의 오렌지빛 모닥불이 으스스해 보였지만, 새삼스러운 일은 아니었다.

"오피서들이 그 사람들을 얼마나 더 오래 막을 수 있을지 모르겠네요."

"그 사람들도 여기가 어떤지 알면 들어오고 싶지 않을 텐데."

그녀가 말했다.

이제 눈이 빛에 적응하자 레이의 피로가 거의 고통 수준에 이르렀다는 것을 알 수 있었다. 얼굴은 핼쑥했고, 평상시 아주 경쾌했던 그녀의 말은 무겁게 들렸다.

그녀는 병들어 있었다.

"레이."

나는 손을 뻗어 그녀의 팔을 잡고 카페테리아 바깥으로 데리고 나올 뻔했다. 그러나 그녀가 그런 행동에 대해 어떻게 생각할지 몰랐다. 그녀는 잠시 내 시선을 맞받았다. 그러다가 천천히 내게서 몸을 돌리고 셔츠를 걷어 올렸다. 그녀의 등에는 여기저기 붉은 선이 그려져 있었다.

"말하지 않아도 돼."

그녀가 말했다. 그녀는 셔츠를 다시 쑤셔 넣고 몸을 돌렸다.

"이미 알고 있으니까."

"당신은 영양액 주사를 맞아야 해요. 지금 당장요."

온갖 생각이 마음속을 질주했다.

'당신은 여기 머물러서는 안 되는 거였어요. 다른 사람들처럼 밖에 남아 있었어야 했어요. 우리가 제대로 듣는 치료약을 갖게 될 때까지⋯⋯.'

"난 누워 있고 싶지 않아."

레이가 말했다.

"이리 와요."

나는 그녀에게 말했고, 이번에는 그녀의 팔을 잡았다. 옷소매를 통해 피부의 온기가 느껴졌다.

"어디 가는 거야?"

그녀가 내게 물었다.

"마당에요. 내가 주사관과 영양액 주머니를 가져오는 동안 벤치에 앉아 있으면 돼요."

그렇게 하면, 그녀는 쓰러질 때까지 안에 들어가지 않아도 될 것이다. 그녀는 가능한 한 오래 바깥에 머물 수 있었다.

그녀는 기진맥진하고 아름다운 눈으로 나를 바라보며 말했다.

"서둘러. 그 일이 일어날 때 혼자 있고 싶지 않아."

장비를 가지고 돌아왔을 때, 레이는 지쳐서 어깨를 축 늘어뜨린 채 마당에서 기다리고 있었다. 그녀가 완벽하지 않은 자세를 취하고 있는 것을 보자 낯설었다. 그녀가 팔을 내밀자 나는 바늘을 꽂아 넣었다.

수액이 떨어지기 시작했다. 나는 관에 수액이 계속 흐르도록 주머니를 그녀의 팔보다 높이 들고 그녀 옆에 앉았다.

"나한테 이야기를 해줘. 뭔가 들어야겠어."

그녀가 말했다.

"백 가지 중에 어떤 걸 좋아해요? 대부분은 기억해요."

내가 물었다.

피로한 그녀의 목소리에 희미한 놀람의 흔적이 느껴졌다.

"다른 건 모르니?"

나는 입을 다물었다. 사실 몰랐다. 봉기 세력은 우리에게 새 이야기를 들려줄 시간이 없었고, 나는 창조하는 법을 모르는 듯했다. 나는 내가 가진 것만으로 일했다.

"알아요."

나는 뭔가 생각해내려고 애쓰다가 나 자신의 삶에서 이야깃거리를 빌려왔다.

"1년쯤 전에 소사이어티 시절, 한 소년이 한 소녀를 사랑했어요. 그는 그녀를 오랫동안 지켜봐왔어요. 그녀가 자기 매칭 상대가 됐으면 하고 바랐죠. 그런데 정말로 그녀가 매칭 상대가 되었어요. 그는 행복했어요."

"그게 전부야?"

레이가 물었다.

"그게 전부예요. 너무 짧아요?"

내가 말했다.

레이는 웃기 시작했다. 잠시 그녀다워 보였다.

"그거 네 얘기구나. 분명히 알겠어. 그건 이야기가 아니야."

그녀가 말했다. 나도 웃었다.

"미안해요. 난 이야기를 썩 잘하지 못해요."

내가 말했다.

"하지만 넌 네 매칭 상대를 사랑하는구나. 그렇다는 걸 알겠어. 너도 내가 그렇다는 걸 알지."

레이는 더 이상 웃지 않았다.

"네."

내가 말했다.

그녀가 나를 바라보았다. 수액이 주사관으로 떨어졌다.

"나는 매칭될 수 없었던 사람들이 나오는 옛날이야기를 알아. 남자는 일탈자였어. 여자는 시민이고 조종사였지. 그것이 첫 실종이었어."

"실종요?"

내가 물었다.

"소사이어티 안의 어떤 사람들은 소사이어티에서 나가고 싶어했어. 아니면 자기 아이들을 내보내고 싶어했지. 다른 것과 교환해서 사람들을 에어십에 태워 내보내는 조종사들이 있었어."

레이가 말했다.

"그런 말은 한 번도 들어본 적이 없어요."

내가 말했다.

"그런 일이 있었어. 내가 직접 봤어. 어떤 부모들은 아이들을 내보내기 위해 뭐든 거래하고, 온갖 위험을 감수했을 거야. 아이들을 내보내는 게 그들을 안전하게 지키는 최선의 방법이라고 생각했기 때문이야."

레이가 말했다.

"그러면 조종사들은 그들을 어디로 데려간 거죠? 적 영토 안으로? 그건 말이 안 되는 것 같은데요."

내가 물었다.

"그들은 아이들을 적의 영토 변경으로 데려갔어. 징검돌 마을이라고 불리는 곳으로. 그다음에 마을에 머물지, 아니면 적의 영토를 횡단해 '다른 땅'이라고 부르는 장소를 찾아갈지는 각자 결정할 일이었어. '다른 땅'에 간 사람은 아무도 돌아오지 않았지."

레이가 말했다.

"이해할 수가 없네요. 어떻게 자기 아이들을 외딴 곳, 그것도 적 영토에 더 가까운 곳으로 보내는 게 소사이어티 안에 머무는 것보다 더 안전할 수 있죠?"

내가 물었다.

"아마 전염병에 대해서 알고 있었겠지. 하지만 네 부모님은 그렇게 느끼지 못하신 것 같구나. 우리 부모도 그랬어."

그녀는 나를 바라보았다.

"너는 꼭 소사이어티를 변호하고 있는 것 같아."

"아니에요."

내가 말했다.

"알아. 미안해. 네게 역사 이야기를 하려던 건 아니야. 그냥 이야기를 하려던 거지."

그녀가 말했다.

"준비됐어요. 듣고 있어요."

내가 말했다.

"그럼 이야기할게."

그녀는 팔을 들어 올리고 흘러 들어가는 수액을 바라보았다.

"조종사는 그 남자를 사랑했지만 고향에 대한 의무가 있었어. 그녀가 깰 수 없는 의무였고, 그녀의 지도자들에게도 의무감을 느꼈지. 그녀가 떠나면 너무 많은 사람들이 괴로움을 겪을 것 같았어. 그녀는 사랑하는 남자를 싣고 '다른 땅'까지 날아갔어. 전에는 아무도 한 적이 없는 일이었지."

"그다음에 무슨 일이 일어났나요?"

내가 물었다.

"그녀는 돌아오는 길에 적의 총에 격추당해서 떨어졌어. 그래서 자기가 '다른 땅'에서 본 것을 사람들에게 말하지 못했지. 하지만 그녀는 사랑하는 사람을 구했어. 무슨 일이 일어나든 간에 자기가 그 사람을 구했다는 걸 알았지."

레이가 말했다.

뒤따른 침묵 속에서, 그녀는 내게 몸을 기댔다. 자기가 몸을 기대고 있다는 사실도 모르는 것 같았다. 그녀는 쓰러져가고 있었다.

"넌 할 수 있을 것 같니?"

그녀가 물었다.

"날아가는 거요? 아마도요."

내가 말했다.

"아니. 만약에 그게 최선이라고 생각하면 누군가를 놓아 보낼 수 있을 것 같아?"

그녀가 물었다.

"아뇨. 먼저 그게 최선이라는 걸 확실히 알아야 할 것 같아요."

내가 말했다.

그녀는 마치 내 대답을 예상했다는 듯이 고개를 끄덕였다.

"그런 건 거의 모든 사람이 할 수 있을 거야. 하지만 확실히 알 수는 없고 오직 믿어야만 한다면?"

그녀가 말했다.

그녀도 그것이 사실인지 아닌지 모른다. 그러나 사실이기를 바란다.

"그 이야기는 절대로 백 가지에 들지 못할 거야. 경계 지방 이야기니까. 여기 바깥에서만 일어날 수 있는 일들."

그녀가 말했다.

그녀도 한때 조종사였을까? 그곳에 그녀의 남편이 있을까? 그녀는 그를 싣고 날아갔고 이제는 쓰러지고 있는 걸까? 이 이야기는 사실일까? 이 중 하나라도 그럴까?

"나는 '다른 땅'에 대해서 한 번도 들어본 적이 없어요."

내가 말했다.

"들어봤을 거야."

그녀가 말했고, 나는 고개를 저었다.

"아니."

그녀는 도전적으로 말했다.

"그 이름을 한 번도 들어보지 못했더라도 넌 그곳이 존재한다는 걸 알 수밖에 없어. 세계가 지방 정부들로만 이루어져 있을 수 없잖아. 그리고 세계는 소사이어티의 지도처럼 평평하지 않아. 그러면 태양이 어떻게 일을 하겠어? 그리고 달은? 별들은? 넌 하늘을 올려다봤니? 별들이 바뀌는 걸 본 적이 있어?"

"네."

내가 말했다.

"그런데 그게 왜 그런지 생각해보지 않았어?"

내 얼굴이 불타올랐다.

"당연하지. 그들이 왜 너한테 그런 걸 가르쳐줬겠어? 너는 처음부터 오피셜이 되기로 예정되어 있었는데. 그리고 그건 백 가지 과학 교습에 없어."

레이의 목소리는 조용했다.

"당신은 어떻게 알았나요?"

내가 물었다.

"우리 아버지가 가르쳐줬어."

그녀가 말했다.

그녀에게 묻고 싶은 것이 아주 많았다. 그녀의 아버지는 어땠는지. 그녀는 매칭될 때 어떤 색을 입고 있었는지. 나는 왜 이 모든 것을 알지 못했는지. 이제 그런 사소한 일을 물어볼 시간이 충분하지 않았다. 그 대신 나는 말했다.

"당신은 소사이어티 동조자가 아니에요. 언제나 알고 있었어요. 하지만 처음부터 봉기 세력인 것도 아니었죠."

"난 봉기 세력도 소사이어티도 아니야."

그녀가 말했다. 영양액이 그녀의 팔에 천천히 떨어져 들어갔다. 그 수액은 그녀에게 일어나고 있는 일을 따라잡을 수 없었다.

"왜 당신은 봉기를 믿지 않나요? 인도자도……."

내가 물었다.

"모르겠어. 믿을 수 있으면 좋겠어."

그녀가 말했다.

"그럼 뭘 믿죠?"

내가 물었다.

"아버지는 내게 지구가 거대한 돌이라는 것도 가르쳐줬어. 하늘을 구르면서 도는 돌. 우리는 모두 그 위에 있어. 난 그걸 믿어."

그녀가 말했다.

"그럼 왜 떨어지지 않죠?"

내가 물었다.

"우리가 떨어지려고 시도해도 떨어질 수 없어. 우리를 여기 잡아두고 있는 게 있거든."

그녀가 말했다.

"그러면 세계는 지금 내 발 아래서 움직이고 있는 거네요."

내가 말했다.

"그래."

"하지만 난 그걸 느끼지 못해요."

"느낄 수 있을 거야. 언젠가. 아주 고요히 누워 있으면."

그녀가 말했다.

그녀는 나를 바라보았다. 우리 둘 다 그녀가 한 말이 무슨 뜻인지 알아차렸다.

'고요히.'

"이런 일이 일어나기 전에 그를 다시 보고 싶었어."

그녀가 말했다.

하마터면 '내가 여기 있어요'라고 말할 뻔했다. 그러나 그녀를 보면서 그 말로는 충분하지 않다는 것을 알았다. 나는 그녀가 원하는 사람이 아니기 때문이었다. 전에도 누군가가 이런 식으로 나를 바라보는 모습을 본 적이 있었다. 내가 보이지 않는 것은 아니지만, 내 너머에 있는 다른 사람을 보는 모습.

"그가 나를 찾아냈으면 하고 바랐어."

그녀가 말했다.

그녀가 고요해진 후, 나는 진단의들이 남기고 간 들것 하나를 찾아 그녀를 눕히고 주사액을 매달았다. 수석 진단의 하나가 지나갔다.

"이 병동에는 자리가 없어요."

그가 말했다.

"이 사람은 우리 직원이에요. 자리를 만들어야 합니다."

내가 그에게 말했다.

붉은 점이 있었기 때문에 그도 머뭇거리지 않고 몸을 굽혀 그녀를 좀 더 자세히 살펴보았다. 그의 얼굴에 알아보았다는 표정이 스쳐 지나갔다.

"레이군요. 최고의 직원이죠. 당신들은 전염병이 돌기 전부터 함께 일했어요. 맞죠?"

"네."

내가 그에게 말했다.

그 진단의는 동정 어린 표정을 지었다.

"완전히 다른 세계에서 있었던 일 같죠. 안 그래요?"

그가 말했다.

"그래요."

내가 말했다. 정말 그랬다. 묘하게 현실과 거리를 둔 것 같은 느낌이 났다. 레이를 돌보고 있는 나 자신을 지켜보고 있는 것 같았다. 너무 지쳐서 그런 것뿐이지만, 고요히 있으면 이런 느낌일지 궁금했다. 몸은 한 장소에 머물러 있지만 그들의 정신은 다른 어딘가에 가 있는 걸까?

레이의 일부분은 의료 센터 주변을 떠돌면서 자기가 아는 모든 장소로 향하고 있을 것이다. 그녀는 병실에서 환자 간호를 감독하고 있다. 마당에서 밤공기를 숨 쉬고 있다. 포트에서 낚시질하는 소녀의 그림을 바라본다. 아니면 의료 센터를 뒤로하고 그를 찾으러 떠났을 수도 있다. 심지어 그들은 지금 함께 있을 수도 있다.

나는 다른 환자들이 있는 방에 그녀를 데려갔다. 이제 환자는 101명이었다. 모두 천장을 올려다보거나 옆으로 누운 채 시선을 돌리고 있었다.

"자네 좀 자야지."

수석 의사가 포트에서 말했다.

"곧 잘 겁니다. 레이만 안정시키고요."

내가 말했다. 나는 진단의 한 명을 불러서 신체검사를 도와달라고 했다.

"지금까지는 괜찮습니다. 기관은 팽창하지 않았고, 혈압도 괜찮아요."

진단의가 말했다. 그녀는 떠나기 전에 손을 뻗어 내 손을 어루만지며 다시 말했다.

"안됐어요."

나는 레이의 뜬눈을 들여다보고 있었다. 지금까지 환자들에게 많은 말을 했지만 그녀에게는 무슨 말을 해야 할지 몰랐다.

"안됐어요."

나는 진단의의 말을 혼자 되풀이했다. 그러나 그걸로는 충분하지 않았다. 나는 레이를 위해 아무것도 할 수 없었다.

그때 한 가지 생각이 떠올랐다. 나는 다시 생각해보기도 전에 홀을 내려가 레이가 그림을 보고 있던 카페테리아 포트로 갔다.

"제발 종이를 갖고 있어라. 제발 종이를 갖고 있어라."

나는 포트에 대고 말했다. 대답할 수 없는 환자들에게도 말을 거는데, 포트에 말 못할 것도 없지 않은가?

포트는 내 말을 들었다. 명령어를 입력하자 포트는 '백 점의 그림'을 전부 출력했다. 나는 색채와 빛으로 가득 찬 그 종이들을 그러모았다. 카시아가 내게서 떠났을 때 그녀를 위해 했던 일과 같았다. 나는 그녀가 가져가고 싶어할 거라고 확신하는 물건을 주려고 했다.

다른 사람들은 대부분 내가 미쳤다고 생각했지만, 간호사 한 명이 그게 도움이 될 수도 있을 거라고 동의했다.

"다른 방법이 없다면, 나라면 바라볼 게 있으면 기분이 달라질 거예요."

그녀가 말했다. 그녀는 비품장에서 접착테이프와 수술실을 찾아내 내가 환자들 머리 위 천장에 그림을 매다는 일을 도와주었다.

"포트 종이는 아주 빨리 분해돼요. 그러니까 며칠마다 한 번씩 출력해야 할 거예요. 그리고 그림을 순환시켜야 하고요. 환자들이 그림에 질리는 일은 바람직하지 않아요."

나는 그렇게 말하고, 뒤로 물러서서 우리가 한 일을 검토해보았다.

"새로운 그림이 있으면 더 좋을 텐데. 환자들이 자기가 다시 소사이어티에 있다고 생각해선 안 되니까요."

"우리가 몇 장 만들면 돼요. 난 늘 그림 그리기가 그리웠어요. 우리가 일차 학교에서 했던 거요."

다른 간호사가 열정적으로 말했다.

"뭘 사용하려고요? 물감이 없는데."

내가 물었다.

"뭔가 생각해볼게요. 당신은 언제나 그림 그릴 기회가 있었으면 하고 바라지 않았나요?"

그녀가 말했다.

"아뇨."

내가 말했다. 내 말에 그녀가 놀란 것 같아서, 상황을 수습하기 위해 웃어 보였다. 내가 다른 종류의 인간일까, 그렇다면 레이와 카시아가 사랑에 빠질 수 있는 종류의 인간일까 하는 의문이 들었다.

"지금 자러 가지 않으면 수석 의사가 당신 다음 근무를 뺄 거예요."

그 간호사가 내게 말했다.

"알아요. 포트에서 그가 말했어요."

내가 말했다.

그러나 가기 전에 이야기할 사람이 있었다.

"안됐어요."

나는 레이에게 말했다. 그 말은 처음에 했던 것과 마찬가지로 매우 부적절하게 들려서, 다시 다른 말을 시도해보았다.

"치료약은 곧 발견될 거예요. 그렇게 생각하죠?"

나는 그녀 위에 매달려 있는 그림을 가리켰다.

"저 구석 어딘가에 빛이 있어야 해요."

그녀가 가리키지 않았다면 나는 빛이 있는 줄 몰랐을 것이다. 그러나 일단 그녀가 가리키자, 그것은 무시할 수 없는 것이 되었다.

침실로 가는 길에 마당의 문이 열리고 검은 옷을 입은 사람이 복도로 걸어 나와 내 앞을 가로막았다. 나는 멈춰 섰다. 전에 본 적이 있는 소녀였지만 지친 정신에 정확히 어디서 보았는지는 알 수가 없었다. 그렇지만 그녀가 이곳 폐쇄 병동 사람이 아니라는 건 알았다. 수석 의사는 내게 새로운 사람이 들어올 거라고 말하지 않았고, 그런 사람이 들어온다 해도 정문으로 들어와야 할 것이다.

"아, 잘됐다. 여기 있었군요. 당신을 찾고 있었어요."

그 소녀가 말했다.

"여기 어떻게 들어왔죠?"

내가 물었다.

"날아왔죠."

그녀는 그렇게 말하고 미소 지었다. 그러자 그녀가 누구인지 알 수 있었다. 인디. 예전에 카이와 함께 치료약을 가져왔던 소녀.

"난 문 몇 개의 비밀번호를 더 갖고 있어요."

그녀가 말했다.

"여기 있으면 안 돼요. 이곳에는 아픈 사람들이 잔뜩 있어요."

내가 말했다.

"알아요. 하지만 당신은 안 아프잖아요. 그렇죠?"

"그래요, 난 안 아프죠."

"당신은 나와 함께 가야 해요. 지금 당장요."

그녀가 말했다.

"안 돼요."

내가 말했다. 말도 안 되는 일이었다.

"나는 여기 의사입니다."

고요환자들을 모두 놓아두고 떠날 수 없었고, 더군다나 레이를 떠날 수는 없었다. 나는 미니 포트로 손을 뻗었다.

"하지만 당신을 카시아한테 데려가려고 여기 왔는데."

인디의 말에 나는 손을 떨어뜨렸다. 그녀의 말이 사실일까? 카시아가 정말로 가까운 곳에 있는 걸까? 다음 순간 공포가 밀려들었다.

"카시아가 의료 센터에 있어요? 아픈가요?"

내가 물었다.

"아, 아뇨. 그 애는 멀쩡해요. 바깥에, 내 에어십에 타고 있어요."

인디가 말했다.

몇 달 동안이나 카시아를 다시 보고 싶었고, 지금 기회가 온 것인지도 몰랐다. 그러나 나는 그렇게 할 수 없었다. 고요환자는 너무 많았고, 그중에는 레이가 있었다.

"미안해요. 난 여기 환자들을 돌봐야 해요. 그리고 당신도 지금 돌연변이에 노출됐어요. 떠나면 안 돼요. 격리되어야 합니다."

나는 인디에게 말했다. 그녀가 한숨을 쉬었다.

"그는 당신을 설득하기 힘들 거라고 했죠. 그래서 나와 함께 가면 당신이 치료약을 만드는 걸 도울 수 있을 거라고 말하랬어요."

"누가요?"

내가 물었다.

"물론 인도자지요."

그녀의 말투가 매우 사무적이었기 때문에 나는 그 말을 믿었다.

인도자가 내가 치료약 만드는 일을 돕기를 바란다고?

"인도자는 당신이 돌연변이 전염병을 직접 체험한 지식을 갖고 있다는 걸 알아요. 그에게는 당신이 필요해요."

인디가 말했다.

나는 복도를 돌아보았다.

"지금 당장이요. 그에게는 당신이 필요해요. 작별할 시간이 없어요."

인디가 말했다. 그녀의 목소리는 진지하고 굽힘이 없었다.

"어쨌거나 누가 당신 말을 들을 수 있긴 해요?"

"그건 모르죠."

내가 말했다.

"당신 인도자를 믿죠?"

인디가 물었다.

"네."

"만난 적 있어요?"

"아뇨. 하지만 당신은 만났군요."

내가 말했다.

"그래요."

인디가 말했다. 그녀는 암호를 쳐 넣고 문을 열었다. 이제 거의 아침이었다.

"그리고 당신이 그를 믿는 건 옳은 일이에요."

22
카이

"카이. 카이."

그녀가 내게 속삭였다.

뺨에 닿은 그녀의 손은 부드러웠다. 깨어날 수가 없을 것 같았다. 깨어나기 싫어서일 것이다. 카시아 꿈을 꾼 지가 너무 오래되었다.

"카이."

그녀가 다시 말했다. 나는 눈을 떴다.

인디였다.

그녀는 내 얼굴에서 실망한 기색을 읽었다. 그녀의 표정이 살짝 흔들렸지만, 이른 아침의 매우 희미한 빛 속에서도 그녀의 눈에 깃든 의기양양한 기운을 읽을 수 있었다.

"뭘 하는 거야? 넌 격리 구역에 있어야지."

우리가 칼렙을 싣고 돌아가자 그들은 그를 데려간 후 인디와 나를 이곳 기지의 격리실에 가두었다. 최소한 우리를 시청에 가둬놓지는 않았다.

"여긴 어떻게 들어왔어?"

나는 주위를 둘러보며 물었다. 내가 있는 방 문이 열려 있었다. 눈 닿는 곳에 있는 다른 사람들은 모두 잠든 것 같았다.

"내가 해냈어. 에어십 하나를 손에 넣었어. 카시아도 데려왔고."

인디가 웃었다.

"네가 잠들어 있는 동안 난 센트럴로 날아갔다 왔다고."

"센트럴에 갔다고? 게다가 카시아를 찾았어?"

나는 일어서며 물었다.

"그래. 카시아는 아프지 않아. 괜찮아. 이제 넌 도망칠 수 있어."

인디가 말했다.

'이제 우린 도망칠 수 있어.'

우리는 여기서 나갈 수 있다. 위험하다는 건 알지만 카시아가 정말 카마스에 있다면 뭐든지 할 수 있을 것 같았다. 일어설 때 잠시 어지러워서 몸을 지탱하려고 벽에 손을 짚었다. 인디가 걸음을 멈추었다.

"너 괜찮아?"

그녀가 물었다.

"당연하지."

내가 말했다. 카시아는 더 이상 센트럴에 있지 않다. 그녀는 여기 있고 안전하다.

인디와 나는 격리실 밖으로 빠져나가 들판으로 향했다. 옅은 어둠 속에서 풀은 서로 속삭였고 나는 달리기 시작했다. 인디는 내 옆에 머물면서 나와 보조를 맞췄다.

"넌 내가 착륙하는 걸 봤어야 했어. 완벽했어. 아니, 완벽보다 더 좋았어. 사람들은 언젠가 그 얘기를 하게 될 거야."

인디가 말했다. 인디는 들뜬 것 같았다. 예전에는 이런 모습을 본 적이 없었고, 그 기분은 전염되었다.

"카시아는 어때 보여?"

내가 물었다.

"언제나와 똑같아."

인디가 말했다. 나는 웃기 시작했다. 달리기를 멈추고 손을 뻗어 인디를 잡아 빙글 돌리며 그녀의 뺨에 키스했다. 불가능한 일을 해낸 그녀에게 감사했다. 그러나 그때 나는 한 가지를 떠올렸다.

나는 전염됐을지도 몰랐다. 그녀도 마찬가지였다.

"고마워. 우리가 격리되지 않았으면 좋았을걸."

나는 인디에게 말했다.

"그게 정말로 중요해?"

그녀가 좀 더 가까이 다가오며 물었다. 그녀의 얼굴에는 순수한 기쁨이 가득했고, 또다시 그녀의 키스가 입술에 느껴졌다.

"그래, 중요해."

나는 그렇게 말하다가 공포에 휩싸였다.

"카시아가 새 바이러스에 노출되지 않도록 한 거지?"

"카시아는 내내 짐칸에 타고 왔어. 에어십은 살균됐고. 난 사실 그애와 이야기도 안 했어."

인디가 말했다.

나는 조심해야 했다. 마스크를 쓰고 짐칸 밖에서, 카시아와 거리를 두자……. 하지만 최소한 그녀를 볼 수 있었다.

'믿을 수 없을 만큼 좋은 일이야.'

내 안의 어떤 본능이 내게 경고했다.

'네 상상대로, 카시아와 함께 비행한다고? 그렇게 되진 않을걸.'

어떤 사람의 마음속에 희망이 자리 잡으면 희망은 그 사람을 점령한다. 사람의 마음을 먹고 뼈를 타고 기어오르며 자란다. 결국 희망은 그 사람의 뼈대가 되어 그 사람을 묶어 세운다. 그것이 없으면 어떻게 살지 모르게 될 때까지 지탱한다. 그 사람에게서 희망을 뽑아내면 그는 완전히 죽어버릴 것이다.

"인디 홀트. 넌 믿을 수 없을 만큼 좋은 사람이야."

내가 말하자 인디가 웃었다.

"전에는 아무도 내게 좋은 사람이라고 한 적이 없었어."

"네가 비행하고 있을 땐 분명 그렇게 말했을 거야."

내가 말했다.

"아냐. 그때는 날 대단하다고 하지."

그녀가 말했다.

"그 말이 맞아. 넌 대단해."

내가 말했고, 우리는 다시 함께 에어십으로 달려갔다. 에어십들은
한 떼의 금속 새처럼 아침을 배경으로 옹기종기 모여 있었다.

"이거야."

인디의 말에 나는 그녀를 따라갔다.

"네가 먼저 가."

그녀가 말했다. 나는 조종석으로 서둘러 올라가다가 돌아서며 물었
다.

"누가 조종하는 거야?"

"내가 한다."

익숙한 목소리가 말했다. 조종석 뒤쪽 그늘에서 인도자가 나타났
다.

"괜찮아. 네가 산맥까지 도망가도록 도와줄 사람이야."

인디가 내게 말했다.

인도자도 나도 아무 말도 하지 않았다. 그의 목소리가 다시 들리지
않아서 이상했다. 나는 그가 화면에서 말하는 것에 아주 익숙해져 있
었다.

"카시아가 진짜 여기 있어?"

카시아가 타고 있다는 말이 거짓말이기를 바라면서 나는 인디에게 조용히 물었다. 이건 뭔가 잘못된 일 같았다. 인디는 못 느끼는 걸까?

"가서 봐."

인디가 짐칸을 가리키며 미소 지었다. 그때 나는 깨달았다. 인디는 이것이 덫이라고 생각하지 않았고, 카시아는 여기 있었다. 다른 건 모두 아니라고 해도 그것만은 분명했다. 무언가 잘못된 것은 내 쪽이었다. 제대로 생각할 수가 없어서, 짐칸으로 내려가면서 발을 헛디딜 뻔했다.

그녀는 거기 있었다. 몇 달이 지난 후, 우리는 같은 에어십을 타고 있었다. 내가 원하는 모든 게 바로 여기 있었다.

'인도자를 내려놓고, 도망치자. 우리 함께 '다른 땅'으로 가자.'

카시아는 나를 쳐다보았다. 그녀의 표정은 강인하고 현명하고 아름다웠다.

그러나 카시아는 혼자가 아니었다. 잰더가 그녀와 함께 있었다.

인도자는 우리 모두를 어디로 데려가려는 것일까? 인디는 그를 믿지만, 나는 믿지 않았다.

'인디, 너 무슨 짓을 한 거니?'

"넌 나랑 같이 도망가지 않을 거잖아. 그래서 카시아를 데려왔어. 이제 너는 산맥으로 갈 수 있어."

"너는 우리와 함께 가지 않을 거구나."

나는 깨달았다.

"사정이 달랐다면 갔겠지."

인디가 말했다. 그녀가 나를 쳐다보았다. 그녀의 열망하는 듯한 진지한 시선을 받아내기는 힘들었다.

"하지만 그렇지 않잖아. 그리고 내게는 아직 비행이 있어."

빠르게, 물고기나 새처럼, 그녀는 짐칸 출입구로 사라졌다. 인디가 움직이면 아무도 그녀를 잡을 수 없었다.

23
카시아

우리는 몇 달 전 초봄 어두운 밤에 호수 옆에서 만날 예정이었다. 우리 둘만 있을 수 있는 곳.

카이의 얼굴은 피로로 핼쑥했고, 세이지와 모래와 풀 냄새가 났다. 바깥 세계의 냄새. 나는 그의 얼굴에 떠오른 돌 같은 표정과 긴장하는 턱선을 알고 있다. 그의 피부는 거칠었다. 그의 눈은 깊었다.

그의 손이 내 손에 감기며 내게 그 모습들을 보여주는 것으로 우리는 만남을 시작했다.

카이의 눈에 보이는 완전한 사랑과 열망이 협곡의 날카롭고 높은 새소리처럼 나를 스치고 내 몸을 울렸다. 그가 아직 만지지는 않았지만, 그는 나를 보고 나를 알아주고 있었다.

그 순간은 우리 사이에서 노래했고 그다음에야 모든 것이 움직이기 시작했다.

"안 돼. 깜빡했어. 난 여기 너와 함께 있으면 안 돼."

카이가 다시 사다리 쪽으로 움직이며 말했다.

너무 늦었다. 인도자가 우리 위에서 문을 닫아버렸다. 카이는 문을 두드렸지만, 엔진 시동이 걸리고 인도자의 목소리가 스피커로 나왔다.

"이륙 준비."

그가 말했다. 나는 천장에서 늘어진 안전벨트 하나를 잡았다. 잰더도 그렇게 했다. 카이는 여전히 짐칸 문을 두들기고 있었다.

"난 여기 머무르면 안 돼. 바깥에는 그 전염병보다 심한 병이 돌고 있어. 난 거기 노출됐고."

그가 말했다. 그의 눈이 거칠어졌다.

"괜찮아."

잰더가 카이에게 말하려 했지만, 카이는 엔진의 굉음과 자기가 두들겨대는 소리 때문에 들을 수가 없었다.

"카이."

나는 될 수 있는 한 큰 소리로, 그의 주먹이 금속을 두들기는 소리 사이로 말했다.

"괜. 찮. 아. 난. 병. 에. 안. 걸. 려."

그러자 그는 뒤를 돌아보았다.

"잰더도 안 걸려."

내가 말했다.

"어떻게 알아?"

카이가 물었다.

"우리 둘 다 점이 있어."

잰더가 말했다.

"무슨 점?"

잰더는 카이가 볼 수 있도록 뒤로 돌아 옷깃을 끌어내렸다.

"이 점이 있으면 돌연변이 전염병에 걸리지 않는다는 뜻이야."

"나도 있어. 비행할 때 잰더가 찾아줬어."

내가 말했다.

"나는 몇 주 동안 돌연변이 환자들을 돌보고 있었어."

잰더가 말했다.

"나는 어때?"

카이가 물었다. 그는 돌아서서 빠른 동작 한 번으로 셔츠를 머리 위로 넘겼다. 그곳, 에어십의 흐린 불빛 속에서 나는 그의 등의 매끈한 갈색 평면과 근육들을 보았다.

그리고 거기엔 아무것도 없었다.

목이 죄어드는 것 같았다.

"카이."

내가 말했다.

"넌 그 점이 없어."

잰더가 말했다. 어조는 퉁명스러웠지만 목소리는 동정적이었다.

"넌 바이러스에 노출되었지만 감염되지는 않았을 수도 있으니까, 우리에게서 떨어져 있어야 해. 우리는 여전히 보균자니까."

카이는 고개를 끄덕이고 다시 머리 위로 셔츠를 입었다. 우리를 돌아볼 때 그의 눈에는 걱정하면서도 안도하는 듯한 기색이 있었다. 그는 자신에게 면역이 있을 거라고 기대하지 않았다. 한 번도 운이 좋았던 적이 없으니까. 그러나 내가 운이 좋은 것을 기뻐하고 있었다. 화가 나서 눈물이 나고 눈이 타오르는 듯했다. 왜 카이에게는 늘 이런 일이 일어날까? 그는 어떻게 버티는 거지?

'그는 계속 움직이고 있어.'

인도자의 목소리가 벽에 붙은 스피커에서 나왔다.

"비행은 길지 않을 거다."

"우리는 어디로 가나요?"

카이가 물었다. 인도자는 대답하지 않았다.

"산맥으로 가는 거야."

나와 잰더가 동시에 말했다.

"인도자가 치료약을 찾는 걸 도우러 가."

"인디가 너희에게 그렇게 말한 거지?"

카이가 묻자 잰더와 나는 고개를 끄덕였다. 카이는 눈썹을 치켜올렸다. 마치 이렇게 말하는 것 같았다.

'그런데 인도자는 무슨 생각을 하고 있는 걸까?'

"짐칸에 카시아가 쓸 물건이 있다. 뒤쪽 상자 안에 들어 있어."

인도자가 말했다.

잰더가 맨 먼저 상자를 찾아 내 쪽으로 밀었다. 내가 상자를 여는 동안 잰더와 카이 둘 다 지켜보고 있었다. 안에는 두 가지 물건이 있었다. 데이터포드 하나와 접힌 흰 종이 한 장.

나는 먼저 데이터포드를 꺼내 잰더에게 들고 있으라고 건네주었다. 카이는 맞은편에 머물러 있었다. 그다음 나는 종이를 꺼냈다. 희고 매끄러운 포트 종이였고, 종이치고는 무거웠으며, 안에 있는 무언가를 감추기 위해 복잡하게 접혀 있었다. 겹겹이 접힌 종이를 다 벗기자, 그 한가운데 할아버지의 마이크로카드가 보였다.

브램이 결국 보내온 것이다.

브램은 다른 것도 보냈다. 종이 한가운데 또렷이 박혀 있는 것은 줄줄이 늘어선 검은 글씨였다. 암호다.

나는 글자의 패턴을 알아챘다. 브램은 내가 그 애를 위해 필경기에 만들었던 게임처럼 패턴을 만든 것이다.

'내 동생 글씨야.'

브램은 글씨 쓰는 법을 혼자서 익혔고, 내 메시지를 해독했을 뿐 아니라, 자기가 만든 간단한 암호를 조합했다. 우리는 브램이 세부적인 것에 주의를 기울일 수 없을 거라고 생각했지만, 그 애는 흥미를 가지면 할 수 있었다. 브램은 결국 훌륭한 분류자가 되었을 것이다.

추방되어 케야의 집에 있는 가족을 생각하자 눈에 눈물이 가득 찼다. 나는 마이크로카드만 부탁했을 뿐인데, 가족들은 더 많은 것을 보내주었다. 브램의 암호, 어머니의 종이—접힌 자국에서 어머니의 조심스러운 손길이 보이는 것만 같았다. 아무것도 안 보낸 사람은 아버지뿐이었다.

"자, 어서 마이크로카드를 보렴."

인도자가 말했다. 그의 어조는 여전히 정중했지만, 그것이 명령임을 알 수 있었다.

나는 마이크로카드를 데이터포드에 넣었다. 데이터포드는 지금 쓰는 것보다 오래된 모델이었지만, 첫 이미지가 뜨는 데 몇 초밖에 걸리지 않았다. 그리고 거기엔 그분이 계셨다. 할아버지. 할아버지의 멋지고, 친절하고, 영리한 얼굴. 꿈에서 본 것을 제외하면 거의 1년 정도 할아버지를 보지 못했다.

"데이터포드가 작동하니?"

인도자가 물었다.

"네. 고마워요."

나는 목이 메는 것을 느끼며 말했다.

나는 특별히 찾고 있는 것—할아버지가 가장 좋아하셨던 나와의 기억—이 있다는 사실을 잠시 잊어버리고 할아버지의 삶이 찍힌 사진들에 정신이 팔렸다.

어린 시절의 할아버지, 부모님과 함께 서 있는 아이, 조금 더 나이가들고 평상복을 입은 할아버지, 그다음 젊은 여성과 팔짱을 낀 할아버지. 젊은 여성은 우리 할머니다. 할아버지가 아기를 안고 나타났다. 아버지다. 할머니가 그 옆에서 웃고 있다. 그리고 그 사진도 사라졌다.

브램과 내가 할아버지와 함께 화면에 나타났다.

그리고 사라졌다.

화면은 할아버지의 삶이 끝날 때의 사진에서 멈추었다. 유머와 강인함이 담긴 할아버지의 잘생긴 얼굴과 검은 눈이 데이터포드에서 내다보고 있었다.

"관례에 따라, 새뮤얼 라이스는 떠나면서 자신의 살아 있는 가족 각각에 대해 가장 좋아하는 기억의 목록을 만들었습니다. 며느리 몰리에 대해 선택한 기억은 처음 만난 날의 기억이었습니다."

역사가가 말했다.

아버지도 그날을 기억했다. 자치구에서 아버지는 부모님과 함께, 기차를 타고 오는 어머니를 만나러 갔던 이야기를 해주었다. 아버지는 그날 가족 모두 어머니와 사랑에 빠졌다고 말했다. 아버지는 그토록 따뜻하고 생기 있는 사람을 한 번도 본 적이 없었다고 했다.

"아들 애브런에게서 가장 좋아한 기억은 처음으로 그들이 진짜 말다툼을 했던 날의 기억이었습니다."

이 기억에 얽힌 이야기가 있을 것이다. 아버지를 다시 만나면 물어보아야겠다. 아버지는 어느 누구와도 말다툼을 하는 일이 거의 없었다. 나는 조금 마음이 아팠다. 왜 아버지는 내게 아무것도 보내지 않으셨을까? 그러나 가족이 마이크로카드를 보내는 것은 허락했을 것이다. 어머니는 절대로 아버지 모르게 일을 하실 분이 아니었다.

"손자 브램에게서 가장 좋아한 기억은 그가 처음 한 말이었습니다. 그 말은 '더 줘'였습니다."

역사가가 말했다.

이제 내 차례였다. 어렸을 때 할아버지가 내게 뭔가 말씀하실 때 그랬던 것처럼 나도 모르게 앞으로 몸을 기울이고 있었다.

"손녀딸 카시아에게서 가장 좋아한 기억은 붉은 정원의 날이었습니다."

역사가가 말했다.

브램이 옳았다. 그 애는 역사가의 말을 제대로 들었다. 그녀는 '날'이라고 말했다. '날들'이 아니었다. 그러면 역사가가 실수를 한 것일까? 할아버지가 직접 말하게 해주었으면 얼마나 좋았을까. 나는 할아버지의 목소리로 그 말을 듣고 싶었다. 그러나 소사이어티는 그런 식으로 일을 처리하지 않았다.

이것은 할아버지가 나를 사랑하셨다는 것을 제외하고는 아무 말도 해주지 않았다. 사소한 일은 아니었지만 이미 알고 있는 일이었다. 게다가 붉은 정원의 날은 한 해 중 언제라도 될 수 있었다. 가을의 붉은 잎사귀, 여름의 붉은 꽃, 봄의 붉은 새싹, 그리고 심지어 때때로 겨울에 바깥에 앉아 있으면 코와 뺨은 추위로 붉게 변했고 해는 서쪽에서 진홍빛으로 졌다. 붉은 정원의 날들. 그런 날은 아주 많았다.

그런 날이 많아서 고마웠다.

"붉은 정원의 날에 무슨 일이 일어난 거지?"

인도자가 묻는 바람에 나는 고개를 들었다. 잠시 나는 그가 듣고 있다는 것을 잊어버렸다.

"몰라요. 기억이 안 나요."

내가 말했다.

"그 종이엔 뭐가 쓰여 있어?"

잰더가 물었다.

"아직 해독해보지 않았어."

내가 그에게 말했다.

"내가 시간을 아껴줄 수 있다. 거기엔 이렇게 써 있어. '카시아, 모든 것을 견뎌내고 나보다 더 용감했던 너를 자랑스러워한다는 걸 알려주고 싶구나.' 그건 네 아버지가 보낸 거다."

인도자가 말했다.

나는 인도자가 그 쪽지를 제대로 번역했는지 확인하기 위해 브램의 암호를 내려다보았다. 그러나 그때 인도자가 끼어들었다.

"이 거래물품은 얼마 전에야 도착했다. 너희 가족의 손을 떠난 후 담당 거래자가 병에 걸렸던 것 같아. 그 물건이 도착했을 때 우리는 그 마이크로카드와 메시지가 흥미롭다는 걸 깨닫게 되었지."

"누가 이걸 당신에게 줬죠?"

내가 물었다.

"난 내가 흥미를 느낄 법한 물건들을 지켜보는 사람들을 두고 있다. 센트럴의 수석 기록 보관자도 그런 사람 중 하나였지."

인도자가 말했다.

그녀는 다시 나를 배신했다.

"거래는 비밀이어야 하는데."

내가 말했다.

"전쟁 중에는 다른 규칙이 적용되지."

인도자가 말했다.

"우리는 전쟁을 하는 게 아니잖아요."

내가 말했다.

"우리는 돌연변이와의 전쟁에서 지고 있어. 우리에겐 치료약이 없다."

인도자가 말했다.

나는 카이를 바라보았다. 붉은 점이 없는, 안전하지 않은 카이. 나는 인도자의 말에 깃든 긴급함을 이해했다. 우리는 질 수 없었다.

"너희는 치료약을 찾아서 배포하는 일을 돕거나, 아니면 우리의 노력을 방해하겠지."

인도자가 말했다.

"우리는 당신을 돕고 싶어요. 그래서 우리를 산맥으로 데려가고 있는 거잖아요. 아닌가요?"

잰더가 말했다.

"너희를 산맥으로 데려가고 있긴 하지. 그곳에 도착했을 때 너희에게 무슨 일이 일어날지는 아직 정해지지 않았다."

인도자가 말했다. 카이가 웃었다.

"불치병 바이러스가 여러 지방을 휩쓸고 있는데 우리 셋을 어떻게 처리할지 결정하는 데 이 정도 시간을 허비한다면, 당신은 멍청하거나 필사적이군요."

"상황은 필사적인 정도를 오래전에 넘어섰다."

인도자가 말했다.

"그러면 우리가 어떻게 하기를 바라는 건가요?"

카이가 물었다.

"너희는 여러 가지 방식으로 도움이 될 거야."

인도자가 말했다. 에어십이 살짝 방향을 돌렸다. 우리가 하늘 어디쯤에 있을지 궁금했다.

"내가 믿을 수 있는 사람은 그리 많지 않아. 그래서 그중 두 명이 상반된 말을 했을 때 걱정이 됐지. 동료 한 명은 너희 셋이 반역자이니 지방 정부들에서 떨어진 곳, 사람들의 충성을 확신할 수 있는 곳에 투옥해서 심문해야 한다고 생각한다. 다른 사람은 너희가 치료약을 찾는 데 도움이 될 거라 보고 있고."

인도자가 말했다.

'한 사람은 수석 기록 보관자야. 근데 다른 사람은 누구지?'

나는 생각했다.

"기록 보관자가 이 거래에 주의를 환기시켰을 때 나는 흥미를 느꼈다. 그녀는 내가 마이크로카드에 적힌 이름과 종이에 있는 메시지에 흥미를 느낄 걸 알고 있었지. 너희 아버지는 봉기 세력이 아니었어. 너는 하고 그는 감히 하지 못했던 게 뭐지? 너는 모든 면에서 한걸음 더 나아가 봉기에 타격을 가했지? 그리고 더 자세히 보니 주의할 가치가 있는 것들이 또 있었지."

그는 내게 꽃 이름을 읊기 시작했다. 처음에는 그가 미쳤나 했지만 다음 순간 그가 무슨 말을 하고 있는지 깨달았다.

'새장미, 옛장미, 앤 여왕의 레이스.'

"네가 그걸 써서 퍼뜨렸어. 그 암호가 나타내는 게 뭐지?"

인도자가 말했다.

그건 암호가 아니었다. 그냥 어머니의 말을 시로 바꾼 거였다. 그가 그걸 어디서 발견했지? 누가 그에게 주었을까? 나는 그것을 여러 사람이 공유하길 바랐지만, 이런 식으로는 아니었다.

"언덕 위, 나무 아래, 아무도 볼 수 없는 경계를 지난 장소가 어디지?"

그가 질문을 던지자 그 말은 수수께끼처럼 복잡하게 들렸다. 그것은 단순한 노래여야만 했다.

"넌 거기서 누구를 만나고 있었지?"

그가 물었다. 그의 목소리는 또렷하고 차분했다. 그러나 카이가 옳았다. 인도자는 필사적이었다. 그의 말에 공포의 기색은 숨어 있지 않았다. 그러나 그가 하는 질문, 자신의 귀중한 시간을 우리 셋에 걸어 도박을 하는 방식을 보자 공포로 몸이 차가워졌다. 인도자가 새로운 질병에서 우리를 구할 방법을 모른다면 누가 안단 말인가?

"아무도요. 그건 시예요. 꼭 문자 그대로의 뜻을 가져야 하는 건 아니에요."

내가 말했다.

"하지만 시들은 가끔 문자 그대로를 나타내지. 너도 알잖니."

인도자가 말했다.

그의 말이 옳았다. 나는 인도자라는 단어가 있는 시를 떠올렸고, 할아버지가 정말로 내가 찾기를 바라셨던 시가 그것일까 생각했다. 할아버지는 내게 콤팩트를 주셨고, '언덕'을 하이킹하는 이야기와 금지된 시를 노래해준 어머니 이야기를 해주셨다. 할아버지는 내가 무엇을 하기를 바라셨을까? 나는 늘 궁금했다.

"왜 사람들을 갤러리에 모았지?"

인도자가 물었다.

"사람들이 만든 걸 가져오라고요."

"거기서 무슨 이야기를 했지?"

"시와 노래에 대해서요."

내가 말했다.

"그게 전부라는 건가."

인도자가 말했다.

그의 목소리가 돌처럼 차가워지거나 돌처럼 따뜻해질 수 있다는 것을 나는 깨달았다. 그 목소리는 때로 햇빛 아래의 사암처럼 너그럽고 환영하는 듯이 들렸고, 어떤 때는 시청 계단의 대리석처럼 가차없었다.

나도 그에게 할 질문이 있었다.

"왜 지금 와서 내 이름이 흥미를 끈 거죠? 봉기 세력 사람들은 전에도 내 이름을 봤지만, 그건 그들에게 아무 의미도 없었어요."

내가 물었다.

"네가 몇 달 전 처음 봉기에 합류한 이후 여러 가지 일이 일어났다. 중독된 호수. 수수께끼의 암호. 사람들이 모여서 자기들이 쓴 물건을 교환할 수 있는 갤러리가 생겼지. 네 이름을 다시 볼 가치가 있는 것 같았다. 다시 보니 발견되는 게 아주 많았지."

그의 목소리는 매우 차가웠다.

"카시아는 봉기에 대항해서 싸우는 게 아닙니다. 그녀도 봉기 세력에 소속되어 있어요. 내가 보증할 수 있습니다."

잰더가 말했다.

"나도 보증할 수 있어요."

카이가 말했다.

"너희 셋을 둘러싼 데이터의 합류 지점이 없었다면 그 말이 의미를 가질 수도 있었겠지. 하지만 너희 모두를 의심할 만한 점은 충분하다."

인도자가 말했다.

"무슨 뜻이죠? 우리는 봉기 세력이 원하는 건 뭐든지 했어요. 나는 센트럴에 돌아와 지냈어요. 카이는 당신을 위해 에어십을 조종했고요. 잰더는 환자들을 구했어요."

"너희의 사소한 복종 때문에, 봉기 세력에서 적은 권위와 정보를 가진 사람들은 너희가 한 또 다른 행동을 눈치채지 못했지. 처음에는 내게 너희에 대해 보고할 만한 이유가 없었다. 그러나 너희가 내 주의를 끌었고, 나는 다른 사람들이 손에 넣을 수 없었던 여러 가지 정보를 보고 연결 지었다. 인도자로서 나는 더 많은 정보에 접근할 수 있거든. 더 자세히 보았을 때 나는 진실을 발견했다. 너희가 가는 곳마다 사람들이 죽었어. 예를 들어 네가 있던 수용소의 총알받이들 중에는 일탈자들이 많았지."

인도자가 말했다.

"우리는 총알받이들을 죽이지 않았어요. 당신이 죽였지. 소사이어티가 사람들을 사지로 내몰 때 당신은 물러앉아 지켜보기만 했죠."

카이가 말했다.

인도자는 가차없이 말을 이었다.

"너희가 카빙 대협곡에 있는 동안 그 근처의 강이 중독되었다. 또 카빙 대협곡에서 배선장치를 폭발시켜 비정상 마을의 일부를 파괴했지. 협곡의 보관 시설에서 튜브도 파괴했다. 그 시설은 봉기 세력이 잠입해 있던 곳이었어. 너희는 공모해서 파란 알약을 얻고 그것을 운반했어. 너는 심지어 그걸로 한 소년을 죽였지. 우리가 그 시체를 발견했다."

"그건 사실이 아니에요."

나는 말했지만 어떤 면에서는 사실이었다. 나는 소년을 죽이려고 파란 알약을 준 것은 아니었지만, 내가 죽인 것이나 마찬가지였다. 다음 순간 나는 왜 기록 보관자가 조직 보존 표본이 보관되어 있을 법한 장소를 내게 물었는지 깨달았다.

"내가 그 튜브에 대해서 얼마나 많이 아는지 알아내고 싶었던 사람은 바로 당신이군요. 정말 그걸 거래하는 건가요?"

내가 말했다.

"튜브를 거래한다고?"

카이가 물었다.

"물론이지. 치료약을 발견하기 위한 자원과 충성을 확보하는 데 필요한 것이라면 난 뭐든지 이용할 거다. 그 표본들은 다른 어떤 것도 통하지 않을 때 통용되는 통화다."

카이는 혐오감을 보이며 고개를 저었다. 할아버지의 튜브를 동굴에서 빼낼 수 있었던 것에 감사할 수밖에 없었다. 인도자가 그것을 무슨 일에 사용했을지 누가 알까?

"또 다른 것도 있지. 네가 살던 도시도 오염된 물이 공급되어 괴로워하고 있다."

그 호수. 죽은 물고기들이 떠올랐다. 그러나 그가 무슨 말을 하는지 이해할 수 없었다. 우리는 서로를 바라보았다.

'이게 무슨 말인지 알아내야 해.'

잰더의 눈에 불이 반짝 켜졌다.

"전염병이 너무 빨리 퍼졌어. 오랫동안 센트럴 안에 억제되어 있다가 갑자기 널리 퍼졌지. 바이러스가 물에 침투할 때까지는 유행병이었어. 사람들이 서로 옮기면서 발병했고. 그러나 물 공급원이 오염된 뒤에는 전국적인 병이 됐지."

카이와 나는 잰더가 무슨 말을 하는지 이해하고 조각들을 맞추어 갔다.

"수인성 전염병이었군. 그들이 적진에 풀어놓은 병처럼."

카이가 말했다.

이제 전염병 환자의 숫자를 이해할 수 있었다.

"봉기 초기에 갑작스럽게 환자 수가 급증한 것, 도시와 지방 정부의 광범위한 오염은 누군가가 바이러스 확산을 재촉하기 위해 그것을 수원(水原)에 풀었다는 뜻이야."

나는 고개를 저었다.

"진작 깨달았어야 하는데. 그래서 그 병이 갑자기 모든 곳에서 나타난 거야."

"그래서 의료 센터 인력이 그렇게 부족했던 거군. 봉기 세력은 사보

타주를 예상하지 못했던 거야. 하지만 어쨌든 우리는 거기에 대처했어. 돌연변이만 아니었다면 모든 일이 잘되었을 거야."

잰더가 말했다.

"우리 셋이 그 모든 것을 조장했다고 볼 수는 없잖아요."

카이가 말했다.

"그래. 하지만 너희 셋은 그 음모의 일부였고, 이제 아는 걸 실토해야 할 때다."

인도자는 잠시 말을 멈추었다.

"카시아가 데이터포드에서 봐야 할 것이 또 있다."

다시 화면을 내려다보자 두 번째 파일이 삽입되어 있었다. 그 안에는 어머니와 아버지의 사진이 있었다. 화면이 두 분을 번갈아가며 비추었다.

"안 돼. 안 돼요."

내가 말했다. 우리 부모님은 흐릿한 눈으로 화면에서 나를 쳐다보고 있었다. 두 분 다 고요해져 있었다.

"그들은 돌연변이에 감염됐어. 치료법은 없다. 둘 다 케야의 의료 센터에 있어."

인도자가 말했다. 그는 내가 묻기도 전에 내가 다음에 할 질문을 예측했다.

"네 동생은 찾지 못했다."

브램. 그 애 또한 아무도 찾을 수 없는 곳 어딘가에 누워 있을까? 카빙 대협곡의 그 소년처럼 죽었을까? 아니야. 그렇지 않아. 그런 건 믿을 수 없었다. 고요해진 브램은 상상할 수가 없었다.

"이제 우리에게 모든 것을 말할 이유가 생겼지? 넌 누구를 위해 일하지? 너는 소사이어티 동조자인가? 아니면 다른 정체를 갖고 있나?

너희 그룹이 돌연변이를 들여왔나? 치료약을 갖고 있어?"

그가 말하면서 자제심을 잃는 것은 처음 보았다. 마지막 단어 '치료약'에서뿐이었지만 그가 얼마나 필사적이고 궁지에 몰렸는지 알 수 있었다. 그는 이 병의 치료약을 원했다. 그것을 찾기 위해서라면 무슨 일이든 할 것이다.

그러나 우리에게는 치료약이 없었다. 그는 우리와 시간 낭비를 하고 있었다. 어떻게 해야 하지? 어떻게 해야 그를 설득할 수 있지?

"네가 옳은 일을 할 수 있다는 걸 안단다."

인도자가 말했다. 그의 목소리에서 엿보이던 파열은 사라지고 이제 달래는 듯 부드러운 목소리가 되었다.

"네 아버지는 소사이어티 편을 들고 봉기에 가담하기를 거부했을지 모르지만, 네 할아버지는 우리를 위해 일했어. 게다가 너는 인도자 라이스의 증조손녀지. 그리고 너도 전에 우리를 도운 적이 있다. 기억하지는 못하겠지만."

나는 그의 마지막 말을 거의 듣지 않았다.

우리 증조할머니. 그분이 인도자였다니.

소사이어티가 증조할머니에게 백 편의 시만 선택하라고 했을 때 증조할머니는 할아버지에게 시를 노래해주셨다. 내가 불태워버린 종이를 구했던 사람도 증조할머니였다.

"내가 직접 인도자 라이스를 만난 적은 없다. 내 전임자 이전의 인물이니까. 그러나 인도자로서 나는 이전 인도자들의 이름을 아는 유일한 사람이다. 그리고 글을 통해 그분을 알게 됐지. 그분은 적절한 시기에 나타난 적절한 인도자였다. 그분은 기록을, 나중에 행동을 취하기 위해 우리가 알아야 할 것들을 모았어. 그러나 한 가지는 모든 인도자들에게 동일하다. 우리는 인도자가 된다는 것이 무엇을 의미하는지 알아야 해. 네 증조할머니는 기록을 구하지 않으면 본인이 실패하리라는 것을 알고 있었다. 그저 자신의 일에 힘쓰는 가장 사소한 반역자도 그들을 이끄는 인도자만큼 위대하다는 걸 알고 있었지. 그냥 그렇게 믿는 게 아니라 확실히 알고 있었다."

"우리는 아무 짓도 하지 않았어요……."

내가 입을 연 순간 갑자기 에어십이 푹 내려가고, 또 내려갔다.

카이가 균형을 잃고 상자 있는 곳으로 쓰러져 벽에 부딪쳤다. 잰더와 내가 그를 도우려고 움직였다.

"난 괜찮아."

카이가 말했다. 에어십 소리 너머로 그의 목소리는 간신히 들렸고, 다음 순간 우리는 땅에 세게 부딪쳤다. 그 충격으로 몸 전체가 홱 꺾였다.

"인도자가 짐칸을 열면 뛰자. 도망가자고."

카이가 말했다.

"카이, 기다려."

내가 말했다.

"우리는 그를 따돌릴 수 있어. 우리는 셋이고 그는 혼자야."

카이가 말했다.

"너희 둘이야. 난 안 갈 거야."

잰더가 말했다. 카이가 깜짝 놀라 잰더를 바라보았다.

"너 다 들었잖아?"

"그래. 인도자는 치료약을 원해. 나도 그렇고. 무슨 일을 하든 난 그를 도울 거야."

잰더가 말했다. 잰더가 나를 바라보았을 때 나는 그가 여전히 인도자를 믿고 있다는 것을 알았다. 최소한 이 일에서는, 다른 어떤 것보다 인도자를 선택했다.

왜 안 그러겠는가? 카이와 나는 잰더를 뒤에 남겨두고 떠났다. 나는 그에게 글 쓰는 법을 한 번도 가르쳐주지 않았다. 그리고 다 안다고 생각했기 때문에, 잰더에게 그에 관해 한 번도 묻지 않았다. 지금 그를 바라보며 나는 그때도 그에 대해 다 알지 못했고 지금도 다 알지 못한다는 것을 깨달았다. 그는 자신의 협곡을 거치는 여행을 했고 변화한 채로 도착했다.

그리고 그가 옳았다. 중요한 것은 치료약이었다. 우리는 지금 당장 그것을 얻기 위해 싸워야 했다.

갈 길을 결정하는 표는 내가 쥐고 있었다. 둘 다 내 결정을 기다리고 있다. 이번에 나는 잰더를, 최소한 그의 편을 선택했다.

"인도자와 이야기해보자. 조금만 더."

내가 카이에게 말했다.

"진심이니?"

카이가 물었다.

"응."

내가 말했다. 인도자가 짐칸 문을 열었다. 나는 카이를 따라 사다리를 올라갔고, 잰더가 그 뒤를 따랐다. 나는 인도자에게 부모님의 사진이 들어 있는 데이터포드를 넘겨주었다.

"갤러리는 시와 만남을 위해 존재하는 장소였어요. 파란 알약에 관한 건 사고였고요. 우리는 그 알약이 사람을 죽게 한다는 걸 몰랐어요. 카빙 대협곡에서 폭파장치는 동굴을 봉인하는 데 사용한 거예요. 소사이어티가 마을 사람들의 저장품을 가져가지 못하게 하려고요. 강과 물을 중독시키는 것, 그건 소사이어티의 특기지만 우린 소사이어티가 아니에요. 그들에 동조하지도 않고요."

산맥 속의 에어십 안에서 잠시 모든 것이 극도로 조용해졌다. 바깥 숲 속에는 바람이 불었고, 그 아래에는 고요하지 않은, 아직 고요해지지 않은 우리의 숨소리가 흘렀다.

"우리는 봉기 세력을 뒤엎으려는 게 아니에요. 우린 봉기를 믿었어요. 우리가 바라는 건 치료약뿐이에요."

그때 나는 인도자가 믿는다는 사람이 누군지 깨달았다. 인도자가 시간을 내거나 위험을 감수할 수 없을 때 자기 대신 우리를 모아달라고 부탁했던 조종사.

"인디 말을 들으세요. 우리는 당신을 도울 수 있어요."

내가 말했다.

내가 그 사실을 추측해낸 것에 인도자는 그다지 놀란 것 같지 않았다.

"인디도 붉은 점을 갖고 있나요?"

카이가 물었다.

"아니. 하지만 우리는 인디가 계속 비행할 수 있도록 최선을 다할 거다."

인도자가 말했다.

"인디에게 거짓말을 했군요. 인디를 이용해서 우리를 데려온 거예요."

카이가 말했다.

"치료약을 찾기 위해서라면 못 쓸 수단은 없어."

인도자가 말했다.

"우리는 당신을 도울 수 있어요. 저는 데이터를 분류할 수 있어요. 잰더는 환자들을 돌보며 그 돌연변이를 직접 봤어요. 카이는……."

"아마 가장 유용할 거다."

인도자가 말했다.

"난 시체가 되겠지. 바깥 지방에서처럼."

카이가 말했다. 카이가 내게서 떨어져 문 가까이 걸어갔다. 그는 보통 때보다 더 느리게 이동했지만, 내가 언제나 그를 볼 때마다 떠올리는 우아한 태도로 움직였다. 그의 몸은 대부분의 사람들보다 더 그 내면을 잘 나타냈기 때문에, 그것이 멈추고 고요해질지도 모른다고 생각하자 마음이 아팠다.

"아직은 모르잖아. 넌 아픈 게 아닐 수도 있어."

말하면서도 가슴이 내려앉았다. 그러나 카이는 체념한 표정을 짓고 있었다. 그는 자기가 한 말보다 더 많은 것을 알고 있을까? 그는 자기 몸 내부에서 돌연변이를 느낄 수 있을까? 정맥 속을 흐르며 그를 아프게 하는 그 바이러스를?

"어느 쪽이든, 카이는 바이러스에 노출됐어요. 돌연변이 치료약을 만들려는 사람들에게 카이를 노출시키는 위험은 바라지 않으시겠죠."

잰더가 말했다.

"위험은 없어. 마을 사람들은 면역이 있다."

인도자가 말했다.

"그래서 여기서 치료약을 찾는 거군요. 우리가 그걸 찾아낼 가능성이 있는 거죠."

잰더가 미소 지었다. 그의 목소리는 희망에 차 있었다.

"그런데 그 붉은 점에 대해 알고 있었으면서 왜 예전에 그 점이 있는 사람들을 여기 데려오지 않았죠?"

나는 인도자에게 물었다.

"우리 데이터가 유용할 수도 있었을 텐데요."

내게 면역이 있다면, 내 데이터를 산속 마을 사람들의 데이터와 연관시켜볼 수 있을 것이다. 그러나 그 말이 입을 떠나는 순간 나는 고개를 저으며 스스로의 질문에 답했다.

"그건 효과가 없겠어요. 우리 데이터는 보정되었으니까요. 우리가 겪은 면역화와 노출을 생각하면…… 치료약을 찾으려면 순수한 표본 집단이 필요할 거예요."

"그렇지."

인도자가 나를 재는 듯한 표정으로 보면서 말했다.

"태어나서부터 소사이어티 바깥에서 살아온 사람들만 표본 집단으로 쓸 수 있다. 다른 사람들은 치료약을 구하는 일을 도울 수는 있겠지만, 그들의 데이터를 사용할 수는 없어."

"그리고 소사이어티 바깥에서 아주 오래 살아온 사람들의 데이터에 더 비중을 두어야 해요. 2세대, 3세대 마을 사람들이요. 그들의 정보가 더 중요할 거예요."

내가 말했다.

"우리는 최근에 추가 데이터를 얻었다. 마을 사람들 중 두 번째 그룹은 최근에 산맥에 도착했는데도 면역이 있다는 게 증명되었지."

인도자가 말했다.

카빙 대협곡에서 온 농부들이다. 틀림없었다. 농부들의 지도에서 산맥에 표시돼 있던 작고 어두운 집이 기억났다. 정착지의 상징. 그들은 그 마을 이름을 알지 못했고, 누가 아직 거기 사는지도 알지 못했다. 그러나 카빙 대협곡이 더 이상 안전하지 않게 되자 농부들이 도망간 곳은 바로 그곳이었다.

카이는 나를 바라보고 있었다. 그도 같은 생각을 하고 있다.

'우리가 엘리를 다시 볼 수 있다면? 아니면 헌터를?'

"카빙 대협곡에서 온 사람들이 도착했을 때, 끝돌 마을 사람들은 그들이 근처에 정착지를 짓도록 내버려두었어. 처음에는 카빙 대협곡 사람들도 돌연변이에 면역이 있는지 확신하지 못했지. 그들은 전혀 다른 기후에서 살았고 오랫동안 끝돌 마을 사람들과 접촉이 없었으니까. 하지만 그들에게도 면역이 있었다. 우리에게 매우 요긴한 자료였지. 왜냐하면……."

나는 인도자의 말을 즉각 이해했다.

"그들의 데이터를 연관시킬 수 있었으니까요. 당신은 두 집단 사이의 공통점을 찾을 수 있었어요. 그걸로 시간을 벌 수 있을 거예요."

"치료약 발견에 얼마나 가까이 간 거죠?"

잰더가 물었다.

"원하는 만큼 가까워지지는 못했어. 두 집단의 식단과 습관에는 공통점이 많았다. 최대한 빠르게 가능성을 하나씩 배제하고 있지만, 시간도 걸리고 치료약을 시험해볼 사람들도 필요해."

그는 우리 셋을 바라보고 있었다. 우리가 그를 설득한 걸까?

잰더도 나를 바라보고 있다. 눈이 마주치자 그는 미소 지었고 나는 그 안에서 다시 옛날의 잰더를 보았다. 내가 수영장에 뛰어들게 하려고, 게임을 함께하게 하려고 바로 이렇게 내게 미소 짓던 사람. 다시 카이를 보았을 때 나는 그의 손이 살짝 떨리는 것을 보았다. 내게 쓰는 법을 가르쳤던 그의 멋진 손, 우리가 협곡을 통과했을 때 나를 어루만진 손이.

오래전 '언덕'에서 카이는 우리가 이런 상황에 빠질지도 모른다고 경고했다. 그는 죄수의 딜레마와, 우리가 서로를 안전하게 지키는 법을 말해주었다. 그는 '우리'가 둘이 아니라 셋일 수도 있다는 생각을 해보았을까?

여기 잰더의 미소와 카이의 손 사이에서, 나는 서로를 안전하게 지킬 수 있는 방법은 치료약을 발견하는 것뿐이라는 깨달음에 다다랐다.

"우리는 당신을 도울 수 있어요."

나는 다시 인도자에게 말했다. 이번에는 그가 나를 믿기를 바랐다.

할아버지는 나를 믿으셨다. 나는 손바닥 안에 마이크로카드를 쥐고 있었다. 그것은 아버지의 글이, 동생의 글씨가 쓰인, 어머니가 보낸 종이로 감싸여 있었다.

PART 5

죄수의 딜레마

24
잰더

에어십 바깥으로 나와서 마을 사람들이 우리를 만나러 내려오길 기다리는 동안, 카이는 공터를 걸었다.

"넌 쉬어야 해. 계속 움직인다고 발병이 지연된다는 증거는 없어."

내가 그에게 말했다.

"너 오피셜처럼 말한다."

카이가 말했다.

"나 오피셜이었잖아."

내가 말했다.

"이게 듣는다는 증거가 없는 이유는 너희(오피셜들—옮긴이)가 아무도 이걸 시도하게 허락하지 않았기 때문이지."

그와 나는 함께 게임 테이블에서 게임하던 때의 어조로 농담을 하고 있었다. 이번에도 카이가 진다면 그건 불공평하다. 그가 고요해져서는 안 되었다.

그러나 그는 카시아를 잃지 않았다. 두 사람이 서로를 바라보던 눈길은 마치 어루만지는 손길 같았다. 나는 그 사이에 붙들렸다.

지금은 그에 대해 생각할 시간이 없었다. 한 무리의 사람들이 숲 속에서 나타났다. 아홉 명이었다. 다섯 명은 무기를 가져왔고 나머지는 들것을 가지고 있었다.

"오늘은 환자가 없소. 미안하지만 보급품도 없고. 이 세 명뿐입니다."

인도자가 말했다.

"잰더라고 합니다."

나는 마을 사람들을 안심시키려고 말했다.

"레이나예요."

한 여인이 말했다. 긴 금발을 하나로 땋았고 우리처럼 젊어 보였다. 다른 사람은 아무도 자기를 소개하지 않았지만 모두 건강해 보였다. 그들에게서는 병의 징후가 보이지 않았다.

"난 카시아예요."

카시아가 말했다.

"카이입니다."

카이가 말했다.

"우리는 비정상이에요. 아마 당신들이 처음 보는 비정상이겠죠."

레이나는 그렇게 말하고 우리 반응을 기다렸다.

"우리는 카빙 대협곡의 다른 비정상들을 알아요."

카시아가 말했다.

"정말요? 그게 언제 일인가요?"

레이나의 목소리에는 흥미가 가득했다.

"그들이 여기 오기 직전이요."

카시아가 말했다.

"그럼 당신은 애너를 알겠군요. 그들의 지도자 말입니다."

한 남자가 말했다.

"아뇨. 우리는 그녀가 떠난 다음에 도착했어요. 헌터는 알지만요."

카시아가 말했다.

"농부들이 끝돌 마을에 왔을 땐 깜짝 놀랐어요. 카빙 대협곡 사람들은 오래전에 전부 죽었다고 생각했거든요. 소사이어티와 나머지 세계 사이에 있는 사람들은 징검돌 마을의 우리뿐이라고 생각했죠."

레이나가 말했다.

그녀는 이런 상황을 매우 능숙하게 다루고 있었다. 목소리는 따뜻하지만 강인했고, 우리를 보면서 판단하고 있었다. 그녀는 훌륭한 의사가 되었을 것이다.

"저 사람들이 우리를 위해 무슨 일을 할 수 있죠?"

그녀가 인도자에게 물었다. 그녀는 그를 자신의 지도자가 아닌 동등한 사람으로 대하고 있었다.

"나는 실험체예요. 돌연변이에 감염됐죠. 아직 쓰러지지 않았을 뿐입니다."

카이가 말했다. 레이나는 눈썹을 치켜올렸다.

"우리는 병에 걸렸는데 서 있는 사람은 한 번도 본 적이 없어요. 다른 환자들은 모두 이미 고요해져서 왔으니까요."

그녀가 인도자에게 말했다.

"카이는 조종사예요. 최고의 조종사죠."

카시아가 말했다. 그녀는 레이나가 카이에 대해 말하는 방식이 마음에 들지 않는 것이다.

레이나는 고개를 끄덕였지만, 계속 카이를 쳐다보고 있었다. 그녀의 눈은 빈틈없고 재빨랐다.

"잰더는 진단의예요. 난 분류를 할 수 있고요."

카시아가 말했다.

"진단의와 분류자. 훌륭하군요."

레이나가 말했다.

"사실은 이제 진단의가 아닙니다. 행정 쪽에서 일했어요. 하지만 나는 병자들을 아주 많이 봤고 그들의 치료를 도왔습니다."

내가 말했다.

"그건 쓸모가 있을 거예요. 바이러스가 도시와 자치구에서 어떻게 퍼지는지 보아온 사람과 이야기하는 건 언제나 도움되는 일이죠."

레이나가 말했다.

"나는 가능한 한 빨리 돌아갈 겁니다. 새로운 보고 사항이 있습니까?"

인도자가 물었다.

"아뇨. 하지만 곧 생길 것 같은데요."

레이나가 말했다. 그녀는 들것을 가리켰다.

"필요하다면 당신을 싣고 갈 수 있어요."

그녀는 카이에게 말하고 있었다.

"아뇨. 나는 쓰러질 때까지 계속 걸어갈 겁니다."

카이가 말했다.

"당신은 인도자를 많이 믿는군요."

마을로 가는 길을 올라가면서 나는 레이나에게 말했다. 카시아와 카이는 우리 앞에서 꾸준하지만 느린 발걸음으로 걷고 있었다. 레이나와 나는 그들을 지켜보았다. 다른 사람들도 계속 카이를 지켜보고 있었다. 모두가 그가 고요해지는 순간을 기다리고 있었다.

"인도자는 우리 지도자가 아닙니다. 하지만 우리는 그와 함께 일할 만큼 그를 믿고, 그도 우리에 대해 같은 방식으로 느끼고 있죠."

그녀가 말했다.

"그러면 당신들은 정말 돌연변이에도 면역이 있습니까?"

내가 물었다.

"그래요. 하지만 우리에겐 붉은 점이 없어요. 인도자는 당신들 중에 점이 있는 사람이 있다고 하더군요."

그녀가 말했다. 나는 고개를 끄덕였다.

"왜 그런 차이가 있는지 궁금한데요."

전염병과 돌연변이가 사람들을 어떻게 만드는지 봐왔는데도 그 병이 작용하는 방식은 나를 매혹시켰다.

"우리도 확실히 몰라요. 우리 마을의 전문가는 그 바이러스와 면역 체계가 믿을 수 없을 정도로 복잡하다고 했어요. 그가 했던 가장 좋은 설명은, 우리의 면역체계를 만들어낸 게 뭔지는 몰라도 지금까지 생겨난 병에 감염되지 않도록 막아준다는 거였지요. 그건 우리가 그 점을 갖고 있지 않다는 뜻이에요."

"무엇 때문에 면역이 생겼는지 밝혀낼 때까지 당신들의 식단이나 환경을 너무 많이 바꾸지 않는 편이 좋다는 뜻이기도 하군요. 섣불리 바꾸었다가는 병에 걸릴 수도 있으니까요."

내가 말하자 그녀는 고개를 끄덕였다.

"돌연변이에 노출되는 일에 자원하는 데는 용기가 필요했겠어요."

내가 말했다.

"그렇죠."

"마을에는 사람들이 얼마나 살고 있나요?"

내가 물었다.

"생각보다 더 많을 거예요. 돌은 구르는 법이니까요."

레이나가 말했다. 무슨 말을 하는 거지?

"소사이어티가 일탈자와 비정상을 모아 총알받이들의 수용소로 보내기 시작했을 때, 이런 곳으로 도망치는 사람들이 점점 더 많아졌어요. 징검돌 마을 같은 곳이요. 들어본 적 있나요?"

레이나가 물었다.

"네."

나는 레이를 떠올리며 대답했다.

"이제 우리는 모두 하나의 마을, 마지막 마을에 모이고 있어요. 끝돌 마을이라고 하죠. 우리는 우리 면역체계를 이용해 당신들의 치료약을 얻으려고 자원을 모으고 있어요."

레이나가 말했다.

"왜요? 지방 정부 아래 사는 사람들이 당신들을 위해 뭔가 한 일이 라도 있나요?"

내가 묻자 레이나가 웃었다.

"딱히요. 하지만 우리가 성공하면 대가로 뭔가 주겠다고 인도자가 약속했거든요."

"그게 뭔데요?"

내가 물었다.

"우리가 치료약을 찾아내면 그는 에어십으로 우리를 '다른 땅'에 데 려다줄 거예요. 우리가 가장 바라는 일이 그거고, 그가 가장 바라는 건 치료약이죠. 그러니까 그 거래는 공평해요. 그리고 우리 면역체계가 바뀌었다는 걸 알게 되면 우리도 '다른 땅'으로 떠날 때 예방조치로 가 져갈 치료약이 필요해지겠죠."

그녀가 말했다.

"그러니까, '다른 땅'은 존재하는 거군요."

내가 말했다.

"당연하죠."

그녀가 말했다.

"지방 정부 사람들을 죽게 내버려두면 당신들이 직접 인도자의 에어십을 가져갈 수 있을 텐데요. 아니면 모든 사람이 죽을 때까지 기다렸다가 그들의 도시와 집을 차지할 수도 있고요."

내가 말했다.

처음으로 그녀의 편안하고 매력적인 가면이 슬쩍 벗겨지면서 그 아래 깔린 경멸이 보였다. 그녀는 여전히 유쾌한 목소리로 말했다.

"당신들은 쥐 같아요. 당신들 대부분이 죽어도 우리가 정복하기에는 너무 많죠. 우리는 당신들을 모두 남겨두고 당신들이 건드리지 않은 곳으로 떠날 거예요."

"왜 이런 걸 나한테 다 말하는 거죠?"

내가 물었다. 금방 만난 참이니 그녀가 나를 믿어서일 리는 없었다.

"우리가 얼마나 많은 것을 잃어야 하는지 당신도 이해해두는 게 좋을 테니까요."

그녀가 말했다.

나는 이해할 수 있었다. 그렇게 많은 것을 걸었기 때문에 그녀는 자기 목적을 방해할지도 모르는 것은 무엇이든 참지 못할 것이고, 참지도 않을 것이다. 여기서는 조심해야 했다.

"우리의 목적은 같아요. 치료약을 찾는 거죠."

내가 말했다.

"좋아요."

레이나가 말했다. 그녀는 카이를 바라보며 목소리를 낮추었다.

"그럼 말해봐요. 저 사람이 언제 쓰러질까요?"

카이의 걸음 속도가 약간 빨라졌다.

"그리 오래지 않을 겁니다."

내가 말했다. 카시아는 카이가 감염됐을지도 모른다고 염려하면서도, 카이가 가까이 있다는 이유만으로 전기가 통한 듯이 환하게 불이 밝혀져 있었다. 나는 궁금했다.

'카시아가 나를 사랑해준다면, 돌연변이에 감염될 만할까? 지금 당장 카이와 자리를 바꿀 수 있다면 나는 그렇게 할까?'

25
카시아

그 일이 일어나자, 모든 것이 갑작스러우면서도 동시에 느리게 느껴졌다.

함께 좁은 길을 따라 걷던 중 카이가 무릎을 꿇었다.

나는 옆에 웅크리고 앉아 그의 어깨에 손을 올렸다.

그의 눈은 처음에는 초점이 없다가, 나를 찾아냈다.

"아냐. 네가 보지 않았으면 좋겠어."

그가 말했다.

그러나 나는 눈을 돌리지 않았다. 나는 그를 붙잡은 채 봄풀 위에 천천히 눕혔고, 그의 머리 아래에 계속 손을 대고 있었다. 그의 머리카락은 부드럽고 따뜻했다. 풀은 서늘하고 신선했다.

"인디. 인디가 나한테 키스했어."

카이가 말했다. 그의 눈에 고통이 보였다.

그 말에 충격을 받아야 한다는 건 나도 안다. 그러나 그건 중요하지 않았다. 중요한 것은 지금 여기였다. 그의 눈이 나를 바라보고, 내 손가락은 그를 붙들고 땅을 어루만지고 있는 지금 여기. 나는 카이에게 그건 중요하지 않다고 말할 뻔했다. 그러나 그에게는 중요하다는 것을, 그렇지 않다면 그가 내게 말하지 않았으리라는 것을 깨달았다.

"괜찮아."

내가 말했다.

카이는 기진맥진한 채 안도의 한숨을 내쉬었다.

"협곡 같다."

그가 말했다.

"그래. 우리는 이것도 헤쳐나갈 거야."

내가 말했다.

잰더도 무릎을 꿇었다. 우리는 서로를 쳐다보았다. 내 눈이 잰더의 눈과, 그다음 카이의 눈과 잠깐 마주쳤다.

우리는 서로를 믿을 수 있을까? 서로를 안전하게 지킬 수 있을까?

길 가장자리에서 풀은 분홍빛, 파란빛, 붉은빛 야생화들에게 자리를 내주었다. 바람은 발치에서 풀잎을 술렁이며 또렷한 꽃냄새와 흙냄새를 공중으로 풍겨 올렸다.

카이가 내 시선을 따라갔다. 나는 손을 뻗어 꽃봉오리 하나를 따서 손안에서 굴렸다. 색이나 질감이 농익은 느낌이어서 나는 손바닥이 붉게 물들지 않았을까 기대하며 내려다보았지만, 그렇게 되지는 않았다. 봉오리는 자기 색을 지키고 있었다.

"넌 내게 붉은색이 시작의 색이라고 한 적이 있지."

나는 카이가 볼 수 있게 봉오리를 들어 올렸다가 손에 쥐여주며 말했다. 그가 미소 지었다.

'시작의 색.'

잠시, 한 가지 기억이 깜박였다.

'나무의 싹도, 땅에 핀 꽃도 붉은 봄의 드문 한순간. 공기는 서늘하면서 동시에 따뜻하다. 나를 지켜보시는 할아버지의 눈은 단호하게 반짝인다.'

그래, 봄이다. 할아버지가 마이크로카드에서 말씀하신 붉은 정원의 날은 붉은 나무 싹과 붉은 꽃이 동시에 핀 봄이었다. 그건 확실하다. 그렇지만 할아버지와 나는 무슨 이야기를 했을까?

아직은 몰랐다. 그러나 카이의 손이 내 손가락을 꽉 쥐는 것을 느끼면서, 나는 그가 늘 이랬다고 생각했다. 대부분의 사람들이 놓아 보내는 것밖에는 할 수 있는 게 없다고 생각할 때조차 내게 무엇인가를 주는 사람.

26
카이

"카이."

카시아가 말했다. 이것이 그녀의 목소리가 내게 마지막으로 닿는 순간일지 궁금했다. 고요환자도 뭔가 들을 수 있을까?

나는 에어십에서 균형을 잡지 못했을 때 내가 병에 걸렸다는 것을 알았다. 본능이 움직여야 한다고 하는데도 몸은 움직이지 않았다. 근육은 풀리고 뼈는 꽉 죄어진 것 같은 느낌이었다.

잰더가 내 옆에 무릎을 꿇었다. 나는 그의 얼굴을 흘끗 보았다. 그는 치료약을 발견할 거라고 생각했다. 맹목적으로 그렇게 생각하는 건 아니었다. 그저 믿고 있었다. 그것을 보는 건 빌어먹도록 고통스러웠다.

나는 다시 카시아를 보았다. 그녀의 눈은 서늘한 녹색이었다. 그 눈을 들여다보자 기분이 더 나아졌다. 잠시 고통이 숨을 죽였다.

그다음 돌아왔다.

이제 왜 사람들이 그렇게 오래 싸우지 않으려 하는지 알았다.

고통과의 싸움을 그만두면 피로가 이길 테고, 그쪽이 더 나아 보였다. 이 고통을 느끼느니 잠들고 싶었다. 전염병이 돌연변이보다 훨씬 친절하다는 것을 깨달았다. 전염병에는 내 온몸을 뒤덮고 등을 휘감는 이런 고통이 없었다.

마을 사람들이 나를 들것 위로 들어 올릴 때 시야에서 붉은빛과 흰빛이 작게 번뜩였다. 나는 또다시 생각했다.

'이 기진맥진한 피로에 굴복해서 고요해져버린다면, 그래도 고통은 돌아올까?'

카시아가 내 팔을 어루만졌다.

우리는 협곡에서 자유로웠다. 오래는 아니었지만 자유로웠다. 그녀는 피부에 모래를 묻혔고 물과 바람의 냄새를 머리카락에 묻히고 있었다. 비가 오기 전에 나는 냄새를 맡은 것 같았다. 잠시 후 비가 올 때쯤이면 정신을 잃어 아무것도 기억하지 못할까?

잰더가 여기 있어서 다행이었다. 내가 쓰러졌을 때 그녀 혼자가 아닐 테니까.

"넌 날 찾기 위해 카빙 대협곡을 걸어왔지. 난 네게 닿기 위해 이 길을 걸어갈게."

나는 카시아에게 부드럽게 말했다.

카시아가 내 한 손을 잡았다. 다른 손에는 그녀가 내게 준 꽃이 느껴졌다. 산속 공기는 서늘했다. 나무 아래를 지나는 것이 느껴졌다. 빛. 어둠. 빛. 다른 사람이 내 몸을 옮겨주는 것이 기분 좋게 느껴질 지경이었다. 그 정도로 이 망할 몸은 무거웠다.

그러더니 고통이 더 심해졌다. 고통은 붉은색으로 변해 몸을 관통했고, 내게 보이는 것은 눈꺼풀 안쪽의 선명한 붉은색뿐이었다.

카시아의 손이 내 손에서 사라졌다.

'안 돼. 가지 마.'

외치고 싶었다.

대신 잰더의 목소리가 들렸다.

"숨 쉬는 걸 기억하는 게 중요해. 폐를 깨끗이 하지 않으면 폐렴에 걸릴 수도 있어."

잠시 침묵. 그가 다시 말했다.

"미안해, 카이. 치료약을 꼭 찾을게. 약속해."

다음 순간 그가 사라지고 카시아가 돌아왔다. 그녀의 손이 내 손을 더 부드럽게 누르고 있었다.

"인도자가 에어십에서 읽은 건 내가 너를 위해 쓴 시야. 난 마침내 그 시를 완성했어."

그녀는 그 시를 부드럽게, 마치 노래하듯이 말했다. 나는 숨을 쉬었다.

새장미, 옛장미, 앤 여왕의 레이스.
물, 강, 돌, 해.

언덕 위, 나무 아래 바람
아무도 볼 수 없는 경계를 지나

당신을 향해 어둠 속을 기어오르면
별들 사이에서 당신은 나를 기다릴까?

기다리고말고.

무슨 일이 있어도 그녀는 나를 기억할 것이다. 아무도, 소사이어티나 봉기 세력이나 다른 어느 누구도 그녀에게서 그 기억을 빼앗아갈 수 없을 것이다. 너무 많은 일이 일어났다. 너무 많은 시간이 흘러갔다.

그녀는 내가 여기 있었다는 것, 내가 그녀를 사랑했다는 것을 알리라.

그녀가 잊어버리기로 결심하지만 않는다면, 언제나 알고 있을 것이
다.

27
잰더

마을은 전혀 고요하지 않았다. 사방에 사람들이 있었다. 아이들은 길을 뛰어다니며 마을 한가운데 있는 거대한 돌 위에서 놀았다. 소사이어티의 녹지에 있는 것과 달리, 이 돌은 매끄럽게 조각되어 있지 않았다. 오래전 산허리에서 떨어져 나온 부분이 거칠고 울퉁불퉁했다. 사람들이 그 돌을 중심으로 마을을 지었다는 것을 알 수 있었다. 우리가 지나가자 아이들이 우리를 돌아보았다. 아이들의 눈은 두려움이 아닌 호기심에 차 있었다. 보기 좋았다.

진료소는 돌 맞은편에 있는 기다란 목조 건물이었다. 우리는 안으로 들어가 조심스럽게 카이를 들것에서 침대로 옮겼다.

"당신들을 연구실로 데려가서 면담을 할 거예요."

레이나가 카시아와 내게 말했다. 우리 주위에서 이 마을 진단의와 간호사들이 고요환자들을 돌보고 있었다. 재빨리 헤아려보니 카이는 쉰두 번째 환자였다.

"전염병과 돌연변이에 대해 잰더가 갖고 있는 정보가 필요해요. 그리고 카시아는 우리가 모은 데이터를 봐야 해요. 당신들은 그곳에서 더 쓸모가 있을 거예요."

레이나는 자기 말이 줄 충격을 완화시키기 위해 미소를 지었다.

"미안해요. 저 사람이 당신들 친구라는 건 알아요. 하지만 사실 그를 돕는 최선의 길은……."

"치료약을 찾는 거죠. 이해해요. 하지만 가끔 쉬어야겠죠. 그때 그를 보러 오면 돼요."

카시아가 말했다.

"그건 실비에게 달렸어요."

레이나는 우리 곁에 서 있는 초로의 여인을 손짓으로 가리키며 말했다.

"나는 치료약 개발을 전반적으로 감독하는 일을 맡고 있어요. 하지만 실비는 진료소를 감독하죠."

"잘 씻고 마스크와 장갑만 끼면 상관없어요. 이런 경우를 관찰하는 게 흥미롭기도 하고요. 다른 환자들은 아무도 방문해줄 사람이 없거든요. 아마 더 빨리 회복할 거예요."

"고맙습니다."

카시아의 얼굴이 희망으로 밝아졌다. 나는 그녀에게 이 말을 하고 싶지 않았다.

'사실 환자들에게 말을 걸고 곁에 머물러 있다고 해서 전혀 차도가 있는 것 같진 않아.'

나도 계속 환자들에게 말을 걸고 있었다. 그것은 직감에 따른 행동이었다. 그리고 그것이 잘 맞는 사람이라면 차도가 있을 수도 있다. 누가 알겠는가? 나도 의료 센터에서 누군가가 레이에게 말을 걸고 있기를 바랐다. 내가 그곳에 머물러 있는 편이 더 나았을까?

문이 쾅 하고 열렸다. 카시아와 나는 깜짝 놀라 돌아섰다. 한 남자가 입구로 들어섰다. 큰 키에 비쩍 말랐고, 텁수룩한 하얀 눈썹 아래 영민한 검은 눈으로 우리를 바라보고 있었다. 머리는 갈색이었고 매끈했고 벗겨졌다.

"그 환자 어디 있지? 콜린이 쓰러진 지 한 시간도 안 된 사람이 있다던데."

그가 물었다.

"여기요."

레이나가 카이를 가리켰다.

"시험해볼 때야."

남자가 서둘러 걸어오면서 말했다.

"내가 인도자에게 매번 뭐라고 했어? 환자가 아직 생생할 때 나한테 데려오라고, 그러면 살려낼 기회가 있을지도 모른다고 했잖아."

카시아는 카이 곁에서 움직이지 않았다. 그녀는 그곳에 카이를 보호하듯이 버티고 있었다.

"난 오커다."

남자는 우리에게 말했지만 악수를 청하지는 않았다. 그는 주사약이 가득 찬 비닐백을 들고 있었다. 뒤틀린 손으로 꽉 쥐는 바람에 비닐백이 터질 듯이 불룩거렸다.

"젠장."

그는 그 사실을 알아채고 실비에게 비닐백을 내밀었다.

"이거 받아요. 너무 꽉 붙잡고 있었네. 내 손가락 부러뜨리진 말고."

실비가 그의 손아귀에서 비닐백을 빼냈다.

"이제 그걸 연결해요. 방금 만든 거야. 신선해요. 저 애만큼 신선하지."

그는 카이 쪽을 고갯짓으로 가리키며 웃었다.

"잠깐만요. 그게 뭐죠?"

카시아가 물었다.

"봉기 세력이 환자들에게 주는 약보다 더 나은 물건이지."

오커가 말했다.

"어서, 서둘러서 연결해요."

그가 실비에게 말했다.

"그 안에 뭐가 들어 있는 거죠?"

카시아가 물었다.

오커가 씩씩거리며 실비를 노려보았다.

"애 좀 처리해요. 내가 성분을 전부 읊을 시간은 없으니까."

그는 어깨로 문을 밀어 열고 병원을 떠났다. 문이 끽 닫히면서 그의 발소리가 바깥 도보를 울렸다. 그는 빠르게 움직이고 있었다. 손은 뒤틀렸을지 모르지만, 다리에는 아무 문제가 없었다.

"오커 말이 맞아요. 처음에는 인도자가 지방 정부에서 가져다준 영양액을 썼는데, 인도자가 더 갖다주기도 전에 다 떨어졌죠. 그래서 오커가 환자를 살리기 위해 자기 방식대로 혼합액을 만들었어요. 그런데 더 효력이 있는 것 같더라고요. 그래서 그다음부터 우린 그걸 사용하고 있어요."

실비가 말했다.

"하지만 치료약의 효과를 손상시키지는 않을까요? 이건 지방 정부의 환자들이 맞고 있는 게 아닌데요."

내가 물었다.

"그것도 바뀔 수 있지요. 오커는 최근에 인도자에게 비닐백 안에 들어갈 수액의 제조법을 줬어요. 할 수만 있으면 인도자도 지방 정부에서 쓰고 있는 수액을 바꾸려고 할 거예요."

실비가 말했다.

"어떻게 생각해?"

카시아가 내게 조용히 물었다.

"여기 환자들이 더 나아 보여. 혈색도 좋고. 잠깐만."

나는 한 환자의 숨소리에 귀를 기울였다. 그의 폐에는 물이 차 있는 것 같지 않았다. 갈비뼈 근처를 더듬어보니 비장도 보통 크기인 듯했다.

"오커 말이 사실인 것 같아."

이 제조법을 더 일찍 알았더라면 싶었다. 그러면 우리 환자의 상태도 달라졌을 것이다.

카시아는 카이 옆에 무릎을 꿇었다. 카이는 가장 나중에 고요해졌는데도 다른 사람들보다 더 창백해 보였다. 그녀도 그 차이를 느꼈다.

"알겠어요."

그녀가 말했다.

실비는 고개를 끄덕이고 오커가 가져온 비닐백을 연결했다. 카시아와 나는 변화가 일어나는지 보려고 카이의 얼굴을 지켜보았다. 어리석은 일이긴 했다. 그렇게 빨리 작용하는 약은 많지 않다.

그러나 오커의 약은 달랐다. 겨우 몇 분 후 카이는 아까보다 조금 더 나아 보였다. 치료약이 최초 전염병에 효과를 보이던 때가 생각났다.

"너무 좋아서 사실이 아닌 것 같아. 그러면 어쩌지?"

카시아는 숨을 내쉬었다. 걱정스러운 듯했다.

"우리가 잃을 건 많지 않아. 봉기 세력이 지방 정부에서 쓰던 치료약은 듣지 않았어."

내가 말했다.

"다시 의식이 돌아온 사람을 본 적은 한 번도 없지?"

카시아가 물었다.

"그래. 돌연변이 환자 중에서는."

내가 말했다.

우리는 좀 더 거기 머무른 채 카이의 주사관에 떨어지는 수액을 지켜보았다. 우리는 서로 눈을 피했다.

카시아가 깊은 숨을 들이쉬었다. 나는 그녀가 우는 게 아닐까 생각했다. 그러나 다음 순간 그녀는 미소 지으며 말했다.

"잰더."

나는 자제하려고도 하지 않았다. 손을 뻗어 그녀를 안았고 그녀는 내가 하는 대로 내버려두었다. 기분이 좋아서 나는 잠시 아무 말도 하지 않았다. 그녀의 팔이 내 몸을 감쌌다. 그녀가 숨 쉬는 것을 느낄 수 있었다.

"너 괜찮니?"

그녀가 물었다.

"난 멀쩡해."

내가 말했다.

"잰더, 너 어디 있었어? 내가 협곡과 센트럴에 있는 동안 네게는 무슨 일이 일어났니?"

카시아가 말했다.

그녀에게 어떻게 말해야 할지 정말 알 수 없었다.

'음, 나는 협곡을 통과하지 않았어. 하지만 환영의 날에 아기들에게 알약을 줬지. 그리고 최종 연회 때 노인들에게서 조직 표본을 채취했어. 진짜 친구를 한 명 사귀었지만 그녀가 고요해지는 걸 막지 못했어. 내가 돌본 사람은 아무도 의식을 되찾지 못했어.'

"우린 이제 가야 해요. 콜린이 당신들에게 질문할 사람들을 모으고 있어요. 그들을 계속 기다리게 하고 싶지 않네요."

레이나가 말했다.

"나중에 얘기해줄게. 지금은 치료약을 찾아야지."

나는 카시아에게 웃으며 말했다.

그녀는 고개를 끄덕였다. 그녀가 나를 어둠 속에 버려둔 시간에 무슨 일이 일어났는지를 갖고 앙갚음하려는 것처럼 보이고 싶지는 않았다. 그러나 이 몇 달 동안 내가 그녀에 대해 몰랐듯이 그녀가 지금의 나에 대해 아는 것이 거의 없다는 사실을 깨닫자 기분이 이상했다. 궁금해해야 할 사람은 그녀 쪽이었다.

우리가 더 이상 서로 궁금해하길 바라지 않았다. 곁에 있으면서 서로에게 무슨 일이 일어나는지 아는 것이 좋았다. 치료약을 찾는 일이 그 첫걸음이 되었으면 싶었다.

"고요환자를 치료하던 방식에 대해서 뭐든 구체적인 수치를 댈 수 있습니까?"

마을 사람 한 명이 내게 물었다.

방에는 사람이 가득했다. 그들의 겉모습만으로 누가 우리처럼 치료약 발견을 돕기 위해 인도자가 데려온 사람들인지, 누가 마을에서 온 비정상들인지 당장 알 수는 없었다. 그러나 몇 분이 지나자 누가 언제 어느 때 소사이어티에 살았는지 알 수 있을 것 같았다.

오커는 창가에 있는 의자에 앉아 팔짱을 낀 채 내 말에 귀를 기울이고 있었다. 마을의 분류자들 몇 명도 여기 와서 정보를 분석하고 있었다. 나를 제외하면, 데이터포드 없이 참석한 사람은 오커밖에 없었다.

레이나는 내가 데이터포드의 존재를 눈치챘음을 알았다.

"인도자가 가져다줬어요. 저건 꽤 유용하지만 미니 포트만큼 위험하지는 않죠. 우린 마을 안에서 미니 포트를 전혀 허용하지 않아요."

레이나가 설명했다. 나는 고개를 끄덕였다. 데이터포드는 정보를 기록할 수 있지만 미니 포트처럼 위치를 전송하지는 않는다.

"나는 기본 형태의 전염병 및 돌연변이에 대한 처치법과 환자 정보를 알고 있습니다. 인도자가 포트에 나타나 전염병을 알린 그날 밤부터 의료 센터에서 일했거든요."

나는 말했다.

"그리고 언제 떠났죠?"

누군가가 물었다.

"오늘 아침 일찍요."

내가 말했다. 그들 모두 동시에 앞으로 몸을 기울였다.

"정말 그렇게 최근까지 돌연변이 치료를 하고 있었습니까?"

한 사람이 물었다. 나는 고개를 끄덕였다.

"완벽하군요."

또 다른 사람이 말했고, 레이나는 미소를 지었다.

진단의들은 내가 환자 하나하나에 대해 기억할 수 있는 것을 전부 알고자 했다. 그들의 모습, 나이, 감염률, 고요해질 때까지 얼마나 걸렸는지, 어떤 사람의 병이 다른 사람보다 더 빨리 진행되었는지.

확실하지 않을 때에는 조심스럽게 말했지만, 나는 대부분 기억했다. 그래서 나는 이야기했고 그들은 들었다. 그러나 여기서 함께 치료약을 개발하는 사람이 레이였으면 하는 생각이 들었다. 그녀는 언제나 어떤 질문을 해야 할지 알고 있었다.

나는 몇 시간 동안 이야기했고 그들은 모두 받아 적었다. 오커만 예외였는데, 나는 그가 손이 뒤틀려서 데이터포드를 다룰 수 없다는 것을 깨달았다. 나는 그가 진료소에 들어왔을 때처럼 말을 가로막을 거라고 예상했지만, 그는 완벽히 침묵했다. 어느 순간 고개를 뒤로 젖힌 채 벽에 기대고 잠든 것 같았다. 돌연변이와 작고 붉은 점에 대해 설명하고 있을 때 내 목소리가 갈라지기 시작했다.

"그건 이미 알고 있어요. 인도자가 말해주었으니까요."

레이나가 말했다. 그녀는 일어섰다.

"잰더에게 몇 분 휴식 시간을 줍시다."

방이 비었다. 내가 사라질까 두렵다는 듯이 몇 사람이 어깨 너머로 뒤돌아보았다.

"걱정하지 마요. 잰더는 아무 데도 안 가요. 누가 먹을 것 좀 갖고 와 줄래요? 그리고 물도 더 가져와요."

레이나가 말했다. 나는 그들이 가져다준 물주전자를 이미 오래전에 비운 터였다.

오커는 아직도 방 뒤쪽에서 잠들어 있었다.

"오커는 쉬기 힘들거든요. 그래서 할 수 있을 때 쪽잠을 자둔답니다. 그러니 가만 놔둡시다."

레이나가 말했다.

"당신은 진단의인가요?"

내가 레이나에게 물었다.

"아, 아뇨. 난 아픈 사람들을 돌볼 수는 없어요. 하지만 살아 있는 사람들은 잘 다루죠. 그래서 내가 치료약 개발 책임을 맡고 있는 거예요."

레이나가 말했다. 그녀는 의자를 슬쩍 뒤로 밀더니 내게 몸을 더 가까이 기울였다. 다시 옛날 소사이어티에서 게임 테이블에 앉아 있던 적수가 생각났다. 그녀는 나를 게임에 끌어들이고, 어떤 수를 둘 준비를 하고 있었다.

"모든 게 좀 우습다는 걸 인정할 수밖에 없네요."

그녀가 웃으며 말했다.

"뭐가요?"

나는 앞으로 몸을 기울여 우리 사이의 공간을 좁히며 물었다. 그녀의 미소가 더 커졌다.

"이 상황 전체가요. 전염병, 돌연변이, 당신이 지금 여기 있는 것."

"말해봐요. 나도 그 농담에 끼고 싶군요."

내가 말했다. 나는 편안하고 일상적인 어조를 유지했지만, 너무나 많은 고요환자를 보아왔기 때문에 그들에게 일어난 일을 재미있다고 생각할 수는 없었다.

"당신들은 우리를 비정상이라고 불렀잖아요. 당신들 사이에서 살 자격이 없다고. 당신들과 결혼할 자격이 없다고. 그런데 지금은 자기들 몸을 구하기 위해 우리를 필요로 하는군요."

레이나가 말했다. 나는 그녀를 보고 마주 웃었다.

"진짜 그러네요."

나는 목소리를 낮추었다. 오커가 자는지 완전히 확신할 수 없었기 때문이다.

"당신들은 내게 아주 많은 질문을 했죠. 내가 한두 가지 물어봐도 될까요?"

"물론이죠."

레이나가 눈을 깜박이며 말했다. 그녀는 이 상황을 즐기고 있었다.

"당신들이 치료약을 발견할 가능성이 있긴 한가요?"

"당연하죠. 시간문제일 뿐이에요. 당신들은 우리에게 도움이 될 거예요. 거짓말하진 않겠어요. 하지만 우린 당신들 없이도 치료약을 발견할 거예요. 당신들은 그 과정이 빨라지는 데 도움이 될 뿐이에요. 물론 그것도 가치 있는 일이죠. 우리가 치료약을 찾기 전에 너무 많은 사람이 죽으면, 인도자가 우리를 '다른 땅'으로 데려가지 않을 테니까요."

레이나는 전적으로 확신하듯 말했다.

"만약 당신들의 면역체계가 아무 실마리도 주지 못한다면요? 면역이 유전의 문제로 밝혀진다면?"

내가 물었다.

"그건 아니에요. 우린 알아요. 마을 사람들은 여러 장소에서 왔어요. 어떤 사람들은 몇 세대 전에 왔고, 어떤 사람들은 더 근래에 왔죠. 인도자가 최근에 도착한 사람들을 데이터에 포함시키지 말라고 해서 그러지 않았어요. 하지만 우리는 모두 면역이 있어요. 환경적인 게 분명해요."

레이나가 말했다.

"그렇지만 면역력과 치료약은 엄연히 다르죠. 당신들은 사람들의 의식을 되찾는 법을 알아내지 못할 수도 있어요. 애초에 사람들이 바이러스에 걸리지 않게 하는 법만 알아낼 수도 있겠죠."

"그렇다고 해도 여전히 매우 가치 있는 발견이 되겠죠."

레이나가 말했다.

"제때 발견할 경우에 말이죠. 사람들이 이미 바이러스에 걸렸다면 면역화할 수 없으니까요. 그래서 우리가 당신들에게 아주 유용한 거고요."

내가 말했다.

구석에서 코웃음 치는 소리가 들렸다. 오커가 일어나 우리 쪽으로 걸어왔다.

"축하하네. 결국 자네는 그냥 소사이어티 소년이 아니었구먼. 난 어떤가 궁금해하고 있었지."

"고맙습니다."

내가 말했다.

"자네는 소사이어티에서 의사였지?"

오커가 물었다.

"그랬지요."

내가 말했다.

그는 울퉁불퉁한 한 손을 내 쪽으로 흔들었다.

"다 끝나면 이 친구를 내 실험실에 지정해줘."

그가 레이나에게 말했다.

그녀가 그 상황을 기꺼워하지 않는다는 것을 알 수 있었다. 그러나 그녀는 고개를 끄덕였다.

"알았어요."

그녀가 말했다. 게임에서 가장 중요한 플레이어가 누군지 안다는 것은 훌륭한 리더의 표지였다. 그리고 오커가 그 플레이어라면, 그녀는 그에게 게임에 이기기 위해 필요한 것을 확실히 제공해야 했다.

거의 하룻밤이 꼬박 걸려서야 그들은 질문을 끝냈다.

"당신은 좀 쉬어야 해요. 잘 곳을 알려줄게요."

레이나가 말했다.

그녀는 나와 함께 마을 길을 이리저리 걸었다. 귀뚜라미 노랫소리가 들렸다. 이곳에서 듣는 귀뚜라미 소리는 자치구에서와는 다르게 더 또렷이 느껴졌다. 귀뚜라미 소리를 가릴 만한 여러 가지 다른 소리가 없었기 때문에 귀를 기울일 수밖에 없었다.

"당신은 이 마을에서 자랐나요? 여긴 아름답군요."

내가 그녀에게 물었다.

"아뇨. 난 카마스에 살았어요. 우리, 경계 지방에 살던 사람들이 마지막으로 도착했죠. 소사이어티는 때때로 우리를 군 기지에서 일하게 했어요. 소사이어티가 비정상과 일탈자를 마지막 하나까지 모으려고 할 때 우리는 산맥으로 떠났죠."

그녀는 눈을 들어 먼 곳을 바라보았다.

"떠나야 한다고 경고한 사람이 바로 인도자였어요. 소사이어티는 우리를 모두 죽이려고 했어요. 함께 오지 않은 사람들은 소사이어티에 끌려가 바깥 지방의 사지로 보내졌죠."

그녀가 말했다.

"그래서 인도자를 믿는 거군요. 그가 당신들에게 경고를 해서."

내가 말했다.

"그래요. 그리고 그는 실종 사건에도 끼어 있었어요. 그에 대해 들어 봤는지 모르겠네요."

"들었어요. 소사이어티에서 도망쳐서 여기로 왔거나 '다른 땅'으로 간 사람들 말이죠."

그녀가 고개를 끄덕였다.

"그런데 그곳에서 아무도 돌아오지 않았군요?"

"아직은요."

그녀가 말했다. 그녀는 창문에 철창이 달린 건물 앞에서 멈추었다. 문앞에 있던 경비원 한 명이 그녀에게 고개를 끄덕였다.

"여기가 감옥인 건 유감이에요. 하지만 당신에게 감독을 붙이지 않고 혼자 두어도 될 만큼 우리가 당신을 잘 알지는 못하잖아요. 그래서 당신을 여기 두어야 할 때가 있죠. 특히 밤에요. 인도자가 데려온 사람들 중에는 당신보다 덜 협조적인 사람들이 있었죠. 그들은 여기 계속 갇혀 있어요."

그것은 이해할 수 있었다. 이런 상황을 책임지고 있다면 나라도 같은 일을 했을 것이다.

"그러면 카시아는? 그녀는 어디에 머물게 됩니까?"

내가 물었다.

"그녀도 여기서 자야 할 거에요. 하지만 곧 당신들을 데리러 올게요."

레이나가 말했다. 그녀는 경비원에게 나를 안으로 데려가라고 손짓했다.

"잠깐만요. 내가 이해할 수 있게 설명해줘요."

내가 말했다.

"명백한 문제 같은데요. 우린 당신을 몰라요. 당신을 혼자 둘 수 있을 만큼 믿을 수 없다고요."

그녀가 말했다.

"그게 아니라요, 왜 당신들이 '다른 땅'에 가고 싶어하는지 말이에요. 심지어 그곳이 존재하는지도 모르잖아요."

"그곳은 존재해요."

그녀가 말했다.

그녀는 내가 모르는 뭔가를 알고 있는 걸까? 그녀가 내게 전부를 이야기하지 않았을 수도 있다. 왜 그래야 하는가? 그녀가 지적한 것처럼, 그녀는 나를 모르고 아직 나를 믿지 못하니까.

"하지만 아무도 돌아오지 않았잖아요."

내가 말했다.

"당신 같은 사람들은 그 사실을 '다른 땅'이 실제로 존재하지 않는다는 증거로 보지요. 나 같은 사람들은 그 사실을, 그곳이 너무나 좋아서 아무도 돌아오고 싶어하지 않는 거라는 증거로 봐요."

레이나가 내게 말했다.

28
카시아

'카이, 너 어디 있니?'

바로 이거다. 가장 큰 공포. 내가 카빙 대협곡에서부터, 하늘 아래에 죽어 있는 사람들을 보았을 때부터 두려워하던 것. 내가 사랑하는 사람이 나를 떠나는 것.

수석 분류자 레베카는 우리 어머니 나이쯤이었다. 그녀는 내게 몇 가지 시험 분류를 시켰다. 내가 한 일을 훑어본 후 그녀는 내게 웃으며 당장 일을 시작해도 된다고 말했다.

"여기서 우리가 일하는 방식이 네게 익숙한 방식과 다르다는 걸 알게 될 거야. 소사이어티에서는 혼자서 분류하지. 여기서는 오커와 진단의들에게 모든 걸 이야기해야 해."

그녀는 데이터포드를 테이블에 내려놓았다.

"만약 우리가 실수를 해서 뭔가 빠뜨린다면, 어떤 패턴을 놓친다면, 그 결과는 치명적일 수도 있어."

전에 해본 분류와는 완전히 다른 일이었다. 소사이어티에서는 데이터가 무엇에 연관되어 있는지, 실제로 어떻게 보이는지 알아서는 안 되었다. 모든 것이 암호화되어 있었다.

"난 우리 마을 사람들과 소사이어티 바깥에서 일생을 살아온 카빙 대협곡 사람들로 데이터 집합을 만들었어."

나는 카빙 대협곡에 살았던 이들 중에 아는 사람이 있다고 말하고 싶었다. 엘리와 헌터가 어떻게 지내는지 알고 싶었다. 그러나 지금 당장은 치료약과 카이와 내 가족의 안부에 주의를 집중해야 했다.

"우리는 식단, 연령, 여가 습관, 직업, 가족사에 대한 정보를 갖고 있어. 데이터 중 어떤 것은 다른 출처의 정보로 교차 입증된 거지만, 대부분은 자체 보고된 거야."

레베카가 말했다.

"그러면 아주 믿을 만한 데이터 집합은 아니군요."

내가 말했다.

"그래. 우리에게는 그것밖에 없어. 물론 데이터 전반에 걸친 공통점은 있지. 하지만 우리가 가진 것에서 추정해서 범위를 좁혀야 했어. 예를 들면, 우리 데이터는 환경이나 식단의 공통점을 가리키고 있지."

"지금 제가 치료약 성분을 분류하는 일을 하는 게 좋을까요?"

나는 희망을 갖고 말했다.

"그 일을 하게 될 거야. 하지만 네가 먼저 처리해야 할 다른 프로젝트가 있어. 제한된 최적화 문제를 풀어야 하지."

그녀가 무슨 말을 하는지 이미 알 것 같았다. 돌연변이 치료약이 없다는 것을 깨달았을 때부터 나도 마음에 품고 있던 문제였다.

"봉기 세력이 고요환자에게서 손을 떼기 시작할 때까지 얼마나 오래 걸릴지 알아내라는 거군요. 우리에게 시간이 얼마나 있는지 알아야 하니까요."

내가 말했다.

"그래. 병에서 구해낼 사람이 아무도 남지 않는다면 인도자는 우리를 데려다주지 않을 테니까. 내가 치료약 개발을 위해 분류를 하는 동안 네가 그 작업을 해주면 좋겠다. 그럼 날 도와주는 거야."

그녀가 테이블 위로 데이터포드를 밀어 보냈다.

"이건 잰더의 면담에서 기록한 노트야. 거기에는 감염률, 자원들이 사용된 비율, 환자의 특성에 관한 정보가 포함되어 있어. 우리는 인도 자에게서 같은 항목에 대한 부가적인 데이터를 얻었지."

"아직 몇 가지 정보가 부족해요. 자원의 최초 수량이나 소사이어티 전체 인구수 같은 건 몰라요."

내가 말했다.

"자원의 최초 수량은 지출 비율을 보고 추정해야 할 거야. 여러 지방 정부 전체의 인구에 대해 말하면, 인도자는 우리에게 220만 명이라는 추정치를 주었어."

그녀가 말했다.

"그게 전부예요?"

나는 얼떨떨해져서 물었다. 나는 소사이어티가 그보다 훨씬 크다고 생각했다.

"그래."

그녀가 말했다.

봉기 세력은 인력과 자원을 어떻게 해야 최선으로 배분할지 추정하려고 할 것이다. 당연히 고요환자를 돌봐야 하는 사람들이 있다. 사람들은 음식을 계속 공급하고 도시와 자치구 건물에 전력과 물이 나오도록 하기 위해 일해야 한다. 심지어 소수의 사람들이 최초 형태의 전염병에 걸린 덕분에 안전하다고 해도, 그런 사람들은 한정되어 있었다. 그들이 다른 사람들을 다 돌봐야 했다.

그런 사람들이 얼마나 많은지 알아야 했다. 면역력을 가진 사람들이 얼마나 많은지. 얼마나 많은 사람들이 고요해질 것이고, 면역자들이 그 환자들 중 몇 퍼센트나 생명을 유지시킨다고 보는 것이 타당할지, 그 비율은 얼마나 빠르게 줄어들지 추측해야 했다.

"오커는 대체로 인구의 5퍼센트에서 10퍼센트 정도가 어떤 전염병에도 면역을 갖고 있다고 추정하고 있어. 그러니까 애초에 면역이 있었고 적절한 타이밍에 살아 있는 바이러스에 접촉한 네 친구 잰더 같은 사람들의 소수 그룹뿐만 아니라 오커가 말한 그룹도 있을 거야. 양쪽 그룹 다 계산에 넣어야 해."

레베카가 말했다.

"알았어요."

내가 말했다. 전에 자주 그렇게 했듯이, 데이터를 분류할 때는 카이를 마음속에서 밀어내야 했다. 마음이 흔들려 연약해진 한순간에는 이 불가능한 일을 뒤로한 채 나가버리고 싶었다. 숫자들이 떨어질 곳으로 떨어지도록 놓아두고, 카이가 있는 작은 방으로 걸어가 그를 안고 싶었다. 협곡을 지나온 후 이제는 산속에서 우리 둘만 함께 있고 싶었다.

'그런 일은 일어날 수 있어. 이제 조금만 더 하면 돼.'

나는 스스로에게 말했다. '당신에게는 닿지 못했습니다'로 시작하는 시에 나오는 여행처럼.

우리는 플러시 천처럼 부드럽게 걷고, 눈처럼 서 있습니다—
물은 이제 중얼거립니다.
세 개의 강과 언덕이 지나갔고
두 개의 사막과 그 바다!
이제 죽음은 내 소중한 것을 빼앗고
당신의 모습을 가져갑니다.

...

그러나 나는 마지막 두 행을 고쳐 쓸 것이다. 죽음은 내가 사랑하는 사람을 데려가지 않을 것이다. 우리의 여행은 다르게 끝날 것이다.

제대로 된 결과를 얻고 싶었기 때문에 오랜 시간이 걸렸다.

"다 끝났니?"

레베카가 조용히 물었다.

잠깐 동안 내가 얻은 결과에서 고개를 들 수가 없었다. 카빙 대협곡에서, 나는 이런 시간이 있었으면 하고 바랐다. 가장자리에서 살아온 사람들과 협력하는 시간. 대신 우리는 아름다운 곳에 있는 텅 빈 마을을 발견했다. 동굴에 남겨진 종이와 서류들만 그곳에 살고 있었다. 소중히 간직되다가 뒤에 남겨진 물건들.

우리는 언제나 조용해지지 않도록, 순순해지지 않도록 저항하고 있었다.

"네."

나는 레베카에게 말했다.

"그래? 그들이 환자들을 버리기 시작하기까지 얼마나 오래 걸릴까?"

"이미 그러기 시작했을 거예요."

내가 말했다.

29
카이

누군가가 안으로 들어왔다. 문이 열리고 발걸음이 바닥을 가로지르는 소리가 들린다.

카시아일까?

이번에는 아니었다. 누구인지는 몰라도 이 사람에게서는 카시아에게 나는 꽃향기와 종이향 같은 냄새가 나지 않는다. 땀과 연기 냄새가 난다. 그리고 그녀와 다르게 숨을 쉰다. 더 낮은 소리. 달려온 다음 숨을 고르려는 것처럼 더 큰 소리.

그 사람이 비닐백에 손을 뻗는 소리가 들렸다.

그러나 내게는 새 주사액이 필요하지 않았다. 누군가가 방금 그것을 교체했다. 그들은 지금 어디 있지? 무슨 일이 일어나는지 알고 있을까?

그 사람이 팔을 끌어당기는 것을 느낀다. 그가 내 주사관에서 비닐백을 풀어내기 시작했다. 수액이 내 몸 안에 들어오는 대신 양동이 같은 것 속으로 떨어진다.

내 몸이 창문 쪽으로 돌려졌다. 그래서 창유리를 덜걱거리는 바람소리가 더 커졌다.

이건 모든 사람에게 일어나고 있는 일일까? 아니면 나한테만 일어나는 일일까? 누군가가 내가 다시 의식을 찾지 못하도록 하려는 걸까?

내 심장이 더 느려지는 소리를 들을 수 있었다.

나는 점점 더 깊이 내려갔다.

고통이 잦아들었다.

숨 쉬는 걸 기억하기가 더 어려워졌다. 나는 카시아의 시를 속으로 되풀이하며 박자에 맞춰 숨을 쉬었다.

새. 장미. 옛. 장미. 앤. 여왕의. 레이스.

들이쉬고. 내쉬고. 들이쉬고. 내쉬고. 들이쉬고. 내쉬고. 들이쉬고. 내쉬고.

30
잰더

감옥 문이 열렸을 때 펄쩍 뛰며 깬 걸 보니 어느새 잠들었나 보다.

"그 애를 내보내."

누군가가 경비원에게 말했다. 다음 순간 오커가 내가 있던 방 앞에 나타나 경비원이 문 여는 모습을 지켜보았다.

"너, 다시 일할 시간이다."

오커가 말했다.

나는 맞은편 독방을 흘끗 보았다. 카시아는 들어오지 않았다. 밤새 도록 카이를 지켜보고 있었던 것일까? 아니면 그들이 그녀에게 계속 일을 시켰을까? 다른 사람들은 모두 조용했다. 숨 쉬는 소리는 들렸지 만, 아무도 깨어 있는 것 같지 않았다.

밖으로 나왔을 때 날은 아직 어두웠다. 심지어 이른 아침도 아니었 다.

"넌 내 밑에서 일하잖아. 그러니까 나와 같은 시간에 일해야지."

오커가 말했다. 그는 길 건너에 있는 연구실을 가리켰다.

"저게 내 연구실이다. 내가 시키는 대로 해. 그러면 갇혀 있는 대신 하루의 대부분을 저기서 보낼 수 있다."

그가 말했다.

레이나가 이 마을의 의사라면, 오커는 조종사인 것 같았다.

"내 지시를 정확히 따라. 내게 필요한 건 네 손뿐이야. 내 손이 제대로 일을 못하니까."

그가 내게 말했다.

"오커는 소개를 잘 안 해줘."

오커가 떠난 뒤 조수 한 사람이 말했다.

"난 노아야. 오커가 여기 왔을 때부터 함께 일했지."

노아는 삼십대 중반 정도로 보였다.

"이쪽은 테스."

테스가 내게 고개를 끄덕였다. 그녀는 노아보다 조금 더 젊었고 친절한 미소를 짓고 있었다.

"전 잰더예요. 이게 다 뭔가요?"

내가 물었다. 실험실 한쪽 벽은 내가 모르는 사람들의 사진과 그림으로 뒤덮여 있었다. 어떤 것들은 오래된 사진과 책에서 뜯어낸 페이지들이었으나, 대부분은 손으로 그린 것 같았다. 손이 말을 듣지 않게 되기 전에 오커가 그린 걸까? 나는 감명받았다. 의료 센터의 그 간호사가 생각났다. 훈련을 받지 않고는 뭔가를—그림도, 시도—만들어내지 못하는 사람은 나뿐인가 보다.

"오커는 저 사람들을 과거의 영웅들이라고 부르지. 그는 이전에 살았던 사람들의 업적을 우리가 알아야 한다고 생각해."

노아가 말했다.

"소사이어티에서 훈련을 받았군요. 그렇죠?"

내가 말했다.

"그래. 그는 여기 10년 전에, 최종 연회 직전에 왔어."

테스가 말했다.

"그럼 아흔 살이에요?"

내가 물었다. 나는 그렇게 나이 든 사람을 한 번도 본 적이 없었다.

"그래. 우리가 아는 한 세상에서 가장 나이 많은 사람이야."

노아가 말했다.

연구실 문이 쾅 열렸고 우리는 모두 다시 일에 착수했다.

몇 시간 후, 오커는 조수들에게 잠깐 쉬라고 말했다.

"넌 말고. 뭔가 만들어야 하는데 넌 남아서 날 도와라."

그가 내게 말했다. 노아와 테스는 내게 안됐다는 눈길을 보냈다.

오커는 깔끔하게 라벨이 붙은 상자와 병 한 무더기를 내 앞에 놓고 목록을 건네주었다.

"이 혼합물을 섞어라."

그가 말했고, 나는 계량을 시작했다. 그는 다시 서랍장으로 가서 더 많은 재료들을 뒤졌다. 재료가 담긴 병들이 서로 쨍그랑거리는 소리가 들렸다.

다음 순간 그가 말을 거는 바람에 나는 깜짝 놀랐다.

"카마스의 의료 센터에서 넉 달 일하면서 대략 이천 명의 환자를 봤다고 했지?"

"네. 물론 센터의 다른 병동과 카마스의 다른 건물에 있는, 제가 치료하지 않은 환자들이 훨씬 더 많지요."

내가 말했다.

"네가 본 고요환자들 중에서 여기 내 환자들보다 상태가 더 좋아 보이는 환자가 얼마나 됐냐?"

그가 물었다.

"한 명도 없었어요."

내가 말했다.

"대답이 너무 빠르구나. 천천히 생각해봐."

그가 말했다.

나는 다시 내 환자들을 전부 떠올려보았다. 모든 사람의 얼굴을 기억할 수는 없었지만 마지막 백 명은 떠올릴 수 있었다. 그리고 물론 레이도.

"없었어요."

내가 다시 말했다.

오커는 만족스러워하며 팔짱을 긴 채 등을 뒤로 젖히고 앉았다. 그는 내가 재료를 몇 가지 더 계량하는 모습을 지켜보다가 말했다.

"좋아. 이제 네가 질문할 차례다."

이런 기회가 올 거라고 예상하지는 못했지만 이 기회를 이용할 것이다.

"직접 만드신 주사액과 봉기 세력이 사용한 것의 차이가 뭐죠?"

내가 물었다.

오커가 용기 하나를 내 쪽으로 밀었다.

"알츠하이머병이라고 들어봤니?"

그것은 대답이 아니라 질문이었다. 그러나 나는 분위기를 맞춰주기로 했다.

"아뇨."

"물론 못 들어봤겠지. 네가 태어나기도 전에 내가 치료한 병이니까."

오커가 말했다.

"당신이 치료했다고요? 당신 혼자서? 다른 사람은 없었고요?"

내가 물었다.

오커는 등 뒤쪽 벽에 붙은 사진 두어 장을 두드렸다.

"나 혼자 한 건 아니야. 나는 소사이어티 연구팀의 일원이었다. 그건 잉여 단백질이 두뇌를 막아버리는 병이지. 우리 이전의 다른 사람들도 그 프로젝트에서 일했지만, 우리가 처음 그 단백질의 발현 수준을 제어하는 방법을 알아냈다. 그리고 그것들을 차단했지."

그는 좀 더 몸을 기울여 내가 만든 혼합물을 보았다.

"그러니까 네 첫 번째 질문에 답하자면, 그 차이란 내가 약물을 혼합할 때 무슨 일을 하는지 알고 있었다는 거야. 봉기 세력과는 다르지. 나는 돌연변이에서 추출한 특정 단백질들이 축적되지 않게 하는 법을 알아. 그게 우리가 치료한 질병과 비슷한 방식으로 활동하기 때문이지. 그리고 환자의 혈소판이 비장에 축적되어 체내에서 파열하고 출혈하지 않도록 하는 법도 알아. 또 하나의 차이는 수액에 마취제를 덜 섞는 거야. 내 환자는 다소 아픔을 느껴. 고통이라기보다 불편한 정도지. 덕분에 그들은 숨 쉬어야 한다는 걸 기억해낼 거다. 그런 식으로 해야 그들이 의식을 되찾을 가능성이 크지."

"하지만 그게 좋은 일인가요? 그들이 종기의 고통을 전부 느낄 수 있다면요?"

내가 묻자 오커는 코웃음을 쳤다.

"뭔가 느끼면 병과 싸우겠지. 고통 없는 곳에 있는데 왜 현실로 돌아오고 싶겠나?"

그는 가루가 담긴 트레이를 내 쪽으로 밀었다.

"이걸 계량해서 그 용액에 넣어 추출해."

나는 지시받은 것을 내려다보고 가루를 2그램 재어 용액에 넣었다.

"때때로 믿어지지가 않아."

오커가 중얼거렸다. 혼잣말을 하는 건지 아닌지 알 수 없었으나, 다음 순간 그는 나를 쳐다보았다.

"내가 여기서 그 망할 전염병 치료약을 다시 개발하고 있단 말이야."

"잠깐만요. 첫 번째 치료약 개발에도 참여하신 거예요?"

내 말에 그는 고개를 끄덕였다.

"소사이어티는 우리가 단백질 발현 분야에서 해낸 일을 알게 되자 내 팀을 데려다가 전염병 치료약을 개발하도록 했지. 소사이어티는 전염병을 적에게 퍼뜨리기 전에 치료약을 확보해놓기를 원했어. 전염병이 역으로 퍼질 경우에 대비해서."

"그러면 봉기 세력에서 거짓말을 한 거군요. 소사이어티에는 치료약이 있었어요."

내가 말했다.

"물론 있었지. 하지만 대규모 유행병을 억제할 만큼 충분하지는 않았으니, 봉기 세력에게도 약을 더 만든 공적이 있는 거고. 하지만 그 치료약을 먼저 개발한 건 소사이어티야. 네 인도자는 분명 그런 이야기는 안 했겠지."

오커가 말했다.

"안 했어요."

내가 말했다.

"나는 여기로 도망칠 때 상당한 양의 물건을 지불했다. 날 데리고 나온 사람이 바로 지금의 인도자고."

오커는 걸어가서 찬장에서 뭔가 다른 것을 찾았다.

"그가 봉기 세력의 인도자가 되기 전이었지."

그의 목소리는 작았다.

"봉기 세력이 그에게 지도자가 되어달라고 요청했을 때, 난 그에게 그들을 믿지 말라고 말했어. '그들은 반역자가 아니야. 다른 이름의 소사이어티고, 당신과 당신의 추종자들을 원할 뿐이야.' 그렇게 말했지.

그러나 그는 그 일이 효과가 있을 거라고 확신했다."

오커는 테이블로 돌아왔다.

"어쩌면 확신하지 않았을지도 몰라. 그는 내가 이곳 끝돌 마을에서 어디에 있는지 계속 확인했거든."

그렇다면 오커는 레이가 말했던 실종 사건의 일원이란 말인가.

"그래서 불쾌하셨어요? 인도자가 당신을 추적한 것이?"

내가 물었다.

"아냐. 나는 소사이어티 밖에 있고 싶었고, 그렇게 됐지. 때때로 내가 쓸모 있다고 여겨지는 건 괜찮은 일이야. 자."

오커는 내게 데이터포드를 건네주었다.

"내 대신 이 목록을 스크롤해줘."

내가 스크롤하는 동안 그는 투덜거렸다.

"범위를 더 좁힐 수 없나? 우리 모두 환경적인 요인이라는 정도는 추측하고 있어. 하지만 우리는 채집하거나 키울 수 있는 건 뭐든지 먹지. 그런 음식 목록은 끝이 없다고. 환자들을 치료할 수 있는 걸 발견하긴 하겠지. 하지만 때를 못 맞출 수도 있어."

"인도자는 왜 당신을 카마스나 센트럴로 데려가지 않은 거죠? 그쪽이 치료약 개발을 하기 더 좋은 장소였을 텐데요. 산에서 식물과 필요한 물건들을 가져다줄 수도 있고, 그곳에선 온갖 데이터와 장비에 접근할 수 있는데……."

오커의 얼굴이 굳었다.

"왜냐하면, 내가 그와 함께 일하기로 했을 때 단 한 가지 조건을 걸었기 때문이지. 내가 여기 머무른다는 것."

그의 말에 나는 고개를 끄덕였다.

"일단 나왔으면 돌아가선 안 돼."

오커가 말했다.

그의 손은 뼈를 덮고 있는 종이처럼 매우 나이 들어 보였다. 그러나 정맥은 생명과 피로 통통하게 튀어나와 있었다.

"다른 질문도 하고 싶은 거구나. 물어봐라."

그의 목소리는 짜증과 흥미를 동시에 담고 있었다.

"인도자는 누군가가 물 공급원을 오염시켰다고 했어요. 그들이 그 돌연변이도 만들어냈다고 생각하시나요? 둘 다 아주 빨리 일어난 일이에요. 환자들이 갑자기 늘어난 것처럼, 돌연변이도 누군가 만들어냈을 수도 있을 것 같아요."

"그거 좋은 질문이구나. 하지만 나는 그 돌연변이가 자연적으로 발생했다고 장담할 수 있다. 작은 유전적 변화는 자연에서 늘 일어나는 일이야. 하지만 돌연변이에 이점이 없다면 그냥 사라져버리지. 변형되지 않은 다른 형태가 우위를 차지하니까."

그가 다른 병을 가리켰다. 나는 그 대신 그것을 내리고 뚜껑을 열었다.

"하지만 선택압 같은 것이 존재해서 돌연변이가 어떤 이점을 갖게 된다면, 그 돌연변이는 변형되지 않은 형태보다 더 자라고 더 오래 살아남지."

"카마스에 있던 바이러스학자도 그렇게 말했어요."

내가 말했다.

"그 말이 옳아. 적어도 내 생각으로는."

오커가 말했다.

"그는 치료약 자체가 선택압으로 작용해서 돌연변이를 만들어냈을 수도 있다고 말했어요."

"그럴 법하군. 하지만 그렇다고 해도 누가 그것을 계획했다고 생각되지는 않아. 소사이어티 바깥에 사는 우리들이 이따금 말하듯이 그건 불운이었어. 돌연변이 중 한 형태가 치료약에 면역력을 갖고 있었기 때문에 퍼지고 유행하게 된 거야."

오커가 확인해주었다. 정말로 치료약이 대유행병을 만든 것이다.

"내가 서둘렀군. 아직 네게 바이러스가 작용하는 방식을 설명하지 않았어. 너도 네 힘으로 어느 정도 추측했겠지. 그러나 그걸 가장 잘 설명하는 방식은 이야기를 참조하는 거다."

그의 어조는 건조했다.

"사실 '백 가지 이야기' 중 하나야. 3번. 기억하나?"

"네."

정말로 기억했다. 그 이야기 속 소녀의 이름, 잰시가 내 이름과 비슷했기 때문에 늘 기억하고 있었다.

"얘기해봐."

오커가 말했다.

내가 마지막으로 이야기를 해보려던 것은 레이에게였는데, 그때는 잘되지 않았다. 그녀에게 이야기를 더 잘할 수 있었으면 하고 바랐다. 그러나 지금 다시 시도해볼 작정이었다. 오커가 내게 이야기하라고 했고, 그가 치료약을 만들어낼 사람이라고 생각했기 때문이다. 나는 웃지 않으려고 애썼다.

'꼭 그렇게 될 거야. 우린 해낼 거야.'

"잰시라는 소녀가 나오는 이야기예요. 어느 날 잰시는 자기 몫의 음식을 먹지 않겠다고 결심했어요. 음식이 배달되자 그녀는 자기 밥 대신 아버지의 오트밀을 가로채서 먹었어요. 하지만 너무 뜨거워서 하루 종일 아프고 열이 났죠. 다음날 그녀는 어머니의 오트밀을 훔쳤어요. 하지만 그건 너무 차가워서 잰시는 추위에 떨었어요. 사흘째에는 자기 음식을 먹었는데 그건 온도가 딱 맞아서 몸이 멀쩡했지요."

나는 말을 멈추었다. 소사이어티의 아이들이 소사이어티가 시키는 대로 하도록 만들어진 정말 바보 같은 이야기였다.

"그런 식으로 계속돼요. 잰시는 결국 부적절한 행동 때문에 세 번 소환되고, 소사이어티가 자기에게 무엇이 맞는지 가장 잘 알고 있다는 걸 깨닫게 됩니다."

나는 오커에게 말했다. 그가 고개를 끄덕이는 바람에 나는 깜짝 놀랐다.

"좋아. 네가 잊어버린 부분은 그 여자아이의 머리카락에 대한 거지."

"맞아요. 금빛이었어요. 잰시(Xanthe, '금발'을 뜻함—옮긴이)라는 이름이 거기서 나왔죠."

내가 말했다.

"하여간 상관없어. 중요한 건 그 아이디어야. 무언가가 너무 뜨겁고, 너무 차갑고, 딱 맞는다. 바이러스가 작용하는 방식에 대해 네가 기억해야 하는 건 그거야. 나는 바이러스가 사용하는 전략이 잰시 전략이라고 생각한다. 바이러스는 목표물에서 너무 빨리 달아나려고 하지 않아. 자기가 감염시킨 유기체를 죽이지만 너무 빨리 죽이면 안 되지. 제때 다른 유기체로 옮겨가야 하니까."

"만약 바이러스가 유기체를 너무 빨리 죽인다면, 그건 너무 뜨거운 거군요."

내가 말했다.

"그리고 그것이 다른 유기체로 빨리 옮겨가지 못한다면, 결국 죽는 거지. 너무 차가워져서."

"하지만 그 사이 어딘가가 딱 맞는 거고요."

오커가 고개를 끄덕였다.

"이 돌연변이는 딱 맞아. 그리고 그건 소사이어티와 봉기 세력 각자가 한 일 때문만이 아니야. 그래, 그들은 각각 어떤 조건에 기여하긴 했지. 하지만 그것은 바이러스가 오랜 세월에 걸쳐 그래왔듯이 저절로 돌연변이를 일으켰어. 역사 전체에 걸쳐 전염병들이 돌았고 이것이 마지막 전염병도 아니야."

"그럼 우리는 정말로 안전한 게 아니로군요."

내가 말했다.

"그렇지, 얘야. 그게 소사이어티의 가장 위대한 승리일지도 몰라. 그토록 많은 사람들이 우리가 정말로 안전하다고 믿었다는 것."

오커가 부드러운 어조로 말했다.

31
카시아

나는 카이를 보러 가야 했다.

여기 머물러서 치료약을 찾는 일도 해야 했다.

정말로 진지한 생각에 빠져버리면 두 장소 사이에서 찢긴 채 길을 잃고 걱정 속에 표류했다. 아무것도 이루지 못하고 아무도 돕지 못했다. 그래서 나는 그런 방식으로는 생각하지 않았다. 나는 고요환자의 의식이 되돌아오게 해줄 뭔가를 찾으려고 애쓰면서 식물과 치료약과 숫자에 대해 생각하고 데이터를 분류했다.

목록의 비교는 말처럼 간단하지 않았다. 목록에는 마을 사람들과 농부들이 먹은 음식의 이름만 포함된 것이 아니라, 그 음식이 소비된 빈도도 들어 있었다. 경작된 땅의 유형, 식물성 식품인지 동물성 식품인지, 그 외에도 고려해야 하는 정보가 수만 가지였다. 뭔가를 자주 먹었다고 그 음식이 면역을 만들어냈다는 뜻은 아니기 때문이었다. 그렇다고 단 한 번 섭취한 음식이 면역을 생성했을 것 같진 않았다.

여러 사람이 들락거렸다. 환자들을 검사한 뒤 보고하기 위해 돌아오는 진단의들, 자기 일을 하는 오커와 잰더, 휴식을 취하는 분류자들, 우리 일의 진전을 점검하는 레이나. 나는 오가는 사람들에 점점 익숙해져 결국은 나무문이 여닫히는 소리가 들려도 쳐다보지 않았다. 산

바람이 슬쩍 불어와 내 머리카락을 살랑거렸을 때는 거의 알아채지도 못했다.

내 집중 상태를 깨고 한 여성의 목소리가 들렸다.

"우리가 몇 가지 더 생각한 게 있는데, 그걸 모두 목록에 포함시켰는지 확인하고 싶군요."

그녀가 말했다.

"그러세요."

레베카가 말했다.

여인의 목소리가 왠지 익숙했다. 나는 위를 쳐다보았다.

그녀는 목소리보다 더 나이 들어 보였고, 완전히 회색인 머리카락은 복잡하게 땋아 머리 위에 높이 묶여 있었다. 피부와 손은 풍상에 시달렸지만, 목록이 적힌 종이를 쥔 손은 부드럽게 움직였다. 심지어 이곳에서도 그 목록이 인쇄된 것이 아니라 손으로 쓰였다는 걸 알 수 있었다.

"애너로군요."

나는 큰 소리로 말했다. 그녀가 몸을 돌려 나를 바라보았다.

"우리가 만난 적이 있던가요?"

그녀가 물었다.

"아뇨. 죄송해요. 하지만 나는 당신 마을을 봤고, 헌터와 엘리를 알아요."

내가 말했다. 엘리가 보고 싶었다. 그러나 카이를 보러 가고 치료약 관련 작업을 하느라 농부들의 새 정착지에 찾아가볼 시간이 없었다. 그곳이 마을에서 그리 멀지 않다는 것을 알면서도 그랬다. 죄책감이 마음을 휩쓸었지만, 내가 부탁한다고 레이나나 다른 사람들이 나를 보내줄지 알 수 없었다. 나는 치료약을 찾기 위해 여기 있는 거니까.

"아가씨가 카시아겠군요. 엘리는 언제나 아가씨 얘기를 했어요."

애너가 말했다.

"제가 카시아예요. 엘리에게 카이도 여기 있다고 전해주세요."

내가 말했다. 엘리가 애너에게 카이에 관한 이야기를 했을까? 애너의 눈에 알겠다는 빛이 번뜩이는 걸 보니 엘리가 말한 것 같았다.

"하지만 카이는 환자예요."

"저런, 안됐군요."

애너가 말했다.

나는 카이에 대해 너무 깊이 생각하지 말자고, 그렇지 않으면 내가 무너져버려 그에게 전혀 소용이 없을 거라고 생각하며 거칠게 깎은 테이블 가장자리를 움켜쥐었다.

"헌터와 엘리는 잘 있나요?"

"잘 지내요."

애너가 말했다.

"보러 가고 싶었는데……."

나는 말하려고 했다.

"괜찮아요. 이해해요."

애너가 말했다.

레베카가 슬쩍 움직이자 애너는 그 뜻을 눈치챘다. 그녀는 내게 미소를 지었다.

"내 일이 다 끝나면 엘리에게 아가씨가 여기 있다고 얘기할게요. 엘리는 당신을 보고 싶어할 거예요. 헌터도요."

"고맙습니다."

그녀를 만났다는 것이 믿어지지 않았다. 이 사람이 헌터에게서 들고, 동굴에서 본 글씨를 쓴 그 애너구나. 그녀가 목록을 읽기 시작하자 그 목소리에 저절로 주의가 기울여졌다.

"마리포사 릴리. 페인트브러시 꽃. 하지만 아주 적은 양이에요. 안 그러면 유독할 수 있거든요. 우리는 세이지를 양념에, 에페드라를 차에 사용했어요……."

노래처럼 아름다운 단어들이었다. 내가 왜 애너의 목소리를 안다고 생각했는지 깨달았다. 그녀의 목소리는 우리 어머니의 목소리와 아주 조금 비슷했다. 나는 긴 종이쪽을 끌어당겨 애너가 말하는 이름들을 썼다. 어머니는 이 중 몇 가지를 이미 알고 계실 테지만, 다른 것을 알게 되면 매우 좋아하실 것이다. 나는 치료약을 갖다주면서 이 이름들을 어머니에게 노래해드릴 것이다.

· · ·

"넌 이제 좀 쉬어야겠다."

레베카가 천에 싸인 납작한 빵 한 조각을 내 손에 쥐여주었다. 빵은 따뜻했고, 빵 냄새에 뱃속이 꼬르륵거렸다. 그들은 이곳에서 직접 음식을 만들어 먹는다. 그건 과연 어떤 일일까? 내가 그것을 배울 시간이 있을까?

"이것도 있어. 그 아이를 방문할 때 뭘 좀 먹어야지."

그녀는 내게 물통을 건네주었다. 그녀는 내가 어디로 갈지 잘 알고 있었다.

진료소로 가는 길을 내려가면서 나는 숲 속에서 숨을 들이쉬었다. 사람들이 걸어간 흔적이 없는 모든 곳에서 야생화들이 자라고 있었다. 자줏빛, 붉은빛, 파란빛, 노란빛. 놀라울 정도로 선명한 분홍빛을 띠고 움직이는 구름들이 나무와 산봉우리 위 하늘로 날아올랐다. 그 순간 확신이 생겼다.

'우리는 치료약을 찾을 수 있어.'

그런 확신을 그토록 강하게 느껴본 적이 없었다.

진료소에 도착한 나는 카이 옆에 앉아 그를 바라보며 그의 손을 어루만졌다.

전염병 피해자들은 눈을 감지 않는다. 나는 그들이 눈을 감았으면 싶었다. 카이의 시선은 밋밋하고 회색이었다. 내가 보던 색깔, 파란색이나 녹색이 아니었다. 그의 이마에 손을 대자 매끄러운 피부와 그 아래 뼈가 느껴졌다. 열이 있는 것 같았다. 감염된 걸까?

"카이의 상태가 좋아 보이지 않아요. 영양액 주머니는 이미 비었고요. 주사액을 너무 빨리 들어가게 해놓은 거 아닌가요?"

나는 근무 중인 진단의 한 명에게 말했다. 그녀가 노트를 살펴보았다.

"이 환자 건 아직 있어야 하는데?"

나는 자리에서 움직이지 않았다. 일이 잘못된 것은 카이의 실수가 아니었다. 잠시 후 그녀는 일어서서 카이의 관에 연결할 새 주사액을 가지러 갔다. 그녀는 어쩔 줄을 모르는 것 같았다. 근무 중인 진단의는 두 명밖에 없었다.

"이곳에 도움이 더 필요한가요?"

내가 물었다.

"아뇨. 레이나와 오커는 의료 훈련을 받은 사람들만 고요환자를 간호하기를 원해요."

그녀가 날카로운 어조로 말했다.

그녀가 주사액을 갈아준 후, 나는 카이 옆에 앉아 그의 손 위에 내 손을 얹고, 그가 '언덕'에서, 협곡에서, 그리고 산속에서 보낸 순간 얼마나 생기에 넘쳤는지를 떠올렸다. 그리고 그는 고요해져버렸다. 나는 그와 사랑에 빠지기 시작했을 때 그의 눈 색깔을 궁금해하며 시간을 보냈던 것을 떠올렸다. 나는 그가 변화무쌍한 사람이므로 데이터의 유한집합이나 분명한 묘사 한 가지로 한정 짓기 어렵다고 생각했다.

문이 열렸다. 누군가가 내 휴식 시간이 끝났으니 일하러 돌아가야 한다고 말하러 왔을 거라고 생각하며 돌아보았다. 나는 떠나고 싶지 않았다. 이상한 일이다. 분류를 하고 있을 때면 그것이 내가 할 수 있는 가장 중요한 일이라는 확신이 들었다. 여기 있을 때면 고요환자와 함께 있는 것이 가장 중요하다고 느껴졌다.

그러나 그는 연구실에서 온 사람이 아니었다. 애너였다.

"들어가도 돼요?"

애너가 물었다. 그녀는 손을 씻고 마스크를 쓴 뒤 내 쪽으로 왔다. 나는 일어서서 그녀에게 의자를 양보하려고 했지만, 그녀는 고개를 젓고 침대 옆 바닥에 앉았다. 그녀를 내려다보는 자세로 앉아 있게 되자 기분이 이상했다.

"그럼 이 청년이 카이로군요."

그녀가 말했다. 그는 옆을 보고 누워 있었다. 그녀는 그의 눈을 들여다보고 그의 손을 만지며 말을 이었다.

"엘리가 카이를 보고 싶어해요. 그래도 괜찮을까요?"

"모르겠어요."

내가 말했다. 엘리를 만난다는 것은 좋은 생각일 수 있었다. 그러면 카이가 그에게 돌아오라고 부르고 말을 거는 내 목소리뿐만 아니라 더 많은 목소리를 들을 수 있을 테니까. 그런데 그것이 엘리에게도 좋은 일일까?

"저보다 당신이 더 잘 아시겠지요."

그런 말을 하기는 힘들었지만 그것은 엄연한 사실이었다. 나는 엘리를 겨우 며칠 본 사이였고, 그녀는 그 애를 몇 달 동안 보았으니까.

"엘리는 카이의 아버지가 거래자였다고 했어요. 카이 아버지의 이름은 모르지만, 그 사람이 우리 마을에서 쓰는 법을 배웠다는 카이의 말은 기억하더라고요."

애너가 말했다.

"맞아요. 카이 아버지를 기억하시나요?"

내가 물었다.

"그럼요. 난 그를 잊지 못할 거예요. 그의 이름은 시오네 피노였어요. 나는 그가 글씨 쓰는 법을 배우도록 도와주었죠. 물론 그가 제일 처음 배우려고 했던 건 부인의 이름이었어요."

그녀가 미소 지었다.

"그는 할 수 있을 때마다 부인을 위해 거래를 했어요. 물감을 살 수 없었을 때도 부인에게 그림붓을 가져다줬죠."

카이가 이 말을 들을 수 있을지 궁금했다.

"시오네는 카이를 위해서도 거래를 했어요."

애너가 말했다.

"무슨 말씀인가요?"

내가 물었다.

"어떤 거래자들은 방랑 조종사들과 일을 하곤 했어요. 사람들을 비행선에 태워 소사이어티 밖으로 빼내는 사람들요. 시오네도 한번 그 일을 했죠."

애너가 말했다.

"카이를 빼내기 위해 거래한 건가요?"

나는 놀라서 물었다.

"아뇨. 시오네는 다른 사람을 위해 거래를 수행했어요. 누군가를, 자기 조카를 징검돌 마을로 데려오려는 거였죠. 우리 농부들은 그 일을 전혀 돕지 않았어요. 하지만 시오네가 내게 그 일에 대해 이야기해줬어요."

그녀가 말했다.

머릿속이 소용돌이치고 있었다.

'패트릭 씨와 에이다 씨의 아들 매튜 마캠, 그는 죽지 않았나?'

"그 거래를 원한 사람이 가족이었기 때문에, 시오네는 요금을 받지 않고 거래를 했어요. 부인의 언니였죠. 그녀의 남편은 소사이어티가 뭔가 부패해가고 있다는 걸 알고 자기 아이를 빼내려고 했어요. 매우 까다롭고 위험한 거래였죠."

그녀는 내 너머에 눈길을 두고 카이의 아버지, 내가 만나본 적 없는 남자를 떠올리고 있었다.

'어떤 분이었을까?'

궁금했다. 더 나이 들고 더 무모한 카이의 모습으로 상상할 수밖에 없었다. 영리하고 대담한 모습.

"하지만 시오네는 해냈어요. 그는 아이가 도망쳤다기보다는 죽었다는 이야기가 돌아다니는 쪽을 소사이어티가 더 좋아할 거라 생각했고, 그 생각은 옳았죠. 소사이어티는 소년의 실종을 설명할 이야기를 만들어냈어요. 그들은 이른바 실종에 대한 소문이 퍼지는 걸 바라지 않았어요. 사람들이 도망칠 수 있다고 생각하길 바라지 않은 거죠."

"조카를 위해 큰 위험을 무릅썼군요."

내가 말했다.

"아뇨. 자기 아들을 위해서 그렇게 한 거예요."

"카이를 위해서요?"

"시오네는 자기 처지를 바꿀 수 없었어요. 자신을 재분류할 수는 없었죠. 그러나 아들은 자기가 줄 수 있는 것보다 더 나은 삶을 누리기를 바랐어요."

"하지만 카이의 아버지는 반역자였잖아요. 봉기 세력을 믿었고요."

내가 말했다.

"그렇지만 결국 현실주의자이기도 했다고 생각해요. 그는 반역이 성공할 가능성이 적다는 걸 알고 있었죠. 그가 카이를 위해 한 일은 보험 같은 거였어요. 뭔가 잘못되어 시오네가 죽는다고 해도, 카이는 소사이어티 안에 자리를 갖게 될 테니까요. 돌아가서 자기 이모, 이모부와 함께 살 수 있는 거죠."

애너가 말했다.

"그리고 실제로 그렇게 했고요."

내가 말했다.

"그래요. 카이는 안전했어요."

애너가 말했다.

"아니에요. 그들은 결국 카이를 노동수용소로 보냈어요."

내가 말했다. 바로 내가 그를 노동수용소로 보냈다.

"하지만 안 그랬다면 훨씬 더 일찍 보냈겠죠. 그는 바깥 지방에 옴짝달싹 못하고 있을 때보다는 소사이어티에 있을 때 더 오래 살았을 거예요."

그녀가 말했다.

"그 사람은 지금 어디 있나요? 매튜 마캠요."

내가 물었다.

"그건 몰라요. 난 그를 만난 적이 없어요. 시오네를 통해 들었을 뿐이에요."

애너가 말했다.

"전 카이의 이모부를 알아요. 패트릭 씨요. 그분이 자기 아들을 이 곳으로 보냈다는 걸 믿을 수가 없어요. 스스로도 아무것도 모르고, 아무도 모르는 곳인데."

"부모는 자기 아이에게 뚜렷한 위험이 닥치는 걸 보면 이상한 일들을 하지요."

그녀가 말했다.

"하지만 패트릭 씨는 카이에게는 그러지 않았어요."

나는 화가 나서 말했다.

"그는 카이의 부모가 자기 아이를 위해 부탁한 일을 존중하고 싶었던 것 같군요. 그건 그가 바깥 지방을 떠날 기회를 갖게 해달라는 것이었죠. 어쨌건 카이의 이모와 이모부는 카이를 포기하고 싶지 않았을 거라고 생각해요. 아들 하나를 바깥으로 보낸 것만으로도 그들은 거의 죽을 뻔했죠. 그 뒤로 오랫동안 무서운 일이 전혀 일어나지 않자, 그들은 아이를 보낸 것이 올바른 선택이었는지 의심했을 거예요."

애너는 깊이 숨을 들이쉬었다.

"헌터가 당신에게 이야기했을 거예요. 내가 헌터와 그의 딸을 뒤에 남겨뒀다고. 내 손녀딸, 새러를."

"네."

내가 말했다. 나는 헌터가 새러를 묻는 것을 보았다. 그녀의 무덤 위 시구도 보았다. 갑자기 유월을 가로질러 손가락을 가진 바람이 가다.

"헌터는 결코 나를 탓하지 않았어요. 내가 사람들을 이끌어야 한다는 걸 알고 있었죠. 시간이 부족했으니까요. 그곳에 머문 사람들은 죽었어요. 그 점에서 난 옳았죠."

애너가 말했다.

그녀가 나를 쳐다보았다. 그녀의 눈은 매우 짙었다.

"그렇지만 난 나 자신을 탓해요."

그녀가 말했다. 다음 순간 그녀가 손가락을 구부리며 손을 내밀었다. 그녀의 피부 위에 표시된 파란 흔적이 보인 것 같았다. 아니면 피부 아래 정맥이었는지도 모른다. 진료소의 흐린 불빛 아래에서는 어느 쪽인지 알기 어려웠다.

그녀가 일어섰다.

"다음 휴식 시간이 언제죠?"

그녀가 물었다.

"모르겠어요."

내가 말했다.

"엘리와 헌터를 데려와서 당신과 만나게 해줄게요."

애너는 몸을 굽히고 카이의 어깨를 만졌다.

"이 청년도요."

그녀가 말했다.

애너가 떠난 후, 나는 카이에게 몸을 기울였다.

"다 들었니? 네 부모님이 너를 얼마나 사랑하셨는지 들었지?"

그는 대답하지 않았다.

"나도 널 사랑해. 우린 계속 네 치료약을 찾고 있어."

내가 그에게 말했다.

그는 전혀 움직이지 않았다. 나는 그에게 시를 읊어주고, 사랑한다고 말했다. 몇 번이고 계속 되풀이해서. 계속 지켜보고 있으니 그의 정맥 속으로 떨어지는 수액이 도움이 되는 것 같았다. 해가 뜰 때 돌 위에 내리쬐는 햇볕처럼, 그의 얼굴에 온기가 돌았다.

32
카이

그녀의 목소리가 가장 먼저 돌아왔다. 아름답고 부드러웠다. 그녀는 여전히 내게 시를 읊어주고 있었다.

다음 순간 다시 고통이 밀려왔지만, 아까와는 달랐다. 내 근육과 뼈는 통증에 익숙해졌다. 그러나 지금은 그보다 더 깊은 곳까지 아팠다. 감염이 퍼진 것일까?

카시아는 나를 사랑한다는 것을 내게 알리려고 한다.

고통은 나를 먹어 치우려고 한다.

나는 둘 중 하나만 갖고 싶었다. 그러나 살아 있을 때의 문제는 이것이다.

누구든 보통 자신이 느끼는 괴로움의 정도나 기쁨의 양을 선택할 수 없다는 것.

나는 그녀의 사랑을 받을 자격도, 이 병에 걸릴 이유도 없었다.

이건 어리석은 생각이다. 자격이나 이유가 있든 없든 사건들은 일어난다. 지금은 그녀의 노래 같은 목소리를 들으며 이 고통을 참아낼 것이다. 그녀가 떠날 때 무슨 일이 일어날지는 생각하지 않겠다.

지금 당장은, 그녀는 여기 있고 나를 사랑한다. 그녀는 그 말을 계속 되풀이한다.

33
카시아

젠더가 카이 옆에 있는 나를 찾아냈다.

"레이나가 너를 데려오래. 다시 일할 시간이야."

그가 말했다.

"카이의 주사액이 다 떨어졌어. 카이의 상태가 더 나아질 때까지 여기 머물고 싶었어."

내가 말했다.

"그런 일이 일어나서는 안 되지. 내가 오커한테 말할게."

젠더가 말했다.

"그래."

내가 말했다. 나의 분노보다 오커의 분노 쪽이 마을 지도자들에게 훨씬 무게를 가질 것이다.

"최대한 빨리 돌아올게."

카이가 들을지도 모른다고 생각하면서 나는 그에게 말했다.

진료소 바깥의 나무들은 마을 건물들 바로 옆까지 자라 있었다. 바람이 나무 사이를 지나가자 나뭇가지가 서로 긁히며 노래했다. 이곳에는 생명이 넘쳐흘렀다. 풀, 꽃, 나뭇잎, 걸어 다니고, 말하고, 살아 있는 사람들.

"그 파란 알약 일은 미안해. 난…… 넌 죽을 수도 있었어. 네가 잘 못됐다면 그건 내 탓이야."

잰더가 말했다.

"아냐. 넌 몰랐잖아."

내가 말했다.

"너 안 먹은 거지? 그렇지?"

"먹었어. 하지만 괜찮아. 계속 걸어갔어."

내가 말했다.

"어떻게?"

그가 물었다.

'카이를 생각하면서 계속 갔어.'

그렇지만 어떻게 잰더에게 그 말을 할 수 있겠는가?

"그냥 그렇게 되던데? 그리고 알약 속의 쪽지들도 도움이 됐어."

내가 말했다. 잰더는 미소 지었다.

"네가 쪽지에 적어놓은 비밀, 그게 뭐야?"

내가 물었다.

"내가 봉기 세력에 소속되어 있다는 거였어."

잰더가 말했다.

"그걸지도 모른다고 생각했어. 포트에서도 말했지? 말로는 안 했지만, 나도 알아. 네가 하려는 말이 그거일 거라고 생각했어……."

"네 말이 맞아. 포트에서 너에게 말했어. 대단한 비밀은 아니지."

잰더가 말했다. 그는 웃다가 다음 순간 진지한 표정을 지었다.

"너한테 그 붉은 알약에 대해서 물어보려고 했어."

"난 면역이 없어. 그건 내게 효과가 있었어."

내가 말했다.

"확실해?"

"그들이 센트럴에서 그 약을 내게 줬어. 확실해."

"봉기 세력은 네가 붉은 알약과 전염병에 면역이 있을 거라고 내게 장담했어."

잰더가 말했다.

"그러면 그들이 네게 거짓말을 했거나 실수를 한 거야."

내가 말했다.

"그건 네가 최초 형태의 전염병에 걸리기 쉬웠다는 뜻이잖아. 너 그 병으로 쓰러졌었니? 그들이 네게 치료약을 줬어?"

잰더가 말했다.

"아니."

나는 그가 왜 어리둥절해하는지 이해했다.

"붉은 알약이 내게 효과가 있었다는 건 내가 어렸을 때 면역화하지 않았다는 뜻이지. 그러면 난 최초 형태의 전염병으로 쓰러졌어야 했어. 하지만 그러지 않고 점만 생겼어."

잰더는 고개를 저으며 이유를 알아내려고 했다. 나도 분류를 시작했다.

"그 붉은 알약은 내게 효과가 있었어. 난 녹색 알약은 한 번도 먹지 않았어. 그리고 파란색 알약을 먹고 걸었지."

"다른 사람이 파란 약을 먹고 계속 움직였던 적이 있나?"

잰더가 물었다.

"내가 아는 한에는 없어. 인디가 나와 함께하면서 내가 계속 걸을 수 있도록 도와줬어. 그 때문에 차이가 생겼을 수도 있지."

내가 말했다.

"협곡에서 또 어떤 일이 일어났니?"

잰더가 물었다.

"나는 오랫동안 카이와 함께 있지 못했어. 우리는 또 다른 일탈자들이 많았던 마을에서 출발했어. 그다음에 카빙 대협곡으로 도망갔지. 나, 인디, 죽은 남자애."

내가 말했다.

"인디는 카이를 좋아해."

잰더가 말했다.

"그래, 지금은 그런 것 같아. 하지만 처음에는 너였어. 인디는 물건을 훔치곤 했어. 내 마이크로카드와 다른 사람의 미니 포트를 가져가서 할 수 있을 때마다 네 얼굴을 보곤 했어."

"그렇지만 결국 카이를 원하게 됐지."

잰더가 말했다. 그의 목소리에는 쓰디쓴 어조가 깃들어 있었다. 전에는 그의 목소리에서 별로 듣지 못하던 것이었다.

"그 둘은 같은 봉기 훈련소에서 비행했으니까. 인디는 카이를 계속 지켜봤을 거야."

내가 말했다.

"넌 인디에게 화난 것 같지 않구나."

잰더가 말했다.

화나지 않았다. 인디가 자기에게 키스했다고 카이가 말했을 때 한순간 충격과 아픔을 느꼈다. 그러나 카이가 고요해지자 그 충격은 사라졌다.

"인디는 자신의 길을 만드는 애야. 늘 자기가 원하는 대로 하지."

나는 고개를 저었다.

"인디에게 계속 화를 내기는 힘들어."

"난 이해가 안 가."

잰더가 말했다.

나는 그가 이해할 수 있다고 생각하지 않는다. 그는 정말로 인디를 모른다. 인디가 원하는 것을 얻기 위해 거짓말을 하고 남을 속이는 모습을 한 번도 본 적이 없었다. 혹은 그녀만이 가진 이상하고 설명할 수 없는 우직함을 느껴본 적도 없다. 그는 인디가 은빛 물살을 가르며 역경을 무릅쓰고 우리를 안전한 곳으로 이끌어가는 모습을 본 적이 없었다. 인디가 바다에 대해 어떻게 느끼는지, 파란 실크 드레스를 얼마나 간절히 원했는지도 몰랐다.

어떤 것들은 함께 나눌 수 없다. 나는 그에게 카빙 대협곡에서 일어난 일 전부를 말할 수 있지만 그래도 그는 나와 함께 그곳에 있지 않았다.

그건 그에게도 마찬가지였다. 잰더는 내게 전염병과 그 뒤를 따른 돌연변이와 자신이 본 것에 대해 전부 말할 수 있지만, 그래도 나는 그곳에 있지 않았다.

잰더의 얼굴을 지켜보면서, 그도 이 점을 깨달았다는 걸 알았다. 그는 침을 삼키고는 내게 뭔가 물으려고 했다. 막상 그가 던진 질문은 내가 기대했던 것이 아니었다.

"너 나를 위해 뭔가 써본 적 있니? 그러니까, 그 메시지 말고."

"너 그거 받았구나."

내가 말했다.

"끝부분만 빼고. 그 부분은 망쳐졌어."

그가 말했다.

가슴이 내려앉았다. 그는 내가 하려 했던 말을 모른다. 나를 더 이상 그런 방식으로 생각하지 말라고 했던 말을.

"네가 나를 위해 시를 쓴 적이 있는지 궁금했어."

잰더가 말했다.

"잠깐 기다려."

내가 말했다. 종이는 없었지만, 막대기와 검은 땅의 흙이 있었다. 이것이 내가 글쓰기를 배운 방식이었다. 나는 잠시 머뭇거리며 다시 진료소 쪽을 흘끗 보았다. 그러나 그 순간 나는 깨달았다.

'이걸 우리끼리만 간직하던 시간은 오래전에 지나갔어. 센트럴의 모든 사람과 함께 나누려고 하면서 왜 잰더에게만 감추겠어?'

그렇지만 잰더를 위해 글을 쓰는 행위에는 친밀감이란 요소가 있었다. 더 많은 뜻이 담겨 있었다.

나는 잠시 눈을 감고 뭔가 생각해내려고 했다. 그때 그것이 떠올랐다. 잰더가 연상되었던 단어에서 시가 풀려 나왔다. 나는 글을 쓰기 시작했다.

"잰더."

나는 쓰다가 잠깐 멈추고 그를 불렀다.

"응?"

그가 물었다. 그는 내 손이 기적을 일으키고 마침내 그 기적을 목도할 수 있기라도 한 것처럼 내 손에서 눈을 떼지 않았다.

"카빙 대협곡에서 네 생각도 했어. 네 꿈을 꿨어."

내가 말했다.

그러자 그는 나를 쳐다보았고, 나는 그의 시선을 마주 볼 수 없다는 것을 깨달았다. 깊은 감정이 휘몰아쳐 아래를 내려다볼 수밖에 없었다. 나는 계속 썼다.

어둡고, 어둡고, 어두웠지만

의사의 손은 밝았지.

그는 치료법을 알고, 연고를 쥐고 있어

우리 날개를 치유해 날아갈 수 있도록.

잰더는 그것을 되풀이해서 읽었다. 그의 입술이 움직였다.

"의사라."

그가 부드럽게 말했다. 표정은 고통스러워 보였다.

"넌 내가 사람들을 치유할 수 있다고 생각하는구나."

그가 말했다.

"응."

바로 그때, 마을 아이들 몇 명이 우리 맞은편의 길을 내려오는 것이 보였다. 마치 한 몸인 양 잰더와 나는 동시에 일어서서 그들이 지나가는 것을 지켜보았다.

그들은 내가 전에 한 번도 본 적이 없는 놀이를 하고 있었다. 다른 존재인 척하는 놀이였다. 아이마다 동물 분장을 하고 있었는데, 어떤 아이들은 풀로 털을 만들었고, 어떤 아이들은 나뭇잎으로 깃털을 만들었다. 나뭇가지와 담요를 묶어 만든 날개를 단 아이들도 있었다. 담요는 밤에 몸을 데우기 위해 다시 사용될 것이다. 자연과 여러 잡동사니들을 창조를 위해 사용하는 모습을 보자 갤러리가 생각났고, 센트럴 사람들이 모여서 창조한 것을 나눌 다른 장소를 찾았는지 궁금했다. 아니면 그들에게는 이제 더 이상 그럴 시간이 없을까. 돌연변이가 창궐하고 치유의 희망이 보이지 않는 시대에.

"우리가 그럴 수 있었으면 어땠을까?"

잰더가 물었다.

"뭘?"

내가 되물었다.

"뭐든지 우리가 원하는 대로 하는 것. 우리가 더 어렸을 때 그들이 우리를 그렇게 놔두었다면?"

그가 말했다.

나도 그런 생각을 해보았다. 특히 카빙 대협곡에 있을 때.

'나는 누구일까? 무엇이 되어야 했을까?'

나는 소사이어티에서 자랐음에도 불구하고 그렇게 자유로운 것들을 많이 꿈꾸었던 나 자신이 얼마나 운이 좋은지 생각했다. 그 일부는 물론 언제나 내게 도전하셨던 할아버지 덕분이었다.

"오리아를 기억해?"

잰더가 물었다.

그럼. 그렇고말고. 나는 기억한다. 모든 것을. 기억은 전부 또렷하고 다시 가까워졌다. 매칭된 후 파티에서 집으로 가는 길, 에어트레인에서 손을 잡은 우리 두 사람. 오피셜에게서 카이의 공예품을 지키기 위해 잰더의 셔츠 안에 나침반을 떨어뜨렸을 때 그 목덜미에 놓였던 내 손. 그때조차도, 우리 세 사람은 서로에 대한 믿음을 지키려고 최선을 다하고 있었다.

"새장미를 심던 그날을 기억해?"

그가 물었다.

"응."

나는 그 키스를 떠올리며 말했다. 우리가 했던 유일한 키스. 우리 두 사람을 생각하자 가슴이 아팠다. 이곳 산속 공기는 여름에도 맹렬했다. 공기는 우리를 물어뜯고, 머리카락을 헝클어뜨리고, 눈물이 나게 했다. 여기 잰더와 함께 산속에 서 있는 것은 카빙 대협곡 끝에서 카이와 함께 서 있는 것과 모든 것이 같으면서 동시에 완전히 달랐다.

나는 손을 뻗어 잰더의 손을 잡았다. 막대기로 글을 쓴 내 손바닥은 흙이 묻어 지저분했다. 내가 손을 보면서 잰더와 늘어진 새장미 뿌리를 생각하는 동안 바람이 불고 아이들은 마을 한가운데 있는 돌 쪽으로 춤을 추며 멀어졌다. 그리고 공기처럼 가벼운 기억의 미루나무 씨앗이 또 하나 날아왔다.

〈어머니 손에는 검은 흙 무늬가 찍혔지만, 묘목을 들어 올릴 때 나는 어머니의 손바닥을 가로지르는 흰 선을 볼 수 있었다. 우리는 수목원 묘목판 가운데 서 있었다. 머리 위에 늘어진 풀 지붕과 실내의 김 서린 듯한 안개는 봄날 아침의 서늘한 기운이 사라진 듯 착각하게 만들었다.

"브램은 제시간에 학교에 갔어요."

내가 말했다.

"알려줘서 고맙다."

어머니가 내게 미소 지으며 말했다. 드물게 어머니 아버지 두 분 다 일찍 출근해야 하는 날, 일차 학교로 향하는 이른 시간의 트레인에 브램을 태우는 일은 내 책임이었다.

"이제 어디로 가니? 일하기 전까지 얼마 안 남았는데."

"할아버지를 뵈러 갈 것 같아요."

내가 말했다. 보통 때의 일과에서 이런 정도로 벗어나는 것은 괜찮았다. 할아버지의 연회가 곧 다가오고 있었기 때문이다. 내 파티도 그랬다. 우리는 이야기할 것이 아주 많았다.

"그러렴."

어머니가 말했다. 어머니는 상자에 줄지어 세워둔, 처음 묘목을 심어 놓았던 튜브에서, 그들의 새 집인 흙을 채운 작은 화분으로 묘목을 옮기고 있었다. 어머니가 묘목 한 그루를 튜브에서 빼냈다.

"그건 뿌리가 별로 없네요."

내가 말했다.

"아직은 없지. 앞으로 나올 거야."

어머니가 말했다.

나는 어머니에게 재빨리 키스하고 나서 다시 움직이기 시작했다. 어머니의 직장에 오래 머물러선 안 되었고, 에어트레인도 잡아야 했다. 브램 때문에 일찍 일어나는 바람에 조금 시간이 남았지만 많지는 않았다.

봄바람은 장난치듯이 나를 이쪽저쪽으로 밀고 잡아당겼다. 바람은 지난가을의 낙엽들을 공중으로 빙글빙글 불어 올렸다. 에어트레인 플랫폼에 올라가서 뛰어내리면, 바람의 소용돌이가 나를 떠받쳐 위로 빙글빙글 밀어 올릴지 궁금했다.

떨어진다는 생각을 하면 당연히 날아오르는 생각이 났다.

'할 수 있을 거야. 날개를 만들 방법만 찾으면.'

에어트레인 정거장으로 가는 길 '언덕'의 뒤엉킨 세계를 지나갈 때, 누군가가 내 옆에 다가왔다.

"카시아 라이스?"

이곳 일꾼 하나가 나를 불렀다. 어머니가 일할 때 입는 평상복처럼 그녀의 평상복 무릎도 흙으로 검었다. 그녀는 젊었다. 나보다 겨우 몇 살 많아 보였다. 손에는 뿌리가 많이 매달린 어떤 식물을 쥐고 있었다. 뽑은 걸까, 아니면 심을 걸까? 궁금했다.

"네?"

내가 대답했다.

"나랑 이야기 좀 해요."

그녀가 말했다. 그녀 뒤의 '언덕'에서 한 남자가 나타났다. 그 남자는 그녀와 비슷한 나이였고, 그들의 어떤 면이 '저 둘은 좋은 매칭 상대가 될 거야'라고 생각하게 만들었다. '언덕'에 가도 좋다는 허락을 받은 적은 한 번도 없었기 때문에 나는 다시 그들 뒤 숲과 식물이 무성한 곳으로 시선을 돌렸다. 이런 야생의 장소에 있는 건 어떤 느낌일까?

"당신이 우리를 위해서 뭘 좀 분류해주었으면 해요."

그 남자가 말했다.

"미안합니다. 전 직장에서만 일해요."

내가 다시 걸음을 옮기며 말했다. 그들은 오피셜이 아니었고, 내 상사나 감독관도 아니었다. 이것은 규정된 일이 아니었고, 나는 낯선 사람을 위해 규칙을 어기지 않는다.

"당신 할아버지를 돕는 일이에요."

그 여자가 말했다. 나는 걸음을 멈추었다.〉

"카시아? 너 괜찮니?"

잰더가 물었다.

"응."

내가 말했다. 나는 여전히 손을 내려다보며, 그 손으로 나머지 기억을 움켜쥘 수 있으면 좋겠다고 생각했다. 그것은 잃어버린 붉은 정원의 날에 대한 기억의 일부였다. 왜인지는 말할 수 없어도 그렇다고 확신했다.

잰더는 무슨 말을 더 하려는 듯했으나, 마침 아이들이 마을의 돌을 한 바퀴 돌고 다시 놀이를 하며 돌아오고 있었다. 아이들은 어린아이들이 마땅히 그래야 하듯이 큰 소리를 내며 웃고 있었다. 한 꼬마 여자아이가 잰더에게 웃어 보이자, 그도 마주 웃으며 손을 뻗어 아이의 날개를 만지려고 했다. 그러나 아이가 때마침 몸을 돌리는 바람에 그는 아무것도 만지지 못했다.

34
잰더

오커는 어쩌나 의욕이 넘치는지 비인간적일 정도였다. 나도 마찬가지로 우리가 치료약을 찾아내야 한다고 생각했다. 그러나 그의 집중력은 차원이 다른 문제였다. 연구실 일과에 익숙해지기까지는 며칠 걸리지 않았다. 그 일과란, 오커가 일하라고 할 때 일하고 쉬라고 할 때 쉬는 것이었다. 이따금 분류실에서 카시아를 잠깐 보았지만, 나는 대체로 오커의 지시에 따라 공식에 맞게 약을 조합하면서 시간을 보냈다.

오커는 이곳 실험실에서 식사를 했다. 앉지도 않았다. 그래서 나머지 사람들도 그래야 했다. 우리는 서서 돌아다녔고 음식을 씹는 모습을 서로 지켜보았다. 아마 이 상황에 대한 스트레스와 늦은 시간 때문이겠지만, 그 모습을 보다 보면 왠지 늘 웃고 싶어졌다. 식사 시간의 대화는 치료약 시험이 얼마나 잘되어가고 있는가의 척도였다. 오커는 대부분의 사람과 달리, 일이 잘되어가면 말을 하지 않았다. 잘 안 되어가면 말이 많아졌다.

"'다른 땅'의 어떤 점 때문에 다들 그토록 그곳에 가려는 거죠?"

방금 내가 묻자 오커는 코웃음을 쳤다.

"별거 없어. 난 다시 시작하기에는 너무 나이를 먹었지. 난 계속 여기 머물러 있을 거다. 나만 그런 것도 아니고."

"그러면 보상을 함께 나눌 것도 아니면서 왜 치료약을 연구하나요?"

내가 물었다.

"내 타고난 이타심 때문이지."

오커가 말했다.

나는 그 말에 웃을 수밖에 없었다. 그가 나를 노려보았다.

"난 소사이어티를 이기고 싶어. 치료약을 제일 먼저 발견하고 싶다고."

오커가 말했다.

"이젠 소사이어티가 아니잖아요."

내가 그에게 일깨워주었다.

"당연히 아직 소사이어티지."

그는 그렇게 말하고 수통을 기울여 물을 마신 다음, 손등으로 입을 닦고 나를 노려보았다.

"뭔가 바뀌었다고 생각하는 건 바보들뿐이야. 봉기 세력과 소사이어티는 서로에게 아주 철저히 침투했기 때문에 더 이상은 서로 누가 누군지도 몰라. 망할 자기 꼬리를 먹고 있는 뱀과 마찬가지라고. 여기, 이곳만이 진정한 반역이지."

"인도자는 봉기를 믿어요. 그는 사기꾼이 아니잖아요."

내가 말했다. 오커는 나를 바라보았다.

"아마 그렇겠지. 하지만 그렇다고 네가 그를 꼭 따라야 하는 건 아니야."

다음 순간 그의 시선이 날카로워졌다.

"아니면 나를."

나는 아무 말도 하지 않았다. 오커도 나도 내가 이미 그 두 사람을 따르고 있다는 것을 알기 때문이었다. 나는 인도자가 혁명으로 가는 길이고, 오커가 치료약으로 가는 길이라고 생각했다.

이곳의 환자들은 지방 정부에 있는 환자들보다 여전히 훨씬 나아 보였다. 오커는 돌연변이 전염병에서 혈소판 축적과 폐의 분비물 같은 부차적 증상을 전부 치료했다. 그러나 계속 단백질과 뇌 이야기를 중얼거리고 있었고, 나는 그가 돌연변이가 신경계에 미치는 영향을 막거나 치료하는 방법은 알아내지 못했다는 사실을 알았다. 하지만 그는 해낼 것이다.

오커가 투덜거렸다. 수통의 물이 셔츠 위에 흘렀기 때문이다.

"한 가지 점은 소사이어티가 옳았어. 이 망할 손이 여든을 넘기고 한두 해 지나자 멈춰버렸거든. 물론, 정신은 여전히 어느 때보다도 잘 작동하지."

내가 자러 갔을 때, 카시아는 이미 자기 방 안에 들어갔지만 나를 기다리며 깨어 있었다. 밤이었기 때문에 그녀의 모습은 잘 보이지 않았지만, 내게 이야기하는 목소리는 들을 수 있었다. 누군가 복도에서 우리에게 조용히 하라고 소리쳤다. 그러나 다른 사람들은 모두 잠든 것 같았다.

"레베카 말로는 연구실 진단의들이 모두 널 좋아한대. 오커에게 말대답하는 사람은 너밖에 없다던데?"

카시아가 말했다.

"이제 그러지 말아야겠네."

내가 말했다. 나는 어떤 사람도 소외시키고 싶지 않았다. 나는 치료약 개발을 하면서 연구실 안에 틀어박혀 있어야 했다.

"레베카는 그게 좋은 거래. 레베카는 오커가 널 보면 자기 자신이 생각나기 때문에 널 좋아하는 거라고 생각해."

그게 사실일까? 나는 오커만큼 자부심이 강하거나 그만큼 똑똑한 것 같지 않았다. 물론 나는 언젠가 내가 인도자가 될 수 있을지 늘 궁금해했다. 나는 사람들이 좋았다. 그들과 함께 있고 싶고, 그들을 위해 세상을 더 좋은 곳으로 만들고 싶었다.

"우린 점점 치료약에 가까워지고 있어. 그래야만 해."

카시아가 말했다. 그녀의 목소리는 좀 더 멀어진 듯이 들렸다. 바로 방문 앞에 서 있는 게 아니라 뒤로 물러나 자기 침대에 앉은 것 같았다.

"잘 자, 잰더."

카시아가 말했다.

"잘 자."

나도 그녀에게 말했다.

35
카시아

때로 지쳤을 때, 나 자신이 한 번도 다른 곳에서 살아본 적이 없는 것처럼 느껴졌다. 이 일만 하고 살았던 것 같다. 카이는 늘 고요했고, 잰더와 나는 늘 치료약 개발을 하고 있었던 것 같다. 우리 부모님과 브램은 사라졌고, 나는 그들을 찾아야 하고, 당면한 임무는 너무 커 보였다. 어떤 사람이나 어떤 단체가 맡기에 너무 커 보였다.

"뭐해?"

다른 분류자 한 명이 물었다. 그녀는 데이터포드, 내가 기록할 때 사용하는 숯 막대기와 작은 종잇조각을 손으로 가리켰다. 나는 데이터 포드 화면에 나타난 데이터를 이해하려면 때때로 손으로 써봐야 한다는 것을 깨달았다. 손 글씨를 쓰면 정신이 맑아졌다. 그리고 최근에는 데이터포드에 기록된 묘사를 보고 손으로 그려보려고 시도했다. 치료약으로 쓸 수 있는 성분이라고 기록된 것들을 마음속에 그릴 수가 없었기 때문이다. 꽃을 그리려고 시도한 그림을 본 분류자의 눈이 웃음으로 주름졌고, 나는 종이를 끌어당겼다.

"데이터포드에는 그림이 없어서. 글로 쓰인 묘사뿐이야."

내가 말했다.

"그거야 우리 모두 그게 어떤 모습인지 알고 있으니까."

또 다른 분류자가 짜증스러운 듯이 말했다.

"그건 알아. 하지만 난 그게 어떤 모습인지 몰라. 그리고 그건 우리가 하는 분류에 영향을 미치잖아. 분류가 잘못됐어."

내가 부드럽게 말했다.

"넌 우리가 일을 제대로 못한다고 말하는 거니?"

처음에 말을 건 분류자가 물었다. 그녀의 목소리는 차가웠다.

"우리도 데이터에 에러가 있을 수 있다는 걸 알아. 하지만 우리는 최대한 효율적인 방식으로 분류하고 있어."

"아냐. 내 말은 그런 게 아니야."

나는 고개를 흔들며 말했다.

"분류의 처음이나 끝이 잘못되었다는 게 아니야. 데이터나 우리가 분류하는 방식이 틀렸다는 것도 아니고. 뭔가가 중간에서, 목록의 연관성에서 딱 들어맞지가 않아. 마치 우리가 못 보는 숨어 있는 현상이, 데이터에서 계측하지 못하는 잠재적인 변수가 있는 것 같아."

나는 이 두 데이터 집합의 관계에 대해 우리가 제대로 이해하지 못한다고 확신했다. 내가 붉은 정원의 날에 관한 기억의 중간을 놓치고 있다고 믿는 만큼이나 확신했다.

"중요한 건 우리가 오커에게 계속 목록을 만들어주고 있다는 거야."

다른 분류자가 말했다. 우리는 매일 그에게 치료약 개발에 도움이 될 만한 것들을 제안했다. 우리가 가진 환자에 대한 최고급 정보와, 지금까지 효과가 없었던 성분을 고려한 제안이었다.

"하지만 오커가 우리 이야기를 얼마나 듣는진 모르겠어. 내 생각에 오커가 믿는 사람이 딱 하나 있는데, 그건 그 자신이야. 그렇지만 우리가 가장 중요한 성분이 될 만한 것들에 대해 어느 정도 합의해서 목록을 준다면 그도 우리가 하는 말을 좀 더 고려하겠지. 우리의 분석이 정리가 되어 있다면 말이야."

레이나가 나를 지켜보고 있었다.

"하지만 그게 우리가 하는 일이잖아."

한 분류자가 반론을 제기했다.

"내가 그걸 제대로 하고 있는 것 같지가 않아서 그래."

내가 말했다. 나는 좌절한 채 의자를 뒤로 밀고 일어서서 데이터포드를 집어 들었다.

"난 좀 쉬어야 할 것 같아."

레베카가 고개를 끄덕였다.

"진료소까지 나랑 같이 가자."

레이나의 말에 나는 놀랐다. 그녀는 정말 열심히 일했고, 나에게 카이 같은 존재가 그녀에게는 '다른 땅'이라는 것을 알고 있었다. 최고의, 가장 아름다운 장소. 완전히 알지는 못해도 약속으로 가득 찬 곳.

우리는 마을 광장을 가로질러 한가운데 놓인 거대한 돌을 지나쳤다. 그 앞에는 좁다란 말구유 두 개가 놓여 있었다.

"이건 어디에 쓰는 건가요?"

내가 레이나에게 물었다.

"투표할 때 쓰여. 우리는 그런 방법으로 선택하지. 농부들도 마찬가지야. 마을 사람들 모두 자기 이름이 쓰인 작은 돌을 하나씩 갖고 있어. 사람들은 이 구유에 자기 돌을 던지고, 가장 많은 표를 얻은 선택이나 구유가 이기는 거지."

그녀가 말했다.

"그러면 언제나 단 두 가지 선택뿐인가요?"

내가 물었다.

"보통은 그래."

레이나가 말했다. 그러더니 돌 반대편으로 돌아가면서 자기를 따라 오라고 손짓했다.

"이 뒤쪽을 봐."

돌에는 작게 쓴 이름들이 줄지어 있었다. 누군가가 그 돌을 쪼아 새겨 넣은 것이었다. 위에서 시작해서 맨 아래까지 이어져 있었고, 아래에는 공간이 조금밖에 남아 있지 않았다.

"이건 이 끝돌 마을에서 죽은 사람들의 목록이야. 그리고 이쪽은 '다른 땅'으로 간 사람들의 목록이지."

그녀가 돌의 다른 부분을 가리키며 덧붙였다.

"이건 말하자면 우리 세계의 맨 끝이야. 그래서 누구든 '다른 땅'으로 가는 길에 이곳을 거쳐간 사람들은, 처음에 어디서 왔건 간에 자기 이름을 여기 새겼어."

나는 잠시 그곳에 서서, 누군가를 찾기를 바라며 '다른 땅'으로 떠난 사람들의 이름을 바라보았다. 처음에는 내 눈이 그가 거기 있다는 것을 믿지 못하고 바로 그의 이름 위를 미끄러져 갔다. 그러나 다음 순간 다시 봤을 때 그 이름은 사라지지 않았다.

매튜 마캠.

"이 사람 알아요?"

나는 그 이름을 짚으면서 레이나에게 다급히 물었다.

"잘은 몰라. 다른 마을에서 왔거든."

그녀는 그렇게 말하고 흥미를 느낀 듯 나를 바라보았다.

"이 사람을 알아?"

가슴이 쿵쾅거렸다.

"네. 자치구에 살았어요. 그 사람의 부모님이 그를 소사이어티 바깥으로 보냈고요."

이 일을 더 빨리 물어봤어야 했다. 카이에게 그의 사촌이 여기 있었다고, 매튜가 어딘가에 살아 있을 거라고 말하고 싶어 기다릴 수가 없었다. 그곳이 사람들이 가서 돌아오지 않는 장소일지라도.

"실종된 사람들은 대부분 '다른 땅'으로 갔어. 자기 자식이 소사이어티에 있길 바라지 않는 부모를 가진 몇몇 사람들은 가족들이 바랐던 것보다 더 멀리 가겠다고 결심했지. 매튜가 그랬는지는 잘 기억이 안나. 어떤 사람들은 꼭 복수를 하려는 것 같았지."

그녀가 말했다. 그녀도 그의 이름에 손을 댔다.

"그가 이 이름을 자치구에서 사용했다는 거지?"

"네. 이건 그의 진짜 이름이에요."

내가 말했다.

"그럼 의미가 있네. 그런 사람들 중 많은 수가 성을 바꿨거든. 하지만 그는 그러지 않았군. 그건 누군가가 나중에 자신을 찾을 때를 생각해서 자기 자취를 완전히 지우려고 하지 않았다는 뜻이야."

그녀가 말했다.

"그들에게는 에어십이 없었어요. 그러니 '다른 땅'까지 계속 걸어가야 했을 거예요."

내 말에 그녀가 고개를 끄덕였다.

"그래서 그들이 돌아오지 않은 거야. 너무 긴 여행이야. 에어십이 없으면 몇 년씩 걸리지."

다음 순간 그녀가 돌 아래쪽을 가리켰다.

"여기에는 딱 우리 나머지의 이름을 새길 만큼의 공간만 있어. 그건 우리가 그곳에 가야 한다는 징표야."

그녀가 말했다.

"무슨 말인지 이해했어요."

내가 말했다. 우리 한 명 한 명이 걸고 있는 희망은 매우 컸다. 거의 불가능할 정도로.

나는 진료소에서 카이에게 돌에 관한 이야기를 전부 들려주었다.

"그건 애너가 옳다는 증거고, 매튜가 오리아에서 죽지 않았다는 증거야. 또 다른 매튜 마캠이 없다면 말이야. 하지만 그럴 가능성은……."

나는 추정하기를 멈추고 숨을 내쉬었다.

"난 그게 그 매튜라고 생각해. 그렇게 느껴져."

나는 매튜를 기억해내려고 애썼다. 검은 머리에, 나보다 나이가 많고 잘생겼다. 그는 사촌이라는 것을 알 수 있을 만큼 카이를 많이 닮았지만, 그와는 달랐다. 매튜는 카이만큼 조용하지 않았다. 그는 더 크게 웃었고, 자치구에서 더 큰 존재감을 가지고 있었다. 그러나 그는 카이처럼 친절했다.

"카이, 치료약을 발견하게 되면 너를 데려가서 그 돌을 보여줄게. 그런 다음에 돌아가서 패트릭 씨와 에이다 씨에게 말하면 돼."

내가 무슨 말을 더 하려고 할 때 문이 열렸다. 애너가 마침내 내게 엘리를 데려와준 것이다.

엘리는 더 자랐지만, 여전히 내가 안자 가만히 있었다. 나는 브램을 다시 만났을 때 그 애도 이렇게 내가 꼭 끌어안게 해주었으면 하고 바랐다.

"해냈구나."

내가 말했다. 그 애한테서 야외의 냄새, 소나무와 흙냄새가 났다. 그가 잘 있었다는 것이 너무 기뻐서 웃으면서도 눈물이 흘렀다.

"네."

엘리가 말했다.

"나는 네가 살던 도시에 있었어. 센트럴에. 내내 너를 생각했고, 네가 살았던 거리를 걷고 있는 걸까 생각도 했어. 그리고 호수도 봤어."

내가 말했다.

"가끔씩 그 호수가 그리워요."

엘리는 말하다가 침을 삼켰다.

"하지만 여기가 더 나아요."

"그래. 그렇지."

내가 말했다.

엘리가 비켜서자 헌터가 보였다. 그의 팔에는 여전히 위아래에 파란 표시가 되어 있었고, 그 눈은 매우 지쳐 보였다.

"카이 형을 보고 싶어요."

엘리가 말했다.

"그런데 엘리가 면역이 있는 건 확실한가요?"

나는 애너에게 물었다. 그녀는 고개를 끄덕였다.

"엘리에겐 붉은 점이 없어요. 하지만 우리 모두 마찬가지죠."

그녀가 말했다.

나는 엘리가 맞은편으로 돌아갈 수 있도록 침대에서 몸을 비켰다. 그는 카이 옆에 몸을 웅크리고 앉아 그의 눈을 똑바로 들여다보았다.

"난 이제 산속에 살아요."

그가 카이에게 말했고, 나는 눈물을 참기 위해 시선을 돌려야만 했다.

애너가 내 데이터포드를 가리켰다.

"치료약 개발에 조금이라도 진전이 있었나요?"

그녀가 물었다. 나는 고개를 저었다.

"전 별로 도움이 안 돼요. 목록에 있는 것들이 뭔지 잘 모르겠어요. 묘사한 것은 읽을 수 있는데, 당신들이 먹는 식물이나 동물이 어떤 모습을 하고 있는지는 알 수가 없어요."

"그게 문제가 된다고 생각하는 건가요?"

애너가 물었다.

"네."

내가 말했다.

"내가 그림으로 그려줄 수 있어요. 목록 중에서 전에 한 번도 보지 못한 것들을 내게 알려줘요."

그녀가 말했다.

나는 종이 한 장을 꺼내 그녀에게 모두 적어주었다. 목록이 하도 길어서 나도 당황했다.

"이걸 가지고 바로 작업하죠. 어디서부터 시작할까요?"

그녀가 물었다.

"꽃부터요."

내가 말했다. 그게 맞을 것 같았다.

"고마워요, 애너."

"내가 도와줄 수 있어서 다행이에요."

그녀가 말했다.

"카이를 보러 와줘서 고마워요."

나는 헌터에게 말했다. 그는 마치 '아무것도 아니야'라고 말하듯이 고개를 저었다. 나는 그에게 어떻게 지내느냐고 묻고 싶었다. 이곳 산속에서의 생활이 어떤지 더 알고 싶었다. 그러나 그는 내게 고개를 끄덕이고는 떠났다. 나도 가야 했다. 치료약을 찾을 때까지는 계속 분류해야 했다.

36
카이

자리를 떠날 때마다 카시아는 언제나 다시 돌아오겠다고 약속했다.

그녀가 여기 온 지 오랜 시간이 지난 것처럼 느껴지지만, 정말로 그런지는 알 수 없었다. 이제 그녀가 가버리자 다른 목소리들이 들린다. 빅이 강에서 죽은 후 그의 목소리가 들렸던 것처럼.

이번에는 인디가 내게 말하고 있었다. 그러나 인디는 이곳에 없기 때문에 그런 일이 일어날 리가 없다.

"카이, 난 너를 위해 카마스에서 카시아를 데려왔어."

그녀가 말했다.

"알아. 알아, 인디."

내가 말했다.

그녀의 모습은 보이지 않았다. 그러나 그녀의 목소리는 아주 또렷해서, 이 모든 것이 사실은 내가 만든 환청이라는 것을 믿기 어려웠다. 인디는 여기 와서 내게 말을 걸 수 없었다. 아니, 그럴 수 있을까?

"난 아파. 그래서 달려야 해. 아직 치료약이 없어."

그녀가 말했다.

"어디로 가는데?"

내가 물었다.

"쓰러질 때까지 최대한 멀리."

그녀가 말했다.

"안 돼, 안 돼, 인디. 돌아와. 그들이 치료약을 발견할 거야. 그리고 네가 걸린 병은 최초 형태의 전염병일지도 몰라. 그들이 널 도와줄 거야."

내가 그녀에게 이런 이야기를 하고 있다는 것을 믿을 수가 없었다. 그러나 달리 선택할 것이 있겠는가?

그녀는 내 말을 듣지 않을 것이다.

"아냐. 이건 돌연변이야."

그녀가 말했다.

"확신할 순 없잖아."

내가 그녀에게 말했다.

"확신할 수 있어. 등에 붉은 점이 여러 개 생겼어. 거기가 아파, 카이. 그래서 난 달리고 있어."

그녀가 웃었다.

"아니면 날고 있다고 말해도 돼. 난 인도자한테서 에어십 한 대를 받았어."

나는 그녀를 막으려고 애쓰며 그녀의 이름을 되풀이해서 불렀다. 인디, 인디, 인디.

"널 미워할 때도, 난 네 목소리를 좋아했어."

그녀가 말했다.

"인디—"

나는 다시 그녀를 불렀지만, 그녀는 내가 말을 계속하도록 놔두지 않았다.

"난 네가 본 사람 중에 최고의 조종사지?"

그녀가 물었다.

그랬다.

"난 최고야."

그녀가 말했다. 그 목소리를 듣자 그녀가 웃고 있다는 것을 알 수 있었다. 그녀의 웃는 모습은 언제나 정말 아름다웠다.

"내가 왜 인도자가 물에서 올 거라고 생각하게 됐는지 기억하니?"

인디가 물었다.

"우리 어머니가 내게 그런 노래를 불러줘서 그래."

다음 순간 인디는 나를 위해 그 노래를 부르고 있었다. 그녀의 목소리는 강렬하고 솔직했다.

"그녀의 보트는 매일 파도 위를 날아/해안으로 가겠지."

잠시 침묵.

"난 어머니가 언젠가 내가 인도자가 될 수 있다고 말하려는 줄 알았어. 그래서 보트를 만들어서 탈출하려고 했지."

"방향을 돌려. 돌아와. 그들이 네게 주사관을 연결해서 치료약을 찾을 때까지 널 살려둘 거야."

나는 인디에게 말했다.

"난 죽고 싶지 않아. 그들이 날 격추하지 않는다면 어딘가 착륙할 수 있는 장소로 간 다음 더 이상 달리지 못하게 될 때까지 달릴 거야. 이해 못하겠니? 난 포기하는 게 아니야. 그냥 끝까지 달리는 거야. 난 다시 돌아갈 수 없어."

그녀의 말에, 나는 더 이상 뭐라고 말해야 할지 알 수 없었다.

"그는 인도자가 아니야. 이제 알겠어."

인디가 떨리는 숨을 내쉬었다.

"내가 널 인도자라고 생각했던 거 기억해?"

"응."

내가 말했다.

"너 진짜 인도자가 누군지 아니?"

인디가 물었다.

"물론이지. 너도 알잖아."

내가 말했다.

그녀는 숨을 멈추었다. 잠시 나는 그녀가 우는 거라고 생각했다. 그녀가 다시 입을 열었을 때 나는 그녀의 목소리에서 울음소리를 들었다. 그러나 그녀가 다시 미소 짓고 있다는 것도 알 수 있었다.

"그건 나야."

그녀가 말했다.

"그래. 당연히 그렇지."

내가 말했다.

잠시 침묵이 흘렀다.

"난 너도 나한테 키스했다고 생각해."

그녀가 말했다.

"그래."

내가 말했다.

더 이상 그것이 괴롭지 않았다.

인디가 내게 키스했을 때, 나는 그녀의 고통과 열망과 바람을 모두 느꼈다. 그녀가 어떻게 느끼는지 알았고, 내가 얼마나 그녀를 사랑하는지, 하지만 그 사랑이 얼마나 소용없는 것인지 알았다. 그 깨달음이 마음을 저몄다. 내가 인디에 대해 느낀 아주 고통스럽고 광포한 감정이 나를 찢어놓을 것 같았다.

이상한 것은, 그녀가 나에 대해 느끼는 감정이 그녀를 지탱하고 있다는 것이었다.

카시아가 내게 해주는 일을 나는 그녀에게 해줄 수 있었다. 나는 그것을 알았기 때문에 그 키스에 응했다.

마치 그녀와 함께 달리고 있는 것 같았다. 그녀의 삶의 순간순간이 보였다. 소노마에서, 보트에 물이 차올랐다. 오피셜들이 그녀 앞에서 보트를 가라앉혔다. 봉기 세력을 향해 의기양양하게 강을 타고 내려간 여행은 그녀를 구해주지 못했다. 우리의 키스. 비행, 착륙, 달린다, 한발 한발 한발 한발. 다른 사람이라면 이미 고요해졌겠지만 그녀는 달리며……

그다음에 암흑뿐.

아니면 붉음일지도.

37
잰더

"오커, 분류자들이 새 목록을 만들어 보내왔어요."

레이나가 말했다.

"다른 건가? 저기 놔."

오커는 긴 테이블 한쪽 끝을 가리켰다.

이론적으로는 분류자들의 조언이 가치가 있었기 때문에 오커에게는 그들이 보내준 목록이 필요했다. 분류자들은 어떤 요인이 면역에 가장 기여할지 발견하려고 했다. 오커는 현실 세계에서 그것이 무엇인지 추측해내야 했다. 어떤 종류의 식용 식물이 면역의 요인 같다면, 그 식물의 어떤 구성 성분이 중요한가? 그 성분을 어떻게, 어떤 비율로 치료약에 넣을 것인가? 이론상 그런 공동 작업은 사람들의 시간을 아껴주고, 효과 있는 치료약을 빨리 발견할 가능성을 증대시켜주었다.

그러나 오커는 하던 일을 멈추고 그 목록을 읽어볼 생각이 전혀 없는 듯했다. 나는 카시아가 그 정보들을 걸러내느라 얼마나 열심히 일했을지 알고 있었다. 그 목록은 읽어볼 가치가 있었다. 나는 말을 하려고 헛기침을 했으나 레이나가 먼저 입을 열었다.

"그걸 보셔야 해요. 분류자들은 진료소와 당신이 한 관찰에서 얻은 최신 정보를 반영해서 모든 데이터를 다시 살폈어요. 성분 하나하나가 그 질병에 효과적으로 작용할 가능성을 모델링했어요."

"그래. 그 말은 전에도 들었어."

오커는 그렇게 말하고 자신의 데이터포드를 들고 연구실로 향했다.

"오커, 치료약 연구 관리자로서 난 당신이 이 목록을 봐야 한다고 생각해요. 안 그러면 일을 못하게 할 거예요."

레이나가 말했다.

"하. 여기엔 제대로 훈련받은 다른 약제사가 없잖아."

오커가 말했다.

"당신 조수들로도 충분해요."

레이나가 말했다.

오커는 무슨 말인가 중얼거리며 되돌아와서 데이터포드를 집어 들었다.

"저들은 늘 목록을 보내잖아. 이건 뭐가 그리 급한데?"

그가 말했다.

"분류자가 바뀌었으니까요. 그리고 지방 정부에 있는 사람들은 다음 치료약을 결정할 때 분류자들의 도움을 받아요."

레이나가 그에게 상기시켰다.

"물론 그들은 그러겠지. 소사이어티에 살았으니까. 어떤 독창적인 생각도 못해낼걸. 숫자가 없으면 움직이지도 못하고."

오커가 말했다. 레이나가 다시 설득하려고 나섰다.

"새 분류자 카시아는……."

오커는 손을 저었다.

"내가 분류자들을 알 필요는 없잖아. 이건 지금 가서 보도록 하지."

그는 데이터포드와 목록을 갖고 다시 자기 연구실로 걸어갔다. 그는 나가면서 문을 세게 닫았다.

잠시 후 나는 오커의 연구실 문이 열리는 소리를 들었다. 나는 그가 레이나에게 나갈 때가 되지 않았냐고 신랄한 한마디를 던질 거라고 생각했다. 그러나 대신 그는 그곳에 얼어붙은 듯이 서서 눈을 가늘게 뜨고 생각에 잠겨 있었다.

"카마시아."

그가 말했다.

"카시아예요."

나는 그가 무슨 이유에서인지 분류자들의 이름을 외우려는 줄 알고 입을 열었다. 그러나 그는 내 말을 잘랐다.

"아니, 카마시아. 식물 이름이다. 그 식물로는 아직 실험을 많이 해보지 못했지."

그는 우리가 자기 말을 들을 수 있다는 것을 기억하지도 못하는 듯이 중얼거리고 있었다.

"먹을 수 있는 식물이야. 심지어 영양가도 있어. 감자 맛이 나. 좀 달다뿐이지. 꽃은 자주색이고. 카마스 지방의 이름이 거기서 나온 거지."

그의 눈이 다시 초점을 찾더니 나를 똑바로 바라보았다.

"가서 좀 캐와야겠다."

"카마시아는 분류자들이 만든 목록에서 그리 높은 순위에 있지 않아요."

레이나가 말했다.

"여기는 소사이어티가 아니잖아."

오커가 험악한 어조로 말했다.

"꼭 숫자가 하라는 대로 할 필요는 없어. 이 마을에는 직관과 지성이 있어. 우린 지방 정부보다 더 빨리 치료약을 찾을 수 있지만, 그건 그들과 다르게 생각할 때에나 가능한 일이야."

레이나는 고개를 저었다. 그녀는 이 사태를 해결할 최상의 방법이 무엇인지 결정하려 하고 있었다. 그녀는 전에 했던 것과 같은 질문을 스스로에게 던지고 있었다. 오커가 원하는 것이 자기가 최선이라고 생각하는 것과 정반대일 때도 원하는 대로 해줄 만큼 그가 가치 있는 자산인가?

"이건 어때? 자네들이 다른 성분을 모아 오면 자네들이 원하는 치료약도 만들어주지."

그가 노아와 테스를 바라보며 말했다.

"너희는 남아서 주사액을 계속 만들어 내보내."

"아직 여분이 있는데요."

노아가 지적했다.

"더 많이 필요해질 거야."

오커가 안달하듯 말했다.

"어떤 환자도 주사액이 떨어지지 않게 해라. 특히 최근에 들어온 그 환자는 절대로 떨어지지 않게 해."

그다음 나를 바라보았다.

"가자. 날 도와다오."

"우리가 지금 시험해볼 수 있는 환자는 일곱 명뿐이에요. 다른 환자들한테는 아직 최근의 치료약을 시험해볼 시간이 필요해요."

오커가 내게 가방에 집어넣을 물건들—깨끗한 삼베 끈, 물통, 작은 삽 두 개—을 가리킬 때 레이나가 말했다.

"그러면 겨우 일곱 명의 환자에게만 시험해볼 수 있겠군."

오커가 좌절감을 숨기지 못하며 말했다.

"인도자는 환자 몇 명 치료한 것보다는 더 많은 증거를 필요로 할 거예요……"

레이나가 말했다.

"그러면 모든 환자에게 내 치료약을 줘."

오커가 말했다. 그러고는 문을 열었다.

"얘기가 자꾸 빙빙 돌고 있네. 난 치료약을 만들 거야. 자네는 그걸 누구에게 쓸지 결정해. 그냥 아무한테나 써봐. 나는 가장 마지막에 고요해진 환자에게 내 치료약을 시험해보겠어."

그러고는 어깨 너머로 레이나를 바라보았다.

"분류자들에게 우리가 지방 정부보다 먼저 치료약을 찾아낼 가능성을 계산하라고 해. 우리는 인도자에게 가장 큰 희망이 아니야. 그는 자기 품에 있는 모든 걸 공중에 던지고 그중에 뭔가가 날아갈 확률에 기대고 있어. 우리는 그중에서도 가장 작고 가장 연약한 새야."

"당신 약은 다르잖아요. 인도자도 그걸 알아요."

레이나가 단호히 말했다.

"우리가 치료약을 찾아낼 수 없다고는 말하지 않았어. 하지만 자네가 내 할 일을 하게 해줄 때만 가능한 일이지."

오커가 말했다.

"창고에 카마시아가 있어요. 당신이 카마시아 들판까지 나갈 필요는 없잖아요."

레이나가 마지막으로 항의했다.

"땅에서 갓 뽑은 신선한 게 필요해."

오커가 그녀에게 말했다.

"그러면 사람을 보내 들판에서 모아 오라고 할게요. 그쪽이 당신이 직접 가는 것보다 더 빠를 거예요."

레이나가 말했다.

"아니. 아니야."

오커가 말했다. 그는 깊이 숨을 들이쉬었다.

"난 이 치료약에 영향을 미칠 수 있는 어떤 요인도 끼어드는 게 싫어. 난 그 과정을 처음부터 끝까지 다 지켜볼 거야."

지금 그 말은 진짜 인도자가 할 것 같은 말이었다. 나는 오커를 따라 문밖으로 나갔다.

오커가 나를 가장 믿기 때문에 날 데려가는 거라고 스스로를 속이지는 않았다. 그는 환자에게 사용할 약이 들어 있는 비닐백을 준비하는 일을 맡길 정도로 노아와 테스를 믿고 있었다. 그러나 아직 감독 없이 그 일을 시킬 정도로 나를 믿진 못했다. 그는 자기 대신 땅을 팔 사람이 필요한 것뿐이었다.

그리고 그는 나와 돌연변이 이야기를 나누는 것을 좋아했다. 내가 가장 근래에 고요환자를 직접 돌본 사람이었기 때문이다. 나는 그 돌연변이를 아주 가까운 곳에서 보았다. 당연히 그에게는 내 이야기가 흥미로울 것이다. 그는 최초 전염병의 치료약을 만들어낸 사람이었다. 대부분의 사람들이 알기도 전에 그 전염병에 대해 알고 있었다.

"얼마나 멀리 가야 하죠?"

내가 물었다.

"몇 킬로미터. 내가 가려는 들판은 이 근처가 아니야. 카마스 쪽의 다른 징검돌 마을에 더 가깝지."

그가 말했다.

나는 그를 따라갔다. 내게는 모든 풍경이 풀과 바위로만 보였다. 길 같은 것은 아무 데도 없었다.

"사람들이 다른 마을에 자주 가진 않나 봐요."

내가 오커에게 말했다.

"마지막으로 끝돌 마을에 다 모인 다음에는 안 갔어. 그때부터는 사람들을 보내서 다른 야생 작물을 수확해왔지. 그러나 사람이 만든 길을 산이 되찾아가는 데는 그리 오래 걸리지 않아."

때때로 우리는 땅에 납작하게 박힌 둥근 돌을 지나쳤다. 오커는 그 돌들이 우리가 옳은 길로 가고 있음을 가리킨다고 했다.

"난 여기까지 내내 걸어왔지."

오커가 말했다. 그의 목소리는 평화롭고 사색적이었다. 그러나 몸은 최대한 빠르게 움직이고 있었다.

"그때는 조종사들이 첫 번째 마을까지 사람들을 실어 오는 일이 잦았지. 그다음에 어디로 갈지는 그 사람 의지에 달린 일이었어. 끝돌 마을이 가장 멀리 떨어진 곳이었기 때문에 나는 그곳으로 가기로 결정했다. 소사이어티에 따르면 나는 죽어도 될 만큼 늙었으니까 내가 여기까지 오지 못할지도 모른다고 생각했지. 하지만 나는 계속 갔어."

그는 웃었다.

"나는 내 최종 연회 날 내내 걸었어."

"제 친구가 했던 일도 그거였어요. 카이는 돌연변이에 걸리자 계속 걸으려고 했어요. 계속 움직이면 고요해지지 않을 거라고 믿었죠."

내가 오커에게 말했다.

"그 애는 어디서 그런 아이디어를 얻었지?"

오커가 물었다.

"카시아가 파란 알약을 먹고 계속 걸어간 적이 있었기 때문인 것 같아요. 카시아는 파란 알약을 하나 먹고도 계속 길을 갔대요."

나는 그가 그런 일은 불가능하다고 말할 거라고 생각했지만, 대신 그는 이렇게 말했다.

"아마 네 친구들이 옳을 거다. 더 이상한 일들도 일어났으니까."

그다음 그는 미소 지었다.

"카시아는 드문 이름이군. 식물 이름이야. 그 나무 껍질은 양념으로 쓰지."

"우리가 지금 찾으러 가는 식물과 관계가 있나요? 이름이 아주 비슷한데요."

내가 물었다.

"아니. 내가 아는 한 없어."

오커가 말했다.

"카시아가 그 목록 만드는 일을 도왔어요. 카마시아 일을 끝내면 그 목록을 다시 보셔야 해요."

나는 아직 카이의 치료를 결정할 사람은 오커가 아니라 카시아라는 말을 꺼내지 않았다.

오커는 멈춰 서서 자기가 어느 위치에 있는지 살폈다. 나는 지금보다 더 빨리 걸어갈 수 있었지만, 그는 그렇게 나이가 많은 것치고 몸 상태가 꽤 훌륭했다.

"카마시아는 이 근처에 있을 거야. 여기가 마을 사람들이 수확하러 오는 곳이지. 그렇지만 그걸 다 가져가진 않았을 거야. 언제나 다음해에 자랄 만큼은 남겨놔야 하거든. 다음해에 이곳에서 이미 떠났길 바란다고 해도."

그는 길을 벗어나 나무 사이로 내려갔다.

나는 그를 따라갔다. 산비탈에 선 나무들은 소나무와 내가 모르는 것들이었다. 줄기가 희고, 잎은 얇고 녹색이었다. 우리가 그 아래를 걸어갈 때 나는 소리가 좋았다.

오커가 아래를 가리켰다.

"저거 보이냐?"

조금 시간이 걸렸지만, 내게도 보였다. 꽃은 조금 말랐지만 그의 말처럼 자줏빛이었다.

"여기서 캐면 돼. 다 캐내진 마라. 하나 걸러 하나씩 캐내. 우리는 꽃이 필요한 게 아니라 뿌리만 필요한 거야. 뿌리를 삼베에 싸서 냇물에 적셔라."

그는 풀밭을 질벅하게 적시면서 그 사이를 구불구불 흐르는 작은 시내를 가리켰다.

"최대한 빨리 해라."

나는 무릎을 꿇고 그 식물 주위를 파내기 시작했다. 파낸 구근은 살색이었고, 흙이 묻었고, 뿌리가 얼기설기 나와 있었다. 그것을 보자 카시아와 우리가 자치구에서 꽃을 심던 날 했던 키스가 생각났다. 그 키스로 나는 몇 달 동안을 버틸 수 있었다.

나는 시냇물에 삼베 조각을 적셔 뿌리를 하나하나 쌌다. 계속 땅을 팠고, 해가 위에서 내리쬐었고, 땅 냄새가 좋다고 느꼈다. 등이 조금 아파서 일어서서 몸을 폈다. 가방에 남는 자리가 거의 없었다.

오커가 빨리 끝내라고 보챘다. 그는 내 옆에 쭈그리고 앉아 서툰 동작으로 식물 하나를 자르기 시작했다. 꽃잎이 앞뒤로 계속 까딱거렸다. 그는 뒤틀린 손으로 더듬더듬 뿌리를 끌어낸 다음 그 식물을 내게 주었다.

"이걸 쌀 수가 없으니 네가 해줘야겠다."

나는 오커의 수확물을 싸서 가방을 다 채웠다. 나는 그의 가방을 내 가방과 함께 어깨에 둘러멨다. 이제 그 가방도 다 차서 내가 대신 운반하려는 것이었다. 그런데 오커가 고개를 저었다.

"내 가방은 내가 가져갈 수 있어."

나는 고개를 끄덕이고 가방을 건네주었다.

"이 카마시아가 진짜 치료약이라고 생각하세요?"

"가능성이 아주 크지. 가자."

오커가 말했다.

오커는 마을로 돌아오는 길에 멈춰서 쉬어야 했다.

"오늘 아침식사는 포기해라."

그가 말했다. 그렇게 지친 모습은 처음 보았다. 그는 바위에 기댔다. 질주하는 심장이 진정되기를 기다리는 얼굴이 초조한 기색으로 일그러졌다.

"계속 궁금한 게 있었어요."

내가 말했다. 오커는 투덜거리면서도 물어보지 말라고는 하지 않았다. 그래서 나는 말을 이었다.

"마을 사람들은 애초에 자신들이 전염병에 면역이 있다는 걸 어떻게 알았나요? 돌연변이가 일어나기 전에요."

"그들은 자기들이 전염병에 면역을 갖고 있다는 걸 오랫동안 알고 있었어. 소사이어티가 최초 전염병을 적에게 퍼뜨렸을 때, 그 바이러스를 투하한 조종사 한 명이 군기지에서 달아나 카마스에서 가장 가까운 첫 번째 징검돌 마을로 왔지."

오커는 잠시 숨을 고르느라 뜸을 들였다.

"그 바보천치는 이곳에 왔을 때 자기가 전염병에 걸렸다는 걸 깨닫지 못했어. 그는 그 병이 물로만 전파된다고 생각했지. 자기가 그 병균을 적의 강과 시내에 살포했으니까. 그렇지만 그건 사람에게서 사람으로도 옮을 수 있었고, 그는 적과 접촉한 적이 있었어. 아마 징검돌 마을에 오기 전에 그들을 도우려고 했던 거겠지."

"왜 그 조종사가 마을로 도망쳤을까요?"

내가 물었다.

"그는 실종에 가담한 조종사였어. 그래서 마을 사람들과 서로 알았지. 그는 도망치고 일주일이 지난 후에 발병했어."

오커가 끙 하고 바위에서 일어났다.

"자, 가자."

우리 주위의 나무 사이에서 새들이 지저귀고, 풀은 길 위로 아주 길게 자라서 무릎에 사사삭 몸을 비벼왔다.

"물론 소사이어티는 그 병에 걸린 자신들의 일꾼을 치료할 방법을 갖고 있었지. 그러나 그 조종사는 소사이어티로 돌아가지 않았기 때문에 치료약을 받지 못했어. 그는 징검돌 마을로 왔고, 죽었다."

"마을에 치료약이 없었기 때문인가요? 아니면 마을 사람들이 그를 죽였나요?"

내가 물었다.

오커가 나를 바라보았다. 그의 눈길은 날카로웠다.

"그들은 그에게 음식과 물을 주고 숲 속에 남겨두었어. 하지만 그가 죽으리라는 건 알고 있었겠지."

"그럴 수밖에 없었겠죠. 그 조종사가 마을 전체를 감염시킬 수 있다고 생각했을 테니까요."

내 말에 오커는 고개를 끄덕였다.

"발병했을 때 조종사는 마을 사람들에게 전염병과 적과 지금까지 일어난 일에 대해 말했어. 마을 사람들에게 소사이어티로 돌아가서 자기에게 치료약을 얻어다달라고 간청했지. 그때쯤에는 그가 마을을 거의 다 돌아다니고 난 다음이었어. 마을 공동체는 자기들이 전부 죽을 거라 생각했고, 치료약을 제때 손에 넣지 못하리라는 것을 알았지. 그래도 할 수 있는 일은 해봐야 했어."

오커가 웃었다.

"물론 당시에는 자신들한테 면역이 있다는 사실을 몰랐지."

"다른 사람도 추방했나요?"

내가 물었다.

"아니. 노출된 사람들을 격리했어. 하지만 아무도 병에 걸리지 않았지."

오커가 말했다. 나는 안도의 한숨을 내쉬었다.

"물론 그들의 면역은 소사이어티에 중요하지 않았을 거야. 소사이어티는 이미 치료약을 갖고 있었으니까. 하지만 마을 사람들에게는 중요했지. 소사이어티가 마을 사람들의 물에 전염병 바이러스를 넣는다 해도 죽지 않으리라는 걸 알았으니까. 대체로 그들은 자신들에게 면역이 있다는 사실을 비밀로 지켰어. 누군가가 인도자에게 말하긴 했지만, 그는 돌연변이가 일어날 때까지는 그 정보로 아무것도 하지 않았지."

"그다음에 마을 사람들이 돌연변이에도 면역이 있는지 궁금해진 거군요."

내가 말했다.

"맞아. 인도자는 누군가 자기 면역을 시험해볼 생각이 있는지, 우리가 치료약을 개발하는 일을 도와줄 수 있는지 알아보러 여기 온 거야."

"마을 사람들이 돌연변이 바이러스에 노출되길 자원한 건 알아요. 왜 그랬죠?"

내가 말했다.

"포일웨어 식사 때문에."

오커가 지긋지긋하다는 듯이 말했다.

"인도자는 짐칸 하나를 그걸로 다 채워 가지고 왔고, 더 가져올 수 있다고 말했어."

"누가 왜 그걸 원하죠? 여기 음식이 훨씬 나은데?"

내가 물었다.

"'다른 땅'으로의 여행 때문에. 그 음식들은 몇 년은 가거든. 여행에는 완벽한 식량이지. 인도자는 우리 중 몇 명이 자원한다면, 여행자들 모두가 가져갈 만큼 충분한 양을 가져다주겠다고 약속했어. 사람들에게 돌연변이를 주사하고 만일을 대비해 다른 마을 한 곳에 머물러 있으라고 지시했지. 하지만 아무도 병에 걸리지 않았어."

오커는 입이 찢어지도록 웃었다.

"너도 그때 인도자의 얼굴 표정을 봤어야 했는데. 그는 약을 찾을 가능성이 있다는 걸 믿지 못했어. 그때 우리가 치료약을 찾아내면 에어십을 주겠다고 제안한 거지."

오커는 길 한가운데 물웅덩이에 자라고 있는 파란 꽃 위를 걸어갔다.

"병에 걸린 채 계속 걸으려고 했던 네 친구들은 네 생각보다 바이러스와 파란 알약에 숨겨진 진실에 더 가까이 간 거야. 그 알약들은 독이 아니야. 방아쇠지."

"방아쇠요?"

내가 물었다.

"소사이어티는 그 전염병을 만들 때 몇 가지 다른 바이러스도 실험적으로 만들어냈어. 그중 하나는 전염병과 매우 비슷한 효과를 내지. 사람들의 몸을 정지시키고 고요하게 만드는 거야. 하지만 사람에게서 사람으로 옮지는 않아. 그 알약을 직접 먹은 사람에게만 영향을 미치지. 소사이어티는 그 바이러스는 적에게 쓰지 않기로 결정했다. 대신

자기 시민들에게 사용했지."

오커는 어깨 너머로 나를 돌아보았다.

"소사이어티는 바이러스들에 이름을 붙였어. 그건 시룰리언 바이러스라고 했지."

"왜요?"

"그건 '파란색'을 뜻하는 또 다른 단어야. 실험실에서 그 바이러스에 파란색 꼬리표를 붙였거든. 다른 바이러스와 쉽게 구별할 수 있도록. 그래서 오피셜들이 그 바이러스를 파란 알약으로 쓰겠다는 아이디어를 얻은 게 아닌가 싶기도 해. 소사이어티는 시룰리언 바이러스를 수정해서 어린아이를 면역화시킬 때 체내에 집어넣었어. 그러면, 만약 필요할 경우 파란 알약으로 그 바이러스의 방아쇠를 당길 수가 있거든."

"완벽한 소사이어티적 논리군요. 우리를 보호해주면서도 필요할 경우 계속 우리를 조종할 수 있도록 바이러스를 심어두는 거네요. 그런데 왜 지금까지 더 많은 사람들이 고요해지지 않았을까요?"

"왜냐하면 그건 잠복성이니까. DNA로 파고 들어가지만 그다음에는 휴면 상태로 남아 있지. 바이러스는 방아쇠를 당길 때까지 활성화되지 않아. 그 방아쇠가 파란 알약이고, 알약을 먹으면 소사이어티가 도와주러 올 때까지 멈춰버리는 거다. 그들이 제때 발견한다면 말이지만. 그러지 못하면 그냥 죽는 거지. 그들은 전염병뿐만 아니라 시룰리언 바이러스의 치료약도 갖고 있어. 하지만 거기까지가 그들 과학의 한계였지. 그들은 돌연변이 치료약은 찾지 못했어."

"왜 이걸 저한테 말해주시는 거죠?"

내가 물었다.

"내가 언제 죽을지 모르니까. 무슨 일이 진행되고 있는지 누군가는 알아야 하거든."

오커가 말했다.

"그런데 왜 저를 고르셨죠? 절 알지도 못하시잖아요."

내가 물었다.

"너는 돌연변이에 걸린 사람들을 알잖아. 저 안에도 가족이나 친구가 있을 테고, 지금 여기엔 네 친구들이 있어. 넌 개인적인 이유로 사람들이 더 잘살기를 바라지. 그리고 네 친구가 치료받지 못하면 계속 궁금할 거 아니냐. 그녀가 너희 둘 중에 누구를 선택했을지."

물론 오커가 옳았다. 놀랄 일은 아니었지만, 그는 내가 생각했던 것보다 더 많은 것을 알고 있었다. 그가 진짜 인도자라면 그래야 할 것이다.

우리는 이후 돌아오는 길에는 아무 말도 하지 않았다.

실험실로 돌아와 우리는 테이블 위에 구근을 내던졌다.

"저걸 씻되 문지르지는 마. 그냥 흙만 씻어봐."

오커가 테스와 노아에게 말했다. 그들은 고개를 끄덕였다.

"난 제일 좋은 구근을 가려내겠어. 너희는 장비를 모아라. 칼, 도마, 막자사발이 필요해. 모두 소독하는 거 잊지 말고."

그가 구근 뭉치를 손마디로 훑으며 말했다.

나는 서둘러 장비를 준비했다. 준비를 끝냈을 때 오커도 분류를 끝냈다. 그가 작은 구근 뭉치를 두드렸다.

"이게 제일 좋은 것들이야. 이걸로 시작할 거다."

그가 구근 하나를 내 쪽으로 밀었다.

"이걸 잘라. 네가 해야 해. 난 못하니까."

나는 구근 한가운데를 절개했다. 그것을 연 순간 나는 숨을 들이켰다. 양파 안쪽처럼 켜켜이 싸여 있었고, 아름다운 색깔을 띠었다. 진줏

빛이었다. 빛나는 흰색에 가까웠다.

오커가 막자사발을 내게 건네주었다.

"이걸 빻아. 모든 사람에게 돌아가려면 충분한 양이 필요할 거야."

오커의 실험실 문이 쾅 하고 열렸다.

"여기 있었군요. 당신을 찾으려고 마을 밖으로 사람을 보냈어요."

레이나가 창백한 얼굴로 말했다.

"무슨 일인데?"

오커가 물었다.

"고요환자요. 그들이 죽어가고 있어요."

레이나가 말했다.

방 안이 완벽하게 조용해졌다.

"인도자가 데려온 첫 번째 그룹 환자들인가?"

오커가 물었다.

"네."

레이나가 대답했다. 나는 안도의 숨을 내쉬었다. 그 말은, 카이는 괜
찮다는 뜻이었다.

"결국 일어날 수밖에 없는 일이었어. 첫 번째 그룹은 지금껏 몇 주
동안 버티고 있었지. 가서 우리가 무슨 일을 할 수 있는지 보자고."

오커가 말했다.

레이나는 고개를 끄덕였다. 그러나 방을 나가기 전에 오커는 내게
구근을 다시 넣고 잠가두도록 지시했다.

"다시 주사액을 만들어라. 하지만 내가 돌아올 때까지 아무도 치료
약 작업을 해선 안 돼."

그가 노아와 테스에게 말했다.

그들은 고개를 끄덕였다. 오커가 내게서 열쇠를 도로 받아갔다. 그

제서야 우리는 레이나를 따라 진료소 쪽으로 갈 수 있었다. 진료소 바깥에 사람들이 모여 있었다. 그들은 오커와 레이나가 지나가도록 길을 터주었다. 나는 일행인 것처럼 행동하면서 그들 뒤를 따라갔고, 여느 때와 마찬가지로 운이 좋았다. 아무도 나를 막거나 뭐하는 거냐고 묻지 않았다. 그들이 물었다면, 나는 진실을 말했을 것이다. 나의 진짜 인도자를 찾았다고, 치료약을 발견할 때까지 그를 내 시야에서 놓치지 않겠다고 말했을 것이다.

38
카시아

첫 번째 환자가 죽었을 때 나는 진료소에 있었다.

그것은 편안한 죽음도 아니었고, 고요하지도 않았다.

진료소 맞은편 끝에서 소란스러운 소리가 들렸다.

"폐렴이야. 폐가 다 감염됐어."

마을 진단의 한 명이 다른 진단의에게 말했다. 누군가가 커튼을 걷었고 모든 사람이 황급히 환자 주변에 모여 그를 살리려고 애썼다. 환자는 바닷물을 전부 삼킨 것 같은, 끔찍하고 축축하고 헐떡이는 숨을 쉬었다. 다음 순간 그가 기침을 하자 피가래가 튀어나왔다. 심지어 멀리서도 보였다. 깨끗하고 흰 시트가 선홍색으로 물들었다.

모든 사람이 너무 바빠서 내게 나가라고 말할 틈이 없었다. 나는 도망치고 싶었지만, 카이를 떠날 수 없었다. 그리고 카이가 그 환자를 살리려는 사람들이 내는 소리나, 자기 자신의 숨소리가 얼마나 힘겨운지 듣는 것이 싫었다.

그래서 나는 카이 앞에 쪼그리고 앉아 떨리는 손으로 그의 한쪽 귀를 막은 다음, 맞은편 귀에 몸을 가까이 기울이고 노래를 불렀다. 그때까지는 내가 노래 부르는 법을 알고 있다는 것도 몰랐다.

· · ·

레이나가 오커와 잰더를 데리고 들어왔을 때, 나는 여전히 노래를 부르고 있었다. 또 다른 환자가 숨이 넘어가기 시작했기 때문에 나는 계속 노래해야 했다.

진단의 하나가 오커에게 걸어가 그의 면전에 대고 똑바로 말했다.

"환자들을 계속 저렇게 둔 당신 잘못이오. 와서 당신이 한 짓을 봐요. 그 환자는 자기에게 무슨 일이 일어나고 있는지 알았어요. 그의 눈에는 평온함이 없었다고요."

"의식이 되돌아왔었다고?"

오커가 물었다. 그의 목소리에서 흥분한 기색이 느껴졌다. 역겨웠다.

"자기가 죽어가고 있다는 걸 알 정도만요. 그는 치료되지 않았어요."

진단의가 말했다.

잰더가 멈춰 서더니 내 옆에 쪼그리고 앉아 물었다.

"괜찮니?"

나는 고개를 끄덕이며 계속 노래를 불렀다. 그는 내 눈을 보고 내가 미치지 않았다는 것을 알았다. 그러고는 아주 잠깐 내 팔을 어루만진 뒤 오커와 다른 사람들이 있는 곳으로 가서 환자들 옆에 섰다.

잰더가 지금 무슨 일이 일어나는지 봐야 한다는 것을 나도 이해한다. 그리고 그는 오커에게서 인도자의 모습을 찾았다. 누군가를 인도자로 선택해야 한다면 나는 애너를 고를 것이다.

그러나 나는 다른 누군가가 우리를 구출해줄 거라는 희망에 의지해 미래를 계획할 수 없다는 것도 알고 있었다. 우리 자신이 해야 했다. 인도자는 단 한 사람일 수가 없었다. 우리는 누군가 하늘에서 내려와 우리를 구해줄 거라는 믿음 없이 살아갈 수 있을 만큼 강해져야 했다.

나는 할아버지를 생각했다.

〈"너 내가 녹색 알약에 대해 했던 말 기억하니?"

할아버지가 내게 물었다.

"네. 전 그 약이 없어도 잘해낼 만큼 강하다고 하셨어요."

내가 말했다.

"녹지, 녹색 알약, 녹색 소녀의 녹색 눈."

할아버지는 오래전 당신이 하신 말씀을 인용했다.

"전 언제나 그날을 기억할 거예요."

내가 할아버지에게 말했다.

"하지만 너는 이날을 기억하기가 힘들구나."

할아버지가 말했다. 할아버지의 눈은 모든 것을 안다는 듯 동정적이었다.

"맞아요. 왜 그럴까요?"

내가 물었다.

할아버지는 대답해주지 않았다. 최소한 직접적으로는. 대신 이렇게 말했다.

"사람들은 진정 기억할 만한 날에 이름을 붙였다. 빨간 글자의 날. 기억하니?"

"모르겠어요."

내가 말했다. 나는 손을 머리에 대고 눌렀다. 머릿속에 안개가 낀 듯 완벽한 정상은 아니었다. 할아버지의 얼굴은 슬펐지만 단호했다. 그 얼굴을 보자 나도 단호한 기분이 들었다.

나는 다시 주변의 붉은 새싹과 꽃들을 돌아보았다. 무언가가 마음 속에서 날카로워졌다.

"그럼 오늘을 붉은 정원의 날이라고 부를 수도 있겠네요."

"그래. 붉은 정원의 날. 기억해야 할 날."

할아버지는 그렇게 말하고 더 가까이 몸을 기울였다.

"기억하기 힘들 거야. 심지어 지금 한 이 말도 나중에는 또렷하지 않을 게다. 하지만 넌 강해. 네가 언젠가 이 기억을 모두 되찾을 수 있다는 걸 안단다."〉

붉은 정원의 날에 대해 또 한 부분 기억해냈다. 그 기억을 모두 되찾을 수 있다. 할아버지는 그렇게 말씀하셨다. 나는 카이의 손가락을 내 손가락으로 꽉 감고 계속 노래했다.

언덕 위, 나무 아래 바람
아무도 볼 수 없는 경계를 지나

사람들의 죽음이 멈출 때까지 그에게 노래할 것이다. 그다음에 나는 치료약을 찾아낼 것이다.

39
카이

아무도 볼 수 없는

경계를 지나

나는 바다에 있었다.

안팎을, 위아래를 드나들었다. 그리고 아래로, 아래로.

인디가 그 바다에 있었다.

"넌 여기 있으면 안 돼. 여긴 내 바다야. 내가 발견했어."

그녀가 짜증을 내며 말했다. 내가 기억하는 모습과 똑같았다.

"세상의 모든 물이 네 것일 수는 없어."

내가 말했다.

"내 거야. 그리고 하늘도. 이제 파란 건 다 내 거야."

그녀가 말했다.

"산도 파랗잖아."

내가 그녀에게 말했다.

"그러면 그것도 내 거야."

우리는 나란히 몰아치는 파도를 타고 위아래를 넘나들었다. 나는
웃음을 터뜨렸다. 인디도 웃기 시작했다. 몸은 더 이상 아프지 않았다.

가벼워진 느낌이었다. 심지어는 몸이 없는 것 같았다.

"난 큰 바다가 좋아."

내가 인디에게 말했다.

"네가 그러리란 걸 늘 알고 있었어. 하지만 넌 날 따라올 수 없어."

인디는 그렇게 말하더니 웃었다. 그러고는 파도 아래로 미끄러져 들어가 사라져버렸다.

40
카시아

"카시아, 우리랑 같이 가자."

애너가 진료소 문가에 서서 말했다.

"난 못 가요."

나는 애너가 이야기했던 꽃들을 찾기 위해 노트를 넘기며 말했다. 마리포사 릴리. 에페드라. 페인트브러시. 꽃 그림을 가져다주겠다고 했는데, 잊어버렸나? 내가 막 물어보려고 할 때 그녀가 다시 말했다.

"투표하는 거 안 보러 갈 거야?"

마을 사람들과 농부들이 바깥에 모여 있었다. 오커와 잰더와 다른 조수들이 만든 치료약을 어떻게 할지 결정하려는 것이었다. 어떤 약을 먼저 시도할지, 일을 어떻게 진행할지 서로 의견이 안 맞는 부분이 있었다.

"네. 난 계속 생각해야 해요. 뭔가 놓친 게 있어요. 여기서 해야겠어요. 누군가가 카이에게서 약을 빼앗아 가고 있으니까요. 난 여기를 떠나지 않을 거예요."

내가 애너에게 말했다.

"그게 사실인가요?"

애너가 진단의 한 명에게 물었다. 그는 불쾌한 듯 어깨를 으쓱했다.

"그럴 수도 있죠. 하지만 어떻게 된 일인지는 모르겠습니다. 우리는 언제나 진단의들을 환자 곁에 둡니다. 마을의 어느 누가 환자를 해치고 싶겠습니까? 모두 치료약을 찾고 싶어하는걸요."

애너도 나도 명백한 사실을 말하지 않았다. 마을 사람 모두가 그렇게 느끼는 것은 아닐지도 모른다는 사실을.

"내가 직접 네 돌을 만들었어."

애너가 내게 말했다. 그녀는 작은 돌을 건네주었다. 그 위에 내 이름이 쓰여 있었다. 카시아 라이스. 나는 이제야 그녀를 흘끗 올려다보았고, 그녀의 얼굴과 팔 전체에 그려진 파란 선을 보았다. 그녀도 내 시선을 알아차렸다.

"투표일에는 의식 부호를 그리지. 이건 카빙 대협곡의 전통이야."

그녀가 내게 말했다.

나는 그녀에게서 돌을 받으며 물었다.

"나한테도 투표권이 있나요?"

"그래. 너와 잰더도 다른 사람들과 마찬가지로 돌을 하나씩 가질 수 있다고 마을위원회에서 결정했어."

애너가 말했다.

그 결정에 나는 감동했다. 이곳 사람들이 우리를 믿어준 것이다.

"카이를 남겨두고 싶지는 않아요. 누가 내 대신 돌을 넣어줄 수 있을까요?"

내가 말했다.

"그럴 수도 있지. 하지만 난 네가 투표하는 걸 봐야 한다고 생각해. 그건 모든 지도자가 봐두어야 하는 거야."

애너가 무슨 뜻으로 그런 말을 한 걸까? 난 지도자가 아닌데.

"헌터가 여기 머물러서 계속 지켜봐주면 믿을 수 있겠니? 그냥 잠깐 네가 표를 던질 동안만."

애너가 물었다.

나는 헌터를 바라보았다. 그를 처음 보았던 때가 기억났다. 그는 자기 딸을 묻고 있었고, 그 아이의 무덤을 표시하기 위해 아름다운 시구를 적었다.

"네."

내가 말했다. 오래 걸리지 않을 것이고, 그동안 애너에게 그 꽃에 대해 다시 물어볼 수도 있었다.

헌터가 자기 돌을 애너에게 건네주었다.

"나는 레이나 쪽에 투표할 거예요."

그가 말했다. 애너가 고개를 끄덕였다.

"자네 대신 거기 넣어줄게."

애너가 옳았다.

어쩌나 놀라운 장면이었는지, 숨 쉬는 것을 잊어버릴 지경이었다.

모두 손에 선택권을 쥐고 있었다. 어떤 사람들은 애너처럼 다른 사람에게 대신 표를 던져달라는 부탁을 받고 두 개의 돌을 가져왔다. 이런 일이 가능하려면 아주 큰 신뢰가 쌓여 있어야 할 것이다.

오커와 레이나는 말구유 근처에 서 있었고, 콜린을 포함한 다른 사람들은 누구도 한쪽에서 다른 쪽으로 돌을 옮기지 못하도록 지켜보고 있었다. 오늘의 선택지는 두 개였다. 오커 쪽에 투표하거나 레이나 쪽에 투표하는 것. 어떤 사람은 마음을 정하지 못하고 서 있었지만, 대부분은 똑바로 걸어가 오커의 구유에 돌을 던졌다. 그들은 오커의 카마시아 치료약을 모든 환자에게 주어야 한다고 생각하는 사람들이었다. 좀 더 신중한 사람들은 몇 가지 다른 치료약을 시도해보려는 레이나 쪽에 돌을 던졌다.

오커의 말구유가 가득 찼다.

그 결정은 마을의 커다란 돌이 드리운 그늘 아래에서 이루어졌다. 모든 사람이 이름이 적힌 작은 돌을 쥐고 있는 모습을 보자 시시포스가, 몇 달 전 나침반과 거래했던 인도자 이야기가 생각났다. 믿음과 신화가 아주 밀접하게 결합되어 있었기 때문에 어느 것이 이야기이고 어느 것이 진실인지는 결코 확신할 수 없었다.

그러나 그것은 중요하지 않으리라. 카이는 '언덕'에서 시시포스 이야기를 해준 뒤 이렇게 말했다.

'그가 그 이야기에 나온 것처럼 살지 않았다고 해도, 많은 사람들이 그런 삶을 살아왔어. 그러니까 어쨌든 그건 진실이야.'

잰더가 군중을 뚫고 나를 찾았다. 그는 기진맥진해 보이기도 하고 환해 보이기도 했다. 내가 한 손을 뻗어 그의 손을 잡자, 그도 내 손가락을 꽉 쥐었다.

"투표했니?"

내가 물었다.

"아직. 최근에 우리한테 보내준 목록을 얼마나 확신하는지 묻고 싶었어."

우리 말이 들릴 정도로 오커가 가까이 있었지만, 하여간 나는 잰더에게 정직하게 대답했다.

"전혀 확신하지 않아. 뭔가 놓치고 있어."

잰더의 얼굴에 작은 안도감이 번뜩였다. 내가 한 말이 그의 선택을 더 쉽게 만들어주었다. 이제 그는 오커와 나 사이에서 선택할 필요가 없어진 듯했다.

"뭘 놓친 것 같은데?"

잰더가 내게 물었다.

"아직 모르겠어. 하지만 꽃과 관계있는 것 같아."

내가 말했다.

잰더가 자기 돌을 오커 옆의 구유에 던져 넣었다.

"넌 어떻게 할 거야?"

나는 아직 투표하지 않았다. 내가 할 선택이 갖는 의미에 대해 충분히 알지 못했기 때문이다. 아마 다음 투표 때까지 이곳에 있다면, 그때는 준비가 되어 있을 것이다. 나는 주머니에 손을 넣어 어머니가 보내준 종이를 꺼내고 그 안 마이크로카드 옆에 돌을 넣었다.

"내 돌은 여기 간직해놓을래."

모양이 망가지지 않도록 어머니가 만든 선을 따라 조심조심 접었다. 다시 위를 쳐다보았을 때 오커와 시선이 마주쳤다. 생각에 잠긴 듯한 그의 날카로운 표정은 사람을 살짝 불안하게 만들었다. 나는 눈길을 돌려 잰더를 보았다.

"카이라면 어느 쪽에 투표했을 것 같아?"

잰더가 물었다.

"모르겠어."

내가 말했다.

"이기는 쪽의 치료약을 카이에게 줄 계획이야. 카이는 가장 나중에 고요해진 환자니까."

잰더가 부드럽게 말했다.

"안 돼. 다른 환자에게 먼저 시험해보면 되잖아."

그런데 어떻게 그들을 막지?

"난 이 치료약이 효과 있을 거라고 생각해. 오커는 아주 확신하고 있어. 내 생각에는……"

"잰더, 가자."

오커의 목소리가 우리 사이에 끼어들었다.

"흘러넘칠 때까지 머무르지 않을 건가요?"

레이나가 놀란 목소리로 오커에게 물었다.

"그래."

오커가 말했다.

"농부들은 그걸 모욕으로 생각할 거예요. 투표 의식에서 그들이 맡은 부분이잖아요."

그녀가 말했다.

오커는 이미 걸음을 옮기면서 한 손을 공중에 흔들었다.

"시간이 없어. 그들도 이해할 거야."

그가 말했다.

"넌 진료소에 있을 거야?"

잰더가 내게 물었다.

"응."

나는 말했다. 확실한 효과가 있는 치료약이 나올 때까지 카이를 보호하며 그와 함께 머무를 것이다. 그러나 지금 이곳을 떠나진 못할 것 같았다. 투표가 어떻게 끝나는지 보아야 했다.

콜린이 앞으로 나와 손을 들어 군중을 조용히 시킨 후 말했다.

"마지막 돌이 던져졌습니다."

오커가 이긴 게 확실했다. 레이나의 구유보다 그의 구유에 돌이 훨씬 많았다. 그러나 콜린은 아직 그렇게 선언하지 않았다. 그는 대신 뒤로 물러섰고, 농부 몇 명이 물 양동이를 들고 앞으로 나왔다. 그들의 팔에는 파란색 선이 그려져 있었다. 애너가 그들을 뒤따랐다.

"농부들도 돌로 투표해요. 하지만 물도 사용하죠. 마을 사람들이 그걸 자기들 투표 의식에 덧붙인 거예요."

엘리가 내게 속삭였다.

애녀는 군중 앞에 서서 사람들에게 말했다.

"우리의 고향 협곡에 넘쳐흐르는 홍수처럼, 우리의 선택이 가진 힘을 알고 그 물길을 따른다."

농부들이 양쪽 구유에 동시에 물을 부었다.

홍수가 번개처럼 휩쓸고 가듯, 물은 빠르게 흘러내려 결국 돌멩이들을 미끄러뜨렸다. 오커의 구유에서도 돌멩이 몇 개가 빠져나갔지만, 구유 안의 돌과 물은 대부분 남아 있었다.

"표는 던져졌습니다. 우리는 오커의 치료약을 먼저 시험할 것입니다."

콜린이 말했다.

나는 물이 돌멩이 사이를 미끄러져가는 것만큼 빠르게 군중 속을 미끄러져갔다. 치료약에서 카이를 보호하기 위해 진료소를 향해 달렸다.

건물 문을 열었을 때, 나는 무슨 일이 일어나고 있는지 이해하지 못했다. 비가 오고 있었다. 건물 안에서……. 물이 마룻바닥을 때리는 듯한 소리가 들렸다.

비닐백이 모두 벗겨지고, 주사액이 바닥에 흐르고 있었다.

카이 것만이 아니라 전부가. 나는 곧장 카이에게로 향했다. 그는 물이 찬 듯한 얕은 숨을 쉬고 있었다.

주사관은 뽑힌 채 그의 침대 옆 링거대에 깔끔하게 걸려 있었다. 주사액이 바닥으로 흘러내렸다. 똑. 똑. 똑.

다른 환자들에게도 일어나고 있는 일이었다. 잠시 나는 어떻게 해야 할지 몰랐다. 진단의들은 모두 어디 있지? 투표를 하러 갔나? 나는 카이의 관을 어떻게 다시 연결해야 할지 몰랐다.

방 맞은편 끝에서 뭔가 움직이는 소리가 들려 돌아보았다. 인도자가 처음 마을로 데려온 환자들 근처에 헌터가 있었다. 그는 뒤에 어두운 그림자를 드리운 채 그곳에 서서 움직이지 않았다.

"헌터, 무슨 일이 일어난 거죠?"

나는 그에게 천천히 걸어가며 물었다.

누군가가 뒤쪽 문으로 들어오는 소리를 듣고 돌아섰다.

애녀였다.

충격을 받은 얼굴이었다. 그녀는 내게서 몇 미터 떨어진 곳에 멈추어 서서 헌터를 노려보고 있었다. 헌터는 눈을 피하지 않았다. 그의 눈에는 고통이 가득했다.

그때 그의 근처에 진단의들의 몸이 축 늘어져 있는 것이 보였다. 죽은 걸까?

"당신, 모두 죽이려고 했군요."

나는 헌터에게 말했지만, 그 말이 입 밖에 나오자마자 내 생각이 틀렸다는 것을 알았다. 저들을 죽이고 싶었다면 우리가 나가 있는 동안에 죽이는 쪽이 쉬웠을 것이다.

"아냐. 난 공평하게 만들고 싶었어."

헌터가 말했다.

그가 무슨 말을 하는지 이해할 수 없었다. 그를 믿을 수 있다고 생각했는데, 내가 틀린 것이다. 헌터는 앉아서 머리를 손에 묻었다. 애녀가 우는 소리와 함께 비닐백에 든 수액이 바닥에 똑똑 떨어지는 소리가 들렸다.

"그를 카이에게서 떼어봐요."

나는 애녀에게 거친 목소리로 말했다. 그녀가 고개를 끄덕였다. 헌터는 애녀보다 훨씬 힘이 셌지만 이제 부서진 사람처럼 보였다. 그러나 그 상태가 얼마나 오래갈지도 알 수 없었고, 고요환자들을 돌볼 사람도 있어야 했다. 잰더가 필요했다.

여기서 내가 믿을 수 있는 사람은 잰더와 카이밖에 없었다. 내가 어떻게 그걸 잊을 수 있었을까?

41
잰더

오커는 우리가 들어가자 실험실 문을 잠갔다.

"네가 나 대신 어떤 일을 좀 해줘야겠다."

그는 카마시아 구근을 캘 때 사용했던 가방을 어깨에 둘러메며 말했다.

"어디 가세요?"

내가 물었다.

오커는 창밖을 내다보았다.

"나는 지금 나가봐야 해. 사람들은 아직 정신이 딴 데 팔려 있을 거야."

"잠깐만요. 제가 도울 일은 없을까요?"

그는 자기 손으로 땅을 팔 수 없었다. 그 생각을 했던 게 아닌가?

"난 네가 여기 남았으면 좋겠어."

오커가 말했다. 그는 주머니에 손을 넣어, 카마시아 치료약을 넣고 잠가둔 서랍장 열쇠들이 달린 금속 고리를 꺼냈다.

"치료약을 전부 없애. 우리가 쓸 수 있는 다른 것을 가지고 돌아오마."

"하지만 투표에서 이겼잖아요."

내가 말했다.

"이 치료약은 듣지 않을 거야. 하지만 이제 무엇이 효과가 있을지 알겠어."

오커가 말했다.

"약을 전부 없앨 필요는 없잖아요."

내가 말했다.

"아냐. 사람들은 이 치료약에 투표했어. 대체품을 받아들이지 않을 거다. 빨리 해. 모두 싱크대에 쏟아버려. 레이나가 만들게 한 치료약도 없애. 그건 전부 쓸모없는 거야."

오커가 말했다.

나는 움직이지 않았다. 그의 말을 믿을 수가 없었다.

"카마시아를 그렇게 확신했잖아요. 아직 환자 몇 명에게 시험해볼 수 있어요."

"듣지 않을걸. 우린 시간을 낭비하고, 생명을 낭비할 거야. 저들은 이미 죽어가고 있어. 시키는 대로 해."

오커가 씹어뱉듯이 말했다.

내가 그럴 수 있을지는 알 수 없었다. 우리는 그 치료약을 만드느라 정말 열심히 노력했고, 그 또한 굳은 확신을 갖고 있었다.

"넌 내가 인도자라고 생각하지. 안 그러냐? 진짜 인도자가 어떤 존재인지 알고 싶냐?"

오커가 나를 바라보며 말했다.

내가 더 이상 알고 싶어하는지 확신할 수가 없었다.

"소사이어티에서 일할 때, 우리는 인도자 이야기를 비웃곤 했지. 어떻게 누군가 하늘에서 내려와, 아니면 물을 건너와 자기들을 구해줄 거라고 생각할 수 있지? 어리석은 이야기지. 미친 소리야. 마음 약한 사람들이나 그런 걸 믿겠지."

그는 서랍장 열쇠를 내 손에 떨어뜨렸다.

"소사이어티가 바이러스에 이름을 붙였다고 내가 말한 적 있지?"

나는 고개를 끄덕였다.

"바이러스를 하늘에서 떨어뜨려 물로 보낸다는 걸 알았을 때 우리는 그들의 이야기를 본떠 전염병에 이름을 붙이면 재미있겠다고 생각했어. 그래서 그 전염병을 '인도자'라고 부르기로 했지."

'전염병이 인도자라고?'

오커는 치료약을 만들어내는 일에만 참여한 게 아니었다. 처음에는 전염병을 만드는 일에 가담한 것이다. 지금 돌연변이를 일으켜 모든 사람을 고요하게 만들고 있는 전염병을.

"알겠지? 나는 치료약을 찾아야만 해."

오커가 말했다.

알 수 있었다. 그를 구원할 수 있는 길은 그것뿐이었다.

"카마시아 치료약을 없앨게요. 하지만 가기 전에 말해주세요. 찾으려는 게 어떤 식물인가요?"

내가 물었다.

오커는 대답하지 않았다. 그는 문 쪽으로 걸어가다가 나를 흘끗 바라보았다. 나는 그가 치료약으로 향하는 길의 유일한 인도자가 되는 일을 포기할 수 없다는 것을 깨달았다.

"돌아올게. 내가 나가면 문 잠가라."

그가 말했다.

그러더니 곧 가버렸다.

오커는 내가 자기 말대로 할 거라고 믿었다. 그는 나를 믿었다. 나는 그를 믿나? 이건 잘못된 치료약일까? 이 약을 시험해보면 너무 큰 방해가 될까?

시간이 없다는 점에서는 그가 옳았다.

나는 서랍장을 열었다. 봉기 세력은 전염병이 한때 인도자라고 불렸다는 걸 알까? 우리는 이 역경에 맞서서 어떻게 승리할 수 있을까?

봉기 세력은 결코 해내지 못할 것이다.

'내가 할 수 있을지 모르겠어.'

나는 생각했다.

'네가 뭘 못하는데, 잰더.'

나는 스스로에게 물었다.

'계속 나아가질 못하겠어.'

'너는 심지어 고요환자도 아니잖아. 계속 가야 해.'

나는 옳은 일을 하는 것이다. 포기하지 않는다. 얼굴에 미소를 띤 채 이 모든 일을 할 것이다. 나는 언제나 내가 좋은 사람이라고 믿었다.

만약 아니라면?

그런 생각을 할 시간이 없었다. 나는 오커를 믿었고, 이 문제에 대해 이야기한다면, 내가 올바른 결정을 할 수 있다고 믿었다.

나는 서랍장을 열고 치료약 상자를 꺼냈다. 첫 번째 병을 열어 싱크대에 부으면서, 입술 안쪽을 너무 세게 물고 있어서 피 맛이 나는 것을 깨달았다.

42
카이

비가 온다. 그러므로 나는 기억해야 한다.

뭔가를.

누군가를.

물이 내 안에 모이고 있다.

누구를 기억하지?

모르겠다.

나는 익사하고 있다.

나는 숨 쉬는 걸 기억해야 한다.

나는 숨 쉬는 걸 기억한다.

나는 기억한다.

나는.

43
카시아

사람들은 여전히 마을 광장 안을 서성거리며 투표 결과에 대해 이야기하고 있었다. 나는 서둘러 마을 가장자리 건물들 뒤로 돌아 잰더에게 가려고 했다. 나무와 산으로 둘러싸인 이곳은 어둡고 눅눅했다. 연구실 뒤로 접근하던 중 나는 진흙 속에 뒤틀려 있는 무언가를 밟을 뻔했다. 무언가가 아니었다. 누군가…….

오커였다.

그는 찡그림인지 미소인지 모를 굳은 얼굴로 땅 위에 누워 있었다. 늙고 날카로운 뼈에 피부가 팽팽히 당겨져 있어서 어느 쪽인지 알기 힘들었다.

"안 돼, 안 돼."

나는 멈추어서 몸을 숙이고 그를 만져보았다. 그의 입에서는 숨이 나오지 않았고, 몸은 아직 따뜻한데도 가슴에 귀를 대보니 심장 뛰는 소리가 들리지 않았다.

"오커."

나는 속삭였다. 그의 뜬눈이 보였고, 진흙투성이가 된 한 손이 보였다.

'왜지?'

그 순간, 비이성적이게도 궁금했다. 그가 진흙 속에 뭔가 낯익은 모양을 만든 것이 보였다.

손마디를 땅에 세 차례 박아 넣어 별 같은 모양을 만든 듯했다.

나는 다시 무릎을 꿇고 앉았다. 무릎은 흙투성이였고 손은 떨렸다. 내가 오커를 위해 할 수 있는 일은 아무것도 없었다. 오커를 도울 수 있는 사람이 있다면 그건 바로 잰더였다.

나는 일어서서 연구실까지 마지막 몇 걸음을 비틀거리며 걸어가면서 마음속으로 간청했다.

'잰더, 잰더, 제발 여기 있어줘.'

문은 잠겨 있었다. 나는 문을 두드리고 또 두드리며 그의 이름을 불렀다. 숨을 들이켜려고 멈추었을 때, 마을 사람들이 건물 맞은편 길로 다가오는 소리가 들렸다. 그들이 내 목소리를 들었을까?

"잰더!"

내가 다시 외치자 뒷문이 열리고 그가 나타났다.

"네가 필요해. 오커가 죽었어. 그리고 헌터는 고요환자들에게 공급되던 주사관을 전부 끊어버렸어."

내가 막 더 말하려는 참에, 레이나와 다른 사람들이 건물 뒤로 돌아오다가 우뚝 멈춰 섰다.

"무슨 일이 일어난 거야?"

레이나가 오커를 내려다보며 물었다. 그녀의 얼굴은 전혀 변하지 않았다. 왜 그런지 알 수 있었다. 이해의 범위를 넘어선 일이었기 때문이다. 오커가 죽을 리 없었다.

"심장발작 같습니다."

진단의 한 명이 창백해진 얼굴로 말했다. 그는 오커 옆 진흙 위에 무릎을 꿇었다. 그들은 그에게 숨을 불어넣고 가슴을 눌러 심장을 다시 뛰게 해서 그를 살려내려고 애썼다.

아무것도 소용없었다. 레이나는 무릎을 꿇고 앉아 손으로 자신의 얼굴을 닦았다. 그녀도 이제 진흙투성이였다. 그녀가 오커의 어깨에서 가방을 풀어 안을 조사했다. 가방에는 더러운 삽과 흙의 흔적밖에 없었다.

"오커는 뭘 하고 있었던 거지?"

그녀가 잰더에게 물었다.

"뭔가 찾으러 간다고 했어요. 내게는 그게 뭔지 말하지 않았어요. 따라가지도 못하게 했죠."

잰더가 말했다.

잠시 완벽한 침묵이 이어졌다. 모든 사람이 오커를 내려다보고 있었다.

"진료소의 고요환자들 주사관이 모두 끊어졌어요."

내가 말했다. 오커 옆에 있던 진단의가 나를 올려다보았다.

"누가 죽었나?"

그가 내게 물었다.

"아뇨. 하지만 난 주사관을 어떻게 다시 연결해야 하는지 몰라요. 제발요. 혼자 가서는 안 돼요. 그곳 진단의들이 공격받았어요."

내가 말했다.

콜린이 몇 명에게 신호를 보내자 그들은 진단의와 함께 자리를 떠났다. 레이나는 뒤에 남아 처음 오커를 보았을 때부터 한결같은, 생기 없는 표정으로 잰더를 바라보고 있었다.

나는 달려가서 카이 곁에 있고 싶었다. 그러나 갑자기 지금 가장 위험에 처한 사람은 잰더라는 무시무시한 느낌이 들었기 때문에 그를 혼자 두고 떠날 수가 없었다.

"모든 게 사라진 건 아니야. 오커는 우리에게 치료약을 남겼어."

레이나가 말했다. 이런 순간에는 어떤 일도 우스워서는 안 되는데도 그 말을 듣자 우습다는 생각이 들었다. 몇 분 전만 해도 우리는 레이나의 계획과 오커의 계획을 놓고 투표하고 있었는데, 이제 레이나는 생각을 바꿔 오커의 제안대로 해야 된다고 말하는 것이다. 그의 죽음이 그녀의 마음을 바꾸었다.

나는 잰더에게 무슨 일이 일어났는지 정리해주고 카이를 치료할 수 있는 것이 무엇인지, 헌터가 왜 환자들을 죽이려고 했는지, 오커가 진흙 속에 남긴 별로 우리에게 무엇을 말하려고 했는지 알아내야 했다. 마을 사람들이 자기도 모르게 짓밟아버린 바람에 그 별은 나밖에 아무도 본 사람이 없었다.

"치료약을 가져오자."

레이나가 잰더에게 말했다. 잰더가 다시 연구실로 들어갈 때, 나는 그의 한 손을 꽉 쥐었다. 그는 내가 하는 대로 가만히 있었지만 뭔가 이상했다. 예전같이 나를 잡아주지 않았고, 근육은 긴장되어 있었다.

"무슨 짓을 한 거야?"

레이나가 물었다. 내가 그녀를 알게 된 이래 처음으로 그녀의 목소리는 작았고 충격을 받은 듯이 들렸다.

"오커가 나한테 그걸 없애라고 했어요."

잰더가 말했다.

싱크대에는 빈 튜브가 가득했다.

"오커는 자기가 카마시아 치료약에 대해 생각한 게 틀렸다고 했어요. 그는 뭔가 새로운 것을 만들려고 했고, 자기가 새 치료약을 준비하기 전에 우리가 다른 약을 시험하느라 시간을 낭비하길 바라지 않았어요."

잰더가 말했다.

"그럼 오커는 그 새 치료약에 뭘 집어넣으려고 한 거지?"

콜린이 물었다. 그는 알고 싶어했다. 그는 무의식적으로 잰더가 어떤 이유로 치료약을 없앴다고 가정하는 대신, 최소한 귀를 열고 들으려는 것 같았다. 애너가 여기 있었다면 그녀도 들으려 했을 것이다.

'애너는 지금 뭘 하고 있지? 헌터에게는 무슨 일이 일어날까? 카이는 어떻게 됐지?'

"나도 물어봤어요. 하지만 말해주지 않았죠."

잰더가 말했다.

그러나 그 말을 하는 바람에 그는 콜린을 잃었다.

"오커가 치료약을 전부 없애라고 부탁할 만큼은 널 믿었지만, 무엇을 찾으려는지 말할 정도로는 안 믿었단 말인가? 어떻게 새 치료약을 만들 계획인지도 말 안 했다고?"

"네, 내 말이 그 말이에요."

잰더가 말했다.

레이나와 콜린은 한참 동안 잰더를 바라보았다. 싱크대에서 빈 튜브 하나가 쟁그랑거리다가 멈추었다.

"당신들은 날 믿지 않는군요. 내가 오커를 죽이고 치료약을 없앴다고 생각하는 거예요. 내가 왜 그런 짓을 하겠어요?"

잰더가 말했다.

"네가 왜 그랬는지는 내가 알 필요 없어. 내가 아는 건 네가 이 마을의 시간을 허비하게 했다는 것뿐이야. 우리가 갖지 못한 시간을."

콜린이 말했다. 레이나는 다른 두 조수를 돌아보았다.

"카마시아 치료약을 더 만들 수 있어요?"

"네. 하지만 시간이 좀 걸릴 겁니다."

노아가 말했다.

"시작해요. 당장."

레이나가 말했다.

마을 사람들은 잰더와 헌터를 감옥으로 쓰는 건물로 데려갔다. 진료소의 진단의들은 죽지 않았다. 의식을 잃었을 뿐이었다. 다른 고요 환자도 아무도 죽지 않았다. 그러나 마을 사람들은 이전에 일어난 두 명의 죽음에 대한 책임과, 다른 환자들의 주사관을 끊어 그들의 건강을 위태롭게 한 책임을 헌터에게 물을 것이다.

게다가 잰더는 카마시아 치료약을 없앴다. 마을 사람들이 '다른 땅'으로 갈 최고의 기회이자 마지막 기회를. 어떤 사람들은 잰더가 오커를 해쳤다고 믿었지만, 그것을 입증할 증거는 아무것도 없었기 때문에 잰더는 치료약을 없앤 책임만 지고 있었다. 하지만 사람들은 마치 잰더가 누군가를 죽인 듯이 그를 바라보았다. 그들에게는 잰더가 죽인 거나 마찬가지일지도 모른다. 치료약을 없앤 것이지 그 치료약의 창조자를 없앤 게 아니라고 해도. 오커가 죽었기 때문에 고요환자와 자신들이 구원받을 기회가 더 멀어진 것처럼 보이는 건 사실이었다.

"잰더와 헌터를 어떻게 할 건가요?"

나는 레이나에게 물었다.

"증거를 모을 시간을 가진 후 또 투표할 거야. 사람들이 결정하겠지."

레이나가 말했다.

바깥에서, 마을 광장에서, 마을 사람들과 농부들이 자신의 돌을 들고 가는 모습이 보였다. 구유의 물이 비워졌다.

44
카이

45
카시아

차갑고 스멀스멀한 겨울비처럼 의심이 스며들고 있었다. 농부와 마을 사람들은 서로 속삭였다.

'헌터가 고요환자들의 주사관을 끊는 일을 도와준 사람은 누굴까? 카시아는 잰더가 치료약을 없앤 일에 대해 얼마나 알고 있었을까?'

마을 지도자들은 증거를 모으는 동안 잰더와 헌터를 가둬두기로 결정했다. 다음 투표에서 그들을 어떻게 할지 결정할 것이다.

나는 오커의 진흙 속 별처럼 세 조각으로 갈라졌다. 나는 진료소에서 카이와 함께 있어야 했다. 잰더와 함께 감옥에 있어야 했다. 치료약을 얻기 위해 분류를 하고 있어야 했다. 나는 세 가지 일을 다 하려고 애쓰며 이 조각들이 전체로 연결되는 어떤 고리를 찾을 수 있기만을 간절히 바랐다.

"잰더를 만나러 왔어요."

나는 감옥 경비원에게 말했다.

지나갈 때 헌터가 쳐다보자 나는 걸음을 멈추었다. 그냥 지나가선 안 될 것 같았다. 게다가 나는 그와 이야기하고 싶었다. 철창을 통해 그와 마주 보았다. 그의 어깨는 강인했고, 손에는 언제나와 같이 파란색 표시가 되어 있었다. 그가 동굴에서 튜브를 부러뜨리던 모습이 떠올랐다.

'이곳 철창도 뚫고 나갈 수 있을 정도로 강해 보여.'

그런 생각을 하다가 그가 뚫고 나갈 단계를 넘어섰다는 것을 깨달았다. 그는 부서져버린 것 같았다. 심지어 카빙 대협곡에서 새러가 죽은 지 얼마 안 되었을 때에도 보지 못했던 방식으로 부서졌다.

"헌터, 그냥 알고 싶어서 묻는 거예요. 카이의 주사관을 계속 끊었던 사람이 당신인가요?"

나는 한껏 부드러운 어조로 물었다.

그가 고개를 끄덕였다.

"카이한테만 그랬나요?"

내가 물었다.

"아니. 다른 사람들 것도 끊었어. 그걸 알아차릴 정도로 자주 방문하는 사람이 있었던 환자가 카이뿐이었던 거지."

"어떻게 진단의들에게 들키지 않았죠?"

내가 물었다.

"밤에는 아주 쉬웠어."

헌터가 말했다. 나는 그가 협곡에서 살아남기 위해 추적하고 죽이고 몸을 감추는 일에 익숙해졌다는 것을 떠올리고, 진료소와 마을에서의 일은 그에게 어린아이 장난일 것이라고 생각했다. 그리고 그때, 밝은 대낮에 혼자 남겨졌을 때 그의 마음속에서 뭔가가 끊어진 것이다.

"왜 카이였죠? 함께 협곡에서 나왔잖아요. 난 두 사람이 서로를 이해한다고 생각했어요."

내가 물었다.

"난 공정해야 했어. 다른 사람들 주사관을 전부 끊으면서 카이 것만 남겨둘 수 없었지."

헌터가 말했다.

뒤에서 문이 열리며 빛이 들어왔다. 나는 몸을 약간 돌렸다. 애너가 들어왔지만 그녀는 헌터의 시야에서 벗어나 있었다. 헌터의 말을 들으려고 온 것이다.

"헌터. 환자들 몇 명은 죽었어요."

내가 말했다. 나는 그에게서 대답을 듣고 싶었다. 왜 그랬는지 내게 말해주길 바랐다.

헌터는 팔을 펼쳤다. 그가 저 파란색 표시를 그렇게 선명하게 유지하기 위해 얼마나 자주 그리는지 궁금했다.

"사람들이 죽는 건 그들을 구해줄 약이 없으면 벌어질 수밖에 없는 일이지."

헌터가 말했다. 이제 그를 이해할 수 있었다.

"새러 때문이군요. 새러한테는 약을 주지 못했으니까."

헌터의 손은 꽉 쥐어져 주먹이 되었다.

"모두…… 소사이어티, 봉기 세력, 심지어 여기 마을에 있는 사람들까지 소사이어티에서 온 환자들을 돕기 위해 일하고 있어. 하지만 새러에게는 아무도, 아무것도 해주지 않았어."

그의 말이 옳았다. 헌터 자신만 제외하고 누구도 하지 않았다. 그리고 헌터가 한 일로는 그 애를 구할 수 없었다.

"그리고 만약 우리가 치료약을 발견한다면, 그땐 어떻게 되는 거지?"

헌터가 물었다.

"모두 '다른 땅'으로 가버리겠지. 사람들이 그렇게 떠나버리는 일은 너무 많이 겪었어."

애녀가 좀 더 가까이 다가왔다. 이제 헌터는 그녀를 볼 수 있었다.

"그랬지."

애녀가 동의했다.

헌터의 눈에 눈물이 맴돌았다. 그는 고개를 떨어뜨리고 울었다.

"미안해요."

그가 말했다.

"알아."

애녀가 그에게 말했다.

내가 할 수 있는 일은 아무것도 없었다. 나는 그들을 뒤로한 채 잰더에게로 갔다.

"너 카이를 진료소에 혼자 남겨두고 왔구나. 그래도 괜찮겠어?"

잰더가 물었다.

"진단의와 경비원들이 지켜보고 있어. 그리고 엘리가 카이 곁을 떠나지 않을 거야."

내가 말했다.

"그럼 너 엘리는 믿어? 헌터를 믿은 것처럼?"

잰더가 물었다. 잰더의 목소리에는 그답지 않게 날이 서 있었다.

"곧 돌아갈 거야. 하지만 널 만나야 했어. 난 그 치료약이 뭔지 알아내야 해. 너 오커가 뭘 찾고 있었는지 조금이라도 아니?"

내가 물었다.

"아니. 오커는 말 안 해줬어. 하지만 난 그게 식물이라고 생각해. 우리가 구근을 모을 때 사용했던 바로 그 장비를 가져갔거든."

잰더가 말했다.

"오커가 치료약에 대한 생각을 바꾼 게 언제야? 언제 카마시아가 틀렸다고 판단한 거야?"

내가 물었다.

"투표하는 동안에. 우리가 밖에 있을 때 무언가가 그의 생각을 바꿨어."

"그게 뭔지는 모른단 말이지?"

"네가 한 말 같기도 해. 그때 넌 뭔가 놓치고 있는 느낌이라고, 꽃과 관련된 일이라고 했지."

잰더가 말했다.

나는 고개를 저었다. 어떻게 그 말이 오커에게 도움을 줄 수 있었을까? 나는 아직 어머니가 보내준 종이를 갖고 있나 확인하려고 주머니에 손을 넣었다. 종이는 주머니 안에 있었고, 마이크로카드와 작은 돌도 있었다. 마을 사람들이 여전히 내가 투표하게 해줄까 하는 의문이 들었다.

"외로운 일이야."

잰더가 말했다.

"뭐가?"

나는 그에게 물었다. 오커가 죽은 뒤 연구실에 있는 게 외롭다는 뜻일까?

"죽음 말이야. 누군가가 곁에 있어도, 죽는 건 완전히 혼자 해야 하는 일이잖아."

"외롭구나."

내가 말했다.

"모든 게 그래. 난 때때로 너와 함께 있어도 외로워. 그렇게 될 수 있다고는 생각도 하지 못했어."

나는 무슨 말을 해야 할지 몰랐다. 우리는 그렇게 서로를 바라보며, 슬프게, 서로를 탐색하며 서 있었다.

"미안해."

마침내 내가 말했지만, 그는 고개를 저었다. 나는 잰더의 말에 담긴 의미를 놓쳤다. 그가 말하고 싶었던 것이 무엇인지는 몰라도, 나는 그가 바랐던 대로 듣지 않았다.

• • •

진료소 창문으로 들어오는 햇빛은 어둑어둑한 회색이었다. 카이의 얼굴은 매우 고요해 보였다. 어딘가로 아주 멀리 가버린 것 같았다. 비닐백 안의 수액은 그의 정맥 속으로 깔끔하게 떨어지고 있었다. 그와 잰더 모두 덫에 걸렸다. 그들을 해방시켜줄 방법을 찾아야 했다.

그렇지만 어떻게 해야 할지 몰랐다.

나는 목록을 다시 살펴보았다. 아주 여러 번 훑어본 터였다. 다른 사람들은 모두 오커의 카마시아 치료약을 만들고 있었다. 그러나 나는 오커가 옳고 우리 모두가 틀렸다는 생각이 들었다. 분류자들, 약제사들…… 우리 모두 뭔가 놓치고 있었다.

너무 피곤했다.

예전에는 홍수가 협곡에 흘러 들어오는 모습을 보고 싶었다. 협곡 가장자리에 서서, 흔들리지만 안전한 땅 위에서 홍수가 나는 것을 보고 싶었다.

'나무들이 꺾여나가는 소리를 듣고 물이 더 높이 차오르는 모습을 보고 싶었어. 오직 홍수가 내게 닿을 수 없는 장소에서만.'

나는 생각했다.

이제 나는 그 반대가 무시무시하고 선명한 안도감을 줄 수도 있겠다고 생각하고 있었다. 협곡 바닥에 서서 물의 벽이 내리 덮치는 모습을 보면서 '바로 이거야. 난 끝장이야' 하고 생각하고, 그 생각을 끝마치기도 전에 완전히 삼켜져버리는 것.

저녁이 다가올 즈음, 애너가 진료소로 와서 내 옆에 앉았다. 그녀는 카이를 바라보며 말했다.

"미안해. 난 헌터가 그러리라고는 전혀 생각도……."

"알아요. 저도 생각 못했어요."

내가 말했다.

"투표는 내일 열릴 거야."

애너가 말했다. 처음으로, 그녀는 나이 들어 보였다.

"어떻게 될까요?"

내가 물었다.

"잰더는 추방될 가능성이 커. 무죄로 밝혀질 수도 있지만 그런 일이 일어날 것 같지는 않아. 사람들은 화가 많이 났어. 그들은 오커가 잰더에게 치료약을 없애라고 했다는 걸 믿지 않아."

"잰더는 지방 정부 출신이에요. 추방되면 어떻게 살아남으라는 거죠?"

잰더는 영리하다. 하지만 황무지에서는 한 번도 살아본 적이 없었고, 그들은 아무것도 주지 않고 그를 내쫓을 것이다. 내게는 인디가 있었다.

"물론 살아남길 바라고 추방하진 않겠지."

애너가 말했다.

잰더가 추방되면 나는 어떻게 하지? 그와 함께 가야겠지만 카이를 떠날 수도 없다. 그리고 치료약을 만드는 데는 잰더가 필요하다. 내가 필요한 식물을 발견한다고 해도, 나는 치료약을 만드는 법이나 카이에게 투여할 수 있는 최선의 방법을 모른다. 그 약이 효력을 보려면 우리 셋 다 필요하다. 카이, 잰더, 나.

"그럼 헌터는요?"

나는 최대한 부드러운 어조로 물었다.

"헌터에게 바랄 수 있는 가장 좋은 처분은 추방이야."

그녀가 말했다. 그녀에게는 카빙 대협곡에서 함께 온 다른 아이들이 있었지만, 마치 헌터가 그녀의 하나뿐인 아들인 것처럼, 그녀의 마지막 혈육인 것처럼 그 목소리는 슬펐다.

그러더니 애너는 내게 뭔가를 건넸다. 종잇조각, 진짜 종이였다. 카빙 대협곡의 동굴에서 여기까지 가져온 것이 분명했다. 이 산속에서도 종이에서는 협곡의 냄새가 났다. 그 냄새를 맡자 마음이 아팠고 애너가 어떻게 고향을 떠나는 걸 견뎠나 싶은 생각이 들었다.

"네가 원한 꽃 그림이야. 이렇게 오래 걸려서 미안해. 색을 칠할 물감을 만들어야 했거든. 방금 끝낸 그림이니까 물감이 번지지 않도록 조심하고."

오늘 밤 그녀의 마음속에 온갖 일이 들끓을 텐데도 이런 일을 해주었다는 것에 얼떨떨했고, 아직도 내가 치료약을 개발하기 위해 분류할 수 있다고 믿어주는 것에 감동받았다.

"고맙습니다."

내가 말했다.

애너는 꽃 그림 아래에 꽃의 이름을 적어두었다.

에페드라. 페인트브러시꽃. 마리포사 릴리.

물론 다른 식물들도 있었다. 식물과 꽃들.

나는 울고 싶지 않았는데도 울고 있었다. 나는 여러 사람을 위해 그 자장가를 썼는데, 이제는 그 사람들을 대부분 잃을 수도 있었다. 헌터, 새러, 카이, 어머니, 잰더, 브램, 아버지.

애너는 '에페드라'라고 쓴 아래 작고 옥수수 같은 꽃이 달린 삐죽삐죽한 덤불을 노란색과 녹색으로 그려놓았다.

'페인트브러시'는 붉은색. 협곡에서 본 꽃이었다.

'마리포사 릴리'는 아름다운 흰 꽃이었다. 석 장의 꽃잎 안쪽 깊숙이 붉은색과 노란색이 보였다.

머리보다 손이 먼저 내가 본 것을 알아차렸다. 나는 주머니에 손을 넣어 어머니가 보내준 종이를 꺼냈다. 어머니가 접어놓은 모양이 의미를 갖기 시작했다. 인디의 벌집 안에 어떤 공간이 있었는지가 떠올랐다. 종이 가장자리를 끌어당긴 다음 나는 확신했다.

내 손에는 종이꽃이 쥐어져 있었다. 어머니가 만드신 종이꽃. 어머니는 종이를 조심스레 자르고 찢어서 세 갈래로 갈라진 부분이 가운데에서 꽃잎처럼 펼쳐지게 만들었다.

그것은 그림에 나와 있는 꽃과 같았다. 하얗고, 꽃잎은 석 장에, 가장자리는 안으로 말려들어가고 별처럼 끝이 뾰족했다. 나는 이것이 땅에 새겨진 모습도 보았다는 것을 깨달았다.

오커가 찾으려던 식물이 이것이었다.

그는 내가 투표용 돌을 주머니 안에 집어넣을 때 그 종이꽃을 꺼내는 것을 본 것이다.

애너의 그림은 이 꽃의 이름이 마리포사 릴리라고 말해주고 있었다. 그러나 우리 어머니가 이 꽃을 그 이름으로 부르는 건 한 번도 듣지 못했다. 이것은 새장미도 옛장미도 앤 여왕의 레이스의 잔가지도 아니었다. 어머니가 다른 꽃 이야기를 하신 적이 있나?

〈나는 다시 어머니가 매칭 파티 때 입었던 드레스의 파란 새틴 조각을 보여주었던 오리아의 우리 집에 있었다. 어머니는 최근에 다른 지방으로 갔던 여행에서 돌아왔다. 소사이어티를 대신해 위법 재배 작물을 조사하기 위한 여행이었다.

'두 번째 경작자는 내가 한 번도 보지 못한 작물을 키우고 있었어. 첫 번째 것보다 더 아름다운 하얀 꽃이었지. 나비나리. 그들은 그걸 그렇게 불렀어. 뿌리는 먹을 수 있대.'〉

"애너. 마리포사 릴리에 다른 이름이 있나요?"

가슴이 쿵쾅거렸다. 만약 그렇다면 데이터의 문제를 설명할 수 있었다. 우리는 이 꽃을 두 가지 다른 데이터로 분류하고 있었지만, 사실은 하나의 변수였다.

애너가 잠시 침묵하다가 말했다.

"그래. 어떤 사람들은 나비나리라고 부르지."

나는 데이터포드를 집어 들고 그 이름을 검색했다. 있었다. 속성은 모두 같았다. 두 가지 다른 이름으로 보고된 하나의 꽃. 이제 두 이름이 결합되자 그 꽃은 바로 치료약 성분 후보의 맨 위로 올라섰다. 데이터를 모으는 사람들이 저지른 기초적이고도 치명적인 실수였다. 그러나 우리는 예전에 알아차렸어야 했다. 내가 어쩌다가 이걸 놓쳤지? 어머니가 얘기해줬는데도 어떻게 그 이름을 알아보지 못할 수가 있었을까?

'오래전에 단 한 번 들었을 뿐이잖아.'

나는 스스로에게 그렇게 말했다.

"어디서 자라나요?"

내가 물었다.

"여기서 그리 멀지 않은 곳에서 얼마간 찾을 수 있을 거야. 이 계절에는 이르지만, 꽃이 피었을 수도 있어."

애너는 내 손에 들려 있는 종이꽃을 보았다.

"네가 만든 거니?"

"아뇨. 어머니가 만드셨어요."

내가 말했다.

어둑어둑해질 때쯤 우리는 마침내 마을과 길에서 떨어져 있는 작은 들판에서 그 꽃을 찾아냈다.

나는 무릎을 꿇고 더 가까이서 살펴보았다. 이렇게 아름다운 꽃은 한 번도 본 적이 없었다. 드문드문 잎이 돋은 줄기에서 살짝 굽은 꽃잎 석 장이 나와 있는 하얗고 소박한 꽃이었다. 그것은 내 글과 마찬가지로 희고 작은 깃발이었다. 항복의 깃발이 아닌 생존의 깃발. 나는 구겨진 종이꽃을 꺼냈다.

손이 떨렸지만 나는 그것이 매칭된다는 걸 알 수 있었다. 땅에서 자라는 이 꽃은 어머니가 고요해지기 전에 만든 것이었다.

진짜는 훨씬 더 아름다웠다. 그러나 그것은 중요하지 않았다. 나는 바위에 물로 그림을 그린 카이의 어머니를 생각했다. 붙잡아두는 게 아니라 창조하는 것이 더 중요하다고 믿었던 카이의 어머니. 종이로 만든 나리꽃은 완벽한 모습은 아니었지만, 그래도 어머니는 그 종이꽃으로 꽃의 아름다움을 찬양하려고 했다.

어머니가 그 종이꽃을 만들 때 예술작품을 생각했는지 메시지를 생각했는지는 알 수 없었다. 그러나 나는 두 개의 의미 모두 받아들이기로 했다.

"이게 치료약인 것 같아요."

내가 말했다.

46
잰더

카시아를 직접 볼 수는 없었지만, 태양전지등이 감옥 벽에 그녀의 그림자를 던졌다. 그녀의 목소리가 입구 통로에서 내가 있는 방으로 흘러 들어왔다.

"치료약을 발견한 것 같아요. 그 약을 만들려면 잰더가 필요해요."

그녀가 경비원들에게 말했다. 경비원은 웃었다.

"안 될 것 같은데."

그가 말했다.

"잰더를 풀어달라는 게 아니에요. 그에게 장비를 주고 치료약을 만들도록 하기만 하면 돼요."

카시아가 말했다.

"그다음에 그걸로 어떻게 할 건데?"

다른 경비원이 물었다.

"환자 한 명에게 그 약을 줄 거예요. 우리 환자요. 카이 말이에요."

그녀가 말했다.

"우리는 콜린의 명령을 거역할 수 없어. 그가 우리 지도자니까. 그리고 우린 이미 '다른 땅'으로 갈 기회를 잃었잖아."

경비원 한 명이 말했다.

"이게 바로 당신들이 '다른 땅'으로 갈 기회예요."

카시아가 말했다. 그녀의 목소리는 낮고 조용하고 확신에 가득 차 있었다.

"이게 오커가 찾으려던 거예요. 마리포사 릴리."

그녀가 가방에서 무엇인가를 꺼냈다. 꽃을 쥐고 있는 그녀의 그림자가 보였다.

"당신들은 이 구근을 먹죠. 그렇죠? 여름에 꽃이 필 때 먹고, 겨울을 나기 위해 저장해두잖아요."

"그게 벌써 꽃이 피었나? 얼마나 뽑았어?"

경비원 중 한 명이 물었다.

"몇 개만요."

카시아가 말했다.

다른 사람이 움직이는 모습이 시야에 들어왔고 애너의 목소리가 들렸다.

"카빙 대협곡에도 이 꽃이 있었어. 우리도 이걸 음식으로 사용했지. 난 다음 해에도 다시 싹이 나게 채취하는 법을 알아."

"하여간 그 식물을 모두 가져왔다고 해도 무슨 상관이야? 우리가 '다른 땅'으로 가면 수확할 필요도 없잖아."

한 경비원이 다른 경비원에게 말했다.

"아니. 모든 사람이 떠난다고 해도 꽃은 다시 피어야 해. 하나도 안 남기고 전부 가져갈 수는 없지."

애너가 말했다.

"그 꽃 뿌리는 정말 작은데. 어떻게 치료약이 될 수 있을지 모르겠네."

다른 경비원이 의심스럽다는 듯이 말했다.

카시아가 시야에 들어왔다. 그녀가 진짜 꽃과 그녀의 어머니가 보내준 종이꽃을 들고 있는 것이 보였다. 완벽한 매칭이었다.

"오커는 투표 중에 내가 이 종이꽃을 꺼내는 걸 봤어요. 난 이 꽃이 오커가 찾으려던 거라고 생각해요."

카시아는 모든 것을 분류했다는 자신이 있는 것 같았다. 그녀가 옳을 수도 있었다. 오커는 카시아가 종이꽃을 꺼내는 것을 본 직후 마음을 바꾸었다.

"제발요. 시험해보게 해주세요."

카시아가 경비원들에게 말했다. 부드럽고 설득하는 목소리였다.

"당신들도 느낄 수 있잖아요. 안 그래요? '다른 땅'은 점점 더 멀어져 가고 있어요."

이제 그녀의 목소리는 안타까워하는 듯했다. 카시아가 옳다는 것을 모두 깨닫자 사방이 조용해졌다. 레이와 카이가 고요해졌을 때 현실 세계가 물러났던 것처럼 '다른 땅'이 내게서 물러나는 것을 느꼈다. 모든 것이 내 손아귀에서 빠져나가고 있었다. 나는 인도자를, 오커를, 카시아를 따라왔다. 그러나 무엇도 내가 바라던 대로 되지 않았다. 나는 내가 반역을 보고, 치료약을 발견하고, 누군가가 나를 다시 사랑하게 만들 수 있을 거라고 생각했다.

그들이 모두 떠난다면? 다른 사람들이 전부 '다른 땅'으로 날아가거나 고요해지고 나 혼자 여기 남는다면? 나는 계속 나아갈 수 있을까? 그럴 것이다. 나는 내가 가진 이 생명을 절대로 아무렇게나 다룰 수 없었다.

"좋아, 하지만 서둘러."

경비원 하나가 말했다.

애너는 모든 것을 생각해두었다. 그녀는 실험실에서 장비를 가져왔다. 주사기, 막자사발, 끓여서 소독한 물, 그리고 오커의 기본 혼합용액과 각각의 용액 안에 들어 있는 성분 목록까지.

"우리에게 뭐가 필요할지 어떻게 알았죠?"

내가 그녀에게 물었다.

"난 몰랐어. 테스와 노아가 알았지. 그들은 오커가 마음을 바꿨을 수도 있다고 생각했어. 너를 확실히 믿지는 않지만, 전적으로 안 믿지도 않아."

"그들이 이걸 당신에게 줬나요?"

내가 물었다. 애너는 고개를 끄덕였다.

"하지만 누가 묻는다면 우리가 훔친 걸로 하는 게 좋겠어. 그들을 말썽에 말려들게 하고 싶지 않으니까."

내가 소독액으로 손을 씻는 동안 카시아가 나를 위해 손전등을 들고 있었다. 나는 막자 모서리로 구근을 반으로 쪼갰다.

"예쁘다."

카시아가 말했다.

구근 안쪽은 카마시아 구근처럼 희고 빛나는 듯 보였다. 나는 구근을 갈아서 반죽이 될 때까지 찧었다. 그다음 애너가 내게 튜브를 하나 건네주었다. 카시아가 지켜보는 가운데 나는 내가 머뭇거리고 있음을 깨달았다. 아마 오리아에서 파란 알약을 거래했던 그날 밤의 기억 때문이리라. 나는 그래서는 안 될 때 사람들의 피를 뽑으면서, 아무도 지킬 수 없을 약속이 이루어질 것처럼 암시했다. 나는 소사이어티, 봉기 세력이 한 것과 똑같은 짓을 했다. 내가 원하는 것을 갖기 위해 사람들의 공포를 이용했다.

이 치료약을 만들면서 그 일을 다시 하고 있는 것 아닐까? 나는 카시아를 바라보았다. 그녀는 나를 믿고 있다. 하지만 그래서는 안 된다. 나는 파란 알약으로 카빙 대협곡에서 그 소년을 죽게 만들었다. 일부러 한 일은 아니지만, 내가 아니었다면 그는 애초에 그 알약을 가질 수 없었을 것이다.

우리가 에어십에 탔을 때부터 그 사건에 대해 알고 있었지만, 나는 지금까지 이런 식으로는 생각하지 않았다. 공포와 분노가 동시에 목구멍까지 올라오면서 지금 요청받은 일에서 도망가고 싶었다. 나는 치료약을 만들 수 없다. 잘못된 선택을 한 일이 너무 많다.

"이 약이 효과가 있다고 보증할 수 없다는 건 알 거야. 난 약제사가 아니야. 적량을 넣지 못할 수도 있고, 기본 용액에 내가 모르는 반응 물질이 있을 수도……"

나는 카시아에게 말했다.

"그 약이 잘못될 수 있는 경우의 수는 아주 많아."

그녀도 동의했다.

"내가 찾은 게 맞는 성분이 아닐 수도 있어. 하지만 난 맞다고 생각해. 그리고 네가 그 치료약을 만들 수 있을 거라고 확신해."

"왜?"

내가 물었다.

"넌 언제나 너를 필요로 하는 사람들을 위해 노력했으니까."

그녀의 목소리는 슬펐다. 그녀도 아는 것처럼 이 일은 내게 큰 대가를 치르게 할 것이다. 그녀는 그래도 해달라고 부탁하고 있는 것이다. 그래서 그녀의 가슴도 찢어지고 있었다.

"부탁이야. 한 번만 더 해줘."

그녀가 말했다.

47
카시아

진료소에서 내가 카이에게 치료약을 주사하는 동안, 애너는 진단의들의 정신을 흩뜨려놓고 있었다. 그 일은 오래 걸리지 않았다. 잰더는 내게 어떻게 해야 하는지 말해주었다. 예전이라면 시도해보기가 두려 웠을지도 모른다. 그러나 잰더가 독방에서 치료약을 조제하고 카이가 고요 상태에서도 숨 쉬려고 힘겹게 노력하는 모습을 본 뒤, 나 자신의 공포에 내줄 자리는 없었다.

나는 주사바늘을 도로 감추고 바늘과 치료약이 담겨 있던 빈 병을 슬쩍 소매 안에 넣었다. 내가 언제나 갖고 다니는 그 시와 함께. 나는 카이 옆에 앉아서 데이터포드를 집어 들었다. 계속 분류하는 척했지 만 내 눈은 사실 카이에게 가 있었다. 지켜보고, 기다리고 있었다. 카 이가 가장 큰 위험을 감수하고 있었다. 그 치료약이 퍼지는 곳은 그의 정맥이니까. 그러나 우리 모두 잃는 것이 엄청나게 많았다.

나는 때때로 우리 셋을 분리된 별개의 점으로 생각했다. 물론 우리 는 그런, 각각의 개인이다. 그러나 카이와 잰더와 나는 서로를 안전하 게 지키기 위해 서로를 믿어야 했다. 결국 나는 카이의 치료약을 만들 기 위해 잰더를 믿어야 했고, 카이는 의식을 되찾기 위해 우리를 믿고, 잰더는 내 분류를 믿고, 이렇게 우리는 원을 그리며 뱅글뱅글 돈다. 홀러가는 나날과 변함없이 지켜지는 약속 속에서 우리 셋은 언제나 연결되어 있다.

48
카이

더 이상 물속이 아니다

왜 아닐까

인디는 어디 있지

어둠 속에서 작은 불빛이 깜박깜박

카시아의 목소리가 들린다

카시아가 별들 속에서 나를 기다리고 있다

49
카시아

"카이."

내가 말했다. 전에도 그의 얼굴에서 이런 번개 같은 빛을 본 적이 있었다. 그러나 이번에는 그 번개가 점점 밝아지면서 계속 번쩍이고 있었다. 그가 우리에게 돌아오고 있다.

당신에게는 닿지 못했습니다

그러나 내 발은 매일 더 가까이 갑니다

건너야 할 세 개의 강과 하나의 언덕

하나의 사막과 바다

그 여행을 하나인 셈 치지 않으렵니다

당신에게 이야기할 때

카이와 나는 나름의 순서에 따라 여행을 했다. 우리는 '언덕'에서 함께 시작했다. 하나의 사막을 건너 카빙 대협곡, 협곡 안의 개울과 강으로 갔다가 다시 나왔다. 바다와 대양은 없었으나 우리에게는 서로와 함께하지 못한 채 길을 가야 했던 머나먼 거리가 있었다. 나는 그것을 여행으로 쳤다.

그리고 나는 그를 바라보면서 그 시는 틀렸다고 생각했다. 그는 이것
도 여행으로 셀 것이다. 나도 그럴 것이다.

. . .

잠시 후 애녀가 들어와 잰더가 준 몇 개의 치료약을 더 건네주었다.
"1회분으로는 안 될 거래. 지금으로서는 이게 만들 수 있는 약 전부
야. 가능한 한 빨리 나머지를 만들겠대."

애녀가 속삭이듯 말했다. 나는 고개를 끄덕였다.

"고마워요."

내가 말하자 그녀는 다시 문으로 나가면서 진단의들에게 고개를 끄
덕여 인사했다.

진단의들은 아침 회진을 돌고 있었다. 마을 진단의 한 명이 카이를
옆으로 누운 자세에서 바닥에 등을 대고 누운 자세로 돌렸다. 카이의
몸에 압력이 가해지는 부분을 달리하기 위해서였다.

"이 환자는 더 나아진 것 같군요."

진단의가 놀란 목소리로 말했다.

"그런 것 같아요."

내가 말했다. 바로 그때 바깥에서 무슨 소리가 들렸다. 창문 쪽을
돌아보자, 경비원들이 헌터와 잰더를 마을 광장으로 데리고 나오는 모
습이 보였다.

헌터.

잰더.

두 사람 모두 스스로 걸어 나와 투표 구유 앞에 섰다. 그러나 손은
묶여 있고 양옆에는 경비원이 서 있었다. 잰더의 눈을 보고 싶었지만,

보이는 것이라곤 그가 걷는 자세와 그의 지친 듯한 모습뿐이었다. 그는 치료약을 만드느라 밤을 샜다.

"투표할 시간이네."

진단의 한 명이 말했다.

"들어보게 창문을 열어."

다른 진단의가 말했다.

몇 분의 1초 동안 두 진단의는 문 여는 일에 매달렸다. 그때 나는 주사기에 담긴 치료약을 카이의 주사관에 밀어 넣었다. 증거를 소매 속에 모두 숨긴 다음 주위를 보자 진단의 한 명이 나를 지켜보고 있었다. 그가 무엇을 보았는지는 모르지만 나는 조금도 머뭇거리지 않았다. 잰더는 내가 자랑스러울 것이다.

"왜 저렇게 재판을 빨리 받는 거죠?"

내가 물었다.

"콜린과 레이나가 증거를 충분히 모았다고 본 것 같군요."

진단의가 말했다. 그는 나를 좀 더 오래 지켜보고 있었다. 그때 창에서 아침 향기와 신선한 공기가 밀려 들어오면서, 카이가 깊은 숨을 들이쉬었다. 그의 폐에서 나는 소리가 더 좋아진 것 같았다. 완전히 의식을 찾은 것은 아니지만, 의식이 되돌아오고 있었다. 나는 알 수 있었다. 나는 예전 어느 때보다 더 많이 그를 느꼈다. 그가 아직 말할 수는 없어도 귀를 기울이고 있다는 것을 알았다.

사람들이 마을 광장을 채웠다. 그들의 손에 들려 있는 돌이 보일 만큼 가깝지는 않았지만 콜린이 외치는 소리는 들렸다.

"여기 헌터 편을 들 사람 있습니까?"

"제가 들겠습니다."

애너가 말했다.

"규칙에 따르면 한 사람 편만 들 수 있어요."

진단의가 내게 말했다. 나는 그가 무슨 말을 하는지 이해했다. 애너가 헌터 편을 든다면, 잰더 편을 들 수 없다.

애너는 고개를 끄덕였다. 그녀는 앞으로 걸어가 군중을 마주 보았다. 애너가 말을 시작하자 군중은 애너에게 더 가까이 다가갔다.

"헌터가 한 일은 잘못이었지만, 그는 환자들을 죽이려던 게 아니었습니다. 그의 의도가 그것이었다면, 그 일을 쉽게 저지르고 도망칠 수 있었을 거예요. 헌터가 원한 것은 모든 일을 공평하게 만드는 것이었습니다. 그는 오래전 지방 정부들이 비정상으로 하여금 어떤 약에도 접근하지 못하게 한 것처럼 우리도 그들의 환자에게 똑같이 대해줘야 한다고 느낀 겁니다."

애너는 군중을 이용하려는 게 아니었다. 그녀는 사실을 말했고, 군중이 사실에 무게를 두게 했다. 물론 세상이 공평하지 않다는 것은 우리 모두 알고 있었다. 그러나 세상이 공평했으면 하고 바라는 것이 어떤 기분인지도 이해한다. 이 사람들 대부분은 소사이어티에서 내던져지는 것, 더 나쁜 경우 사지에 보내지는 것이 어떤 기분인지 너무나 잘 알았다. 애너는 헌터가 겪은 상실, 그를 이 지점까지 몰아온 상실에 대해 아무 말도 하지 않았다. 말할 필요가 없었다. 그것은 그의 팔과 눈에 쓰여 있었다.

"저는 여러분이 더 무거운 형벌을 요구할 수 있다는 걸 압니다. 그러나 헌터에게 추방형을 내려주기를 부탁합니다."

애너가 말했다.

두 개의 형벌 중 가벼운 쪽. 사람들이 그렇게 해줄까?

그들은 그렇게 해주었다.

그들은 콜린 근처에 있는 구유 대신 애너 근처의 구유에 돌을 넣었다. 농부들이 양동이를 가져와 물을 부었다. 결정은 내려졌다.

"헌터, 당신은 지금 떠나야 합니다."

콜린이 말했다.

헌터는 고개를 끄덕였다. 나는 그가 무언가 감정을 느끼고 있기는 한지 알 수 없었다.

누군가가 그에게 꾸러미 하나를 건네주고 있는데 소란이 일었다. 엘리가 달려와 팔로 헌터를 감싸 안고 작별인사를 했다. 애너가 그런 두 사람을 포옹했다. 잠시 그들은 세 세대로 이루어진 작은 가족이었다. 피가 아닌 여행과 작별로 연결된 가족.

그다음 엘리는 뒤로 물러섰다. 엘리는 애너와 머물 것이고, 애너는 자신이 돌볼 나머지 사람들과 남아 있어야 했다. 헌터는 똑바로 숲 속으로 들어갔다. 길을 찾지도, 뒤돌아보지도 않았다. 그는 어디로 갈까? 카빙 대협곡으로?

다시 군중이 수런거렸고 잰더가 앞으로 나왔다. 그 순간 사람들의 자비심은 헌터에게 다 쏠려버렸다는 것을 알았다. 그들은 지난 몇 달 동안 헌터와 함께 지내고 일했다. 그들은 그의 이야기를 알고 있었다.

그러나 그들은 잰더를 모른다.

그는 마을의 돌 앞에 홀로 서 있었다.

잰더는 대가가 무엇이든 간에 자기가 사랑하는 사람들을 위해 할 수 있는 일은 뭐든 할 것이다. 그러나 지금 잰더를 보면서, 나는 그 대가가 너무 커졌다고 생각했다.

'잰더가 꼭 헌터처럼 보여. 너무 멀리까지 내몰리고 너무 많은 것을 보아버린 사람 같아.'

나는 깨달았다. 헌터는 엘리를 안전하게 산으로 데려다줄 때까지만 스스로를 지탱할 수 있었다. 그는 오랫동안 다른 사람들을 도와야만 했다. 그러나 그다음 그는 부서졌다.

젠더에게 그런 일이 일어나게 할 수는 없었다.

50
잰더

"누가 잰더 편을 들겠습니까?"

콜린이 물었다.

아무도 대답하지 않았다.

애녀가 나를 바라보았다. 그녀는 미안해하는 것 같았지만, 나는 그녀의 심경을 이해했다. 당연히 그녀는 헌터를 위해 자기가 가진 것을 전부 사용할 수밖에 없었다. 헌터는 그녀에게 아들과 같았으므로, 그녀가 그를 위해 모든 것을 사용하는 건 정당했다.

그러나 다른 사람은 아무도 없었다. 카시아는 진료소에서 카이 곁에 머물러 치료약을 주고 그가 깨어나는지 확인해야 했다. 카이는 내편을 들 테지만 그는 고요환자였다.

사람들은 발을 주춤거리며 콜린 쪽을 쳐다보았다. 사람들은 그가 판결 전의 순간을 이렇게 오래 지속시키는 것에 안달하고 있었다. 나도 빨리 끝나는 쪽이 좋았다. 나는 눈을 감고 내 심장에, 내 숨소리에, 숲 속 높은 곳의 바람에 귀를 기울였다.

누군가가 외치고 있었다. 내가 아는 목소리였다.

"제가 하겠습니다."

눈을 뜨자 카시아가 군중 사이를 밀고 나오는 모습이 보였다. 결국 그녀가 왔다. 그녀의 얼굴은 환했다. 치료약이 효과를 발휘하고 있는 게 분명했다.

내가 어딘가 잘못된 것 같았다. 카시아가 여기 왔고 치료약에 효과가 있다는 것을 기뻐해야 했다. 그러나 지방의 환자들과 레이가 쓰러질 때의 모습만 떠오르면서, 너무 늦은 게 아닌가 걱정이 되었다. 우리는 많은 사람들의 의식을 되살릴 수 있을까? 치료약이 다시 효과를 보일까? 어떻게 충분한 양의 구근을 찾아내지? 그 치료약을 어떤 사람한테 먼저 투여할지 결정하는 이는 누굴까? 수많은 의문이 떠올랐고 우리가 그 답을 늦지 않게 찾을 수 있을지도 알 수 없었다.

전에는 이렇게 지쳤다고 느껴본 적이 없었다.

51
카시아

사람들이 헌터를 위해 표를 던졌던 구유에서 돌을 다시 가져가려고 다가왔다. 아직 젖어 있는 돌이 마을 사람들의 옷에 물을 똑똑 떨어뜨려 작고 검은 점을 남겼다. 어떤 사람들은 기다리면서 손안에서 돌을 굴렸다.

"이 구유는 중벌을 내리기 위한 것입니다."

콜린이 가까이 있는 구유를 가리키며 말했다.

"다른 것은 가벼운 벌을 위한 것입니다."

잰더 쪽에 더 가까운 구유였다.

그는 어떤 벌인지 확실히 말하지 않았다. 모두가 이미 알고 있을까? 애너는 잰더의 죄가 헌터만큼 중하지 않기 때문에, 최악의 경우 잰더가 받을 형벌은 추방일 거라고 추측했다. 아무도 죽은 사람이 없으니까.

그러나 잰더에게 추방이란 죽음을 뜻할 것이다. 그는 갈 곳이 없었다. 여기를 나가서 혼자 살 수도 없었고, 카마스까지 거친 지대를 지나는 건 기나긴 여행이 될 것이다. 어쩌면 헌터와 만날지도 모른다.

그러나 그다음엔?

나는 잰더를 쳐다보았다. 햇빛이 나무 사이로 살금살금 기어들어 그의 머리카락에 금빛을 던졌다. 나는 카이에게 궁금해했듯이 잰더의 눈이 어떤 색깔인지 궁금해할 필요가 전혀 없었다. 잰더의 눈이 파란 색이라는 것은 언제나 알고 있었으니까. 친절과 명확함이 깃든 눈길로 바라보리라는 것을 알고 있었으니까. 그러나 지금, 눈 색깔은 변하지 않았지만 잰더 자신은 변했다는 것을 알았다.

'난 때때로 너와 함께 있어도 외로워. 그렇게 될 수 있다고는 생각도 하지 못했어.'

그는 조금 전 진료소에서 이렇게 말했다.

너 지금 외롭니, 잰더?

물을 필요도 없었다.

숲 속에서는 새들의 소리가 들렸다. 군중은 술렁였고, 바람이 풀 속을 헤집고 길을 내려왔다. 그러나 내게 느껴지는 것은 그의 침묵과 강인함뿐이었다.

그는 군중을 바라보더니 어깨를 펴고 목청을 가다듬었다.

'잰더는 할 수 있어.'

나는 생각했다. 그는 특유의 미소를 지을 것이고, 그의 목소리는 언젠가 그가 그 자리에 오를 인도자의 목소리처럼 군중 위로 울려 퍼질 것이다. 그러면 사람들은 그가 얼마나 선한지 알게 될 것이고 더 이상 그를 핍박하고 싶어하지 않을 것이다. 그들은 그를 가까이 둘러싼 채 그에게 마주 미소 지어주고 싶을 것이다. 잰더에게는 항상 그랬다. 자치구의 소녀들은 그를 사랑했다. 오피셜들은 그를 자기 부서로 데려가려고 했다. 아픈 사람들은 그가 자기를 치료해주기를 바랐다.

"저는 오커가 지시하는 것만 했다고 맹세합니다. 그는 자기가 실수했다는 것을 깨닫고 치료약을 없애려고 했습니다."

'제발. 제발 잰더를 믿어줘요. 그는 사실을 말하고 있어요.'

나는 생각했다.

그러나 나는 그의 목소리가 얼마나 공허한지 들을 수 있었다. 그리고 그가 나를 흘끗 돌아보았을 때, 그의 미소가 전과는 완전히 다른 것을 보았다. 거짓말을 하고 있기 때문이 아니었다. 지금 그에겐 아무것도 남아 있지 않았다. 그는 몇 달 동안 안도감이라곤 느낄 새도 없이 고요환자들을 돌봤다. 친구 레이가 쓰러지는 것을 보았다. 그는 인도자를 믿었고, 그리고 오커를 믿었는데, 그들은 그에게 불가능한 일을 해달라고 요청했다. 인도자는 '치료약을 찾아'라고 말했고, 오커는 '치료약을 없애'라고 명령했다.

나도 죄가 있기는 마찬가지였다. 다른 치료약을 만들어달라고, 다시 시도해달라고 그에게 말했다. 나는 어떤 대가를 치르든 간에, 다른 사람들만큼이나 치료약을 원했다. 우리는 모두 잰더에게 요구하기만 했고 잰더는 주기만 했다. 협곡에서, 나는 카이가 치유되는 것을 보았다. 이곳 산속에서, 나는 잰더가 부서지는 모습을 보았다.

돌 하나가 콜린의 발 옆 구유 속에 던져졌다.

"기다려요. 아직 잰더의 말이 끝나지 않았습니다."

콜린이 몸을 굽혀 돌을 주워 올리며 말했다.

"상관없어. 오커는 죽었어."

누군가가 말했다.

그들은 오커를 사랑했지만 이제 그는 죽었다. 그들에게는 탓할 사람이 필요했다. 돌이 다 던져지고 잰더가 받게 될 형벌은 추방이 아닐 것이다. 더 심한 벌일 것이다. 나는 잰더를 여기로 데려오고 그에게 치료약을 만들게 해주었던 경비원들을 바라보았다. 그들은 나와 시선을 마주치지 않았다.

나는 문득 선택의 이면을 깨달았다. 우리 모두 갖고 있는 다른 면.

'때때로 우리는 잘못 선택할 수도 있어.'

"잠깐만요."

나는 소매 속에 손을 넣어 잰더가 만든 치료약을 꺼냈다. 이 약과 함께 어머니가 보내주고 오커가 본 꽃을 사람들에게 보여준다면 다들 이해할 것이다. 재판이 시작되기 전에 먼저 이 일을 했어야 했다.

"제발 내 말 좀……."

나는 입을 열었다.

또 하나의 돌이 구유 속으로 떨어져 덜그럭거렸다. 동시에 무언가 거대한 것이 해를 가로질렀다.

에어십이었다.

"인도자다!"

누군가가 외쳤다.

그러나 에어십은 산을 타고 내려가 착륙용 초원으로 가지 않고 우리 위에 떠 있었다. 프로펠러가 돌면서 에어십은 공중에 머물러 있었다. 엘리는 움찔했고, 군중 속에서는 본능적으로 몸을 숙이는 사람들이 있었다. 그들은 바깥 지방에서 겪었던 총격을 떠올리고 있었다. 어떤 사람들은 뒤쪽에 서서 불평했다.

에어십은 약간 아래로 내려왔다가 다시 위로 올라갔다. 내가 봐도 어떤 의도인지 명백했다. 그는 우리를 비키게 하고 마을 광장에 착륙하고 싶었던 것이다.

"절대로 여기 착륙하지 않겠다고 약속했는데."

콜린이 말했다. 그의 얼굴은 창백했다.

"착륙할 만큼 넓은가요?"

내가 물었다.

"모르겠어."

콜린이 말했다.

다음 순간 모든 사람이 움직였다. 잰더와 나는 서로를 바라보았다. 그가 내 손을 움켜쥐었다. 우리는 광장에서 뛰어 달아났다. 우리 위에서 거센 공기가 휘몰아쳤고, 우리의 발은 풀과 땅 위를 날았다. 인도자가 내려오고 있었다. 그는 착륙 후에 살아남지 못할지도 몰랐고, 우리도 그럴 수 있었다.

'왜 인도자가 이렇게까지 몰린 거지? 착륙용 초원에서 마을까지는 잠깐 걷는 거리일 뿐이잖아. 왜 그 시간도 낼 수 없는 거지? 지방 정부에선 무슨 일이 일어나고 있는 거야?'

에어십이 기체를 아래로 향한 채 기우뚱거렸다. 산속에서 공기는 언제나 움직인다. 에어십의 프로펠러가 마구 돌면서 일으킨 바람이 주위를 후려치는 바람에 윙윙거리는 소리와 비명밖에 들리지 않았다. 인도자가 내려오고, 내려오고, 내려와서 숲에 부딪치고, 에어십이 옆으로 뒤집어졌다.

'그는 제대로 착륙하지 못할 거야.'

나는 그렇게 생각하고 고개를 돌려 잰더를 보았다. 우리는 피신할 곳을 찾아 건물 벽에 납작 붙어 있었고, 잰더는 이다음에 일어날 일을 참고 볼 수가 없다는 듯이 눈을 감고 있었다.

"잰더."

내가 불렀지만 그에게는 내 말이 들리지 않았다.

에어십은 다시 기울어지고, 돌고, 떨면서 우리에게 점점 더 가까이, 광장 가장자리에 너무 가까이 다가와 있었다. 달리 도망갈 수 있는 곳이 없었다. 건물을 돌아가 숨을 만한 시간도 공간도 없었다. 이런 생각들이 머릿속을 번개처럼 빠르게 스쳐 지나갔다.

나도 눈을 감고 잰더에게 꼭 붙었다. 마치 서로를 안전하게 지켜줄 수 있는 것처럼. 그가 내게 팔을 둘렀다. 그의 몸은 따뜻하고 건강한 느낌이었다. 마지막을 맞기에 좋은 곳이었다. 나는 긁힌 금속 조각을, 부서지는 돌과 쪼개지는 나무를, 불과 열과 홍수처럼 갑작스러운 종말을 기다렸다.

52
카이

"카시아는 이제 여기 없어."

나는 말했다. 속삭이는 듯한 소리가 났다. 약하고 건조했다.

나는 잠들어 있었을 때 잠자는 것처럼 느끼지 않았다. 나는 시간이 지나가는 것을 느꼈다. 내가 여기에 있고, 의식을 잃었던 시간이 있다는 것을 알았다. 나는 손을 움직이려고 시도해보았다. 성공인가?

"카시아. 누가 카시아 좀 찾아줄 수 있어요?"

내가 말했다.

아무도 대답하지 않았다.

'인디는 해줄 거야.'

그렇게 생각하다가 뭔가를 기억해냈다.

인디는 떠나버렸다.

그러나 나는 돌아왔다.

53
잰더

눈을 뜨자 에어십이 마을 광장을 가득 채우고 있었다. 카시아는 내 팔 안에서 나를 꼭 붙잡고 있었다. 우리 둘 다 움직이지 않았다. 인도자는 에어십에서 나와, 정확히 내가 조금 전에 서 있던 자리, 구유 옆에 섰다.

콜린이 광장 안으로 성큼성큼 걸어갔다. 그가 화를 내며 물었다.

"대체 무슨 짓을 할 생각이었습니까? 당신 때문에 마을 일부가 거의 파괴됐어요. 왜 착륙용 초원에 가지 않았죠?"

"그럴 시간이 없었어요. 지방 정부들은 무너져가고 나는 확보할 수 있는 시간 1분 1분이 다 필요하니까. 치료약은 있습니까?"

인도자가 물었다.

콜린은 대답하지 않았다. 인도자는 콜린 너머 연구실 쪽을 바라보았다.

"오커를 찾아와요. 그와 이야기하겠소."

인도자가 말했다.

"그럴 수 없습니다. 오커는 죽었어요."

레이나가 말했다.

인도자는 욕설을 내뱉었다.

"어떻게?"

"심장발작이었던 것 같습니다."

콜린이 말했다.

모두들 나를 바라보았다. 그들은 아직도 오커에게 일어난 일이 내 책임이라 생각하고 있었다.

"그럼 치료약은 없는 거군. 치료약을 얻을 가능성도 없고."

인도자의 목소리에는 생기가 없었다. 그가 다시 에어십 쪽으로 걸어 가기 시작했다. 레이나가 말했다.

"오커는 우리에게 치료약을 남겼어요. 막 환자들에게 시험하려던 참 이었……."

레이나가 말했다.

"난 지금 당장 효과가 있는 치료약이 필요해."

인도자가 빙글 돌아서며 말했다.

"여기 다시 돌아올 수 있을지 없을지도 모르겠소. 이제 끝이야. 알겠 소?"

"그 말씀은……."

레이나가 말하려 했다.

"봉기 세력 안에 내 자리를 빼앗으려는 파벌이 있소. 이미 환자의 주 사관을 절단할 권한과 배급 권한을 가져갔고. 그들이 나를 제거하는 데 성공하면, 그럴 것 같긴 한데, 나는 에어십에 접근하지 못할 테고 당신들을 '다른 땅'으로 데려다줄 방법도 없어집니다. 우리에겐 치료약 이 필요해요. 지금 당장."

인도자는 잠시 말을 멈췄다가 다시 이었다.

"봉기 세력은 이미 일정 비율의 고요환자의 주사관을 절단하라고 명령했어요."

"몇 퍼센트지요?"

카시아가 물었다. 그녀는 당연히 거기 있을 권리가 있다는 듯이 마을 광장으로 걸어 들어갔다. 레이나는 눈을 가늘게 뜨고 카시아를 바라보았지만 그녀의 말을 가로막지는 않았다.

"우리는 다른 사람들이 일하고 있다는 조건에서 최대한 생명을 보존하기 위해 고요환자 약 2퍼센트의 주사관을 절단하기 시작했다고 추정했어요."

"시작할 때는 그랬지. 하지만 그들은 비율을 증가시켰어. 환자 20퍼센트의 주사관이 절단될 거고, 그다음에는 더 늘어날 거다."

인도자가 말했다.

'오분의 일이라니.'

누구의 주사관을 먼저 자른다는 것인가? 먼저 고요해진 사람들? 아니면 나중에 고요해진 사람들? 레이에게는 무슨 일이 일어나고 있을까?

"너무 많잖아요. 그럴 필요 없어요."

카시아가 말했다.

"알고리즘의 추정에 따르면 사람들은 기꺼이 그렇게 할 거다. 그들은 고요환자를 남겨두려 하지 않을걸. 그리고 봉기 세력은 보관되어 있던 표본을 방출하고 있다. 공간을 확보하기 위해 사랑하는 사람들의 주사관을 끊는 데 동의하면 조직 표본을 주지."

인도자가 말했다.

"사람들이 정말 그런 일에 동의하는 건 아니겠죠?"

카시아가 물었다.

"어떤 사람들은 동의해."

인도자가 말했다.

"하지만 그들은 아무도 다시 살려낼 수 없어요. 아무도 그런 기술을 갖고 있지 않아요. 소사이어티도, 봉기 세력도요."

카시아가 말했다.

"튜브는 사람들을 되살려내는 일과는 전혀 관계없어. 늘 여기 살고 있는 사람들을 조종하기 위해 사용됐지. 그러니 다시 묻지. 치료약이 있나?"

인도자가 물었다.

"시간이 더 필요해요. 오래 걸리진 않아요."

레이나가 말했다.

"더 이상 시간이 없다니까. 식량이 떨어져가고 있소. 사람들은 도시에서 도망쳐 자치구로 들어가 거기 남아 있는 사람들을 공격하거나, 아니면 우리가 제때 조치를 취해줄 수 없는 시골로 가서 돌연변이로 죽어가죠. 오커가 주사액과 물약에 포함시키라고 추천한 성분도 다 떨어져가고, 지방 정부의 과학자들은 아무도 돌연변이 치료약을 찾지 못했소."

인도자가 말했다.

"치료약이 하나 있어요. 잰더가 당신들 약제사에게 만드는 법을 가르쳐줄 수도 있어요."

카시아가 튜브 하나를 인도자에게 내밀었다. 그녀는 게임 테이블에 앉아 자기가 가진 카드를 전부 던지고 있었다.

1초 정도 나는 레이나와 콜린이 카시아가 마음대로 하도록 놔두지 않을 거라고 생각했다. 그러나 둘 다 아무 말도 하지 않았다. 카시아가 다음에 무엇을 할지 모두 지켜보고 있었다.

"이 약을 얼마나 많은 사람들에게 사용해봤지?"

인도자가 카시아에게서 치료약을 받아 들며 물었다.

"한 명뿐이에요. 카이요. 하지만 더 만들 수 있어요."

카시아가 말했다. 그 말에 인도자는 웃었다.

"한 사람이라고. 그리고 카이가 진짜 치료되었는지 어떻게 알지? 마지막으로 봤을 때 카이는 고요해지지도 않았어."

"하지만 아팠죠. 직접 보셨잖아요. 여기 있는 사람들이 모두 증언해 줄 거예요."

"물론 그렇겠지. 저들 모두 '다른 땅'으로 가길 원하니까. 네가 무슨 말을 하든 동의할걸."

인도자가 말했다.

"이번이 당신이 여기 올 수 있는 마지막 기회라면 최소한 우리가 무엇을 갖고 있는지 보아야 하지 않을까요. 그리 오래 걸리지 않을 거예요."

카시아가 말했다.

레이나가 내내 이 일에 관여하고 있었던 것처럼 미소를 지으며 더 가까이 다가왔다. 그러나 인도자에게는 들리지 않을 만큼 카시아에게 다가왔을 때 그녀는 속삭였다.

"누구지? 누가 널 도와줬어?"

카시아는 그 질문에 대답하지 않았다. 그녀는 치료약을 만드는 데 도움을 준 사람들을 보호해주고 있었다. 나, 경비원들, 애너, 노아, 테스.

"오커의 처방에 바탕을 둔 거예요."

그녀는 큰 소리로 말했다. 인도자를 바라보고 있었지만 모두에게 말하며 사람들의 동의를 얻으려 하고 있었다.

"오커가 거기에 넣고 싶어하던 성분도 들어가 있어요. 이게 오커의 진짜 치료약이고, 효과도 있어요."

그녀가 진료소로 가는 길을 내려가기 시작했다.

"여기까지 왔는데 필요한 걸 얻지 못하고 가면 아쉬울 거예요."

그녀가 뒤에서 머뭇거리는 인도자에게 소리쳤다.

인도자가 그녀를 따라 광장을 가로지르자, 나머지 사람들도 두 사람을 따라갔다. 카시아는 안에서 모든 일이 잘되고 있다고 자신만만한 듯 진료소 문을 열었다. 그러나 나는 카이가 의식을 가진 맑은 눈으로 그녀를 쳐다보았을 때 그녀의 입술이 떨리는 모습을 보았다. 그녀는 그 약이 효력이 있을 줄 몰랐다. 적어도 이만큼 훌륭한 효력이 있을 줄은 몰랐다. 그리고 그 잠시 동안, 우리 중 누구도 이곳에 없는 것 같았다. 세상에 오직 그 두 사람뿐이었다.

"카이."

그녀가 말했다.

"우리 이제 도망갈 수 있어?"

그가 그녀에게 물었다. 그의 목소리는 속삭임과 다름없었다. 레이나와 콜린을 포함해 모두가 카이의 말을 들으려고 몸을 기울였다. 우리에게 하는 말이 아니었는데도.

"아니. 아직 안 돼."

그녀가 말했다.

"나도 알아."

그의 얼굴에 미소가 반쯤 떠올랐다. 그녀가 몸을 굽혀 키스하자 그는 떨리는 손을 그녀의 손으로 뻗었다. 그러나 그는 아직 그 정도로 멀리 손을 뻗을 수 없었다. 그래서 나는 그의 손을 들어 올려 그녀의 손 위에 놓아주었다. 그가 그녀에게 닿도록 도왔다. 잠시 나는 그 모든 일의 일부였다. 다음 순간 나는 거기서 떨어져 나왔다.

인도자는 카이를 내려다보다가 나를 쳐다보았다. 인도자가 우리를 믿을까? 그의 표정을 봐서는 아무것도 알 수 없었다.

"오커가 이 약을 사용해야 한다고 말했다고?"

인도자는 내게 직접 묻고 있었다. 이제 내가 그를 설득할 차례다. 카시아와 카이는 그들이 할 수 있는 일을 다 했다.

"오커는 소사이어티에서 자기가 한 일을 내게 말해줬어요. 그래서 그가 바이러스를 만들어낸 팀에서 일했다는 걸 알게 됐습니다. 그가 얼마나 치료약을 찾고 싶어했는지도 알아요. 그리고 난 그가 찾아냈다고 생각합니다."

"그 말이 사실이라면 우리는 치료약을 다른 곳에서 제대로 시험해 봐야 한다."

인도자가 말했다.

"인디가 저를 찾아왔던 카마스의 의료 센터는 얼마나 안전하죠?"

내가 물었다.

"우리는 아직 그곳의 통제권을 갖고 있어."

인도자가 말했다. 한때 믿었던 사람이 나를 믿을지 말지 가늠하고 있다는 생각을 하자 기분이 이상했다. 나는 그의 정면에 서서 시선을 마주쳤다.

그는 내가 모든 것을 말하지는 않았다는 것을 눈치챘지만, 지금 이야기로도 충분하다고 판단한 듯했다.

"지금 당장 너희 셋을 에어십으로 데리고 나갈 수 있다. 카이를 보여주면 약제사와 진단의들이 실험을 시작하도록 설득할 수 있을 거야. 너희가 사용한 식물을 어디서 더 찾을 수 있지? 수중에 비축량이 있나?"

"네. 밤새 밖에서 그걸 파냈죠."

애너가 말했다.

"그리고 그 식물을 어디서 더 얻을 수 있는지 알 것 같아요. 우리 어머니가 예전에 이 꽃이 핀 들판을 봤어요. 소사이어티가 그 들판을 파괴하고 경작자들을 재분류했지만 남은 것이 있을 수도 있어요. 어머니가 의식을 되찾는다면 그 꽃을 본 곳을 기억해낼 거예요."

카시아가 말했다.

"그럼 가자. 카이를 에어십에 태워."

인도자는 그렇게 말한 뒤 우리를 돌아보지도 않고 몸을 돌려 문밖으로 걸어 나갔다.

"고마워."

카이를 에어십으로 데려갈 때 그가 내게 말했다. 카시아는 가까이에서 뒤따라오고 있었다.

"너라도 같은 일을 했을 텐데, 뭐."

내가 말했다.

카시아는 다른 사람이 있을 거라고 예상한 듯 주위를 둘러보았지만, 인도자는 혼자 날아왔다.

"인디는 어디 있죠? 인디는 괜찮나요?"

자리에 올라타면서 그녀가 인도자에게 물었다.

"아니. 인디는 돌연변이에 감염돼서 연료가 얼마 남지 않을 때까지 날아갔다. 인디의 에어십은 예전 적의 영토에 떨어졌어. 그녀의 시체를 찾아올 사람을 아무도 구할 수 없었지."

인도자가 말했다.

인디가 죽었다. 카이가 이 일을 어떻게 받아들일지 그를 먼저 보았다. 얼굴에는 고통이 가득했지만 그는 놀라지 않았다. 어떻게인지는 몰라도 그는 이미 알고 있었다. 카시아는 충격을 받았고, 그 사실을 믿을 수 없는 것 같았다. 그러나 그것은 사실이었다. 바이러스 자체가 생각하거나 느낄 수 없다는 것은 알지만, 그래도 이 바이러스는 가장 생기 넘치는 사람들을 쓰러뜨리기를 좋아하는 것처럼 보였다.

54
카시아

불가능한 일이 두 가지 일어났다. 카이가 치료되었다.

그리고 인디가 죽었다고?

내 마음속에는 인디가 등장하는 장면이 아주 많았다. 카빙 대협곡 절벽을 기어오르는 인디, 보트를 조종해 강을 내려가는 인디, 벌집을 조심스럽게 손에 쥔 인디. 어떻게 인디가 죽을 수 있지? 인디가 죽을 리가 없다. 그건 불가능했다.

그러나 카이는 그것을 믿었다.

카이가 돌아왔다.

그 기적을 음미할 시간이 없었다. 그가 의식을 되찾는 것을 지켜보고, 앉아서 그의 손을 잡고 그와 이야기할 시간이.

대신 우리는 질주하듯 에어십에 올랐고, 인도자가 마을에 착륙한 지 얼마 지나지 않아 이륙했다. 애너에게 구근을 구해줘서 고맙다 인사하고, 엘리에게 작별인사를 하고, 언젠가 돌아올 때 그들 모두 '다른 땅'으로 데려갈 수 있는 에어십을 갖고 오기를 바라며 우리가 떠나는 모습을 지켜보는 레이나와 콜린과 마을의 다른 사람들을 돌아볼 여유도 없었다.

. . .

젠더는 부조종사 자리에 앉았고, 우리는 카이의 들것을 짐칸에 묶었다. 짐칸이 가장 안전할 것 같았다. 젠더는 테스와 노아에게 자신이 치료약에 덧붙인 성분을 말했고, 그들은 젠더에게 우리가 사용한 기본 용액을 만드는 오커의 공식을 주었다. 이렇게 우리는 지방 정부 사람들에게 우리가 사용한 약에 대해 설명해줄 수 있었고 마을 사람들은 뒤에 남은 고요환자들을 치료할 수 있었다. 다시 공동작업이다. 혼자서 한다면 더 오래 걸릴 일을 모두가 함께하고 있었다.

"이건 치료약의 추가 확인 같은 거예요. 당신이 우리를 데리러 올 때쯤이면 이 환자들은 모두 치료됐을 거예요. 그러면 당신은 그들을 다시 가족에게 데려다줄 수 있겠죠."

레이나는 마치 젠더를 한 번도 의심한 적이 없다는 듯이, 카마시아 치료약을 없앴다는 이유로 추방이나 더 심한 형벌을 선고할 생각이 아니었던 듯이 인도자에게 말했다. 그러나 그 치료약이 마을의 소유인 것은 사실이었다. 애너와 오커, 콜린과 레이나, 테스와 노아, 그 경비원들, 그들 모두 치료약의 인도자들이었다.

나는 이륙 준비를 하고 운반자 자리에 앉았다. 그러나 흔들림이 멎자마자 안전벨트를 풀고 카이 옆에 무릎 꿇고 앉아 그의 손을 꼭 잡았다. 그는 옆 벽을 바라보고 있었다. 그곳에 무언가가 그려져 있는 것이 보였다. 눈금이나 표시가 아닌 진짜 그림이었다. 사람들이 서서 자기들 위로 떨어져 내리는 듯한 하늘을 바라보고 있었다. 그러나 어떤 사람들—전부는 아니었다—은 그 조각을 집어 들어 입으로 기울이고 있다.

"하늘을 마시는 거래. 인디가 그랬어. 우리가 몰았던 에어십에도 이런 그림이 그려져 있었어."

카이는 깊은 숨을 들이쉬었다. 그의 목소리는 벌써 건강해진 듯 들렸다.

"당신이 적에게 물을 가져다주는 그림이죠. 적이 전염병을 이기고 살아남도록 돕기 위해서. 그렇죠?"

그는 인도자에게 말하고 있었다.

몇 분 동안 인도자는 아무런 대꾸도 하지 않았다. 다음 순간 그의 목소리가 짐칸 스피커에서 흘러나왔다. 그 목소리는 조용하고 슬펐다. 처음으로 그의 진짜 목소리를 듣는 것 같았다.

"소사이어티는 전염병이 적을 병들게 하면 적을 이기기 쉬울 거라고 말했지. 우리는 적을 포로로 데려오면 된다고. 그러나 전염병이 돌기 시작하자 우리가 받은 명령은, 적을 그대로 버려두라는 것이었어."

"그리고 그들이 죽는 걸 봤군요."

잰더가 말했다.

"그래. 우리 조종사 몇 명이 위험을 감수하고 물을 갖고 날아갔을 때, 적들은 가뭄에 허덕이면서도 대부분 그 물을 마시지 않았어. 우리를 믿지 않았지. 어떻게 믿겠어? 우리는 오랫동안 서로를 죽여왔는데."

나는 내리지도 않는 빗물밖에 마실 수 없어 목마르고 죽어가는 사람들을 생각해보았다.

"적이 진짜로 있었군요. 하지만 그들이 사라지자 봉기 세력이 나타나 적 역할을 했지요. 당신들이 비밀을 유지하기 위해 카빙 대협곡 꼭대기의 농부들을 죽였나요?"

카이가 물었다.

"아니. 소사이어티가 한 짓이다. 그들은 바깥 지방의 사람들을 오랫동안 중앙 지방과 적 사이에 놓인 완충 역할로 이용했지."

인도자는 헛기침을 했다.

"농부들뿐만 아니라 많은 수의 비정상과 일탈자들을 죽게 내버려두었을 때, 난 우리가 더 이상 진정한 반역자가 아니라는 것을 깨달았어야 했다. 우리는 아직 정체를 드러낼 때가 아니라고 스스로 되뇌었지. 하지만 그래도 막으려고 시도했어야 했어."

어둠 속에서 카이의 따뜻한 손이 내 손을 꼭 쥐었다. 봉기 세력이 개입했더라면 많은 사람을 구할 수 있었을지도 모른다. 카이의 가족, 빅, 파란 알약을 먹은 소년.

"봉기 세력이 진짜였었다는 건 알아야 해. 붉은 알약에 대한 면역을 만들어낸 과학자들은 진짜 반역자들이었어. 네 증조할머니도 그랬지. 많은 사람들이 그랬고. 특히 군대에 있던 사람들. 그러나 그때 소사이어티는 자신들의 힘이 새나가고 있다는 것을 깨닫고 조사하던 중 자기들 내부에 반역자가 있다는 것을 알아냈다. 처음에 그들은 일탈자와 비정상을 제거함으로써 통제권을 되찾으려고 했지. 그다음 우리가 잠입했던 방식으로 우리 쪽에 잠입하기 시작했어. 난 이제 더 이상 누가 누군지 모르겠다."

"그럼 누가 도시의 수원에 전염병균을 넣은 거죠? 소사이어티를 위해 일하는 사람들이 아니라면, 누가 봉기 세력을 방해하려 한 건가요?"

내가 물었다.

"수원을 오염시킨 건 선의의 봉기 지지자들이었던 것 같아. 반역이 너무 지지부진하다고 생각해 그걸 앞당기려고 결심한 사람들."

한참 동안 아무도 말을 하지 않았다. 이런 일이 일어날 때면—도움이 되려고 한 일이 해를 끼칠 때, 약이 치유 대신 고통을 가져올 때—옳은 일을 하고자 한 선택도 얼마나 그릇될 수 있는지가 명백해진다.

"하지만 소사이어티가 봉기 세력이 존재한다는 걸 알았다면, 왜 곧장 말살하지 않은 거죠? 소사이어티는 모든 환자를 치료할 힘이 있었어요. 오커는 소사이어티가 항상 치료약을 갖고 있었다고 했죠. 왜 소사이어티는 전염병이 퍼지게 놔두고 충분한 양의 치료약을 만들지 않은 거죠?"

잰더가 침묵을 깨고 물었다.

"소사이어티 스스로 봉기 세력이 되는 게 더 쉽다고 판단한 거예요. 그렇죠?"

카이가 말했다.

카이가 그 말을 하자마자, 나는 그가 옳다는 것을 깨달았다. 그래서 권력의 이동이 그토록 순조로웠고, 싸움이 적었던 것이다.

"봉기 세력이 될 경우 그 결과까지 예측할 수 있으니까요."

내가 말했다.

'마지막 예측된 결과.'

오리아의 박물관에서 내 담당 오피셜은 그렇게 말했다. 그녀는 내게서 그것을 보고 싶어했고, 소사이어티는 언제나 결과를 계산에 넣었다.

"소사이어티는 우리가 붉은 알약에 대한 면역을 퍼뜨리고 있다는 것을 알게 됐지."

인도자가 말했다. 나는 그의 말을 이해했다.

"그래서 점점 더 많은 사람들이 잊어버리지 않게 되었군요. 사람들은 변화를, 반역을 바란다는 징후를 보이고 있었어요. 사람들은 그런 방식으로 변화를 얻었고, 소사이어티는 봉기에 참여했던 많은 사람들을 포함한 모두가 실제로 무슨 일이 벌어지는지 모르는 가운데 권력 안에 머물 수 있었죠. 사람들은 변화를 일으켰지만, 모든 일은 대체로 예전처럼 진행될 거예요."

소사이어티는 사람들이 결국은 가만있지 않으리라는 것을 알았던 게 틀림없다. 심지어 그것을 예측했을 수도 있다. 결과를 계산하고 자신들의 권력을 다른 이름으로 다시 안전하게 지킬 수 있다면, 반역이라고 안 될 이유가 있나? 처음에는 진짜 반역자였던 봉기 세력도, 모든 것을 진짜처럼 보이게 하기 위해서라면 왜 이용하지 않겠는가? 소사이어티는 사람들이 인도자를 믿는다는 것을 알고 그것을 이용했다.

그러나 소사이어티의 의도대로 되지만은 않았다. 전염병이 돌연변이를 일으킨 것이다. 사람들은 소사이어티의 생각보다 더 많은 것을 알고 더 많은 것을 원하게 되었다. 붉은 알약에 면역을 갖도록 선택받지 못한 사람들, 나 같은 사람들마저도.

그들 스스로는 아직 모른다 해도, 소사이어티는 죽었다.

나는 새로운 시작을 믿는다. 저 밖의 많은 사람들도 그렇다. 종이쪽지에 글을 써서 갤러리에 걸어놓던 사람들, 계속 열심히 병자를 돌보는 사람들, 우리 모두가 새롭고 더 좋은 어떤 것의 인도자가 될 수 있다고 감히 믿는 사람들.

우리는 플러시 천처럼 부드럽게 걷고, 눈처럼 서 있습니다—
물은 이제 중얼거립니다.
세 개의 강과 언덕이 지나갔고
두 개의 사막과 그 바다!

나는 카이를 바라보며 시의 끝부분을 마음속에서 고쳐 썼다.

하지만 나는 이 여행을 완전한 것으로 셈해야 할 것입니다.

나를 당신에게 데려다주었으니까.

. . .

짐칸 문이 열리고 잰더가 내려왔다. 그의 뒤에서 조종실 불빛이 흘러 들어왔다.

"카이를 살펴봐야 할 것 같았어."

그가 말했다. 내가 잰더에게 미소 짓자 그도 마주 미소 지었다. 한순간 모든 것이 예전 모습 그대로였다. 똑같았다. 잰더는 눈에 고통과 열망을 담고 나를 바라보고 있었다. 우리는 어떤 사람 것도 될 수 있는 세계 속을 거칠게 날아가고 있었고, 나는 왜 카이가 인디의 키스에 응했는지 알았다.

그 순간은 곧 사라졌고, 우리는, 잰더와 나는 그런 식의 관계가 되기엔 너무 늦었다는 것을 확실히 깨달았다. 내가 그를 사랑하지 않아서가 아니라, 내가 더 이상 그에게 가닿을 수 없기 때문이었다.

"고마워."

나는 '널 사랑해'만큼이나 진심을 담아, 내가 한 어떤 말만큼이나 진심을 다해 잰더에게 말했다. 그러자 마음속에서 무겁고, 낮고, 열망하는 후회의 빛이 느껴졌다. 결국 나는 그의 사랑을 받아주지 않았기 때문에 그를 실망시키지 않았다. 그를 사랑하기 때문에 그를 실망시키지 않았다. 카이가 내게 해준 일을 내가 그를 위해 할 수 없었기 때문에 그를 실망시켰다. 나는 잰더가 노래하도록 도와줄 수 없었다.

카마스에 착륙했을 때 나는 곧 다시 비행하게 되리라는 것을 알았다. 우리는 잰더가 내가 케야로 가져갈 치료약을 더 만들 동안만 머물러 있었다. 나는 이 여행을 열렬히 바랐지만, 카이와 잰더를 남겨두고 떠나기는 힘들었다.

"곧 돌아올게."

나는 카이와 잰더에게 약속했고, 며칠 몇 주가 아니라 몇 시간 만에 돌아올 것이다. 그러나 카이의 눈에는 내 눈에 깃들어 있는 것과 같은 걱정이 보였다. 우리는 다른 작별인사들, 수많았던 작별인사들에 사로잡혀 있었다.

잰더도 그랬다. 한 가지 사실에서는 헌터가 옳았다. 가버린 사람들의 기억이 너무 많았다.

• • •

우리는 활주로도 아닌, 케아에서 우리 부모님이 살던 작은 마을 근처 기다란 들판에 착륙했다. 조종사와 진단의와 내가 에어십에서 나오자, 몇 명이 우리를 만나러 걸어 나오는 것이 보였다. 그중 한 사람은 다른 사람들보다 더 작았다. 그가 갑자기 달리기 시작했고 나도 달렸다.

그가 팔을 뻗어 나를 얼싸안았다. 많이 자랐다. 그러나 아직은 내가 더 컸고, 나는 누나였지만 여기서 그를 보호해주지 못했다.

"브램."

그다음에는 너무 목이 메어 아무 말도 할 수 없었다.

봉기 세력의 오피서가 브램 뒤에서 다가왔다.

"네 착륙 시간 직전에 이 애를 찾아냈어."

"고맙습니다."

나는 가까스로 말한 다음 몸을 뒤로 빼 브램을 보았다. 그 애도 나를 또렷한 눈으로 쳐다보았다. 그는 아주 더러워졌고, 매우 말랐다. 눈은 변해서 어두워졌다. 그러나 여전히 내가 아는 브램이었다. 나는 브램의 몸을 돌리고 목에서 붉은 점을 발견한 다음 안도의 한숨을 쉬었다.

"엄마 아빠 둘 다 병에 걸리셨어. 면역화가 되었는데도."

브램이 말했다.

"우리가 치료약을 찾아낸 것 같아."

나는 그렇게 말하고 숨을 깊이 들이쉬었다.

"너무 늦었니? 두 분이 어디 계시는지 알아?"

"응."

브램은 그렇게 말한 후 고개를 저었다. 눈에는 눈물이 가득 고여 있었다. 그는 내게 더 이상 말하지 말라고 간청하고 있었다. 자신이 눈물로 답하고 있는 질문을 하지 말아달라고.

"날 따라와."

그 애는 그렇게 말하고, 다시 달리기 시작했다. 언제나 그러고 싶어 했듯이 마을의 거리를 달렸다. 우리가 서둘러 밝고 무심한 태양 아래 빈 거리를 달려갈 때, 브램이나 우리들을 막는 오피셜은 아무도 없었다.

브램이 의료 센터가 아니라 마을의 작은 박물관으로 안내하는 바람에 나는 깜짝 놀랐다. 박물관 안의 전시 상자는 전부 깨졌고 유리도 사라져 있었다. 보관되어 있던 물건들도 다 사라졌다. 소사이어티의 지도는 그 위에 새로 그려져 있었다. 나는 지금 그것이 어떻게 그려져 있는지 더 자세히 보고 싶었지만, 우리에게는 시간이 없었다.

많은 수의 고요환자가 바닥 전체에 누워 있었다. 우리가 들어가자 몇 사람이 쳐다보았고, 그들의 얼굴은 브램을 보자 약간 풀어졌다. 브램은 이곳 사람이었다.

"의료 센터에 자리가 없었어. 그래서 엄마를 여기로 모셔와야 했어. 난 운이 좋았어. 거래할 물건이 있었거든. 다른 사람들은 각자 집에서 최선을 다해 환자를 돌봐야 했어. 여기에는 적어도 얼마 정도 영양액 주머니가 있었거든."

어머니. 우리 어머니. 근데 아버지는? 우리 아버지는?

브램은 무릎을 꿇었다.

어머니의 의식은 먼 곳으로 가버린 것 같았다. 나는 공황 상태에 빠지지 않으려고 애썼다. 어머니의 얼굴은 여기저기 흩어진 주근깨에 대비되어 아주 창백했다. 머리카락은 내 기억보다 회색이 더 늘었다. 그러나 이렇게 눈을 뜨고 있는 어머니는 젊어 보였다. 젊고, 우리에게 전혀 신경 쓰지 않는 것 같았다.

"나는 그들이 하라는 대로 두 시간마다 엄마 몸을 돌려놓았어. 그랬더니 발진은 나아지더라고. 전엔 심했어. 그렇지만 봐. 엄마한테 이제 주사액이 하나 생겼어. 좋은 일이지. 안 그래? 이건 비싼 거야."

브램은 매우 빠른 어조로 말했다.

"그래, 정말 다행이다."

나는 그렇게 말하고 브램을 다시 꼭 끌어안았다.

"어떻게 해냈니?"

내가 물었다.

"기록 보관자들과 거래했어."

브램이 말했다.

"난 기록 보관자들이 다 떠난 줄 알았는데."

내가 말했다.

"몇 명이 돌아왔어. 붉은 점을 가진 기록 보관자들이 와서 다시 거래하기 시작했어."

브램이 말했다. 놀랄 일이 아니었다. 당연히 기록 보관자 일부는 물건을 갖고 들어와 거래할 수 있는 무주공산을 보면서 돌아오고 싶은 유혹에 저항하지 못했을 것이다.

나는 브램에게 더 가까이 몸을 기울이고 속삭였다.

"우리는 엄마를 데려가려고 해."

"괜찮을까?"

브램이 마주 속삭였다.

"그래. 네 어머니는 이송할 수 있어. 상태가 안정적이고, 감염의 징후도 없고."

봉기 세력의 진단의가 말했다.

"브램. 우리에겐 아직 치료약이 많지 않아. 봉기 세력은 엄마가 자기들을 도울 수 있을 거라고 생각하기 때문에 치료약을 가장 먼저 맞을 사람들에 포함시킨 거야."

나는 멍하니 앞만 바라보고 있는 어머니를 흘끗 보았다.

"그리고 여기로 오면서 아빠를 위해서도 거래했어. 근데 아빠는 어디 계셔?"

브램은 내 질문에 대답하지 않고 눈길을 돌렸다. 나는 다시 물었다.

"브램, 아빠 어디 계셔? 알아? 아빠도 우리와 함께 가서 치료약을 맞을 수 있어. 그들이 약속했어. 하지만 시간이 많지 않아. 지금 당장 아빠를 찾아야 해."

순간 브램이 크게 한숨을 내쉬고는 흐느끼기 시작했다.

"저들은 죽은 사람들을 들판으로 데려가. 면역이 있는 사람들만 죽은 사람을 살펴보러 갈 수 있어."

브램이 눈물 가득한 눈으로 나를 쳐다보았다.

"내가 기록 보관자들을 위해 한 일이 바로 그거야. 난 거기서 얼굴을 보고 죽은 사람들을 찾았어."

"안 돼."

나는 공포에 휩싸여 말했다.

"튜브를 파는 것보다는 나아. 그것 외에 가장 값을 잘 쳐주는 일이 었어."

브램의 눈은 예전과 달랐다. 너무나 많은 것을 보아왔기 때문에 훨씬 더 나이 들어 보였다. 그러면서도 내가 잘 아는 그 완강한 눈빛은 예전과 같았다.

"난 그런 일은 하지 않을 거야. 튜브를 파는 건 거짓말하는 거나 마찬가지야. 사람들에게 자기 친구나 가족이 죽었는지 아닌지 말해주는 게 진실이라고 생각해."

브램이 몸을 떨었다.

"기록 보관자들은 내게 선택하게 했어. 정보나 튜브를 원하는 사람들, 사랑하는 이들이 어디 있는지 알고 싶어하는 사람들이 계속 찾아왔어. 그래서 나는 그들을 도왔어. 그들이 사진을 주면 내가 사람을 찾는 거였어. 그러면 그들은 나와 엄마에게 필요한 물건을 지불했어."

브램은 어머니를 돌보기 위해 할 수 있는 일을 다 했다. 그 애가 어머니를 구해서 기뻤다. 그러나 그 대가는 너무 컸다. 그 애는 대체 무엇을 보았을까?

"아빠는 때를 맞추지 못했어."

브램이 말했다.

나는 정말이냐고 물을 뻔했다. 네가 틀렸을 거라고 말할 뻔했다. 그러나 브램은 확실히 알고 있었다. 그 애는 그것을 직접 보았다.

아버지는 돌아가셨다. 치료약이 있어도 아버지는 너무 늦었다.

"우린 떠나야 해. 지금 당장."

어머니를 들것에 싣는 봉기 오피서를 도와주면서 진단의가 내게 말했다.

"그 여자를 어디로 데리고 가는 거죠?"

누군가가 방 저쪽에서 물었지만 우리는 대답하지 않았다.

"죽었나요?"

다른 사람이 외쳤다. 그들의 필사적인 마음을 느낄 수 있었다.

우리는 고요환자들과 그들을 돌보는 사람들 사이를 지나 그들을 뒤에 남기고 떠났다. 가슴이 아팠다. '돌아올 거예요. 다음에는 모든 사람에게 충분한 양의 치료약을 가지고 올 거예요' 하고 말하고 싶었다.

"뭘 가지고 있는 거죠? 다른 종류의 약을 갖고 있나요? 그게 얼마나 가치가 있죠?"

누군가가 사람들을 밀치고 나오면서 물었다. 기록 보관자였다.

오피서가 그를 저지하는 동안 우리는 서둘러 박물관 문밖으로 나왔다.

에어십에 오르자, 브램은 나와 진단의와 함께 짐칸으로 내려갔다. 진단의가 어머니에게 주사관을 연결하기 시작했다. 나는 브램을 꼭 끌어당겼다. 그는 울고, 울고, 또 울었고, 내 가슴은 찢어지는 것 같았다. 그애의 눈물은 결코 그치지 않을 것 같았다. 잠시 후 눈물이 그치자 상태는 더 나빠졌다. 브램의 온몸이 덜덜 떨렸다. 나는 브램이 어떻게 이런 큰 고통을 겪고도 살아남을 수 있었는지 알지 못했고, 동시에 내가 살아야 하는 이유를 알았다. 나는 생각했다.

'제발 브램이 자기 절망 안에서 살아야 하는 이유를 느끼게 해주세요. 우리는 아직 함께 있으니까, 우리에겐 아직 서로가 있으니까.'

브램이 잠들자 나는 어머니의 손을 잡았다. 전에 생각했던 것처럼 어머니에게 꽃 이름을 노래하는 대신 어머니의 이름을 불렀다. 아버지라면 그렇게 하셨을 테니까.

"몰리, 우리가 왔어요."

나는 그렇게 말하고 어머니 손에 종이꽃을 쥐여주었다. 어머니의 손가락이 살짝 꿈틀거렸다. 어머니는 이 나리꽃이 우리를 치료해주리라는 것을 알았을까? 어떤 의미로든 이것이 중요하리라는 것을? 아니면 그냥 내게 뭔가 아름다운 것을 보내려고 한 걸까?

어느 쪽이든 간에, 그것은 효과가 있었다.

그러나 아버지에게는 너무 늦었다.

55
잰더

"너한테는 이런 게 다 자연스러운 일이었겠지. 안 그래?"

레이가 전에 그렇게 말한 적이 있었다. 관에 치료약을 주사하고 있는 나를 지켜보는 진단의들도 같은 생각을 하고 있을지 궁금했다. 치료약을 맞고 있는 사람은 카이와 비슷한 때에 고요해진 환자였다. 그것이 첫 치료약 시험의 필요조건이었다.

"이것만 하면 됩니다. 수액을 주사하고 효과가 나타날 때까지 기다려요."

나는 진단의들에게 말했다.

진단의들은 고개를 끄덕였다. 그들은 전에도 이런 일을 해본 적이 있다. 나도 마찬가지였다. 최초 형태의 전염병이 도는 동안 내가 처음으로 치료약을 주사하고 의료 센터에서 설명을 하던 때였다. 이제 남아 있는 사람도 많지 않았다.

"우리가 실험할 환자들은 여기 있는 백 명뿐입니다. 그 식물을 더 찾아야 하지만 그것은 오래 꽃피어 있지 않을 거예요. 우리는 기존 화합물의 구조를 알기 때문에 실험실에서 만들 수 있는 합성 경로를 찾아내기 위해 쉬지 않고 일하고 있습니다. 그러니 여러분은 환자를 돌보는 일만 걱정하면 됩니다."

나는 진단의들에게 말했다.

"두 시간마다 새로 주사를 놔야 할 겁니다."

나는 비축분이 보관되어 있는 잠긴 서랍장을 가리켰다. 몇 명의 무장 오피서들이 그 서랍장을 지키고 있었다. 나는 그들의 충성이 어떤 것인지 몰랐다. 인도자에 대한 충성이라는 것밖에.

"두 번째 주사를 놓을 즈음이면 상태가 개선돼 있을 겁니다. 환자들의 회복 속도가 첫 환자만큼 빠르다면, 겨우 몇 시간이면 다시 말하기 시작하고, 이틀 안에 걸을 수 있게 될 겁니다. 물론 여기서 그 정도 회복 속도가 보이리라고 예측하지는 않습니다. 치료약을 낭비하지 않도록 주의하세요."

그들에게 그런 경고가 필요하겠는가. 우리에게 필요한 것은 더 많은 꽃과, 카시아의 어머니가 의식을 되찾는 것이었다. 카시아의 어머니는 몇 주 동안, 카이보다 훨씬 긴 시간 동안 고요했기 때문에 의식을 되찾는 데 좀 더 많은 시간이 걸렸다. 봉기 세력은 아직 소사이어티의 데이터베이스에서 위법 재배 작물에 대한 그녀의 보고서를 찾지 못했다. 그래서 우리에겐 그녀의 도움이 필사적으로 필요했다.

한편 인도자는 카마스 시 근처의 들판과 초원을 탐색하는 팀들을 파견했다. 그는 우리에게 필요할 경우에 대비해 꽃이 다시 자랄 수 있도록 구근을 전부 뽑아버리지는 말라고 지시했다.

그들이 유혹에 저항할 수 있을지 궁금했다. 현재가 이렇게 불확실할 때는, 미래를 위해 무엇인가 간직하는 게 반드시 쉽지는 않다.

"이게 효과가 있다고 확신하나 보군요."

진단의 하나가 말했다. 그들의 제복은 더러웠고 모두 탈진한 것 같았다. 전에 여기 있었기 때문에 그들 중 몇 명을 기억하고 있었다. 몇 주가 아니라 몇 년이 지나간 것처럼 느껴졌다.

"내가 이 일을 얼마나 더 오래 할 수 있을지 몰랐어요. 이제 계속해야 할 이유가 생겼군요."

또 한 명의 진단의가 말했다.

이곳에 머물러 저들을 도울 수 있으면 좋겠지만, 나는 치료약을 더 만들고 있는 약제사들을 감독하기 위해 실험실로 돌아가야 했다.

"나중에 환자를 살펴보러 다시 올게요."

내가 말했다.

진단의들이 치료약을 갖고 나란히 누워 있는 환자들 사이를 이동하기 시작했다. 이제 이곳 일은 끝났고, 내 옛 병동을 방문할 수 있는 시간만 간신히 남아 있는 것 같았다.

레이의 눈은 유리알 같았고 환부에서는 감염된 냄새가 났다. 그러나 누군가가 최근에 그녀의 몸을 돌려 눕혀주었고, 검고 긴 머리카락은 뒤로 넘겨 땋아져 있었다. 환자들 위에는 여전히 그림이 매달려 있었다. 진단의들은 최선을 다하고 있었다.

'늘 자연스러웠던 건 아니에요.'

나는 그녀의 관에 치료약을 주사하면서 이렇게 말하고 싶었다.

'지금은 아니에요. 제발 돌아와요. 당신이 여기 있으면 도움이 될 거예요.'

내가 마을에서 만든 치료약이었다. 나는 실험실에서 그 성분을 합성하려는 연구팀에 약을 전부 넘겨주지 않고 그녀를 위해 어느 정도 남겨두었다. 그녀가 쓰러진 지는 카이보다 그다지 오래되지 않았으므로 가능성이 있었다. 물론 그녀의 주사액에 오커의 약이 들어 있었던 건 아니다.

등 뒤에서 발소리가 들려 돌아보았다. 이곳에서 같이 일하던 진단의였다.

"여기서도 새 치료약을 쓰고 있는 줄은 몰랐는데요."

그가 말했다.

"새 치료약이 아니에요. 그걸 쓰는 그룹은 일정 기간 안에 고요해진 환자들이에요. 이 여성은 그 조건에서 아슬아슬하게 벗어났어요."

나는 주사기를 다 비우고 돌아서서 그를 바라보았다.

"하지만 내게 여분이 조금 있었죠."

나는 약병 몇 개를 들어 보이며 말했다.

"나는 당분간 여기 오지 못할 수도 있어요. 돌아가서 이걸 더 만들 어야 하거든요."

진단의는 그 병을 자기 제복 주머니에 슬쩍 집어넣었다.

"제가 이 환자한테 이 약을 줄게요."

그가 말했다.

"두 시간마다요."

내가 말했다. 그녀를 이렇게 혼자 두고 떠날 수 없을 것 같았다. 카시아가 진료소에서 어떤 기분이었을지 알았다. 이 진단의를 믿을 수 있을까? 그에게도 할 수 있다면 치료하고 싶은 사람이 있을 거라는 확신이 들었다.

"빼돌리지는 않을 겁니다. 이게 효과가 있는지 먼저 보고 싶거든요."

그가 말했다.

"고맙습니다."

내가 말했다.

"효과가 있나요?"

"첫 번째 시험 그룹에서는 100퍼센트였죠."

내가 말했다. 그 시험 그룹이 단 한 사람뿐이었다는 사실은 말하지 않았다.

"이건 꼭 물어봐야겠어요. 당신은 인도자인가요?"

그가 물었다.

"아뇨."

나는 말했다. 나는 문간에 잠시 멈추어서 레이를 돌아보았다. 우리가 이 치료약으로 카이에게 했던 것처럼 해서는 안 된다. 한 환자에게 그렇게 큰 비중을 두어서는 안 된다. 그는 한 사람일 뿐이다. 물론, 한 사람은 세계 전체일 수도 있다.

우리는 첫 번째 데이터 집합을 받았다.

'환자들이 의식을 되찾고 있습니다. 병세가 호전되어 보입니다.'

숫자로 보면, 백 명 중 쉰일곱 명이 이제 눈으로 움직임을 좇을 수 있었다. 세 명이 말을 했다. 총 여든세 명의 환자가 어떤 종류의 증상이든 개선을 보였다. 말이나 시력에서 개선된 점이 없다고 해도 혈색이 더 나아지거나, 심박수가 더 증가하거나, 호흡이 정상 수준에 더 가까워졌다. 이러한 초기 호전 증세가 나타나는 데는 카이에게 걸린 것보다 두 배나 더 오랜 시간이 걸렸지만, 최소한 치료약은 효과를 보이고 있었다.

"열일곱 명은 전혀 반응이 없습니다. 우리가 생각했던 것보다 더 오래 고요 상태에 있었을지도 모릅니다. 기록에 실수가 있었던 것 같아요."

수석 진단의가 내게 말했다.

"그들을 되살릴 수 있게 계속 노력해요. 그 환자들한테 만 이틀분의 약물을 주시고요."

진단의는 고개를 끄덕였다. 나는 미니 포트를 들고 그에 관한 정보를 인도자에게 전달했다.

"어떻게 생각하나?"

그가 물었다.

"더 이상 기다려서는 안 될 것 같습니다. 저는 치료약을 만들 수 있도록 이곳 사람들을 훈련시켰어요. 다른 도시에 실험실을 세운다면 그들이 그곳에서 책임을 맡고 감독할 수 있을 겁니다. 하지만 그 성분을 어떻게 합성하는지는 아직 알아내지 못했습니다. 구근은 충분한가요?"

"시작 단계에서는 충분할 정도로 찾았어. 더 필요하겠지만."

그가 말했다.

"우리가 얻은 데이터를 보셨죠? 시간이 문젭니다."

내가 말했다.

"우리가 제일 먼저 뭘 해야 할 것 같나? 그 약을 당장 다른 도시들에 보내는 건가, 아니면 이곳에서 시작해서 바깥쪽으로 작업을 확대하는 건가?"

그가 물었다.

"모르겠어요. 그건 카시아에게 물어보세요. 카시아가 그런 일을 가장 잘 분류할 수 있을 겁니다. 저는 의료 센터로 돌아가 직접 환자들을 보겠습니다."

"좋아."

인도자가 말했다.

나는 의료 센터로 걸어갔다. 최초 보고서에 데이터가 포함되어 있지 않은 환자 한 명을 더 보아야 했다. 그 환자에 대해 몰랐기 때문에 그들은 그녀의 데이터를 추적하지 않았던 것이다. 내가 들어가자 다른 진단의들이 나를 보고 고개를 끄덕였지만 곧 나 혼자 남겨두고 나갔다. 다행이었다.

그녀 위에 매달려 있는 그림은 전과 같은 것이었다. 낚시하는 소녀의 그림. 레이는 물 쪽을 바라보고 있었고, 나는 혹시나 하는 마음에 미소 지었다.

"레이."

그 말밖에는 하지 못했는데, 그녀의 눈이 아주 살짝 움직여 내게 초점을 맞추었다.

'레이가 돌아왔어.'

그녀는 나를 보고 있었다.

56
카시아

"네 어머니께 아버지나 그 꽃에 대해서 당장 묻지는 마. 조금 시간을 드려. 다들 우리에게 시간이 없다고 말하는 건 알지만, 네 어머니는 카이보다 훨씬 오래 의식을 잃고 계셨어. 조심해야 해."

잰더가 내게 말했다.

그래서 나는 그의 충고를 따랐다. 나는 어머니에게 아무 질문도 하지 않고, 브램과 함께 어머니의 손을 잡고 사랑한다는 말만 거듭하면서 그 곁을 지켰다. 치료약은 어머니에게 효과를 보였다. 어머니는 내가 여기 있는 것, 브램을 본 것에 기뻐하는 것 같았다. 그러나 정신은 오락가락했다. 카이의 의식이 돌아올 때와는 달랐다. 어머니는 카이보다 더 오래 의식 너머에 있었다.

그러나 어머니는 강했다. 며칠 후 어머니는 말할 수 있게 되었다. 어머니의 목소리는 속삭임이고 작은 씨앗이었다.

"너희 둘 다 괜찮아 보이는구나."

어머니가 말하자 브램은 침대 위 어머니 옆자리에 머리를 대고 눕더니 눈을 감았다.

"네."

내가 말했다.

"우리가 네게 보낸 물건이 있는데, 받았니?"

어머니는 주사관을 교체하려고 오는 진단의를 보았다. 어머니가 그 앞에서 너무 편하게 말하려고 하지 않는다는 것을 알 수 있었다. 그리고 어머니는 아버지 이야기를 하지 않았다. 알고 싶지 않아서, 묻기가 두려운 것일까?

"괜찮아요. 여기서는 다 이야기해도 돼요. 그리고 보내주신 거 받았어요. 마이크로카드를 보내주셔서 고마워요. 그리고 그 꽃……."

나는 어머니를 재촉하고 싶지 않아서 잠깐 말을 멈추었지만, 말해야 할 때가 온 것 같았다. 그 선물을 주신 것은 어머니였다.

"그게 나비나리죠? 그렇죠?"

어머니가 미소 지었다.

"그래. 기억하는구나."

"저도 그게 야생에서 자라는 걸 봤어요. 엄마가 말씀하신 것처럼 아름다웠어요."

어머니는 예전에 내가 외롭고 두려웠을 때 그랬던 것처럼 이 꽃 이야기에 꼭 매달려 있었다. 오랫동안 겨울의 고요한 상태에 있다가 다시 찾아온 꽃과 꽃잎에 대해 노래 부르고 이야기하면, 돌아오지 않은 것들에 대해 생각하지 않아도 된다.

"너 소노마에 갔었니? 언제?"

어머니가 물었다.

"거기는 안 갔어요. 다른 곳에서 자라는 걸 봤어요. 그 꽃을 보신 게 소노마에서였어요?"

내가 물었다.

"그래. 소노마의 농장지대였어. 베일이라는 작은 도시 외곽."

어머니는 머뭇거리지도 않고 불확실하지도 않게 말했다.

나는 진단의를 돌아보았다. 그는 내게 고개를 끄덕인 다음 그 정보를 전달하기 위해 방을 나섰다. 그 작물은 소노마에 있었다. 어머니는 기억하고 있었다.

어머니에게 묻고 싶은 것이 아주 많았지만 지금으로서는 그걸로 충분했다.

"돌아오셔서 기뻐요."

나는 그렇게 말하고 어머니의 어깨에 고개를 묻었다. 우리 셋은 아버지 없이 함께였다.

"너 아직 그 마이크로카드 갖고 있니? 다시 봐도 될까?"

잠시 후 어머니가 물었다.

"네."

나는 의자를 침대 더 가까이 끌고 와서 어머니가 화면을 볼 수 있도록 데이터포드를 들어 보였다.

데이터포드에 다시 그 사진들이 떴다. 당신의 부모님과 우리 할머니, 아버지와 함께 있는 할아버지.

"관례에 따라, 새뮤얼 라이스는 떠나면서 살아 있는 가족 각각에 대해 자신이 가장 좋아하는 기억의 목록을 만들었습니다. 며느리 몰리에 대한 기억은 처음 만난 날의 기억이었습니다."

역사가의 목소리는 울림이 깊었고, 마치 이것으로 매칭의 유효성을 확인하는 듯이 자랑스럽게 들렸다. 나는 어떤 의미로는 그게 맞다고 생각했다. 그러나 그것은 사랑의 확인이기도 하다. 아버지가 할아버지를 놓아드리고 할아버지가 원하는 대로 선택하게 한 사랑의 확인.

어머니의 뺨에 눈물이 흘러내렸다. 그날 만난 다른 사람들은 이제 모두 세상에 없다. 어머니가 여전히 얼굴에 해를 품고 있다고 말했던 할머니, 할아버지, 아버지.

"아들 애브런에게서 가장 좋아한 기억은 처음으로 그들이 진짜 말다툼을 했던 날의 기억이었습니다."

이번에는 내가 버튼을 찾아 마이크로카드를 멈추었다. 왜 할아버지는 그런 기억을 선택했을까? 나도 아버지의 기억을 아주 많이 갖고 있었다. 아버지의 웃음, 일에 대해 말할 때 환해지는 눈, 어머니를 사랑한 태도, 우리에게 가르쳐준 놀이. 무엇보다도 아버지는 점잖은 사람이었고, 시에서는 그러지 말라고 충고했지만, 나는 아버지가 그렇게 밤 속으로 들어가셨기를 바랐다.

"왜요? 왜 할아버지는 아빠에 대해서 그런 기억을 선택하셨을까요?"

내가 가만히 물었다.

"이상해 보이지. 안 그러니?"

어머니는 눈물이 뺨에 흐르는 채로 나를 바라보고 있었다. 묻지도 않고 내가 말하지 않았어도 어머니는 아버지가 돌아가셨다는 걸 안다.

"네."

내가 말했다.

"그건 내가 네 아빠를 알기 전에 일어난 일이야. 하지만 그 사람이 말해줬지."

어머니는 말을 멈추고 가슴에 손바닥을 댔다.

'어머니는 아버지 없이는 숨 쉬기 힘들다는 걸 깨달은 사람 같아.'

어머니 마음속에서는 여전히 뭔가가 상실감에 빠져 허우적거리는 것 같았다.

"할아버지가 네게 시를 주셨다고 네 아빠가 그러더구나. 할아버지는 네 아빠한테도 시를 주려고 하셨어."

어머니가 말했다.

이번엔 내가 숨을 쉴 수 없었다.

"네? 아빠가 그 시를 읽으셨어요?"

내가 속삭이듯 물었다.

"딱 한 번. 그러고 나서 네 아빠는 그 시를 돌려드렸어. 그 사람은 그 걸 원하지 않았지."

어머니가 말했다.

"왜요?"

어머니는 고개를 저었다.

"네 아빠는 소사이어티 안에서 늘 행복하기 때문이라고 했어. 그 사람은 모든 게 안전하기를 원했어. 소사이어티가 줄 수 있는 것을 원했지. 그건 그 사람의 선택이었어."

"할아버지는 어떻게 하셨어요?"

내가 물었다. 누군가에게 그런 선물을 주었는데 돌려받는 기분은 어떨지 상상해보았다. 부모들은 언제나 받아들여지지 않는 선물을 준다. 할아버지는 아버지에게 그 시를 주고 반역에 대해 말해주려고 했을 것이다. 어머니와 아버지는 내게 안전함을 주려고 했다.

"두 사람이 말다툼했던 때가 그때란다. 네 증조할머니가 그 시를 구해내셨는데, 그건 반역의 유산과도 같은 것이었어. 하지만 애브런은 너무 위험하다고, 네 할아버지가 너무 큰 위험을 감수하셨다고 생각했지. 결국 할아버지는 네 아빠의 결정을 받아들이셨다."

어머니는 가슴에서 손을 내리고 더 깊이 숨을 들이쉬었다.

"할아버지가 그 시를 제게 주실 거란 걸 알고 계셨어요?"

내가 물었다.

"그러실지도 모른다고 생각했지."

어머니가 말했다.

"왜 할아버지를 막지 않으셨어요?"

"우리는 네가 선택할 여지를 없애고 싶지 않았단다."

"하지만 할아버지는 제게 봉기에 대해 한 번도 말하지 않으셨어요."

내가 말했다.

"할아버지는 네가 직접 찾기를 원하셨을 거야."

어머니는 미소 지었다.

"그런 방식으로, 그분은 진정한 반역자였어. 그래서 할아버지가 네 아빠와 말다툼했을 때를 가장 좋아하는 기억으로 선택하신 걸 거야. 할아버지도 싸울 때는 화를 내셨지만, 나중에 네 아빠가 강인하게 자기 길을 선택했다는 걸 알고 존중해주셨단다."

왜 아버지가 표본을 없애달라는 할아버지의 선택에 동의하지 않았으면서도 그 마지막 부탁을 존중할 수밖에 없었는지 알았다. 아버지가 돌려줄 차례였던 것이다. 이미 내린 결정을 존중하고 지켜주는 사람이 되는 것. 아버지는 그 선물을 나한테까지도 베푸셨다. 아버지가 쪽지에 쓴 말이 기억났다.

'카시아, 모든 것을 견뎌내고 나보다 더 용감했던 너를 자랑스러워한다는 걸 알려주고 싶구나.'

"그래서 봉기 세력이 우리에게 붉은 알약에 대한 면역을 주지 않은 거야. 아버지가 나약하다고 생각했기 때문에. 그들은 아빠가 배신자라고 생각했어."

브램이 나에게 말했다.

"브램."

내가 말했다.

"그들을 믿는다는 게 아니야. 봉기 세력이 틀렸어."

브램이 말했다.

나는 어머니를 바라보았다. 어머니는 눈을 감고 있었다.

"자, 나머지를 돌려보렴."

어머니가 말했다.

데이터포드의 버튼을 누르자 역사가가 다시 말을 시작했다.

"손자 브램에게서 가장 좋아한 기억은 그가 처음 한 말이었습니다. 그 말은 '더 줘'였습니다."

브램은 옅게 미소 지었다.

"손녀딸 카시아에게서 가장 좋아한 기억은……."

나는 역사가의 말을 잘 들으려고 몸을 앞으로 기울였다.

"붉은 정원의 날이었습니다."

그게 전부였다. 데이터포드가 꺼졌다.

어머니가 눈을 떴다.

"네 아빠는 돌아가셨어."

어머니가 떨리는 입술로 말했다.

"네."

내가 대답했다.

"아빠는 엄마가 고요해져 있던 동안 돌아가셨어요."

브램이 어머니에게 말했다. 그의 미소는 사라져 있었고, 끔찍한 소식을 전하는 목소리는 지치고 무겁고 슬펐다.

"알아. 네 아빠가 와서 작별인사를 했단다."

어머니가 눈물 사이로 미소를 지으며 말했다.

"어떻게요?"

브램이 물었다.

"모르겠어. 하지만 네 아빠는 그렇게 했어. 고요한 와중에 나는 그를 봤어. 거기 왔다가 가버렸지."

"나는 아빠가 돌아가신 모습을 봤어요. 하지만 엄마가 본 것처럼은 아니었어요. 난 아빠의 시신을 찾았어요."

브램이 말했다.

"오, 브램. 그럴 수가."

어머니의 목소리는 고통이 가득한 속삭임에 가까웠다.

"안 돼, 안 돼."

어머니는 동생을 꼭 끌어안았다.

"미안하다. 정말 미안해."

어머니가 브램에게 말했다.

어머니는 브램을 꼭 안아주었다. 나는 거칠게 숨을 들이쉬었다. 고통이 너무 깊어서 울지 못할 때, 존재 자체가 고통이어서 울 수도 없고, 그 고통을 조금이라도 내뱉는다면 존재가 사라져버릴 것 같은 때 들이쉬는 숨. 아버지가 돌아가셔서 땅속에 있다는 사실을 바꾸지 못한다는 걸 알면서도, 나는 이 상황을 더 나아지게 만들고 싶었다.

어머니가 나를 보았다. 그 시선은 간청하고 있었다.

"나한테 뭐든 자라는 걸 가져다줄 수 있니?"

어머니가 말했다.

"그럼요."

내가 말했다.

나는 어머니만큼 식물을 알지 못하기 때문에, 의료 센터의 작은 마당에서 내가 파낸 식물이 무엇인지도 잘 몰랐다. 잡초일 수도 있고 꽃일 수도 있었다. 그러나 어느 쪽이든 어머니는 행복해하실 것 같았다.

병실의 삭막함과, 아버지 없는 세계의 공허함과 싸울 수 있는 것, 어머니는 그것을 원했고 그것이 필요한 것뿐이었다.

나는 가져온 포일 용기를 컵 모양으로 접어 안에 흙을 넣고, 그 식물을 뽑았다.

뿌리가 아래에서 달랑거렸다. 어떤 뿌리는 두꺼웠고, 어떤 것은 너무나 가늘어서 바람이 잎사귀 사이를 지나듯 손쉽게 그 사이를 지나갔다. 일어섰을 때 무릎은 더러워져 있었고 손은 흙으로 검어졌다. 어머니에게 아버지를 다시 데려다줄 방법이 없기 때문에, 식물을 가져다줄 것이다. 왜 사람들이 튜브를 원하는지 이해가 되었다. 나 또한 의지할 수 있는 물건을 얻고자 필사적이었다.

그때, 그곳에서 내 발에 흙을 떨어뜨리는 뿌리를 들고 서 있는 동안 붉은 정원의 날에 관한 기억의 중심부가 다시 떠올랐다. 우리 어머니, 아버지, 할아버지, 할아버지의 조직 표본, 미루나무 씨, 야생에서 자라는 꽃과 종이로 만든 꽃, 단단히 접힌 붉은 싹, 녹색 알약, 카이의 파란 눈이 떠오르고, 갑자기 할아버지의 붉은 정원의 날의 실마리를 따라갈 수 있게 되었다. 나는 그 실마리를 잡고 기억의 이파리와 나뭇가지와 뿌리까지 내려가는 모든 길을 따라갔다.

그리고 기억을 떠올리며 숨을 멈추었다…….

모든 기억을.

〈어머니 손에는 검은 흙 무늬가 찍혔지만, 묘목을 들어 올릴 때 나는 어머니의 손바닥을 가로지르는 흰 선을 볼 수 있었다. 우리는 수목원 묘목판 가운데 서 있었다. 머리 위에 늘어진 풀 지붕과 실내의 김서린 듯한 안개는 봄날 아침의 서늘한 기운이 사라진 듯 착각하게 만들었다.

"브램은 제시간에 학교에 갔어요."

내가 말했다.

"알려줘서 고맙다."

어머니가 내게 미소 지으며 말했다. 드물게 어머니 아버지 두 분 다 일찍 출근해야 하는 날, 일차 학교로 향하는 이른 시간의 트레인에 브램을 태우는 일은 내 책임이었다.

"이제 어디로 가니? 일하기 전까지 얼마 안 남았는데."

"할아버지 뵈러 갈 것 같아요."

내가 말했다. 보통 때의 일과에서 이런 정도로 벗어나는 것은 괜찮았다. 할아버지의 연회가 곧 다가오고 있었기 때문이다. 내 파티도 그랬다. 우리는 이야기할 것이 아주 많았다.

"그러렴."

어머니가 말했다. 어머니는 상자에 줄지어 세워둔, 처음 묘목을 심어 놓았던 튜브에서, 그들의 새 집인 흙을 채운 작은 화분으로 묘목을 옮기고 있었다. 어머니가 묘목 한 그루를 튜브에서 빼냈다.

"그건 뿌리가 별로 없네요."

내가 말했다.

"아직은 없지. 앞으로 나올 거야."

어머니가 말했다.

나는 어머니에게 재빨리 키스하고 나서 다시 움직이기 시작했다. 어머니의 직장에 오래 머물면 안 되었고, 에어트레인도 잡아야 했다. 브램 때문에 일찍 일어나는 바람에 조금 시간이 남았지만 많지는 않았다.

봄바람은 장난치듯이 나를 이쪽저쪽으로 밀고 잡아당겼다. 바람은 지난가을의 낙엽들을 공중으로 빙글빙글 불어 올렸다. 에어트레인 플랫폼에 올라가서 뛰어내리면, 바람의 소용돌이가 나를 떠받쳐 위로 빙글빙글 밀어 올릴지 궁금했다.

떨어진다는 생각을 하면 당연히 날아오르는 생각이 났다.

'할 수 있을 거야. 날개를 만들 방법만 찾으면.'

에어트레인 정거장으로 가는 길 '언덕'의 뒤엉킨 세계를 지나갈 때, 누군가가 내 옆에 다가왔다.

"카시아 라이스?"

이곳 일꾼 하나가 나를 불렀다. 어머니가 일할 때 입는 평상복처럼 그녀의 평상복 무릎도 흙으로 검었다. 그녀는 젊었다. 나보다 겨우 몇 살 많아 보였다. 손에는 뿌리가 많이 매달린 어떤 식물을 쥐고 있었다. 뽑은 걸까, 아니면 심을 걸까? 궁금했다.

"네?"

내가 대답했다.

"나랑 이야기 좀 해요."

그녀가 말했다. 그녀 뒤의 '언덕'에서 한 남자가 나타났다. 그 남자는 그녀와 비슷한 나이였고, 그들의 어떤 면이 '저 둘은 좋은 매칭 상대가 될 거야'라고 생각하게 만들었다. '언덕'에 가도 좋다는 허락을 받은 적은 한 번도 없었기 때문에 나는 다시 그들 뒤 숲과 식물이 무성한 곳으로 시선을 돌렸다. 이런 야생의 장소에 있는 건 어떤 느낌일까?

"당신이 우리를 위해서 뭘 좀 분류해주었으면 해요."

그 남자가 말했다.

"미안합니다. 전 직장에서만 일해요."

내가 다시 걸음을 옮기며 말했다. 그들은 오피셜이 아니었고, 내 상사나 감독관도 아니었다. 이것은 규정된 일이 아니었고, 나는 낯선 사람을 위해 규칙을 어기지 않는다.

"당신 할아버지를 돕는 일이에요."

그 여자가 말했다. 나는 걸음을 멈추었다.

"문제가 생겼어요. 당신 할아버지는 표본 보존 후보자가 아닐 수도 있어요."

그녀가 말했다.

"그럴 리가 없어요."

내가 말했다.

"그럴 수 있을 것 같은데요. 그분이 소사이어티한테서 뭔가를 훔쳐 왔다는 증거가 있거든요."

남자가 말했다. 나는 웃었다.

"뭘 훔쳐요?"

내가 물었다. 할아버지의 아파트에는 거의 아무것도 없었다.

"오래전에 일어난 일이죠. 당신 할아버지가 복원 현장에서 일할 때."

여자가 말했다.

남자가 데이터포드를 내밀었다. 오래된 물건이었지만, 화면의 사진은 선명했다. 공예품들을 들고 있는 젊었을 적의 할아버지. 공예품들을 삼림지역에 묻고 있는 할아버지.

"여기가 어디죠?"

내가 물었다.

"여기예요. '언덕' 위."

그들이 말했다.

그 사진들은 오랜 세월을 담고 있었다. 사진을 스크롤할수록 할아버지는 나이를 먹어갔다. 할아버지는 이 일을 아주 오랫동안 하고 있었다.

"그런데 소사이어티가 이제야 이 사진들을 발견했다고요?"

내가 물었다.

"소사이어티는 몰라요. 우리는 당신 할아버지가 연회를 열고 표본 채취를 받을 수 있도록 이대로 비밀을 지키고 싶어요. 그 대신 우리를 도와줘야 해요. 그러지 않으면 당신 할아버지를 고발하겠어요."

여자가 말했다. 나는 고개를 저었다.

"당신들을 믿지 못하겠는데요. 사진들이 변조되었을 수도 있잖아요. 당신들이 전부 만들어낸 것일 수도 있고요."

그러나 내 심장은 조금 더 빠르게 쿵쾅거리고 있었다. 할아버지가 말썽에 말려드는 건 바라지 않았다. 그리고 할아버지에게 최종 연회가 다가온다는 사실을 감당할 수 있게 만들어주는 것은 할아버지의 표본뿐이었다.

"당신 할아버지한테 물어보세요. 진실을 말해줄 겁니다. 하지만 시간이 많지 않아요. 당신 도움이 필요한 건 오늘 해야 할 분류니까요."

남자가 말했다.

"사람을 잘못 아셨겠죠. 전 훈련생일 뿐이에요. 아직 최종 일터 지정도 못 받았어요."

나는 그들을 아예 무시하거나 소사이어티에 보고해야 했다. 그러나 그들은 나를 불안하게 만들었다. 만약 저들이 진짜든 가짜든 그 얘기를 소사이어티에 고발하면 어쩌지? 그때 무모한 희망이 마음속에 떠올랐다. 만약 그렇다면 소사이어티는 조사 기간 동안 할아버지의 최종 연회를 늦추지 않을까? 우리에게 조금의 시간이 더 생기지 않을까? 그러나 그런 일은 일어나지 않으리라는 것을 깨달았다. 소사이어티는 계획대로 연회를 열고 표본을 가져갈 것이다. 충분한 증거가 있다면 그 표본을 파기하기로 결정만 하면 될 테니까.

"당신이 분류할 때 데이터를 더해주기만 하면 돼요."

남자가 말했다.

"그런 일은 못해요. 나는 이미 존재하는 데이터를 분류하는 일만 해요. 새로운 건 아무것도 입력하지 않아요."

내가 말했다.

"아무것도 입력할 필요 없어요. 다른 데이터 집합에 접근해서 그 데이터 일부를 옮겨주기만 하면 되죠."

여자가 말했다.

"그것도 불가능해요. 내게는 패스워드가 없어요. 내가 볼 수 있는 정보는 주어진 것뿐이에요."

내가 말했다.

"우린 다른 데이터를 가져올 수 있는 암호를 갖고 있어요. 그 암호로 소사이어티의 정보를 분류하면서 동시에 중앙컴퓨터에 접근할 수 있을 겁니다."

남자가 말했다.

그들이 내게 말하는 동안 나는 귀를 기울인 채 그곳에 서 있었다. 그들이 말을 끝내자 바람이 나를 불어 올리고 있는 것처럼 이상하게 빙빙 도는 기분이었다. 이게 진짜로 일어나고 있는 일일까? 나는 그들이 부탁하는 일을 할 것인가?

"왜 나를 골랐죠?"

내가 물었다.

"당신은 모든 기준을 충족시켜요. 오늘 분류 작업에 지정받았죠."

남자가 말했다.

"또, 당신은 가장 빠르고 가장 뛰어난 분류자예요."

여자는 그렇게 말하더니 이내 덧붙였다.

"그리고 당신은 다 잊어버릴 거예요."

그들이 내게 원하는 일을 듣고 나자 자유 시간이 거의 남지 않았다.

그래도 나는 할아버지 아파트 근처 정거장에 내렸다. 행동 방침을 정하기 전에 할아버지와 이야기해야 했다. 수목원에서 본 그 사람들의 말이 옳았다. 할아버지는 내게 진실을 말해주실 것이다.

할아버지는 바깥 녹지에 계셨다. 나를 본 할아버지의 얼굴에 놀람과 행복이 스쳐 지나갔다. 나는 마주 미소를 지었으나 낭비할 시간이 없었다.

"전 일하러 가야 해요. 하지만 그전에 알고 싶은 게 있어요."

내가 말했다.

"그래. 무슨 일이니?"

할아버지가 물었다. 할아버지의 눈은 날카롭고 열정적이었다.

"할아버지는 할아버지 것이 아닌 물건을 가져오신 적이 있나요?"

내가 물었다.

할아버지는 대답하지 않았다. 할아버지 눈에 놀란 빛이 깜박였다. 할아버지가 그 질문에 놀랐는지 내가 알고 있는 것에 놀랐는지는 알 수 없었다. 곧 할아버지는 고개를 끄덕였다.

"소사이어티한테서요?"

나는 너무나 작아서 내게도 들릴까 말까 한 목소리로 속삭였다.

그러나 할아버지는 알아들으셨다. 할아버지는 내 입술에서 그 말을 읽었다.

"그래."

할아버지가 말했다.

할아버지를 보니 내게 더 할 말이 있다는 것을 알 수 있었다. 그러나 나는 듣고 싶지 않았다. 들을 말은 충분히 들었다. 할아버지가 여기까지 인정했다면, 그들이 한 말은 사실일 것이다. 할아버지의 표본이 위험에 처했을 것이다.

"나중에 다시 올게요."

나는 그렇게 약속하고, 몸을 돌려 박태기나무 아래 길을 뛰어 내려 갔다.

오늘 업무는 평소와 달랐다. 보통 때 내 감독관인 노라는 어디에서 도 보이지 않았고, 분류 센터에 있는 이들은 대부분 모르는 사람들이 었다.

우리가 모두 자리로 들어가자마자 오피셜 한 명이 방의 책임자 역할 을 대신했다.

"오늘의 분류는 약간 다릅니다. 소사이어티의 하위 집합에서 도출 된 개인 데이터를 사용한 지수쌍별 분류입니다."

그가 말했다.

수목원에서 만난 사람들의 말이 맞았다. 그들은 내가 오늘 하게 될 분류가 그것이라고 했다. 그리고 지금 소사이어티가 말해준 것보다 더 많은 것을 말해주었다. 여자는 이번 데이터 분류가 다가오는 매칭 파 티를 위한 것이라고 말했다. 내 파티. 소사이어티는 이 데이터를 이렇 게 파티 목전에 분류해선 안 되는 것이었다. 수목원 남녀는 소사이어 티가 매칭 목록에 포함되어야 하는 몇몇을 고의로 배제했다고 말했다. 그들의 데이터는 소사이어티의 데이터베이스에 존재하지만 목록에는 들어가지 않는다고. 수목원의 남녀가 부탁한 일은 그 데이터를 바꾸 는 것이었다.

그들은 그렇게 배제된 사람들도 목록에 속해야 한다고, 그들을 배 제하는 건 불공평한 일이라고 말했다. 표본 보존에서 할아버지가 배제 되는 게 불공평한 것과 마찬가지로.

이것은 할아버지를 위해 하는 일이지만, 나를 위한 일이기도 하다.

나는 모든 가능성이 포함된 가운데 내 진짜 매칭 상대를 만나고 싶었다.

다른 데이터에 접근했는데도 경보가 울리지 않고 아무 일도 일어나지 않자, 나는 마음속으로 작은 안도의 한숨을 내쉬었다. 그 한숨은 아직 붙잡히지 않은 나 자신과, 누군지는 몰라도 내가 다시 목록에 집어넣은 사람들 때문에 나온 것이었다.

데이터는 숫자로 되어 있었기 때문에 나는 그들의 이름도 모르고 그 숫자가 무엇과 관계가 있는지도 몰랐다. 오피셜이 우리에게 무엇을 찾아야 하는지 말해주었기 때문에 오직 무엇이 이상적인지, 어떤 것이 다른 것과 짝을 이루어야 하는지만 알고 있었다. 나는 분류 과정 자체를 바꾸지는 않았다. 목록에 데이터를 더했을 뿐이다.

소사이어티는 이 일을 하기 위해 센트럴에 특별 분류자들을 배치해야 했는데, 그들이 아니라 우리를 쓰고 있었다. 왜인지 궁금했다. 수목원의 남녀가 말한, 자신들이 원하는 일을 하는 데 내가 완벽하게 들어맞는다는 그 조건이 생각났다. 소사이어티도 똑같은 조건을 적용한 건 아닐까? 나는 빠르고, 뛰어나고…… 잊어버릴 테니까? 그건 무슨 뜻일까?

"그들이 그 분류를 추적해서 나를 찾아내지 않을까요?"

나는 수목원의 남녀에게 물었다.

"아뇨. 우리는 매칭 기록에 잠입해서 당신의 식별 번호 대신 가짜 식별 번호로 대치되도록 선택 경로를 재설정할 수 있어요. 누가 나중에 조사해도, 당신은 그곳에 전혀 없었던 것처럼 보일 거예요."

"하지만 제 감독관은 절 알 텐데요."

내가 항의했다.

"당신 감독관은 이번 분류에 참여하지 않을 겁니다."

남자가 내게 말했다.

"그러면 오피셜들은……."

여자가 내 말을 가로막았다.

"오피셜들은 이름이나 얼굴을 기억하지 못할 거예요. 당신은 그들에게 기계나 마찬가지예요. 우리가 가짜 식별 암호와 사진을 집어넣으면 그들은 그곳에 누가 있었는지 기억하지 못할걸요."

이것이 소사이어티가 기술을 믿지 않는 이유라는 것을 나는 깨달았다. 기술은 사람과 마찬가지로 무시되고 조작될 수 있다. 소사이어티는 사람도 믿지 않았지만.

"하지만 다른 분류자들은……."

내가 다시 입을 열었다.

"우릴 믿으세요. 그들도 기억하지 못할 겁니다."

남자가 말했다.

결국 분류가 끝났다.

나는 마침내 화면에서 고개를 들었다. 처음으로 이 분류 작업을 함께한 사람들과 눈이 마주쳤다. 나는 초조해졌다. 수목원의 남녀가 틀렸다. 오늘은 평소와 달랐다. 이 방의 모든 분류자들 입장에서는 평소 일과에서 크게 벗어난 일이었다. 무슨 일이 있어도 나는 이곳의 다른 분류자들을 기억할 것이다. 소녀의 주근깨를, 남자의 지친 눈을. 그리고 그들도 나를 기억할 것이다.

나는 붙잡힐 것이다.

"자, 용기에서 붉은 알약을 꺼내십시오. 우리가 지나가면서 볼 때까지 알약을 먹지 마십시오."

앞에 서 있던 남자 오피셜이 말했다.

작업실의 사람들이 한꺼번에 숨을 들이쉬었다. 그러나 우리는 모두 그의 말을 따랐다. 나는 손바닥에 용기를 두드려 알약을 꺼냈다. 오랫동안 그 빨간 알약에 대한 소문을 들었지만, 실제로 내가 그것을 먹게되리라고는 한 번도 생각한 적이 없었다. 그걸 먹으면 무슨 일이 일어날까?

오피셜이 내 앞에 섰다. 나는 공황 상태에 빠질 것 같은 기분으로 머뭇거렸다.

"지금 먹어요."

그가 말했고, 나는 알약을 입안에 떨어뜨렸다. 그는 내가 그 약을삼키는 것을 지켜보았다.

입안에서는 희미한 눈물 맛이 났고 나는 에어트레인 종점에 앉아있었다. 어쩌다 여기 오게 됐고 오늘 무슨 일이 일어났는지는 거의 생각나지 않았다.

뭔가 잘못된 것 같은 기분이었다. 그러나 할아버지에게 가야 한다는 것은 알았다. 할아버지를 찾아야 했다. 내가 생각할 수 있는 건 그것뿐이었다. 할아버지. 할아버지는 괜찮으실까?

"너 어디 갔었니?"

내가 도착하자 할아버지가 물었다.

"일터에요."

거기에서 왔다는 것은 알았기 때문에 나는 그렇게 답했다. 그러나초점이 맞지 않는 듯한 느낌이었다. 정확히 무슨 일이 일어났는지 알수가 없었다. 하지만 여기에 있자 기분은 좋았다. 바깥은 아름다웠다.

나무에 난 싹과 땅에 핀 꽃 모두 붉은 봄의 드문 한순간. 공기는 서늘하면서 동시에 따뜻했다. 나를 지켜보시는 할아버지의 눈이 단호하게 반짝였다.

"너 내가 녹색 알약에 대해 했던 말 기억하니?"

할아버지가 내게 물었다.

"네. 전 그 약이 없어도 잘해낼 만큼 강하다고 하셨어요."

내가 말했다.

"녹지, 녹색 알약, 녹색 소녀의 녹색 눈."

할아버지는 오래전 당신이 하신 말씀을 인용했다.

"전 언제나 그날을 기억할 거예요."

내가 할아버지에게 말했다.

"하지만 너는 이날을 기억하기가 힘들구나."

할아버지가 말했다. 할아버지의 눈은 모든 것을 안다는 듯 동정적이었다.

"맞아요. 왜 그럴까요?"

내가 물었다.

할아버지는 대답해주지 않았다. 최소한 직접적으로는. 대신 이렇게 말했다.

"사람들은 진정 기억할 만한 날에 이름을 붙였다. 빨간 글자의 날. 기억하니?"

"모르겠어요."

내가 말했다. 나는 손을 머리에 대고 눌렀다. 머릿속에 안개가 낀 듯 완벽한 정상은 아니었다. 할아버지의 얼굴은 슬펐지만 단호했다. 그 얼굴을 보자 나도 단호한 기분이 들었다.

나는 다시 주변의 붉은 새싹과 꽃들을 돌아보았다. 무언가가 마음속에서 날카로워졌다.

"그럼 오늘을 붉은 정원의 날이라고 부를 수도 있겠네요."

"그래. 붉은 정원의 날. 기억해야 할 날."

할아버지는 그렇게 말하고 더 가까이 몸을 기울였다.

"기억하기 힘들 거야. 심지어 지금 한 이 말도 나중에는 또렷하지 않을 게다. 하지만 넌 강해. 네가 언젠가 이 기억을 모두 되찾을 수 있다는 걸 안단다."〉

그리고 나는 해냈다. 할아버지 덕분에. 할아버지는 카이와 내가 '언덕'에서 장애물을 표시하기 위해 붉은 천 조각을 묶어놓았듯이 붉은 정원의 날을 내 기억에 깃발처럼 묶어놓았다.

할아버지에게 내가 뭘 했는지까지는 말하지 않았기 때문에, 할아버지가 내게 모든 기억을 되찾아줄 수는 없었다. 그러나 내가 잃어버린 것이 무엇인지 깨닫고 그 일부를 되찾을 수는 있었다. 단서. '붉은 정원의 날.' 나는 망각의 건너편으로 가는 징검돌처럼 나머지를 다시 쌓아 반대쪽 강둑에 있던 기억을 되찾을 수 있었다.

할아버지는 나를 믿었고, 내가 반역할 수 있다고 생각했다. 그리고 심지어 소사이어티를 믿었을 때도 나는 늘 작은 것에서 반역을 일으켰다. 나는 어렸을 때 브램을 위해 필경기에 게임을 만들었던 일을 생각했다. 매칭 파티에서 케이크 조각을 삼켰을 때 얼마나 화가 났는지 떠올렸다. 잰더가 수영장에서 알약 용기를 잃어버린 날 둘 다 오피셜에게 아무 말도 하지 않았던 일. 우리가 엠을 위해 규칙을 어기고 그녀에게 녹색 알약을 준 일.

지금 내가 알게 된 것에서 미루어 생각하면, 내게 접근해온 사람들은 봉기 세력이었을 것이다. 그들이 할아버지를 위협했기 때문에 나는 그들이 요청한 대로 했다. 매칭 목록에 사람들을 더 포함시켰다. 그때 나는 그 사람들이 누군지 몰랐다. 그들이 일탈자들이라는 것을 몰랐다.

봉기 세력과 소사이어티 모두 내가 잊어버리게 되리라는 것을 알고 있었기 때문에 나를 이용한 것이다. 소사이어티는 내가 분류를 한 것, 그 분류가 매칭 파티에 얼마나 가까웠는지를 잊어버리리라는 것을 알았고, 봉기 세력은 내가 한 일을 기억하지 못하면 자신들을 배신할 수도 없다는 것을 알았다. 인도자는 우리와 함께 끝돌 마을로 날아가면서 그 일을 언급한 적이 있었다.

'그리고 너도 전에 우리를 도운 적이 있다. 기억하지는 못하겠지만.'

그러나 이제는 기억한다.

봉기 세력은 왜 내게 일탈자를 목록에 집어넣게 했을까? 그 분류를 거친 사람들에게 그것이 재분류 역할을 하기 바랐을까? 아니면 그냥 소사이어티를 혼란시키려고 한 것일까?

그리고 그날 소사이어티는 왜 나와 다른 분류자들을 이용했을까? 센트럴의 분류자들은 이미 전염병으로 쓰러지기 시작했던 것일까?

이 기억을 따라가자 또 다른 기억이 표면에 떠올라왔다.

'나는 예전에도 센트럴에서 매칭을 한 적이 있어.'

내가 쓴 한 마디 말—기억해—이 적힌 종이를 소매 안에서 발견한 날의 일이었다. 소사이어티는 전염병 때문에 곤란을 겪고 있었다. 그들은 사람들이 고요해지는 상황에 대처할 수가 없었다. 소사이어티는 얼마나 오랫동안 나 같은 사람들로 하여금 매칭 파티 분류를 하게 한 다음 붉은 알약을 주고 있었을까? 우리가 그 서두름을, 마감이 임박한 순간 전부를 잊어버리도록.

내 담당 오피셜은 누가 카이를 매칭 목록에 넣었는지 알지 못했다.

그러나 나는 그 부분에 대해 안다. 최소한 데이터와 추측을 통해 분류할 수 있었다.

그 사람은 나였다.

내가 무슨 일을 하는지 알지 못하는 채로 그를 집어넣은 것이다. 그 다음 누군가가, 나 자신이거나 그 방에 있던 다른 사람이 그를, 그리고 잰더를 나와 짝지었다.

내 오피셜이 그걸 알았을까? 이것을 최종 결과로 예측할 수 있었을 까? 그녀는 전염병과 돌연변이 속에서 살아남았을까?

소사이어티 사람들을 통틀어 카이와 잰더가 정말 나와 가장 잘 맞 는 사람이었을까? 소사이어티는 내게 두 명의 매칭 상대가 있다는 것 을 알아차리지 못했을까? 그런 경우를 잡아내기 위한 안전장치를 갖 고 있었을까? 아니면 그런 일에 대비한 절차조차 없었을까? 사람마다 단 한 명의 완벽한 매칭 상대가 있다는 자신들의 신념과 데이터를 믿 고, 그런 일이 결코 일어나지 않을 거라고 믿었던 걸까?

의문점은 너무나 많았지만, 나는 아마 절대로 그 해답을 찾지 못할 것이다.

이제 갓 의식을 찾은 어머니에게 너무 많은 질문을 하고 싶지는 않 았다. 그러나 어머니는 강했다. 아버지도 그랬다. 이제 나는 무엇이든 간에 스스로 원하는 삶을 선택하는 데 얼마나 많은 용기가 필요한지 깨달았다.

"할아버지는 봉기 세력의 일원이었어요. 소사이어티에게서 공예품 을 훔쳤죠."

내가 말했다.

어머니는 내게서 식물을 받아 들고 고개를 끄덕였다.

"그래. 할아버지는 당신이 일하시던 복원 현장에서 공예품들을 빼 돌리셨지. 그렇지만 봉기 세력을 위해서 훔치신 건 아니란다. 그건 할아버지 자신의 개인적인 사명이었어."

"할아버지가 기록 보관자였나요?"

나는 가슴이 내려앉는 것을 느끼며 물었다.

"아니. 하지만 그들과 거래를 하셨지."

어머니가 말했다.

"왜요? 뭘 원하셨는데요?"

내가 물었다.

"할아버지 자신을 위해서는 아무것도 원하지 않으셨어. 비정상과 일탈자들을 지방 정부 바깥으로 빼돌릴 수단을 마련하기 위해 거래하셨단다."

어머니가 말했다.

내가 할아버지에게 마이크로카드 이야기를 하고 일탈자와 매칭되었다고 말했을 때 그렇게 놀란 모습을 보이신 것은 당연했다. 할아버지는 일탈자들이 모두 구조되었기를 바랐던 것이다.

그 아이러니는 무시할 수가 없었다. 할아버지는 일탈자들을 소사이어티 바깥으로 빼냄으로써 그들을 도우려 했고, 나는 그들을 매칭 목록에 집어넣어 분류했다. 우리 둘 다 스스로 옳은 일을 하고 있다고 믿었다.

소사이어티와 봉기 세력은 내가 필요할 때 나를 이용하고, 필요 없어지자 버렸다. 그러나 할아버지는 언제나 내가 강하다는 것을 알았고, 언제나 나를 믿어주었다. 할아버지는 내가 녹색 알약 없이도 잘해낼 수 있다고, 붉은 알약으로부터 내 기억을 되찾을 수 있다고 믿었다. 내가 파란 알약도 견뎌냈다는 것을 할아버지가 알면 어떻게 생각하실지 궁금했다.

57
카이

"단서를 찾았다."

인도자가 말했다.

'무슨 단서요?' 하고 물을 필요는 없었다. 단서는 언제나 같은 목적지를 향했다. 치료약의 재료인 꽃이 있을 만한 위치.

"어딘데요?"

내가 물었다.

"지금 좌표를 보내주마."

인도자가 말했다. 조종판의 프린터가 정보를 토해내기 시작했다.

"소노마의 작은 마을이야."

그곳은 인디의 출신 지방이었다.

"바다 근처인가요?"

내가 물었다.

"아니. 사막이다. 하지만 우리 정보원이 위치를 확실히 알고 있어. 그녀가 마을 이름을 기억해냈다."

"그 정보원은……."

누군지 이미 알 것 같았다.

"카시아의 어머니야. 그녀가 의식을 찾았다."

인도자가 말했다.

동쪽에서부터 날아가면서, 나는 도시에서 떨어진 곳에 길게 뻗은 들판을 보았다. 땅은 온통 뒤집혀 있었다. 들판의 흙 위에 맺힌 이슬이 해가 똑바로 비출 때의 바다처럼 조금씩 반짝거렸다.

'섣불리 희망을 갖지 말자. 전에도 약재가 있는 들판을 찾았다고 생각했는데 꽃 몇 송이뿐이었잖아.'

나는 스스로에게 말했다.

토머스의 시 구절이 마음속에 떠올랐다.

선량한 사람은 마지막 물결을 보내며 울부짖는다
그들의 연약한 행동이 푸른 만에서 얼마나 밝게 춤출 수 있었는지
빛이 죽어갈 때 분노하고 또 분노하라.

이것이 마지막 물결일 수도 있었다. 의식이 너무 멀어져버리기 전에 많은 사람을 치료할 수 있는 마지막 기회. 이런 행동, 즉 우리의 비행, 카시아의 분류, 잰더의 치료는 연약할 수도 밝을 수도 있었다.

에어십 두 대가 들판 근처에 내려앉았다.

겉보기에 나는 주저하지 않고 에어십을 하강시키기 시작했다. 그러나 다른 에어십이 기다리고 있는 것을 볼 때마다 내심 철렁했다. 저 에어십은 누가 조종하고 있을까? 지금 당장은 소사이어티가 휴면기에 들어가고, 인도자가 산에서 가져온 치료약 덕분에 그와 그의 반역자들이 안전하게 권력을 쥐고 있는 것처럼 보였다. 인도자의 부하들은 질서를 지켰다. 그들의 감독 아래에서, 일꾼들은 마지막까지 비축된 음식을 나누어주었다. 아프지 않은 사람들은 집에 머물렀고, 면역이

있는 사람들은 고요환자들을 돌보는 일을 도왔다. 허약하고 일시적인 질서가 세워져 있었다. 인도자는 지금으로서는 통제권을 지킬 수 있을 만큼 조종사들과 오피서들의 존경을 받고 있었고, 소사이어티가 물러남으로써 봉기 세력은 아무런 방해도 받지 않고 치료약을 만들기 위해 더 많은 꽃을 찾아 다닐 수 있었다. 그러나 언젠가 그들은 돌아올 것이다. 그리고 언젠가 사람들은 자신이 무엇을 원하는지 결정해야 할 것이다.

우리는 우선 사람들을 많이 치료해야 했다.

나는 다른 사람들이 착륙한, 인적 없는 기다란 길에 에어십을 착륙시켰다.

인도자가 나를 만나러 나왔고, 멀리 도시 방향에서 에어카 한 대가 날아오는 것이 보였다.

"오피서들이 우리를 도와줄 수 있는 사람을 찾은 것 같다. 이 들판에 식물을 심은 사람을 알고 기꺼이 그에 대해 이야기해줄 사람이야."

인도자가 말했다.

우리는 들판과 먼지투성이 길 사이 풀로 덮인 도랑을 건넜다. 그 지역에는 나선형 철조망이 둘러 있었지만, 나리꽃의 모습은 볼 수 있었다.

그것은 흙이 뒤엎어진 작은 언덕과 골짜기 사이에서 어색한 각도로 삐져나와 있었다. 치료약으로 향하는 깃발을 흔드는 흰 꽃들. 나는 철망 사이로 손을 뻗어 우리 쪽으로 한 송이를 돌려보았다. 꽃의 모양은 완벽했다. 구부러진 꽃잎 석 장이 안에 붉은 흔적을 보이며 꽃송이를 이루었다.

"소사이어티는 작년에 그 꽃들을 갈아엎었어요. 그렇지만 올 봄에 전부 다시 움트더라고요."

마을에서 온 남자가 우리 뒤로 다가오며 말했다. 그는 고개를 저었다.

"우리 중 얼마나 많은 사람들이 알아차렸거나 여기 나와볼 생각을 했는지는 모르겠습니다. 전염병이 돌았거든요."

"그 뿌리는 음식으로 먹을 수 있습니다. 그건 알았습니까?"

인도자가 물었다.

"아니요."

남자가 말했다.

"소사이어티가 불도저로 갈아엎기 전에 누가 이 꽃을 들판에 심었습니까?"

인도자가 물었다.

"제이콥 차일즈라는 남자였어요. 난 그들이 들판을 갈아엎었다는 걸 기억해선 안 되지만, 기억합니다. 그들이 제이콥을 끌고 갔다는 것도 기억하면 안 됐죠. 하지만 그들은 정말 그랬어요."

"우리는 이 꽃의 구근을 수확해야 합니다. 도와줄 수 있나요? 나와서 일해줄 사람들을 압니까?"

인도자가 물었다.

"네, 많지는 않아요. 대부분 병들거나 숨었으니까요."

남자가 말했다.

"부하들도 데려올 겁니다. 하지만 바로 시작해야 합니다."

인도자가 말했다.

가벼운 바람에 꽃들이 물결쳤다. 푸른 풀로 덮인 구간 안에서 춤추는 작은 파도들이었다.

며칠 후, 또 한 번 치료약을 가지고 센트럴로 돌아가는 길에 인도자의 목소리가 스피커에서 흘러나왔다. 그의 목소리와 통신 타이밍에 나는 깜짝 놀랐다. 그는 내가 무엇을 계획하고 있는지 안 걸까? 내 비행은 아직 그에게 무엇도 암시하지 않았다. 그가 내게 지정한 길은 완벽했다. 내가 할 일을 해야 할 곳에서 충분히 가까웠다.

"제이콥 차일즈라는 남자에 대해 아무런 기록도 없어. 그는 실종됐다."

인도자가 말했다.

"놀랍진 않네요. 소사이어티는 분명 그를 재분류하느라 시간낭비하지 않고 곧장 사지로 내몰았을 겁니다."

"사람들을 시켜 패트릭과 에이다 마캠에 대해서도 조사하게 했다. 그들도 데이터베이스 어디에도 없어. 소사이어티건 봉기 세력이건."

인도자가 나에게 말했다.

"조사하느라 시간 내주셔서 고맙습니다."

내가 말했다. 가족의 소식을 알고 싶은 사람은 매우 많았지만, 수색에 필요한 자원은 제한되어 있었다. 심지어 데이터를 훑어볼 여력도 없었다.

"지금 네가 그들을 찾게 놔둘 수는 없지. 우리는 치료약을 실어 나르기 위해 아직 너와 네 에어십이 필요하다."

인도자가 말했다.

"이해합니다. 자유 시간에 찾아볼게요."

내가 말했다.

"지금 당장 네 자유 시간은 하나도 없어. 네 휴식 시간은 정확히 지켜지도록 짜인 거다. 지친 채 비행하게 할 수는 없으니까."

인도자가 말했다.

"전 그분들을 찾아야 해요."

나는 그에게 말했다. 나는 그들에게 모든 것을 빚졌다. 애너를 통해 나는 이모와 이모부가 내가 생각했던 것보다 더 많은 것을 거래하고 희생했다는 것을 알게 되었다. 나는 인도자에게 전에는 결코 할 수 없었던 질문을 던졌다.

"당신은 찾아야 하는 사람이 없습니까?"

내가 너무 과감했나. 인도자는 대답하지 않았다.

나는 아래의 어두운 땅과 시야에 들어오기 시작하는 밝은 불빛을 보았다. 불빛들은 정확히 있어야 할 곳에 있었다.

몇 주 동안 치료약을 실어 나르기 위해 비행하면서, 나는 소사이어티의 모든 지방에서 몇 번씩 멈추었다.

오리아만 제외하고.

인도자는 우리 중 누구도 출신 지방에는 착륙하지 못하게 했다. 그 지방 사람들을 너무 많이 알고 있어 치료약의 배포 패턴을 바꾸고 싶은 유혹을 받을지도 모르기 때문이다.

"나도 찾아야 하는 사람들이 있었다. 하지만 어디에서 찾아야 하는지 알고 있었지. 이건 시시포스 강에서 돌맹이 하나 찾는 일과 같아. 넌 심지어 가장 먼저 어디를 찾아야 할지도 모르지 않나. 시간이 너무 오래 걸릴 거야. 지금은. 하지만 나중엔 직접 찾아봐도 된다."

나는 아무런 대답도 하지 않았다. 둘 다 '나중에'가 '너무 늦었다'를 뜻하는 일이 많다는 것을 알고 있었다.

치료약은 효과가 있었고, 다음에 어디로 가야 할지를 말해주는 카시아의 분류도 그랬다. 우리는 최적의 인원을 구조하고 있었다. 그녀는 우리가 해야 한다고 판단한 일을 말해주었고, 컴퓨터와 다른 분류자들이 그것을 입증했다. 그녀의 정신은 이 세상 무엇보다도 뛰어나고 맑았다.

그러나 모든 사람을 구조할 수는 없었다. 쓰러진 고요환자 중에서, 약 11퍼센트는 결코 돌아오지 못했다. 다른 환자들은 감염에 굴복했다.

나는 고도를 더 낮추었다.

"네가 지금 그들을 찾아서는 안 된다고 확실히 말했다."

인도자가 말했다.

"알겠습니다. 하지만 난 얻지도 못할 것을 사냥하면서 내가 찾는 사람들을 죽게 내버려두진 않을 겁니다."

내가 말했다.

"그럼 뭘 하려는 거지?"

인도자가 내게 물었다.

"여기서 내려야겠어요."

내가 말했다.

"그들은 오리아에 없어. 카시아가 그들이 그 지방에 있을 확률은 극도로 낮다고 밝혀냈다."

인도자가 말했다.

"카시아는 그분들이 바깥 지방에서 죽었을 확률이 가장 높다고 보고 있죠. 그렇죠?"

내가 말했다.

인도자는 잠시 침묵하다가 입을 열었다.

"그래."

나는 착륙하기 좋은 장소를 찾을 때까지 선회했다. '언덕' 너머로 향하면서, 카시아의 드레스에서 잘라낸 녹색 실크가 지금 어디 있을까 생각했다. 땅속에 파묻힌, 하늘 아래 작은 누더기 깃발. 아니면 태양 아래에서 빛이 바래고, 빗속에서 물이 빠지고, 바람에 날려가고.

"오리아는 아직 불안하고, 너는 우리에게 큰 자원이야. 돌아와라."

인도자가 말했다.

"오래 걸리지 않을 겁니다."

나는 되풀이해 말한 다음 에어십을 돌려 하강했다. 이 에어십은 인도자가 타고 있던 것과는 달랐다. 내 에어십은 그의 것처럼 프로펠러 가동으로 바꾸어 급착륙할 수 없었다.

거리는 착륙하기 아슬아슬한 길이였지만 나는 그곳의 구석구석을 알았다. 나는 그곳을 몇 년 동안이나 걸어 다녔다. 이모, 이모부와 함께였고, 그들은 보통 손을 잡고 있었다.

바퀴가 땅을 때리고 에어십의 금속 날개가 움직여서 항력을 만들어 속력을 늦추었다. 집들이 빠르게 지나갔고, 나는 거리 끝에서 때맞춰 에어십을 세웠다. 집 안에 있는 사람들이 덧문을 꽉 닫지 않았다면, 조종실 창을 통해 내 앞에 있는 집의 창문을 들여다볼 수도 있었다.

나는 에어십에서 내려 최대한 빨리 움직였다. 몇 집밖에 가볼 여유가 없었다. 정원의 꽃들은 아직 잡초로 뒤덮이지 않았다. 그러나 꽃은 무성했고 손댄 흔적이 없었다. 나는 엠이 살던 집 문앞에 멈추었다. 창문이 깨져 있었다. 안을 들여다보았지만 집 안은 비어 있었다. 거실에 잎사귀가 흩어져 있는 것을 보니 오랫동안 비어 있었던 것 같았다. 그 잎사귀는 다른 자치구에서 날려 온 것 같았다. 이 자치구에는 더 이상 나무들이 없었으니까.

나는 계속 걸어갔다.

고요 상태에 있을 때 나는 애너가 부모님, 이모와 이모부, 매튜에 대해 이야기하는 것을 들었다. 부모님은 나를 빼낼 수 없었다. 그래서 돌아가시면서 나를 될 수 있는 한 중심에 가깝게 들여보냈고, 그것이 효력이 있기를 바랐다. 패트릭 이모부와 에이다 이모는 나를 환영하고 자식처럼 사랑해주었다.

　나는 오피셜들이 나를 끌고 갈 때의 에이다 이모의 비명과 패트릭 이모부의 얼굴을 결코 잊지 않을 것이다. 그들이 어떻게 끊임없이 내게 손을 내밀고 서로에게 손을 뻗었는지.

　소사이어티가 패트릭 이모부와 에이다 이모를 매칭한 것은 아주 잘한 일이었다.

　내가 카시아의 매칭 상대였다면, 내가 80년 동안 훌륭한 삶을 살 수 있고 그 대부분을 그녀와 보낼 수 있다는 것을 알았다면 소사이어티를 쓰러뜨리려는 의지가 있었을지 궁금했다.

　잰더는 그렇게 했다.

　나는 오솔길을 걸어가 그가 살던 집의 문을 두드렸다.

58
잰더

지난 몇 주 동안 치료약과 관련하여 몇 번의 돌파구가 있었다. 첫 번째는 카시아의 어머니가 우리에게 말해준 들판이었다. 덕분에 우리는 치료약을 더 만들어 사람들에게 신속히 나누어줄 수 있었다. 그다음 나비나리의 단백질을 실험실에서 합성하는 법을 알아냈다. 봉기 세력과 소사이어티에 남은 최고의 지성들이 함께 뭉쳐 이 일을 가능하게 만들었다.

지금까지는 그랬다. 사람들은 점점 나아가고 있었다. 그리고 돌연변이가 재발한다 해도, 우리에게는 치료약이 있었다. 물론 그 바이러스가 또 한 번 변하지 않는다면. 그러나 지금으로서는 최악의 상황은 넘겼다고 데이터는 말하고 있었다. 카시아가 분류한 데이터가 아니었다면 믿지 않았을 것이다.

이제 우리는 다른 시간으로 향하고 있었다. 일단 건강해지면 사람들은 어떤 세상에서 살고 싶은지 선택해야 할 것이다. 우리가 전염병을 헤쳐왔듯이 그것도 헤쳐가야 하는 것인지는 잘 모르겠다.

"네가 세상을 구했어."

아버지는 곧잘 그렇게 말하곤 했다.

"그건 운이었어요. 우린 언제나 운이 좋았잖아요."

나는 아버지에게 말했다.

실제로 그랬다. 우리 가족을 보라. 전염병이 처음 발생했을 때 형은 오리아 시에서 자치구로 돌아왔고, 우리 가족은 거의 마지막까지 아무도 병에 걸리지 않았다. 심지어 병에 걸렸을 때도 카이가 때맞춰 도착해 우리 가족을 여기로 데려와 치료받을 수 있게 해주었다.

"우리는 자치구를 단결시키려고 했지."

아버지가 말했다.

아버지 덕분에, 자치구 사람들은 단결했다. 그들은 음식을 배급하고, 공유하고, 할 수 있는 한 오랫동안 서로를 돌보았다.

사람들이 뭔가 잘못을 저지른 것 같지는 않았다. 우리 가족은 언제나 열심히 일하고 옳은 일을 하면 통한다고 믿었다. 그러나 그들은 어리석진 않았다. 우리 가족은 늘 그렇게 되지는 않을 수도 있다는 것을 알았다. 그들은 끔찍한 일들이 일어나는 것을 보았고 그것 때문에 분열했다. 그러나 진정 괴로움을 겪은 것은 그때뿐이었다.

나도 위선자다. 내게도 정말로 심한 일은 일어나지 않았기 때문이다. 카이의 가족은 완전히 종적을 감추었다. 카시아의 가족은 아버지를 잃었다. 그러나 우리는, 캐로 가족은 아니었다. 모두 멀쩡했다. 심지어 전혀 봉기에 합류하지 않았던 형조차도. 형에 대해 내가 생각했던 것은 틀렸다. 나는 여러 가지 것에 대해 잘못 생각하고 있었다.

그러나 우리가 만든 치료약은 효과가 있었다.

휴식 시간이 되자 나는 의료 센터를 떠나, 카마스 시 중심을 관통해 흐르는 강 쪽으로 걸어갔다. 바리케이드가 사라지고 돌연변이가 통제되면서, 사람들은 다시 강을 따라 걷기 시작했다. 의료 센터에서 멀지 않은 강기슭에 시멘트 계단 몇 개가 놓였다.

심부름에서 돌아오면 카이는 카시아와 함께 때때로 그곳에 가곤 했다. 한번은 그가 혼자 그곳에서 강물을 바라보는 모습을 보았다.

나는 그의 옆에 앉았다.

"고마워."

내가 말했다. 카이가 우리 가족을 데려와 치료받게 해준 뒤 처음 만났을 때였다.

카이는 고개를 끄덕였다.

"나는 내 가족을 다시 데려올 수 없었어. 그래서 네 가족만은 찾아주고 싶었어."

그가 말했다.

"그래서 찾아줬잖아. 소사이어티가 그들을 남겨둔 바로 그곳에서."

나는 목소리에 쓰디쓴 기색을 내비치지 않으려고 애쓰면서 말했다.

카이는 눈썹을 치켜올렸다.

"난 가족이 돌아와서 정말 기뻐. 네가 우리 가족을 데려다준 것으로 내 남은 평생을 네게 빚진 거야. 그렇지 않았다면 치료약을 가져다주는 데 얼마나 오래 걸렸을지 누가 알겠어."

"그건 내가 할 수 있는 최소한의 일이었어. 날 치료해준 사람이 너와 카시아잖아."

카이가 말했다.

"넌 카시아를 사랑한다는 걸 어떻게 알았니? 네가 처음 그 애한테 반했을 때, 그 애는 실제로 널 알지는 못했잖아. 네가 어디 있었는지 아무것도 몰랐지."

카이는 곧장 대답하지 않았다. 그는 강물을 바라보았다. 그가 마침내 입을 열었다.

"난 예전에 강에 시체 하나를 흘려보내야 했어. 이 모든 일이 일어나기 전에. 일탈자 하나가 소사이어티가 계획했던 것보다 빨리 수용소에서 죽는 바람에, 오피서들이 우리에게 그 증거를 없애게 했지. 그때 나는 친구 빅을 만났어."

나는 고개를 끄덕였다. 그들이 빅 이야기를 하는 것을 들은 적이 있었다.

"빅은 사랑해서는 안 되는 사람과 사랑에 빠졌어. 그것 때문에 결국 죽고 말았지."

카이는 나를 바라보았다.

"가족이 죽은 후, 나는 살아남고 싶었어. 하지만 카시아를 만날 때까지는 내가 살아 있다고 느끼지 못했어."

"하지만 카시아가 진짜로 널 안다고 느끼진 못했잖아. 안 그래?"

내가 다시 물었다.

"응. 하지만 카시아라면 날 알아줄 수 있을 거라고 느꼈어."

카이가 말했다.

나는 강으로 향하는 넓은 계단을 내려가기 시작했다. 카이는 그곳에 없었지만 내가 아는 다른 사람이 보였다. 길고 검은 머리의 레이였다.

지나가다 마주친 것까지 셈해도 그녀를 본 지 며칠 된 것 같았다. 회복된 후 그녀는 다시 일로 돌아갔고, 그때부터 우리는 서로 마주치는 일이 드물었다. 마주칠 때면 둘 다 고개를 끄덕이고 웃으며 인사했다. 그녀는 내가 치료약 만드는 일을 한다는 걸 알고 있을 테지만, 서로 이야기할 기회는 없었다.

나는 머뭇거렸지만 그녀가 나를 보고 미소 짓더니 가까이 오라고 손짓했다. 나는 바보가 된 기분으로 그녀 옆에 앉았다. 어디서부터 말을 시작해야 할지 몰랐다.

그러나 그녀는 알았다.

"어디로 갔었니?"

그녀가 물었다.

"산으로요. 인도자가 우리 몇 명을 그리로 데려갔어요. 거기서 치료약을 발견했죠."

내가 말했다.

"그걸 해낸 사람이 너였구나."

그녀가 말했다.

"아뇨. 카시아가 알아낸 거예요."

내가 말했다.

"네 매칭 상대지."

"네. 그 애는 살아 있고, 멀쩡해요. 이곳에 있어요."

"그녀와 네가 이야기하는 모습을 본 것 같아."

레이가 말했다. 그녀의 눈이 내 눈을 살피며 내가 말하지 않은 것을 알아내려고 했다.

"그 애는 다른 사람과 사랑에 빠졌어요."

내가 말했다.

레이의 손이 잠시 내 손 위에 부드럽게 놓였다.

"안됐구나."

그녀가 말했다.

"당신 매칭 상대는요? 그 사람을 찾을 수 있었나요?"

내가 물었다.

그녀는 얼굴을 돌렸다. 그녀의 머리카락이 등과 목을 휙 쓸었다. 그러자 예전 의료 센터에서 점을 찾으려고 서로를 살펴보던 때가 떠올랐다.

"그는 죽었어. 전염병이 돌기 전에."

그녀가 말했다.

"미안해요."

내가 말했다.

"그들이 내게 말해주기 전에 알았던 것 같아. 그가 영영 가버리는 걸 느낄 수 있었어."

레이가 말했다. 나는 그녀의 목소리에 다시 충격을 받았다. 그 목소리는 매우 아름다웠다. 그녀의 노래를 듣고 싶었다.

"너한테는 우습게 들리겠지."

그녀가 말했다.

"아뇨. 그렇지 않아요."

내가 말했다.

뭔가가 강에 뛰어드는 바람에 나는 잠깐 놀랐다.

"물고기야."

레이가 다시 나를 보며 말했다.

"그때 말했던 그 물고기인가요?"

내가 물었다.

"아니야. 저건 붉은색이 아니라 은색이잖아."

그녀가 말했다.

"당신은 어디로 갔었나요?"

나는 레이에게 물었다. 그녀는 내 말뜻을 알아들었다.

'당신은 고요해졌을 때 어디에 있었나요?'

"나는 대부분의 시간 동안 헤엄치고 있었어. 너한테 말했던 그 물고기처럼. 그리고 몸도 달랐어. 내가 실제로 물고기가 아니라는 건 알았지만 무슨 일이 일어나고 있는지 생각하는 것보다 그 편이 더 쉬웠지."

"왜 고요해졌을 때는 모든 사람이 물에 대해 생각하는지 궁금하네요."

내가 말했다. 카이도 그랬다. 그는 죽은 소녀, 인디와 함께 대양에 있었다고 말했다.

"하늘이 너무 멀어 보여서가 아닐까. 하늘은 우리를 물처럼 품어줄 수 없을 것같이 느껴지잖아."

아니면 폐에 빼낼 수 없는 물이 차오르고 있었기 때문일 것이다. 그러나 둘 다 그것을 알고 있으면서도 의학적인 설명을 덧붙이지는 않았다.

나는 무슨 말을 해야 할지 몰랐다. 레이를 보면서 그녀가 물이 하는 일을 할 수 있는 사람일지도 모른다는 생각이 들었다. 누군가를 품어주는 것. 그녀를 가까이 끌어당겨 키스하는 상상을 했다. 그리고 그녀를 품에서 놓고 함께 물속에 가라앉는 장면도 그릴 수 있었다.

그녀의 얼굴이 변했다. 내 생각을 들여다볼 수 있는 것 같았다.

나는 스스로에게 혐오감을 느끼며 일어섰다. 나는 누군가를 사랑할 만한 상태가 아니었으며, 그녀는 매칭 상대를 잃고 돌연변이에서 깨어난 지 얼마 되지 않았다. 우리는 둘 다 혼자였다.

"가봐야겠어요."

내가 말했다.

59
카시아

나는 강둑을 따라 자란 나무에 가려진 계단 꼭대기에서 잠시 머뭇거리며 잰더가 지나가기를 기다렸다. 그는 내 존재를 알아채지 못했다.

용기를 잃기 전에 나는 강과 그 여성에게로 내려갔다. 내가 옆에 앉자 그녀는 나를 돌아보았다.

"전 카시아예요. 우리 둘 다 잰더를 아는 것 같은데요."

내가 말했다.

"네, 난 레이예요. 니 레이."

그녀가 말했다.

나는 눈치채이지 않으려고 애쓰며 그녀의 얼굴을 꼼꼼히 뜯어보았다. 그녀는 우리보다 그리 나이가 많지 않았지만, 왠지 더 현명해 보였다. 매우 또렷하게 말하고 있었지만, 딱 부러지게 들린다기보다 맑은 느낌이었다. 그녀는 독특한 방식으로 사랑스러웠다. 매우 짙은 머리, 매우 깊은 눈.

"우리 둘 다 잰더를 알지요. 하지만 당신은 다른 사람을 사랑한다죠?"

그녀가 말했다.

"네."

내가 대답했다.

"잰더가 내게 당신 이야기를 한 적이 있어요. 함께 일할 때요. 그는 늘 자기 매칭 상대 이야기를 했고, 나는 내 매칭 상대에 대해 말했죠."

"당신 매칭 상대는……."

나는 감히 말을 맺을 수가 없었다.

"내 매칭 상대는 죽었어요."

그녀가 말했다. 눈물이 뺨에 흐르자 그녀는 손바닥으로 눈물을 닦아냈다.

"미안해요. 몇 달 동안 그렇지 않을까 생각했어요. 그렇지만 이제 확실히 알고 나니까 그 사람에 대해 말할 때마다 울음을 멈출 수가 없네요. 특히 여기서는요. 그는 이 강을 좋아했지요."

"찾는 사람이 있으면 도와드릴까요? 가족이라든지……."

내가 물었다.

"아뇨. 내겐 가족이 없어요. 가족은 죽었어요. 난 비정상이에요."

그녀가 말했다.

"당신이요? 어떻게 소사이어티한테서 숨을 수 있었죠?"

나는 얼떨떨해져서 물었다.

"등잔 밑이 어두운 거죠. 어떤 사람을 찾아가야 하는지만 알면 데이터는 위조할 수 있어요. 우리 부모님이 그런 사람을 알았죠. 우리 가족은 인도자를 믿었어요. 그러나 그가 그 많은 비정상이 죽어가는데도 방관한 것을 보고 부모님은 결국 내가 소사이어티 안에 있어야 가장 안전할 거라고 판단하셨어요. 부모님은 당신들이 가진 모든 것을 대가로 완벽한 위조 데이터 집합을 내게 구해주셨죠. 난 소사이어티로 들어가서 곧 오피셜이 되었어요."

그녀는 살짝 미소 지었다.

"소사이어티가 자신들이 비정상을 그토록 빨리 오피셜로 만들었다는 걸 알면 놀랐을 거예요."

그녀가 일어났다.

"잰더를 보면 나 대신 작별인사를 전해주겠어요?"

"직접 말하셔야죠."

내가 말했지만 그녀는 계속 걸음을 옮겼다.

"잠깐만요."

내 말에 그녀는 멈추었다. 이해가 안 가는 것이 있었다.

"최근까지 시민이 아니었다면 매칭 파티를 못했을 텐데 어떻게……."

"내 매칭에는 소사이어티가 전혀 필요 없었어요."

그녀는 강을 내려다보았다. 그 순간, 그녀가 누군지 확실히 알 것 같았다.

"당신 이름이요. 전에 쓰던 이름과 같나요? 아니면 소사이어티에 들어올 때 바꿨나요?"

"완전히 바꾸지는 않았어요. 거꾸로 했을 뿐이에요."

그녀가 말했다.

나는 다시 의료 센터로 달려가 잰더를 찾았다. 그는 실험실에서 일하는 중이었다. 나는 그의 주의를 끌려고 창문을 두드렸다.

실험실에서 함께 일하던 잰더의 아버지가 나를 먼저 보았다. 그는 내게 웃어 보였으나 그 얼굴에는 경계심도 보였다. 그는 내가 자기 아들을 아프게 하는 것을 바라지 않았다.

그는 잰더가 상처 받았다는 것을 알고 있었다.

'저 때문만은 아니에요. 잰더는 변했어요. 봉기에 대한 믿음의 상실, 의료 센터에서 일하던 암울한 나날, 산속에서 보낸 시간, 그 많은 일을

겪었으니까요.'

캐로 씨에게 그렇게 말하고 싶었다.

"네 친구 레이 말이야. 다른 곳으로 갈 거래. 네게 작별인사를 전해
달라고 했어."

나는 잰더가 문을 열자마자 말했다.

'넌 그녀를 잡아야 해. 그녀는 이미 너무 많은 것을 잃었고, 너도 그
러니까.'

그녀가 강가에 서서 소사이어티가 매칭해줄 필요가 없었다고 말했
을 때, 모든 것이 하나로 합쳐졌다. 그녀는 자기 이름을 바꿀 필요도
없이 그냥 거꾸로 했다고 말했다. 니 레이. 레이 니. 발음하면 '레이니'
처럼 들렸다. 빅이 사랑하는 소녀의 이름을 새길 때, 카이는 한 번도
그 이름의 철자를 본 적이 없었다. 빅도 그랬을 것이다.

잰더가 한 걸음 앞으로 나왔다.

"어디로 간다고 얘기했어?"

그의 표정은 내가 알아야 했던 모든 것을 말해주었다.

그리고 내가 하려던 말은 내 생각처럼 문제가 되지 않았다. 빅과 그
녀의 이야기는 내가 할 말이 아니었기 때문이다. 그것은 그녀, 레이의
이야기였다. 그리고 그녀와 잰더의 이야기의 일부가 될 수도 있고 되지
않을 수도 있다. 그러나 그것은 내가 결정할 일이 아니었다.

"아니. 하지만 잰더, 넌 그녀를 따라잡을 수 있어. 너라면 찾을 수 있
을 거야."

내가 말했다.

한순간 나는 그가 그렇게 할 거라고 생각했다. 그러나 다음 순간 그
는 자기 컴퓨터 앞에 앉았다. 그는 완벽하게 곧은 자세로, 앞으로 몸
을 기울였다. 얼굴에는 자신감과 단호함의 가면을 쓰고.

다른 사람의 마음은 그렇게 잘 읽으면서 어떻게 스스로에게는 주의를 기울이지 않을 수 있을까?

다시 상처받고 싶지 않기 때문이었다.

"소식이 더 있어. 인도자가 마을 사람들을 '다른 땅'으로 데려가기로 결심했어."

나는 다른 사람이 듣지 못하도록 몸을 더 가까이 기울여 그에게 말했다.

"왜 지금이야?"

그가 물었다.

"사람들이 투표할 때가 다가오거든. 그때 가선 에어십을 구할 수 없을 거야. 사람들이 질서를 지키도록 해야 하니까. 소사이어티 쪽 사람들이 통제권을 차지하려 들 거라는 소문이 있어."

"지금도 구할 수는 없어. 치료약 수송을 위해서는 에어십이 필요해."

잰더가 말했다.

"많이 보내지는 않을 거야. 전투기가 아니라 화물수송선 몇 대겠지. 끝돌 마을로 가서 마을 사람들을 최대한 멀리 데려갈 거야. 카이와 나는 마을로 가서 애너와 이야기해서 그녀를 여기 카마스로 데려올 거야. 그녀가 와주겠다면. 너한테 그 얘기를 하고 싶었어."

"왜?"

"네가 걱정할까 봐. 우리가 또 너를 두고 떠난 것처럼 보이긴 싫었어."

내가 말했다.

"인도자가 마을 사람들뿐만 아니라 다른 사람까지 '다른 땅'으로 가게 해줄까?"

그가 물었다.

"자리가 있다면 그럴 거야."

내가 말했다.

"마을 사람들은 나도 함께 가게 해줄 거야."

그는 그렇게 말하더니 웃었다. 옛날 잰더의 모습이 약간 보였다. 나는 그 모습이 정말 그리웠다.

"이제 내가 치료약 문제에서 옳았다는 걸 알았으니까 날 믿겠지."

"안 돼, 잰더. 넌 '다른 땅'으로 가면 안 돼. 우린 네가 필요해."

나는 깜짝 놀라서 말했다.

"미안해. 하지만 더 이상 그런 이유로 여기 잡혀 있지는 않을 거야."

잰더가 말했다.

60
카이

카시아와 나는 인도자의 명령을 기다리고 있었다.

에어십에는 우리 둘뿐이었다. 이번에는 단둘이 날고 있었다. 우리는 산맥으로 비축품을 운반하고, 가능하면 마을 사람 몇 명을 바깥으로 실어갔으면 했다. 카시아는 투표를 성사시키기 위해 애너가 필요하다고 판단했다.

"그녀는 사람들을 이끌 수 있어. 오랫동안 그걸 증명해왔잖아."

카시아가 말했다.

"얼마나 많은 에어십들이 이륙한 다음에 출발하는 거야?"

카시아가 물었다.

"열 대. 우리는 마지막이야."

내가 말했다.

"그러면 약간 시간이 있구나."

그녀가 말했다.

시간. 언제나 우리가 원했고, 언제나 우리에게 부족했던 것이다.

그녀는 부조종석에 앉아 있다가 좌석을 돌려 나를 마주 보았다. 그녀의 밝은 녹색 눈에 장난기가 떠돌자 나는 숨을 멈추었다.

카시아가 손을 내 뒤로 미끄러뜨렸고 나는 앞으로 몸을 기울였다.

나는 눈을 감고, 협곡에서 나올 때 눈처럼 아름답게 서 있던 그녀를 떠올렸다. '언덕'에서 그녀의 뺨에 녹색 실크를 대고 있던 순간을 기억했다. 그녀의 피부와 협곡의 모래를, 그리고 산속에서 나를 내려다보며 다시 이 세상으로 데려와준 그녀의 얼굴을 기억했다.

"사랑해."

그녀가 속삭였다.

"사랑해."

나도 마주 말했다.

나는 다시, 또다시, 다시 그녀를 선택했다. 인도자가 끼어들어 비행할 시간이 되었다고 알릴 때까지.

우리는 하늘로 들어갔다. 둘이 함께. 구름 한 타래가 지나갈 때, 나는 그것이 돌에서 증발해 올라가, 더욱 높이 올라가면서 새로운 것으로 변하고 있는 우리 어머니의 그림이라고 상상했다.

61

카시아

우리가 탄 에어십이 높이높이 올라갔다. 에어십은 흔들리며 신음했고, 내 가슴은 빠르게 뛰었고, 나는 두렵지 않았다.

산들이 보였다. 하늘을 배경으로 나타난 거대한 파란색과 녹색 그림자. 그다음 점점 더 작아지더니 아래로 사라져버렸다. 사방이 파란색으로 변했다.

파랑 속에서, 흰색과 금색이 보였다. 하늘을 느릿느릿 헤엄치는 하얀 구름 조각. 예전에 할아버지에게 드렸던 미루나무 씨 같았다.

"영광의 구름."

나는 그때를 떠올리며 속삭였다. 할아버지는 그 말을 어디에서 발견했을까. 할아버지가 돌아가신 뒤에도 이런 여행을 하고 계실지 궁금했다. 위로 떠올라 햇볕에 데워지고, 당신의 손가락으로 이런 하늘 조각을 붙잡았다가 놓아주는 여행.

'그다음엔 어디로 가실까? 이만큼 영광스러운 곳이 달리 또 있을까?'

여기가 아마 천사들이 위로 날아오르는 곳이리라. 여기가 지금 햇볕 속에서 떠도는 우리 아버지가 있는 곳이리라. 아버지를 다시 데려와 땅 위에 짓누르는 것은 잔인한 일일 것이다. 하지만 한없이 가벼울 때 그들은 외로울지도 모른다.

나는 카이를 보았다. 그의 얼굴은 내가 이전에 아주 드물게 본 표정을 짓고 있었다. 완벽하게 평화로운 표정.

"카이, 넌 인도자야."

내가 말했다. 그는 웃었다.

"맞다니까. 네가 어떻게 나는지 봐. 마치 인디 같아."

그의 미소가 슬프게 변했다.

"너는 하늘을 날 때 인디를 생각해야 해."

카이의 심정을 이해하면서도, 말하는 동안 작고 날카로운 고통이 나를 뚫고 지나갔다. 내게도 언제나 잰더를 생각할 장소와 시간이 있다. 파란 수영장을, 붉은 새장미를, 땅에서 떠올려진 식물의 뿌리를 볼 때마다.

"그래, 하지만 어떤 시간이든 난 널 생각해."

카이가 말했다.

그가 지금 하고 있는 일의 집중이 깨지지 않기를 바라면서, 나는 몸을 기울여 그의 뺨에 손을 댔다.

내가 사랑하는 사람과 함께한 그 비행은 멋지고 영광스러웠다. 그러나 밑에서는 너무나 많은 사람들이 덫에 걸려 있었다.

우리는 고도를 낮춰 구름 밖으로 벗어났다. 그러자 산이 우리를 기다리고 있었다. 산의 얼굴에 비치는 저녁 햇빛은 흰 눈을 분홍빛으로, 회색 바위를 금빛으로 바꾸었다. 검은 나무와 물은 처음에는 밋밋해 보이다가, 우리가 가까이 가서 산비탈에 달라붙자 반짝이며 깊이가 생겼다. 굴러떨어진 돌들이 들어찬 산골짜기가 녹색 구릉을 군데군데 자르고 들어갔다.

손에 손을 잡고, 우리는 애너와 엘리를 만나기 위해 착륙용 초원에서 마을로 가는 길을 걸어 올라갔다.

'그들이 함께 갔으면 좋겠어. 지방 정부에는 그들이 필요해.'

나는 그렇게 생각했지만, 그들은 '다른 땅'으로 가거나, 산속에 머물거나, 헌터를 찾으러 가거나, 카빙 대협곡으로 돌아가고 싶을 수도 있었다. 이제는 선택할 길이 매우 많았다.

카이가 길 위에 멈춰 서서 말했다.

"들어봐. 음악이야."

처음에는 높은 소나무 사이에서 바람이 웅얼거리는 소리만 들렸다. 그러더니 곧 마을에서 흘러나오는 노랫소리가 들렸다.

우리는 걸음을 재촉했다. 마을로 들어갔을 때, 카이가 누군가를 가리켰다.

"잰더다."

카이가 말했다. 그의 말이 맞았다. 잰더가 우리보다 먼저 와 있었다. 그의 금발이, 그의 옆모습이 보였다. 다른 에어십을 타고 온 모양이었다.

그는 '다른 땅'으로 가려고 한다.

잰더는 우리가 이곳 어딘가에 와 있다는 걸 알 것이다. 그러나 그는 우리를 찾지 않았다. 그가 지금 하고 있는 일은 귀 기울여 듣는 것뿐이었다.

마을 사람들은 노래만 하고 있는 것이 아니라, 돌 주변에서 춤을 추고 있었다. 작별인사였다. 불도 춤을 추었고, 어떻게인지 몰라도 나무를 깎아서 끈을 매단 물건으로 마을 사람들은 음악을 만들어내고 있었다.

오피서 한 명이 저지하려고 움직였으나, 카이가 그를 막았다.

"저들은 우리를 구해줬어요. 그들에게 잠깐 시간을 줘요."

그가 오피서에게 상기시켰다. 오피서는 고개를 끄덕였다.

카이가 나를 돌아보았다. 나는 손가락으로 그의 입술을 쓸었다.

'카이는 생기 넘치는구나.'

"이제 어떡하지?"

"나랑 춤추자. 너한테 가르쳐주겠다고 했잖아."

그가 말했다.

"난 이미 어떻게 추는지 알아."

나는 갤러리에서 춤추던 그때를 생각하며 말했다.

"놀랍지는 않은걸."

카이가 속삭였다. 그의 손이 내 허리를 감았다. 뭔가가 내 안에서 노래했고 우리는 움직이기 시작했다. 나는 춤을 제대로 추고 있는 거냐고 묻지 않았다. 제대로 추고 있다는 것을 알았다.

"카시아."

그가 내 이름을 노래처럼 불렀다. 그의 목소리는 언제나 그런 음악을 품고 있었다.

그는 계속해서 내 이름을 불렀다. 함께 움직이며 내가 약함과 강함 사이의 이상한 공간에 붙잡힐 때까지. 어지러움과 명료함 사이, 욕구와 포만감 사이, 주는 것과 받는 것 사이의……

"카이."

나도 그를 불렀다.

우리는 너무 오랫동안 우리를 보는 눈에 신경 쓰며 살았다. 누가 지켜보고 있을지도 모르고, 누가 다칠지도 모른다고. 그러나 지금, 우리는 춤추고 있을 뿐이었다.

노래가 끝나면서 줄이 심장 부서지는 듯한 소리를 내자 나는 제정신으로 돌아왔다. 다음 순간 나는 잰더를 볼 수밖에 없었다. 그를 보았을 때, 나는 그가 우리를 지켜보고 있었다는 것을 알았다. 그러나 그 시선에 질투는 없었다. 거기에는 열망뿐이었고, 그 열망은 더 이상 나를 향한 것이 아니었다.

'넌 사랑을 찾을 거야, 잰더.'

나는 그에게 말하고 싶었다. 불빛이 레이나의 얼굴에 어른거렸다. 그녀는 매우 아름답고 매우 강했다. 잰더가 언젠가는 레이나를 사랑하게 될 수도 있을까? 그들이 함께 '다른 땅'에 간다면?

"우리는 여기 머무를 수도 있어. 돌아가지 않아도 돼."

카이가 내 귀에 대고 낮은 소리로 말했다.

우리가 전에도 했던 대화였다. 우리는 그 답을 알았다. 우리는 서로 사랑하지만, 생각해야 할 다른 사람들이 있었다. 패트릭 씨와 에이다 씨가 살아 있을지 모르니 카이는 그들을 찾아야 했다. 나는 내 가족과 함께해야 했다.

"비행할 때마다, 내려가서 우리에게 소중한 사람을 모두 찾아서 태우고 날아가는 상상을 하곤 했어."

"언젠가는 그럴 수 있을 거야."

내가 말했다.

"신세계를 찾기 위해 그렇게 멀리 가지 않아도 될지 몰라. 투표는 신세계의 진정한 시작이 될 거야."

내가 카이에게서 들은 것 중에서 가장 희망적인 말인 것 같았다.

애녀가 잰더에게 가서 무슨 말인가 하자, 그는 그녀를 따라 카이와 내 쪽으로 왔다. 불빛은 어두워졌다가 밝아졌고, 펄럭이다 제자리를 지켰고, 불빛이 흔들리지 않을 때 애녀가 손에 파란 분필 조각을 들고 있는 것이 보였다.

"너희가 해냈다."

그녀가 우리 세 사람에게 말했다.

"너희가 치료약을 발견했고, 각자의 역할을 잘해줬어."

애너는 카이의 손을 잡더니 그의 청맥 한 줄기를 따라가며 그 위에 파란 선을 그렸다.

"인도자."

그녀가 말했다. 그리고 내 손을 들어 카이에게서 내게로 선을 이어 그렸다.

"시인."

그다음 애너는 잰더의 손을 잡아 내게서 그에게로 선을 이어 그렸다.

"의사."

애너가 뒤로 물러서자 산속의 저녁이 신선한 소나무 향기, 타는 나무 냄새와 함께, 불빛과 음악과 함께 우리 주위로 다가섰다. 나는 잰더와 카이를 동시에 꼭 잡았다. 우리는 사람들에게 알려진 세계 가장자리에 있는 작은 공간에 서 있었고, 심지어 그 순간이 우리 곁에 존재할 때도 나는 순간의 가버림을 애도했다.

잰더와 내가 마을의 춤에서 봤던 작은 소녀가 전에도 본 적 있는 날개를 달고 다가왔다. 소녀가 우리를 쳐다보았다. 남자 중 한 명과 춤추고 싶어하는 것 같았다. 카이는 그 소녀에게 이끌려 가며, 작별인사를 할 수 있도록 나와 잰더를 남겨놓았다.

이번에는 활기찬 음악이 우리와 함께 흐르고, 우리 위로, 우리 안으로 흘러 들어오고, 잰더는 여기 나와 함께 있었다.

"넌 춤출 수 있구나. 노래도 하고."

그가 말했다.

"응."

내가 말했다.

"난 못해."

잰더가 말했다.

"너도 하게 될 거야."

내가 그의 손을 잡으며 말했다.

그는 매끄럽게 움직였다. 그의 생각과 달리 음악은 그의 내면에 있었다. 그는 한 번도 춤추는 법을 배운 적이 없었지만 나를 이끌고 있었다. 그는 자신이 갖지 못한 것, 자신이 할 수 없다고 생각한 것에 너무 집중하고 있었기 때문에 그 사실을 알아차리지 못했다.

"뭐 좀 물어봐도 되니?"

"그럼."

그가 말했다.

"난 기억해서는 안 되는 것을 기억해. 내가 붉은 알약을 먹은 날의 기억이야."

나는 붉은 정원의 날에 관한 기억을 되찾은 방식에 대해 이야기했다.

"내가 어떻게 기억의 일부를 되찾을 수 있었을까?"

나는 잰더에게 물었다.

"아마 녹색 알약과 관계있을 것 같아."

잰더가 말했다. 그의 목소리는 매우 친절하고 매우 지친 것 같았다.

"네가 그걸 한 번도 먹지 않은 게 어떻게든 네가 기억을 되찾는 일에 영향을 미쳤을 거야. 그리고 넌 파란색 알약을 먹고도 살아남았잖아. 오커는 파란 알약과 전염병이 관계가 있다고 말했어. 아마 넌 스스로를 면역화시켰을 거야."

그는 고개를 설레설레 저어 보였다.

"소사이어티는 알약들을 퍼즐처럼 만들었어. 모든 게 퍼즐 조각이야. 난 약제사와 과학자들에게서 그 모든 게 얼마나 복잡한지 배우고 있어. 약이 함께 작용하는 방식, 그리고 사람들 각각에게 서로 다르게 작용하는 방식. 그걸 알아내려면 평생을 바쳐야 할 수도 있어."

"그럼 난 절대 모를 거라는 말이네."

내가 그에게 말했다.

"그래. 하지만 넌 늘 궁금해하겠지."

그가 말했다.

"궁금해하는 건 괜찮아."

내가 말했다. 마이크로카드에 나와 있던 말들 외에 할아버지가 돌아가시기 전에 내게 했던 마지막 말이었다. 할아버지는 내게 그 시를 주었다. 그리고 궁금해하는 건 괜찮다고 말했다. 그러니 할아버지가 내가 따르기를 바랐던 시가 어떤 것인지 몰라도 괜찮다. 아마 그것조차도 할아버지의 의도이리라. 내가 지금 여기서, 지금 당장 모든 것을 알아낼 수 없어도 괜찮으리라.

"그건 너라서 그런 걸 수도 있어. 넌 언제나 내가 아는 한 가장 강한 사람이었어."

잰더가 말했다. 그는 미소 짓는 것 같았다.

카이와 소녀의 춤에 엘리가 합류했다. 그들은 손을 잡고 웃고 있었다. 불빛이 소녀의 날개에 어른거렸다. 소녀를 보자 인디가 생각났다. 그녀가 제멋대로 움직이는 모습, 불빛이 그녀의 머리카락을 붉게 바꾸는 모습.

'인디가 여기 있었으면 좋겠어. 우리 아빠도. 우리가 잃어버린 다른

모든 사람들도.'

나는 생각했다.

잰더와 나는 춤을 멈추었다. 우리는 움직이는 사람들 한가운데 매우 가까이, 조용히 서 있었다.

"자치구에서 너한테 물어본 적이 있었지. 우리가 선택할 수 있다면 날 택했을 거냐고."

그가 말했다.

"기억해. 그럴 거라고 말했어."

내가 말했다.

"그래. 하지만 우리는 되돌아갈 수 없지."

그가 말했다.

"응."

나는 동의했다.

잰더의 여행은 그가 레이와 함께 일하던, 벽으로 둘러싸인 방과 병자들의 긴 복도에서 시작되었다. 인도자의 에어십에서 다시 보았을 때 잰더는 이미 다른 사람이 되어 내가 결코 가지 않을 장소에 있었다. 그러나 나는 보지 못했다. 나는 그가 변하지 않았다고 믿었다. 가장 좋은 의미로 바위 같은 사람. 단단하고, 믿을 만하고, 그 위에 무언가 지어 올릴 수 있는 사람. 그러나 그도 우리 모두와 같았다. 공기처럼 가볍고, 태양 앞의 구름 조각처럼 일시적이고, 아름답고, 덧없는 존재였다. 그리고 내가 정말로 그를 잡고 있었다고 해도, 이제는 아니다.

"잰더."

내 부름에 그는 나를 마지막으로 한 번 꼭 껴안았다.

·

에어십이 별빛 속의 어두운 하늘 위로 떠올랐다. 모닥불은 타올랐

다. 마을 사람들 중 일부—대부분 카빙 대협곡에서 온 사람들이었다
—는 산속에 머물기로 결정했다.

 잰더는 다른 장소로 갈 것이다. 너무 멀어서 돌아올 길이 있는지도
의심스러운 곳으로.

62
잰더

백만 마리의 새가 하늘에 날갯짓하는 듯한 소리가 났지만, 내 위를 날아가는 에어십들일 뿐이었다. 마지막 순간 나는 그들과 함께 '다른 땅'에 갈 수 없다는 것을 깨달았다. 그러나 카마스에 돌아갈 수도 없었다. 나는 언제나와 마찬가지로 이곳, 중간에 끼어 있었다.

아침이 왔다. 나는 오커와 함께 카마시아를 캤던 들판 근처의 냇가로 올라갔다. 누구와도 마주쳐서 이야기할 필요가 없도록 마을 가장자리를 둘러 갔다. 나중에 마을로 돌아와 사람들에게 내가 할 수 있는 일이 있는지 물어볼 것이다. 아마 오커의 옛 실험실에서 일하게 될 것이었다.

냇가 근처 나무들의 뿌리가 아래쪽 물속에서 달랑거리고 있었다. 뿌리들은 작고 붉었다. 나는 뿌리가 그런 색깔일 수 있다는 것을 처음 알았다.

그때 물속에 더 커다랗고 붉은 것이 스쳐 지나가는 것이 보였다. 하나. 또 하나. 그것은 이상하게 생긴 턱과 둥근 눈에 흉측해 보였지만 색깔은 아주 선명했다.

그 생물들이 레이가 내게 말했던 연어였다. 나는 마침내 그것들을 보았다.

목이 메고 눈이 타는 듯했다. 나는 물가로 더 가까이 내려갔다.

그때 뒤에서 무슨 소리가 들렸다. 나는 누구든 간에 여기까지 온 마을 사람과 이야기할 마음의 준비를 하고 웃는 표정으로 바꾸고는 돌아보았다.

"잰더."

레이였다.

"연어가 돌아온 거야?"

그녀가 내게 물었다.

"네."

내가 말했다.

"네가 여기 있는 줄 몰랐어. 카마스에서 온 에어십에서 널 보지 못했는데."

그녀가 말했다.

"같은 에어십에 타고 있지 않았을 거예요. 난 '다른 땅'으로 가려고 했어요."

내가 말했다.

"나도 그랬어. 하지만 떠날 수 없었지."

그녀가 말했다.

"왜요?"

물으면서도 나는 어떤 대답이 나오기를 바라는지 몰랐다. 그러나 심장이 가슴속에서 쿵쾅거렸고 귀에서는 급류나 하늘로 떠올라가는 에어십 같은 소리가 났다.

그녀는 대답하지 않고 시내 쪽을 바라보았다. 당연한 일이다. 그 물고기.

"왜 저 물고기들은 계속 돌아올까요?"

내가 물었다.

"서로를 찾기 위해서."

그녀가 나와 눈을 마주쳤다.

"우리는 함께 강에 가곤 했어. 그는 너와 조금 닮았어. 눈이 정말 파랬지."

그녀가 말했다.

귓속을 울리던 급류가 사라졌다. 모든 것이 매우 조용하게 느껴졌다. 그녀는 그 사람을 알게 된 곳을 떠날 수가 없어서 돌아온 것이다. 나랑은 아무 관계가 없었다. 나는 헛기침을 했다.

"이 물고기가 대양에서는 파랗다고 했죠? 완전히 다른 종류처럼요."

내가 말했다.

"그렇기도 하고 아니기도 해. 그들은 변한 거야. 우리도 변할 수 있어."

그녀는 매우 부드러웠다. 그 목소리는 온화했다.

다음 순간 거리를 좁힌 사람은 레이였다. 그녀는 곧장 내게 다가왔다.

나는 예전에는 한 번도 해본 적이 없는 말을 하고 싶었다. 그러나 내가 늘 그럴 거라고 생각한 것과 달리 카시아에게 하는 말이 아니었다.

"당신을 사랑해요. 당신이 아직 다른 사람을 사랑한다는 건 알아요. 하지만……."

"널 사랑해."

그녀가 말했다.

그 사실은 전부 사라져버리지 않았다. 그녀는 전에 다른 사람을 사랑했고 나도 그랬다. 소사이어티와 봉기 세력과 세상 모두 여전히 저 바깥에서 우리를 압박하고 있었다. 그러나 레이는 그런 것들을 다 옆으로 밀어놓았다. 그 어떤 소사이어티, 그 어떤 봉기 세력이 허락하건 말건 레이는 두 사람이 함께 설 만한 충분한 공간을 만들었다. 그녀는 전에도 이런 적이 있었다. 그녀가 그것을 다시 하기를 두려워하지 않았다는 것이 놀라웠다. 처음 사랑에 빠질 때 우리는 아무것도 알지 못한다. 다시 사랑하기를 선택할 때보다 위험이 덜하다.

처음 사랑에 빠지는 일에는 특별한 것이 있다.

그러나 스스로 나를 꼭 잡아주는 사람과 함께 단단한 땅 위에 서 있다는 사실을 깨닫는 기분은 더 좋았다. 나를 다시 끌어당겨주고, 나도 자신에게 같은 일을 하리라는 것을 아는 사람과.

"내가 해준 얘기 기억해? 인도자와 그녀가 사랑한 남자 이야기?"

레이가 물었다.

"네."

"넌 누가 더 용감했다고 생각해? 그를 놓아 보낸 인도자? 아니면 완전히 새로운 세계에서 삶을 다시 시작해야 했던 그 남자?"

그녀가 물었다.

"둘 다 용감했어요."

내가 말했다.

그녀의 눈은 내 눈과 높이가 같았다. 그래서 나는 언제 그녀가 눈을 감고 내 품에 들어오는지 보았다. 바로 내 입술이 그녀의 입술과 만날 때였다.

63
카시아

카이와 나는 손을 잡고 카마스 여름 끝무렵의 밝은 햇빛 속에서 눈을 깜박이며 시청 계단 꼭대기에 함께 서 있었다. 아무도 우리를 알아보지 못했다. 사람들에게는 계단을 올라가면서 생각해야 할 다른 일들이 있었다. 어떤 사람들은 불안해 보였고, 다른 사람들은 흥분한 것 같았다.

초로의 여인이 계단 꼭대기에서 멈춰서 나를 흘긋 바라보았다.

"이름은 언제 쓰는 거죠?"

그녀가 물었다.

"안에 들어가서 투표할 때요."

내가 말했다. 그녀는 고개를 끄덕이고 건물 안으로 사라졌다.

나는 카이를 바라보고 미소 지었다. 우리는 방금 누가 이곳을 이끌기를 원하는지 선택하고 우리의 이름을 종이에 쓰고 나왔다.

"사람들이 소사이어티를 선택했다면 그건 우리의 종말이나 다름없어. 이번엔 영원한 종말이 될 수도 있겠지."

내가 말했다. 카이도 내 말에 동의했다.

"그럴 수도 있지. 아니면 다른 선택을 할 수도 있고."

사람들을 이끌겠다고 나선 후보자는 세 명이었다. 인도자는 봉기 세력을 대표했다. 오피셜은 소사이어티를 대표했다.

그리고 애너는 그 외 모든 사람을 대표했다. 그녀와 엘리는 우리와 함께 카마스로 돌아왔다.

"헌터는 어쩌고요?"

카이가 애너에게 물었다.

"난 그가 어디로 갔는지 알아."

애너는 그렇게 말하고 웃어 보였다. 그 표정에는 슬픔과 희망이 뒤섞여 있었다. 내가 너무나 잘 아는 감정이었다.

투표는 불가능할 정도로 큰 일이자, 너무나 아름답고 무시무시한 실험이었다. 게다가 잘못될 수 있는 길은 무척 많았다. 나는 안에 있는 작고 흰 종이들, 최소한 자기 이름을 쓰는 법을 배운 모든 사람들을 생각했다. 그들은 무엇을 선택할까? 우리는, 그리고 우리의 파란 하늘과 붉은 바위와 푸른 풀의 땅은 어떻게 될까?

'하지만 소사이어티는 우리가 허락하지 않는 한 그걸 전부 다시 가져갈 수 없어.'

나는 스스로에게 말했다.

'우리는 기억을 돌려받을 수 있지만, 서로 이야기하고 서로를 믿어야 가능한 일일 거야. 전에도 그렇게 했다면 치료약을 더 빨리 발견했을지도 몰라. 그 사람이 무슨 이유로 들판에 식물을 심었는지 누가 알겠어? 어쩌면 치료약에 그 꽃이 필요하리란 걸 알고 있었을지도 몰라. 어쩌면 우리 어머니처럼 그냥 그 꽃이 아름답다고 생각했을지도 몰라. 하지만 우리는 아름다움 속에서 답을 찾는 일이 많잖아.'

그것은 정말 어려운 일일 것이다. 그러나 우리는 전염병과 돌연변이를 함께 겪어냈다. 봉기를 믿은 사람과 소사이어티를 믿은 사람과 완전히 다른 것을 믿은 사람들 모두가 고요환자를 돕기 위해 힘을 모았다. 어떤 사람들은 아니었다. 어떤 사람들은 도망쳤고 어떤 사람들은 죽었다. 그러나 많은 이들이 사람들을 구하려고 애썼다.

"넌 누구한테 투표했어?"

함께 계단을 걸어 내려가면서 나는 카이에게 속삭였다.

"애너."

그는 말하고 내게 미소 지었다.

"너는?"

"애너."

내가 말했다.

나는 그녀가 이기길 바랐다. 비정상과 일탈자들도 자기 자리를 가질 때였다.

'그러나 그게 허용될까?'

포트에 나온 논쟁에서 오피셜은 분명하고 구체적이고 통계적으로 말했다.

"이런 일을 예전에도 겪어봤다고 생각하지 않습니까? 여러분이 하는 모든 일은 전에도 이루어졌던 것입니다. 여러분은 소사이어티가 다시 여러분을 도울 수 있도록 해야 합니다. 물론 이번에는 표현의 자유가 훨씬 많아지도록 할 것입니다. 더 많은 선택지를 줄 것입니다. 그러나 여러분 자신이 만들어낸 것에 너무 많은 부분을 허락한다면 무슨 일이 일어나겠습니까?"

'무언가 쓰겠지요. 뭔가 노래하겠지요.'

나는 생각했다.

"그래요. 바로 그겁니다."

오피셜은 내 생각을 읽은 듯이, 소사이어티의 모든 사람들이 생각하고 있는 것을 안다는 듯이 말했다.

"여러분은 다른 사람이 이미 쓴 것과 똑같은 책을 쓸 겁니다. 똑같은 시를 쓸 테고요. 사랑에 대한 시겠지요."

그녀의 말이 옳았다. 우리는 사랑에 대한 시를 짓고, 이전에 어떤 형식으로든 들었던 이야기들을 말할 것이다. 그러나 그것은 우리의 첫 느낌이고 첫 이야기일 것이다.

나는 애녀가 우리 세 사람을 뭐라고 불렀는지 기억했다.

인도자. 시인. 의사.

그들은 우리 모두의 안에 있었다. 나는 그렇게 믿었다. 모든 사람이 날 수 있는 방법을, 다른 사람이 읽을 수 있는 한 줄의 시를, 치유하는 손을 가지고 있다고 믿었다.

잰더가 메시지를 보내 지금 자기가 어디 있는지 알렸다. 그는 손으로 그 메시지를 썼다. 나는 그때 그의 글씨를 처음으로 보았고, 깔끔한 글자들이 늘어선 것을 보자 눈물이 났다.

'난 산맥에 있어. 레이도 여기 있어. 우리 가족에게 난 잘 있다고 전해줘. 난 행복해. 그리고 언젠가 돌아갈 거야.'

그 말이 사실이었으면 했다.

강으로 내려가는 계단 위에서 어머니와 브램이 우리를 기다리고 있었다.

"투표 끝냈구나. 어땠어?"

브램이 물었다.

"조용했어."

나는 그 커다란 시청 안이 사람들과, 종이 위에 천천히 조심스럽게 이름을 쓰는 연필 소리로 가득했던 것을 떠올리며 말했다.

"나도 투표할 수 있어야 하는 거 아냐?"

브램이 말했다. 나도 동의했다.

"그래야지. 그렇지만 그들이 나이를 열일곱으로 정했잖아."

"매칭 파티 나이네. 나도 파티를 하게 될까?"

브램이 말했다.

"그럴 수도 있지. 하지만 안 했으면 좋겠어."

내가 말했다.

"네게 줄 것이 있어."

카이가 말했다. 그가 내민 손에는 할아버지의 튜브가 있었다. 우리가 동굴에서 발견하고 카이가 나를 위해 나무 안에 숨겨뒀던 것.

"이걸 언제 가져왔어?"

내가 물었다.

"어제. 생존자를 찾으러 바깥 지방에 다시 갔었거든."

카이가 말했다. 돌연변이 전염병이 통제되기 시작한 다음, 인도자는 카이와 몇몇 사람들을 시켜 패트릭 씨와 에이다 씨처럼 아직 실종 상태인 사람들을 찾도록 했다. 그중 몇 명은 지도상 호수 근처에 있었던 봉기 세력의 옛날 야영지로 가는 길을 찾았을 수도 있다는 희망 때문이었다.

지금까지는, 여전히 찾고 있었다.

"이것도 다시 가져왔어. 이건 엘리가 구한 거야."

그가 손을 내밀었고 나는 튜브 위의 이름표를 보았다. 빅 로버츠.

"난 형이 튜브를 안 믿는 줄 알았는데."

브램이 말했다.

"믿지 않아. 하지만 이건 그 사람을 사랑한 사람이 가져야 하고, 어떻게 할지 결정해야 한다고 생각해."

카이가 말했다.

"그녀가 이걸 받을까?"

나는 카이에게 물었다. 그는 물론 레이 이야기를 하고 있는 것이었다.

"난 받을 거라고 생각해. 그다음 그것을 놓아 보내겠지."

카이가 말했다.

그녀는 지금 잰더를 사랑하니까. 그녀는 다시 사랑하기로 선택한 것이다.

때때로 할아버지가 내게 어떤 시를 찾기를 바랐는지 정확히 말해주지 않은 것에 화가 나기도 했다. 그러나 이제는 할아버지가 내게 준 것이 무엇인지 안다. 할아버지는 내게 선택권을 주었다. 언제나 그랬다.

"어려운 일이야. 그 시를 갖고 있었으면 좋았을 텐데. 그러면 이걸 놓아 보내기가 더 쉬웠을 거야. 할아버지의 물건이 남았을 테니까."

나는 할아버지의 튜브를 쥔 채 말했다.

"때때로 종이는 종이일 뿐이야. 말은 말일 뿐이고. 진짜를 잡아두는 수단이지. 그걸 기억하기를 두려워하지 말아야 해."

어머니가 말했다.

나는 어머니의 말뜻이 무엇인지 알았다. 글쓰기, 그림 그리기, 노래하기, 그런 것은 아무것도 막아낼 수 없다. 죽음이 가는 길을 멈출 수 없다. 그러나 아마 죽음의 발자국 사이에 빈 칸을 두고 아름답게 보고 느끼도록 만들 수는 있을 것이다. 큰 공포 없이 머물 수 있는 장소를, 기다리는 공간을 만들 수 있을 것이다. 우리는 모두 각자 자신의 죽음을 향해 걸어가고 있고, 그 발걸음 사이의 여행이 우리의 삶을 만들어내기 때문이다.

"안녕히 가세요."

나는 할아버지에게, 아버지에게 말한 다음 튜브 쥔 손을 강 속에 넣고 잠시 멈추었다. 우리는 아버지들과 어머니들의 선택을 손에 쥐고 있었다. 그것을 꼭 붙잡아두느냐 손가락 사이로 흘려보내느냐, 그 선택은 우리 몫이 되었다.

다음 순간 나는 튜브의 마개를 뽑고 물속에서 튜브를 쥐었다. 할아버지가 원하고 아버지에게 부탁했던 대로 할아버지의 마지막 작은 조각까지 흘러가도록.

나는 할아버지와 아버지가 이 모든 것을 볼 수 있기를 바랐다. 미래를 위한 치료약을 심은 녹색 들판. 파란 하늘. 지금이 선택할 때라는 것을 알리는 시청 꼭대기의 붉은 깃발.

"'언덕'을 올라가는 것 같아."

카이가 내 눈을 바라보고 깃발을 가리키며 말했다.

"응."

우리가 어디 있었는지 표시하기 위해 천 조각들을 나무에 묶을 때 내 손을 잡았던 그의 손의 감촉이 떠올랐다.

카마스 시 너머, 산맥은 파란색과 자줏빛과 흰빛으로 멀리서 솟아 있었다.

카이와 나는 '언덕'을 함께 올라갔다. 잰더는 산속에 있었다.

잰더는 가버렸지만, 모든 것이 모두가 원하는 대로 될 수는 없었지만, 내 안에 선하고 옳고 진실한 것이 있다는 것을 알면 만족감을 느끼게 된다. 내가 축복과 재능, 상당한 재산, 완벽한 행운을 가졌다는 것, 이런 사람을 안다는 것, 불과 물과 돌과 하늘을 함께 지나 다시 나타난다는 것. 모든 사람이, 붙잡을 만큼 강인하고 놓아줄 만큼 강인하다는 것.

나는 이미 뭔가가 손가락 사이로 모래나 물처럼, 공예품과 시처럼, 붙잡고 싶지만 붙잡을 수 없는 모든 것처럼 새어나가는 느낌을 받았다.

하지만 우리는 해냈다. 그다음 무슨 일이 일어나든, 우리는 치료약을 찾고 투표를 시작하는 일을 도울 수 있었다.

강은 풀과 하늘을 녹색과 파란색으로 번갈아 비추었고, 그 안에 헤엄치는 붉은 것이 흘긋 보였다.

카이가 몸을 굽혀 내게 키스했다. 나는 우리 입술이 만나기 전의 기다림과 갈망의 순간을 더 잘 느끼기 위해 눈을 감았다.

썰물과 밀물이 있다. 떠남과 다가옴이, 비행과 추락이 있다.

노래와 침묵이.

손을 뻗음과 마침내 닿음이 있다.

．

작가의 말

．

매치드 3부작에 걸쳐, 몇 가지 예술작품에 대해 인용하거나 언급했다. 본문에서 대부분의 작품을 밝히긴 했지만, 이 예술가들의 아름다운 작품을 더 읽거나 보고 싶은 사람들을 위해 이곳에 완전한 목록을 적어놓고 싶다.

그림 :

토머스 모런, 〈콜로라도의 협곡(Chasm of the Colorado)〉 ('백 점의 그림' 중 19번 그림으로 언급됨)

존 싱어 서전트, 〈산 비질리오의 낚시하는 소녀(Girl Fishing at San Vigilio)〉 ('백 점의 그림' 중 97번 그림으로 언급됨)

시 :

딜런 토머스, 「편안한 밤 속으로 순순히 들어가지 마라(Do Not Go Gentle into That Good Night)」

딜런 토머스, 「시월의 시(Poem in October)」

알프레드 테니슨 경, 「모래톱을 건너며(Crossing the Bar)」

에밀리 디킨슨, 「그들은 눈송이처럼 떨어졌네(They Dropped Like Flakes)」

에밀리 디킨슨, 「당신에게는 닿지 못했습니다(I Did Not Reach Thee)」

토머스 내시, 「전염병 시대의 기도(In Time of Pestilence, 1593)」

『크로스드』에서는 월러스 스테그너, 레슬리 노리스의 작품과 함께,

레이 브래드버리와 리타 더브의 작품도 언급했다. 이 작품들은 이 연작을 쓰는 동안 내게 영감을 주었다.

감사의 말

다음과 같은 사람들에게 감사드리고 싶다.

시와 방정식 모두에서 아름다움을 보고, 늘 믿고 만들어나가는 사람인 내 남편.

내가 쓰는 모든 글의 '어떻게'와 '왜'인 네 아이들.

부모님과 형제자매.

너그럽게도 자신의 골디록스/잰시 비유를 본문에 쓰도록 허락해주고, 그 이야기에 연관된 면역학 부분에서 나를 도와준 그레고리 F. 버튼 박사와 병리학자로서의 전문지식을 빌려준 매튜 O. 레빗 박사. 전염병과 돌연변이, 알약에 관한 모든 과학 지식은 버튼 박사와 레빗 박사의 도움을 받았으며, 소설에 쓰인 내용에 잘못된 부분이 있다면 모두 내 잘못이다.

간호와 환자 돌보는 일에 대한 여러 가지 질문에 대답해준 애슐리 차일드, R. N.

내게 홍연어(『리치드』에서 레이가 잰더에게 말한 '연어'가 이 연어이다)의 정보와 사진을 보내준 어로생물학자 데일 헵워스.

소설 속에서 비행 장면을 그리도록 도와주고, 내게 오스프리(미군의 신형 수직 이착륙 수송기─옮긴이)를 소개해 인도자의 에어십에 대한 영감을 준 상업용 비행기 조종사이자 내 사촌 피터 크랜들.

힘든 시기를 살아남기 위해 나비나리 구근을 먹고 이 이야기에서 그 꽃을 사용하도록 영감을 준 내 조상 폴리 로슨 딘스데일과 다른 개척자들.

초고를 읽고 힘을 주는 소중한 피드백을 해준 조시 로리센 리, 리사 맨검, 로비슨 웰스.

아이들과 내게 한결같이 참을성 있고 친절했던 리지 졸리, 미카일라 커크비, 마일리 샌더스.

이 연작을 처음부터 끝까지 인도해주고, 언제나 활기차게 유머감각을 갖고 우리가 있어야 할 곳(그리고 내가 꿈도 꾸지 못했던 장소)으로 안내해준 내 에이전트 조디 리머.

의사이자 시인 노릇을 해준 내 편집자, 원고를 살찌우고 비할 데 없는 지성과 통찰력으로 다듬어준 줄리 스트라우스가벨.

알렉 셰인과 시실리아 델 라 캄파를 포함한 라이터스 하우스의 멋진 팀.

펭귄의 굉장한 사람들: 스코티 보디치, 에린 뎀프시, 테레사 에반젤리스타, 펠리시아 프레이저, 에린 갤러거, 애너 자자브, 리자 캐플런, 리사 켈리, 에일린 크레이트, 로잰 로어, 젠 로자, 샨타 뉼린, 에밀리 로메로, 아이린 밴더부트, 돈 바이스버그.

그리고 이 여행을 카시아, 카이, 잰더, 나와 함께해준 독자 여러분.

『리치드 Reached』에 쏟아진 찬사

"미래를 배경으로 한 이 사랑과 자유의지의 우화는 묻는다. 선택 없는 자유가 있을 수 있는가? 순순한 수용에서 반역에 이르는 카시아의 여행 이야기는 독자를 끌어들이고 더 많은 것을 원하게 만들 것이다."

— 카산드라 클레어, 『The Mortal Instruments』 시리즈의 저자

"매우 훌륭한, 디스토피아의 로맨스를 다룬 작품."

— 『월스트리트저널』

"작중 인물들의 관점을 바꿔가며 서술되는 방식은 주인공들의 마음에 완전히 다가갈 수 있게끔 한다. 그들의 욕구와 사랑, 내부적 갈등이 생생하게 그려져 있고, 목소리는 뚜렷하고 진실되며, 문체는 시적이다."

— 『스쿨라이브러리 저널』

『매치드』(2010)와 『크로스드』(2011)의 중심은 여전히 SF와 로맨스지만, 이 3부작의 숨 가쁜 피날레는 넓이와 울림을 더하는 메디컬 스릴러로도 꽃피어난다. …콘디의 산문은 즉각적이고 담백하면서도 갑자기 고급스러운 서정성을 쏘아 보낸다. 그녀의 주인공들은 평범한 삼각관계에 갇히지 않고, 그녀가 보여주는 행동주의의 형식(예술, 의료)은 풍성하다. 인물 하나하나는 서로 다른 방식으로 강인하고 서로 다른 방식으로 상처받는다. 거의 모든 페이지에서 하나씩 드러나는 이야기들과 함께, 밤을 샐 만한 작품이다.

— 『커커스』 리뷰

"콘디는 자신의 생생하고 부서진 세계로 독자를 끊임없이 끌어들이고, 인물들 간의 상호 작용과 작지만 중요한 순간들을 통해 이야기에 풍성한 색채를 덧붙인다. 예측할 수 없는 뒤틀림과 폭로—그렇다, 여기에는 이 3부작의 로맨스 삼각관계에 대한 행복한 해결도 포함된다—는 독자가 자신이 가장 좋아하는 인물들의 운명에 만족하게 해줄 것이다."

— 「퍼블리셔스 위클리」, 리뷰

"콘디의 3부작 마지막 편에서 카시아, 카이와 잰더는 소사이어티를 치명적인 전염병에서 구해야 한다. 세 개의 시점이 서사를 복잡하게 만들 수는 있지만, 행동과 로맨스의 결합은 이 시리즈 중에서 『리치드』를 가장 만족스러운 작품으로 만든다. 마지막에 울어도 조금도 부끄럽지 않을 것이다.

— 「엔터테인먼트 위클리」, A

"『기억 전달자(*The Giver*)』를 떠올려라. 하지만 더 섹시하다."

— 「링컨 저널 스타」

"조지 오웰의 소설에 등장하는 절대권력 빅브라더와 같은 사회를 묘사하면서, 놀라운 명료함과 세세한 부분에까지 주의를 기울이는 콘디의 대단한 솜씨가 돋보인다. 작가는 사회의 완벽함을 위해 개인이 치러야 할 대가와 선택의 자유에 수반되는 희생들을 교묘하게 분석하면서 이 세계를 손쉽게 해체해버린다."

— 「북리스트」

리치드 REACHED

초판 인쇄   2013년 6월 28일
초판 발행   2013년 7월 8일

지은이 | 앨리 콘디
옮긴이 | 송경아
펴낸이 | 홍정완
펴낸곳 | 솟을북
주간 | 홍정균

편집 | 이은영, 배성은
영업 | 한충희
관리 | 황아롱
디자인 | 이석운, 최윤선

121-874 서울시 마포구 염리동 161-3 한국컴퓨터빌딩 별관 5층
전화 | 706 - 8541~3(편집부), 706 - 8545(영업부)   팩스 706 - 8544
이메일 | hkmh73@hanmail.net
솟을북 블로그 | blog.naver.com/soseulbook
출판등록 | 2004년 6월 28일 제300-2004-218호

ISBN 978-89-955472-9-8 03840
파본은 본사나 구입하신 서점에서 교환하여 드립니다.